Katja Brandis

White Zone – Letzte Chance

Katja Brandis, geboren 1970, studierte Amerikanistik, Anglistik und Germanistik und arbeitete als Journalistin. Sie schreibt seit ihrer Kindheit und hat inzwischen zahlreiche Romane für Jugendliche veröffentlicht. Sie lebt mit Mann, Sohn und drei Katzen in der Nähe von München. Bei Beltz & Gelberg erschienen von ihr u. a. bereits die Romane *Freestyler*, *Floaters. Im Sog des Meeres*, *Vulkanjäger*, *Und keiner wird dich kennen* sowie zusammen mit Hans-Peter Ziemek *Ruf der Tiefe* und *Schatten des Dschungels*.
www.katja-brandis.de

KATJA BRANDIS

WHITE ZONE

LETZTE CHANCE

ROMAN

GULLIVER
von BELTZ & Gelberg

Für meinen Vater

MIX
Papier aus verantwortungsvollen Quellen
FSC® C089473
www.fsc.org

Dieses Buch ist erhältlich als:
ISBN 978-3-407-74949-9 Print
ISBN 978-3-407-74834-8 E-Book (EPUB)

Die Autorin wird vertreten durch die Autoren- und Projektagentur Gerd. F. Rumler, München
Lektorat: Frank Griesheimer
Neue Rechtschreibung
Einbandgestaltung: Johannes Wiebel | punchdesign, München
Gesamtherstellung: Beltz Grafische Betriebe, Bad Langensalza
Printed in Germany
1 2 3 4 5 22 21 20 19 18

Weitere Informationen zu unseren Autor_innen und Titeln finden Sie unter: www.beltz.de

Die Antarktis – eine fast unberührte weiße Wildnis.
Streng geschützt.
Noch …

TÜR INS NIRGENDWO

Eine berühmte Video-Bloggerin hat mich mal gefragt, wie es sich anfühlt, ein Auto mit achtzig Stundenkilometern gegen eine Mauer zu fahren. Ich wünschte, ich hätte das beschreiben können. Es gibt einen Ruck, der versucht, dir die Seele rauszureißen, alles ist Lärm, dein Körper will fliegen, aber der Gurt umarmt dich zu fest. Schon knallt dir der Airbag ins Gesicht wie die Faust eines Engels, beschützt dich.

Aber das ist mir in dem Moment leider nicht eingefallen. Also habe ich einfach gesagt: »Krass fühlt sich das an – und total echt, irgendwie.«

Als die Bloggerin mich anschaute, konnte ich genau sehen, was sie dachte. *Das Mädel hat sie ja nicht mehr alle.*

Sie hat sich wahrscheinlich nicht gewundert, als ich mitten in ihrer nächsten Frage aufgestanden und gegangen bin.

Seitdem hatte ich Zeit genug, mir eine richtige Antwort zu überlegen. Aber hier existieren keine Blogger, die mich interviewen wollen. Mauern gibt's auch keine und wahrscheinlich nicht mal Autos. Gerade fliegen wir über ein paar Inseln, die aussehen wie nicht mehr ganz frische Sahneklumpen, und danach ist alles weiß unter uns. Ein blendend helles Weiß – ich krame in meinem Rucksack nach der Gletschersonnenbrille.

Unser Betreuer Martin sitzt in der *Twin Snowbird* auf der anderen Seite des Ganges, er lehnt sich zu mir herüber. »Tja, Crash ... hier auszubrechen, kannst du dir sparen. Man würde deine Silhouette noch den ganzen Tag lang am Horizont sehen.«

Arschloch!

Ich habe nicht vor, abzuhauen, schließlich bin ich zumindest halb freiwillig hier. Mir war nur nicht klar, dass dieser Trip nicht erst nächstes Jahr losgeht, sondern schon im Dezember 2030. Im Winter ist es auch in Deutschland erträglich. Eigentlich war mein Plan, mir diese ganze Frühlingsqual zu ersparen. Die Haselnusspollen, durch die meine Augen aussehen wie die eines Zombie-Kaninchens. Die blühenden Erlen, die mit Erfolg verhindern, dass ich Luft bekomme. Die Birkenpollen, die meine Nase in einen außer Kontrolle geratenen Wasserhahn verwandeln. Ich bin allergisch gegen praktisch alles, was irgendwo wächst und blüht. Zum Glück wächst hier in der Antarktis, soweit ich das überblicken kann, überhaupt nichts.

Anscheinend habe ich so was in der Art vor mich hin gemurmelt, denn der türkisch oder arabisch aussehende Typ in der Sitzreihe vor mir wendet sich um. Er hat ein schmales Gesicht mit hohen Wangenknochen, die schwarzen Haare fallen ihm quer über die Stirn. Er streicht sie zurück und blickt mich an. »Doch. Hier gibt's zwei Blühpflanzen. Aber die sind winzig.«

Ich bin nicht sicher, ob ich das glauben soll. Hier auf der Südhalbkugel der Erde ist im Dezember Hochsommer … und trotzdem sieht es aus, als hätte man das Land in Styropor eingepackt.

»Ach, schalt doch deine Datenbrille ab, Dattelpflücker«, stichelt das Mädchen, das sich auf dem Flughafen als »Fee« vorgestellt hat. Bis eben hat sie noch Musik gehört und mit irgendjemandem gechattet.

Der Typ – der im Gegensatz zu meinem Sitznachbarn keine Datenbrille aufhat – verdreht die Augen, kommt aber nicht dazu, zu antworten, denn in diesem Moment gibt der ziemlich kurz geratene Lockenkopf neben mir ein eigenartiges Geräusch von sich. Eine Art Japsen. Fassungslos klopft er auf der *2Eye* vor seinen Augen und auf seiner BrainConnect herum, einer Hirnschnittstelle, die aussieht wie ein großer, silberner Wassertropfen an seiner Schläfe. »Ich komm nicht mehr in die Cloud! Angeblich kein Empfang.«

In diesem Moment schreit auch eins der anderen Mädchen auf, ich habe ihren Namen vergessen. »Oh Mann, was ist denn jetzt los? Das gibt's doch nich.«

Schnell checke ich meinen eigenen Communicator. Auch ich bekomme keine Verbindung, und als ich den Kopf hebe, sehe ich, dass Martin grinst. »Gewöhnt euch dran. Hier in der Antarktis gibt's kein Netz.«

Wir starren ihn an, alle sechs. Kein Netz? Das heißt, auf einen Schlag komme ich nicht mehr an meine Musik, meine Filme, meine Bücher, meine Nachrichten!

Der Lockenkopf neben mir sieht aus, als würde er gleich weinen. Vielleicht ist er zum ersten Mal in seinem Leben offline und weiß gar nicht, wie das ist. »Aber in der Station? In der Station haben wir doch bestimmt Empfang, oder?«, fragt er hoffnungsvoll.

»Übers Satellitentelefon, ja. Aber nur eine Stunde pro Tag und Person«, verkündet Martin vergnügt und krault sich den Ziegenbart. »Und wenn sich jemand mies benimmt, wird ihm die Online-Zeit gestrichen.«

Allgemeines Aufstöhnen.

»Reine beschissene Schikane!« Der schwarzhaarige Junge pfeffert eine Wasserflasche gegen die Cockpittür.

»Zwanzig Minuten Internet weniger für Sinan«, verkündet Martin.

Er hat kurze, dunkle Haare und sieht nicht aus wie der typische Betreuer, sondern eher wie jemand aus dem Bahnhofsviertel: Muskeln wie eine Actionfigur, enges T-Shirt unter einer extradicken, grün schimmernden Fotosynthesejacke, Tätowierungen in allen Farben – und zwar echte und keine von denen, die nach einem Monat von selbst verschwinden. In seinem linken Ohr glänzt ein Ring aus einem dunkel schimmernden Metall, vielleicht Titan.

Soweit ich es mitbekommen habe, soll er unser leitender Betreuer sein, eine zweite Betreuerin hat *Social Adventures Network* schon vorausgeschickt, um die Station für uns vorzubereiten.

»Na toll«, murrt Seven, einer der anderen Jungen. »Meine Fan-Community wird denken, ich sei tot.«

»Fan-Community?« Fee dreht sich zu ihm um und blickt ihn mit gerunzelter Stirn an. Dann öffnen sich ihre grünen Augen weit, und ihr Lächeln würde einen Schneemann in zehn Sekunden abtauen. »Hey, jetzt weiß ich, wer du bist! Du bist doch der, der fast in dieser Vom-Tellerwäscher-zum-Millionär-Show gewonnen hat … *Top Dog*, oder?«

»Stimmt.« Bescheidenes Lächeln. »Es war ziemlich knapp, ich hab's bis zur siebten Runde geschafft. Eigentlich war das Publikum auf meiner Seite, aber ihr wisst ja, wie so was läuft …«

Aha. Siebte Runde. Deswegen Seven. Ich höre weg, während die anderen ihn neugierig über die Show ausfragen.

Fee ist schon voll dabei, mit Seven zu flirten, wahrscheinlich weil er passabel aussieht. Er hat ein gut geschnittenes Gesicht, Augen so blau wie ein Aquamarin und blonde, vorne hochgegelte Haare, die hinten in einen Pferdeschwanz auslaufen. Jetzt erinnere ich mich auch daran, ihn mal in einer 3D-Sendung bemerkt zu haben. Warum ist er hier, wenn er doch so furchtbar berühmt ist? Irgendwann muss er Mist gebaut haben.

»Wie heißt du eigentlich? Wie alt bist du?«, fragt der Junge neben mir und lächelt mich schüchtern an.

»Crash«, sage ich. »Siebzehn.«

»Nee, ich meine, wie heißt du *richtig.*«

»Interessiert doch eh keinen«, wiegele ich ab; sogar Martin habe ich überredet, nur diesen Namen zu benutzen. »Und du?«

»Benny. Ich bin vierzehn.«

Ganze drei Jahre jünger als ich! »Dann bist du der Jüngste hier, glaube ich. Was hast du gemacht?« Eigentlich fragt man so was ja nicht – wenn er darüber reden will, sagt er's dir sowieso, wenn nicht, bekommst du einen Haufen Lügen serviert. Aber diesmal bin ich neugierig. Dieser Kleine sieht aus, als könne er nicht mal jemandem in den Kakao spucken, ohne sich dafür zu schämen.

»Ich, äh …« Er zögert. »Es war so eine Art blöder Witz. Eigentlich habe ich es nicht böse gemeint, es ist nur schlecht angekommen. Sehr schlecht.«

Mehr sagt er nicht und wir lassen es dabei. Hoffentlich ist der Kleine härter, als er aussieht, sonst wird er hier das Opfer vom Dienst.

»Ich glaube, ich hab schon mal was über dich in einer Reportage gesehen«, sagt Benny zu mir. »Echt heftig. Warum machst du das?«

»Warum wohl? Weil es Spaß macht.« Allmählich fängt der Typ an zu nerven.

»Aber wie, äh … ich meine, wieso lebst du überhaupt noch?«

»Erstklassiger Glücksbringer«, murmele ich und starre aus dem Fenster.

Gespräch beendet.

Weil ich die wunderbar schmalzig-romantische Komödie,

die ich angefangen hatte, nicht weiterschauen kann – sie war auch in der Cloud –, beobachte ich die anderen. Drei Jungs und inklusive mir drei Mädchen, alle dick gepolstert wegen der vielen Klamottenschichten. Das hochgewachsene Mädchen mit den schulterlangen, dunkelblonden Haaren, das vorhin aufgeschrien hat, hängt blass und mit geschlossenen Augen in ihrem Sitz. Na, gut geht es der nicht, hoffentlich steckt die uns nicht alle mit irgendeinem fiesen Virus an. Dann sehe ich ihre grünlichen Fingernägel und weiß Bescheid – sie hat Green Giant genommen. Selbst wenn sie den Entzug längst hinter sich hat, das Zeug bleibt ewig im Körper.

Auch Martin beobachte ich natürlich. Er hat das Foto einer Frau auf dem Communicator aufgerufen, starrt es an und macht sich daran, es zu löschen. Noch mehr Fotos, ich erhasche einen Blick auf Strand, Meer, die gleiche Frau im Bikini. Klick, weg. War wohl kein so toller Urlaub.

»Gibst du mir mal 'n *MoonWater*, Dattel?« Fee hat ihre Blicke einen Moment lang von Seven losgerissen und wendet sich wieder dem vermutlich türkischen Jungen zu. Wenn ich mich richtig erinnere, heißt er Sinan, aber wenn er Pech hat, bleibt das mit dem Dattelpflücker kleben.

Einen Moment lang wirkt der Junge irritiert, dann gibt er zurück: »Aber gerne, Hexe«, und gräbt ein Getränk aus unserer Proviantkiste hervor. Wahrscheinlich ist ihm klar, dass man sowieso einen Nickname bekommt, ob man will oder nicht.

Wir sind bald da. Die *Twin Snowbird* ist schon lange im Sinkflug, Böen schütteln sie durch, ich halte mich am Sitz fest. Mit gedrosselten Motoren, fast lautlos, gleiten wir an der Grenze zwischen Eis und teilweise zugefrorenem Meer entlang. Neugierig blicke ich durchs kleine Kabinenfenster nach unten.

»Das ist die Schelfeiskante«, meint Martin. »Hier legt im Sommer das Versorgungsschiff an.«

»Mir ist schlecht«, stöhnt Fee, das lange, honigfarbene Haar hängt ihr wirr ins Gesicht. »Dieses verdammte Geruckel ...«

Dattel grinst nur, doch Seven sagt galant: »Nimm die«, und reicht ihr seine umgedrehte Mütze.

Fee wirft sie zurück. »Du spinnst wohl, durch die Maschen kommt doch alles durch.« Hektisch durchwühlt sie alles nach einer richtigen Spucktüte.

»Reiß dich noch 'ne Minute zusammen, wir sind gleich da«, empfiehlt ihr Martin mitleidlos.

Von oben sieht unser neues Heim aus, als hätte jemand eine Schuhschachtel mit rotem Deckel halb im Schnee vergraben.

Es gibt einen kurzen Ruck, als die *Twin Snowbird* neben der Station aufsetzt, dann rutscht sie holpernd über den Schnee und kommt zum Stehen. Der Pilot entriegelt die Tür und ein eisiger Hauch fegt zu uns ins Innere. Es fühlt sich an, als würde man das Gesicht in die Tiefkühltruhe stecken. Alle anderen springen auf und kramen nach ihren Sachen, nur ich bleibe sitzen und frage mich entmutigt, wie man ein besserer Mensch werden soll, wenn man steinhart gefroren ist.

Aber irgendwie muss es gehen. Letzte Chance. Dies hier ist meine letzte Chance, der Jugendrichter hat es sehr deutlich gemacht.

»Okay, Leute, los geht's«, sagt Martin und blickt mich an. »Das gilt auch für dich, Crash. Keine Sorge, du stirbst nicht, das sind höchstens minus 10 Grad.«

»Wenn ich sterbe, hast du jedenfalls ein Problem«, sage ich.

Dann suche ich meine Sachen zusammen und steige aus. Meine Stiefel knirschen auf dem Schnee und meine Atemwolke vernebelt mir einen Moment lang die Sicht. Wie unglaublich sauber die Luft riecht, so klar und kalt. Als ich ein

Kind war, ist auch zu Hause mal so viel Schnee gefallen und es roch genauso wie hier.

Ganz langsam drehe ich mich um die eigene Achse, blicke mich um. Ich stehe auf einer völlig flachen, weißen Ebene, die sich in allen Richtungen bis zum Horizont erstreckt, ein gewaltiges Nichts, über dem sich der blassblaue Himmel wölbt. Meine Augen versuchen, sich an irgendetwas festzuhalten, finden schließlich einen dunklen Punkt, der rasch näher kommt – sieht nach einem Schneemobil mit Anhänger aus. Das Motorengeräusch lässt meinen Puls schneller schlagen.

»Hey, wo sind eigentlich die Pinguine?«, fragt Fee niemand Bestimmten. Sie, Seven, Dattel und Benny versuchen gerade, eine Schneeballschlacht in Gang zu bringen, doch das Zeug pappt nicht, die Bälle zerfallen sofort wieder.

»Mann, selbst in der Türkei haben wir besseren Schnee«, lästert Dattel. »Na, Kaya, auch schon wach?«, quatscht er das Mädchen mit den grünlichen Fingernägeln an, das reglos dasteht, und klopft ihm an die Schläfe. »Hallo? Hallo? Jemand zu Hause?«

Dann geht alles so schnell, dass ich es beinahe verpasse. Mit einem Tritt gegen die Brust schickt das Mädchen Dattel zu Boden, anschließend macht sie sich daran, ihm eine Ladung Schnee ins Gesicht zu drücken. Und zwar fest.

»Ich … mach dich … kalt!«, versucht Dattel zu brüllen, aber es ist offensichtlich, dass es gerade umgekehrt läuft. Die anderen grinsen, und Benny kriegt sich gar nicht mehr ein vor Lachen, denn Dattel zappelt in Kayas Griff wie ein Käfer, der auf den Rücken gefallen ist.

Martin findet das alles weniger komisch – er packt Kaya an der Jacke und zerrt sie weg. »Stopp! Kaya, wir hatten besprochen, dass man auch ohne Gewalt reagieren kann, wenn man provoziert wird!«

Das Mädchen lässt Dattel los und zuckt die Schultern. Ich wette, sie ist zufrieden. Schon fünf Minuten nach unserer Ankunft hat sie deutlich gemacht, dass es keine gute Idee ist, sich mit ihr anzulegen. Ziel erreicht.

»Und du, Sinan – was hättest du besser machen können in dieser Situation?«

»Sie zuerst umbringen, bevor sie mich umbringt!«

Martin seufzt. »Zweiter Versuch.«

»Ach, halt doch die Fresse, Martin.« Dattel wirft unserem Betreuer und Kaya finstere Blicke zu, während er sich Schnee aus den Augen wischt.

»Das war's mit deiner Netzzeit heute«, verkündet Martin. Dann mustert er eine der Proviantkisten, packt eine davon … und setzt sie nach ein paar Schritten wieder ab. Anscheinend sauschwer.

Dattel feixt. »Brauchst du Hilfe, Alter?«

Inzwischen hat das Schneemobil – ein Skidoo – uns erreicht und eine vermummte Gestalt steigt ab. Das muss unsere zweite Betreuerin sein, aber ich erkenne von ihr nur zwei schwarze Augen. Sie trägt nicht nur einen unförmigen roten Polaroverall und eine schwarze Sturmmaske, sondern auch noch ein Exoskelett. Es sieht nicht aus wie eins dieser unauffälligen japanischen Modelle, durch die Behinderte wieder gehen können, sondern eher wie ein Teil aus Militärbeständen. Schwer und klobig.

Martin beginnt: »Hallo, Sara! Alles …?«

Das »klar« gefriert ihm im Hals, als die Gestalt mit einem kurzen Nicken an ihm vorbeistapft, haarscharf mit den Metallfüßen an seinen Zehen vorbei. Zur Frachtluke der *Twin Snowbird* hinüber. Dort hebt sie mit ihren verstärkten Armen eine Vorratskiste auf, die deutlich größer ist als sie selbst, und trägt sie zum Anhänger des Schneemobils.

Seven deutet beeindruckt auf das Exoskelett. »Dürfen wir das mal ausprobieren?«

Martin atmet einmal tief durch. »Das hängt ganz von euch ab und davon, ob ihr eure Chancen hier nutzt«, gibt er zurück. Uäh. Er sieht zwar taffer aus als die anderen Betreuer, aber seine Sprüche sind genau die gleichen.

»Ich jedenfalls habe vor, meine Chance zu nutzen«, sagt Seven und packt beim Ausladen mit an. »Schließlich hat es nicht wenig Geld gekostet, mich hierherzuschicken, wäre doch schade, das zu verschwenden.«

Martin sagt nichts, nickt nur. Ich hoffe, dass er Seven das nicht abgekauft hat.

Wir anderen helfen nun auch beim Ausladen, dann dürfen wir zu Fuß zu unserer Unterkunft, einer ehemaligen Antarktis-Forschungsstation*, gehen. Sie hat schon bessere Zeiten gesehen, das ist klar. Auf der Schmalseite der Schuhschachtel sind noch verblasste blaue Buchstaben zu erkennen, sie ragen kaum über den Schnee hinaus. *Neumayer-Station*. Im Internet stand, dass es vor ein paar Jahren hier gebrannt hat, danach war die Station fast ein Totalschaden, aber eben nur fast. Nicht mehr brauchbar für die Forschung, aber noch zu gut zum Abreißen. Irgendjemand kam auf die Idee, sie zu verpachten, bis sie völlig kaputt ist, schließlich sind Privatgeschäfte erlaubt in der Antarktis, seit sie kein Schutzgebiet mehr ist.

Ich klopfe auf die rot-weiße Außenhülle, es gibt einen hohlen Ton. »Klingt wie ein gestrandetes Schiff.«

»Rein rechtlich gesehen gilt sie auch als Schiff, weil 200 Meter unter uns das Meer ist«, erzählt Martin. »*Neumayer III*

* Fachbegriffe sind am Ende des Buches in einem Glossar kurz erläutert.

bewegt sich mit dem Schelfeis. Jeden Tag einen halben Meter nach Norden.«

»Warum steckt sie halb im Schnee?«, fragt Benny, seine nutzlose Datenbrille hat er eingesteckt. »Müssen wir die ausgraben?«

Martin schüttelt den Kopf und mustert die Station mit zusammengekniffenen Augen, er sieht nicht wirklich begeistert aus von ihrem Zustand. »Hier fällt mehr Schnee, als wegtaut. Außerdem häufen die Stürme Schnee an jedem Hindernis an. Jedes normale Gebäude, das man hier hinstellt, wird schneller bedeckt, als man's wieder ausgraben kann.«

»Dann müsste dieser Scheißkasten doch längst weg sein«, wendet Dattel ein und spuckt lässig auf den Boden, knapp an Martins Füßen vorbei. Ganz zufällig, versteht sich.

Martin deutet auf die Spucke. »Dafür gibt's morgen eine halbe Stunde Netzzeit weniger, Sinan. Zu deiner Bemerkung: Eigentlich schon, aber *Neumayer III* hatte früher Stelzenbeine, sodass Schneestürme darunter durchgefegt sind. Das waren Teleskopbeine, dadurch konnte man sie auch jedes Jahr ein Stück hochbocken. Tja, durch den Brand ist das alles kaputtgegangen – es war billiger, eine neue Station zu bauen, als diese hier zu reparieren.«

Also leben irgendwo, ein paar Kilometer weiter, eine Menge deutscher Forscher in *Neumayer IV*. Aber die werden wir garantiert nicht zu sehen bekommen, wahrscheinlich hätten sie Angst vor uns. Schließlich sind wir *ein Risiko für die Gesellschaft. Außer Kontrolle. Unbelehrbar.* Steht alles irgendwo in meiner Akte und garantiert auch in denen der anderen.

»Total praktisch, das mit dem Schnee«, meint Fee, mampft einen Riegel und lässt die Verpackung fallen. »Müll verschwindet wie von selbst und kommt nie wieder zum Vorschein.«

»Heb das auf«, sagt Martin ruhig. »Jetzt.«

Fee strahlt ihn an. »Ganz cool bleiben«, sagt sie und bückt sich nach der Verpackung. »Hab ich nicht so gemeint, okay? Also läuft das anders mit dem Müll?«

»Wir werden sämtlichen Abfall, den wir hier verursachen, wieder mit nach Hause nehmen«, sagt Martin, und als er sich umblickt, schimmert seine Fotosynthesejacke im Sonnenlicht.

Ich werfe Fee einen kurzen Blick zu. Sie macht einen auf Papas Darling – na, mal schauen, wie weit sie damit kommt.

Sie hat meinen Blick bemerkt und sieht mich an, nachdenklich und ein wenig neugierig. Dann lächelt sie mir zu, ein kleines, herzliches Lächeln, das echter wirkt als die Art, wie sie Martin angestrahlt hat.

Vielleicht werde ich sie mögen.

Keiner der anderen scheint Lust auf Ärger zu haben, denn ohne weitere Diskussionen folgen wir Martin, der eine roh zusammengebaute Metalltreppe an der Seite von *Neumayer III* hochklettert. Wir müssen durchs Dach einsteigen, weil der ursprüngliche Eingang tief unter dem Schnee verschwunden ist. Eine aus Metall geschweißte Treppe führt hoch aufs Dach, wo sich ein schlichtes, rotes Häuschen erhebt. »Die ehemalige Ballonfüllhalle«, erklärt Martin. »Durch die können wir rein.«

Er fährt ein metallenes Rolltor hoch und wir können inklusive Gepäck in die Halle. Dort schaue ich mich ratlos um, hier scheint es nicht weiterzugehen. »Und was jetzt, sind wir drinnen?«

Martin drückt auf einen Knopf und aus dem Boden fährt langsam eine Falltür hoch. »Fast.«

Eine Falltür. Ist das hier ein Kerker oder was? Wir klettern hinunter und schleifen unsere Sachen durch den nicht weiter bemerkenswerten, schlecht beleuchteten Mittelgang des oberen, zweiten Stockwerks, das hier nicht Stockwerk heißt, sondern Deck. Ich erinnere mich: gestrandetes Schiff und so.

»Station?«, ruft Benny hoffnungsvoll, aber dieser alte Kasten hat natürlich keine Spracherkennung. Es ist ungewohnt, dass die Station nicht merkt, dass wir da sind, und sich nach uns richtet. Sogar das Licht müssen wir selbst anschalten.

Martin sagt: »Ich würde vorschlagen, wir schauen uns erst mal um«, und ich werfe meine schwarze Tasche auf die der anderen, das Zeug stapelt sich halb bis zur Decke.

Erst will ich den anderen ins Treppenhaus folgen, doch als ich höre, dass die *Twin Snowbird* Vollgas gibt, gehe ich schnell zu einem der Fenster.

Schon hebt sie ab. Wie befreit schwingt sie sich in den gläsernen Himmel, ihre beiden Propeller glitzern in der Sonne.

Mir wird mulmig zumute bei diesem Anblick.

Jetzt gibt es keinen Weg zurück mehr für uns. Drei Monate lang.

GESTRANDET

Die ranzige alte Station besteht, soweit ich das richtig durchschaue, aus ehemaligen Schiffscontainern, die man zu vier Stockwerken – zwei waren früher über dem Boden, zwei darunter – übereinandergestapelt und zusammengeschweißt hat. In diesen Containern, denen man einen Fußboden, etwas hübschere Wände, Stromanschluss, Innenfenster und so weiter spendiert hat, haben die Forscher früher gewohnt und gearbeitet. Weil simple Blechwände anscheinend nicht reichen, um in einem der Extremwinter hier warm zu bleiben, ist um diese ganze Stapelkonstruktion noch mal eine feste Außenhülle mit Fenstern nach draußen. Im Zwischenraum zwischen Containern und Hülle, der Galerie genannt wird, kann man herumlaufen, und früher konnte man sicher auch aus den großen Außenfenstern glotzen. Nur leider liegen viele von denen mittlerweile unter dem Schnee.

Wir laden kurz unser Gepäck auf Deck 2 ab, dann geht die Besichtigungstour los – wir marschieren runter zum Deck 1, das auf der einen Seite vom Feuer beschädigt worden ist, und schauen in zahllose Räume. Die meisten davon sind leer, doch in manchen stehen noch irgendwelche alten Möbel, Regale, Maschinen oder Kisten. In einem Raum grollen riesige Stromaggregate vor sich hin. Ansonsten ist es dunkel und still auf diesem Deck und ein muffiger Geruch steigt mir in die Nase. Vielleicht, weil hier früher die Küche, ein Speisesaal und die Lounge waren, aber die sind nicht mehr benutzbar. Nur das Lazarett ist vom Brand verschont geblieben.

Benny, der kleine Blondschopf, blickt sich ohne Begeisterung um, die silberne Schnittstelle glänzt an seiner Schläfe. »Kühl hier. Sind die Heizungen kaputt?«

»Nein, aber es lohnt sich nicht mehr, hier zu heizen – wir wohnen nur oben im Deck 2, wo die Zimmer sind und früher die Labore waren«, erklärt Martin. Er schaut sich ebenso neugierig um wie wir.

»Kann es sein, dass du noch nie hier in der Station warst?«, meint Fee zu ihm und hakt sich bei ihm unter.

»Stimmt«, sagt Martin und löst seinen Arm ganz selbstverständlich wieder aus ihrem. »Aber dafür war ich schon zweimal in der Antarktis, davon einmal am Südpol. Blöderweise war das Hotel dort ausgebucht, aber ich durfte zelten.«

Neugierig blicke ich ihn an. Oh hey, der Südpol. Den würde ich mir gerne anschauen, aber daraus wird wohl nichts, er ist ein paar Tausend Kilometer weiter weg in der Mitte dieses komischen Kontinents. Wir sitzen an dessen oberem Rand.

Wir gehen durchs Treppenhaus hinab. Weiter unten, im Deck U1, ist es noch ein paar Grad kälter; dort sind nur jede Menge Technikräume, Werkstätten und Lager mit niedriger Metalldecke. Verschiedenfarbige Container warten wie bunte, zugeklappte Mäuler auf unseren Müll.

Unglaublich, wie riesig *Neumayer III* ist. Wir haben Platz ohne Ende. Aber auch dieses Deck wirkt unwirtlich, Teile der Südseite sind voller Ruß, der Bodenbelag ist geschmolzen und in bizarren Formen wieder erstarrt.

»Diese Station ist total schrecklich«, beschwert sich Fee. »Hätten die uns nicht eine eigene kleine Hütte spendieren können? Etwas kleiner und dafür weniger schrottig?«

»Hätte vermutlich zu viel gekostet«, sagt Martin und sieht grimmig aus dabei. Vielleicht ist er auch nicht ganz einverstanden damit, wie der Projektträger uns untergebracht hat.

Furchtbar gerne würde ich ein paar Gruselbilder dieses Schrotthaufens posten, aber das geht nicht. Offline! Ausgesperrt aus dem Internet. Ich kann es immer noch kaum fassen. Noch unruhiger als sonst hibbele ich herum.

Hier endet die Führung. »Es gibt zwar noch ein Deck U2, die ursprüngliche Fahrzeughalle, aber die ist eingesackt«, erklärt Martin. »Die Forscher haben eine neue in den Schnee gegraben, die können wir uns anschauen, soweit ich informiert bin.«

Der Weg dorthin führt durch einen zum Teil mit Wellblech verkleideten Seitengang. Skeptisch werfe ich einen Blick nach oben. Die Gangwände sehen von außen eingedellt aus, als habe irgendein Alien versucht, hineinzugelangen. Flackernd geht das Neonlicht an, erleuchtet bunt lackiertes Metall, Fahrzeuge mit Schneeketten. Eine Rampe führt zur Oberfläche, doch kein Tageslicht fällt herein, das Außentor ist zu.

Gespannt will ich den anderen in die Halle folgen, doch Martins Arm hält mich auf. »Ich bin nicht sicher, ob das in dieser Phase gut für dich ist, Crash.«

»Ach, und was ist gut für mich? Vitamine und Mineralstoffe?«, gebe ich enttäuscht zurück.

»Woher hast du das gewusst?« Er grinst mich an.

Schlecht gelaunt warte ich, bis die anderen sich umgeschaut haben. Kaya bekommt Ärger, weil sie hinter eins der Fahrzeuge gepinkelt hat. Wortlos lässt sie die Standpauke an sich abperlen. Dann geht's wieder ab nach oben.

Wir gehen wieder hoch. Auf Deck 2 – unserem zukünftigen Zuhause – sieht es zum Glück freundlicher aus. Ein langer Mittelgang, viele hellblaue Türen und dahinter unbeschädigte, geheizte Räume. Auf manchen Türen sind noch Klebereste, wahrscheinlich haben die Bewohner sie früher mit ausgedruckten Fotos dekoriert. Wie offline ist das denn.

Ich lasse die Finger darüber gleiten und versuche, mir vorzustellen, was für Bilder das waren. Fotos ihrer Familien wahrscheinlich. Ihrer Kinder. Selfies von ihnen bei der Arbeit im ewigen Eis. Lustige Schnappschüsse mit gut gelaunten Forscherkollegen.

Wir ziehen unsere Reisetaschen vom Stapel und Martin zeigt uns die Zimmer. Oder eher, er reißt jede blaue Tür auf, schaut hinein und beschließt dann, wer wo wohnt. »So, Benny, hier kannst du rein, und dieses hier ist deins, Kaya …«

»Jeder hat ein eigenes Zimmer? Ist das hier das *Hyatt* oder was?« Dattel klingt überrascht. Der kommt garantiert auch aus dem Heim. Aus dem Reich der Doppelstockbetten, in denen es ungefähr so viel Privatsphäre gibt wie in einem Gibbonkäfig im Zoo.

»Genug Platz ist da«, meint Martin und zuckt die Schultern. »Schließlich haben hier früher Dutzende von Leuten gewohnt. Diese etwas größeren Zimmer müssen die sein, in denen früher die Überwinterer gelebt haben; die meisten Leute waren nur im Sommer hier.« Er blickt sich noch einmal um. »Wenn ihr euch eingerichtet habt, treffen wir uns in den Räumen am Ende des Ganges. Die könnten als Aufenthaltsraum taugen.«

»Wieso kann ich jetzt nicht ins Netz?«, jammert Fee. »Ich halt das nicht aus! Online zu sein, ist ein Menschenrecht!«

»Nicht, dass ich wüsste«, kontert Martin.

Ich verziehe mich in mein Zimmer, setze mich auf das Bett, streiche mit der Hand über das Bettzeug, das sich noch ein wenig steif anfühlt, und schaue mich um. Ein kleiner Schreibtisch mit Stuhl, ein größerer Tisch, ein Schrank. Plötzlich muss ich an mein Zimmer in unserer Wohnung denken, so, wie es früher war. Eine Bettcouch mit bunten Kissen, die Mom mit mir zusammen genäht hat, in der Ecke mein

Plüsch-Elch Olaf, ein Wandbildschirm, auf dem ich meistens Katzenbilder eingeblendet hatte, irgendwo im Regal das mit Glitzeraufklebern verzierte Tablet, das damals in meiner Schultüte war, zusammen mit Gutscheinen für ein halbes Dutzend Apps. Was sie wohl mit dem Zimmer gemacht haben? Vielleicht steht jetzt ein Bügelbrett darin und das Wäschegestell, Mom hat sich oft darüber beschwert, dass sie für diese Sachen keinen Platz hat. Oder hat Nico das Zimmer beschlagnahmt? Nee, der ist wahrscheinlich längst ausgezogen.

Mir ist danach zumute, irgendetwas an die Wand zu werfen, den Tisch umzutreten, einen Skidoo zu Schrott zu fahren. Doch dann stehe ich einfach nur auf und gehe zur Tür. Krass, man kann von innen abschließen. Ich drehe die Verriegelung, nur um auszuprobieren, wie sich das anfühlt. Gut fühlt es sich an.

Vorsichtig nehme ich meine Medaille ab, die ich unter den Wintersachen um den Hals getragen habe; das dreifarbige Band ist schon ziemlich zerfranst und die Vergoldung sieht schäbig aus, an den Rändern schaut das Aluminium darunter hervor. Jeder andere würde sie hässlich finden, aber sie ist mein Glücksbringer, seit ich sie damals vor sieben Jahren beim Geburtstag meiner Schulfreundin Melli gewonnen habe – ich hatte beim Bowlen die meisten Punkte, und ich weiß noch Wort für Wort, was mein Vater zu mir gesagt hat: *Toll gemacht. Ich hab als Kind nie bei so was gewonnen!*

Einen Moment lang schließe ich die Hand um die Medaille. Ja, sie hat mir schon viel Glück gebracht. Schade, dass ich Melli so lange nicht mehr gesehen habe. Wahrscheinlich bereitet sie sich gerade auf ihr Abi vor … Und ich?

Der Gedanke schmeckt wie Asche in meinem Mund.

Ich bringe die Medaille vorsichtig in meiner Nachttischschublade unter.

Draußen höre ich Stimmen, die anderen sind schon auf dem Weg zum Aufenthaltsraum. Ich schließe wieder auf und gehe mit, an den Waschräumen vorbei und einer Küche, die nicht wirklich wie eine Küche aussieht, sondern eher wie ein Labor, in dem jemand ein paar elektrische Kochplatten, einen Kühlschrank und ein Waschbecken angeschlossen hat. Hier und da stehen noch ein paar alte Messgeräte, in der Ecke gammelt ein Computerbildschirm vor sich hin.

»Wann gibt's eigentlich was zu essen?«, meldet sich Kaya zu Wort. »Ich hab Hunger!«

Alle drehen sich zu ihr um, weil sie bisher fast nichts gesagt hat. Herausfordernd starrt sie zurück mit ihren silbriggrünen Augen. Ich habe gehört, dass Green Giant die Augen verfärben kann, wenn man Pech hat, aber gesehen habe ich es noch nie.

Fee schnipst. »Ach so, du meinst, es gibt hier einen Koch?« Sie hebt übertrieben arrogant das Kinn und schnipst mit dem Finger. »Hallo? Koch! Wo bleibt das Menü?«

»Kommt gleich«, knurrt eine Stimme hinter mir.

Ich fahre zusammen.

Hinter uns steht eine Frau, die wohl Sara sein muss, unsere zweite Betreuerin. Hundert Kilo Lebendgewicht, grellpinke, raspelkurze Haare und schmale, schwarze Augen. Ihr Exoskelett hat sie wohl an der Garderobe ausgezogen, wo auch immer die ist. Sie stapft an uns vorbei, dann knallt die Tür der Küche ins Schloss.

Fee atmet aus und blickt in die Runde. »Ups. Sorry, Leute. Wenn sie uns ins Essen spuckt, ist das meine Schuld.«

»Macht nichts«, tröstet sie Seven und legt den Arm um sie. »In diesem Fall darfst du alles alleine essen und wir anderen machen uns ein paar Dosen auf.«

»Wofür ist diese Sara eigentlich zuständig?«, erkundigt

sich Benny, als Martin mal wieder in Sicht ist. »Ist die speziell dafür da, uns in den Hintern zu treten?«

Das gefällt Martin. »Gute Idee. Wird sie bestimmt machen, während sie euch bei handwerklichen Aktivitäten und Ausflügen beaufsichtigt. Nur beim Kochen hat sie vermutlich keine Zeit dafür.«

Fee und Seven sehen sich an und ziehen Troll-Grimassen.

Unser neuer Aufenthaltsraum, ebenfalls ein ehemaliges Labor, sieht nicht gerade gemütlich aus. Ein paar Stühle und ein Tisch aus hellem Holz, an der Wand hängt das Bild eines Eisbrechers. Das war's. Wenn man hinausschauen will, muss man ein paar Meter weiter gehen in den Gang. Ein weiteres Labor schräg gegenüber ist anscheinend unsere neue Kantine, hier stehen ein paar zusätzliche Tische und Stühle. Ein Putzroboter klettert darauf herum und wischt leise surrend die Tischfläche.

Martin seufzt. »Vielleicht ist in der ehemaligen Lounge direkt unter uns auf Deck 1 irgendetwas, was wir gebrauchen können, um das hier wohnlicher zu machen. Wer geht?«

Ich und Dattel heben sofort die Hand, Seven dagegen winkt mit gerümpfter Nase ab. »Bloß nicht, vielen Dank. Grüßt mir die Ratten.«

»In der Antarktis gibt es keine Ratten«, wendet Martin ein. »Nur diese verdammten blauen Eisfüchse, die sie hier seit Neustem züchten, weil die Pelze jede Menge Geld bringen.«

Instinktiv will ich online gehen, mir ein Foto dieser blauen Füchse anschauen. Ätsch, kein Netz. Es fühlt sich immer noch ganz seltsam an. Als würde mir ein Sinnesorgan fehlen. Dabei habe ich nicht mal eine Hirnschnittstelle.

Noch wirkt Seven nicht überzeugt. »Aber kann doch sein, wisst ihr denn, was für Experimente die Forscher hier gemacht haben?«

Kaya tippt sich an die Stirn und Seven wirft ihr einen gekränkten Blick zu. Eins ist klar, diese beiden werden wahrscheinlich keine Freunde.

Weil es im Deck 1 so düster ist, organisiert Martin Taschenlampen, dann gehen Dattel und ich zum Treppenhaus zurück. Dattels athletischer Körper bewegt sich geschmeidig und mühelos, er geht schnell, aber ich halte leicht mit. In einer spiegelnden Scheibe erhasche ich mein Bild: Etwas zu dünn, dieses Mädchen, aber ihr Hals wirkt lang und elegant. Sie hat zerwühltes, kinnlanges, dunkelbraunes Haar und dunkle, mit viel Kajal umrandete Augen. Mist, der Kajal ist verlaufen, den muss ich neu machen.

»Und, wie oft warst du schon im Knast?«, fragt Dattel, ohne mich anzusehen.

Er testet mich. Will vielleicht wissen, wie hart ich drauf bin, damit ihm so was wie mit Kaya nicht noch mal passiert. Ist es schlau, allein mit ihm zum Deck 1 zu gehen?

»Dreimal«, lüge ich, obwohl es in Wirklichkeit nur zweimal war. »Aber einmal nicht besonders lange, hab 'nen netten Richter erwischt. Und du?«

»Einmal. Halbes Jahr, weil ich schon zwei Vorstrafen hatte.«

Ich frage nicht, wofür, weil er garantiert gleich selbst damit herausrückt. So ist es, schon ein paar Sekunden später sagt er: »Eine Zeit lang war ich richtig, richtig fett reich. Hab mir von irgendeinem Konto zehn Millionen überwiesen.«

»Wie lange warst du denn reich?«

»Fünf Tage, drei Stunden und acht Minuten.« Er seufzt. »Hätte eigentlich gereicht, sich einen dieser *Lamborghini Aventador H-5* zulegen. 400 PS, 350 Stundenkilometer Spitze. Leider hab ich noch keinen Führerschein.«

Das bringt mich zum Grinsen. »Na und? Ich auch nicht.

Aber mit ’nem *H-5* wärst du nicht glücklich geworden. Soweit ich gehört habe, ist die Brennstoffzelle total störanfällig.«

Eigentlich lustig. Die meisten Leute mit Führerschein können gar nicht mehr richtig fahren, weil sie die automatische Steuerung alles machen lassen. Aber *ich* kann fahren, einfach deshalb, weil ich der automatischen Steuerung das Licht ausblasen muss, um eine Karre klauen zu können.

Während Dattel stolz erzählt, wie er es geschafft hat, sich die Kohle auf sein Konto zu buchen, huscht der Strahl unserer Lampen in der stickigen Dunkelheit umher. Alles wirkt so fremd, so ungewohnt, wir sind auf alles gefasst. Ich bin müde, aber hellwach, mein Herz schlägt rasch und kräftig. Manchmal gibt es nichts, was sich so gut anfühlt wie ein bisschen Angst.

Deck 1 ist ähnlich aufgebaut wie unseres, ein Mittelgang, von dem aus man verschiedene Räume betreten kann. Aber in diesem Deck kann man zusätzlich auf der Galerie außen um die Schiffscontainer herumgehen. Wir schaffen es tatsächlich, uns einen Moment lang im angekohlten Deck zu verirren, bis wir an einem Ende der Station die Lounge mit ihrem dunkelroten und blauen, fleckigen Teppichboden wiedergefunden haben. Ein Hauch kalter Asche hängt in der Luft, aber es riecht auch irgendwie anders … nach ungewaschenen Klamotten und nach Fisch. Kann das sein?

Dattel packt einen elektrischen Heizlüfter, der neben dem halb verbrannten Ledersofa steht, und will ihn sich unter den Arm klemmen, aber ich schüttle den Kopf. »So welche haben wir oben auch. Wollen wir den Sessel hier mitnehmen? Und ein paar der Kissen sehen okay aus.«

Zweifelnd blickt Dattel mich an, vielleicht fragt er sich, ob ich den massiven, eckigen Sessel überhaupt schaffe. Aber ich bin stärker, als ich aussehe, zusammen wuchten wir das Ding nach oben und kommen dann noch mal wegen der verchromten Barhocker zurück. Die anderen waren auch fleißig, haben aus einem der unbenutzten Zimmer eine Matratze herausgezerrt und sitzen darauf. Zusammen mit ein paar roten Feuerschutzdecken und den Kissen sieht es jetzt halbwegs gemütlich aus hier drin. Gleich nebenan ist eine Art Innenbalkon; von dort aus kann man aus drei Außenfenstern nach draußen schauen, sie liegen zum Glück nicht unter der Oberfläche.

»Keine Ratten gesehen«, meldet Dattel und klingt dabei wie ein Söldner, der gerade aus dem Kriegsgebiet zurückgekehrt ist. Total albern.

Kurz darauf ist das Essen fertig. Wie sich herausstellt, hat Sara auch nur ein paar Dosen aufgemacht.

»Ah, explodierter Mexikaner«, sagt Benny nach einem Blick auf seinen Teller.

»Nee, das ist bestimmt was anderes«, meint Seven. »Fleisch von glücklichen Pinguinen oder so.«

Kaya probiert. »Schmeckt eher nach unglücklichen Pinguinen«, sagt sie und verzieht das Gesicht. Skeptisch beobachtet Fee sie, dann nähert sie ihre Nase dem Essen und mustert es. »Sieht irgendjemand Spucke?«

»Die würde man nicht sehen, weil sie durchsichtig ist«, gibt Dattel zu bedenken.

»Klugscheißer. Was ist, wirst *du* das essen?«

»Leute, das ist ganz normales Chili con Carne«, sagt Martin und seufzt.

»Genau«, sagt Fee. »Es ist *con carne* und ich bin Veganerin! Der Hobbit kann meine Portion haben.« Sie schiebt Benny ihren Teller zu, nimmt sich stattdessen eine Scheibe Brot und scannt sie mit ihrer *XWatch*, die ihr die Kalorienzahl anzeigt.

»Hobbit? Wer ist ...« Gerade noch rechtzeitig checkt er es.

Begeistert sieht er nicht aus, aber er ist klug genug, nicht zu protestieren. Nur allzu leicht fängt man sich auch Nicknames wie *Fuckface* oder *Toilettentaucher* ein.

»Verdammt, jetzt hab ich mit dem Mist meine Sachen versaut!« Ärgerlich reibt Seven an einem Soßenfleck herum. Es ist nur ein kleiner Spritzer, aber Seven stellt sich an, als wäre seine ganze Ausrüstung ruiniert. Wir anderen sehen uns an, ziehen die Augenbrauen hoch und beachten ihn nicht weiter.

»Die automatische Waschmaschine funktioniert noch – wirf es einfach in den Schacht, dann hast du es morgen trocken und gebügelt zurück«, empfiehlt ihm Martin.

»Ja, natürlich. Sorry, Leute, dass ich so einen Aufstand gemacht habe.« Seven lächelt und Martin nickt ihm zufrieden zu. Dattel verdreht die Augen.

Jetzt erst taucht Sara auf, isst ihre Portion und versucht in Zwei-Wort-Sätzen – sie spricht nicht besonders gut Deutsch oder Englisch – eine erzieherische Maßnahme bei Kaya. Aber die hat offenbar keine Lust, eine Serviette zu benutzen, und lässt sie immer wieder auf den Boden fallen.

»Ist okay, wir üben das morgen weiter«, meint Martin, der mit skeptischem Blick alles beobachtet hat. Dann versucht er, Sara freundlich zu vermitteln, dass sie das Chili vielleicht nächstes Mal ein bisschen würzen sollte und es auch ratsam wäre, es weniger lange zu kochen, damit die Bohnen nicht zu Bohnenmus werden. Von Sara kommt keine Antwort. Aber ein Blick, der jeden Elitesoldaten dazu gebracht hätte, nach seiner Mama zu rufen. Wortlos zieht sie ab.

»Ich glaube, sie verträgt keine Kritik«, sage ich.

»Unser Schicksal ist besiegelt – drei Monate Knastessen.« Mit dramatischer Geste legt Benny die Hand auf die Gegend, in der er seinen Magen vermutet, und kratzt sich dann an der BrainConnect.

Wir blödeln noch ein bisschen herum, dann geht Fee eine Dusche suchen, Dattel und Benny werden zusammen zum Abspülen eingeteilt – unfassbar, aber es gibt hier keine Spülmaschine – und ich darf meine erste Stunde Satellitenzeit nehmen. Während Dattel lautstark herummeckert, dass er keinen Bock auf Abspülen hat, maile ich ein paar Leuten, die ich im letzten Heim kennengelernt habe. Und natürlich Marisa. Ich schreibe ihr alles, was ich bisher erlebt habe, aber ich weiß, dass sie die Mail niemals öffnen wird, und einen Moment lang scheint die Schrift vor meinen Augen zu verschwimmen. *Sorry, sorry, sorry.*

»Alles in Ordnung?«, fragt Martin, der in der Nähe Bürokram erledigt, in einem widerlich besorgten Ton.

»Ja, ja, alles klar«, murmele ich und schicke die Nachricht ab. »Wann darf ich mal so einen Skidoo fahren?«

Die Ablenkung funktioniert. Er erklärt mir lang und breit, dass ich erst an mir arbeiten und mich dann schrittweise der Versuchung stellen müsse, blablabla. Anscheinend ist es nicht in meiner Akte gelandet, was mit Marisa passiert ist.

Nach mir ist Seven – im frischen Outfit – mit seiner Netzzeit dran, er fängt sofort hektisch an, auf seinem Communicator herumzutippen. Martin beobachtet ihn dabei, und dadurch verpasst er, dass Kaya sich umblickt und dann zum anderen Ende der Station schleicht. Bin gespannt, was das soll. Aber das kann ich morgen herausfinden.

Etwas anderes ist viel wichtiger. Verstohlen mache auch ich mich auf den Weg, aber nach oben, zum Ballonhallen-Eingang. Ich muss es wissen! Jetzt, gleich jetzt, vorher kann ich sowieso nicht einschlafen. Mein ganzer Körper kribbelt, meine Fingerspitzen zucken in einem unhörbaren Takt.

Schon liegt meine Hand auf dem Knopf, der die Falltür steuert, meine Muskeln sind angespannt wie für einen Sprint.

Ich kann kaum glauben, dass die Tür wirklich nach oben schwingt, als ich den Knopf drücke, und auch das Rolltor sich für mich öffnet. Etwas Schnee fällt mir entgegen, hingestreute Diamanten im Licht der Mitternachtssonne.

Nicht abgeschlossen. Ich könnte einfach so gehen, wenn ich wollte.

Die nervöse Energie fließt aus mir heraus.

Ein paar Minuten stehe ich so da. Halb erwarte ich, dass irgendjemand mich zurückreißt, mich anschreit, Ermahnungen auf mich niederprasseln lässt. Nichts. Martin hat recht, von hier kann man nicht fliehen. Nicht, wenn einem sein Leben lieb ist.

Weil es mir kalt den Hals hinunterzieht und die Haut im Inneren meiner Nase allmählich gefriert, lasse ich das Rolltor wieder herunterrasseln, steige durch die Falltür und kehre zurück ins Deck 2.

In meiner ersten Nacht in der Antarktis schlafe ich traumlos und tief.

BLAUE EIER

Verschlafen schlurfe ich am nächsten Morgen zu den Waschräumen. Als ich die Dusche aufdrehe, erleidet sie erst mal einen Hustenanfall und spuckt dann warmes Wasser über meine Haare. Weil ich mein Duschgel vergessen habe, schaue ich mir an, welche Sorten die anderen mitgebracht haben, und suche mir eins mit Vanilleduft aus.

Dann auf zum Frühstück. Sara sitzt nicht bei uns, mag sie nicht mehr mit uns Chaoten essen? Kaya wischt den Mund immer noch am Ärmel ab und nicht an einer Serviette.

»Sara ist übrigens Mongolin«, erzählt Martin. »Sie war außer mir die Einzige, die sich für den Job hier auf der Station beworben hat. Zumindest wird ihr das Klima bekannt vorkommen, auch in der Mongolei ist es im Winter eisig.«

Dattel grinst breit. »Mongolin? Cheez! Dann hat sie für uns wahrscheinlich frischen Yak-Joghurt zubereitet, oder?«

Der Joghurt schmeckt wirklich ein bisschen komisch. Und die Frühstückseier … irgendwie verdächtig. Ich schlage meins auf und schaue mir das Innere an.

»Blau«, stelle ich fest.

»Wie, blau?«, fragt Fee und beugt sich in meine Richtung.

»Blau eben«, sage ich und halte es ihr hin.

Martin sieht nicht begeistert aus. Er schnappt sich das Ei und marschiert damit Richtung Küche. Neugierig pilgern Fee, Benny, Dattel und ich hinterher.

»Sara, das sind Pinguineier! Das geht wirklich nicht … Wo hast du die her?«

Sara wirkt ungnädig, wahrscheinlich weil jemand in ihr Revier eingedrungen ist. Wortlos hält sie ihm eine Eierschachtel aus Pappe hin, darauf ist ein lachender Pinguin abgebildet und in einer fremden Sprache steht irgendetwas darauf.

»Aha, das ist Spanisch – *cholesterinarm und köstlich*«, übersetzt Dattel, auch diesmal ohne Datenbrille und ohne auf seinen Communicator zu schauen.

»Kann man kaufen in Chile und Argentinien«, knurrt Sara und blickt Martin vorwurfsvoll an. »Im Supermarkt.«

»Tatsächlich?« Martin sucht nach Worten. »Anscheinend ... gehört das auch dazu, wenn eine Gegend ... äh, kein Schutzgebiet mehr ist.« Er dreht eins der restlichen porzellanfarbenen Eier in den Händen. »Schwer zu sagen, von welcher Art ... vielleicht Adélie- oder Humboldtpinguin.«

Zum ersten Mal sehe ich Fee wütend und einen Moment lang lässt sie die It-Girl-Fassade fallen, schimmert darunter ihr echtes Gesicht durch. »Dreck! Wie können die so was machen? Pinguine sind doch vom Aussterben bedroht, oder, Martin?«

»Nicht direkt«, muss Martin zugeben. »In Südafrika und Neuseeland schon, hier in der Antarktis gibt's noch ziemlich viele. Auch wenn manche Arten Probleme durch die Klimaerwärmung haben ...«

»Sag mal, Sara«, mische ich mich vorsichtig ein. »Was war denn das für ein Joghurt?«

»Selbst gemacht«, sagt sie stolz und hält uns eine Packung mit Trockenmilchpulver hin. Darauf ist ein zotteliges Vieh abgebildet, das garantiert keine Kuh ist.

»Wow«, sagt Benny. »Hundert Punkte für dich, Dattel.«

Dattel verzieht halbherzig einen Mundwinkel.

Als wir wieder zurück im Aufenthaltsraum sind, ist die Stimmung noch immer gedrückt. Kaya verkündet, dass das

Pinguin-Ei echt lecker ist, aber ich probiere nur ein winziges Stück. Ich hatte als Kind mal einen Pinguin als Kuscheltier, und den alten Film *Happy Feet* habe ich achtmal geschaut, obwohl ich irgendwann kapiert habe, dass Pinguine nicht wirklich singen und tanzen. Pinguin essen? Dann kann auch gleich gedünstete Katze auf die Speisekarte.

Als Fee an mir vorbeigeht, schnuppert sie. »Vanille ... he, sag mal, hast du mein Duschgel benutzt?«

»Ja – hatte meins vergessen«, gebe ich zu.

»Wie wär's, wenn du fragst, bevor du fremde Sachen nimmst?«, motzt sie mich an.

»Geht nicht gut, wenn man nackt unter der Dusche steht.« Klar, toll war das mit dem Duschgel nicht, aber es gibt wirklich Schlimmeres.

Vielleicht um sich aufzuheitern, geht Fee zu einem der Fenster auf dem Innenbalkon, beugt sich mit einem Stirnrunzeln nach vorne und starrt angestrengt in die Ferne. Dann deutet sie nach draußen und ruft aufgeregt: »Eisbär! Wow, cool, da ist ein Eisbär!«

Nur Kaya hastet aufgeregt zum Fenster, die anderen reagieren nicht. Fee lacht sich schlapp darüber, dass Kaya auf ihren Witz reingefallen ist – schließlich gibt es Eisbären nur in der Arktis, auf der anderen Seite der Erde. Kaya revanchiert sich, indem sie ihre Faust genau neben Fees Kopf gegen das Fenster rammt. Risse bilden sich im Plexiglas, silbrig wie Spinnweben.

»Sag mal, tickst du nicht mehr richtig?«, jault Fee auf.

Während Martin versucht, einen richtigen Kampf zu verhindern, und Sara zur Verstärkung ruft, sinniert Dattel darüber, dass man hier in der Antarktis auch auf andere Art blaue Eier kriegen kann. Es ist ein ziemlich lahmer Witz, aber Seven lacht darüber. Jungs unter sich, o Mann.

Martin und Sara haben noch in der letzten Nacht einen festen täglichen Zeitplan ausgetüftelt, er steht handschriftlich auf dem Whiteboard im Aufenthaltsraum und leuchtet jetzt von jedem unserer Communicators. Wir mustern ihn ohne Begeisterung. »Muss das sein?«, murrt Benny. »Das klingt ja, als hätten wir keine freie Minute.«

Mitleidig schaut Dattel auf ihn herunter. »Tja, Hobbit, das soll dazu dienen, *unserem Tag eine feste Struktur zu geben.*« Er ist ziemlich gut darin, Martins Stimme nachzuäffen. »Das *gibt uns Halt*, weißt du.«

»Im Klartext, dadurch haben wir keine Zeit, dumm rumzuhängen und Scheiße zu bauen«, übersetze ich für Benny.

Nein, zum Rumhängen ist keine Zeit, es gibt viel zu tun, und Sara bringt uns bei, wie es geht. Voller Neid schaue ich zu, wie Dattel mit einem zweisitzigen *PistenBully* Schnee zusammenschieben darf, aus dem die Station Trinkwasser für uns schmilzt. Gerade lässt er ordentlich den Motor aufheulen. Damit ich das nicht länger mit ansehen muss, gehe ich in mein Zimmer, um programmgemäß meine nächsten virtuellen Lerneinheiten zu erledigen – ich hinke in so gut wie allen Fächern hinterher, weil keines davon mich interessiert.

Doch vorher greife ich in meine Nachttischschublade, in der ich gestern meine Medaille untergebracht habe. Greife hinein, taste herum … und finde nichts.

Im ersten Moment kann ich es nicht glauben. Das Ding ist weg! Kaum einen Tag auf der Station, und schon bin ich beklaut worden! Das ist ja schlimmer als im Heim. Und ausgerechnet die Medaille, ich hätte sie anbehalten sollen! Wieso nur habe ich sie ausgezogen?

Die Wut wühlt in meinem Magen. Ich werfe mich auf mein Bett und starre an die Decke, bis die vorwurfsvolle Sirene des Lernprogramms – sie wird immer lauter, wenn man nichts eingibt – mir fast die Ohren sprengt. Fast ohne aufs Display zu schauen, beantworte ich die Multiple-Choice-Fragen und habe natürlich nur 40 Prozent richtig. Ist mir egal. Meine Gedanken sind sowieso woanders. Soll ich Martin sagen, dass jemand sich an meinen Sachen vergriffen hat? Nein, was soll das bringen, helfen kann er mir sowieso nicht.

Während des Mittagessens, das aus einer undefinierbaren Pampe besteht und scheußlich schmeckt, sehe ich mich feindselig um. Wer könnte es gewesen sein? Praktisch jeder hatte die Gelegenheit dazu. Benny wirkt munter, er lächelt mir zu. Würde er das tun, wenn er mein Zimmer durchsucht hätte? Ja, klar, warum nicht. Dann wäre es aber ein Haha-hab-dich-reingelegt-Lächeln. Ist es nicht. Glaube ich zumindest.

Fee interessiert sich überhaupt nicht für mich – der Scan des Essens hat ihrer Meinung nach unzumutbar viele Kalorien ergeben, und gerade lässt sie ihre *XWatch* berechnen, wie viel sie davon essen dürfte, um nicht dick zu werden.

Dattel behält Seven und Kaya im Auge.

Kaya wirkt nervös.

Mir fällt ein, wie sie gestern herumgeschlichen ist. Besser, wenn ich mich in nächster Zeit von ihr fernhalte – Junkies sind unberechenbar. Mir kommt der Gedanke, dass sie die Medaille vielleicht geklaut hat, um sie zu verticken. Aber für so ein Ding würde man selbst im Recyclingzentrum, wo sie einem Metalle aller Art förmlich aus der Hand reißen, keine zwanzig Cent bekommen.

Nach dem Essen macht Martin sich daran, zusammen mit unserer echt mongolischen Betreuerin Vorräte in ein Lager hier auf Deck 2 zu bringen. Ich beobachte, wie Martin sein Auge an ein Gerät am Eingang drückt, erst dann geht die Tür vor ihm und Sara auf. Eine Sicherung mit Retina-Scan? Was genau haben die da drin? Oder denken die, wir würden nach

Mitternacht über das Essen herfallen, wenn sie uns nicht daran hindern?

Dattel hat es ebenfalls gesehen, ganz kurz treffen sich unsere Blicke. Ich rucke mit dem Kinn in Richtung der scangesicherten Tür und ziehe die Augenbrauen hoch. *Du bist doch Hacker. Könntest du das knacken?*

Er grinst, zuckt kurz die Schultern. *Wahrscheinlich schon.*

Dann wendet er sich ab und wirft einen Blick auf den Communicator, auf dem Fee gerade gut gelaunt Fotos herumzeigt. Ich darf auch mal schauen. Schöne, lachende Menschen in Tangram-Jeans oder Kleidchen aus plastinierten Blumen, in den Händen neonfarbene Cocktails. Der verwackelte Schnappschuss einer Limousine, ein schwarzer Rapper in cooler Pose, Moment, das ist doch …

Fee wirft mir einen Seitenblick zu, wartet auf meine Reaktion. Aber es ist Seven, der zuerst nachhakt. »Du warst auf einer Party mit *BluBlood* eingeladen?«, fragt er und bemüht sich, nicht beeindruckt zu wirken.

»Noch viel besser.« Fees Lächeln ist hell wie die Sonne. »Es war *meine* Party. Im letzten Sommer, als ich sechzehn geworden bin. BluBlood hat ein paar Songs für mich mitgebracht, einen davon hat er extra für mich komponiert, hat er gesagt.«

»In your dreams, baby«, sagt Seven.

»Nee, ehrlich! Er ist extra aus Chicago eingeflogen.«

»War bestimmt nicht billig«, sagt Dattel trocken, er zumindest glaubt ihr. »Wie viel wollte er dafür?«

Ich muss grinsen. Ex-Reiche unter sich. Die Antwort hätte mich auch interessiert, doch leider greift jetzt Martin pädagogisch wertvoll ein: »Fee, ich glaube, du hast noch nicht begriffen, welchen Fehler du gemacht hast, du bist ja offensichtlich weiterhin stolz darauf.«

»Wieso auch nicht, es war der beste Tag meines Lebens«, gibt Fee trotzig zurück und zeigt noch ein paar Bilder von sich zusammen mit BluBlood herum. Auf einem hat sie ein verwirrt glotzendes, grünlich leuchtendes Kaninchen, das Halsband und Leine trägt, auf dem Arm.

»Ist das Sprühfarbe auf dem Kaninchen?«, frage ich.

»Nein, so was züchten sie in Ställen neben Fukushima«, behauptet Dattel.

»Quatsch, das ist Sabrina, sie hat ein Leuchtquallen-Gen«, erklärt Fee. »Mein Vater hat sie mir aus Tokio mitgebracht, solche Tiere sind dort total angesagt.«

»Kannst froh sein, dass Sabrina nicht hier ist«, meint Benny. »Sara würde einen tollen Neon-Schmortopf aus ihr machen.«

Das findet Fee nur sehr begrenzt lustig.

»Woher hattest du die Kohle für die Party?«, hakt Dattel nach, und Fee winkt ab. »Hat mir mein Vater spendiert.«

»Was ist'n der? Chefarzt? Investmentbanker?«, bohrt Seven nach.

»Eingeladen war er nicht, oder?«, fragt Kaya vom anderen Ende des Raumes.

»Geht dich das was an?« Fee spuckt den Satz aus wie einen alten Kaugummi.

Kaya zeigt ihr den Stinkefinger.

»Fee, glaubst du wirklich, es hat sich gelohnt, dass du dir für deine Party die Zukunft versaut hast?« Das ist wieder Martin. Aha, dann war das mit dem Vater also gelogen. Sie hat die Kohle auf andere Weise beschafft. Als Edelnutte? Durch Abzocke?

Fee verdreht die Augen und steckt den Communicator weg. »Also, was ist, fahren wir endlich ein paar Pinguine anschauen? Wegen denen bin ich schließlich hier.«

»Bald, wenn wir uns alle eingelebt haben, das Wetter hält und ihr euch in der Zwischenzeit gut benommen habt«, sagt Martin. »Aber davon gehe ich jetzt mal aus.«

Dattel ignoriert ihn völlig und auch von den anderen reagiert keiner.

Seven fragt Martin: »Wäre es okay, wenn wir eine Runde aufs Dach der Station gehen? Zum Rumgucken?«

Martin nickt, und Fee sagt unternehmungslustig: »Na, dann los, ich mag es, 'ne Aussicht zu haben.« Sie, Seven und Dattel stehen auf. Ich werfe einen skeptischen Blick auf das Thermometer – immerhin, nur noch minus 5 Grad. Ist schließlich Sommer. Und hier an der Küste ist es nicht so kalt wie direkt am Südpol.

»Kommst du mit, Crash?« Dattel blickt mich an. Aus irgendeinem Grund scheint der mich zu mögen. Vielleicht verbindet es, wenn man zusammen einen Sessel schleppt.

»Okay.« Ich raffe mich auf, denn neugierig bin ich wirklich.

»Darf ich auch?«, fragt Benny. Er hat von uns den schlimmsten Online-Entzug, wahrscheinlich braucht er dringend Ablenkung.

»Haben Hobbits keine Höhenangst?«, fragt Dattel und schaut auf ihn herab. Kein Wunder, die Frage klang wie direkt aus dem Kindergarten.

»Mach dich nicht lächerlich, Hobbits haben vor nichts Angst«, gibt Benny zurück.

Dattel grinst. »Klar haben sie – vor Drachen, fremden Zauberern, Orks …«

Benny blickt Dattel direkt in die Augen. »Und vor wem hast du Angst? Vor Kaya zum Beispiel?«

Shit, der Kleine redet sich um Kopf und Kragen. Weil die anderen schon vorausgegangen sind, packe ich Benny und ziehe ihn mit. Weg von Dattel. Doch Martin hält uns auf: »Stopp, nicht so hastig, ihr beide habt Küchendienst.«

Seufzend gehe ich mit Benny in die Küche. »Wieso übernimmt diesen Mist nicht der blöde Putzroboter?«, ächzt er. »Daheim haben wir davon sogar *drei.*« Er taucht seine kleinen Hände ins heiße Seifenwasser, als hätte er so etwas noch nie gemacht.

»Echt jetzt«, sage ich und zeige ihm, wie man Teller schrubben muss, damit das Fett abgeht.

»Du denkst, ich bin verwöhnt, was?«

»Stimmt – und du laberst zu viel.«

Wir grinsen uns an. »Das liegt bei uns in der Familie«, meint er. »Geht immer hoch her, Krach hoch drei. Wir quasseln alle die ganze Zeit.«

Mein Herz krampft sich zusammen. Bei uns war das ein bisschen anders. Entweder wir hatten uns nichts zu sagen oder wir waren gerade online. Meistens beides.

»Na ja, solange irgendjemand zuhört«, brumme ich und versuche, mir nicht anmerken zu lassen, dass ich neidisch bin. Leider bin ich in so was nicht gut. Benny schaut mich neugierig von der Seite an. Um ihn abzulenken, drücke ich ihm zwei glitschige Teller gleichzeitig in die Hand. »So, mach mal Turbo, ich will auch raus!«

Ein paar Minuten später sind wir endlich fertig und können uns in Schale werfen, wie wir es beim Vorbereitungstreffen geübt haben. Und was für eine Schale: lange Thermo-Unterwäsche aus Merinowolle, darüber ein dicker Pullover – aus Wolle, Fleece ist ja verboten worden, weil die Mikrofasern die Meere versauen. An die Füße zwei Paar Socken übereinander, der Stoff ist fingerdick. Zwei Paar Handschuhe, ein dünnes und darüber ein dickes. Jetzt rein in die roten Polaranzüge und die gefütterten Stiefel. Jeder dieser dicken Polaroveralls hat einen integrierten Ortungs-Chip, absichtliches Verlaufen fällt leider aus.

»So muss sich ein Astronaut fühlen«, sagt Benny und setzt sich sorgfältig die Mütze auf, damit seine BrainConnect sich nicht verkühlt.

Ich grinse. »O mein Gott, sie haben vergessen, uns Sauerstoff mitzugeben.« Als Letztes streife ich mir meinen *Neck gaiter* über den Kopf, ein kreisförmiges, flauschiges Stoffstück, das als Schal dient, und setze die Mütze auf, unter der meine Ohren sich rasch anfühlen, als würden sie gerade getoastet. Mein ganzer Körper fühlt sich an wie ein Heizkraftwerk. »Nichts wie raus, ich brauch jetzt Kälte!«

»Jetzt weiß ich endlich, warum Zoo-Pinguine im Sommer so mies drauf sind«, ächzt Benny.

Wir wanken die Treppe hoch bis zur Ballonfüllhalle, bei der nun auch Sara eingetroffen ist, um ein Auge auf uns zu haben. Auf dem Dach kann man auf rutschfesten Metallgittern herumgehen, sogar Geländer gibt es. Ein kräftiger Polarwind pfeift uns um die Ohren und ich bin froh über das Astronauten-Outfit.

Die anderen sind natürlich längst da, lachend und schwatzend stellen sie sich in Pose und fotografieren sich. »Achtung, Leute, jetzt alle mal hochschauen!« Dattel wirft eine Kugelkamera in die Luft und knipst ein Gruppenbild von oben. Dann steckt er sich seine E-Zigarette zwischen die Lippen. Karamellgeruch weht zu mir hinüber.

Für mein eigenes Selfie setze ich mein bestes Fake-Lächeln auf. Gut geworden, könnte ich so an meine Eltern schicken. Zumindest meine Mutter will vermutlich wissen, wie es mir hier geht.

Ich spüre die Kälte, sie beißt mir in die Nase und dringt durch das dünne Paar Handschuhe, weil ich das dicke Paar zum Fotografieren ausgezogen habe. Aber die superdicke Ausrüstung war doch etwas übertrieben, jedenfalls für den antarktischen Sommertag heute.

Ich drehe mich langsam im Kreis, blicke mich um. Eine flache, weiße Ebene, so weit das Auge reicht, unsere Station zeichnet einen bläulichen Schatten darauf. Nichts hindert meinen Blick daran, bis zum Horizont vorzudringen. Wie fremdartig es hier ist, wie auf einem anderen Planeten. Auch die Sonne sieht anders aus, als ich sie kenne. Sie ist von einem riesigen schimmernden Kreis umgeben. Ist das ein Halo? Wie schön es ist, total unwirklich. Die anderen glotzen nur einmal kurz und fangen dann wieder an herumzualbern. Doch ich kann kaum aufhören, raufzuschauen.

Kaya deutet auf irgendetwas. »Gehen da vorne Leute? Kann nicht sein, oder?«

Mit ihrer Kamera zoomt Fee die schwarzen Punkte heran und jubelt. »Pingus! Na also – wenn wir nicht zu ihnen kommen, kommen sie zu uns.«

Alle poltern aufgeregt die Treppe wieder hinunter und Sara stapft ihnen hinterher. Ich warte auf Benny, doch der starrt mit gerunzelter Stirn nach unten.

»Siehst du das?«, fragt er mich. »Da unten liegt was.«

Ich riskiere einen Blick. »Sieht aus wie ’ne offene Reisetasche. Blau-weiß. Hab sie erst gar nicht bemerkt. Nicht sehr auffällige Farben.«

Benny beugt sich noch weiter über das Geländer. »Mist, das ist meine!«, presst er hervor, und dann rennt auch er nach unten.

Ganz klar, wer das war. Mit einem leisen Fluch folge ich Benny in Richtung Treppe, doch leider kommt mir Martin in die Quere, der gerade auf dem Dach eingetroffen ist. »Was ist los? Habt ihr irgendwas gesichtet?«

»Ein paar Vögel und eine Reisetasche«, gebe ich rasch zurück und will weiter, doch Martin greift mich an der Polarkombi.

Ich kann es nicht ausstehen, wenn mich jemand festhält. Instinktiv reiße ich den Arm zur Seite und schaffe es, loszukommen – nicht, weil ich stärker bin als Martin, sondern weil er mich freigibt. Erschrocken hält er die offenen Handflächen vor sich. »Sorry, das war falsch von mir, ich hätte nicht …«

Scheiß auf ihn! Ich renne weiter, ins Treppenhaus, bis zum Ausgang. Dort ist schon jede Menge los. Meine Stiefel knirschen auf dem gefrorenen Boden, als ich mit langen Schritten zu der Stelle gehe, wo Bennys Reisetasche liegt und die anderen Halt gemacht haben, um herumzualbern. Der driftende Schnee, der uns um die Fußknöchel fegt, ist schon dabei, sie zuzuwehen.

Dattel scharrt mit dem Fuß und hebt mit spitzen Fingern etwas hoch, eine Nachthose mit *Simpsons*-Motiven. »Oh hey, schaut euch das an, das trägt man jetzt so!«

Benny beachtet ihn nicht und versucht, etwas in seine Reisetasche zurückzustopfen, eine Tüte mit etwas Grünem darin, was in aller Welt kann das sein? Auch Fee wirkt neugierig, und bevor Benny es verhindern kann, hat sie schon einen Blick in den Sack geworfen. »Artischocken? Ich wusste gar nicht, dass Hobbits sich von Artischocken ernähren.«

Wie bitte? *Artischocken?* Jetzt fällt eine davon in den Schnee, ja, tatsächlich, der Depp hat einen Sack Gemüse mitgenommen. Und jetzt unterdrückt er mühsam die Tränen, weil die Dinger gerade steif frieren und Dattel ausprobiert, ob sie klirren, wenn man sie herunterfallen lässt.

»Hör auf, du Arsch!«, brüllt Benny, aber niemand achtet darauf.

So was mit anzusehen, macht keinen Spaß. Kaya könnte

etwas dagegen tun, vor ihr hat Dattel Respekt, doch sie steht einfach nur unschlüssig da. Ich öffne den Mund, aber bevor ich etwas sagen kann, kommt mir jemand zuvor.

Seven.

»Cool bleiben, Leute«, sagt er und schiebt sich zwischen Dattel, Fee und Benny. Ganz ruhig, so als sei es nichts Besonderes. »Ich dachte, wir wollen die Pinguine anschauen? Was ist, kommt ihr?«

Das wirkt. »Stimmt, sonst sind die weg«, meint Fee, und als Seven sich in Bewegung setzt, geht sie ihm hinterher. Dattel folgt den beiden.

Weil ich zufällig hinschaue, sehe ich den Blick, den Benny Seven hinterherwirft. Na, der ist jetzt eindeutig sein Held.

Das gibt mir einen kleinen Stich, aber dann zucke ich die Achseln. Hauptsache, der Kleine hat jetzt einen Beschützer. Durch seinen So-was-wie-ein-Promi-Status ist Seven stark genug, um ihn vor den Gemeinheiten der anderen abzuschirmen. Ehrlich gesagt überrascht es mich, dass Seven sich die Mühe macht, aber man kann ja etepetete, eingebildet *und* nett sein.

Ich helfe Benny, seine Sachen wieder einzusammeln, und Kaya macht wortlos mit. Als ich sie kurz von der Seite ansehe, schaut sie zurück, ein vorsichtig-freundlicher Blick. Allmählich werde ich neugierig auf sie. Bisher konnte ich mir nicht vorstellen, warum sie für dieses Programm ausgewählt worden ist, aber so langsam wird es mir klar. Sie ist hart drauf, aber das hier ist auch eine harte Gegend. Und um in der Antarktis an Drogen heranzukommen, bräuchte man schon einen Harry Potter im Wandschrank, der sie einem herzaubert. Für sie ist das hier vermutlich die letzte Chance, ebenso wie für mich.

Benny zieht mit seinen Sachen in Richtung *Neumayer III* ab, und ich komme endlich dazu, die Pinguine anzuschauen.

Drei sind es, aufrecht stehen sie da wie kniehohe, elegant gekleidete Menschen, und schauen uns aus ihren schwarzen, von einem hellen Ring umgebenen Knopfaugen unsicher an. Weiß wie frisch gewaschen ist ihre Brust, tiefschwarz ihr Rücken. Ich bleibe so wie Sara ganz still stehen, um sie nicht zu erschrecken.

»Gott, sind die knuffig«, meint Fee hingerissen.

»Ich dachte irgendwie, die wären größer«, meint Seven, er wirkt nicht sehr beeindruckt. Vielleicht gefällt es ihm nicht, dass Fee jemand anderen anhimmelt als ihn.

»Das sind ja auch Adélies, keine Kaiserpinguine«, sagt Dattel. »Gute Größe. Einer von denen würde in meinen Rucksack passen.«

Inzwischen ist auch Martin herangekommen. »Ah, drei Adéliepinguine. Haltet bitte fünf Meter Abstand von ihnen und von allen anderen Tieren, die ihr hier seht.«

»Äh, und wer sagt *denen* das mit dem Abstand?«, fragt Dattel. Gerade wackelt einer der Adéliepinguine schräg an ihm vorbei, keinen Meter von seinen Füßen entfernt. »Ich glaube, ich streichle den mal.«

Sara scheint nichts dagegen zu haben, aber Martin warnt ihn: »Das lässt du mal schön sein, Sinan.«

Ich verziehe das Gesicht. Jetzt ist klar, dass Dattel es tun wird. Ohne unseren Betreuer zu beachten, streckt er die Hand aus, und ich frage mich, was Martin jetzt machen kann und wird. Irgendwelche Drohungen aussprechen? Handgreiflich werden, wie vorhin bei mir?

Doch so weit kommt es nicht. Fee legt Dattel die Hand auf den Arm und schaut ihm mit einem eins a Ich-krieg-dich-rum-Ausdruck ins Gesicht. »Ach bitte. Sonst düsen die ab und besuchen uns nie wieder.«

»Schon gut, war sowieso nur Spaß«, brummt Dattel.

»Sind das Männchen oder Weibchen?«, fragt Fee Martin.

»Keine Ahnung, das kann man so nicht erkennen«, meint er. »Wisst ihr, wie Pinguinforscher das mit der Geschlechtsbestimmung machen? Sie warten bis zur Paarungszeit und schauen dann, wer oben liegt. Das ist das Männchen.«

Wir müssen alle grinsen. »Echt jetzt?«, frage ich.

Martin nickt. »Yup. Sie bekommen dann einen Ring um den Flügel oder werden gechipt, dadurch weiß man später noch, wer was ist.«

Ich verziehe das Gesicht. Gechipt sind wir auch alle – oder eher fast alle. Ich habe mir die Dinger immer genauso schnell aus dem Arm gestochert, wie der Arzt sie mir verpasst hat. Hat zwar saumäßig wehgetan und Ärger gegeben, aber das war mir egal. Inzwischen haben sie es zum Glück aufgegeben.

Kaya lässt die Augen nicht von den drei Tieren, die langsam weitermarschieren. »Warum haben die überhaupt keine Angst vor uns?«

»Sie sind schon lange nicht mehr gejagt worden«, meint Martin. »Im neunzehnten Jahrhundert wurden sie übrigens zu Hunderttausenden erschlagen und zu Öl verkocht.«

»Das ist widerlich, können wir bitte von was anderem reden«, stöhnt Fee, und selbst Dattel wirkt fassungslos. »Zu Öl?«

»Es war die Zeit vor dem Erdöl-Boom«, versucht Martin zu erklären. »Die Leute brauchten irgendwas, um ihre Lampen zu füllen.«

Mein Blick schweift zur Windkraftanlage der Station, deren Flügel sich in den Böen wie wild drehen. Aber ich habe schon herausgefunden, dass das nicht ausreicht, wir verbrauchen in der Station eine ganze Menge Diesel. Na, wenigstens kein Pinguinöl.

Die Tiere hängen noch eine Weile in der Nähe herum, machen aber nicht mehr viel und wir kehren in die Wärme von *Neumayer III* zurück.

Ich schreibe an Marisa: *Wenn du wissen willst, wie Pingu-Spiegelei schmeckt, dann leg dir Matjes unter dein Spiegelei und steck beim Essen die Füße in ein Eiswürfelbecken.*

Sie antwortet nicht. Natürlich nicht. Deshalb ist es auch egal, dass wir nicht wirklich Pinguinspiegelei gegessen haben und das Ei nicht nach Fisch schmeckte.

Gruppensitzung steht am Nachmittag auf dem Tagesplan. Ich fürchte, Martin meint das ernst. Könnte ich schnell mal krank werden? Im Laufe der Zeit habe ich im Heim schon alles Mögliche mitgemacht, von der Kunst- bis zur Urschrei-Therapie, manches war sogar recht spaßig. Aber Gruppensitzungen sind die Pest.

Und es ist klar, dass diesmal Bennys Gepäck ein Thema sein wird.

»Wir haben hier Regeln, was unser Zusammenleben angeht«, sagt Martin. »Und eine Regel ist, dass wir uns gegenseitig respektieren.«

Niemand sagt etwas, alle blicken gelangweilt drein.

»Was meint ihr, wie ging es Benny, als er sein Gepäck im Schnee gefunden hat?«

»Stinksauer?«, vermutet Fee mit einem Blick in Bennys Richtung. »Tut uns echt leid, Hobbit. Wir wussten ja nicht, dass du da deine Artischocken drin hast.«

Dattel wiehert vor Lachen und Bennys Augen fangen verdächtig an zu glänzen. Ärgerlich verzieht Seven den Mund, aber er schweigt.

»Auch du, Sinan, hast vor dem Abflug unterschrieben, dass du dich während der Zeit hier an die Regeln halten wirst«, sagt Martin zu Dattel. Unser Betreuer ist wieder im T-Shirt und ich kann das Spiel seiner Armmuskeln unter seiner Haut sehen. Auf seinem linken Unterarm prangt ein grünes Chamäleon. Ein sehr cooles Tattoo, aber wieso hat er sich ausgerechnet ein Chamäleon machen lassen?

Dattel zuckt die Schultern und mustert völlig fasziniert das Eisbrecher-Bild an der Wand.

»Okay«, sagt Martin. »Wir reden später noch mal drüber. Ehrlich gesagt bin ich gespannt, was diese neue Umgebung mit euch macht – das alles hier soll euch ja aus eurem bisherigen Takt bringen, euch herausreißen aus alten Gewohnheiten. Wie geht es euch mit dieser Stille hier? Mit dieser Einsamkeit? Was macht die mit euch?«

»Stille?«, ätzt Benny und blickt Dattel an. »Bisher werden wir ständig zugetextet.«

»Stimmt, und deswegen wäre es eine richtig gute Idee, wenn du mal die Fresse halten könntest, Hobbit«, gibt Dattel zurück.

Im unpassendsten Moment muss ich gähnen, ich weiß auch nicht, wieso. Schlechte Luft wahrscheinlich.

Alle schauen mich an.

»Jetzt sag du mal – was bewegt dich, Crash?«, meint Martin. »Du wirkst manchmal sehr traurig. Willst du darüber reden?«

»Nein«, sage ich. Traurig? Wer, ich? Ich bin *Crash,* verdammt noch mal! »Gibst du mir die Schlüssel für einen *PistenBully*?«

»Wieso probierst du es, wenn wir zurück sind, nicht mal mit Fallschirmspringen?« Martins Blick ist wieder so scheußlich verständnisvoll, ich kann kaum hinsehen. »Oder Freestyle-Snowboarden? Vielleicht findest du dort den Kick, den du brauchst.«

Seven fängt an, irgendetwas über eine Bike-Polo-Veranstaltung zu erzählen, bei der er mal den Pokal überreichen durfte und bei der natürlich Fahrradkuriere alle die ersten Plätze belegt haben. Bis Fee ihn schließlich unterbricht. »Crash, könntest du bitte mal aufhören, so herumzuzucken? Das macht mich ganz kirre.«

»Wie, zucken?«, frage ich verdutzt.

»Du hibbelst ständig herum. Unerträglich.«

»Schau halt woandershin!«

»Crash …« Martin sieht aus, als würde er demnächst die Geduld verlieren.

»Und können wir mal darüber reden, dass du heute Morgen, ohne zu fragen, mein Duschgel benutzt hast?«

Ich hasse Gruppensitzungen.

Um zehn Uhr abends ist Nachtruhe, aber es fühlt sich überhaupt nicht so an, als wäre es Nacht. Draußen ist es immer noch hell, und ich weiß, dass sich das auch nicht ändern wird – hier am Polarkreis geht im Sommer die Sonne nicht unter. Dafür geht sie hier im Winter zwei Monate lang gar nicht auf. Am Südpol sogar ein halbes Jahr lang nicht.

Unruhig liege ich auf meinem Bett und kann nicht einschlafen. Meine Finger zucken, trommeln gegen den Rand des Bettes, gegen die Wand. Rastlos wälze ich mich von einer Seite zur anderen. Wenn ich in dieser Stimmung bin, muss ich etwas tun, irgendetwas. Fast sofort kommt mir eine Idee. Es ist kränkend, dass ich die Fahrzeuge der Station bisher nicht mal *anschauen* durfte.

Leise stehe ich auf, werfe mir den roten Parka mit integriertem Player über, den mir meine Mutter zum Abschied geschenkt hat, schlüpfe in die Schneehose und öffne die Tür meines Zimmers. Gedämpftes Licht im Flur, niemand da.

Aus Martins Zimmer dringt Musik, irgendein alter Klassiker – es ist bescheuert, dass mein Communicator nicht ins Netz gehen und mir den Titel verraten kann. Doch schließlich fällt er mir auch so ein: *Somebody That I Used to Know* von Gotye.

Mit diesen Stiefeln zu schleichen, ist ungefähr so leicht, wie sich selbst die Nase abzulecken. Aber ich tue mein Bestes und anscheinend hat mich niemand gehört.

Schon bin ich im Treppenhaus und gehe hinunter zum Deck U1. Dort beginnt der Tunnel zur neuen Garage.

Nur anschauen. Das ist keine Straftat. Trotzdem bewegen sich meine Füße nur langsam. *Letzte Chance, letzte Chance*, wiederholt eine kleine Stimme in mir. Ist es wirklich klug, was ich hier tue?

Außerdem ist mir selbst mit Taschenlampe nicht ganz wohl dabei, die muffigen, dunklen unteren Stockwerke zu durchqueren. Mit Dattel zusammen war es okay, hier zu sein, doch allein ist es eindeutig zu unheimlich hier. Gerade, weil sich diese Stockwerke nicht so tot anfühlen, wie ich gedacht hätte. Von irgendwoher streicht ein kalter Luftzug über meine Wange, bringt wieder diesen Geruch von Fisch mit sich. Hat einer der Forscher sein Aquarium hier vergessen?

Ich gehe schneller.

Im Wellblechtunnel fühle ich mich sicherer, und als ich die Fahrzeuge sehe, vergesse ich sowieso alles andere. Groß und dunkel erhebt sich einer der *PistenBullys* vor mir, den Schneeräumschild am Bug vorgereckt wie eine Schranke, die mich stoppen soll. Diese *Bullys* kommen mir vor wie eine Kreuzung aus Raupe und Dinosaurier, Triceratops vielleicht, gepanzerter Körper und dickes Nackenschild. Die beiden *PistenBullys* sind verschiedene Modelle – einer hat eine zweisitzige, rote Kabine, dahinter ist ein Kran montiert. Neben ihm steht wie sein großer Freund ein etwas älteres, grün lackiertes Modell mit größerer Kabine und matt glänzenden Stahlketten. Auf die Fahrertür hat jemand eine grüne »3« aufgesprüht. Noch besser gefallen mir die Skidoos, die gelb-schwarzen Schneemobile. Andächtig streiche ich über die Frontverkleidung und die Sitze der fünf Maschinen. Sie sehen aus wie flache, tiefergelegte Motorräder mit zwei Kufen vorne und einem Raupenantrieb unter dem Rumpf.

Wahrscheinlich würde es mich nur ein paar Minuten kosten, sie auch ohne Zündschlüssel zum Laufen zu kriegen. Autos sind viel komplizierter, obwohl ich inzwischen den Dreh raushabe, wie ich mit der Elektronik klarkomme. Dafür habe ich ein paar ziemlich gute Apps, alle selbst geschrieben. Ohne die kommt man nicht weit – sonst würde die Kiste gar nicht alles mitmachen, sondern Alarm schreien und eine Notbremsung einleiten, wenn man sie gegen eine Mauer steuert. Aber das tue ich eigentlich nur selten, obwohl das in den Medien manchmal anders rüberkam. Auch Verfolgungsjagden mit den Bullen finde ich eher nervig. Es ist viel schöner, nachts über leere, dunkle Landstraßen zu fahren, so schnell, dass es mir vorkommt, das Auto würde schweben. In diesen Momenten bin ich ganz da, ganz *ich*.

Halbherzig fummele ich mit einem kleinen Schraubenzieher an der Zündung eines Schneemobils herum, um mir die Verdrahtung anzuschauen, aber ohne richtiges Werkzeug komme ich nicht weit. Schließlich stopfe ich die Drähte wieder unter die Lenkung zurück. Vielleicht ist morgen Nacht, wenn ich bessere Ausrüstung habe, ein kleiner Trip drin. Ohne Blechschaden natürlich, ich will ja, wie Martin es ausdrücken würde, meine Chance nicht wegwerfen. Ich brauche nur etwas mehr *persönlichen Freiraum*.

Gähnend verziehe ich mich ins Bett.

Am nächsten Morgen blickt Martin uns seltsam an, als wir nach und nach hungrig im Aufenthaltsraum eintrudeln und uns nach irgendetwas Essbarem umschauen.

»Okay, netter Gag«, sagt er. »Wer von euch hat das geschrieben?« Martins Finger deutet auf das Whiteboard. Dort hängt der Tagesplan ... doch es steht noch etwas darauf, eine Zeile mit schwarzem Marker. Unordentliche Druckbuchstaben, leicht nach rechts geneigt.

You have to leave. It will hurt you.

»Hä?«, sagt Dattel. »Ihr müsst weg, sonst tut es euch weh? Tut was? Oder wer?«

»Also, meine Schrift ist dieses Gekrakel ganz offensichtlich nicht«, versichert Fee.

Auch Benny, Kaya und ich schütteln den Kopf.

»Es ist ja keine Kunst, seine Schrift zu verstellen«, meint Martin irritiert. Doch die anderen sehen wirklich ahnungslos und ein bisschen verwirrt aus. Irgendwie spüre ich, dass sie wirklich nichts darüber wissen. Aber einer von denen muss das doch gewesen sein!

»Eine Warnung«, sagt Seven neugierig. »Also, ich finde, das klingt sehr nach Sara. Sie kann sowieso nicht gut Deutsch, vielleicht konnte sie es in Englisch besser ausdrücken.«

»Vielleicht meint sie mit dem *It will hurt you* ihr Essen«, vermutet Benny.

»Sara sagt, dass sie es nicht war.« Martin scheint nicht ganz wohl zumute zu sein. »Ihr seid ganz sicher, dass es keiner von euch geschrieben hat? Ist nicht schlimm, ihr könnt es ruhig sagen. Ich find's ganz witzig.« Doch sein Gesicht sagt etwas anderes. Und mir geht es ebenso. Denn wenn keiner von uns das geschrieben hat – wer war es dann?

CRASHTEST DUMMY

Dattel hat den Verdacht, dass die Schrift schon am Tag zuvor da war, doch Fee hat viel fotografiert und gefilmt – auch in unserem Aufenthaltsraum. Gestern waren auf der Wandtafel nur ein paar Graffiti, die Fee und Benny gekritzelt haben.

»Also, diese komische Warnung hat eindeutig niemand aus unserer Gruppe geschrieben«, behauptet Fee.

»Du kannst mir gerne erklären, wie das möglich sein soll«, sagt Martin verkniffen und wischt die Schrift aus. »Guten Appetit allerseits.« Er schaut sich um, wahrscheinlich nach Sara, doch die isst mal wieder nicht mit uns.

Wir waren alle neugierig, ob es vielleicht blaues Rührei geben würde, doch nur Vollkornbrot kommt auf den Tisch. Der dazu passende Toaster ist ein Geschenk unseres Projektsponsors, einer großen Stiftung. Die fertig geröstete Brotscheibe springt ein Stück in die Luft, dabei wird ihr mit einem Laser die aktuelle Wettervorhersage und ein Logo des Sponsors eingebrannt. Witzige Sache, jeder will das Ding mal ausprobieren. Dabei rutscht der Ärmel von Dattels Pullover ein Stück nach unten, und ich sehe rötliche Narben auf seinem Arm, eine zerklüftete, unnatürlich glänzende Marslandschaft. Das sind Verbrennungen.

»Was ist dir denn da passiert?«, frage ich neugierig und achte darauf, dass meine Kleidung nichts von meiner eigenen Haut zeigt.

»Ach, das war die Nachbarin meiner Eltern«, meint Dattel. »Hat sie gestört, dass ich abends immer draußen vor der

Hecke geraucht habe – damals noch echte Kippen – und der Rauch zu ihr rüberzog. Eines Tages hat sie sich im Internet eine dieser illegalen Mini-Fernlenkraketen mit Hitzesensor bestellt.«

Fee blickt schockiert drein. »Ist ja der Hammer!«

»Krasse Sache!« Kaya fällt ein Stück halb zerkautes Brötchen aus dem Mund. Aber sie fragt Dattel nichts. Diese beiden reden zurzeit nicht miteinander.

Dafür löchern wir anderen ihn umso mehr, auch ich, denn diese Mini-Lenkraketen waren viel im Fernsehen in letzter Zeit, in Berlin musste sogar ein Jet deswegen notlanden. Am liebsten würde ich gleich ins Internet gehen und schauen, wie so ein Ding aussieht ... aber wir haben ja kein Netz. Das macht mich immer noch ganz kribbelig, ich fühle mich abgeschnitten, abgehängt.

Martin hat die ganze Diskussion komplett ignoriert, er isst einfach weiter. Irgendwann fällt mir auf, dass auch Seven noch nichts gesagt und keine Miene verzogen hat. Ich bemerke es erst, als er meint: »Na ja, gut, dass dir nicht viel passiert ist«, und dann hält er beiläufig die Hand hoch, dorthin, wo gerade die Brotscheibe entlangfliegt. Es riecht kurz nach verbrannten Haaren, dann betrachtet Seven gelassen die dunkelbraune Aufschrift auf seinem Handrücken.

Auf einen Schlag ist es still um den Tisch. Sprachlos starre ich Seven an. Wie ist der denn drauf?

»Seven!«, brüllt Martin, springt auf und fegt den Toaster vom Tisch, sodass er auf den Boden poltert. »Verdammt, ich hätte dieses Ding dalassen sollen, Sponsorengeschenk hin oder her!« Er nimmt Sevens Hand und betrachtet sie kurz. »Moment, ich gehe den Verbandskasten holen.«

Seven nickt lässig, so nach dem Motto *Tu, was du nicht lassen kannst.*

»Immerhin, Laserwunden sind keimfrei«, bemerkt Dattel. Er hat die Arme verschränkt und blickt Seven an. Seven starrt zurück.

»Hat's sehr wehgetan?« Benny, der neben Seven sitzt, wirkt völlig durcheinander. »Brauchst du eine Schmerztablette? O Mann, jetzt wirst du für immer den Wetterbericht von heute auf der Hand haben ...«

Einen Moment lang beachtet Seven ihn nicht, dann wendet er sich Benny zu und lächelt ihn an. »Nee, lass mal, ich brauche keine Tablette. Bin ein bisschen was gewohnt. Die Show war hart, weißt du, und wenn man sich nach oben kämpft, muss man was aushalten können.«

Ich könnte kotzen. Aber die anderen scheint es nicht zu stören, dass Seven so dick aufträgt. »Du hast sie ja nicht mehr alle«, sagt Fee zu ihm, doch gleich darauf drückt sie ihm einen Kuss auf die Wange. Vielleicht gefällt ihr das ja gerade. Dass er sie nicht mehr alle hat. Mit der gesunden Hand streicht Seven ihr über die blonden Engelshaare und kämmt sie mit den Fingern. Fee sagt nichts dazu.

Martin kommt mit Verstärkung und einem Verbandskasten zurück. Sara bandagiert Sevens Hand, was der gleichmütig über sich ergehen lässt, und verschwindet dann wieder. Währenddessen streicht Benny seinem Helden ein Brot mit Frischkäse und Ketchup, Sevens Lieblingskombination.

Niemand achtet mehr auf Dattel.

Als Seven verarztet ist, der Toaster in den Retina-Scan-gesicherten Lagerraum verbannt wurde, sich alle wieder beruhigt haben und ich gerade in mein zweites Marmeladenbrot beißen will, sehen wir Sara durch den Gang stapfen. Sie ist in voller Polarmontur und trägt eine Stahlstange mit zurechtgeschliffener Spitze, die auf den ersten Blick wie eine Lanze aussieht. Nee, oder? Das kann nicht sein. Bestimmt ist es irgendein Werkzeug, das sie für ihre Arbeit an der Station braucht.

Neugierig starren wir alle hinüber, während unsere Betreuerin und Köchin zum Treppenhaus stiefelt.

»Wohin geht's?«, ruft Martin ihr freundlich zu.

»Atka-Bucht«, kommt es zurück.

Ganz langsam, in Zeitlupe, steht Martin auf. »Ähm, Sara … was genau hast du mit diesem … Ding … vor?«

»Robben.«

»Robben was?«

Inzwischen hat sich Sara umgewandt, ihr pinkes Haar schaut unter ihrer Mütze und der Kapuze der Polarkombi hervor. »Robben jagen«, sagt sie.

Martin wechselt die Farbe. »Sara, ich glaube, wir hatten uns darüber verständigt, dass so etwas nicht infrage kommt. Wir lassen die Tiere, die hier leben, in Ruhe.«

Aus zusammengekniffenen Augen blickt Sara ihn an, es ist unmöglich, zu sagen, was sie gerade denkt. Schließlich sagt sie: »Vorräte müssen ergänzt werden.«

»Erstens haben wir genügend Konserven und Tiefgefrorenes, und außerdem sind Fee und ich ohnehin Vegetarier, das heißt, wir verzichten gerne auf Robbensteaks«, versucht Martin zu argumentieren, was natürlich eine Steilvorlage für Dattel ist. Er reckt den Arm. »Aber ich hätte gern eins! Gut durchgebraten, bitte.«

Bevor Sara antworten kann, mischt sich Benny laut und deutlich ein: »Wieso führst du dich auf wie eine Grönländerin, obwohl du keine bist? Jagt ihr überhaupt in der Mongolei?«

Allmählich wird mir klar, warum er in seinem bisherigen Leben gewisse Schwierigkeiten hatte.

Sara dreht den Kopf in seine Richtung, schaut ihn einen

Moment lang an und stapft dann in ihren gefütterten Stiefeln auf ihn zu. Benny sieht erschrocken aus, Hilfe suchend schaut er zu Seven hinüber. Seven macht eine beruhigende Geste. Was soll das heißen? Dass man auch mit einer Lanzenwunde noch Spaß haben kann im Leben?

Ich überlege, ob ich irgendetwas tun sollte, aber unser Muskel-Martin wird ja wohl imstande sein, mit seiner Kollegin klarzukommen. Er steht keine zwei Meter von Benny entfernt. Unauffällig bewegt er sich auf ihn zu, und da Sara noch immer weitermarschiert, werden sich beide gleich am Schnittpunkt ihrer Wege treffen.

Jetzt hat Sara den Kleinen erreicht. Ihr Mundwinkel zuckt, als sie ihm das lange Stück Stahl in die Hand drückt. Reflexartig greift Benny zu.

»Kommst mit, ja?«, sagt Sara. »Ich zeig dir, wie geht.«

»Vielleicht ein anderes Mal«, sagt Benny und grinst zittrig.

»Gut.« Sara nimmt sich ihre Lanze zurück, deren stumpfgrauer Glanz mir nicht gefällt. Kurz darauf können wir sie im Treppenhaus zum Dach hochpoltern hören. Dattel, ich und Kaya laufen zum Fenster, und tatsächlich, ein paar Minuten später knattert ein Motor los und wir sehen sie auf einem der Skidoos vorbeifahren.

»Die meint das ernst«, sagt Seven fasziniert.

Schade, dass ich meinen Communicator gerade nicht da habe, um Martins Blick aufzunehmen. Unsere Co-Betreuerin schafft ihn schon jetzt und wir sind erst seit zwei Tagen hier. Grimmig kaut er sein angebissenes Aufbackbrötchen mit Schokoaufstrich zu Ende. »Wir machen uns auf den Weg. Jetzt. Zur Atka-Bucht.«

Fee strahlt. »Cool, danke, Martin. Dort sind die Kaiserpinguine, oder?« Als er nickt, verdüstert sich ihr Gesicht plötzlich wieder. »Was ist, wenn Sara die auch …?«

»Dann werde ich ihr persönlich eine reinhauen.«

Sofort entsteht Aufbruchsstimmung. Keiner von uns will verpassen, wie sich unser Betreuer mit unserer durchgeknallten Mongolin anlegt, und natürlich wollen wir auch Robben retten, klar doch. Oder? Sonderlich wichtig ist es mir nicht, ob sie eine Robbe killt – ich habe noch nie eine gesehen. Und so ein Steak … mmh, es ist Jahre her, dass ich eins gegessen habe, im Heim kam nur dieses künstliche vegane Fleisch *Deeleit* auf den Tisch, das wie gebratener Spülschwamm schmeckt.

»Wir fahren mit den Schneemobilen, oder?« Ich kann mir die Frage nicht verkneifen. »Heißt das, dass ich auch …«

»Die Dinger haben einen Rücksitz, Crash«, sagt Martin und schenkt mir ein Lächeln.

Als Martin unsere Ausrüstung bereit macht und wir in einem der früheren Labors, jetzt Garderobe, unsere Polarkombis mit dem Ortungschip anziehen, beugt sich Dattel vor und sagt leise zu Fee und mir: »Ach, übrigens, ich hab rausgefunden, wie sie wirklich heißt.«

»Wer?«, frage ich und werfe einen schnellen Blick zu Kaya hinüber, die sich schweigend auf der anderen Seite des Raumes umzieht, ohne uns anzublicken.

»Sara.«

»Ach so.« Ich frage lieber nicht, wie er es rausgefunden hat. Schließlich ist er Hacker und gestern durften wir alle unsere Stunde Netz-Zeit nehmen. Oder hat er Saras Zimmer durchsucht? Vielleicht ist er dann auch derjenige, der sich meine Glücksbringer-Medaille unter den Nagel gerissen hat!

»Sag schon, was hast du rausgefunden?« Es klingt ein wenig dumpf, weil sich Fee gerade ihren *Neck gaiter* überstreift.

»In ihrem Lebenslauf steht, dass sie kurz bei *McGreen* Burger gebraten hat und dann an irgendeiner obskuren Fachhochschule eine Weiterbildung zur Sozialarbeiterin gemacht hat«, sagt Dattel. »Die hat nur ein paar Monate gedauert. Schnellkurs sozusagen.«

»Sie ist sogar bei *McGreen* rausgeflogen?« Benny hat offensichtlich mitgehört, obwohl er und Dattel sich noch immer im Kriegszustand befinden.

»Genau.« Dattels Grimasse lässt mich an ein krankes Kamel denken. »Kein Wunder, dass unser Essen wie gekochter Kompost schmeckt.«

»Und sonst?«, frage ich.

»Geschieden, keine Kinder. Elektroingenieurin, hat in Glasgow studiert. Hat es aber nie länger als ein Jahr in einem Job ausgehalten. War dann auch länger arbeitslos. Wahrscheinlich zu viele Macken. Ach übrigens, ihr Englisch ist angeblich sehr viel besser als ihr Deutsch.«

»Meinst du, wegen der Nachricht auf dem Whiteboard? Aber warum sollte sie …«

Als Martin hereinkommt, halten wir rasch den Mund.

»Wer auch immer das gemacht hat, eine tolle Idee war das nicht«, sagt Martin gereizt und hält einen Schraubenzieher hoch. »Bei der Nummer fünf ragt irgendein Kabel heraus, als hätte jemand sie kurzgeschlossen, um sie zu starten. Und jetzt springt das Ding nicht mehr an. Also, wer war das?«

Ich tue so, als hätte ich nichts gehört, und konzentriere mich darauf, meine dick eingepackten Füße in die Stiefel zu bugsieren. Gar nicht so einfach. Doch dann bemerke ich zwei Beine vor mir, Beine in einem dicken, roten Polaroverall, und lasse meinen Blick nach oben gleiten.

»Wenn du es warst, dann sag es jetzt, sonst bekommst du eine Woche Netzverbot«, sagt der Mund, der zu den Beinen gehört.

Eine Woche? Verdammt, ich muss doch an Marisa schreiben! »Na gut, okay, es könnte sein, dass ich ein klein bisschen an einem der Schneemobile … aber ich bring das schnell wieder in Gang!«

»Warum hast du das gemacht?«, fragt Martin und seufzt. »Ihr bekommt von mir einen großen Vertrauensvorschuss, aber deiner schrumpft gerade zusammen, Crash. Also, was sagst du dazu?«

Ich zucke die Schultern, doch dann fällt mir eine Antwort ein, die ihm gefallen dürfte. »Es ist für mich sehr frustrierend, dass ich diese Schneemobile nicht ein einziges Mal fahren darf. Dadurch ist meine Neugier zu stark, verstehst du? Wenn ich sie mal ausprobieren dürfte, wäre zumindest diese Neugier weg.«

»Wir werden sehen«, meint Martin etwas besänftigt.

Mit den Flutlichtern in der Schneegarage plus einer Taschenlampe und dem passenden Werkzeug ist es kein Thema, die Maschine wieder richtig zu verkabeln, und ein paar Minuten später können wir los. Allerdings kostet es Martin etwas Kopfzerbrechen, die Crews zusammenzustellen. »Fee und Crash, ihr fahrt zusammen, Benny und Dattel, ihr beide nehmt das zweite Schneemobil …«

»Das geht gar nicht.« Benny verschränkt die Arme. »Sollen doch Kaya und Dattel zusammen fahren, ich jedenfalls bin in Sevens Team.«

Seven nickt. »Hervorragende Idee, Kaya und Dattel müssen sowieso lernen, miteinander auszukommen.«

»Habt ihr es noch nicht kapiert? Wir sind *ein* Team und nicht mehrere.« Martin stemmt die Hände gegen die Seiten, zieht die Brauen zusammen und sieht plötzlich nicht mehr sonderlich nett und verständnisvoll aus. »Wir sind in der lebensfeindlichsten Umgebung der Welt und müssen *alle* miteinander auskommen.«

Wie üblich, wenn Martin mit seinen Sprüchen kommt, schalte ich meine Ohren auf Standby. Aber es kommt noch ein bisschen was durch.

»Und außerdem müssen wir jetzt los, oder wollt ihr, dass Sara in der Atka-Bucht Amok läuft? Also schwingt eure Hintern auf irgendeinen verdammten Skidoo, egal welchen!«

»Dann fang du doch mit deinem verdammten Hintern an«, brummt Dattel in Martins Richtung und schaut Kaya skeptisch an. Kaya verschränkt die Arme, steht da wie eine Actionfilm-Heldin und erwidert seinen Blick. Mir kommt es so vor, als würde sie nicht mal blinzeln, unwillkürlich halte ich den Atem an. Würde Martin sie zurückschicken nach Deutschland, wenn sie jetzt Ärger macht? Aus irgendeinem Grund will ich das nicht.

Schließlich nickt Dattel. Vielleicht deshalb, weil Kaya gestern zur Abwechslung nicht versucht hat, ihn umzubringen. »Okay. Aber *ich* fahre.«

»Wenn's deinem bekackten Ego guttut«, sagt Kaya und zuckt die Schultern.

Ich klettere hinter Fee auf den breiten Kunstleder-Rücksitz. Nachdem Martin uns erklärt hat, wie man mit Choke, Gas und Bremse der Skidoos umgehen muss, und uns verpflichtet hat, zu jeder Zeit hinter ihm zu bleiben, öffnet er mit der Fernsteuerung die Außenklappe der Garage. Wir folgen ihm mehr oder weniger geschickt nach oben, doch Seven gibt nicht genug Gas und mitten auf der Rampe säuft ihm der Motor ab. Mit rotem Gesicht lässt er Martin ans Steuer. Zu Fuß stapfen Mr. Promi und sein Knappe nach oben, Kommentare unerwünscht.

Fee und ich schaffen es ohne Panne nach draußen. Kalte Luft flutet mir ins Gesicht, Sonnenlicht bringt den Schnee zum Glitzern und der Skidoo flitzt röhrend über die tellerflache Ebene. Selbst das Mitfahren auf diesem Ding macht Laune. Inzwischen kommen wir gut voran. Die Wettervorhersage auf Sevens Hand stimmt, es ist zwar eiskalt, aber auch einer dieser weiß-blau-goldenen Tage, an denen man einfach nach draußen muss. Sogar der Wind hat nachgelassen. Perfekt. Einen Moment lang genieße ich die Fahrt, bin sogar so etwas wie glücklich. Glücklich? Ich? Kann eigentlich nicht sein.

Fee lacht. »Und, was ist, soll ich aufdrehen?«, ruft sie und gibt Gas. Die schwere Maschine schießt voran ... und holpert über eine erhöhte, vereiste Stelle. Prompt erschrickt Fee und verreißt das Steuer, der Skidoo schlingert. Großer Gott, sie hat dieses Ding ja überhaupt nicht im Griff! Ich klammere mich fest und fühle, wie der Frust mir die Kehle zuschnürt.

»Fahrt vorsichtig, voraus sind anscheinend einige Sastrugi!«, ruft Martin zu uns hinüber.

»Sas-was?«, schreit Benny zurück.

»Starker Wind formt den Schnee zu einem Rillenmuster, das nennt man so«, verkündet Martin.

Wie auch immer diese Muster heißen, sie sind wunderschön. Der Wind hat die Oberfläche der Eiswüste geformt wie ein Bildhauer ein Stück Stein. Er hat Stromlinien herausgemeißelt, geschwungene Erhebungen, kleine Täler und Hügel mit perfekt geformten, messerscharf wirkenden Kanten. Wie heftig muss ein Wind sein, um den Boden so zu modellieren? Auch die Farben der Sastrugi gefallen mir, ein hartes, glattes Weiß mit bläulichen Schatten.

»Hast du schon mal solche Schatten gesehen?«, sage ich zu Fee, aber die interessiert das ebenso wenig wie die anderen.

»Verdammt, wahrscheinlich verlieren wir hier Saras Spuren.« Martin heftet den Blick auf den Boden, blickt sich dann um.

Unsere Schneemobile holpern über die Sastrugi, Fee lässt jedes Mal den Motor aufheulen, weil sie denkt, dass der Skidoo die Erhebungen nicht schafft. Wir werden hin und her geschüttelt, meine Zähne klicken aufeinander. »Ich hasse diese Dinger«, jammert Fee. »Willst du nicht mal fahren? Martin, kann ich Crash fahren lassen, ich mag wirklich nicht mehr!«

Martin zögert und schaut mich an. Ich tue so, als würde ich es nicht bemerken. »Na gut«, sagt er schließlich, und Fee und ich steigen ab, um den Platz zu wechseln.

Ich weiß, dass die anderen mich beobachten. Inzwischen haben sie alle irgendwie mitbekommen, weshalb ich hier bin, und jetzt warten sie ab, was ich tun werde. Wahrscheinlich wollen sie sehen, wie ich auf den Putz haue, weil das einen viel höheren Unterhaltungswert hat, als auf diesen schnurgeraden Horizont zu glotzen oder sich über Martins alberne Pudelmütze mit der roten Bommel lustig zu machen. Nur Benny schaut ein bisschen besorgt drein, er versucht, meinem Blick zu begegnen. Ich schaue weg.

»Na los, Blechschaden, zeig mal, was du kannst«, stichelt Dattel, doch ich antworte nicht. Wortlos setze ich mich auf den Fahrersitz, umfasse die Lenkergriffe und warte ab, bis Martin und die anderen losgefahren sind. Meine Hand tastet nach dem Glücksbringer um meinen Hals, findet ihn nicht. Der Mut sickert aus mir heraus. Verdammt, meine Medaille … ich bräuchte sie jetzt.

Langsam, ganz langsam gebe ich Gas und beobachte, wie die Nadeln von Tacho und Drehzahlmesser nach oben klettern. Gar nicht übel: Die Tacho-Skala geht bis hundert Stundenkilometer.

Letzte Chance. Letzte Chance. Letzte …

Die Tachonadel pendelt sich bei 30 Stundenkilometern

ein. Ich lasse den Skidoo in Längsrichtung über die Sastrugi gleiten, die Fahrt ist noch immer holprig, aber jetzt kann die Federung das meiste abfangen. Konzentriert achte ich auf den Untergrund, damit ich diese Rillen im richtigen Winkel erwische. Komisch, ich habe gar nicht das Bedürfnis nach Geschwindigkeit.

Den anderen wird es schnell langweilig, mich im Auge zu behalten, und ich kann ungenervt weiterfahren. Nach einer Weile erreichen wir eine Bruchkante, an der es steil in die Tiefe geht. Zwanzig Meter unter uns erstreckt sich eine zweite Ebene, aus der sich hier und dort ein blauweißer Turm aus Eis erhebt. Eins ist klar, hier geht es nicht mehr weiter. Martin parkt in sicherer Entfernung von der Kante, steigt ab und blickt sich um. Wir folgen seinem Beispiel.

Die Landschaft verschlägt mir die Sprache. Kein Mensch, so weit das Auge reicht, stattdessen ein gewaltiges, glitzerndes Reich aus geometrischen Formen. Und wie still es ist. Ich kann das Blut in meinen Ohren rauschen hören. Nur hin und wieder knackt es leise im Eis.

Stille. Das hier ist es, was Martin gemeint hat. Nirgendwo dudelt Werbung oder Fahrstuhlmusik, es gibt keinen 3D-Schirm oder Music-Player, der deine Ohren füttert. Du bist nicht gezwungen, das Geplapper irgendwelcher Leute mitzuhören, irgendwas zu posten oder auf irgendwas zu reagieren. Noch nirgendwo konnte ich meine Gedanken so deutlich hören wie hier.

Es sind nicht mal schlechte Gedanken. Auch ohne meinen Glücksbringer hatte ich mich im Griff, vorhin auf dem Skidoo … und Martin hat es gesehen. Das ist gut so, denn ich will nicht mehr nach Deutschland geschickt werden, aus welchem Grund auch immer. Es gibt hier etwas, das ich finden soll.

Etwas ganz für mich.

AUF DER JAGD

Doch natürlich bleibt es nicht still.

»Äh, was ist jetzt? Sind wir da?« Fees Stimme. »Was ist das hier? Die Küste oder so was?« Sie zieht die Gletscherbrille ab und blinzelt ins grelle Licht.

»Genau, das ist die Atka-Bucht, wir stehen an der Schelfeiskante«, meint Martin und bedeutet uns, ein Stück zurückzubleiben. »Okay, Leute, vorsichtig jetzt. Der Abhang ist bröckelig. Hier endet die dicke Eisplatte, auf der wir wohnen, und das Meereis beginnt. Im Moment ist die Atka-Bucht noch zugefroren, aber später im Sommer ist hier offenes Wasser.«

Fee kneift die Augen zusammen. »Sieht jemand Sara, mit oder ohne Lanze?«

Weil er gute Reflexe hat, schnappt sich Dattel eins unserer beiden Ferngläser, um das zweite gibt es ein Tauziehen zwischen Kaya und Benny. Kaya gewinnt, was niemanden überrascht. Leider ist dabei der Lederriemen des Fernglases abgerissen. »Das war's mit deiner Netzzeit heute, Kaya«, verkündet Martin ärgerlich.

Eine Weile halten wir konzentriert Ausschau, dann meldet sich Kaya zu Wort. »Ich sehe zwar nicht Sara, aber viele dunkle Punkte … sind das die Kaiserpinguine?«

Martin nickt. »Ja, diese Kolonie gibt es schon seit Tausenden von Jahren an dieser Stelle. Man sieht sie sogar auf Satellitenbildern. Allerdings nicht die Tiere selbst.«

»Was denn sonst?« Fee hat Dattel das Fernglas abgenommen und starrt hinüber.

»Ihre Ausscheidungen.«

»Nee, oder?« Ich muss grinsen.

Dattel seufzt. »Nein, in Wirklichkeit stellen die sich Klohäuschen auf.«

»Können wir die nur von hier oben anschauen?«, meint Benny, der in seinem roten Outfit aussieht wie ein Zehnjähriger. Aber das will er garantiert nicht hören. »Blöd. Da ist man ja im Zoo näher dran.«

Martin stapft los. »Hier in der Nähe der Westkante müsste eine Art Rampe aus angewehtem Schnee sein. Die müssen wir nur noch finden, dann können wir runter.«

Tatsächlich. Ein paar Hundert Meter weiter entdecken wir die Rampe und arbeiten uns vorsichtig nach unten bis zum Meereis vor, Schritt für Schritt im tiefen Schnee einsinkend. Manchmal rutsche ich ein Stück, wenn es besonders steil ist. Dann stehen wir auf dem Meereis, und Dattel stapft probeweise mit dem Fuß auf, um zu testen, ob es hält. Ja, tut es. Bombenfest. Kein Wunder bei diesen Temperaturen.

Ein paar Meter von mir entfernt liegt ein grauer Sack herum. Ich will Martin gerade fragen, was das für ein Ding ist, da dämmert es mir auch schon. Denn gerade habe ich gesehen, dass das Ding schwarze Schnurrhaare und ein Maul hat – ein Maul, das aussieht, als sei es in einem seligen Lächeln verzogen. Es ist eine Robbe und jetzt erkenne ich auch ihre geschlossenen Augen. Sie pennt. Wie friedlich das aussieht.

»Schaut mal«, sage ich leise. Wie kann Sara auch nur daran denken, ein solches Tier einfach abzustechen, womöglich im Schlaf?

»Ah, eine Weddellrobbe.« Martin spricht in normaler Lautstärke. »Die sieht man oft auf dem Eis in dieser Jahreszeit.«

»Sie ist aber nicht tot, oder?«, fragt Benny unsicher.

»Kann man tot sein und dabei lächeln?« Dattel.

Kaya schüttelt den Kopf, aber Seven sagt trocken: »Klar kann man. Wenn man sich umgebracht hat und einen weitgehend schmerzfreien Tod hatte.«

»Ihr seid alle total krank, wisst ihr das?«, schimpft Fee leise. »Und wenn ihr weiter so herumbrüllt, dann wacht die Robbe auf!«

Zu spät, das unglaublich fette Tier öffnet bereits die Augen und betrachtet uns mit milder Neugier. Dann schläft es weiter.

Mein Magen hat sich verkrampft. Ich wende mich ab und gehe weiter über das Eis, einfach weiter, weg von diesen Stimmen, von diesen Worten. Nein, Marisa hat nicht gelächelt. Das weiß ich genau.

Aus der Ferne höre ich Martin erzählen, dass diese Robbe eine so dicke Speckschicht braucht, weil sie die meiste Zeit ihres Lebens im eiskalten Wasser verbringt. Ich höre nicht zu, gehe weiter, immer weiter, mein Zeh prallt schmerzhaft gegen einen festgefrorenen Eisklumpen. Hinter mir höre ich Schritte, Geplauder, die anderen folgen mir. Was soll das, können die mich nicht in Ruhe lassen?

Doch als ich aufblicke, wird mir klar, dass sie gedacht haben, ich wolle weiter zu den Kaiserpinguinen.

Und da sind die Tiere schon, ich bin näher herangegangen, als ich wollte.

»Fünf Meter Abstand«, mahnt Martins Stimme.

Meine Gedanken kristallisieren in meiner Kehle, ich atme meine Trauer aus, schicke sie fort in die eisige Luft. Aber es ist zu viel davon da, ich atme und atme, doch es reicht nie.

Plötzlich spüre ich einen Arm um mich, jemand drückt mich. Es ist Fee. Ich bin zu schwach, mich zu wehren, weiß auch gar nicht, ob ich mich wehren will.

»Hey, Crash«, sagt sie, leise und warm klingt ihre Stimme. »Hey. Du packst das.«

Wie kann sie wissen, wie es mir geht? Was passiert ist? Spürt sie es?

Halb warte ich darauf, dass sie gleich noch *Alles wird gut* oder *Kopf hoch* oder so was sagt, aber ich habe sie unterschätzt. Sie wartet ab, bis ich nicke, dann schenkt sie mir ein kleines, herzliches Lächeln – so wie das nach unserer Ankunft – und lässt mich los, ganz behutsam.

Einen Moment lang war ich ihr wichtiger als die Pinguine. Obwohl sie mich nicht kennt und weniger über mich weiß als über den Communicator in ihrer Tasche. Ja, ich mag sie, auch wenn sie garantiert unerträglich sein kann, wenn sie will.

Die anderen haben nichts bemerkt, sie haben nur Augen für die Kaiserpinguine, von denen die meisten in Grüppchen herumstehen (und dabei nachdenklich wirken) oder umherwackeln, um mit heiserem Gegacker Freunde oder Nachbarn zu besuchen.

»Und, hast du auch bei denen Lust, sie anzufassen?«, zieht Fee Dattel auf.

»Ich denke noch darüber nach«, antwortet er.

Klug von ihm, denn diese Vögel gehen ihm bis zum Bauch. Würdevoll stehen sie aufrecht, dicke Kegel mit elegant geformten, schwarzen Köpfen und handlangen Schnäbeln, die so spitz wirken wie chirurgische Instrumente.

Einmal noch atme ich durch, dann bin ich hier, ganz bei ihnen, und kann wieder staunen. Darüber, dass sie so groß sind und so aufrecht stehen. Über ihre Krallenfüße, mit denen sie auf so menschliche Art herumgehen, ihre dunkelsilbrigen Flügelflossen, den hübschen buttergelben Farbverlauf am Hals.

Doch nur einige der Pinguine, wahrscheinlich die erwachsenen Tiere, sind so perfekt. Die anderen wirken wie schlecht gerupfte Gänse. Wohl in der Mauser.

»Die Küken sind im Frühling geschlüpft, jetzt sind sie fast erwachsen«, erzählt Martin, dem anscheinend völlig entgangen ist, was sich vorhin zwischen Fee und mir abgespielt hat. »Ins Meer können sie noch nicht, ihre Kükendaunen sind nicht wasserdicht.«

Immerhin, ein paar, die mit der Mauser spät dran sind, sehen mit ihren hellgrauen, flauschigen Körpern, schwarzweißen Köpfen und Knopfaugen noch aus wie die im Film. Flappend und fiepend, mit demütig gerecktem Hals, bettelt eines von ihnen einen erwachsenen Pinguin an. Und der würgt ihm auch gleich etwas aus dem Magen hoch, was das Küken Schnabel an Schnabel verschlingt.

»Ach, ich kann mir so gut vorstellen, wie sich zwei junge Pinguine unterhalten«, meint Benny. »›Wie war dein Essen?‹, fragt der eine. ›Zum Kotzen!‹, sagt der andere.«

»Vielleicht war Sara in ihrem früheren Leben ein Pinguin«, überlegt Fee.

Ich schaue mich wieder einmal nach unserer Betreuerin um, die uns bisher nicht gerade viel betreut hat. Niemand in Sicht, und wenn sie nicht gefunden werden will, werden wir sie auch nicht finden. Überall mannshohe Eisbrocken, festgefroren als perfekte Verstecke.

Martin ist in die Knie gegangen und fotografiert die Fütterung mit dem Superzoom. Währenddessen beobachtet Fee hingerissen, wie zwei Kaiserpinguine sich mit gereckten Hälsen und heiseren Rufen begrüßen. Seven dagegen interessiert das wenig – er ist gerade in Pinguinkot getreten und versucht jetzt angewidert, ihn von seinem Stiefel abzubekommen. Benny prustet los, was ihm einen kalten Blick von Seven einbringt.

»Ihr könnt aufhören«, sagt schließlich auch Martin. »Daheim müsst ihr die Stiefel sowieso säubern, so lasse ich euch nicht in die …«

»Ich störe euch ja nur ungern«, mische ich mich ein, »aber habt ihr schon gesehen, dass da vorne ein anderer Skidoo herumfährt?«

Außer mir hat es anscheinend niemand bemerkt, denn die anderen zucken zusammen und folgen meinem Blick. »Ich glaube, das ist Sara«, meint Martin gepresst. »Und mir scheint, sie hat irgendwas erbeutet.«

Verdammt. Ich kann mir nicht mehr vorstellen, eine dieser friedlichen Speckwalzen zu essen, die wir vorhin auf dem Eis getroffen haben. Von mir aus können die alle lächelnd weiterschlafen.

Dattel reißt sich das Fernglas, das noch immer um seinen Hals baumelt, vor die Augen. Mit einem leisen Surren stellt es sich scharf. »Ist jedenfalls zu klein, um eine Weddellrobbe zu sein«, meint er. »Es hängt über dem Rücksitz und berührt den Boden nicht.«

Womöglich ist es einer der Kaiserpinguine. Na toll. Beunruhigt starre ich durch Martins Superzoom-Kamera, die er mir gegeben hat, und schieße gleich ein paar Beweisfotos.

»Wenn sie einen Pinguin getötet hat, melde ich das an die Zentrale«, sagt Martin grimmig.

»Was passiert dann?«, frage ich. »Wird sie zurückgeschickt?«

»Zumindest bekommt sie Ärger. Es kann sein, dass wir dann eine Weile selbst kochen müssen, bis man uns jemand anders fürs Betreuerteam geschickt hat.«

»Das schaffen wir schon«, meint Fee. »Bei meinen Partys hatte ich immer einen Catering-Service, aber ich kann kochen, ganz ehrlich!«

Martin nimmt mir die Kamera aus den Händen, im Laufschritt gehen wir über das Meereis zurück zur Schelfeiskante. Blendend weiß leuchtet die senkrechte, zerklüftete Eiswand in der Sonne, ich kann den Blick kaum davon lassen, obwohl meine Augen allmählich schmerzen. Unglaublich ist dieses Weiß, mir kommt es vor, als hätte ich diese Farbe noch nie gesehen. Das Weiß in meinem bisherigen Leben war ganz anders, steril und künstlich. Eine Nicht-Farbe.

Mühsam kraxeln wir über die Schneerampe nach oben. Seven ist nicht in Form, er keucht schon. Fee ruft vergnügt: »Jetzt nicht schlappmachen, los, los!«, und zieht ihn an der Hand weiter. Selbst als die beiden vor mir über die Kante geklettert sind, lassen sie einander nicht los.

Mir ist nicht klar, was Fee an Seven findet – reizt es sie, nach unserer Rückkehr von Paparazzi belästigt zu werden? Wenn sie Pech hat, tauchen nicht mal welche auf; die Show, bei der Seven fast gewonnen hätte, ist ein halbes Jahr her.

Diesmal fahren die beiden zusammen, das ist klar, und mein Partner auf der Rückfahrt ist Dattel. »Hast du schon rausgefunden, wofür Seven verurteilt worden ist?«, brülle ich ihm ins Ohr, als er unseren Skidoo über den Schnee jagt, zurück zur Station.

»Schutzgelderpressung«, ruft er zurück, der Fahrtwind reißt ihm die Worte vom Mund.

»Oh. Wen hat er denn erpresst?«

Weil wir jetzt wieder über die Sastrugi müssen und Dattel langsamer fährt, kann er leise genug antworten, dass unsere Mitfahrer es nicht hören. »Alle möglichen Leute. Er hat ihnen erzählt, dass über sie alle möglichen üblen Behauptungen im Internet verbreitet werden sollen, aber er könne das Cybermobbing verhindern. Gegen eine kleine Spende. Cool, was? Minimaler Aufwand, maximaler Gewinn.«

Ein cleveres Kerlchen, unser Seven. Ich ducke mich hinter Dattels Rücken, um Schutz zu finden – der Wind ist wieder stärker geworden, Schneewirbel tanzen über den Boden. Wie weiße Fühler schlängeln sie sich über die Ebene, schnell und rastlos. Fegen alles weg, was ihnen im Weg steht und nicht schwer genug ist.

Als wir die Station erreichen, ist Sara ebenfalls gerade angekommen und schwingt sich inklusive der Lanze vom Skidoo. Fee zieht scharf die Luft ein, als sie sieht, was tatsächlich über ihrem Rücksitz hängt – es ist ein blauer Eisfuchs, mit starren Augen blickt er ins Nichts, seine herunterbaumelnden Pfoten sind bereits steif geforen. Sein dichtes, dunkelblaues Fell wogt wie ein Gerstenfeld, als der Wind hineinfährt. In der Natur gibt es ein solches Blau nicht, es ist pure Gentechnik.

»Sara …«, beginnt Martin, aber sie unterbricht ihn.

»Kein Steak, dafür Mütze«, grunzt Sara zufrieden, greift sich den Kadaver und stapft zur Station zurück.

»Was ist? Wieso machst du sie nicht zur Sau?«, schreit Fee Martin an.

»Fee, das war kein wildes Tier«, versucht Martin zu argumentieren. »Der Fuchs muss sich irgendwie aus den Zuchtanlagen auf der Antarktischen Halbinsel befreit haben … keine Ahnung, wie er den weiten Weg hierher gekommen ist …«

Fees Gesichtsausdruck verrät, dass sie am liebsten sämtliche Füchse befreit hätte, jetzt sofort. »Verpetzt du Sara wenigstens an *Social Adventures Network*? Diese Frau ist gemeingefährlich!«

»Im Grunde war es besser, dass sie ihn getötet hat. Vielleicht hätte er sonst ein paar Pinguinküken erledigt …«

Wutschnaubend marschiert Fee davon, Seven folgt ihr. Wir wollen alle raus aus der Kälte, rein in die Station. Ich höre Martin seufzen, dann seine Schritte, als er uns folgt.

Fee, Dattel und Benny diskutieren heftig, und dabei marschieren sie glatt an etwas vorbei. Etwas, das so eigenartig ist, dass ich stehen bleibe und keinen Zeh mehr bewege.

Da sind Fußspuren, sie führen in einem Halbkreis um *Neumayer III* herum.

»Äh, Leute«, rufe ich und muss es zweimal wiederholen, bis die anderen reagieren. »Kommt mal her!«

»Was ist denn?«, murrt Benny, der ebenso durchgefroren ist wie wir anderen.

Wortlos zeige ich auf die Fußspuren. Fee starrt sie verständnislos an, aber Benny und Dattel kapieren sofort. »Moment mal … von *wem* sind die?«, fragt Benny. »Sara ist eben erst zurückgekommen und außerdem auf der anderen Seite der Station entlanggegangen.«

»Und von uns kann es auch keiner gewesen sein.« Mit zusammengekniffenen Augen blickt Dattel sich um, als vermute er hinter der nächsten Schneewehe einen Heckenschützen. »Alle da, keiner fehlt.«

»Vielleicht waren die Spuren schon vorher da«, mischt sich Kaya ein. »Kann ja sein, dass Sara sie schon heute Morgen gemacht hat.«

»Vergiss es«, sage ich und deute auf die Schneewirbel, die Flocken gegen unsere gepolsterten Beine treiben. »Es war sowieso ein Riesenzufall, dass ich die Fußspuren überhaupt gesehen habe, ich glaube, in einer halben Stunde sind die zugeweht.«

»Also sind sie frisch«, meint Benny ungläubig. »Jemand anders ist hier entlanggegangen. Aber …«

»Genau«, sagt Dattel grimmig. »Außer uns ist aber angeblich niemand hier. Absolut niemand.«

Sieht fast so aus, als hätten wir uns da getäuscht.

EINSIEDLER

Die Fußspuren füllen sich noch schneller mit frischem Schnee, als ich gedacht hätte. Martin kommt gerade noch rechtzeitig, um sie sich anzuschauen. Er ist ebenso verblüfft wie wir und kommt mit den gleichen blöden Theorien, die wir eine nach der anderen abschießen. Doch er hat auch eine neue parat.

»Vielleicht war's jemand von einer Nachbarstation«, brummt Martin, eine klobige, dick vermummte Gestalt, Rübezahl in Rot. »Jemand, der nach dem Rechten schauen wollte, niemanden angetroffen hat und wieder abgezogen ist.«

»Welche Nachbarstationen? Meinst du *Neumayer IV*?«, fragt Benny.

Dattel schüttelt den Kopf. »Hast du mal 'nen Blick auf die Karte geworfen, Hobbit? Es gibt noch zwei Nachbarn mehr – die Südafrikaner haben die Station *Sanae V* etwa 200 Kilometer von hier, und so um die 15 Kilometer von hier weg sind die Russen, hab vergessen, wie deren Hütte heißt.«

»Polarnaja Swesda«, meint Martin. »Ich werde sie und die anderen per Funk fragen, ob einer ihrer Leute hier war.«

Es ist zu spät, um nach fremden Schneemobil-Spuren zu suchen, sie wären längst vom Schnee bedeckt, der um unsere Knöchel wirbelt. Nein, eigentlich schon um unsere Knie, die Böen verändern sich, steigen höher. Drücken uns weg wie hundert Hände gleichzeitig.

»Wir müssen rein in die Station«, sagt Martin – das, was

ich von seinem Gesicht erkennen kann, sieht beunruhigt aus. »Wenn das Schneetreiben bis über unsere Köpfe reicht, dann sehen wir nichts mehr, absolut nichts. *Whiteout* nennt man das. Dann finden wir ohne Handleinen nicht mehr zur Station zurück.«

Das kann ich nicht so recht glauben, denn die rot-weiße *Neumayer III* erhebt sich fast direkt neben uns. Aber ich nicke trotzdem und folge ihm.

Wir fahren die Skidoos mit mehr oder weniger Schwung nach unten in die Garage, Martin zeigt uns, wie man sie aus Fässern mit 2-Takt-Gemisch auftankt. Die *PistenBullys* bekommen Polardiesel, der noch bei minus 50 Grad brav durch den Motor gluckert. Dann wanken wir müde und trotz unserer dicken Overalls durchgefroren hoch auf Deck 2. Ich bin froh, mir die vielen Klamottenschichten vom Leib schälen zu können, und Hunger habe ich auch.

Aber von unserer Mongolin keine Spur, wahrscheinlich ist sie irgendwo in den Tiefen der Station dabei, den Eisfuchs abzuhäuten. Vielleicht reicht das Fell sogar für zwei Mützen.

»Ist mir egal, dass sie nicht da ist.« Fee stemmt die Hände gegen die Hüften. »Brauchen wir sie? Ihr Essen schmeckt sowieso bäh. Wir kochen einfach selber und …«

Kaya räuspert sich und Fee fährt herum. Hinter ihr steht Sara, sie hat ihre Stiefel ausgezogen und ist auf Socken durch den Gang marschiert. Keiner von uns hat sie gehört.

»Ähm«, sagt Fee und ihr steigt das Blut ins Gesicht. »Das hab ich … äh …«

»Du!« Saras Zeigefinger durchsticht die Luft in Fees Richtung. »Hab dich gesehen! Du hast in der Küche Saft Kirsche getrunken und Rest von Flasche aufgefüllt mit Wasser!«

»Hab ich nicht«, widerspricht Fee schwach.

»Halt dich fern von Küche, ich sag dir«, knurrt Sara.

»Sonst Ärger, klar? Musst lernen, dich zu beherrschen, auch wenn keiner hinguckt.«

Als sie weg ist, atmen wir auf.

»Stimmt das mit dem Saft?«, fragt Benny. »Warum hast du das gemacht? Ich meine, den mit Wasser aufgefüllt?«

»Schorle schmeckt doch eh besser.« Fee tippt auf ihrem Communicator herum, scrollt sich rastlos durch Bilder von vergangenen Partys.

Inzwischen ist auch Martin eingetroffen und will wissen, warum wir so komisch dreinblicken. »Hast du schon bei den Stationen herumgefragt?«, versuche ich ihn abzulenken.

»Ich habe alle drei per Funk erreicht – *Neumayer IV*, *Sanae V* und *Polarnaja Swesda*, aber alle sagen, dass keiner ihrer Leute hier war.« Martin macht sich in unserem einzigen Sessel breit und legt die Beine hoch. »Unsere Zentrale hat gemeint, sie forscht nach, was auch immer das heißen soll.«

»War's das?«, fragt Fee ungeduldig. »Was ist mit meiner Stunde Netzzeit, kann ich die jetzt nehmen?«

»Gestrichen«, erklärt Martin kühl. »Ich habe gesehen, dass du sie gestern dazu genutzt hast, um einen neuen Webshop zu eröffnen. In dem Leute Waren bestellen können, die du ihnen offensichtlich nicht schicken wirst.«

»Sorry, tut mir leid, ich …«

»Deine Ausreden interessieren mich nicht, Fee. Du musst einfach aufhören, dir deine Wünsche mit Betrügereien zu finanzieren.«

»Du willst dir nicht mal anhören, was ich zu sagen habe? Dann fick dich, Martin Bergheimer!« Fee klatscht ihren Kaugummi ans Whiteboard und rauscht ab in ihr Zimmer.

Martin verschränkt die Arme hinter dem Kopf, einen Moment lang kommt es mir vor, als schwebe ein leichtes Lächeln auf seinen Lippen.

Plötzlich will ich nur noch eins: raus hier. Raus aus dieser Station und zurück in diese klare, gnadenlose Kälte. Aber das geht nicht, denn draußen jault der Wind, Schnee prasselt gegen die Fensterscheiben und bildet dort bizarre Formen. Voll der Sturm. Selbst zum Schneeschippen rauszugehen, wäre ungesund.

»Ich könnte was kochen, wenn Sara das nicht macht«, höre ich mich sagen.

Martin nickt anerkennend. »Schön, dass du die Initiative übernimmst, Crash. Wer soll dir helfen?«

Ganz spontan entscheide ich mich. »Kaya.«

Ihr Blick entschädigt mich sofort dafür. Keine Ahnung, ob sie Lust aufs Kochen hat, aber sie freut sich darüber, dass ich sie ausgesucht habe.

»Wir treffen uns in fünf Minuten in der Küche«, raune ich Kaya zu, als wir im Gang sind. Dann gehe ich zu dem Zimmer, an dessen Tür ein putziges Pinguinfoto hängt. Fee hat ihr eigenes Gesicht in das des Pinguins montiert – das sieht ein bisschen gruselig aus, wie eine neue Art von Zombie, die einem das Gehirn rauspickt, wenn man nicht aufpasst. Oder zumindest die Kniescheibe, weil er zu klein ist, um ans Gehirn dranzukommen.

Ich klopfe vorsichtig. »Fee?«

»Hau ab!«, dröhnt es von innen. »Ihr könnt mich alle mal!«

Das meint sie nicht so. Ich setze mich auf den Boden und lehne mich mit dem Rücken gegen die hellblaue Tür. Schon nach ein paar Sekunden geht sie auf, ich kippe nach hinten und lande der Länge nach auf einem abgewetzten Flickenteppich.

»Was machst du da? Denkst du, das wirkt elegant?«, raunzt Fee mich an und blickt auf mich hinunter. Ihr Gesicht sieht aus, als wäre eine Legion von Schnecken darübergekrochen. »Los, komm rein, und wehe, du fasst meine Parfümproben an.«

Sie hat mindestens zwanzig dieser Proben dabei, sorgfältig auf ihrem Regal aufgereihte schimmernde Glasfläschchen. Winzige Dinger, die sich wahrscheinlich von mir nicht mal anfassen ließen, wenn ich es versuchen würde. Sie würden mir absichtlich durch die Finger rutschen und aus purem Trotz auf dem Boden zerschellen.

»Hier, probier mal«, sagt Fee zehn Sekunden später. »Das ist *Eau de Cygne*. Gefällt dir vielleicht.«

Reste von Schulfranzösisch regen sich in meinem Gedächtnis. »Schwanenwasser? Nee, danke. Wir hatten gerade erst Schnee mit Pinguinkacke.«

»Sei nicht blöd. Das riecht wunderbar, nach Maiglöckchen. Oder hier, das. Hundertprozentig dein Ding. *Cloud Joy*.«

»Spaß in den Wolken?« Ich muss lachen, und gleich darauf tut es mir leid, weil wieder Tränen aus Fees Augen rinnen. Diesmal bin ich diejenige, die sie in den Arm nimmt und drückt. Ich frage sie nicht, warum sie es getan hat – diesen bescheuerten Online-Shop eröffnet –, und sie fragt mich nicht, warum ich um Mitternacht an diesem Schneemobil herumgefummelt habe.

Fahrig wischt sich Fee über das Gesicht. »Glaubst du, wir alle halten es hier drei Monate zusammen aus, ohne uns an die Kehle zu gehen?«

»Keine Ahnung«, sage ich und schaue mich unauffällig um, vielleicht liegt irgendwo in ihrem Zimmer meine Medaille. Aber ich sehe nichts – wenn sie sie hat, ist sie nicht so blöd, sie herumliegen zu lassen.

Eine Weile schweigen wir. Fee öffnet mit feierlichem Ernst ein Parfümfläschchen nach dem anderen, lässt mich schnuppern und verschließt es wieder. Ich weiß, dass Kaya wahrscheinlich schon auf mich wartet, vielleicht verwirrt und enttäuscht ist, weil ich nicht komme, aber ich bringe es nicht über mich, jetzt zu gehen und Fee hier allein zu lassen.

»Das hier gefällt mir am besten«, sage ich schließlich und deute auf ein Fläschchen, das wie eine Sastruga aus Glas aussieht, wie eine dieser Dünen aus Eis. Daraus strömt ein schwerer, voller Duft meine Nase hoch, wie reife Johannisbeeren oder wie die Luft im Wald nach einem Gewitter.

»So, so.« Fee hebt die Augenbrauen und streicht sich das lange, glänzende Haar aus dem Gesicht. »*Passion Play*. Du liebst die Sünde, stimmt's?« Wir müssen lachen.

»Wenn sie aus Schokolade ist«, sage ich. Sünde? Es kommt mir wie eine Ewigkeit vor, dass ich zuletzt verliebt war.

»Mein Vater bringt mir immer eine Tafel Schokolade mit«, sagt Fee und stützt das Gesicht in die Hände. »Aus jeder Stadt, in der er geschäftlich zu tun hat. Von jeder seiner vielen Reisen. Er hat längst vergessen, dass ich keine Schokolade mag. Wahrscheinlich denkt er, dass ich sie deswegen nicht esse, weil ich sie als Andenken sammeln will.«

Väter. Ein schwieriges Thema. Ich würde alles dafür geben, wenn ich Pa zurückbekommen könnte ... so, wie er früher war. Den neuen und leider wohl echten Pa würde ich am liebsten auf den Merkur schießen, dort wo er schön langsam geröstet wird bei Temperaturen, die sogar Blei zum Schmelzen bringen und vielleicht auch sein Herz aus Stein. »Und wie ist deine Mom so?«, frage ich.

Fee verzieht das Gesicht, tupft mir etwas *Passion Play* aufs Handgelenk und sich selbst ein paar Tropfen *Eau de Cygne*. »Religiöse Spinnerin. Unerträglich. Ich versuche, sie auszuhalten, sie versucht, mich zu bekehren. Ich sage zu allem Ja und mache, was ich will.«

Es klopft an ihrer Zimmertür. Schüchtern, vorsichtig. Ich weiß sofort, dass es Kaya ist, und schieße förmlich von meinem Platz hoch. »Ich muss kochen. Hätte ich beinahe vergessen. Sorry. Ich komme später noch mal vorbei.«

Ohne mich anzusehen, wedelt Fee elegant mit der Hand, was vermutlich *Macht nichts* und *Man sieht sich* heißen soll. Sie sieht abgespaced aus, hat sie irgendwas eingeworfen? Nein, kann nicht sein, sie haben uns und unser Gepäck nicht nur nach Waffen durchsucht, sondern auch noch mit einer elektronischen Nase auf alle Arten von Drogen überprüft. Und nebenbei auch noch auf Sprengstoff. Vielleicht war ihnen nicht klar, wie leicht man Sprengstoff selbst herstellen kann. Und Waffen auch, Lanzen zum Beispiel.

Kaya schaut verlegen drein, als ich in den Gang trete. Ich spüre sofort, wie angespannt sie ist – furchtbar angespannt. »Sorry«, sagt sie. »Aber du hast fünf Minuten gesagt.«

Als ich auf meinen Com schaue, stelle ich fest, dass exakt fünf Minuten und fünf Sekunden vergangen sind. O Mann.

Irgendwie spüre ich, dass ich jetzt vorsichtig sein muss mit dem, was ich sage. Mein ganzer Körper ist in Alarmbereitschaft und diesmal fühlt es sich nicht sonderlich gut an. »Komm, wir legen los, ich hab Hunger«, meine ich schließlich, und wir gehen nebeneinanderher zur improvisierten Küche. Unauffällig sauge ich die Luft ein – irgendwas riecht hier seltsam, chemisch. Mir geht auf, dass Kaya das ist. Hä? Das wird ja wohl kaum ihr Deo sein.

Besser, sie nicht drauf anzusprechen. Auf einmal weiß ich nicht mehr, wieso ich ausgerechnet sie ausgesucht habe zum gemeinsamen Töpferühren – war ich lebensmüde, so wie man es mir schon ein Dutzend Mal vorgeworfen hat, nee, öfter, zwei Dutzend Mal? Wie viel lustiger wäre es gewesen, mit Benny zusammen in der Küche zu werkeln …

Wir wühlen durch eine Kiste mit Gemüse, alles aus Deutschland oder Kapstadt und nur ein ganz klein bisschen welk. Eine winzige Schnecke kriecht auf dem Salat herum. Raussetzen scheidet bei Schneesturm leider aus, und ich habe heute nicht den Nerv dafür, sie im Abguss runterzuspülen. Sie darf weiterschleimen.

»Besser heute mal vegan, für Fee, oder?«, meine ich zu Kaya. »Nudeln mit Tomatensoße und Zucchini vielleicht?«

»Ja. So was mag ich.« Kayas Gesicht leuchtet auf – ganz langsam, wie eine Straßenlaterne, die mehrere flackrige Versuche braucht, bis sie schließlich an ist.

Wir durchwühlen alles, bis wir Schneidebretter und Messer gefunden haben. Dann schlägt für die Zucchini die letzte Stunde. Rein in die heiße Pfanne. Währenddessen schneidet Kaya Tomaten. Ab und zu blicke ich auf ihre Hände, die ziemlich breit und sehnig sind für ein Mädchen, aber ihre Bewegungen sind einfach wunderschön, präzise und sicher. Mir wäre es zwar deutlich lieber, sie würde kein Messer halten, aber trotzdem schaue ich ihr gerne zu.

Auch die Tomaten enden in der Pfanne, eine Dampfwolke steigt auf. »Puh!« Kaya wedelt mit der Hand, was absolut nichts bringt. »Blöd, dass man hier nicht einfach ein Fenster aufmachen kann.«

»Na ja, das, was du beinahe pulverisiert hättest, würden wir wahrscheinlich aufkriegen. Mit einem kleinen Schubs.«

»Äh, ja.« Ein verlegenes Lächeln. »Martin hat Dattel und Seven gerade gesagt, sie sollen irgendeine Platte suchen, die wir drübernageln können. Damit der Sturm das Ding nicht eindrückt.«

Sie ist richtig gesprächig, anscheinend hat sie sich entspannt. Jetzt darf ich vielleicht neugierig sein. »Wo hast du das eigentlich gelernt – so zu kämpfen?«

»Ich mache Kickboxen«, sagt sie leise. »Deutsche Meisterin 2027.«

»Cool.« Ich bin ehrlich beeindruckt. »Du kannst nachts durch jedes Viertel gehen, was?«

»Ja, aber darauf kommt es mir nicht an. Es ist einfach das Einzige, worin ich gut bin. Zum Glück haben meine Pflegeeltern es mir erlaubt.«

Schweigend spielen wir Mikado mit den Spaghetti, bis sie im Topf sind. Oder jedenfalls die meisten – eine der Packungen rutscht mir aus der Hand, ihr Inhalt verteilt sich malerisch auf dem Boden. Mist. Es war unser letztes Paket, jetzt müssen wir Martin bitten, uns den Vorratsraum zu öffnen, um ein neues zu holen. Oder? Eigentlich ist der Boden ziemlich sauber.

Ich sammele die Bescherung wieder auf. Kaya und ich sehen uns kurz an, dann puste ich die Spaghetti ab und werfe sie in den Topf. Wir grinsen beide die Wand an. »Die anderen werden sich nach Sara zurücksehnen«, sage ich.

»Nee, werden sie nicht«, meint Kaya und wirft ein paar Gewürze in die Pfanne. »Das wird gut.«

»Vielleicht.« Ich lehne mich an den Küchentisch. »Und, wie oft trainierst du?«

Ihr Körper spannt sich wieder an, die Linie ihrer Schultern sieht plötzlich härter aus. »Ich trainiere nicht mehr.«

Vermintes Terrain. Besser, ich halte die Klappe.

»Warst du auch in einer Pflegefamilie?« Zur Abwechslung stellt sie *mir* eine Frage.

Ich schüttle den Kopf. »Nee, im Heim. Mehreren Heimen, genauer gesagt, ich bin aus jedem abgehauen. Pflegefamilie ist besser, oder?«

»Nee«, meint Kaya und klingt plötzlich sehr müde. »Die Leute mochten mich nicht besonders. Sie hatten sowieso schon zwei eigene Kinder. Ich glaube, sie haben das nur gemacht, weil sie scharf auf das Geld vom Jugendamt waren.«

»Shit.« Ich verziehe das Gesicht. Wie es sich anfühlt, unerwünscht zu sein, weiß ich ziemlich gut.

Mit der Gabel fische ich eine Nudel aus dem Topf. Sie windet sich von den Zinken herunter wie ein gelblicher Wurm, aber ich bin schneller. Erwischt! »Hm, gleich durch. Sag den anderen, sie sollen den Tisch decken. Und wenn sie trödeln, gibt's voll krass Ärger.«

Kaya grinst. »Noch einen Tag in der Küche und du klingst wie Sara.«

Während sie den anderen Bescheid gibt, schaue ich mich rasch nach irgendetwas zum Schreiben um. Ich muss dringend etwas offline notieren, wie lange habe ich schon nichts mehr mit der Hand geschrieben? Schließlich fetze ich eine Ecke vom Wandkalender, der ein Kamel – ein Kamel?! – in einer Art von Steppe zeigt, kritzele mit einem Bleistiftstummel darauf *Deutsche Meisterin Kickboxen 2027* und stopfe den Zettel in die Tasche meiner Jeans.

Als Kaya zurückkommt, fällt mir wieder dieser seltsame chemische Geruch auf, der sie umschwebt. »Sag mal, hast du was geschnüffelt?«, rutscht es mir heraus.

»Ich hab die Lösungsmittel in den alten Laboren durchprobiert«, gesteht sie verlegen. »Wirkt aber nicht richtig. Vielleicht probiere ich es mal mit Pinguinkacke. Die riecht ja ganz schön beißend, vielleicht wird man davon auch high.«

Nee, oder? Nicht lachen, nicht lachen, wenn ich jetzt lache, dann schlägt sie mich zu Klump.

Ich lache nicht. Aber es ist verdammt knapp.

Martin ist nicht da und ruft uns aus dem Gang zu, wir sollen schon mal ohne ihn anfangen. Unser Essen kommt bei den anderen gut an, Fee ist rührend dankbar, dass wir vegan gekocht haben. Obwohl draußen ein Schneesturm tobt, hat sie ein ärmelloses Top an, man sieht das Glitzertattoo eines Delfins auf ihrem Arm. Seven mustert sie, schenkt ihr Wasser ein und hört aufmerksam einer etwas wirren Geschichte über den neusten Guru ihrer Mutter zu.

Da ich neben Dattel sitze, ist es leicht, ihm den Zettel mit meiner Notiz in die Hand zu drücken. Er nickt, und später, nachdem er ein paar Minuten seiner Netzzeit genommen hat, flüstert er mir zu: »Sie heißt Charlotte Wilmers und sie hat jemanden umgebracht.«

»Was?« Meine Stimme ist lauter, als ich wollte, doch zum Glück sind die anderen gerade mit dem Ausbessern des Fensters beschäftigt. Allerdings nicht sehr erfolgreich, den Flüchen nach zu schließen. »Wie?«

Dattel spricht noch leiser. »Anscheinend hat sie sich als Bodyguard was dazuverdient ... bei den falschen Leuten. Da ist wohl mal was aus der Spur gelaufen. Ging als fahrlässige Tötung durch. Trotzdem jede Menge ...«

Ich erfahre nie, wovon Kaya jede Menge bekommen hat – Ärger vermutlich –, denn in diesem Moment kommt Martin zurück. Fee strahlt ihn an, als sei vorhin nichts gewesen, lässt eine Hand viel zu lange auf seinem Arm liegen und fängt an, ihm einen übertrieben großen Berg Spaghetti auf einen Teller zu häufen ... doch er reagiert überhaupt nicht. Sein Blick ist eigenartig, halb nachdenklich, halb starr. »Ich habe eben mit der Zentrale von *Social Adventures Network* gesprochen«, sagt er. »Sie haben nachgeforscht.«

Fees Hand erstarrt in der Luft und die anderen hören auf zu essen. Irgendwas ist faul, so viel ist klar.

»Bisschen komische Sache«, fährt Martin fort. »Anscheinend könnte es sein, dass außer uns und Sara noch jemand auf dieser Station lebt.«

Meine Lungen haben beschlossen, vorübergehend das Atmen einzustellen.

»Cheez! Willst du uns verarschen?«, ruft Dattel und zielt mit seiner Gabel auf Martin, als wäre sie ein Dartpfeil.

Martin schüttelt den Kopf, ohne die Gabel zu beachten. »Es sind eher Gerüchte, die umgehen, niemand weiß etwas Genaueres. Ich kann mir auch nicht wirklich vorstellen, dass hier noch eine Art Einsiedler leben soll, ohne dass Sara oder wir es merken.«

»Wir haben es doch gemerkt«, wendet Kaya ein. »Die Fußspuren draußen. Und die Schrift auf der Tafel.«

Fee blickt verwirrt drein. »Aber er muss irgendwo leben, weißt du, Kaya? Im U1 wird nicht geheizt, es sind nur 10 Grad plus dort, und in der Garage ist es um die null Grad …«

»Er muss in den unteren Decks sein! Genau jetzt!« Dattel wirft seine Gabel – nicht auf Martin, sondern auf den Tisch. Klirrend überschlägt sie sich ein paarmal und bleibt dann liegen. »Los, wir gehen hin und durchsuchen U1! Und den Rest dieser verfickten Station, bis wir wissen, was Sache ist!«

Eine Legion von Ameisen kriecht mein Rückgrat hinunter. Vielleicht sind mir die unteren Decks deshalb so eigenartig vorgekommen? Weil sie gar nicht verlassen sind.

»Ja. Ich schätze, so eine Durchsuchung ist leider notwendig.« Martin steht auf. »Wir brauchen Gewissheit.«

Diesmal ist klar, dass wir alle mitgehen werden. Benny springt auf und durchwühlt den Aufenthaltsraum nach irgendeiner Waffe, Fee kann gar nicht mehr aufhören zu plappern und Kaya steht mit verschränkten Armen da, die Füße gegen den Boden gestemmt. Seven erhebt sich zögernd, als Letzter, ihm ist es anscheinend nicht ganz recht, dass Dattel sich praktisch zu unserem Anführer aufgeschwungen hat. Er greift sich Fee, die hektisch herumflattert, legt beide Hände auf ihre Schultern und blickt ihr in die Augen. »Ganz ruhig. Wenn hier noch jemand wohnt, kriegen wir den Kerl. Bei dem Wetter kann er nicht nach draußen entkommen und später zurückschleichen.«

»Stimmt.« Fee atmet tief durch, schenkt ihm ein Lächeln und dann einen Kuss auf den Mund.

Ich schaue weg. Es geht mich nichts an, was zwischen den beiden läuft.

Martin teilt uns in Gruppen ein, und er nimmt keine Rücksicht darauf, wer mit wem kann oder nicht. Diesmal bin ich mit Seven zusammen. »Ihr übernehmt Deck 1. Ist das okay für euch? Dann holt euch bitte jeder eine Taschenlampe. Außerdem bekommt ihr Handfunkgeräte.«

Ich zucke die Schultern, und Seven nickt, während Martin ihm eins der Geräte reicht.

Benny kommt mit einem gezückten Brotmesser aus der Küche zurück, das ihm Martin sofort abnimmt. Ich lasse meinen Blick schweifen – keiner der anderen hat eine Waffe. Vielleicht brauchen wir auch keine, vielleicht ist dieser Einsiedler so harmlos wie ein Eichhörnchen. Wenn es ihn überhaupt gibt.

Auch Sara ist inzwischen aufgetaucht und Martin wirft ihr einen gereizten Blick zu. Aber er fragt sie nicht, wo sie die ganze Zeit über war. »Sara, du begleitest bitte Fee.«

Wortlos nickt unsere nicht sehr nützliche Co-Betreuerin, ihr Gesicht ist ausdruckslos.

Mein Puls jagt hoch, als wir hinunterschleichen aufs erste Deck. So langsam packt mich das Jagdfieber.

Kühl ist es hier, ich bin froh, dass ich schnell noch einen Rollkragenpullover übergezogen habe. Es ist nicht ganz dunkel, von den Außenfenstern dringt ein weißes Dämmerlicht zu uns hinein und erhellt die freien Flächen um den aus

Schiffscontainern gebauten Innenteil der Station herum. Nur im Mittelgang, der mit seinen hellblauen Türen ähnlich aussieht wie unserer im zweiten Stock, ist es arg düster, weil das Deckenlicht hier seit dem Brand nicht mehr funktioniert. Mit gedämpfter Stimme – wieso spricht er so leise? – erteilt Martin uns weitere Anweisungen, wer wo suchen soll, und deutet in verschiedene Richtungen. »In einer halben Stunde treffen wir uns wieder hier. Wenn ihr etwas findet oder Probleme bekommt, funkt mich an.«

Kaya und Benny verschwinden in Richtung Fahrzeughalle, Fee und Dattel sollen die Lagerräume und Werkstätten von Deck U1 überprüfen.

»Los, komm schon, Hexe«, höre ich Dattel sagen. »Er wird dich garantiert nicht von hinten anspringen.«

»Aber vielleicht von vorne«, wendet Fee ein.

»Dann mach einfach die Kreisch-Nummer. Das sprengt ihm die Trommelfelle und anschließend müssen wir ihn nur noch vom Boden aufsammeln und ins Lazarett bringen …«

Ihre Stimmen werden leiser, verklingen.

Ich atme die abgestandene Luft ein und schaue mich um. Die Decke des Stockwerks ist von Ruß geschwärzt, der Boden teilweise geschmolzen und fühlt sich uneben an unter unseren Füßen. Wir checken rasch die Lounge und Messe ab, dann bahnen wir uns einen Weg durch die ehemalige Küche, eine gekachelte Höhle mit Stahltischen, Stahlschränken, Herden, Spülen – natürlich auch aus Stahl – und riesigen Kochtöpfen. Sie ist fast völlig mit irgendwelchem Gerümpel vollgestellt, beschädigten Möbeln, Kisten mit Ersatzteilen und Recylingkram.

Im Funk flüstern die Stimmen der anderen. *»Wir sind jetzt in der Fahrzeughalle angekommen … wie geht hier noch mal das Licht an?«*

»Der Schalter ist in der Nähe des Eingangs, er hängt an einem losen Kabel.« Martin.

Dann Dattels Stimme, sie klingt, als hätte er einen Blecheimer über dem Kopf. *»Fuck, hier ist es echt kühl, ich hätte mir was Dickeres anziehen sollen! Ich glaub, hier war früher ein Fitness-Studio, ein kaputter Crosstrainer steht noch herum …«*

»Bitte kein Gelaber im Funk. Meldet euch hin und wieder, aber nur, wenn ihr etwas zu sagen habt oder eure Position durchgebt.«

»Ja, ja, schon gut, Arschloch.«

»Über deinen Umgangston reden wir noch, Sinan!«

Ich greife in eine der Kisten, wühle neugierig im Altpapier und in den flach gehämmerten Konservendosen herum. Moment mal! »Seven!«, rufe ich, weil mein Erkundungspartner schon weitergegangen ist, ohne auf mich zu achten, und gerade hinter irgendwelchen Kisten verschwindet.

»Was ist?«, höre ich seine Stimme.

»Komm doch mal her«, dränge ich, und schließlich bequemt er sich zu mir zurück. Ich gebe ihm eine der Konservendosen, das Etikett ist säuberlich abgetrennt und ins Altpapier gelegt worden. »Hier. Fühl mal.«

Unser Stationspromi schaut mich an, als würden aus meinen Nasenlöchern Pilze sprießen, aber dann steckt er doch den Finger ins Innere der Dose – und seine Augenbrauen gehen nach oben, denn dieses Innere ist feucht, es ist vor kurzer Zeit erst ausgewaschen worden. »Hm, wahrscheinlich ist das eine der Chili-con-Carne-Dosen, die Sara …«

»Erstens ist die viel zu klein und außerdem steht unser Recyclingzeug weiter unten, in U1.« Ich habe dort vor kaum einer Stunde fein säuberlich vier Spaghettipackungen aus Pappe plattgetrampelt und durch einen Schredder geschickt.

»Hm.« In Sevens Augen leuchtet Interesse auf. »Das könnte heißen, dass der Kerl sich hier was kocht. Wir durchsuchen alle Schränke, *go!*«

Eigentlich stehe ich nicht so darauf, herumkommandiert zu werden, aber ich wollte sowieso in den Schränken herumschnüffeln. Also reißen wir sämtliche metallenen Türen auf und ballern sie wieder zu, ziehen jedes Schubfach auf, schauen rein und drücken es mit Schwung wieder zurück, ein Höllenkrach, es scheppert, knarzt und klirrt. Der Lärm tut mir gut, er vertreibt alle Geister, und Spaß haben wir auch.

»Äh, ich glaube, die Station bricht gerade zusammen«, meldet sich Fee im Funk. *»Oder seid ihr das, Team 3?«*

Ich habe keine Ahnung, welche Teamnummer wir haben. Ganz cool hebt Seven das Funkgerät an den Mund. »Seven aus der Küche, unsere Erkundungen erfordern besondere Maßnahmen, sorry wegen des Lärms. Over.«

»Alles klar, over.« Das war Martin. *»Schon was gefunden?«*

»Nicht viel«, meint Seven. »Wir bringen was mit.« Bevor ich protestieren kann, steckt er mir die feuchte Konservendose in die Hosentasche.

»Äh, was genau …«, beginne ich.

Aber Seven grinst nur. »Du hast sie entdeckt, du darfst auch den Ruhm dafür einheimsen. Okay?«

Schon klar. Er hat nur keine Lust, das Ding mit sich herumzuschleppen.

Ich hätte damit gerechnet, in den Schränken eine Unmenge an Töpfen, Pfannen und sonstigem Küchengerümpel vorzufinden, doch die Forscher haben wohl das meiste nach *Neumayer IV* mitgenommen und der Rest ist oben in unserer Impro-Küche, hier sind nur eine Pfanne und zwei Töpfe übrig. Als ich an der Pfanne schnuppere, rieche ich Fisch. Ah. Ich glaube, ich weiß, wovon der Einsiedler sich ernährt.

Auch einen kleinen Stapel Konservendosen finde ich, ganz hinten unter einem der Arbeitstische, der Strahl meiner Taschenlampe huscht über verblichene Etiketten. Ananas. Geschälte Tomaten. Eipulver.

Im ersten Moment will ich Seven rufen, der auf der anderen Seite der Küche rumort, doch dann zögere ich. Es ist ein jämmerlich kleiner Stapel, und es ist irgendwie rührend, wie sorgsam er hier versteckt worden ist.

Ich schließe den Mund wieder und ziehe die nächste Schublade auf. Leer.

»Hallo, hallo, hört ihr mich?«, meldet sich Benny über Funk, seine Stimme klingt seltsam kieksig. *»Wir sind gerade in einer Ecke der Garage, wo die* PistenBullys *stehen, und hier ist, äh, Blut auf dem Boden. Ziemlich viel davon.«*

Mein Magen sackt in die Höhe meiner Kniekehlen, aber nur einen Moment lang. Dann dämmert mir, was geschehen ist. Um Benny erst mal notfallmäßig zu beruhigen, nehme ich Seven das Funkgerät aus der Hand – oder jedenfalls habe ich das vor, doch er klammert sich daran, als sei es sein Herzschrittmacher. »He!«, sagt er. »Das hat Martin mir und nicht dir ge…«

»Falls du es noch nicht gemerkt hast, du bist *nicht* Captain Kirk«, fauche ich ihn an, halte das Gerät fest und biege seine Finger einzeln davon weg. Dann endlich kann ich durchgeben: »Keine Panik, Benny, wahrscheinlich ist das nur von dem Blaufuchs. Seht ihr irgendwelche Fellreste oder inneren Organe?«

»Hier ist irgendwas in einem Eimer… iiiih! Ja, ich glaube, wir haben den Rest von dem Fuchs gefunden. Martin, was sollen wir damit machen?«

»Lasst einfach alles stehen, ich kümmere mich später darum. Wie weit seid ihr ansonsten in der Garage?«

»Fast fertig, ist nur noch eine Ecke übrig. Sonst ist hier nichts.«

Die anderen sind auch fast durch, nur wir sind ein bisschen in Verzug, die Küche hat uns zu lange aufgehalten. Etwas rascher durchsuchen wir ein paar fast leere Technikräume und Labore, schauen uns bei den Dieselaggregaten um und beenden die Tour im Lazarett – neben Schränken mit Verbandszeug, Medikamentenschachteln und anderem Kram gibt es sogar einen richtigen OP-Tisch mit klobiger weißer Schwenkleuchte darüber.

Pünktlich sind wir wieder am Team-Treffpunkt.

»Anscheinend weiß der Kerl, wie man sich versteckt«, sagt Dattel düster. »Müssen wir jetzt warten, bis er sich von selber meldet?«

»Sieht fast so aus«, sagt Martin und macht sich auf den Weg in die Garage, um die Restes des Fuchses zu holen und irgendwie zu entsorgen. Als er zurückkommt, sieht er wieder so seltsam aus wie vorhin. »Blut war da, das stimmt, aber bist du sicher, dass du einen Eimer mit dem Kadaver gesehen hast?«

»Ganz sicher«, sagt Benny verwirrt und Kaya nickt bestätigend. »War er nicht mehr da? Vielleicht hat Sara ihn schon weggebracht.«

Unser Betreuer winkt Sara in einen Nebenraum, durch die dünnen Wände kann ich die beiden diskutieren hören. Wie üblich kommt von Sara nicht viel. Martin klingt ruhig und vernünftig, jedenfalls zu Beginn. Dann etwas weniger. Dattel und ich tauschen einen amüsierten Blick.

Frustriert stapft Martin zurück zu uns in den Aufenthaltsraum und schüttelt den Kopf. Aha, Sara leugnet mal wieder alles.

Benny und ich dürfen unsere Netzzeit nehmen. Innerhalb

von Sekunden hat Benny seine Datenbrille auf, seine Lippen bewegen sich lautlos und an seiner Hirnschnittstelle glüht ein winziges Licht. Auch ich schnappe mir sofort meinen Communicator. Meine Mail an Marisa ist lang diesmal, ich erzähle ihr alles, was passiert ist – scheintote Robbe, toter Blaufuchs, lebendiger Einsiedler. Doch kaum habe ich die Nachricht abgeschickt, kommt – *ping!* – eine automatische Antwort zurück.

Nachricht konnte nicht zugestellt werden.
Der Account existiert nicht.

Fassungslos starre ich auf die Mitteilung. Das kann nicht sein! Was soll das? Wieso haben sie das getan, ihren Account gelöscht? Es fühlt sich so furchtbar falsch an ... als sei Marisa erst jetzt richtig tot. Haben sie das wegen mir getan, wegen meiner Botschaften an sie?

Weg. Sie ist weg, für immer. Jetzt kann ich ihr auch nie wieder schreiben, dass es mir leidtut.

Ich fühle mich unendlich einsam, als ich den Communicator in meine Tasche zurückschiebe.

EIN FUND IM MORGENGRAUEN

Als ich aufwache, ist es fünf Uhr morgens. O Mann. Mein Körper hat eine innere Uhr, und irgendjemand – ich jedenfalls nicht! – dreht ständig daran herum. Meine Augen klappen um ein Uhr nachts auf, oder auch um vier, und wieder einzuschlafen schaffe ich nur, wenn ich ganz viel Glück habe. Wecker sind nutzlos für mich, ich höre sie kaum jemals klingeln.

Diesmal liegt es daran, dass meine Blase drückt. Ich schließe meine Zimmertür auf, schlurfe auf bloßen Füßen durch den Flur und in den Damen-Waschraum. Aus dem Augenwinkel erkenne ich, dass außer mir noch jemand wach ist. Liegt wahrscheinlich daran, dass die Sonne hier nicht untergeht. Ah, Seven, und er trägt irgendein Bündel auf dem Arm, sieht nach einer Decke aus oder so was. Benny, vielleicht auch auf dem Weg zum Klo, hat ihn gerade begrüßt und redet mit ihm. Richtig voll hier, hätte ich nicht gedacht um die Uhrzeit. Mit halbem Ohr höre ich, dass Seven ungeduldig mit ihm spricht, ihn wegschickt. Die beiden haben mich nicht bemerkt, glaube ich.

Schon bin ich im Damen-Waschraum und sitze mit halb geschlossenen Augen auf der Klobrille, die sich nach jedem Benutzer mit Ultraviolettstrahlung selbst desinfiziert. Zum Glück analysiert das Klo nicht gleich auch meine Urinwerte, ich hasse diese angeblich so intelligenten Toiletten, die im Grunde so dumm sind, wie ein Stück Porzellan es nur sein kann. Wir hatten daheim auch so ein Ding, und als ich als

Kind mal testweise ein Glas Saft reingeschüttet habe, hat es Alarm geschlagen, ich hätte Diabetes.

Als ich in mein Zimmer zurücktappe, ist der Mittelgang leer. Alle wieder zurück im Bett.

Ich lese einen witzigen Frauenroman auf meinem Tablet, bis um sieben Uhr alle anderen aus den Betten fallen. Richtig laute Wecker haben unsere Betreuer für uns ausgesucht, sie werden schon wissen, warum.

Das Frühstück steht für uns bereit, anscheinend ist Sara wieder im Dienst. Es riecht nach Kaffee und irgendwas richtig Gesundem. »Ich habe euch einen Gute-Laune-Tee gemacht«, verkündet Martin und schwenkt eine Kanne.

»Gute Laune würde es mir machen, wenn wir *dich* in kochendes Wasser tunken«, brummt Dattel, der den Tee anscheinend ganz dringend braucht.

Einen Moment lang verdüstert sich Martins Miene, doch dann biegt sich sein Mund zu einem verständnisvollen Lächeln. »Sinan, wir reden heute in der Gruppensitzung über deine Aggressionen und welches Ventil es hier dafür gibt.«

»Leute verprügeln?«, fragt Dattel hoffnungsvoll.

»Schnee schippen. Wir werden die Station freischaufeln müssen, wenn dieser Sturm vorbei ist.« Martin krault sich den Ziegenbart, schaut in die Runde und schenkt mir ungefragt etwas von dem Gute-Laune-Tee ein. Er schmeckt wie ein Aufguss von Stroh mit einem Tropfen Veilchenparfüm. Wortlos gehe ich in die Küche, um den Tee dort wegzuschütten, gekränkt beobachtet von unserem Betreuer. »Du hättest ihn jemand anders geben können«, sagt er. »Ich finde es nicht in Ordnung, Lebensmittel zu verschwenden.«

»Es gibt Dinge, die sind eindeutig keine Lebensmittel«, gebe ich zurück und hole mir stattdessen einen Kaffee. Schwarz wie Motoröl, mit zwei Stück Zucker.

»Irgendwelche neuen Botschaften oder geheimnisvollen Zeichen?«, frage ich in die Runde, die inzwischen fast komplett ist. Zwischen Seven und Benny scheint wieder alles in Ordnung zu sein, die beiden graben simultan ihre Messer in ein Riesenglas *Nutella* mit Pistaziengeschmack, das Martin als Willkommensgeschenk für uns mitgebracht hat. Sara hat uns nichts geschenkt – vielleicht besser so!

Martin schüttelt den Kopf. »Tut euch einen Gefallen und vergesst dieses Einsiedler-Gerücht, konzentriert euch auf euch selbst und darauf, an euch zu arbeiten, ja?«

Irritiert schaut Fee zu, wie ihr neuer Lover die Pistaziencreme vernichtet. »Crash, siehst du das – die lassen uns nichts übrig, wenn die so weiterfressen!«

»Macht mir nichts«, meine ich. »Ich hasse Pistazien sowieso. Wenn die noch in der Schale sind, sehen sie aus wie winzige, getrocknete Embryos.«

Seven schaut mich an, schaut das *Nutella*-Glas an und entscheidet sich dann spontan für einen anderen Brotaufstrich.

Fee und ich grinsen uns an.

Doch dann fällt mein Blick auf Kaya, und mein Grinsen verblasst, weil ich daran denken muss, dass sie jemanden getötet hat. Wissen die anderen etwas darüber? Ich habe nicht den Eindruck. Aus irgendeinem Grund hat Dattel nur mir erzählt, was er über sie herausgefunden hat. Ein Lästermaul ist er nicht.

Der Rest des Tages verläuft halbwegs friedlich. Am Vormittag müssen wir uns unseren Lerneinheiten widmen. Mit der Energie eines frisch gekochten Hummers erledige ich an meinem Schreibtisch ein paar Aufgaben und kicke etwas zu heftig den Putzroboter beiseite, der gerade versucht, in meinem Zimmer staubzusaugen. Wer bitte glaubt noch daran, dass ich einen Schulabschluss schaffen könnte? Ich jedenfalls nicht, meine Eltern auch nicht, und seit das mit der elektronischen Fußfessel schiefgelaufen ist, das Schulamt auch nicht mehr.

Mist, anscheinend habe ich dem Putzroboter die Lichter ausgeblasen, jedenfalls bewegt er sich nicht. Ich schleppe ihn in den Flur, wo ihn bestimmt irgendwann jemand findet, und schlendere mit meinem Lern-Tablet in den Aufenthaltsraum.

Martin setzt sich neben mich, weist mich geduldig auf falsche Antworten hin, versucht, mich zum Nachdenken anzuregen, und hat mich irgendwann so weit, dass ich überlege, wo ich hier eine Axt herkriegen könnte. Aber eine Schneeschaufel tut es vielleicht auch, selbst wenn Martin so aussieht, als hätte er einen verdammt harten Schädel. Nur würde dann Sara für ihn einspringen. Also lieber doch nicht.

Keine Spur des Einsiedlers. Selbst der Duft der Pizza, die Sara am Abend für uns backt, lockt ihn nicht aus seinem Versteck, wo auch immer es sich befindet. Vielleicht liegt es auch daran, dass »Duft« stark übertrieben ist, denn nicht nur ist der Boden der Pizzas steinhart, es war auch keine preiswürdige Idee von Sara, statt Mozzarella zerkrümelten Ziegenkäse auf die Pizza zu streuen. Es riecht wie Zwangsurlaub auf dem Bauernhof. Als Fee ihr vorschlägt, nächstes Mal normalen Käse zu nehmen, knallt Sara wieder einmal mit Türen. Martin führt mit ihr ein »pädagogisches Kollegengespräch«. Ob das was hilft?

Weil das laute Rauschen des Windes und das weiße Zwielicht uns allen auf die Nerven geht, schlägt Martin einen gemeinsamen Kino-Abend vor. Klingt nicht schlecht, nur will Kaya unbedingt einen Sue-Steel-Film, woraufhin Dattel sagt: »Das ist doch hirnloser Scheiß, und glaubst du wirklich, dass die Zukunft so aussehen wird? Fliegende Autos und Körperscanner, die jede Krankheit wegzappen?«

»Wieso denn nicht?«, fragt Kaya verdutzt, und Dattel verdreht die Augen. »Wart nur ab, bis das Öl ausgeht, das ist spätestens in zwanzig Jahren der Fall. Dann fällt unsere Zivilisation auf Steinzeitniveau zurück und wir können viele Dinge, die es heute gibt, nicht mehr herstellen. Und diese Sue Steel …«

Kaya wirft ihm einen ultrafinsteren Blick zu und Dattel wird plötzlich einsilbig.

Rasch schlägt Fee die Verfilmung von *Silo* vor, wenn wir schon mal bei Endzeit sind. Pech, dass drei von uns den schon gesehen haben.

»Wie wär's mit Teil 12 von *The Fast and the Furious?*« Wahrscheinlich will mir Benny damit einen Gefallen tun. Er kann nicht wissen, dass mir diese Serie dermaßen zum Hals raushängt – jeder denkt, ich müsste sie mögen, seit Jahren bekomme ich Download-Gutscheine dafür, die ich nicht einlöse. Besonders fies finde ich den computeranimierten Paul Walker, der den Charme eines Pappkartons hat.

»Gegenvorschlag – *Das Ding* von John Carpenter«, sage ich. »Alter Horrorfilm. Spielt auf einer Antarktisstation, das passt doch.«

Dattel und Seven wirken angetan, doch Fee verzieht das Gesicht, und Benny guckt mich an wie ein Hobbit, dem gerade jemand vorgeschlagen hat, seinen Ring zu verkaufen. Also schauen wir über einen geteilten Bildschirm drei verschiedene Sachen, was nicht toll ist, weil dadurch das Bild für jeden Film ziemlich klein wird. Martin ist unzufrieden, weil unsere Gruppendynamik zu wünschen übrig lässt, und plant mit Sara für uns teambildende Aktivitäten.

Aber eigentlich geht es uns noch ziemlich gut – das wird mir am nächsten Morgen klar, als ich wie üblich viel zu früh aufwache, genervt von mir selbst in den Mittelgang schlurfe … und in irgendetwas Nasses, Klebriges trete. Mein Fuß zuckt zurück.

Im bleichen Halbdunkel kann ich nur erkennen, dass sich im Gang eine Pfütze ausgebreitet hat. Mein schlafbetäubtes Gehirn vermutet, dass irgendetwas ausgelaufen ist. Oder vielleicht hat der Sturm Schnee in die Station gedrückt und der ist in der Wärme geschmolzen. Aber wie kann Schmelzwasser *klebrig* sein?

Jetzt bin ich schon deutlich wacher als vorher. Ich hebe meinen Fuß, drehe die Sohle so, dass ich sie anschauen kann – und ein kaltes Prickeln läuft über meine Kopfhaut. Dunkel, fast schwarz sieht diese Flüssigkeit aus, und jetzt fällt mir auch der Geruch im Flur auf, ein schwerer, fauliger Geruch.

Das ist Blut!

Gute Nerven? Hab ich vielleicht, aber das hier ist zu viel. Mein Schrei weckt die anderen, eine Minute später stehen sie in ihren Nachtklamotten und mit fragendem Blick in ihren Türen. Nebenbei fällt mir auf, dass Seven und Fee gemeinsam aus Fees Zimmer kommen. Ah, so ist das.

Martin schaltet das Deckenlicht an, und dann schreit als Nächstes Fee, schrill wie eine Diamantsäge. Kein Wunder, der Anblick ist ziemlich eklig. Mitten im Gang liegt umgekippt ein Plastikeimer, in dem der Aufschrift nach einmal Essiggurken waren, und ich kann nur froh sein, dass ich nicht auf einen der herumliegenden, mattglänzenden Klumpen getreten bin, denn das sind anscheinend Organe. Wahrscheinlich die des Fuchses.

»Heilige Scheiße«, sagt Martin, der Boxershorts und ein schwarzes Band-T-Shirt trägt. »Das geht zu weit!«

Rasch blicke ich mich um, aber die anderen sehen ebenso entsetzt aus. Schwer zu sagen, wer von denen es war.

»Und das vor dem Frühstück«, sagt Seven mit verzogenem Gesicht.

Dattel sagt gar nichts, er muss würgen, schlägt einen Bogen um die schwarzrote Pfütze und verschwindet in den Waschräumen.

»Nach dem Frühstück wäre es nicht besser gewesen, im Gegenteil«, meint Benny und blickt ihm nach. »Dann hätten wir noch auslosen müssen, wer die Kotze wegmacht.«

Ich frage in die Runde: »Genau, wer macht das eigentlich weg? Ich glaube nämlich, der Putzroboter ist kaputt.«

Natürlich bekomme ich die Antwort: »Der, der reingetreten ist.« Sehr witzig. Und dabei wissen sie nicht mal, dass ich den Putzroboter demoliert habe.

»Falsch – der, der diesen Eimer ausgekippt hat«, sagt Martin grimmig mit einem Blick in die Runde. Ein langes Schweigen folgt seinen Worten, und ich kann hören, wie der Sturmwind um die Station rauscht. Inzwischen ist er so heftig, dass ich fühle, wie die Außenhülle unter den Böen vibriert.

»Aber was, wenn es dieser Einsiedler war?«, meint Kaya leise.

Der Einsiedler. Ja, vielleicht hat sie recht. Vielleicht war er wütend, weil wir ihn gestern gejagt haben, sodass er gezwungen war, sich ein anderes Versteck zu suchen. Mir wird ganz anders, wenn ich mir vorstelle, wie er heute Nacht die Treppe hochgeschlichen sein könnte, um …

»Wenn es ihn überhaupt gibt«, wendet Fee ein und reicht mir eine Packung Taschentücher, damit ich meine blutverschmierten Füße abwischen kann.

Seven nickt und windet sich eine von Fees Locken um den Finger. »Der ist doch nur ein blödes Gerücht. Sonst hätten wir ihn gestern finden müssen, oder? Das mit der innen feuchten Konservendose hat mich nicht überzeugt.«

Es gibt ihn und vielleicht ist nur mir das klar. Ich muss mir einen Ruck geben und den anderen davon erzählen. Automatisch kriecht meine Hand zu meinem Hals, tastet nach der Medaille. Das Ding ist nicht mehr da, aber den Reflex kriege ich nicht aus mir heraus. »Ähm, ich habe ganz vergessen, euch was zu erzählen ...«, beginne ich und berichte den anderen von dem Vorrat an Lebensmitteln, den ich gefunden habe.

Sevens Augen blitzen. »Vielleicht ist das einer von mehreren Caches – Eichhörnchen verstecken ihre Vorräte ja auch an mehreren Stellen.«

»Kann sein. Mal schauen, ob dieser Vorrat noch da ist«, sagt Martin. »Crash, wo genau hast du ihn gesehen?«

Ich beschreibe es ihm, während ich versuche, das schwarze, klumpige Blut von meinen Füßen abzubekommen.

»Bin ich froh, dass *ich* nicht da reingetreten bin«, meint Benny.

Ich verdrehe die Augen. »Danke für deine Anteilnahme.« Mir fällt ein, dass er wegen eines schlechten Witzes hier ist, das hat er mir jedenfalls während des Fluges erzählt. Hat er auch das hier ausgeheckt?

»Der arme Fuchs, das hat er wirklich nicht verdient«, sagt Fee traurig. Sie wirkt blass und schön wie eine Eiskönigin, wie kann jemand schon am frühen Morgen so perfekt aussehen? Wieder streicht Seven ihr über die Locken, von denen kann er die Finger nicht lassen.

Martin zieht mit Benny zusammen ab, zehn Minuten später ist er zurück. »Da war nichts, Crash«, berichtet er und zuckt die Schultern.

»Aber die feuchte Konservendose ...!«, wende ich ein, doch dann fällt mir ein, dass dieser Beweis längst getrocknet ist. Falls es überhaupt einer war.

»Du hast eben eine lebhafte Fantasie, das ist nichts Schlimmes, weißt du.« Fee legt mir den Arm um die Schultern. Ich verziehe den Mund.

»*Ich* glaube dir, schließlich war ich dabei und hab es gesehen«, sagt Seven, was ihm bei mir ein paar Pluspunkte einbringt.

Auch Sara ist inzwischen aus ihrem Zimmer gestapft. Als sie die Schweinerei sieht, hebt sie die Augenbrauen. »Wer macht weg das?«

»Vielleicht diejenige, die den Fuchs getötet hat?«, schlägt Fee vor und schenkt unserer Köchin und Betreuerin ein Lächeln der Extraklasse.

Es perlt an Sara ab wie an Teflon. »Vielleicht diejenige, die den Fuchs mochte am liebsten?«, knurrt sie und mustert Fee mit zusammengekniffenen Augen.

Inzwischen ist Dattel zurück aus dem Bad. Ganz cool schleudert er sich eine schwarze Haarsträhne aus der Stirn, vielleicht damit wir möglichst schnell vergessen, was er gerade im Waschraum gemacht hat. »Wir könnten für alle Fälle nachts Wachen aufstellen«, schlägt er vor. »Daheim hätte ich einfach ein halbes Dutzend aufklebbare Mini-WLAN-Kameras an die Wand geklatscht, aber so was haben wir hier nicht, oder?«

Martin schüttelt den Kopf. »Wenn ihr euch besser fühlt, können wir das mit den Wachen durchziehen«, sagt er ohne großes Interesse.

In der Gruppensitzung reden wir darüber, was es heißt, in einer so extremen Umgebung aufeinander angewiesen zu sein. In-einem-Boot-sitzen. Miteinander-nicht-gegeneinander. Wir-sind-ein-Team.

Ich schlafe fast auf meinem Stuhl ein.

Erstaunlicherweise kommt die Botschaft bei Kaya und

Benny an. Während Dattel unten in der Werkstatt dem Putzroboter wieder auf die Beine hilft, machen sie sich heldenhaft daran, das Blut aus dem Mittelgang zu wischen. Als Martin im Lazarett einen Vorrat von Einmalhandschuhen entdeckt, erklärt sich Seven sogar bereit, die Fuchs-Organe aufzusammeln. Bin ich neidisch, als ihn alle für seine Selbstlosigkeit rühmen? Nicht wirklich. Zu viel Beachtung ist anstrengend.

»Das war eine Warnung«, sagt Benny beklommen und schaut auf seine blutigen Handschuhe. »Er will, dass wir hier verschwinden. Wollen wir nicht lieber abreisen, bis geklärt ist, wer außer uns noch hier wohnt?«

Martin schüttelt den Kopf. »Nein, wollen wir nicht, Benjamin. Hier wohnt niemand.«

»Du hast gesagt, das mit den Wachen ist okay.« Dattel verschränkt die Arme.

Martin ringt kurz mit sich, dann nickt er. »Na gut. In der nächsten Zeit gibt es Wachen. Wer will den Anfang machen, so von zehn bis eins?«

Mit einem kurzen Seitenblick auf Seven meldet sich Benny. Ist das jetzt eine Art Wettbewerb? Oder eine Mutprobe?

»Mich könnt ihr für die Frühschicht einteilen – drei bis sechs«, sage ich und seufze. Für die anderen ist das eine fiese Zeit, ich genieße die dankbaren Blicke.

»Dann sind ja nur noch zwei Stunden übrig, die nehm ich«, brummt Dattel. »Weck mich einfach, Hobbit.«

Die anderen vertreiben sich die Abendstunden mit einer *Yonda*-Spielkonsole – das Skirennen findet heute drinnen statt. Draußen ist zu viel Schnee.

Ich streife rastlos in der Station herum, einen Player auf den Ohren, der im Aufenthaltsraum herumlag, keine Ahnung, wem der gehört. Es ist schon der zweite Tag, an dem wir während des Sturms nicht rausdürfen. Wir können froh sein, dass gerade Sommer ist, weil im Winter ein Sturm auf den anderen folgt und die Temperatur richtig fies runtergeht. Dann kuscheln sich die Kaiserpinguine zusammen, um sich gegenseitig warm zu halten, jeder darf mal ins warme Innere der Gruppe. Ich hoffe, die Heizung von *Neumayer III* hält durch, ich kann mir beim besten Willen nicht vorstellen, mich an Kaya zu schmiegen.

Meine Finger trommeln gegen die Wand. Ich weiß nicht, wohin, will keine vier Wände mehr um mich herum, will alleine sein, alleine durch die Nacht rasen – aber hier gibt es ja nicht mal eine verdammte Nacht.

Schließlich suche ich mir eins der leeren Zimmer in Deck 1; dort liegt, wie ich entdeckt habe, noch eine der Kunststoffmatten, auf denen die Forscher früher nach Feierabend auf dem Dach der Station gesessen und Bier getrunken haben. Kein richtig toller Ort zum Abhängen, weil hier nicht geheizt wird. Es ist auch ziemlich dunkel, weil die Fenster alle unter der Oberfläche liegen. Egal. Endlich bin ich mal …

Ich zucke zusammen. Es ist noch jemand anders auf die Idee gekommen, sich hierher zurückzuziehen. Im Dämmerlicht erkenne ich eine große, schlaksige Gestalt – Dattel.

»Hey, Crash«, sagt er, lächelt kurz und lässt den Kopf dann wieder zurücksinken an die Wand, starrt ins Nichts.

Im Schneidersitz lasse ich mich auf der Matte nieder, und einen Moment lang schweigen wir zusammen. Dieses Schweigen tut mir gut, eine Weile lasse ich es auf mich einwirken wie eine nanobiologische Creme auf meiner Haut. Dann meine ich: »Wie fühlt es sich an, dass du alles über uns weißt und wir nicht viel über dich?«

Er schaut mich an und lächelt, das erkenne ich trotz des schwachen Lichts. »Du meinst, fühlt sich das an wie Macht? Macht über euch?«

»So in etwa.«

Er nickt und legt los, ohne mich aus den Augen zu lassen: »Deine Mutter ist Sachbearbeiterin in einem Unternehmen, das nützliche Mikroorganismen vermarktet. Dein Vater ist Bioingenieur, sein Unternehmen stellt DNA-Barcoder her …«

Ich stehe auf, um zu gehen.

»Es gibt aber auch vieles, was ich noch nicht rausgekriegt habe«, sagt er schnell. »Zum Beispiel, warum du mit diesem Scheiß angefangen hast, mit den Autos und so.«

»Das geht dich auch nichts an.«

Wir schweigen noch ein bisschen. Ich setze mich wieder. Dann fragt er plötzlich: »Meinst du, Fee und Seven sind verliebt? Da geht ja ganz schön was ab zwischen den beiden, Wahnsinn.«

Ich denke einen Moment nach. »Stimmt, aber ich weiß nicht … das ging so schnell, kann man sich derart schnell verlieben? Das gibt's nur in Filmen.«

»Quatsch. Der Bruder von 'nem Freund von 'nem Bekannten von mir hat das schon mal erlebt.«

Das bringt mich zum Grinsen. »Aber jetzt mal ernsthaft … vielleicht sind die beiden hauptsächlich zusammen, weil die Gelegenheit da war. Vielleicht braucht Fee das. Aufmerksamkeit zu bekommen, begehrt zu werden. Und weil sie hübsch ist, klappt das. Aber es ist nie genug.« Einen Moment lang fühle ich mich richtig tiefsinnig. Vielleicht habe ich im Laufe der Zeit zu viel Psychologen-Blabla abbekommen.

»Du bist viel hübscher als Fee, Crash.« Er stellt es einfach nur fest, es ist keine Anmache.

Ich muss lachen. Es klingt so absurd – mit meinem verstrubbelten, dunklen Haar und den viel zu großen Augen sehe ich eher aus wie eine schlecht gezeichnete Manga-Figur.

Außerdem stehen die wenigsten Jungs auf meine Lieblingskombination von Minirock und Armeestiefeln. »Und du – ohne die Klugscheißerei wärst du eigentlich ganz in Ordnung. Kannst du die nicht einfach sein lassen?«

»Du meinst, einfach so tun, als hätte ich nicht als Kind die Schule geschwänzt und stattdessen sieben Stunden am Tag in *Wikipedia* rumgehangen?«

»Oh mein Gott. So viele Falschinformationen im Hirn.«

»Ach, vieles ist auch richtig. Wichtige Sachen checke ich gegen oder korrigiere sie.«

»Deine Lehrer hassen dich, oder?«

»Und ob. Was ist mit deinen?«

»Hab sie nicht sehr oft gesehen«, gestehe ich. »Hast du eigentlich mal deinen IQ bestimmen lassen?«

»Ja. 140. Sag's nicht weiter, zu peinlich.«

»Wieso? Weil du mit 150 gerechnet hast?«

Dattel lacht. »Logisch.«

Er nimmt sich nicht allzu ernst, das gefällt mir.

»Was meinst du, warum hat Seven das mit dem Toaster gemacht?«, fragt er nachdenklich. »Weil ihm langweilig war? Oder wollte er noch ein bisschen mehr bewundert werden?«

»Beides, denke ich.« Ich zucke die Schultern. »Wahrscheinlich ist besonders wichtig, dass Fee ihn toll findet … auch wenn sie ihm eigentlich egal ist. Bis auf ihre Haare natürlich.«

»Fee ist ein armes Schwein«, meint Dattel. »Ist nicht leicht, wenn man sich dran gewöhnt hat, andere zu betrügen – und dann plötzlich aufhören soll.«

»Was genau hat sie denn gemacht?«, frage ich neugierig.

»Ach, so ziemlich alles, was mit Betrug zu tun hat.« Er klappt einen Finger nach dem anderen hoch. »Auf den Namen von anderen Leuten Kreditkarten ausstellen lassen.

Fake-Onlineshops eröffnet. Lose für eine Lotterie verkauft, bei der man in Wirklichkeit nichts gewinnen konnte. So was eben. Aber ihr lieber Papi hat ganz viel Geld zurückgezahlt und auch eine Menge an gemeinnützige Einrichtungen gespendet, deshalb ist sie bisher mit Arbeitsauflagen, psychosozialen Beratungsgesprächen und so was davongekommen.«

»Was ist mit ihrer Mutter?«

»Zurzeit in der Psychiatrie.«

»Shit. Aber dass Fee ein armes Schwein ist, sagst du ihr besser nicht, sonst macht sie dir mit den Fingernägeln ein hübsches Muster ins Gesicht.«

Er zuckt die Schultern. »Warum? Arme Schweine sind wir doch alle, sogar Martin. Seine Ex-Freundin ist Juristin. Es war geplant, dass er zu ihr nach Berlin zieht, er hatte schon seinen Job gekündigt und seine Wohnung aufgelöst, dann erst hat sie ihm gesagt, dass sie seit ein paar Monaten einen anderen hat.«

Eindeutig nicht die richtige Reihenfolge. Ich verziehe das Gesicht. Dattel muss Martins Account gehackt haben, um all das rauszukriegen.

»Tja, und jetzt ist sie gerade mit ihrem neuen Lover auf Martinique.«

»Na toll«, sage ich. »Martin-ique! Hätte sie nicht wenigstens nach Barbados fliegen können? Oder nach Madagaskar?«

Ich bin noch nie auf die Idee gekommen, mich als armes Schwein zu empfinden. *Opfer.* Kenn ich als Schimpfwort. Außerdem sehen mich die meisten anderen Leute eher als Antichrist, als jemand, der ihre rollenden Schätzchen in Gefahr bringt. Es gibt eine ganze Reihe von Porsche-Besitzern, die mich liebend gerne erwürgen würden.

Mir fällt ein, was Dattel über seinen Reichtum erzählt hat.

»Was hättest du eigentlich noch mit deinen zwanzig Millionen gemacht? Außer, dir eine schicke Karre zu kaufen?«

»Ein Haus für meine Eltern«, meint er sofort. »Im Moment leben sie in einer Zwei-Zimmer-Wohnung mit Wasserschaden, halb kaputtem Klo und Schimmel in den Zimmerecken. Ich hasse diese Scheißbude.«

»Kann ich verstehen«, sage ich. Kein Vergleich zum gepflegten Reihenhaus meiner Eltern.

»Danach hätte ich noch ein zweites Haus gekauft«, erzählt er, und seine Stimme verändert sich, wird weicher. »Ein Hotel. Ein richtig schönes Hotel. Gemütlich. Einchecken können nur Obdachlose. Und es kostet keinen Cent. Sie können sich in den Zimmern ausruhen, schön warm ist es dort, sie können ihre Wäsche waschen lassen und duschen und sich Essen vom Zimmerservice bestellen. Sie können auch einen Arzt kommen lassen, wenn sie wollen. Keiner fragt sie, wer sie sind und wie lange sie bleiben. Sie müssen sich nicht mit Betreuern streiten. Keiner von den anderen Gästen kann sie nerven oder beklauen, weil die Wände so dick sind, dass man die anderen nicht schnarchen hört, und die Zimmer natürlich Sicherheitsschlösser haben.«

Hat er schon mal auf der Straße gelebt? Auf jeden Fall hat er eine Ahnung davon, wie es in Obdachlosenheimen zugeht.

»Das Problem ist nur, wie du die Leute wieder aus deinem Hotel rausbekommst«, meine ich. »Die bleiben doch für immer.«

Er schaut mich kurz von der Seite an. »Ja, und? Ein richtig großes Hotel halt, mit genügend Zimmern für alle. Ich will niemanden rauswerfen müssen.«

»Außerdem brauchst du viele Reinigungskräfte, die die Alki-Kotze wegmachen.«

Dattel seufzt. »Du musst nicht auf dem Traum herumhacken, er ist eh gestorben, bin ja jetzt pleite. Nix Hotel, gut, dass es Warmluftschächte gibt.«

In mir steigt eine Erinnerung hoch. Kenn ich, auf solchen Schächten habe ich auch schon gepennt. Das erste Mal war am schlimmsten. Ich war zwölf und hatte gerade die immer auf Hochglanz polierte *Harley* meines Vaters zu Schrott gefahren. Mir war nichts passiert, aber mein Vater war unglaublich sauer. Er meldete mich in der Schule krank und sperrte mich in meinem Zimmer ein mit einer Packung Knäckebrot, einer Flasche Wasser und einem Eimer.

Meine Mutter sagte nichts dazu, sie war damit beschäftigt, meinen Vater zu trösten. Mein Bruder Nico war wenig da in dieser Zeit, er hatte gerade seine erste Freundin, Hormonrausch pur. Immerhin hat er gesagt, dass er es nicht gut findet, mich einzusperren. Hab's durch die Tür gehört. Nett von ihm.

Nach zwei Tagen bin ich abgehauen. Verstauchte mir blöderweise den Fuß, zweiter Stock halt. Aber frei sein fühlte sich gut an. Nur der Hunger, der war nicht so toll. Es klappte eine Weile, mich bei Freunden durchzuschnorren, aber deren Eltern waren ja nicht blöd.

Damals war ich noch nicht so weit, im Supermarkt etwas zu klauen. Stattdessen habe ich Leute an einer Imbissbude beobachtet, und wenn jemand etwas nicht aufgegessen hatte, gehörte es mir. Ich weiß noch genau, was das für ein Scheißgefühl war. Essen aus der Mülltonne. Schließlich hat mir eine ältere Frau eine Currywurst spendiert, doch sie wollte rausbekommen, wie ich heiße, also bin ich weggerannt.

Vier Tage lang war ich damals unterwegs. Hat es mir leidgetan, dass ich seine *Harley* geschrottet habe? Keine Sekunde lang. Es geschah ihm so was von recht.

»Woran denkst du?«, fragt Dattel.

»An Motorräder«, sage ich.

»Glaube ich dir nicht.«

»Macht nichts. Woher hast du deine Verbrennungen wirklich? Nicht von einer Rakete mit Temperaturfühler, oder?«

Er zuckt die Schultern und schaut mich nicht mehr an.

Allmählich wird mir kalt. Und müde bin ich außerdem. Zeit, ins Bett zu gehen. Ich will aufstehen, doch dann spricht Dattel plötzlich wieder.

»Und, hast du Angst?«, fragt er.

Er muss nicht erklären, was er meint. Angst vor dem Einsiedler. Vor dem, was noch kommen könnte. Vor den anderen. Vor mir selbst.

»Kann sein«, sage ich leise. Sehr leise sogar.

Aber ich weiß, dass er mich gehört hat.

Später, in meinem Zimmer, denke ich darüber nach, warum ich neulich das eigenartige Gefühl hatte, dass hier in der Antarktis etwas für mich zu finden ist. Dass etwas auf mich wartet.

Zwei Tage später, als der Sturm sich gelegt hat, erfahre ich, was es ist.

RUSSEN

Es gibt keine Zwischenfälle in den nächsten beiden Nächten. Aber ich merke, dass sich durch diese blödsinnigen Wachen und die vielen Diskussionen über den Einsiedler etwas geändert hat zwischen uns. Dattel hockt zusammen mit Seven die halbe Nacht in einem der ehemaligen Forschungslabore, fertigt mit einem 3D-Drucker, den sie dort gefunden haben, irgendwelche Bauteile an und versucht, daraus Fallen oder mobile Kameras zusammenzulöten. Fee ist stolz darauf, dass sie es bisher geschafft hat, während der Wache nicht einzuschlafen. Benny sondert nicht mehr so viele blöde Sprüche ab, sondern führt sich auf wie der erste Offizier eines Schiffs, inklusive »Aye, aye, Sir!«. Kayas Kampfkraft ist auf einmal keine Bedrohung mehr, sondern ein Plus. Manchmal sehe ich Dattels Blick auf ihr ruhen, als denke er darüber nach, sie als Bodyguard anzuheuern.

Es kann sehr praktisch sein, einen gemeinsamen Feind zu haben.

Als das Rauschen des Windes verstummt ist, versuchen wir, einen Blick aus den Außenfenstern zu werfen – ohne Erfolg.

»Zugeschneit«, stellt Martin fest. »Hab ich befürchtet.«

Wir wagen uns aus der Tür der Ballonfüllhalle, genießen das blankgeputzte Blau über uns und stellen fest, dass er recht hat, die Station ist fast bis zum Rand des Dachs von Schnee bedeckt worden. Zum ersten Mal kann ich mir etwas unter einer Wanderdüne vorstellen – in der Sahara wäre an der Station Sand angeweht worden, hier ist es Schnee. Er hat die Farbe von Schwanenfedern, wahrscheinlich ist es der sauberste Schnee der Welt. Hier am Ende der Welt gibt es keine Hunde, Fabriken oder Abgase … und Leute auch nicht allzu viele.

Benny zwängt sich durchs metallene Geländer und springt mit Anlauf vom Dach in den Neuschnee. Kaya, Dattel und ich wollen schon hinterher, doch dann sehen wir, was mit Benny passiert ist. Er steckt bis zum Hals in der frischen Schneewehe.

»Es wäre furchtbar nett, wenn ihr mich ausgraben könntet«, kommt es kleinlaut von unten. Ich wette, Benny ist froh, dass er keinen Kopfsprung versucht hat. So viel Lawinen-Feeling braucht niemand.

»Und, wollen wir den Hobbit retten?«, fragt Dattel in die Runde, und verblüfft sehe ich, dass die anderen nicken.

»Okay. Ausnahmsweise.« Kaya grinst – kann das sein? Kaya? Sie wirkt fast schon unnatürlich entspannt.

»Wenn ihr Benny ausgegraben habt, könnt ihr gleich mit dem Rest der Station weitermachen«, kündigt Martin an. »Das ist ein Hauptpunkt auf unserem heutigen Tagesplan.«

»Meinst du das ernst?« Fee sieht nicht begeistert aus. »Das sind *Megatonnen* von Schnee!«

Martin nickt gut gelaunt. »Ja, und das ist völlig okay so, schließlich ist Bewegung Balsam für Körper und Seele.«

Balsam für Körper und Seele? Ich suche gerade eine Stelle, auf die ich kotzen kann, als ich das Röhren eines Dieselmotors höre und einen unserer beiden *PistenBullys* um *Neumayer III* herumkriechen sehe. Vor, zurück, der Frontschild schiebt den Schnee von der Station weg und türmt ihn ein Stück entfernt zu einem Hügel auf. Sara hat wohl keinen Bedarf an Balsam. Und Abgase gibt's hier also doch.

»Hey, das ist *unser* Job!«, beschwert sich Dattel, plötzlich sehr scharf auf die weißen Megatonnen. Er wendet sich an Martin und streckt die Hand aus. »Schlüssel her, Alter, wir erledigen das mit dem Schneeräumen. Sara hat mir gezeigt, wie's geht.«

Martin zieht die Augenbrauen hoch, um zu zeigen, dass er sich von *Alter* nicht angesprochen fühlt, und wendet sich an Benny. »Na gut. Du bist Fahrer des einen *PistenBullys*, und Dattel … äh, Sinan … unterstützt dich. Kaya, Seven und ich nehmen den zweiten *Bully*.«

Und ich? Bevor ich es mich versehe, habe ich eine verdammte Schneeschaufel in der Hand. Das Leben ist nicht fair!

Am späten Vormittag sind die Fenster von Deck 2 wieder frei und die rot-weiße Blechhülle der Station sieht wieder so aus, wie wir sie am ersten Tag gesehen haben. Fee und ich haben die Polarkombi längst ausgezogen, wir arbeiten im dünnen Langarm-Top. Schweiß läuft mir über die Stirn, und Fees Make-up sieht aus, als wollte sie sich für einen Job in der Geisterbahn bewerben. »Wieso löst uns nicht endlich jemand ab?«, jammert sie und stützt sich auf den Stiel ihrer Schaufel. »Das Leben ist nicht fair!«

»Hey, das ist mein Spruch«, protestiere ich und werfe ihr eine Portion Schnee an den Kopf, um sie aufzuheitern. Mit blitzenden Augen lädt Fee ihre Schaufel voll, und wenige Sekunden später sehe ich aus, als hätte ich mich in einer Zehn-Millionen-Euro-Portion Kokain gewälzt.

Als ich dabei bin, mir das Zeug abzuklopfen, höre ich das pulsierende Flappen eines Hubschraubers und schaue mich um. »Spinne ich oder fliegt das Ding wirklich in unsere Richtung?«

»Du spinnst oft, aber jetzt gerade nicht«, sagt Fee.

Gespannt beobachten wir, wie die Maschine näher kommt, einen Kreis zieht und sich dann behutsam auf den frisch planierten Schnee neben der Station hockt. Eine rot-weiße Libelle aus Stahl und Plexiglas, deren Rotorblätter langsam zum Stillstand kommen. Zwei Männer klettern aus dem Cockpit, schauen sich um und gehen dann auf uns zu.

Panisch versucht Fee, ihr Make-up in Ordnung zu bringen. Mit dem Erfolg, dass sie aussieht wie das Opfer eines Verkehrsunfalls, weil sie ihren Lippenstift verschmiert hat. Ohne Spiegel merkt sie es nicht mal.

Beide Männer tragen T-Shirts, na, für die sind null Grad eindeutig Badesee-Temperaturen. Der eine – derjenige, der den Hubschrauber geflogen hat – ist nicht dick, aber breit und solide gebaut, er hat einen Kopf wie eine Kanonenkugel, abstehende Ohren und sehr kurz geschorenes, blondes Haar, sodass es auf den ersten Blick wirkt, als habe er eine Glatze. Aber er sieht auch irgendwie nett aus, freundlich und locker. Sein junger, breitschultriger Begleiter hat deutlich mehr Haare – rötlich blond – und strahlt eine lockere Selbstsicherheit aus. Die beiden unterhalten sich in einer Sprache, die ich nicht verstehe, als sie auf uns zugehen.

»Privet!«, sagt der Mann mit den abstehenden Ohren und hebt lächelnd die Hand zum Gruß. »Nikolai Iwanowitsch, von *Polarnaja Swesda.«*

Völlig überrumpelt blicken Fee und ich ihn an.

»Äh, hi«, sage ich. »Ihr seid also von der russischen Nachbarstation?«

Der junge Mann sagt irgendetwas Unverständliches zu seinem Begleiter, dann wendet er sich an uns. Er hat einen festen, sicheren Händedruck, das gefällt mir, es gibt genügend Leute, die ihre Hand einfach nur matt in deine hängen. Seine heiteren grüngrauen Augen blicken mich an, dann – ein bisschen verdutzt – Fee. Ich sehe, wie seine Mundwinkel zucken, aber mit großer Willensanstrengung verkneift er sich eine Bemerkung. »Ja, genau«, meint er stattdessen, und zwar zu meiner Überraschung in Deutsch. »Hallo, ich bin Arvid.«

»Du sprichst wirklich gut Deutsch«, sage ich spontan.

»Das ist keine sooo große Leistung, ich komme aus Bremen«, meint der junge Typ, und ich spüre, wie mir die Röte ins Gesicht steigt. Gleich in der ersten Minute blamiert, im Heim wäre ich damit Futter für die Geier.

Doch wir sind nicht im Heim, wir sind am Ende der Welt, und der junge Forscher tut einfach so, als hätte ich mich gerade nicht zum Affen gemacht. »Den Job hier verdanke ich meiner russischen Mutter und einem Gastsemester an der Uni in Moskau«, erklärt er, und ich bemerke, dass von einem seiner Vorderzähne eine Ecke abgebrochen ist. Das lässt ihn ein bisschen verwegen aussehen. »Nikolai ist einer meiner Profs, er hat mich hierher eingeladen.« Arvid deutet mit dem Daumen auf den kahlköpfigen Mann, der wohlwollend nickt, entspannt in die Sonne blinzelt und sich eine selbst gedrehte Zigarette ansteckt. Tabakkrümel fallen auf den Schnee, der schon nicht mehr ganz so sauber ist.

»Ach so«, sage ich und aus irgendeinem Grund klopft mir plötzlich das Herz bis zum Hals. »Ihr, äh, wollt bestimmt unseren Chef sprechen, oder? *Take me to your leader* oder so was in der Art?«

»Ja, außer, ihr beiden könnt uns auch helfen«, meint er, zieht ein Tablet hervor und ruft eine technische Zeichnung auf. »Wir haben so was wie einen kleinen Notfall drüben – unsere Wasseraufbereitung ist zusammengebrochen. Und dabei durften wir auch vorher nur alle drei Tage drei Minuten lang duschen.«

»Nee, oder?«, fragt Fee fassungslos, endlich kriegt auch sie den Mund auf. Sie ist der Typ, der gerne halbe Tage unter der Dusche verbringt, auch wenn wir dafür hundert Liter Polardiesel zusätzlich verbrennen müssen.

»Doch«, versichert Arvid. »Vielleicht habt ihr zufällig ein Ersatzteil für uns? Unwahrscheinlich zwar, aber wir dachten, wir fragen einfach mal.«

»*Spare part*«, bekräftigt Nikolai in russisch klingendem Englisch und sieht uns hoffnungsvoll an.

Ich werfe einen Blick auf die technische Zeichnung, geschmeichelt, dass er uns nicht als dumme Mädels abtut. »Ah, ein Verbindungselement. Zehn Zentimeter groß?«

»Genau.« Arvid nickt und einen Moment lang beugen wir uns gemeinsam über die Zeichnung. »Mit Bohrungen hier, hier und hier …«

»Hm, hoffentlich haben wir so was«, meine ich. »Am besten, ich sage jetzt mal Martin Bescheid, unserem Chef.«

Inzwischen hat Fee ihre Fassung wiedergewonnen, sie schüttelt ihr langes, honigfarbenes Haar aus und schenkt Arvid ihr 1000-Watt-Lächeln.

»Dein Lippenstift«, wispere ich Fee ins Ohr.

»Was ist mit meinem Lippenstift?«, zischt sie zurück.

Ich komme nicht mehr dazu, zu antworten, denn gerade braust der *PistenBully* mit Kaya und Martin im Cockpit heran, seine Ketten stanzen ein Streifenmuster in den Schnee. Eilig klettert Martin aus dem Führerhaus und gibt ein paar gastfreundliche Worte von sich, danach wiederholt Arvid seine Geschichte.

»Hm, da muss ich mal schauen«, sagt Martin und kratzt sich an der Stirn. Es ist deutlich zu sehen, dass er keinen Schimmer hat, ob wir überhaupt Ersatzteile haben, und wenn ja, wo sie zu finden sind. Handwerklich begabt ist er nämlich nicht gerade.

Die beiden Besucher sehen besorgt aus, lächeln aber tapfer weiter.

Sie machen große Augen, als jetzt auch noch Sara auftaucht. Bulldoggengesicht, pinke Haare, das volle Programm. Immerhin, nach einem Blick auf die technische Zeichnung nickt Sara und verschwindet via Ballonfüllhalle in *Neumayer III*.

Beeindruckt bläst Arvids Professor eine Rauchwolke aus den Nasenlöchern. »Eure Technikerin?«

»Äh, nein, Betreuerin und Köchin«, sagt Martin.

Inzwischen scharen sich Dattel, Benny und alle anderen aus unserer Gruppe um die Besucher und fragen sie darüber aus, was sie von Beruf sind (Nikolai Meteorologe, Arvid Student der Luftchemie), wie viele Leute auf der Station leben (vierzehn im Sommer, sechs im Winter) und was das für ein Hubschrauber ist (komischerweise kein russisches Modell, sondern eine französische *Squirrel*). Als sie durch die spiegelnden Plexiglasscheiben des Hubschraubers blickt, jault Fee auf und wischt an ihrem Mund herum. »Wie konntest du zulassen, dass ich diesem gut aussehenden Typ so gegenübergetreten bin?«, zischt sie mir zu.

»Was kann ich dafür, wenn du zu blöd bist, meine Warnung zu verstehen?« Ja, er sieht gut aus, aber was mir an ihm gefällt, ist etwas anderes … er ist so normal und nett. Ich habe das Gefühl, seit Jahren niemanden getroffen zu haben, der so ist und kein Geld dafür bekommt, mit mir zu reden. Das schüchtert mich ein.

Statt mich unter die anderen zu mischen, schaue ich mir den Hubschrauber genauer an und versuche, herauszukriegen, wofür die einzelnen Instrumente und Schalter gut sind. Ich schrecke zusammen, als Arvid auf der anderen Seite des Helis auftaucht und in einer Segeltuchtasche auf dem Pilotensitz kramt. Auf einmal habe ich weiche Knie.

»Schon mal in so was geflogen?«, fragt Arvid, kramt weiter in der Tasche und zieht ein Funkgerät hervor. »Ich werde blöderweise leicht luftkrank, aber Nikolai bringt mir trotzdem gerade bei, wie man die Kiste steuert. Macht echt Spaß.«

Kann ich mir vorstellen. Ich versuche, mir Martins Gesicht vorzustellen, wenn ich ihn frage, ob ich mal eben schnell den Heli fliegen darf. »Wie viel Sprit braucht sie pro Stunde?«

»Hundertsiebzig Liter.«

»Spitzengeschwindigkeit?«

Arvid schaut mich von der Seite an, und einen Moment lang erwarte ich fast, dass er sich über meine Fragen lustig machen wird. Doch er tut es nicht. »Ungefähr 280 Stundenkilometer. Martin hat uns einen Kaffee angeboten, kommst du mit nach drinnen?«

Ich nicke. Wir gehen nebeneinanderher und der Neuschnee unter meinen Füßen ist so weich wie ein schöner Traum.

»Um ehrlich zu sein, wir waren ziemlich neugierig auf euch«, meint Arvid plötzlich. »Jemand von *Neumayer IV* hat uns erzählt, dass schwierige Jugendliche auf der alten Station einquartiert werden sollen.«

Ich warte auf die Fortsetzung, doch es kommt keine. Vielleicht würde er gerne fragen, was für eine Macke ich habe, traut sich aber nicht. Auf einmal spüre ich, wie Wut in mir aufsteigt. »Nachts verwandeln wir uns in Zombies, das ist das Problem«, sage ich. »Besser ihr fliegt vorher ab, wenn euch euer Leben lieb ist.«

»Ah, ihr habt immer eine Uhr dabei, damit ihr wisst, wann Tag und Nacht ist?« Arvid grinst und blinzelt hoch zur Sonne, die heute nicht untergehen wird und morgen und übermorgen auch nicht. »Jetzt mal im Ernst, kommt ihr klar? Ihr seid zum ersten Mal in der Antarktis, oder?«

Wie süß von ihm. Bevor ich dazu komme, zu antworten, sehen wir Sara am Eingang der Ballonfüllhalle mit Nikolai reden. Unruhig beschleunigt Arvid seine Schritte, um nichts zu verpassen. Aber ich merke auch so, dass Sara keine guten Neuigkeiten hat, gerade schüttelt sie den Kopf. Arvids Professor sieht geknickt aus.

»Sieht nicht aus, als könnten wir in den nächsten Wochen duschen«, sagt Arvid und seufzt. »Wir werden riechen wie Höhlentrolle.«

»Habt ihr denn genug Trinkwasser?«, frage ich besorgt.

»Ja, das passt schon, so viel können wir selbst schmelzen.«

Die beiden kommen mit in die Station und schauen sich neugierig in unserem Aufenthaltsraum um, während Martin Kaffee serviert. Falls sie unsere Quartiere jämmerlich finden, lassen sie es sich nicht anmerken, Arvid sagt nur: »Wenn wir nächstes Mal kommen, bringen wir euch ein paar mehr Kissen mit, wir haben reichlich.«

Martin bietet Nikolai den einzigen Sessel an, aber der Meteorologe sagt »Nein, nein« und gestikuliert, dass Martin den Sessel nehmen soll. Das höfliche Tauziehen dauert eine Weile, dann beendet Nikolai die Diskussion, indem er sich im Schneidersitz auf dem Boden niederlässt. Nachdem er seine Tasse leergeschlürft hat, packt er als Gastgeschenk eine gigantische Packung Moskauer Creme-Kekse aus und legt mit ein paar Storys über seine Jugend in Sibirien los. Zirbelkieferzapfen sammeln in der Taiga, Holz hacken, um das Schwitzbad anzuheizen, Tanzen gehen in der Dorfdisco. »Seid froh, dass hier im Sommer nicht so viele Mücken sind wie in Sibirien – Millionen, Milliarden!« Er summt laut, um das Geräusch nachzumachen. »Die stechen sogar durch Jeans durch! Und hier gibt es gar keine Mücken. Wunderbar.«

Fee fragt ständig nach, was er gesagt hat, weil ihr Englisch deutlich schlechter ist als meines, aber ansonsten ist es sehr gemütlich. Wir knabbern und plaudern … alle bis auf Dattel. Er beugt sich über die technische Zeichnung. »Aus was für einem Material muss das sein?«

»Ursprünglich war es aus Stahl«, meint Arvid.

»Ah, okay. Das kann unser 3D-Drucker.«

»Ihr habt einen 3D-Drucker?« Arvid schießt eine schnelle Salve Russisch auf seinen Kollegen ab, und der erhebt sich so hastig, dass Kekse nach rechts und links fliegen. Zwei Minuten später drängen wir uns in einem der alten Labors, Dattel scannt die technische Zeichnung ein, seine Hände gleiten über die Tasten des Laptops. Der 3D-Drucker ist ein unscheinbarer viereckiger Kasten, in den ein paar Kabel und Schläuche hineinführen. Durch ein Plexiglasfenster kann man sehen, was im Inneren passiert.

Nikolai verpestet die Luft in der Station mit seiner selbst gedrehten Zigarette, was Benny fasziniert beobachtet – vielleicht hat er noch nie jemanden rauchen sehen. Trotz des Gestanks sagt Martin kein Wort, neugierig schaut er aus dem Hintergrund zu, was Dattel am Computer macht. Als es ein Problem mit der Konvertierung gibt, setzt sich auch Benny dazu. Einmal haut Dattel Benny auf die Finger, dann wieder schiebt Benny Dattels Hände von der Tastatur, um selbst ein paar Befehle zu tippen, aber keiner scheint es dem anderen übel zu nehmen. Als Dattel die Tastatur gar nicht mehr hergibt, aktiviert Benny einfach seine BrainConnect, und mit rasender Geschwindigkeit läuft Schrift über den Monitor.

»Schluss jetzt, Hobbit!«, sagt Dattel schließlich. »Das wird krass gut funktionieren. Wir drucken.«

»Geh noch das Detail-Menü durch«, sagt Martin, aber Dattel funkelt ihn an und erwidert: »Was hast *du* denn hier reinzureden, du …? Wir drucken, klar?«

Ich bin beeindruckt, dass er sich das Wort verkniffen hat, das er unserem Chefbetreuer sonst gerne an den Kopf wirft. Solange Gäste da sind, versuchen wir alle, uns zu benehmen.

Dattel drückt auf den Start-Knopf, mit einem leisen Sirren setzt sich der Drucker in Gang, baut Schicht für Schicht das Ersatzteil auf. Weil der Drucker nicht das neuste Modell ist, dauert es eine Weile, bis das Ding fertig ist. Nikolai kippt noch einen Kaffee runter und Arvid trommelt mit den Fingern auf den Tisch. Das gefällt mir irgendwie, weil ich es auch oft mache. Er ist nicht im Entferntesten wie ich … aber ein ganz kleines bisschen schon.

Gespannt scharen wir uns um den Labortisch, als Dattel den Drucker aufklappt und das fertige Teil herausnimmt. Arvid und Nikolai vergleichen es mit der technischen Zeichnung, sprechen über Funk mit ihren Kollegen und schütteln dann den Kopf.

Vier Versionen dauert es, bis die beiden nicken.

»*Tschudjesna*«, sagt Nikolai erfreut. »Wunderbar!«

Breit grinsend hält ihnen Dattel die Hand für ein »Gimme five« hin und Arvid schlägt ein. Von Nikolai bekommt Dattel eine Umarmung und einen Schmatzer auf beide Backen, er sieht so verdutzt aus, dass wir anderen uns vor Lachen krümmen.

Inzwischen hat Sara – um drei Uhr nachmittags – eine Erbsensuppe mit Würstchen fertig. Nach unserem Schneeräum-Vormittag habe ich Hunger wie ein Kaiserpinguin, der beim Brüten zwei Monate lang auf Ablösung warten musste. Wir sitzen im Aufenthaltsraum und schlingen die Suppe in uns hinein, tief über die Teller gebeugt, damit es der Löffel nicht so weit zum Mund hat. Unsere beiden Gäste haben einen herzhaften Appetit und kratzen sogar noch den Topf aus. Sara nickt ihnen wohlwollend zu.

»Es hat sich wirklich gelohnt, bei euch vorbeizuschauen«, sagt Arvid und seufzt zufrieden.

»Wahrscheinlich habt ihr noch nie so gute Dosensuppe gegessen, oder?«, meint Fee und lacht. Sie sitzt auf einem der Barhocker, sodass ihre endlos langen Beine in den engen Jeans gut zur Geltung kommen. Doch nicht sie ist es, die Arvid anblickt.

Sondern mich.

Verstohlen schaut er immer wieder zu mir herüber und das kostet mich langsam den letzten Nerv. Habe ich einen Rest Suppe an der Backe? Hat meine Wintermütze mir eine Horrorfilm-Frisur verpasst? Oder, o mein Gott, kann es sein, dass ich ihm gefalle? Der Gedanke bringt mich so durcheinander, dass ich in die Küche flüchte und freiwillig beim Abwaschen helfe, zusammen mit Seven, der keine Lust zu haben scheint, sich mit den Besuchern zu unterhalten.

»Das ist doch alles komplett überflüssig«, motzt er und lässt einen abgetrockneten Teller auf die Ablage krachen. »Wir sollten diesen ganzen Mist sein lassen und uns auf das konzentrieren, was wirklich wichtig ist – diesen Einsiedler zu bekämpfen!«

»Wie willst du jemanden bekämpfen, den du nicht findest?«, wende ich ein. »Alle raus und dann die Station mit Giftgas fluten?«

Seven wirkt angetan. »Du hast erstaunliche Ideen, Crash.«

Ich mag seine Komplimente nicht, also tue ich so, als hätte ich nichts gehört.

»Vielleicht können wir die Russen rauswerfen, indem wir so tun, als wären wir unberechenbar«, überlegt Seven, jetzt etwas besser gelaunt. »Gefährliche Straftäter eben, sind wir doch, oder?«

»Ach, halt die Klappe.« Ich will das nicht hören. Zum

Glück sind wir schnell fertig mit dem Abwasch, ich habe es eilig, zurück in den Aufenthaltsraum zu kommen. Seven düst irgendwohin ab, wahrscheinlich auf sein Zimmer.

»Danke, Crash, das war echt nett von dir«, lobt mich Martin für den Abwasch, und erst jetzt fällt mir auf, dass ich völlig vergessen habe, mich Arvid vorzustellen. Was wird er von diesem blöden Nickname halten? Soll ich ihm sagen, wie ich richtig heiße? Nein, das kann er vergessen, ich bin Crash und sonst niemand! Moment mal, wieso bin ich gerade so aggressiv? Er hat mir nichts getan. Noch nicht. Aber er wird mich umgehend vergessen, weil ich nicht wichtig für ihn bin und nie sein werde. Ich hasse ihn schon jetzt dafür.

Ich löse das Dilemma, indem ich mich gar nicht vorstelle.

Zum Abschied gibt es noch mal eine große Runde Händeschütteln, und Nikolai sagt feierlich: »Also dann, danke sehr, und wenn ihr Lust habt, kommt uns doch mal auf *Polarnaja Swesda* besuchen. *Do swidanija!*«

Wir nicken begeistert, Martin dagegen schaut unverbindlich drein. »Freut mich, dass wir helfen konnten«, meint er nur.

Wir begleiten die beiden Gäste nach draußen, weil keiner von uns den Start des Hubschraubers verpassen will. Nikolai stapft schon über die freigelegte Treppe vom Dach hinunter, doch Arvid quatscht noch einen Moment lang mit Benny. Dann steht er plötzlich vor mir, und unsere Blicke treffen sich, eine Sekunde lang, zwei Sekunden. Ich kann meinen Herzschlag im ganzen Körper fühlen.

»Also dann, bis bald, Crash«, meint Arvid, er muss irgendwie mitbekommen haben, wie die anderen mich nennen. Meine Grübelei war völlig sinnlos.

»Stürz nicht ab«, sage ich.

Er lächelt und seine grüngrauen Augen schauen plötzlich

nachdenklich. Sind sie jemandem aufgefallen, diese Blicke? Als wir uns wieder im Aufenthaltsraum treffen, ist mein Körper so angespannt, dass Gewehrkugeln davon abprallen würden. Doch niemand macht eine blöde Bemerkung, ich muss niemandem an die Kehle gehen und traue mich langsam wieder, durchzuatmen. Sie haben es nicht gemerkt.

Wir liegen faul im Aufenthaltsraum herum, nutzen unsere Stunde Netzzeit, die wir heute sogar gleichzeitig nehmen dürfen, schlürfen heißen Kakao und genießen den Tag, der bis jetzt saugut war. Eigentlich hat auch das Schneeschippen Spaß gemacht, ich mag es, wie man sich fühlt, wenn man sich so richtig ausgepowert hat. Erschöpft, aber zufrieden, alle Muskeln melden, dass sie etwas getan haben.

Gleichzeitig macht es mich kirre, dass Benny herumprahlt, wie gut er mit dem *PistenBully* klargekommen ist. Warum darf ich das Ding nicht fahren? Ich höre weg und suche Informationen über die russische Station, deren Namen ich schon wieder vergessen habe. Fünf Sekunden später habe ich die Besatzungsliste auf dem Bildschirm meines Communicators. Wow, was sind das alles für Leute: Geophysiker, Meeresbiologen, Luftchemiker, Meteorologen. Der Chef der Station ist ein Arzt. Klar, wenn man hier irgendwas hat, kann man nicht mal schnell zum Doc nebenan.

Ich scrolle runter, bis ich den Namen gefunden habe, den ich gesucht habe. *Arvid Kornauer. 20 Jahre alt, Student der Fakultät für Klimawissenschaften, Lomonossow-Universität Moskau.* Nicht gerade viele Infos sind das und im Netz ist auch enttäuschend wenig über ihn zu finden. Er hat mal einen Preis bei *Jugend forscht* gewonnen und an einem Benefiz-Skilanglauf quer durch Norwegen teilgenommen. Ich speichere ein Foto ab, das ihn auf einer Schneeschuhtour zeigt, lachend in einer tief verschneiten Baumlandschaft. Auf einem anderen

Foto hat er den Arm um ein Mädchen gelegt, Scheiße, seine Freundin? Keine Ahnung, es steht kein Name dabei. Vielleicht wartet die blöde Tussi auf ihn, vielleicht mailen sie jeden Tag. Ich hasse sie.

Jetzt hör auf mit dem Mist!, brüllt meine innere Stimme mich an. *Der Typ ist megaschlau – und du, du warst schon zweimal im Knast. Vergiss es einfach, der ist zu gut für dich!*

Ich sage meiner inneren Stimme, was sie mich mal kann, und tippe seinen Namen in eine zweite Suchmaschine ein. Die findet immerhin heraus, dass er eine jüngere Schwester namens Ronja hat. Und entdeckt einen verwackelten Clip, wie Arvid auf einer Party Karaoke singt – sein Sound ist der pure Horror. Eine Naturkatastrophe!

Wie schön, dass er nicht perfekt ist.

Das war's an Infos. Natürlich könnte ich Dattel bitten, mehr herauszufinden, aber ich will nicht, dass Dattel mitkriegt, wie sehr mich dieser Typ interessiert. Außerdem soll es Leute geben, die nicht möchten, dass ihr Account gehackt wird.

Genervt von mir selbst, surfe ich stattdessen zu ein paar anderen Antarktisstationen. Anscheinend gibt es 47 von denen, die meisten davon an der Küste, und jede gehört einer bestimmten Nation. Bei der Antarktischen Halbinsel, die aus dem Norden des Kontinents herausragt, sieht es so aus, als wäre dort eine Station neben der anderen.

»Ganz schönes Gedränge«, sage ich zu Dattel, aber er hat sich gerade seinen VirtualReality-Helm aufgesetzt und reagiert nicht, keine Ahnung, in was für einer Welt er gerade ist. Also tippe ich Martin, der sich gerade etwas aus der Bordbibliothek auf seinen E-Reader lädt, mit dem Fuß an. »He, sag mal, warum gibt es so viele von diesen Forschungsstationen? Werden die alle gebraucht?«

Martin schüttelt den Kopf. »Jedes Land will eben eine betreiben – nur Länder, die eine ganzjährig bewohnte Station in der Antarktis haben, dürfen auch mitreden bei allen Fragen, die den Kontinent betreffen.« Er wirft einen Blick auf die Karte, die meinen Bildschirm ausfüllt. »Bei manchen Stationen ist die Forschung eher ein Feigenblatt, sie sind eher Siedlungen. Die Argentinier und Chilenen haben sogar dafür gesorgt, dass auf ihren Stationen Kinder geboren werden.«

Jetzt hat Dattel doch die Augen geöffnet. »Dafür gesorgt? Wahrscheinlich, damit sie Anspruch auf das Land erheben können, oder? Weil diese Kinder echte Bürger der Antarktis sind?«

»Genau, hat aber bisher nichts geholfen, die Antarktis gehört immer noch niemandem … oder allen, wie man es sehen möchte«, brummt Martin. »Im Moment versucht jeder, sie auszubeuten, wo es nur geht.« Er will sich wieder in sein E-Book vertiefen – die Skandalbiografie von BluBlood, diesem Rapper –, aber ich gebe ihm keine Chance. »Was ist mit der russischen Station?«, frage ich. »Ist die auch nur ein Feigenblatt?«

»Nein, soweit ich weiß, machen die echte Forschung.«

Echte Forschung. Das klingt cool, und einen Moment lang bin ich stolz auf Arvid, obwohl ich einen Luftchemiker nicht von einem Kammerjäger unterscheiden kann.

»Wann dürfen wir denn mal rüberfahren auf diese Nachbarstation?«, fragt Fee und kuschelt sich in Sevens Arm.

Martin verkneift sich einen Seufzer und legt sein E-Book weg. »Ich weiß nicht, ob das eine gute Idee ist.«

»Aber es ist total unhöflich, so eine Einladung auszuschlagen«, argumentiert Benny.

»Nicht alle Einladungen sind ernst gemeint«, erklärt ihm Martin geduldig.

Aber diese war es. Ich bin ganz sicher. Arvid will mich wiedersehen. Und ja, verdammt, ich ihn auch! Doch es wäre zu durchsichtig, wenn ich mich für diesen Besuch ausspreche, deswegen tue ich gleichgültig.

Zum Glück scheint auch Dattel Lust zu haben, bei den Russen vorbeizuschauen. »Wär doch spannend, mitzukriegen, was die da machen. Cheez, Martin, jetzt sei doch nicht so verdammt …«

»Stopp, Sinan.« Martin blickt auf. »Entweder du schaffst es, deine verbalen Entgleisungen in den Griff zu bekommen, oder du kannst das mit der Nachbarstation vergessen.«

Dattel verdreht die Augen, hält aber die Klappe. Das ist neu. Auch Martin fällt das auf. »Na gut«, sagt er. »Schließlich habt ihr wirklich schöne Fortschritte gemacht, obwohl wir noch nicht lange hier sind. Dafür habt ihr eine Belohnung verdient.«

Selbst Kayas Gesicht leuchtet auf. »Vielleicht ist das Essen da drüben besser«, meint sie.

»Und bestimmt haben sie eine Menge Wodka«, meine ich grinsend. Es war als Witz gemeint, aber Martins Miene verdüstert sich. Schnell füge ich hinzu: »Aber den können sie ja wegschließen, bevor wir da aufschlagen.«

»Morgen oder übermorgen fragen wir mal, wann wir rüberkommen könnten«, beschließt Martin. »Dann merken wir, ob sie ausweichen oder noch mal bekräftigen, dass wir willkommen sind.«

Über all der Aufregung, dass wir Besuch hatten, haben wir völlig vergessen, unseren Gästen vom Einsiedler auf der Station zu erzählen. Wir haben ihn ehrlich gesagt ein paar Stunden lang komplett vergessen.

Aber er uns nicht.

SCHARFE SCHNITTE

Diesmal habe ich die zweite Wache, von ein bis drei Uhr. Als mein Wecker mich daran erinnert, krieche ich matt aus dem Bett, weil ich gestern Abend wachgelegen und an Arvid gedacht habe. Ich habe diesen Typen nur einmal getroffen, und schon hängen die Gedanken an ihn in meinem Kopf fest, als hätte sie jemand dort mit Nanozement festgeleimt. Das kann nicht normal sein.

Als ich Fee ablösen will, die auf einer Decke im Gang hockt, stelle ich fest, dass sie den Kopf an die Wand gelehnt hat und pennt. Ich rüttele sie an der Schulter und Fees Kopf zuckt hoch. »Was ist?«, faucht sie schlecht gelaunt.

»Du weißt schon, warum das *Wache* heißt, oder?«

»Wehe, du verpetzt mich«, sagt sie und zieht ab.

Ich mache es mir auf ihrer Decke bequem und versuche weiter, meine Gefühle zu sortieren. Als Kaya mich ablöst, bin ich alles andere als fertig damit.

Zum Glück schaffe ich es trotzdem, einzuschlafen ... aber was mich aufschrecken lässt, ist nicht mein Wecker. Jemand schreit! Und es klingt nicht so, als wäre dieser Jemand nur erschrocken.

Das sind Schmerzensschreie, schrill und gequält.

Fees!

Vor Schreck verwickele ich mich in meiner Decke, als ich aus dem Bett springen will, und knalle auf den Boden. Ich raffe mich wieder auf und stürze zur Tür, reiße sie auf, mein Herz flattert. Im Flur schauen sich schon die anderen um, sie wirken alarmiert und ratlos, weil nichts und niemand zu sehen ist. Keine Schweinerei diesmal, der Mittelgang von Deck 2 wirkt genauso wie sonst.

»Läuft hier irgendwo ein Horrorfilm?«, fragt Benny mit schiefem Grinsen.

»Klappe!«, sagt Kaya scharf. »Das hier ist echt.« Sie hebt den Kopf wie ein lauschender Gepard, versucht wohl, festzustellen, woher die Schreie kommen. Dann beginnt sie, eine Tür nach der anderen aufzureißen. Instinktiv helfe ich ihr, öffne alle Türen auf der gegenüberliegenden Seite des Ganges.

»Wer fehlt?«, donnert Martin. »Fee, und sonst noch jemand? Sonst alle da?«

»Ich glaube, sie ist im Waschraum!«, rufe ich und mit Martin an der Spitze stürzen wir in diese Richtung.

Jetzt ist Kaya an der richtigen Tür angekommen und eine völlig verstörte Fee in XXL-T-Shirt und Leggins stolpert uns entgegen. Ihre bloßen Füße hinterlassen dunkle Spuren auf den Kacheln. Blut! Fee blutet.

»Geht da nicht rein!«, schreit sie, als wir ihr entgegengehen wollen. »Da sind Glassplitter! Überall auf dem Boden! Ich bin voll reingetreten …«

Ohne Martins Anweisungen abzuwarten, rennt Dattel los, wahrscheinlich um den Verbandskoffer aus dem Lazarett zu holen. Rasch ist er zurück und hat Sara im Schlepptau. Seven und Martin tragen Fee in den Aufenthaltsraum und legen sie auf einer Matte ab, um sie dort zu verarzten. Sie spült zwei Paracetamol mit einem Glas Wasser hinunter, doch es dauert noch, bis die wirken. Tränenspuren winden sich über ihr Gesicht und sie hat sich auf die Lippe gebissen vor Schmerz. Betreten sitzen wir um sie herum und beobachten, wie Sara mit der Pinzette einen Splitter nach dem anderen aus ihren zerschnittenen Füßen fischt. Seven hat Fees Kopf auf den Schoß genommen, besorgt blickt er auf sie hinab und streicht ihr über die Stirn. »Wenn ich diesen Arsch erwische …«, murmelt er.

»Ja, Mann, den machen wir fertig«, bekräftigt Dattel.

Benny hält Fees Hand, vielleicht weil er seine blöde Bemerkung von vorhin wiedergutmachen will. Ich nehme ihre andere Hand und drücke sie, sofort klammert sich ihre Hand um meine.

»Zieht bitte alle Schuhe an – jetzt«, kommandiert Martin. »Wir wissen nicht, wo noch überall Glas herumliegt.«

Wir verziehen uns, und ich schlüpfe in meine geliebten Armeestiefel – durch diese Sohle kommt nichts durch, nicht mal ein Neun-Inch-Nagel. In mir brodelt die Wut. Glas auf dem Boden, in einem Raum, wo wir oft halbnackt herumlaufen! Was für ein sadistischer Mistkerl ist dieser Einsiedler? Wieso hasst er uns so sehr? Wir können doch nichts dafür, dass wir in sein Revier eingedrungen sind – woher hätten wir denn wissen sollen, dass es seins ist?

Dattel checkt die anderen Waschräume und erstattet Bericht: »Hey, Martin, bei den Jungs liegt auch überall Glas. Sollen wir das wegmachen?«

»Nein, ich will es mir erst selbst ansehen«, meint Martin.

Sara sprüht Desinfektionsmittel auf Fees Fußsohlen. »Scheiße, tut das weh«, jammert Fee. »Auuuu! Kannst du nicht vorsichtiger herumpulen?«

»Was rausmuss, muss raus«, brummt Sara und nimmt sich Fees linken Fuß vor.

»Aaaaah!«, ächzt Fee. »Auf einer Skala von eins bis zehn war das eine glatte Zehn!«

Das finde ich arg übertrieben – eine Zehn wäre es eher, wenn man ohne Betäubung ein Bein amputiert bekommt.

Ich denke daran, wie oft ich schon im Krankenhaus war. Fast nach jedem Unfall. So oft, dass die Versicherung droht, mich rauszuwerfen. Krankenhaus, das ist für mich zurücksinken lassen ins weiche, weiße Bett, nicht nachdenken müssen. Das Geplapper des Fernsehens gleitet an meinen Ohren vorbei, alle sorgen sich um mich, niemand will etwas von mir, sogar die Polizeibeamten müssen leise reden, wenn sie mich verhören wollen. High von Schmerzmitteln, lächele ich sie an. Ärzte fragen, wie es mir geht, meine Mutter sitzt an meinem Bett und hält meine Hand, so wie ich jetzt die von Fee. Ein paar Tage, ein paar Wochen lang fühle ich mich geborgen.

Und dann ist wieder alles wie vorher.

Fee bleibt im Aufenthaltsraum, den Kopf noch immer in Sevens Schoß, süß sehen die beiden zusammen aus. Einen Moment lang verschwimmt ihr Bild vor meinen Augen, und es sind Arvid und ich, die dort sitzen. Ist es seine feste Bergsteigerhand, die meine Stirn streichelt, sind es seine grüngrauen Augen, die besorgt auf mich herabblicken …

Ich blinzele das Bild weg, drehe mich um. *Zu gut für dich,* flüstert meine innere Stimme.

Martin, Dattel und Kaya gehen zu den Waschräumen, ich schließe mich ihnen an. Auch Sara ist da, sie setzt den Reinigungsroboter auf den Boden und er stürzt sich in die Aufgabe, auch die kleinste Glasscherbe aufzusaugen. Wie gut das hier drin riecht, nach Duschgel vielleicht, nach Parfüm. Fee hatte schon angefangen mit dem Schönmachen. Aber sie kann doch noch gar nicht angefangen haben zu duschen, sie war gerade auf dem Weg in die Duschkabine. Hat sie das Parfüm mitgenommen ins Bad, ist es ihr ausgelaufen? Irgendwie seltsam.

Lange und nachdenklich blickt Martin auf das Glas hinunter, Hunderte von Stücken verschiedener Größe sind es, die hier liegen – auf dem hellbraun gefliesten Boden sind sie kaum zu sehen. Martin nimmt vorsichtig eine der Scherben in die Hand, und ich beuge mich vor, um nichts zu verpassen.

»Sieht nach Trinkglas aus«, knurrt Sara.

»Kannst du nachprüfen, ob bei uns welche fehlen?«, bittet Martin sie und Sara stapft davon.

»Keins fehlt«, berichtet sie, nachdem sie zurück ist. »Müssen aus Deck 1 sein. Ehemalige Lounge.«

Martin nickt und die Sehnen an seinem Hals treten hervor. Er ist genauso auf hundertachtzig wie wir anderen. »Das muss ich an die Zentrale melden. Mal schauen, was sie dazu zu sagen haben. Wenn es noch mehr solche Zwischenfälle gibt ...«

Der Schreck fährt mir durch alle Glieder. Meint er damit, dass wir den Aufenthalt hier womöglich abbrechen müssen?

»Dann hat er es geschafft, dann hat er uns vertrieben«, sage ich heftig und trete mit dem Stiefel auf eine der Scherben, zermahle sie zu weißlichem Staub. Nie werde ich Arvid wiedersehen, wenn wir jetzt zurückfliegen!

Dattel wirkt grimmig. »Ja, und? Dieser Typ will uns fertigmachen! Willst du wirklich hierbleiben und warten, was als Nächstes kommt?«

Neben ihm verschwinden die Scherben mit einem rasselnden Geräusch im Staubsauger des Putzroboters. *Klick, klirr,* weg damit.

Ja. Nein. Weiß nicht. »Wir müssen noch mal suchen, am besten jetzt gleich.« Mein Atem geht schneller, als mir lieb ist. Auch ich habe Angst. »Diesmal schnappen wir ihn, wirst sehen. Und dann werfen wir ihn raus.«

»Haha, sehr witzig, und wo genau soll er dann hin? Zu den Russen?« Benny sieht aus, als wäre er ganz nahe dran an einer Vollpanik.

Nervös fragt Martin mich, Kaya und Fee: »Was ist mit den Wachen? Habt ihr nichts bemerkt?«

Ganz kurz blicken Fee und ich uns an.

»Nein, nichts«, stoße ich hervor »Alles ruhig. Aber ich habe natürlich nicht in die Waschräume geschaut.«

Kaya und Fee nicken bestätigend.

»Wir müssen noch eine Durchsuchung machen, Leute«, beschließt Martin, sein Gesicht ist gerötet. »Dieser Kerl ist kein Phantom! Er muss hier sein, und das heißt, wir können ihn finden.«

»Ich baue eine Kamera und installiere sie im Untergeschoss, das müsste ich eigentlich hinbekommen«, meint Dattel und macht sich sofort an die Arbeit.

Diesmal dauert die Suche den halben Tag, wir sind richtig gründlich ... und finden: nichts. Was eigentlich nicht sein kann. Und doch so ist.

In gedrückter Stimmung ackern wir uns durch unsere Lerneinheiten, ich ziehe mich dafür in mein Zimmer zurück. Seven und Fee sind heute davon befreit, und als ich mir in der Küche einen Saft hole, höre ich Sevens leise Stimme, er liest ihr etwas vor. Neid steigt heiß und brennend in mir auf. Wie lange ist es her, dass *mir* jemand vorgelesen hat? Vielleicht muss ich dafür erst wieder verunglücken.

Wahllos klicke ich auf irgendwelche Multiple-Choice-Antworten und denke an Arvid. Sehe ihn vor mir, wie er zusammen mit Nikolai auf uns zugekommen ist, unter seinem T-Shirt zeichnet sich sein sehniger Körper ab. Sehe ihn auf der anderen Seite des Hubschraubercockpits stehen. Sehe ihn, wie er in unserem Aufenthaltsraum auf einer Matte sitzt, Kekse isst und mich von der Seite anschaut, wenn er denkt, dass ich es nicht merke.

Arvid. Es ist ein Name, den ich noch nie zuvor gehört

habe, aber er gefällt mir. *Arvid, Arvid.* Meine Lippen probieren diesen Namen aus, kosten ihn. Habe ich ihn schon einmal laut ausgesprochen? Ich flüstere ihn, einmal, zweimal. Es ist ein Name wie glitzernder Frost auf einer Wiese, wie die klare Luft in den Bergen.

Durchschnittlich 30 Prozent meiner Antworten sind richtig. Jämmerlich! Ich schleudere das Tablet auf meinen Schreibtisch, wo es mit einem dumpfen Laut auftrifft. Leider geht es nicht kaputt, es ist eins dieser Dinger, die für den Outdoor-Einsatz entwickelt wurden, stoß- und wasserfest. Am liebsten würde ich ausprobieren, ob es auch meine Armeestiefel aushält, aber dann kann ich lange auf die Erlaubnis warten, Arvid auf *Polarnaja Swesda* zu besuchen.

An den Außenfenstern treffe ich auf Benny. Er sieht furchtbar einsam aus, wie er nach draußen starrt, und als er die Nase hochzieht, merke ich, dass er geweint hat.

»Na, Heimweh?«, frage ich ihn und er nickt widerstrebend. »Bisschen. Geht schon wieder.«

Etwas verloren blickt er auf die weiße Landschaft, die unsere Station umgibt, und gluckert dabei Wasser aus seiner Alu-Flasche mit Plastikaufsatz. »Trink besser auch was«, sagt er und reicht sie mir. »Das hier ist 'ne Wüste. Martin hat gesagt, die Luftfeuchtigkeit ist fast null Prozent, jedes Mal, wenn du ausatmest, verlierst du Wasser.«

Es ist noch viel schlimmer. Jedes Mal, wenn ich ausatme, verliere ich ein Stückchen Hoffnung. »Danke«, sage ich, schraube den Plastikaufsatz ab und trinke aus der Flasche. »Womit habe ich es verdient, dass du mich bemutterst?«

»Du und Seven, ihr seid die Nettesten hier«, sagt er und bekommt schon wieder ein Lächeln hin. »Ich glaube, ich habe vergessen, mich zu bedanken. Als du mir mit der Reisetasche geholfen hast.«

»Ach das – krieg ich dafür 'ne Artischocke ab?«, frage ich und trinke sein Wasser aus. »Sag mal, was für schlechte Witze sind eigentlich dein Spezialgebiet?«

»Du meinst, ob ich das heute war mit den Glassplittern?« Er sieht ein bisschen geschockt aus, dass ich ihm so was zutrauen würde. »Nein, nein, so was nicht. Eher alberne Sachen. Ich wusste, dass ein Politiker in unsere Stadt kommen und einen Vortrag halten würde … ein Politiker, den ich echt schrecklich finde … aus dieser stockkonservativen Partei, ich nenne jetzt keine Namen …«

Ich bin gespannt, worauf das hinausläuft. »Torte geworfen? Infrarot-Minirakete? Molotow-Cocktail?«

Er grinst breit. »Besser. Ich habe rausgekriegt, dass er vorhatte, eine Power-Point-Präsentation zu halten, hab seinen Rechner gekapert und die Präsentation ein klein bisschen verändert, genauer gesagt hab ich ein Bild von ihm eingefügt. Es war eigentlich ein Pornofoto von einer Schwulenseite, aber ich habe da sein Gesicht reinmontiert. Als kleine Erinnerung daran, dass dieser Typ, der so oft gegen Schwule wettert, selber schon in solchen Clubs gesehen worden ist …«

Jetzt kann ich mir vorstellen, was abgegangen ist. »Ups. Und es hat genauso geklappt, wie du dir das vorgestellt hast?«

»Ich war da, im Festzelt – es war eine Riesengaudi.« Benny kichert. »Nur leider hab ich meine Spuren nicht geschickt genug verwischt. Ein paar Tage später hatten sie mich. Hab zum Glück Bewährung gekriegt.«

Irgendwas stimmt nicht an seiner Geschichte. Der Kleine ist gerade erst strafmündig und er hat sich einen Streich geleistet. Er passt nicht in diese Gruppe, wie hat er es geschafft, an Bord von *Neumayer III* zu kommen?

»Aber?«, frage ich. Nach all dem, was schon passiert ist, will ich genau wissen, mit wem ich es zu tun habe.

»Aber was?« Benny schaut aus großen Augen zu mir hoch.

»Aber das ist nicht der Grund, warum du hier bist.«

»Was ist denn mit dir los?« Er will an mir vorbei, aber ich habe ziemlich gute Reflexe. Jetzt schaut er ärgerlich drein. »Ich dachte, du wärst nett, aber …«

»Moment mal.« Vier oder fünf Lichter gehen in meinem Kopf an, ein wahres Blitzlichtgewitter. »Dieser Politiker … hat dem gereicht, dass du nur Bewährung bekommen hast? Der wollte dich bestimmt im Gefängnis verfaulen sehen.«

»Was meinst du damit?«

Er stellt sich blöd, aber jetzt ahne ich, was passiert ist. »Der versucht, dich fertigzumachen, oder?«, frage ich.

Ich sehe, wie Benny mit sich kämpft, doch dann blickt er mich an und seufzt tief. »Ja. Das ist das Problem. Seit dieser Sache im Festzelt ist das Auto meiner Eltern abgebrannt, jemand hat die Scheibe unseres Wohnzimmers eingeworfen, und als ich spät von einer Bandprobe zurückgekommen bin – ich spiel E-Sax –, da hat mich eindeutig jemand verfolgt. Hab mich in eine Kneipe flüchten müssen. Die Polizei hat gesagt, sie kann nichts machen, das wären alles Zufälle.«

Wider Willen bin ich fasziniert. »Du hast dich bei diesem Antarktisprogramm beworben, weil du *Angst* hattest? Du bist geflüchtet?«

»Na ja, äh, so ähnlich«, gibt er zu. »Meine Eltern wollten auch, dass ich aus der Schusslinie bin. Pa kennt jemand bei *Social Adventures Network,* so hat es geklappt, dass ich mitfahren durfte.« Er lässt sich ganz langsam an der Containerwand von Deck 1 nach unten gleiten, bis er auf dem Boden sitzt. »Aber das sagst du niemandem, oder? Die anderen finden mich sowieso schon …«

»Moment mal!«, sage ich wieder, diesmal schärfer, weil mir etwas eingefallen ist. Ganz kurz nur haben wir uns im

Flugzeug unterhalten, aber dabei habe ich ihm von meinem Glücksbringer erzählt. »Hast *du* mein Zimmer durchsucht? Hast *du* meine Medaille geklaut? Weil du dachtest, du könntest einen starken Glücksbringer gut gebrauchen?«

Er antwortet nicht, aber sein Gesicht sagt mir alles, was ich wissen wollte.

Mein Puls rast hoch und am liebsten würde ich ihn schütteln wie ein Bullterrier eine Ratte. Aber das ist nicht meine Art, also kriegt er nur einen richtig fiesen Killerblick von mir. Wortlos strecke ich die Hand aus … und lasse sie so, während Benny aufsteht und weggeht. Als er wiederkommt, hat er meine Medaille dabei und legt sie mir in die noch immer ausgestreckte Handfläche, ohne mich anzusehen.

»Eigentlich will ich kein Arschloch sein«, sagt er leise. »Ist manchmal nicht so leicht, weißt du?«

»Weiß ich.« Meine Wut verdampft nach und nach wieder. »Das Problem haben wir hier alle.«

Mit einem schiefen Lächeln schaut Benny die Medaille an, dann mich. »Ich glaube, du brauchst einen Glücksbringer sowieso dringender als ich.«

Was zum Teufel meint er damit?

Benny klopft sich auf die Herzgegend, mehr Hinweise sind nicht nötig.

Er ist zwar ein Feigling und ein Dieb, aber auch ein guter Beobachter.

Es ist ein windiger Tag mit hohem Luftdruck und leichter Schneedrift. Arvid lässt den Blick den Horizont entlangschweifen und atmet tief ein. Nirgendwo auf der Welt ist die Luft so rein wie hier, wie soll er es jemals wieder in einer Stadt aushalten?

Er stellt fest, dass Nikolai, der neben ihm auf dem Dach

der *Polarnaja Swesda* steht, in die gleiche Richtung blickt wie er selbst. Zur *Neumayer III* hin, die hinter dem glatten, blauweißen Horizont verborgen ist.

»Glaubst du, dass es eine gute Idee ist?«, fragt Arvid. »Dass sie auf dieser abgewrackten Station wohnen?«

»Nein«, brummt Nikolai. »Höllisch verdammte Idee. Ist 'ne Idee von Leuten, die nur Geld verdienen wollen, denen egal ist, was passiert.« Dann biegt sich sein Mund zu einem Lächeln. »Was meinst du, sind das nette Kinder da drüben?«

»Ich glaube, sie sind schon ganz lange keine Kinder mehr«, sagt Arvid.

Grinsend schaut Nikolai ihn von der Seite an. »Gefällt dir, was? Die eine, die mit den Stiefeln?«

»Geht dich nichts an«, gibt Arvid zurück, aber Nikolai lacht nur lauthals und schlägt ihm auf den Rücken. Arvid klaubt zwei Handvoll Schnee zusammen und verpasst sie ihm, eine Wolke eisigen Diamantstaub. Nikolai lacht noch lauter, bückt sich und schleudert eine Ladung zurück.

In Moskau hätten sie so etwas niemals getan. Damals waren sie noch Student und Professor – und was sind sie jetzt, nachdem sie zusammen einen furchtbaren antarktischen Winter durchgestanden haben? Etwas anderes jedenfalls.

Auf einmal wird Nikolai ernst. »Arvid«, sagte er. »Tu's nicht.«

»Was denn?«, weicht Arvid aus und Nikolai seufzt.

Mit einem letzten Blick auf den Horizont poltern sie – beide weiß bepudert – hinunter in die Station.

POLARSTERN

Und dann ist es so weit, ich kann es kaum glauben. Wir fahren alle zusammen – bis auf Sara, die sozusagen das Haus hütet – im größten unserer *PistenBullys* zur russischen Nachbarstation. Es ist die Nummer drei, die hat eigentlich nur sechs Sitze, die in zwei Reihen gegenüber angeordnet sind, aber Fee hat das Problem gelöst, indem sie sich auf Sevens Schoß drapiert hat. Das scheint Seven ein bisschen zu nerven.

Martin sitzt am Steuer, das wie bei einem Rennwagen ein ziemlich kleines, nach oben offenes Rad ist, folgt dem Pfad, den sein GPS uns vorgibt, und flucht über die automatische Steuerung, die anscheinend bei Nummer drei eine Macke hat. Unser Betreuer hat sich nicht wenig darüber gewundert, dass Fee und ich uns vor diesem Besuch englische und russische Begriffe, die wir brauchen könnten, aus der Datenbank gezogen haben und dass Dattel seine Netzzeit dafür benutzt hat, sich über die russischen Ölbohrprojekte vor der Küste der Antarktis und die Meteoriten-Prospektoren, die ins Inland ausgeschwärmt sind, schlauzumachen.

Ich lausche dem singenden Grollen des Dieselmotors und weiß nicht, wovor ich mehr Angst habe: Dass es richtig schön wird, Arvid wiederzusehen, und etwas beginnt, das vielleicht stärker ist, als ich es jemals sein werde? Oder dass ich mir dieses Knistern zwischen uns nur eingebildet habe? Womöglich war es alles ein Missverständnis, und er fragt mich nur, wo man solche Stiefel wie meine kaufen kann.

Meine Hand kriecht zu meinem Hals, schließt sich um die

alte Medaille und mein Herzschlag wird wieder gleichmäßiger.

Ich habe sie zurück. Alles wird gut.

Noch 300 Meter bis zum Ziel, verkündet schließlich eine Schrift auf dem Navi-Bildschirm, und Martin rät uns, schon mal unsere Mützen anzuziehen.

»Führ dich nicht auf wie unsere Mama«, gibt Dattel verächtlich zurück. »Außerdem sind's draußen nur minus 2 Grad.«

Kaya sitzt neben mir, ich werfe einen Blick zu ihr hinüber. Wie starr sie dasitzt. Blick geradeaus, Gesicht blass. Sie steht unter Strom, und ich habe keine Ahnung, wieso. Vielleicht hat sie Angst vor fremden Menschen. Soll ich versuchen, sie zu beruhigen? Nee, das ist mir zu gefährlich.

Neugierig spähe ich hinaus. *Polarnaja Swesda* besteht aus mehreren Gebäuden – ein paar rostigen Wellblechhütten und einem einstöckigen, grauen Klotz, der auf Stelzen steht, so wie *Neumayer III* früher. So kann der Wind darunter hindurchfegen und sie müssen im Gegensatz zu uns ihr Heim nicht nach jedem Sturm ausgraben. Einige Ölfässer, leere Kisten und Fahrzeuge stehen herum. So ähnlich sehen bestimmt Neueinwandererheime in Alaska aus. Das einzig Schöne ist das Schild mit dem Namen der Station, ihrer Position in Längen- und Breitengrad und einem Wappen. Etwas weiter entfernt sind der Hubschrauber und ein Kleinflugzeug geparkt.

Wo ist Arvid? Meine Augen suchen nach ihm, entdecken ihn nicht.

Damit wir nicht so weit zu Fuß gehen müssen, steuert Martin den *PistenBully* näher an die Station heran – nur leider platzen wir dadurch voll in irgendwelche Aufnahmen hinein. Zwei Typen in trendigen Skiklamotten filmen einen Mann in Polaroutfit, der eine bunte Packung hochhält.

»Ist das die Forschung?«, fragt Fee.

»Ich glaube nicht«, meint Dattel und späht durch die Frontscheibe. »Sieht irgendwie essbar aus.«

»Tiefkühlerbsen«, stelle ich fest, ich habe scharfe Augen.

Tiefkühlerbsen?!

Noch immer sind wir mitten im Bild. Mit rotem Kopf versucht Martin, den *PistenBully* rückwärts zu manövrieren, der Motor röhrt auf. Gott, dieser Mann hat es wirklich raus, wie man eine Maschine quält! Außerdem ist es sowieso zu spät, die beiden Leute haben die Aufnahme gestoppt und blicken uns finster entgegen. Ihre Handzeichen sagen ziemlich deutlich, wohin wir unsere Hintern schwingen sollen. Der dritte Mann hat die Packung sinken lassen, er wirkt erleichtert.

Während wir aus dem *PistenBully* klettern, wird in der kleinen Gruppe heftig diskutiert, dann setzt der Kameramann sein Gerät ab und die beiden Filmleute verziehen sich in einen der Wellblechcontainer.

Der dritte Mann, der anscheinend zur Stationsbesatzung gehört, kommt auf uns zu. Sein Gesicht ist ernst und beherrscht, er hat dunkles, stachelig in die Stirn gekämmtes Haar und einen sorgfältig gestutzten Bart. Je näher er kommt, desto besser scheint seine Laune zu werden, und als er uns erreicht hat, lächelt er. »Herzlich willkommen, ich bin Jegor Michailowitsch, der Kommandant der Station«, sagt er in perfektem Englisch und mustert uns freundlich, wenn auch ein wenig skeptisch.

An der Art, wie Dattel, Fee und die anderen herumstehen und Hallos murmeln, merke ich, dass sie sich genauso unwohl fühlen wie ich. Zum Glück ergreift jetzt Martin das Wort. »Ich hoffe, wir haben keine wichtigen Aufnahmen verdorben?«, fragt er.

»Wichtig nur, wenn man den Fraß mag«, meint der Kommandant, grinst schief und zeigt Martin, wo er den *Pisten-Bully* parken kann. Als das erledigt ist, winkt uns Jegor, ihm zum Stationsgebäude zu folgen. »Ich muss ein paar dumme Sätze sprechen und eine Packung hochhalten«, erklärt er. »Bringt Geld in die Kasse. Muss sein, leider.«

Soll ich ihm das glauben? Wenn die hier keine Kohle haben, warum trägt der Kerl dann einen brandneuen Parka mit Fellkragen? Und vom Discounter ist der nicht!

Peinlicherweise bemerkt Kommandant Jegor, dass ich das Logo auf seiner Brust anstarre. »Ach ja, und wir testen auch neue Outdoor-Klamotten«, brummt er. »Fast alles Schrott. Hab selten so gefroren.«

»Aber sieht cool aus«, sagt Fee und schenkt ihm ein Lächeln.

»Ja«, sagt Jegor und seufzt. »Das ist besonders im Winter wichtig, wenn es in der Antarktis so kalt werden kann, dass Stahl zerbricht wie Glas und man Diesel mit der Säge schneiden muss.«

Plötzlich bin ich sehr froh, dass wir im Sommer hier sind. Ich mag Sprit am liebsten, wenn er flüssig ist und man ihn in einen Tank füllen kann.

»Wenn man hier im Winter in die Luft spuckt, klirrt es dann, wenn die Spucke auf den Boden fällt?«, erkundigt sich Benny neugierig.

Jegors Lächeln wird breiter. »Wenn du so dumm bist, bei den Temperaturen rauszugehen, ja.« Er tritt einen Schritt näher und betrachtet Bennys Gesicht aus der Nähe. »Aber dann solltest du vorher deine Kontaktlinsen rausnehmen, sonst frieren sie am Augapfel fest.«

»Ähm, ja«, sagt Benny schwach. »Ich wollte meine Augen eh bald lasern lassen.«

»Und den Mund möglichst beim Spucken nicht aufmachen, weil die Kälte sonst deine Zähne kaputtmacht. *Knack*, aus, du verstehst?«

»Echt jetzt?« Ich bin beeindruckt.

»Das ist widerlich!« Fee schlägt sich die Hände vor den Mund.

Nur Dattel wirkt nicht beeindruckt. »Sie reden aber jetzt von Wostok, oder? Der Station in der Mitte der Antarktis, wo sie minus 89,2 Grad gemessen haben? Soweit ich weiß, wird es hier an der Küste nicht so kalt.«

Ich verdrehe die Augen. Wieso kann dieser Idiot die Klappe nicht halten? Wird er jetzt den ganzen Besuch über seine Klugscheißereien absondern? Mich tröstet nur, dass er das nicht gegenüber Arvid gebracht hat. Unauffällig sehe ich mich nach ihm um, doch er ist noch immer nirgends in Sicht, nur zwei andere Männer hämmern neben der Station an irgendeiner Kiste herum.

Zum Glück nimmt Jegor Dattel die Bemerkung nicht übel, er grinst gutmütig. »Stimmt«, meint er. »Nur minus 50. Ganz kuschelig. Kommt rein! Gegen Geld kann man bei uns übrigens auch ein paar Tage lang Antarktisforscher spielen. Will aber gerade niemand.«

Jegor reicht uns einen Handfeger, mit dem wir uns den Schnee von den Stiefeln bürsten können. Anschließend werden wir hineingebeten, und wir drängeln uns in einem kleinen Vorraum, in dem Schneeschaufeln und Besen an der Wand lehnen und an rostigen Garderobenhaken Overalls ähnlich unseren hängen, nur viel abgewetzter und fleckiger. Martin und Jegor ziehen ihre Schuhe aus und wir folgen ihrem Beispiel.

Wir gehen einen engen, nach ungewaschenen Klamotten und Schmelzwasser riechenden Flur entlang – wie eng hier alles ist! Dagegen ist unsere Station groß wie ein Flugzeughangar. Trotzdem bin ich froh, nicht mehr dort zu sein, wenigstens ein paar Stunden lang. Weg von diesem Einsiedler, der mit uns macht, was er will, und sich anscheinend unsichtbar machen kann. Hier kann ich durchatmen. Und ich glaube, den anderen geht es genauso.

Der Boden des Flurs ist aus welligem Plastik und knarrt unter meinen Füßen. An den Wänden hängen verblasste Foto-Ausdrucke, Gruppenbilder von dick vermummten Männern, an einer Pinnwand können wir die neuste Wettervorhersage nachlesen, alle möglichen Sicherheitsrichtlinien und wer den Fotowettbewerb der Station im Jahr 2022 gewonnen hat. Anscheinend hatten sie in den letzten acht Jahren keine neuen Teilnehmer.

»Das hier ist unser Geophysik-Labor, das Reich von Alexej«, kündigt Jegor an, und wir stecken den Kopf in einen bis zur Decke mit Elektronik vollgestopften Raum, aus dem uns eine Art Yeti entgegenstrahlt. Nein, es ist ein Mensch, aber mit einer dicken Matte aus dunkelbraunen Haaren und einem Bart, der ihm bis zur Mitte der Brust reicht. Er trägt, soweit ich sehen kann, ziemlich viele Kleidungsschichten übereinander und seine Socken riechen unglaublich. Ich wette, der tupft sich morgens nur das Gesicht ab, selbst wenn die Dusche gerade funktioniert.

»Wollt ihr sehen Erdbeben?«, fragt er mit einem breiten Grinsen und deutet auf einen von drei Computermonitoren auf seinem Schreibtisch. Neugierig beuge ich mich näher und betrachte die Zickzacklinie der Aufzeichnung, aus der eine Spitze hervorsticht. »Heute Morgen hat gerumpelt mit Stärke 4,3 in Neuseeland.«

»Ihr könnt von hier aus messen, was in Neuseeland passiert?«, fragt Benny verdutzt.

»Klar, oder in Moskau oder in Los Angeles. Erdbebenwellen laufen durch ganze Planet.«

Wir reimen uns zusammen, dass es Alexejs Job ist, Erdbebendaten von verschiedenen Messstationen in der Nähe durchzugehen und an eine Datenbank weiterzuleiten. Außerdem muss er alle zwei bis drei Tage in ein unterirdisches Labor hinabsteigen, um dort geomagnetische Messungen zu machen. »Muss schauen, wo Südpol gerade ist, weißt du?«, erzählt Alexej. »Kann nämlich nicht stillhalten!« Er lacht, so dass man seine gelblichen Zähne sieht.

Niemand außer ihm findet das lustig. Wow, dem fehlen nicht nur ein paar Tassen, der hat gar keine mehr im Schrank!

Martin hat wohl unsere Blicke bemerkt, denn er räuspert sich. »Das stimmt übrigens. Es gibt einen geografischen Pol, den südlichsten Punkt der Welt, und dann noch den magnetischen Pol – der ist meist ein paar Hundert Kilometer entfernt und wandert im Laufe der Zeit, das hängt von dem ab, was im Erdinneren passiert.«

Na okay, vielleicht doch die eine oder andere Tasse übrig.

Jegor führt uns in ein Labor. Luftchemie. Ich merke, wie mein Puls sich beschleunigt. Wird er dort sein?

Ja, da ist er. Arvid und Nikolai sitzen vor einem Terminal, auf dem irgendwelche Grafiken eingeblendet sind, und diskutieren auf Russisch. Als sie uns kommen hören, blicken sie auf und wirken freudig überrascht. Nikolai ruft ein paar überschwängliche Begrüßungen, von denen ich kein Wort verstehe, und Arvid lächelt uns an. Nein, nicht uns – *mich*, er schaut mich an. Hell und warm sind seine Augen.

Dieses Lächeln macht mich völlig fertig. Es kommt ehrlich gesagt nicht oft vor, dass Leute, die mit mir zu tun haben, lächeln. Richtig lächeln. Es zählt nicht, nur die Mundwinkel hochzuziehen.

Plötzlich bin ich entsetzlich nervös. Ich versuche, zurückzulächeln, und schaue mich gleichzeitig nach einem Fluchtweg um. Es gibt keinen. Um aus dem proppenvollen Labor rauszukommen, müsste ich mich durch Menschen wühlen wie durch eine Massenkarambolage auf der Autobahn.

»Na, so was, unsere Retter«, sagt Arvid herzlich und steht auf. »Sorry, wir haben euch nicht kommen hören. Wir haben eben die Messwerte der Sonde reinbekommen, die wir gerade gestartet haben …«

Er zeigt auf einen anderen Bildschirm, eine Kamera verfolgt, wie ein Riesenballon mit Messgeräten daran immer höher steigt. Benny, Dattel und die anderen recken den Hals. Auf einem anderen Bildschirm gleiten Zahlen dahin, ändern sich ständig – Windgeschwindigkeit, Temperatur, Luftfeuchtigkeit. Bunte Diagramme bilden sich auf dem Bildschirm, falten sich in 3D auseinander, blühen auf wie Blumen.

»Was ist das denn?«, fragt Benny und zeigt auf eine der Grafiken.

»Ozonverteilung«, erklärt Nikolai und lehnt sich in seinem Drehstuhl zurück. »Nach dem antarktischen Winter, wenn es noch brutal kalt ist in der Atmosphäre, kannst du sehen, wie sich jedes Jahr das Ozonloch bildet.«

»Ach das«, meinte Seven abschätzig. »Solange durch das Ding nur miese UV-Strahlung zur Erde kommt, ist doch alles okay, oder?«

»Was meinst du mit *nur?«*, fragt Benny verblüfft.

»Hähä, es könnten ja auch Aliens durchschlüpfen!«

Ich unterdrücke ein Stöhnen. Bei Sevens Witzen rollen sich mir manchmal echt die Zehennägel auf.

»Das würde uns recht geschehen, weil wir das Ozonloch mit schädlichen Gasen erst ausgelöst haben«, meint Dattel.

Die beiden Forscher scheinen nichts dabei zu finden, dass

er sein Wissen meterweit heraushängen lässt – im Gegenteil, Arvid wirkt angenehm überrascht. »Genau«, sagt er zu Dattel. »Zu Anfang war nicht klar, dass dieses verdammte Ozonloch sogar die Luft- und Meeresströmungen verändern würde. Aber es gibt auch gute Nachrichten – weil diese Gase schon vor vielen Jahren verboten worden sind, gibt es wieder mehr Ozon dort oben, das Loch ist sehr klein geworden und vielleicht im übernächsten Jahr ganz zu.«

Arvid zeigt mir ein weiteres knallbuntes Diagramm und deutet auf einen Knick in den Messwerten. »Hier, siehst du?«, sagt er zu mir. »Das war das Ozonloch im letzten antarktischen Frühling.«

Er steht nur Zentimeter neben mir, und ich kann kaum atmen, weil ich die Wärme seines Körpers fühlen kann, das Spiel der Muskeln an seinem Arm sehe. Erwartet er wirklich von mir, dass ich eine Messwertkurve begreife? Weiß er nicht, wie viele Lehrer mich schon aufgegeben haben?

Nein, weiß er nicht und das gefällt mir. Ich werfe noch einen Blick auf das Diagramm … und bin leider komplett ratlos. Wie genau kann ein Messwert-Knick ein Loch sein? Ziellos gleiten meine Augen über den Bildschirm, kann er das verdammte Bild nicht einfach ausblenden, können wir nicht einfach über etwas anderes reden, aber nein, noch immer habe ich diese blöde Kurve vor Augen. Ich kann nicht anders, ich lese, was an den Achsen steht, Höhe auf der einen Seite, Ozonkonzentration auf der anderen, und plötzlich …

Zack.

Ich verstehe. Dass die Grafik an einer bestimmten Stelle diesen Knick zeigt, bedeutet, dass in dieser Höhe unserer Lufthülle weniger Ozon vorhanden ist. Was ich sehe, ist das Ozonloch von der Seite, im Querschnitt.

»Ja, okay, ich seh's «, sage ich beiläufig, und es fühlt sich gut an, etwas zu begreifen. Mir ist warm am ganzen Körper – im Kopf, im Bauch, im Herzen.

Aber nervös bin ich immer noch. Dattel reißt einen nicht ganz jugendfreien Witz und ich lache viel zu laut. Kann wieder nicht still stehen, hibbele herum. Fee stößt mich genervt von der Seite an, und ich versuche, mich zu beherrschen. Bloß keinen schlechten Eindruck machen, bloß keinen schlechten …

Arvid redet gerade mit Seven. Wieso nicht mit mir? Verdammt, er mag mich nicht!

Der Rest der Führung ist kurz, weil die Station so klein ist. Jegor zeigt uns die restlichen Labore, den Funkraum und sein Kommandantenzimmer – seine Sammlung richtig gedruckter Tolstoi-Werke ist sein ganzer Stolz, jeder Band ist in Leder gebunden und hat goldene Schrift auf dem Buchrücken. Ich lasse vorsichtig die Finger darübergleiten. »Die sind viel cooler als E-Books«, gebe ich zu und der Stationskommandant strahlt mich an.

Dann besichtigen wir die Küche und die Zweibettzimmer. In einem davon pflegt der Techniker der Station gerade seine kaputte Bandscheibe, deshalb konnte er nicht mitkommen zur Ersatzteilsuche bei uns.

Schließlich lassen wir uns in der Messe nieder, einem Aufenthaltsraum mit einem langen Tisch darin und vergilbten Wimpeln von russischen Fußballteams an den Wänden. Daneben hängen ein paar nicht sehr geschickt, aber dafür liebevoll gemalte Waldlandschaften in Öl, wie ich sie schon oft auf einem Flohmarkt gesehen habe. Auf einem Bild ist sogar ein röhrender Hirsch. Links davon auf dem Regal thront ein gewaltiger, eingestaubter Knochen, der garantiert keinem Hirschen gehört hat – wahrscheinlich einem Wal. Eine Stereoanlage und einen Tischkicker gibt es, das war's an Unterhaltung, nicht mal einen 3D-Fernseher sehe ich. Es riecht nach alten Wolldecken, Holz und Suppe, wahrscheinlich köchelt gerade etwas auf dem Herd.

»Und, hat das Ersatzteil gepasst?«, fragt Martin Arvid, während Seven, Benny und wir anderen uns Sitzgelegenheiten zusammensuchen. Gerade sind auch die Filmleute aufgetaucht, es ist klar, dass die Stühle um den Tisch herum nicht reichen werden.

Ich spitze die Ohren und bin froh, als Arvid antwortet: »Ja – ihr seid unsere Helden, die Dusche funktioniert nämlich wieder!«

Fee schaut sich schnell um und flüstert ihm zu: »Warum sagt ihr das nicht mal dem Typ mit den vielen Haaren?«

»Alexej?« Arvid seufzt und senkt ebenfalls die Stimme. »Der kommt aus Murmansk, ihr wisst schon, wo die alten Atom-U-Boote vor sich hin gammeln. Vielleicht ist er ein Mutant. Aber seine Partys, die knallen, das kann ich euch sagen.«

Und da kommt Alexej auch schon, zum Glück setzt er sich auf die andere Seite des Tisches, von hier aus kann ich ihn nicht riechen. Dattel hat einen Stuhl abbekommen, aber wir anderen sitzen auf Pappkartons, einem fahrbaren Messgerät und einem hochkant gestellten Alukoffer. Ein ziemliches Gedränge, aber gemütlich. Es gibt Pelmeni-Teigtaschen mit Hackfleischfüllung – und saure Sahne dazu. Mein Teller passt nicht mehr auf den Tisch mit der rot-weiß karierten Tischdecke, aber das macht nichts, ich balanciere ihn auf meinen Knien und stelle den starken schwarzen Tee mit Milch und Zucker, den der Stationskommandant mir eingeschenkt hat, auf dem Fensterbrett ab.

Die Pelmeni sind heiß und würzig, mir kommt es vor, als hätte ich noch nie etwas so Leckeres gegessen. Aber vielleicht liegt das auch daran, dass Arvid nur zwei Plätze weiter sitzt, gerade lacht er über einen Witz, den die russische Meeresbiologin Irina neben mir gerissen hat.

Kurz darauf versucht Irina, mir zu erklären, was sie macht – es hat etwas damit zu tun, dass sie Wale belauscht.

Es ist ein wilder Mischmasch aus Englisch, Deutsch und Russisch, in dem wir mit den Wissenschaftlern plaudern, es ist ziemlich laut in der Messe und ich verstehe wenig, aber das ist egal. Es fühlt sich gut an, hier zu sein. Verstohlen schaue ich hinüber zu Arvid und zucke zusammen, als ich dabei seinem Blick begegne. Rasch schaue ich weg und ärgere mich über mich selbst. Als ich die Augen wieder von meinen Pelmeni hebe, redet er mit dem Kameramann der Filmcrew, der rechts neben ihm sitzt.

Gefalle ich ihm? Oder habe ich mir das nur eingebildet? Noch immer bin ich mir nicht sicher. Aber sein Lächeln vorhin, es glüht noch immer tief in mir.

Mein Blick schweift weiter, zu Fee. Konzentriert pult sie die Fleischbröckchen aus ihren Pelmeni, es sieht völlig besessen aus, wie sie jedes einzelne seziert. O Mann, wie peinlich!

Verlegen beobachte ich die beiden einzigen Frauen auf der Station. Irina, die Meeresbiologin, ist so etwa fünfzig, sie hat schulterlange, braune Haare und ein ovales Gesicht, aus dem unglaublich blaue Augen herausleuchten. Sie wirkt zäh wie Leder, ich mag ihre kräftige, raue Stimme und schaue gerne zu, wie sie redet, weil ihre Hände voller Energie mitsprechen. Gerade diskutiert sie mit der jungen japanischen Gastforscherin, die mit ihrem lackschwarzen Haar und cremefarbenen, makellosen Teint unglaublich perfekt und niedlich aussieht. Sie wirkt ernsthaft und spricht auf eine ruhige, überlegte Art. Ich reime mir zusammen, dass sie ebenfalls Wale hier im Südpolarmeer erforscht.

Mein Blick wandert weiter, streift Kaya. Sie ist sehr still, so wie schon während der Fahrt. Gerade stellt Nikolai, Arvids Professor, ihr irgendwelche Fragen und lächelt sie an, aber sie nickt nur oder schüttelt den Kopf. Schließlich gibt er auf und wendet sich jemand anderem zu.

Fee, die trotz ihrer verletzten Füße in der ganzen Station umhergehumpelt ist, erzählt dafür umso mehr. »Ach, Jegor kommt aus Kasachstan? Da hat mein Vater einen großen Deal eingefädelt für eine internationale Firma … von der Kohle, die er damit gemacht hat, sind wir zwei Wochen in die Karibik geflogen … wir hatten eine kleine Insel ganz für uns, ist das nicht cool?«

»Eine ganze Insel? *Nu ty dajosch!* Du machst einen Witz, ja?« Der Forscher, mit dem sie sich gerade unterhält, lacht ungläubig.

»Kein Witz!«, versichert Fee und zieht ihren Communicator aus der Tasche, um ihm die Bilder dazu rauszusuchen. O Mann, hat sie nicht mitgekriegt, dass die Forscher hier nicht eben reich sind? Wahrscheinlich ist das Budget von *Polarnaja Swesda* kleiner als das Jahreseinkommen mancher Anwälte. Jetzt mit dem Geld ihres Papas zu prahlen, ist völlig daneben, besonders nachdem wir den Leuten hier gerade ihr Essen weggefuttert haben.

Ich stelle meinen Teller weg, nehme meine Tasse und will zu Fee hinübergehen … doch blöderweise ist auch Arvid gerade aufgestanden, wir stoßen zusammen und meine Teetasse schwappt über – mitten auf meine rote Schneehose. Na toll! Sieht aus, als hätte ich mich von oben bis unten eingepisst. Jeden anderen hätte ich angeschnauzt, ob er nicht aufpassen kann, aber so entfährt mir nur ein »O Mann!«.

»Mist, das tut mir leid«, meint Arvid erschrocken. »Hast du Ersatzklamotten dabei?«

»Äh, nö«, sage ich und stelle fest, dass auch einer meiner Handschuhe nass geworden ist.

»Wir wollten sowieso gehen«, sagt Martin, aber Arvid schüttelt den Kopf.

Er sieht mich an und in seinen Augen leuchtet ein verschmitzter Funke. »Geht jetzt nicht mehr«, sagt er.

»Was?«, frage ich verblüfft. Das ist keine Anmache, oder?

»Du solltest nicht nass nach draußen gehen, auch bei nur minus 2 Grad nicht«, erklärt er mir. »Wir haben gerade 20 Knoten Wind, dadurch wirkt die Kälte viel stärker, und wenn auch noch Verdunstungskälte hinzukommt, hast du ruck, zuck Erfrierungen.«

Ups. Stimmt, Erfrierungen waren bei unserer eintägigen Einweisungsveranstaltung ein Thema. Erst sieht die Haut gerötet aus, du denkst, du hast einen Sonnenbrand. Aber Gefrierbrand trifft es eher. Oder sie ist weiß. Wenn die Haut weiß ist, ist dein Problem schon ziemlich groß. Dann kannst du fast schon einen Termin beim Arzt buchen, um dir was amputieren zu lassen.

»Ach, kein Problem, ich bleibe einfach noch ein Weilchen, bis alles von selbst getrocknet ist«, sage ich ganz locker und kann mein Glück nicht fassen, denn bei den Russen ist es tausendmal gemütlicher als auf der abgewrackten, so furchtbar großen und stillen *Neumayer III*. Es gibt keinen Einsiedler hier, nichts Unheimliches. Außerdem liebe ich es, wenn Arvid mich so ansieht. Aufmerksam. Besorgt. Ein bisschen verlegen. Dafür darf er mir gerne Tee überschütten, bis die Kanne leer ist.

Nur leider mischt sich jetzt die zierliche japanische Biologin ein. »Warte, ich hole dir was von meinen Sachen, die passen dir vielleicht. Ich heiße übrigens Yuna.«

Arvid, Yuna und ich drängen uns in den Flur in Richtung

der Zweibettzimmer, die Japanerin verschwindet in ihrem Zimmer. Auf einmal sind wir allein, Arvid und ich. Wir lehnen im dämmrigen Flur nebeneinander an der Wand und mein Herz klopft bis zum Hals.

»Geht es dir gut?«, fragt er plötzlich, einfach so. »Du hast vorhin so unruhig gewirkt.«

»Nein, nein, alles prima«, versichere ich ihm verlegen. »Das ist normal bei mir. Es ist schön bei euch.«

Er muss lachen. »Schön? Du kannst ruhig ehrlich sein. War ganz schön hart während der Wintermonate, als wir wegen der ständigen Schneestürme kaum rauskonnten und es rund um die Uhr dunkel war.«

Klingt scheußlich. »Erstaunlich, dass in dieser Zeit niemand Alexej umgebracht hat.«

»Ich war manchmal nahe dran, kannst du mir glauben. Aber auch Nikolai ist anstrengender, als er aussieht, er kann furchtbar pedantisch sein.«

»Wie lange bist du schon hier?«

»Zehn Monate. War ein komisches Gefühl, als im Herbst das letzte Schiff abgefahren ist und wir wussten, dass uns jetzt ein halbes Jahr lang niemand mehr erreichen kann. Dass wir völlig auf uns gestellt sind.«

Ich verziehe das Gesicht. »Kann ich mir vorstellen. Kommt im Winter nicht mal ein Eisbrecher hierher durch?«

Er schüttelt den Kopf. »Aber ist ja kein Problem mehr, im März fliege ich wieder nach Hause. Und du?«

»Auch im März«, sage ich und plötzlich ist mir die Kehle eng. Nach Hause? Nein, nur zurück ins nächste Heim, in das sie mich stecken werden.

Arvid hat mich nicht aus den Augen gelassen. Jetzt streckt er die Hand aus, berührt mich ganz leicht am Arm. »Sorry – ich hab irgendwas Falsches gesagt, oder?«

Noch während ich den Kopf schüttele, klappt die Tür auf, und Yuna kommt heraus, zwei Hosen über den Arm gelegt wie über eine Kleiderstange. Ihr Blick geht kurz zwischen uns hin und her und hastig zieht Arvid die Hand zurück.

»Hier, probier mal an, ob die dir passen«, meint die junge Meeresbiologin und winkt mich in ihr Zimmer, in dem sie Kunstdrucke abstrakter Gemälde an die Wand gepinnt hat. Ein paar Klamotten, die eigentlich viel zu schick sind für diese Umgebung – wozu braucht sie hier einen kurzen Rock mit Rüschen? – , hängen über Kleiderbügeln an der Schranktür. Auf dem Regal sehe ich ihren Communicator, er ist mit lauter Figürchen-Anhängern und Perlenbändern verziert.

»Deine Sachen kannst du ruhig aufs Bett legen«, meint Yuna, aber ich schüttele den Kopf, denn dieses Bett ist so ordentlich gemacht, dass man es auf der Stelle in Plastik verpacken und als neu verkaufen könnte. Meine nassen Klamotten landen auf dem Boden und ich schlüpfe in eine schwarze Schneehose. Sie passt.

»Echt nett von dir«, sage ich und sie lächelt mich an. Aber nur mit den Mundwinkeln.

»Wie gefällt es euch in *Neumayer III*?«, fragt sie höflich, als Arvid, sie und ich zurückgehen zur Messe.

Eine Gänsehaut kriecht über meine Arme. »Geht so. Wir haben eine Art Einsiedler im Keller, der versucht gerade, uns rauszuekeln aus seiner Station.«

»Ihr habt was?«, fragt Arvid verblüfft.

»Unseren ganz eigenen Einsiedler«, sage ich und erzähle, was schon alles geschehen ist. Die seltsame Botschaft im Aufenthaltsraum, das Blut, die Glasscherben.

Yuna schaut ungläubig drein, aber Arvid ist nachdenklich geworden. »Hm«, meint er. »Das könnte stimmen. Ich habe da so ein Gerücht gehört …«

»Was für ein Gerücht?«, hake ich sofort nach.

»Angeblich gab es mal einen heftigen Streit auf *Neumayer III*, ich weiß nicht mehr, worum es ging … Jedenfalls soll einer der Leute dort handgreiflich geworden sein. Ich bin nicht sicher, aber ich glaube, es war auch eine Waffe im Spiel.«

In meiner Magengrube breitet sich ein dumpfer Druck aus. »Ist jemand getötet worden?«

»Nein, nein, sonst hätte jeder davon gehört. Die Kollegen haben das alles nicht gemeldet, sondern den Fall irgendwie untereinander geregelt.« Arvid runzelt die Stirn. »Vielleicht wurde dem Mann nahegelegt, heimzufliegen, aber er hat sich geweigert und ist stattdessen in der alten Station geblieben, als die anderen Forscher in *Neumayer IV* umgezogen sind.«

»Niemand würde so etwas tun!« Yuna sieht entsetzt aus. Aber mir leuchtet es ein, was Arvid vermutet.

»Besser, ich sage das Martin«, meine ich. Gute Neuigkeiten sind das nicht, besonders das mit der Waffe. Wird der Einsiedler als Nächstes mit einer Knarre in unseren Aufenthaltsraum stürmen und uns alle abknallen?

Am liebsten würde ich bis März hierbleiben, in dieser muffigen Wärme, die nach Wolldecken und schwarzem Tee riecht. Mir ein Nest zwischen all diesen Messgeräten und Computern bauen. Jeden Tag zusammen mit Arvid Pelmeni essen.

Doch als wir die Messe der russischen Station betreten, spüre ich sofort, dass etwas nicht stimmt. Und ahne, dass gleich all meine Träume die Flatter machen könnten.

FLASHBACK

Ich spüre den Ärger in der Art, wie steif Dattel, Fee und die anderen herumstehen, wie verlegen die wenigen Forscher wirken, die noch in der Messe sind. Es ist sehr still, nur in einer Ecke des Raumes redet Martin mit leiser Stimme auf Kaya ein. Als ich sie ansehe, erschrecke ich – sie zittert, ihr Körper vibriert wie eine gespannte Saite und ihre Augen sind wild. Wahrscheinlich hört sie nichts von dem, was Martin zu ihr sagt.

Mir fällt ein, dass sie schon während der Fahrt im *Pisten-Bully* unter Strom gestanden hat – und jetzt ... das sieht nach Kurzschluss aus! Besorgt bleibe ich an der Tür stehen, halte den Mund und kann nur hoffen, dass Martin sie wieder hinkriegt. Im Laufe der Zeit habe ich schon so einige Flashbacks miterlebt. Selten sind die nicht bei Leuten wie uns, leider. Was man erlebt hat, holt einen ein, plötzlich spult sich im Kopf ein Film von früher ab und man kann nichts machen. Kenn ich auch, aber bei mir ist es nicht so heftig wie bei anderen. Im ersten Heim habe ich mal gesehen, wie ein Junge ausgerastet ist. Dabei hat er unsere Küche völlig zerstört, wir mussten eine Woche lang kalten Kartoffelsalat von Papptellern essen. Was ist, wenn so was hier passiert? Wenn sie die Station auseinandernimmt? Was dann? Mir fällt ein, dass Kaya angeblich sogar schon mal jemanden getötet hat, und in diesem Moment bekomme ich richtig Schiss.

Die meisten Forscher sind schon an die Arbeit zurückgegangen, doch Stationskommandant Jegor schaut besorgt zu, was geschieht, und auch Nikolai ist noch da. Er, Arvid und die junge Japanerin wirken wie erstarrt.

Kaya versucht, Martin zurückzuschieben, ein Stoß mit der flachen Hand vor die Brust. Martin, unser Martin mit den Bodybuilder-Muskeln und den vielen Tattoos, ignoriert es und redet weiter beruhigend auf sie ein. »Charlotte, schau mich an, Charlotte, du bist hier, du bist in Sicherheit, niemand tut dir etwas … Ich nehme dich jetzt am Arm, ist das in Ordnung? Charlotte? Kaya? Hörst du mir zu?«

Er streckt die Hand aus, ganz langsam. Doch Kaya dreht jetzt voll auf. Sie schafft es irgendwie, an ihm vorbeizustürmen, und schlägt und tritt wild um sich. Und bei Gott, sie weiß, wie man tritt! Ganz locker hätte sie Martin mit dem Fuß am Kinn erwischt, wenn er nicht rechtzeitig zur Seite ausgewichen wäre.

»Was geht denn hier ab?«, sagt Arvid neben mir fassungslos.

Nikolai geht in Deckung auf der anderen Seite des Tischs, der ihm kurz danach vor die Füße kracht. Dreckige Teller segeln durch den Raum. Neben mir klatscht eine Pelmeni an die Wand und rutscht ganz langsam Richtung Boden. Ein Stuhl kracht gegen die Wand und bleibt liegen wie ein Verkehrsunfallopfer. Fußballwimpel flattern durchs Chaos. Einer der röhrenden Hirsche in Öl bekommt Schlagseite, der Nagel reißt aus der Wand. Dann Goodbye, Hirsch. Sein Rahmen knackt, als Kayas Fuß darauf landet.

Dattel und Martin versuchen, Kaya festzuhalten, doch nicht einmal zu zweit schaffen sie es. Nikolai sieht stark aus, er könnte helfen, doch er beobachtet mit offenem Mund, was geschieht, kann wohl nicht glauben, dass die Messe gerade zu Kleinholz verarbeitet wird. Auch Jegor wirkt hilflos, er schreit Kaya an, sie solle aufhören, versucht aber nicht, sie zu packen. Fee hebt einen Stuhl auf, der kurz darauf sowieso wieder auf den Boden knallt. Sie ist totenblass.

Tränen laufen über Kayas Gesicht. Mit einem Schrei schüttelt sie Dattel ab und stürmt auf den Ausgang der Messe zu … wo wir stehen, Arvid, Yuna und ich.

Mir rutscht das Herz in Richtung der Kniekehlen. Sie darf nicht in die Labors! Wenn sie die zertrümmert, ist alles aus!

Yuna huscht in den Flur und flieht, aber Arvid steht noch immer neben mir. Er wirkt wie erstarrt. Warum macht er nichts? Hat er bei Krisen einen Blackout oder so was? Ich versuche, die Tür von der Messe zum Flur zu schließen, doch das Ding klemmt. Ich dränge Arvid etwas zur Seite, dann mache ich mich so breit, wie es geht, blockiere den Durchgang und spanne den Körper an für den Aufprall. Kann nicht schlimmer sein, als eine Karre gegen einen Baum zu fahren.

Ich bin zu klein. Kaya rennt mich über den Haufen wie ein Footballspieler, ich halte mich noch einen Moment am Türrahmen fest, dann stolpere ich nach hinten und liege im nächsten Moment platt auf dem Rücken. Mein Hinterkopf tut saumäßig weh, und als ich versuche, mich aufzurichten, ist mir schwindelig.

»Crash! Ist dir was passiert?« Arvid sieht erschrocken und durcheinander aus, als er neben mir kniet. »Alles in Ordnung?«

Benommen schüttele ich den Kopf und sammle mich vom Boden auf. Nichts ist in Ordnung, ich sehe, dass Kaya gerade das Kommandantenzimmer aufmischt. Tolstoi landet in einer Pfütze saurer Sahne. O nein, bitte nicht Jegors Bücher!

»Sukin syn!«, brüllt Jegor. »Aufhören, sofort!« Er, Nikolai und Martin stürzen sich zu dritt auf Kaya, und einen Moment später liegt sie im Flur vor dem Kommandantenzimmer, Martin hält sie mit dem Knie am Boden und dreht ihr gleich-

zeitig den Arm auf den Rücken. Sie wehrt sich weiterhin mit aller Kraft, hämmert mit den Füßen und der freien Faust auf den Boden, aber es hat keinen Sinn, und nach einer Ewigkeit liegt sie still. Nur das Geräusch ihres trockenen Schluchzens ist zu hören. Immerhin, das war kein langer Flashback. Bei dem Jungen, den ich mal kannte, hat es oft eine halbe Stunde gedauert oder noch länger.

»Es tut mir entsetzlich leid«, sagt Martin zu Jegor. »Wir ersetzen euch den Schaden … So was hätte nicht passieren dürfen … es tut mir wirklich leid …«

»Was war das? Mädchen ist kaputt hier, *da?«*, fragt Nikolai außer Atem und tippt sich mit dem Finger an die Stirn.

»Sie hatte einen Flashback«, erklärt Dattel nüchtern und streicht sich eine schwarze Haarsträhne aus der Stirn. »Wahrscheinlich waren das zu viele neue Sachen und Leute oder so, und dann hat irgendwas sie an früher erinnert, an ihre leibliche Mutter wahrscheinlich, die sie echt krass misshandelt hat, und …«

»Sinan!« Martins Stimme ist scharf. »Es geht niemanden etwas an, was in ihrer Akte steht. Und überhaupt, woher weißt du …«

Ich höre nicht mehr zu, ich schiele zu Arvid hinüber, der einen Meter entfernt steht und geschockt aussieht. Ein schwarzes, klebriges Gefühl breitet sich in mir aus. Jetzt hat er gemerkt, was wir wirklich sind. Wir tun niemandem gut, der sich mit uns abgibt. Deshalb sind wir ja hier, am eisigen Ende der Welt.

»Es tut mir leid«, sage ich zu ihm, und er nickt, aber er schaut mich nicht an dabei.

Wahrscheinlich will er keinen von uns wiedersehen und ich kann es verstehen. Eine enorme Wut auf Kaya brodelt in mir hoch – es war alles so schön und sie hat es mit ihrem

Scheiß-Flashback kaputtgemacht! Alles vorbei, noch bevor es richtig angefangen hat. Meine Medaille hat mich nicht beschützt.

Martin hat es jetzt eilig, hier rauszukommen, er, Seven und Dattel haben Kaya gepackt und schieben sie in den Vorraum. Vorsichtig streift Fee ihr die Stiefel über, was Kaya geschehen lässt, dann hilft Fee den anderen in ihre Sachen, damit sie nicht loslassen müssen. Benny ist komplett verstummt, er wirkt wie ein Kaninchen im Scheinwerferlicht. Vielleicht wird auch ihm gerade klar, mit was für Leuten er hier in der Antarktis gelandet ist.

»Ich fahre den *Bully* näher ran«, sage ich, und niemand protestiert, nicht mal Martin. Er gibt mir einfach den Schlüssel und ich renne los.

Die *PistenBullys* haben seltsame Türgriffe mit einem Knopf, den man per Hand reindrücken muss – das geht nicht sonderlich gut mit Handschuhen. Der eine ist eh noch feucht, ich ziehe ihn ganz aus. Wen interessieren schon Erfrierungen? Mich nicht, mein Kopf ist voller Stacheldraht.

Ich gleite in den geheizten Schalensitz. Niemand hat mir gezeigt, wie man eine Pistenraupe fährt, aber ich hatte genug Zeit, Martin dabei zuzuschauen. Ich schlage die schwere Tür hinter mir zu und lasse den Dieselmotor an, schnorchelnd erwacht er zum Leben. Als ich Gas gebe, gleitet die schwere Maschine los. Wow, wie wendig dieses Ding ist, es reagiert auf jeden kleinsten Befehl. Komischerweise hat es keine Bremse, aber das macht nichts – sobald ich vom Gas gehe, bleibt es stehen, als wäre ich gegen eine Wand gefahren. Was für eine seltsame Maschine. Ich bin begeistert.

Kaum steht der *Bully* vor der Tür der Station, kommen die anderen auch schon heraus. Martin schiebt Kaya in die Kabine, die anderen drängen sich nach. Ich gebe den Führersitz auf und Martin programmiert den Kurs zurück zu *Neumayer III* in die automatische Steuerung.

Ich rolle mich auf einem der Rücksitze zusammen und schließe die Augen, das ist die einzige Art, auf die ich jetzt alleine sein kann. Tun, als würde ich schlafen. Alles an mir scheint wehzutun, aber ich glaube, in Wirklichkeit ist es nur mein Herz. Wie lange werde ich brauchen, um Arvids Lächeln zu vergessen?

In gedrückter Stimmung kriechen wir aus dem *PistenBully*. Inzwischen hat Kaya sich wieder beruhigt, ohne Gegenwehr geht sie neben Martin in die Station. Ihre Bewegungen wirken steif, wie ferngesteuert, und ihr Gesicht ist eine Mauer. In der Station nimmt Sara sie in Empfang, legt den Arm um ihre Schultern und führt sie weg.

In der Gruppensitzung an diesem Abend versucht Martin, darüber zu reden, was passiert ist. Aber schon nach drei Minuten läuft alles aus dem Ruder.

»Hättest du nicht draußen durchdrehen können, du blöde Tusse?«, fährt Dattel Kaya an. »Da ist jede Menge Schnee, dem macht das nichts aus, wenn man auf ihn eindrischt!«

Kaya starrt mit stahlhartem Blick zurück.

Martin hebt die Hand. »Stopp. Keine Beschimpfungen. Was würdest du an Kayas Stelle jetzt empfinden, wenn dir so etwas vorgeworfen wird, Dat… äh, Sinan? Niemand kann etwas dafür, wenn ihn ein Flashback packt.«

Ruckartig steht Dattel auf und vergräbt die Hände in den Taschen seines Hoodys. »Kannst du nicht mal die Klappe halten, du bescheuerter Pinguinversteher? Wir hatten eine Chance und die hat diese zugedröhnte …«

»Setz dich!«, sagt Martin mit Nachdruck.

Dattel stürmt raus.

Kann ich verstehen. Für ihn ist es genauso hart wie für

mich. Für die Russen war er ein Held. Und jetzt? Jetzt ist er nur noch *einer von denen*.

So wie ich.

Allein sein. Eigentlich sollte er mithelfen, aufzuräumen, aber er muss jetzt raus hier. Raus ins unendliche Weiß um die Station. Es ist seine eigentliche Heimat geworden in den letzten Monaten, obwohl es ein Weiß ist, das töten kann. Arvid senkt seine Handschuhhände in die Taschen seiner Polarkombi und stapft los. Hinein in die Unendlichkeit, in der es keine Wege gibt, keine Häuser, keine Menschen. Nur eisige Weite. Der Schnee knirscht unter seinen Stiefeln.

Nichts lebt hier, so weit er blicken kann.

Er schaut nicht zurück und er geht eine lange Zeit. Fühlt, wie die Luft in seine Lunge strömt und wieder hinaus. So lange, bis er erschöpft ist und weiß, dass er zurückmuss, bevor die Dunkelheit hereinbricht und das Thermometer immer tiefere Minusgrade anzeigt.

Können Gedanken gefrieren? Es wäre einen Versuch wert, seine verätzen ihm gerade das Hirn.

In der Nacht fällt mir der Einsiedler wieder ein, und ich bin froh, dass sich meine Zimmertür abschließen lässt. Mir geht durch den Kopf, was Arvid mir erzählt hat. Vielleicht sollten wir die Russen bitten, uns beim Durchsuchen der Station zu helfen? Nein, wir können uns bei denen nicht mehr melden, nicht nach dem, was passiert ist. Völlig unmöglich.

Aber meine Gedanken machen, was sie wollen. Flüstern *Arvid, Arvid* in meinem Kopf, ich presse die Fäuste gegen die Schläfen. Wieso kann ich nicht einfach auf *Löschen* drücken, wo ist die Aus-Taste für diese Gefühle? Ich kenne den Typ kaum, wieso geht er mir nicht aus dem Kopf?

Rastlos streife ich durch die Station, versuche, mich abzulenken. Denke an die *PistenBullys* und die Schneemobile. Mir ist jetzt sowieso alles egal, wieso sollte ich nicht eins der Skidoos nehmen und schauen, was man damit alles anfangen kann?

Noch heute Nacht. Ja, gleich heute. Scheiß auf die letzte Chance, ich will sie nicht mehr. Leben ist mehr, als sich ständig zu beherrschen, nie fühle ich mich so lebendig wie in der letzten Sekunde, bevor es kracht.

Rasch ziehe ich mich an, nehme eine Taschenlampe – draußen ist es rund um die Uhr hell, aber nicht hier drinnen – und schleiche mich aus meinem Zimmer.

Ab ins Treppenhaus, das durch Deck 1 nach unten führt, tiefer, tiefer in *Neumayer III* hinein. Kühl ist es hier, aber ich habe die üblichen Klamottenschichten an.

Meine Stiefel knirschen auf dem Boden, hier liegt eine ganze Menge Dreck, und in eine Pfütze trete ich auch, geschmolzener Schnee wahrscheinlich, den wir reingeschleppt haben. Jetzt bin ich im Untergeschoss, wo der Durchgang zur neuen Garage ist. Im letzten Moment erinnere ich mich an die selbst konstruierte Kamera, die Dattel hier installiert hat, und schalte die Taschenlampe aus. Ich weiß, dass er es bisher nicht geschafft hat, eine Wärmebildfunktion einzubauen – wenn es dunkel ist, bin ich nicht im Bild. Und zum Glück haben Dattel und Benny den Bewegungsmelder noch nicht fertig.

Keine Ahnung, warum ich schleiche – hier hört mich niemand. Doch dann bleibe ich stehen, meine Nase hat einen eigenartigen Geruch aufgefangen. Bin ich das, die hier so ungewaschen riecht? Nein, ich habe gestern früh geduscht, so wie immer. Aber was …

Ich pralle in der Dunkelheit gegen etwas, das da nicht sein

dürfte, etwas Großes, Weiches, das zusammenzuckt, als ich es berühre. Der Schreck jagt mir durch den ganzen Körper. Die Taschenlampe fällt mir aus der Hand und knallt mit einem harten Geräusch auf den Boden, ich lasse mich auf Hände und Knie fallen und taste danach. Keine Chance, zu dunkel. Aber ich weiß, was das war. Wer das war.

Ich höre meinen eigenen keuchenden Atem, mein Herzschlag dröhnt mir in den Ohren. Soll ich mich jetzt schnell zur Seite rollen, aus dem Weg, falls der Typ mit einem Messer nach mir sticht? Ja, mache ich, aber ich bin furchtbar schwerfällig in den dicken Klamotten.

Kein Angriff. Jetzt höre ich rasche Schritte, jemand rennt weg!

Instinktiv springe ich auf, renne hinterher und frage mich gleichzeitig, ob ich komplett bescheuert bin. Wieso rufe ich nicht um Hilfe, versuche, die anderen aufzuwecken?

Ich hetze die Metalltreppe hoch, die durch unsere Schritte dröhnt, es wird heller um mich herum, jetzt habe ich ihn gleich, ich sehe Schuhe, Polarstiefel, wie keiner von uns sie hat …

Dann rutsche ich mit meinen feuchten Schuhen auf der Metalltreppe aus, einer meiner Füße gleitet unter mir weg, ich knalle mit dem Gesicht aufs Metall und hoffe, dass ich mir nicht zum vierten Mal die Nase gebrochen habe.

Und der Einsiedler?

Entkommen.

Na toll!

Zehn Minuten später sitze ich im Lazarett auf Deck 1, die Vorderseite meines T-Shirts feucht von Blut, und die anderen stehen beeindruckt um mich herum, während Martin und Sara mich verarzten. »Das war dumm, Crash«, schimpft er mich sanft. »Wieso hast du uns nicht geweckt, als du dieses

Geräusch aus dem Untergeschoss gehört hast? Keine Alleingänge mehr, das gilt für euch alle!«

»Hat er irgendwas gesagt?«, drängt Fee gespannt. »Wie genau hat er gerochen?«

»Nicht so schlimm wie Alexej«, berichte ich. »Irgendwo wäscht er sich, er muss sich ja auch Schnee schmelzen, um Trinkwasser zu haben.«

»Vielleicht er macht sich sauber mit Schnee?«, vermutet Sara, die fasziniert wirkt.

»Vielleicht hat die Kamera bei der Garage was aufgezeichnet!« Dattel tippt auf einem Laptop herum. »Nein, verdammt, ist sie überhaupt noch da? Ich glaube, er hat sie abmontiert!« Er donnert die Faust gegen die Wand, was ihm einen strafenden Blick von Martin einbringt.

»Oder ihr habt einfach Mist gebaut, als ihr sie zusammengeschraubt habt«, sage ich, zucke die Schultern und erzähle den anderen, was Arvid vermutet. Dass es einen Kampf gab und die *Neumayer*-Besatzung nicht angezeigt hat, was passiert ist.

»Ach du Scheiße«, sagt Seven grinsend. »Unser Einsiedler ist richtig *gefährlich?«* Vielleicht formuliert er in Gedanken schon seinen nächsten Blogeintrag, diesmal mit noch mehr atemberaubenden Enthüllungen. Star sein verpflichtet.

»Noch wissen wir nichts sicher«, meint Martin grimmig. »Ich kann nicht glauben, dass *Social Adventures Network* uns auf diese Station geschickt hat, ohne vorher ganz genau zu klären, ob und wer …«

»Die wissen das doch selber nicht«, wendet Benny ein. »Außerdem haben die auch Sara angeheuert.« Er wirft Sara einen kurzen Seitenblick zu, und es ist sehr einfach, seine Gedanken zu lesen. *Die ist ja auch irgendwie gefährlich, oder?*

»Nicht nur die!« Fee wirft Kaya einen giftigen Blick zu.

»Wer von euch hat sich übrigens an meinen Parfümfläschchen bedient? Eins fehlt nämlich.«

»Du hast es garantiert nur verschlampt«, murmele ich, richtig gut sprechen kann ich mit meinem zermatschten Gesicht gerade nicht. Die anderen zucken nur die Schultern.

Dann ist Martin fertig. Ich grinse mir im Spiegel zu, ich sehe gruselig aus und auch etwas albern mit der Watte, die mir aus den Nasenlöchern ragt. Zum Glück ist nichts gebrochen. »Schaut gut aus. Mit etwas Glück bin ich bis zur Spring Fashion Week wieder fit, nur für den Fall, dass jemand ein Kick-Ass-Model sucht.«

Dattel klatscht mich ab, Fee legt mir den Arm um die Schultern und Benny holt mir eine Cola und eine Tüte voll Schnee, damit ich meine Nase kühlen kann.

Einen Moment lang fühle ich mich nicht mehr ganz so elend, nur richtig fies müde.

Das mit dem Schneemobil kann ich ja auch noch nächste Nacht durchziehen, wenn ich etwas fitter bin.

Denke ich.

Doch dann geschehen zwei Dinge. Das Erste ist, dass die automatische Waschanlage die von Yuna geliehene Schneehose ausspuckt. Tolles Teil eigentlich und Schwarz ist meine Lieblingsfarbe. Gerade bin ich dabei, die Hose in meinem Schrank zu verstauen, da fällt mir ein, dass es keine schlechte Idee wäre, sie zurückzugeben, anstatt sie zu behalten … Vielleicht darf ich noch mal rüber zur Russenstation, um das zu tun?

Das Zweite ist, dass Martin beim Frühstück beiläufig sagt: »Heute früh haben die Russen uns per Funk gerufen.«

Alle Augen wenden sich ihm zu, auf einmal ist es still rund um den Tisch.

Mein Herz klopft.

»Arvid hat gefragt, ob alles in Ordnung ist, er macht sich Sorgen wegen dieses Einsiedlers«, meint Martin.

Glück weht mich an. Arvid hat sich gemeldet, was hat das zu bedeuten? Heißt es, dass er nicht mehr sauer auf uns ist?

»Hast du ihm erzählt, was letzte Nacht los war, Martin?«, fragt Fee. Sie hat sich so viel Make-up ins Gesicht geklatscht wie noch nie, vielleicht um irgendwelche Augenringe zu übertünchen. Oder hat sie geheult? Aber weswegen?

Unser Betreuer nickt. »Er hat versprochen, mal mit *Neumayer IV* Kontakt aufzunehmen, wir sollen das ja möglichst nicht. Vielleicht weiß jemand von denen was.«

Heute bin ich dran mit Abspülen, mit Martin zusammen. Er ist so ein Klotz, dass ich mir vorkomme, als würde ich neben dem unglaublichen Hulk stehen, und sein Chamäleon-Tattoo ist nur ein paar Handbreit von mir entfernt.

»Ach ja«, sagt Martin, während ich schlaff den Spüllappen über einen Teller schiebe. »Jetzt fällt mir noch was ein … ich soll dich von Arvid grüßen.«

Es fühlt sich an wie ein elektrischer Schlag. »Im Ernst?« *Warum hast du das nicht gleich gesagt, du dummer Wichser?*

»Im Ernst. Tut mir leid, dass ich es fast vergessen hätte.« Er lügt, und ich weiß sofort, wieso. Okay, ich nehme alles zurück, es war gut, dass er es nicht beim Frühstück – vor allen anderen – gesagt hat. So langsam gewöhne ich mich an Martin. Er hat seine netten Momente.

Arvid hat mich grüßen lassen, das zergeht mir auf der Zunge wie Karamell. Mich, nicht die anderen! Denkt er etwa an mich, wenn er nicht gerade mit Sonden oder Ozonlöchern beschäftigt ist?

In diesem Moment habe ich so was wie einen Geistesblitz. »Sag mal, Martin«, sage ich. »Ich hätte Lust, so ’ne Art Referat zu machen. Wär das okay?«

Verblüfft schaut mich Martin von der Seite an. Diesmal ist er es, der »Im Ernst?« sagt, wahrscheinlich weil ihm klar ist, dass er seit Jahren der Erste ist, der die Worte *Lust* und *Referat* von mir in einem Satz hört. »Ein Referat worüber?«

»Na, die Antarktis, ist doch klar«, sage ich und knalle eine saubere Tasse auf die Ablage. »Ich fand das ziemlich interessant, was die uns auf der Station erzählt haben. Da geht richtige Forschung ab, weißt du?«

»Weiß ich.« Er ist schlau genug, nicht zu grinsen. »Und woher willst du dir die Informationen holen? Aus Fachbüchern? Aus dem Internet?«

»Internet! Wir sind hier in der Antarktis, Mann, direkt vor Ort, warum soll ich hier irgendwas aus dem Netz ziehen?« Ich tippe mir an die Stirn und frage mich, ob ich nicht zu dick auftrage. Ganz blöd ist der Typ ja nicht. »Schlauer wäre es, ein paar Leute von nebenan zu fragen, falls sie noch mit uns reden, und es sieht so aus, als wäre das der Fall.«

»Du willst rüberfahren«, sagt er mir auf den Kopf zu.

»Wenn möglich.« Diesmal halte ich die Antwort knapp, weil er mich längst durchschaut hat. Dabei stimmt es eigentlich, was ich gesagt habe. Ich finde es interessant, was ich schon erfahren habe, und im Gegensatz zu Fee und den anderen mag ich diesen komischen kalten Kontinent. Ich weiß nicht, ob ich so was wie dieses Referat schaffe, aber ich kann es wenigstens versuchen. Und wenn ich es hinbekomme, was dann? Habe ich mir dann irgendwas bewiesen? Oder Arvid?

Martin zögert lange, sehr lange. Aber dann sagt er: »Na gut. Ich rufe sie per Funk und frage, ob einer … oder eine … von denen dich bei deinem Referat betreuen könnte.«

Schlagartig fühle ich mich leicht, wunderbar leicht.

In dieser Nacht behalte ich meine Medaille sogar beim Schlafen um.

Zumindest gegen Schlaflosigkeit hilft sie nichts, um zwei Uhr bin ich hellwach. Einschlafen unmöglich. Als ich ziellos in der Station herumwandere, höre ich leise Musik aus unserem Esszimmer. *Somebody That I Used to Know*. Deshalb ahne ich, wen ich vorfinden werde, als ich den Kopf in das ehemalige Labor stecke: Martin sitzt in Boxershorts und T-Shirt am Tisch, den Kopf in die Hände gestützt, ziemlich viele Bierflaschen, eine Mini-Soundanlage und seinen Communicator mit einem eingeblendeten Foto vor sich. Noch vor ein paar Tagen hätte ich mich bei diesem Anblick schleunigst in mein Zimmer verzogen. Ich weiß auch nicht genau, warum ich hineingehe und mich ihm gegenübersetze.

Martin blickt nicht auf, er starrt weiter auf dieses Foto, vielleicht das einzige, das er nicht gelöscht hat. Neugierig riskiere ich einen Blick. Die Frau auf dem Bild sieht nicht gerade aus wie ein Model, sie hat breite Hüften, stachelige, hennarot gefärbte Haare und eine Lücke zwischen den Vorderzähnen, durch die ein Traktor durchfahren könnte. Trotzdem gefällt sie mir irgendwie.

»Sieht nett aus«, meine ich.

»Ist auch nett.« Martin spricht langsam und schwerfällig. »Deshalb kann ich immer noch nicht fassen, wie sie mich verarscht hat.«

Er schaut mich nicht an und das ist vielleicht besser so. Sobald ihm einfällt, dass er mein Betreuer ist, klickt er zurück in sein Pädagogik-Programm und der Ofen ist aus.

»Vielleicht sollte ich schwul werden«, sagt er matt. »Frauen sind einfach so … so verdammt …«

»Jetzt mal ehrlich, Männer sind nicht viel besser«, sage ich, nehme ihm vorsichtig das Gerät aus der Hand und lösche das Foto. »Versuch, sie zu vergessen. Du kannst ihr eh nicht mehr vertrauen.«

Ganz langsam hebt er den Kopf und sieht mich an. Einer seiner Mundwinkel biegt sich nach oben. »Vielleicht solltest du … Hirnklempnerin … werden.«

»Nicht so mein Fall«, sage ich. »Zu viele dumme Sprüche.«

»Ich auch, was?«

»Ja. Aber macht nichts.«

»Danke«, sagt er. Dann legt er den Kopf auf die Arme, und ich sehe, wie seine Schultern zucken.

Ganz leise stehe ich auf und schleiche mich in mein Zimmer zurück.

KLUG GENUG

Zwei Tage später sitze ich hinter Sara auf dem Rücksitz eines Skidoo. Die Ebene, über die wir fahren, ist von einem gleißenden Weiß mit bläulichen Schatten, über uns wölbt sich ein gigantischer azurblauer Himmel. Ich bin in der Antarktis! Manchmal staune ich immer noch darüber.

Alle sind neidisch auf mich, Dattel ganz besonders. Martin musste ihm versprechen, dass er sich überlegt, später auch Zweier-Teams nach *Polarnaja Swesda* zu schicken, wenn ich mich drüben bewähren sollte.

Die Art, wie Dattel mich angeblickt hat, war Bahnhofsviertel pur. »Wehe, du versaust das, Crash.«

Es kribbelte in meinem Magen, so wie damals, als er mich getestet hatte, unten im halb verbrannten Deck 1. »Keine Sorge.«

Ein bisschen komisch fühle ich mich, wenn ich an Kaya denke. Ganz kurz haben wir gesprochen, als gerade niemand anders in der Nähe war. »Ich find's gut, dass du rüberdarfst«, hat sie mir zugeflüstert. »Ich bin dumm. Aber du, du hast was im Kopf, sei froh.«

»Dumm? Wer sagt das?« Leider ist mir in dem Moment nichts Besseres eingefallen.

»Wenn ich gesagt habe, ich bin nicht dumm, dann haben sie mich ausgelacht.« Sie sagte es sehr leise. »Es stimmt auch. Wenn ich still gewesen wäre, dann hätten sie mich in Ruhe gelassen.«

»Wer? Die Leute im Heim?«

»Die in meiner Pflegefamilie. Sie waren stolz darauf, wie nett sie sind. Denn man muss ja nett sein, wenn man jemand wie mich aufnimmt, oder?«

»Du bist nicht dumm«, wiederholte ich nur hilflos.

Das traurige Lächeln, mit dem sie geantwortet hat, hängt mir immer noch nach.

Marisa hat auch gedacht, dass sie nichts wert ist, und das hätte mir Angst machen müssen. Aber damals war ich noch stolz darauf, dass ich keine Angst hatte. Ich hatte ja keine Ahnung, was das überhaupt ist. Angst, das war der Moment, als mir klar wurde, dass etwas nicht stimmt. Der Moment, als mir auffiel, dass es viel zu still war in unserem Zweierzimmer, obwohl Marisas Jacke an der Garderobe hing. Der Moment, als ich ahnte, dass ich besser bei ihr geblieben wäre, statt wieder einmal loszuziehen und irgendwelchen Mist zu bauen.

Meine Augen brennen, aber mit den dicken Handschuhen kann ich nicht drüberwischen. Ich lasse die Tränen in meinen Augenwinkeln gefrieren.

Um mich abzulenken, schaue ich hinüber in Richtung der Atka-Bucht. Dort kratzen die jungen Kaiserpinguine gerade ihren ganzen Mut zusammen, um zum ersten Mal ins Wasser zu gehen. Wenn sie es zu früh tun, sterben sie, weil ihr Gefieder noch nicht wasserdicht ist.

Woher nimmt Kaya ihre gute Meinung über mich? In der Grundschule war ich immer unter den Besten, aber seit der fünften Klasse sind meine Zeugnisse verheerend, ungefähr in dieser Zeit habe ich »dichtgemacht«. Viel gebracht hat mir das nicht. Klar, mein Vater hat sich darüber geärgert, dass sie mich vom Gymnasium geworfen haben, aber für mich selbst war es schlimmer.

»Sind gleich da«, knurrt Sara in den Wind, und ich nicke, obwohl sie das nicht sehen kann.

Mein Mund ist so trocken, dass ich kaum schlucken kann.

Diesmal ist kein Jegor da, um uns zu begrüßen. Aber ich sehe jemanden an einem der Wellblechschuppen stehen, dort ist irgendetwas im Gange. Sara und ich stapfen rüber.

Ich erkenne das breite Gesicht und die Segelohren von Nikolai, er hält etwas in der Hand, das wie eine meterlange Wurstpelle aussieht. Aha, der Ballon mit der Sonde. In seinem Mund steckt eine selbst gedrehte Zigarette, die er nicht angezündet hat. Als er uns sieht, zögert er, seine Hand schwebt über der Gasflasche, die er gerade aufdrehen wollte. Begeistert sieht er nicht aus.

Es war ein Fehler, ein schrecklicher Fehler, hierherzukommen, ich muss weg hier, sofort. Panik steigt in mir hoch. Ich will umdrehen, aber eine Hand hält mich eisern fest. Saras Hand. Noch bevor ich mich wütend von unserer Betreuerin losreißen kann, räuspert sich Nikolai. *»Privet«*, brummt er. Hallo heißt das, wie ich inzwischen herausgefunden habe. »Ihr wollt zusehen beim Start der Sonde?«

»Ja«, gibt Sara an meiner Stelle zurück.

Nikolai schaut mich an, wartet vielleicht auf eine Begrüßung, aber anscheinend sind meine Lippen zusammengefroren. Ich kann nur an den Ausdruck auf seinem Gesicht denken, als Kaya die Messe der Station auseinandergenommen hat.

Schließlich schaffe ich ein Nicken.

»Dawaj – na, dann los«, sagt Nikolai und erklärt kurz, dass die Sonde dick in Styropor eingepackt ist, damit ihr nicht zu kalt wird. Zehn Minuten hatte sie Zeit, sich hier draußen an die Kälte anzupassen. Jetzt wird er den Ballon gleich mit Helium füllen und das Gespann losschicken.

Er dreht das Ventil auf, und Gas donnert in den Ballon, der sich immer praller bläht. Makellos und glatt ist er wie ein neuer Tischtennisball, aber natürlich viel größer, so hoch wie ein Mensch ragt er auf.

»Hi!«, brüllt mir jemand ins Ohr und ich fahre zusammen. Erleichtert merke ich, dass es Arvid ist, eine große Atemwolke umgibt ihn, und gerade zieht er sich seine Mütze über, er ist eben erst aus der Station gekommen. Wir sehen uns an und sofort ist die Verbindung zwischen uns da. Ich kann den Blick kaum von seinen Augen lösen, die so voller Energie sind, fröhlich und lebendig und klug. Auf einen Schlag fühle ich mich besser.

»Und, wollt ihr mal raten, wie hoch der Ballon steigt?«, fragt er.

»Genau 33 Kilometer, dann er platzt«, knurrt Sara.

Arvid verdreht die Augen. »Spielverderberin. Dann kannst *du* ihr ja erklären, was wir hier machen. He, Crash, was ist mit deinem Gesicht passiert?«

»Erkläre ich später«, murmele ich, denn gerade zeigt mir Nikolai die Antenne, über die die Sonde ihre Daten zur Station funkt. Jetzt ist der Ballon inklusive Messgeräten fertig zum Start. »Willst du ihn loslassen?«, fragt Nikolai und kriegt jetzt doch ein Lächeln hin.

Ich nicke, packe das Seil und spüre, wie der riesige Heliumballon nach oben strebt, fliehen will. Als ich ihn loslasse, reißt er die Sonde mit sich, dann zerrt der Wind beide davon.

»Und, schon mal einen Wunsch drangebunden?«, frage ich.

Arvid lacht. »Gute Idee. Vielleicht das nächste Mal.«

Auch Nikolai wirkt nun etwas heiterer, er zündet sich seine Kippe an und winkt Sara freundlich nach drinnen. »Wie wär's mit einem Wodka? Wir haben gerade eine neue Flasche aufgemacht.« Sara nickt, offenbar angetan von diesem Vorschlag, und die beiden gehen auf den grauen Klotz des

Hauptgebäudes zu, ohne uns noch weiter zu beachten. He, Moment mal? Ich dachte, sie soll irgendwie auf mich aufpassen oder so was?

Als ich nach oben blicke, ist der Ballon schon nicht mehr zu sehen. Ich spüre Arvid neben mir und den eisigen Atem des Windes, der uns umhüllt. Arvid holt tief Luft und blickt sich um, scannt den Horizont. Das ist mir schon in *Neumayer III* aufgefallen … Er passt nicht nach drinnen. Dort hat er diesen Zehn-Kilometer-Blick in einem Drei-Meter-Raum. Vielleicht kriegt man so einen Blick, wenn man monatelang in dieser Weite lebt.

»Kommst du?«, fragt er mich und schultert einen Rucksack.

»Äh, wohin?«, frage ich verblüfft.

»Nikolai schaut sich jetzt die Satellitenbilder an und macht eine Wettervorhersage. Aber mein Job ist ein bisschen anders, ich zeig's dir. Ist aber ein Stück von hier aus. Eineinhalb Kilometer.«

»Zu Fuß?« Ich bin nur mäßig begeistert.

»Genau, zu Fuß. Wir dürfen nicht mit dem Skidoo fahren, die Abgase würden die Luft kontaminieren.«

Kontaminieren. Ich kenne niemanden außer ihm – okay, und vielleicht Dattel –, der solche Worte benutzt. Was ist, wenn er doch noch merkt, wie wenig ich weiß? Wenn ihm klar wird, was für eine Null ich eigentlich bin? Und sonderlich ansehnlich bin ich auch nicht mehr nach meinem Unfall auf der Treppe. Schon wieder bin ich steif vor Angst.

Wir stapfen nebeneinanderher, und es tut gut, mich zu bewegen, das hilft. Wir gehen an einer schwarzen Handleine, die alle zehn Meter an Metallstangen aufgehängt ist, entlang. Auf dem Boden sind viele Fußspuren.

Wir folgen diesem Pfad und eine Weile gehen wir schweigend. Dann wirft Arvid mir einen Blick von der Seite zu. »Dass du dich in die Tür gestellt hast, als das andere Mädchen da durchrennen wollte … war das einfach nur Blödheit? Oder Absicht?«

Ich funkle ihn an. »Na toll, ich versuche, eure tausend tollen Geräte zu retten, und du denkst, ich bin einfach nur blöd? Du hast währenddessen rumgestanden wie ein Kegel, auf den die Bowlingkugel zurollt!«

Er schaut reumütig drein. »Sorry, ja, stimmt. Passiert mir manchmal. Ich fand es richtig unheimlich, wie die ausgetickt ist.«

»Keine Sorge, wir anderen sind nicht ganz so schlimm«, versichere ich ihm verlegen. »Tut mir leid, dass wir nicht dageblieben sind, um beim Aufräumen zu helfen. Martin wird dafür sorgen, dass ihr alles bezahlt be…«

»Ach, schon okay.« Arvid winkt ab, dann verzieht er das Gesicht. »Das Problem ist, dass wir nicht alle Sachen reparieren können. Wie's aussieht, haben wir jetzt bis zum März nicht genügend Stühle für die Besatzung. Das nächste Möbelhaus ist ziemlich weit weg, weißt du, und unser Versorgungsschiff kommt nur einmal im Jahr.«

»O nein! Das ist ja scheußlich!« Erst jetzt wird mir klar, was wir wirklich angerichtet haben. »Wir haben noch ein paar Barhocker in *Neumayer III*, würden die euch was nützen?«

»Einen Versuch ist es wert – ist bestimmt lustig, so hoch über dem Essen zu thronen«, meint Arvid. »Die Filmleute waren übrigens enttäuscht, dass sie die ganze Action verpasst haben. Hättet ihr damit nicht warten können, bis die Kamera läuft?«

Ich schubse ihn gegen die Schulter. »Du willst wohl Kohle mit unseren Stunts machen?«

Er schubst mich zurück. »Klar. Wir nehmen jeden Dollar und jeden Rubel sowieso.«

Bevor wir es uns versehen, ist ein handfester Ringkampf im Gange, wir versuchen, uns auf den Boden zu bekommen und in den Schnee zu drücken. Klappt aber nicht. Er ist stark, aber ich bin gelenkig. Ich schaffe es, mein Bein um seins zu haken und es ihm wegzuziehen, aber er geht nicht zu Boden. Schließlich geben wir keuchend und grinsend auf.

Sein Finger zeigt in eine bestimmte Richtung. »Da gehen wir übrigens hin.«

Aha. Unser Ziel ist ein kleines Gebäude weit abseits der Station, grau gestrichen wie das Hauptgebäude. Wie mich Arvid aufklärt, nennen sie es Spuso, das steht für Spurenstoff-Observatorium.

Doch bevor wir es erreichen, hat er eine Frage. »Also, was ist jetzt mit deinem Gesicht? Ist das von neulich?«

»Nein. Ich bin unserem Einsiedler begegnet.«

»Was?!«

Als ich erzählt habe, was passiert ist, meint Arvid nachdenklich: »Soll ich mal mit der Infrarotkamera rüberkommen? Vielleicht schaffen wir es damit, ihn aufzuspüren.«

»Äh, ja, wie geht das?« Noch kann ich mir das nicht ganz vorstellen.

»Es kann sein, dass er sich von der Station aus einen Schneetunnel gegraben hat, dann findet ihr ihn ohne Hilfe nicht so leicht. Wir haben auch ein paar solcher Tunnel, in denen kann man prima Gefriergut lagern.«

»Aha«, sage ich verblüfft und dann sind wir angekommen. Ich bin gespannt auf die Hütte – hoffentlich ist die gemütlich, ich kann mir schon richtig gut vorstellen, wie wir dort zu zweit quatschen, Kaffee schlürfen und uns besser kennenlernen. Ein Kaminfeuer wäre nett.

Doch jetzt wendet sich Arvid mir zu und blickt mich fast schon durchdringend an. »Crash, versprichst du mir, dass du gleich alles tust, was ich sage?«

Ich muss grinsen. »Auch die unanständigen Sachen?«

Er grinst zurück, aber nur kurz. »Also, versprochen? Ich kriege Ärger, wenn du mir die Messung im Spuso versaust.«

Ärger hatten die Russen in letzter Zeit genug mit uns. Außerdem habe ich Dattel versichert, ich würde mich hier benehmen. »Versprochen.«

Aber damit, dass er mir einen weißen Reinraum-Anzug und einen Mundschutz verpasst, habe ich dann doch nicht gerechnet. Wie zwei Gespenster bewegen wir uns im Inneren des Spurenstoff-Observatoriums und ich fühle mich wie am Set eines Katastrophenfilms. *Outbreak* oder so was. Das glauben mir die anderen nie, wenn ich ihnen das erzähle.

»Das Gerät saugt Luft von draußen durch einen Filter, dadurch können wir feststellen, wie viele Partikel darin schweben«, erklärt Arvid, seine Stimme klingt gedämpft durch den Mundschutz. Er öffnet einen Teil des Geräts, holt einen schneeweißen Filter daraus hervor und verfrachtet ihn vorsichtig in ein Döschen. »So. Die erste Probe hätten wir. Die Filter müssen täglich gewechselt werden.«

Verblüfft schaue ich genauer hin. »Aber … der Filter sieht aus wie neu, da ist absolut nichts drin!«

Er drückt schnell einen Deckel darauf. »Im Vergleich zu dem, was du gewohnt bist, enthält die Luft hier eine Million mal weniger Ruß, Schwefeldioxid und anderen Dreck. Verdammt sauber also, jedenfalls im Winter. Nein, jetzt bitte nicht niesen!«

»Ich habe nicht geniest, sondern nur gehustet.«

»Noch schlimmer. Mach das draußen!«

»Ja, Sir.«

Arvid tippt etwas auf einem Computer und Musik erfüllt den Raum. Sehr laute Black-Grunge-Musik. Das gehört aber nicht zu den Messungen, oder? Er groovt mit, völlig versunken in die Musik und seine Arbeit, und einen Moment lang kommt es mir vor, als hätte er mich völlig vergessen. Fühlt sich nicht so gut an.

»Was machst du jetzt gerade?«, frage ich laut, aber ich muss es zweimal wiederholen, ehe er mich wieder wahrnimmt.

Verlegen dreht er die Musik leiser, dann macht er sich wieder daran, Röhrchen zu wechseln, irgendwas an Geräten herumzufummeln und an einem Messgerät herumzutippen. »Luftanalysen. Im Sommer sind in der Luft hier ziemlich viele Schwefelverbindungen. Wir haben lange gerätselt, wo die herkommen.«

Schwefel in der Luft? Instinktiv halte ich den Atem an. Aber so kann man nicht besonders gut Fragen stellen. »Und, wo kommen sie her?«

»Aus dem Meer. Wenn im Sommer die Algen wachsen, geben sie nicht nur die Hälfte allen Sauerstoffs ab, der auf der Erde entsteht – sondern auch Schwefelgase. Keine Sorge, davon merkst du nichts.«

Er dreht die Musik wieder auf, ich bin erst mal wieder abgemeldet. Also tanze ich auch ein bisschen herum; wenn er mich schon vergessen hat, will ich wenigstens auch Spaß haben. Arvid schaut zu mir herüber, kurz grooven wir zusammen in unserer weißen Schutzausrüstung und ich kann das breite Grinsen hinter seiner Maske fast sehen.

Es dauert eine ganze Weile, bis Arvid mit seinen Messungen fertig ist, und während wir zurückstapfen zur Station, gestehe ich: »Also ehrlich, die Geduld hätte ich nicht.«

Arvid lächelt. »Was wolltest du werden, als du klein warst? Jetpilotin oder so was?«

»Nö, Tierärztin – das war mein großer Traum«, antworte ich, und es tut ganz kurz weh, mich daran zu erinnern. »Aber dann hat sich herausgestellt, dass ich gegen Tierhaare allergisch geworden bin. Wir mussten unsere Katzen weggeben, ich habe drei Tage lang geheult.« Ich atme tief durch. »Und du, was wolltest du werden?«

»Geheimagent«, sagt Arvid und ich muss lachen.

»Wer hat dich davon abgebracht?«

»Mein Vater. Er meinte, ich soll mir diesen Mist aus dem Kopf schlagen. Tja, er hat wohl recht gehabt.« Arvid zuckt die Schultern.

Etwas in mir reagiert allergisch, obwohl die nächste Blühpflanze ein paar Tausend Kilometer weit weg ist. »Aber er hatte trotzdem kein Recht, dir so was zu sagen. Vielleicht wärst du heute ein erfolgreicher BND-Spion, wer weiß.« Arvid platzt vor Lachen heraus, aber ich bin noch nicht fertig. »Was sagt dein Vater dazu, dass du jetzt am Ende der Welt bist?«

»Er findet es bescheuert und möchte, dass ich möglichst bald zurückkomme, damit ich an irgendeiner Elite-Uni in den USA weiterstudieren kann.« Der Klang von Arvids Stimme hat sich verändert. »Werde ich wohl machen, es ist eine tolle Chance.«

Ich schaue ihn von der Seite an. »Machst du immer, was dein Vater will?«

»Nein«, sagt er knapp und eine Zeit lang gehen wir stumm weiter. Schließlich holt er tief Luft, und jetzt ist er es, der mich anblickt. »Haben sie euch eigentlich gezwungen, hierher zu kommen in die Antarktis? Ich fände es ziemlich scheiße, wenn das hier mal eine Strafkolonie werden soll oder so was.«

Das piekt mich an der falschen Stelle. »Stimmt, dann hättet

ihr hier gar keine Ruhe mehr für eure Forschung, das wäre voll blöd.«

Er hält an, zum ersten Mal wirkt er irritiert. »Das habe ich nicht gesagt. Also, haben sie dich gezwungen oder nicht?«

»Nein! Haben sie nicht!«, brülle ich ihn an. Ups. Wollte ich gar nicht.

Arvid atmet tief durch. »Okay. Sorry. Geht mich eigentlich nichts an.«

Schweigend stapfen wir nebeneinanderher.

»Ich habe mich freiwillig für das Programm gemeldet, weil der Richter meinte, das sei eine Chance für mich«, brumme ich schließlich – und dann sage ich ihm die Wahrheit. »Das Eis in der Atka-Bucht … das war das Schönste, was ich bisher in meinem Leben gesehen habe.«

Er nickt und beinahe gleichzeitig bleiben wir einen Moment lang stehen, schauen uns um und lassen die Stille in uns einsickern. Nehmen diese klare Einsamkeit in uns auf. Ein riesiger Himmel wölbt sich über uns, Blau und Weiß sind die einzigen Farben um uns herum. Wie richtig es sich anfühlt, mit ihm hier zu sein.

Dann gibt sich Arvid einen Ruck, er wirft mir einen Blick zu. »Wenn ihr noch mal hinfahren wollt, macht es bald, unseren Messungen nach wird das Eis in der Bucht bald aufbrechen. Ich will nicht, dass dir etwas passiert.«

»Wie meinst du das?«, frage ich ihn mit trockenem Mund.

»Genau so, wie ich es gesagt habe.« Er schaut mich nicht an dabei.

Mir kommt es vor, als müsste er hören, wie laut mein Herz schlägt.

Dann ist der Moment auch schon vorbei, denn wir nähern uns der Station. »Musst du das alles jeden Tag machen? Einmal Spuso und zurück?«, frage ich Arvid.

»O ja, tausend Kilometer habe ich dabei bestimmt schon zurückgelegt – und das bei fast jedem Wetter«, erzählt er. »Aber Nikolai ist als Meteorologe noch viel schlimmer dran. Auf die Minute genau alle zwei Stunden muss er Wetterbeobachtungen machen, und das bis Mitternacht. Ein paar davon nehme ich ihm natürlich ab.«

Beim Mittagessen in der gerupft aussehenden Messe treffen mich skeptische Blicke, und mein Körper ist so verkrampft, dass ich stocksteif dasitze und mich kaum traue, den Löffel in meine Portion der rot-violetten Suppe zu tunken. Aber Arvid verkündet gleich zu Anfang: »Das hier ist Crash. Sie bereitet bei uns ein Referat vor und ich betreue sie dabei.«

Alle, die um den Tisch herumsitzen, nicken und lächeln mir zu, auch Jegor, der Kommandant der Station, und Sara, die gerade noch einen Wodka kippt und aussieht wie eine Katze vor dem Kamin. Damit ist der Fall erledigt. Ganz langsam entspanne ich mich wieder. Ich habe das Gefühl, dass jeder hier Arvid mag … und das färbt auf mich ab.

Noch hat niemand gefragt, was ich getan habe, weswegen ich vorbestraft bin. Auch Arvid nicht. Was werde ich sagen, wenn er es doch noch wissen will?

Nach dem Mittagessen, als Arvid Nikolai eine Wetterbeobachtung abnimmt und mit einem Wolkenhöhen-Laser nach draußen geht, lädt mich Irina in ihr Labor ein und erklärt mir, wie sie es anstellt, Wale zu belauschen. »Das Gerät haben wir von den *Neumayer-III*-Kollegen übernommen, als die es ausmustern wollten«, berichtet sie. »Vor ein paar Jahren haben sie ein Loch ins Eis gebohrt und Hydrofone herabgelassen – Unterwasser-Mikrofone. Die sind heute noch unser Ohr ins Meer.«

Sie schaltet etwas ein und unirdische Klänge erfüllen den Raum. Fasziniert lausche ich. »Das sind die Geräusche, die man jetzt gerade unter Wasser hört?« Ein Knacken, ein Knistern, dann ein unirdisches Pulsieren, das klingt wie von einem Synthesizer erzeugt. Wie aus dem Soundtrack eines Science-Fiction-Films.

Irina nickt. »Das war gerade eine Krabbenfresserrobbe. Hörst du das Knistern? Eis. Der Krach, wenn zwei Eisberge zusammenstoßen, sprengt einem beinahe die Ohren.«

Kurz darauf hören wir auch einen Buckelwal, diese Rufe erkenne ich wieder.

»Ich habe noch nie einen Wal gesehen«, gestehe ich Irina. »Aber hier gibt es viele, oder?«

Sie lacht mit ihrer rauen Stimme. »O ja. Sie verbringen den ganzen Südsommer hier, solange es die großen Krillschwärme gibt – für die Tiere ist das hier ein Supermarkt, in dem sie sich kostenlos durchfressen können. Pinguine, Fische, Robben, Wale, so gut wie alle leben von diesen kleinen Krabben. Das restliche halbe Jahr fressen die Wale fast nichts, sie wandern in warme Gewässer, um ihre Jungen auf die Welt zu bringen, aber dort finden sie kaum Futter.«

»Gibt es hier eine Stelle, wo man sie besonders gut beobachten kann?«, frage ich gespannt.

Sie nickt. »Ja, an der Atka-Bucht, sobald das Meereis aufbricht. An einer Stelle, die wir den Nordanleger nennen, weil dort die Versorgungsschiffe ankern.«

»Es gibt wieder *zu* viele Wale, wenn ihr mich fragt«, sagt Yuna, der ich mittlerweile die Schneehose zurückgegeben habe. »Wir können den Krill selber gut gebrauchen, es gibt so viele Menschen, die hungern müssen.«

»Blödsinn«, gibt Irina gereizt zurück. »Dass immer mehr Krill abgefischt wird, ist keine gute Sache! Außerdem enthält das Zeug viel zu viel Fluor, Menschen können sich auf Dauer sowieso nicht davon ernähren.«

Yuna scheint keine Lust auf einen Streit zu haben, sie lächelt nur zurückhaltend. »Mag sein«, meint sie. »Die Zukunft wird es zeigen.«

Weil Sara zum Aufbruch drängt, muss ich mich verabschieden. Ich weiß nicht, wie viel Wodka sie intus hat, man merkt ihr nichts an. Als ich vorschlage, dass vielleicht besser ich fahre, starrt sie mich nur finster an. »Schon gut, schon gut«, sage ich schnell.

Arvid begleitet uns nach draußen, und während Sara das Schneemobil bereit macht, stehen wir uns gegenüber. Er hat die Hände in den Taschen vergraben, wir wissen beide nicht recht, wie wir uns verabschieden sollen.

Irgendwie schaffe ich es, ihm in die Augen zu blicken. »Warum hast du eigentlich gesagt, dass du das machst? Mein Referat betreust? Obwohl ihr schon so viel Stress hattet mit uns?«

Er blickt in eine andere Richtung. »Hm, warum?« Jetzt schaut er mich doch noch an, wenn auch nur kurz. »Weil du's wert bist. Darum.«

Mir werden die Knie weich. Hat das schon mal jemand zu mir gesagt? Ich glaube nicht.

»Pass auf dich auf, ja?«, sagt er und jetzt ist sein Blick wieder so eindringlich wie am Observatorium. »Irgendwie habe ich ein ungutes Gefühl.«

»Wegen diesem Einsiedler?«

»Auch, aber nicht nur. Ich glaube, es liegt an eurer Gruppe. Bad vibes. Unter der Oberfläche geht da irgendwas ab. Ich kenn so was, ich war mal in einer Klasse, wo ein Junge gemobbt worden ist, da fühlte sich das ganz ähnlich an.«

»Meinst du wirklich?« Eigentlich fand ich, dass wir nach den ersten Schwierigkeiten ganz gut miteinander klarkommen. »Was hast du damals gemacht? In deiner Klasse?«

»Nichts, leider. Damals habe ich gar nicht richtig kapiert, was abgeht. Aber wenn man das einmal miterlebt hat, kriegt man Antennen dafür.« Er holt tief Luft. »Vielleicht täusche ich mich auch, was eure Gruppe betrifft. Aber sei einfach vorsichtig.«

»Bin ich«, verspreche ich ihm, und das, was er gesagt hat, und die Art, wie er mich anschaut, wärmen mich von innen. »Wann sehen wir uns wieder?«

»Übermorgen geht noch mal, danach wird's schwierig«, sagt Arvid.

»Wieso?« Ich bin furchtbar enttäuscht und versuche, es mir nicht anmerken zu lassen.

»Wenn das Wetter gut genug ist, fliegen die meisten unserer Leute, auch ich und Nikolai, zu einer Eiskern-Bohrung im Hinterland. Das Eis, was die rausholen, ist Jahrtausende alt und verrät uns, wie das Klima hier früher war.«

Ich versuche, zu lächeln. »Dann viel Glück.«

Einen Herzschlag lang blicken wir uns an, dann gehe ich zum Schneemobil und steige hinter Sara auf. Als wir losfahren, drehe ich mich noch einmal um, doch Arvid ist schon zurückgegangen in die Station.

VERTRAUEN

Arvid hat recht. Irgendetwas geht vor in *Neumayer III*. Kaya schleicht herum, als wäre sie am liebsten gar nicht vorhanden. Fee sagt zwar, dass ihre Füße gut verheilen, aber sie sieht schon wieder aus, als hätte sie geheult.

»Was ist denn los?«, dränge ich sie, als wir in ihrem Zimmer sitzen und zusammen unsere Aufgaben bearbeiten.

»Nichts«, sagt sie und muss gleich darauf schluchzen.

Nichts. Aha. Das sehe ich. Nein, diesmal werde ich nicht lockerlassen, diesen Fehler mache ich nicht zweimal.

»Ist es was mit Seven? Alles gut mit euch beiden?« Ganz kurz steigt wieder Neid in mir hoch, als ich daran denke, wie er ihr vorgelesen hat, nachdem sie in die Glasscherben getreten ist. Ob Arvid mir auch etwas vorlesen würde, wenn ich verletzt im Bett läge? Besser nicht dran denken, ich will nicht in Versuchung geraten. Erstens gibt es hier kein richtiges Krankenhaus, und zweitens war es schlimm genug, dass er mich heute mit zermatschtem Gesicht gesehen hat.

Sie versucht ein Lächeln. »Manchmal denke ich, Seven ist viel zu cool für mich.«

»Ach was – bloß, weil er ein bisschen berühmt ist?«, meine ich, aber dann rutscht mir doch heraus, was mir wirklich durch den Kopf geht. »Manchmal denke ich auch, dass ich nicht klug genug bin für Arvid.«

»Du und Arvid?« Nach und nach versiegen Fees Tränen, neugierig blickt sie mich an. »Was geht ab zwischen euch? Los, erzähl!«

»Viel ist nicht zu erzählen«, meine ich und rücke trotzdem damit heraus, wie gut es sich anfühlt, bei ihm zu sein, und was er auf der Station gesagt hat. Irgendjemandem muss ich es einfach beichten, sonst platze ich. Noch vor ein paar Tagen hätte ich es an Marisa geschrieben und gehofft, dass es sie irgendwie erreicht, wo auch immer ihre Seele jetzt ist … aber das geht ja nicht mehr.

»Ach, ich freue mich für dich, Süße.« Spontan umarmt mich Fee. »Arvid ist einer, der dich nicht im Stich lässt, wenn du ihn brauchst.«

»Das weiß ich noch nicht.« Ich bin lieber vorsichtig, aber froh, dass sie nicht neidisch zu sein scheint. »Warum denkst du denn, dass Seven …«

Es klopft an die Tür, es ist Dattel. »Kommt ihr zur Gruppensitzung oder was?«

»Ja, ja, schon gut«, rufe ich zurück.

Dattel spricht zwar noch mit mir, aber etwas ist anders geworden. Die Wärme zwischen uns ist weg. Ist er eifersüchtig, habe ich da etwas verpasst? Oder wurmt es ihn nur, dass er nicht rüberdarf zu den Russen? Bin ich daran schuld, dass unser Team wieder auseinanderfällt?

Bei der Gruppensitzung, als wir eigentlich über unsere Wünsche und Träume reden sollen, palavert Seven die ganze Zeit. »… und wenn ich dieses Start-up gründe, dann wahrscheinlich gleich mit einer PR-Agentur dazu, damit das Marketing von Anfang an optimal funktioniert … Dattel, wie wär's, wenn du da arbeiten würdest? Ich könnte dich einstellen. Schauen wir mal. Besser wäre natürlich jemand mit einem MBA in Crowd Engineering oder …«

Martin runzelt die Stirn, denn keiner von uns kommt zu Wort. Bis Dattel urplötzlich loslegt – er beachtet Seven nicht, sondern blickt Benny an. »Sag mal, Hobbit, wenn jetzt Gandalf um die Ecke kommen würde … würdest du ihn bitten, dich groß zu zaubern?«

»Ach, halt die Klappe, du Arsch!«, gibt Benny verkniffen zurück, und Seven, der neben ihm sitzt, blickt Dattel finster an und hört auf, über sein Start-up zu reden. »Lass den mal in Ruhe, klar?«, meint er und Benny schenkt ihm einen dankbaren Blick.

»Wieso denn, war doch nur ’ne Frage.« Dattel ist voll in Fahrt. »Und Fee, wieso erzählst du nicht mal wieder von deinem Vater? Oder davon, was dieser tolle Typ mit dir gemacht …«

Es überläuft mich kalt. »Stopp, das reicht!«, fahre ich ihn an, nur Sekunden bevor auch Martin eingreift und die Sitzung beendet. Fee ist totenblass. Jetzt weiß jeder, worüber sie wahrscheinlich nie freiwillig geredet hätte, und sie tut mir unendlich leid. Wie alt sie wohl war, als es zum ersten Mal passiert ist? Jedenfalls hatte Dattel nicht das Recht, solche Dinge aus ihrer Akte herauszuposaunen! Wieso hat er das getan? Das ist doch sonst nicht seine Art – von Kayas Totschlag hat er nur mir erzählt!

Wenn er Arvids Account hackt, bringe ich ihn um.

»Ich glaube, ihr müsst dringend mal wieder raus«, kündigt Martin an und seufzt. »Wenn das Wetter hält, fahren wir Ende der Woche noch mal zur Atka-Bucht.«

Vielleicht hat er recht. Kann gut sein, dass es der Hüttenkoller ist, der uns zu schaffen macht. Ungeschickt lege ich den Arm um Fee, und bringe sie in ihr Zimmer zurück.

»Bleib noch«, bittet sie und wischt sich Tränen aus den Augen. Ich setze mich im Schneidersitz neben sie auf ihre Koje und warte ab, ob sie darüber reden will.

»Weißt du, es war ganz komisch«, sagt Fee schließlich und ihre Stimme klingt trostlos und flach. »Ich wusste, dass es falsch ist, was er mit mir macht, dass er in mein Bett kommt und so weiter. Spaß gemacht hat es sowieso keinen. Aber er hat mich sonst so wenig beachtet, dass ich fast gut fand, wie er … ich weiß nicht, wie ich das sagen soll …«

»Dass er lieb zu dir war und dich beachtet hat?«

»Irgendwie schon. Das ist total krank, oder?«

Ich kann nicht antworten, weil in meiner Kehle ein riesengroßer Kloß sitzt.

Am nächsten Tag kann ich endlich, endlich wieder rüber zur russischen Station. Den Russen gefallen die neuen Sitzgelegenheiten, die wir auf einem Skidoo-Anhänger mitgebracht haben, und sobald sie abgeladen sind, lässt Sara mich und Arvid allein. Das bringt ihr wieder ein paar Pluspunkte bei mir.

»Diesmal könnte ich dir das Labor zeigen, in dem wir das Magnetfeld der Erde vermessen, du weißt schon, um festzustellen, wo der Südpol gerade ist«, sagt Arvid mit einem zweifelnden Seitenblick auf mich. »Es ist aber ziemlich krass, wir machen das nur, wenn du es dir zutraust.«

Das macht mich neugierig. »Na klar traue ich mir das zu«, sage ich. Wie cool, er hält mich für mutig, das will ich nicht verspielen.

Aber dann bittet er mich, sämtlichen Schmuck abzulegen und hierzulassen, und mir wird ganz anders zumute. Was kommt diesmal?! Ich lege das Zeug – meine Halskette mit dem Drachenanhänger, die alte Medaille, zwei Armreifen mit keltischen Symbolen und meine Ohrringe – mitten auf seinen Schreibtisch wie eine Opfergabe. Es kann ja wohl nicht sein, dass auch hier geklaut wird, oder?

»Du trägst nicht zufällig einen Bügel-BH?«, fragt er und läuft gleichzeitig knallrot an.

Ich bin erst sprachlos, dann pruste ich los. »Äh, nein, warum?«, frage ich, als ich wieder sprechen kann.

»Hättest du auch ausziehen müssen. Da ist Metall drin. Wir dürfen nichts mitnehmen, was aus Metall ist.« Es dauert ein bisschen, bis sein Gesicht wieder eine normale Farbe hat. Wie süß.

Das eigenartige Labor ist eineinhalb Kilometer entfernt und diesmal können wir einen Skidoo nehmen. »Hast du so ein Ding schon mal gefahren? Willst du steuern?«, fragt Arvid, wahrscheinlich aus Höflichkeit, und ehe ich es mir überlegt habe, ist mir ein »Ja« rausgerutscht. Einmal nur will ich mit so einem Teil ein bisschen schneller fahren als 30. Einmal nur! Was kann schon schiefgehen? Diese Ebene ist flach wie ein Brett.

Ohne große Diskussionen setzt sich Arvid hinter mich und zeigt mir die Richtung an.

»Ist es okay, wenn ich ein bisschen Gas gebe?«, frage ich – und ziehe den Hebel an den Handgriffen bis zum Anschlag durch. Arvid hält sich hastig fest, denn das Skidoo schießt mit der ganzen Kraft seiner 80 PS voran. Ich jage es in ein paar schnelle Kurven, was nicht leicht ist, weil das Ding auf dem Eis ziemlich stabil ist, und lasse es an einer glatten Stelle ein paar Meter seitlich rutschen. Über ein paar Sastrugi hebt das Skidoo sogar kurz ab. Ein Riesenspaß.

»Okay, jetzt bitte langsam, wir sind gleich da!«, schreit mir Arvid ins Ohr.

Ratlos blicke ich mich um. »Wo soll dieses Labor sein, ich sehe nichts!«

»Macht nichts, vertrau mir einfach.«

Wunder Punkt. Großer wunder Punkt. Ich habe schon seit Jahren niemandem mehr vertraut.

»Stopp«, sagt Arvid schließlich, und als ich eine saubere

Vollbremsung hinlege, steigt er sofort ab. Er sieht durchgeschüttelt aus, aber nicht sauer. »Du hast einen etwas rabiaten Fahrstil, hat dir das schon mal jemand gesagt?«

Verlegen grinse ich ihn an. »Ähm, ja. Nur nicht so höflich.«

Wir müssen noch etwa hundert Meter weit zu Fuß gehen, weil das Skidoo nicht zu nah an das Labor herankommen darf. Bei einer Stange mit einem orangefarbenen, von den Stürmen etwas ausgefransten Fähnchen daran macht er halt, schiebt Schnee weg und legt eine Art Deckel im Boden frei. Mit Hilfe eines Hebels öffnet er ihn. »Okay, hier geht's runter«, meint Arvid und vorsichtig komme ich näher. Momente später starre ich hinab in den finsteren Schacht, der sich vor uns aufgetan hast. Scheinbar endlos geht es nach unten. »Das soll ein Witz sein, richtig?«

»Wir können auch zurückfahren, wenn dir das lieber ist.«

Kommt natürlich nicht infrage. Ich folge Arvid die Leiter hinunter ins Innere des Labors, und er hebelt den Deckel wieder zu, damit kein Schnee in den Schacht geweht wird. Schlagartig wird es dunkel um uns herum. Panik packt mich an der Kehle, enge Räume kann ich nicht so gut ab. Der Schweiß bricht mir aus, obwohl es eisig ist hier drinnen. *Einatmen, ausatmen.*

»Crash?« Arvids ruhige Stimme, sie klingt laut hier drinnen. »Alles in Ordnung?«

»Ja«, presse ich hervor und nach einer Weile habe ich mich tatsächlich beruhigt. Etwa dreizehn Meter weit geht es hinab, und zum Glück gibt es Strom und Licht hier. Eine nackte Glühbirne beleuchtet roh behauene Wände aus Eis. Inzwischen habe ich mich abgeregt, gespannt blicke ich mich um und sehe ein auf einer Säule thronendes Instrument, das aussieht wie eine Skulptur aus Stahl, und einen Holzcontainer mit schief in den Angeln hängender Tür; im Inneren stehen weitere Geräte auf einem Tisch. »Wieso ist alles aus Holz? Um die Messungen nicht zu stören?«

»Genau.« Er scheint sich darüber zu freuen, dass ich so schnell begriffen habe. »Nur wenn kein Metall in der Nähe ist, können wir messen, was das Magnetfeld der Erde gerade so anstellt.«

»Aber warum dieser Schacht?«

»Draußen könnten wir die Messungen nicht machen, der Wind würde zu heftig am Container rütteln, außerdem ist hier die Temperatur immer gleich – gut für die Messgeräte.«

Die Kälte kriecht langsam unter meine Klamotten, ich hätte eine Schicht mehr anziehen sollen.

»Genau 12 Grad minus«, berichtet Arvid. »Im Sommer kommt uns das kalt vor ... und im Winter schwärmt Alexej, wie schön warm es hier drin ist. Er merkt durch seine Messungen übrigens, wenn sich ein magnetischer Sturm nähert, dann wissen wir, dass wir Ausschau nach Polarlichtern halten können.«

Er bemerkt, dass ich zittere. Einen Moment lang bin ich sicher, dass er mich in die Arme nehmen wird, um mich zu wärmen, und vor Angst werde ich stocksteif. Doch er tut nichts dergleichen, sieht mich nur prüfend an. »Wir gehen jetzt wieder hoch«, sagt er. Es ist keine Frage, nur eine Feststellung. »Du zuerst, nur für den Fall, dass du abrutschst.«

Ich grinse nervös. »Bist du denn stark genug, um mich zu fangen, wenn ich plötzlich auf dich zufalle?«

Eigentlich habe ich ein Grinsen erwartet, irgendeinen Witz. Aber er nickt nur. »Ja, ich glaube, das bin ich.«

Als wir oben stehen, fühle ich mich völlig fertig. So wie er sich wahrscheinlich gefühlt hat nach der Fahrt mit mir. Wir sehen uns an und plötzlich müssen wir lachen.

»Das war keine Mutprobe oder so, falls du das gedacht hast«, sagt Arvid und lächelt mich an, ich liebe diese abgebrochene Ecke an seinem Vorderzahn. Wie warm seine Augen blicken. Plötzlich bin ich froh, dass ich ihm in diesen Schacht gefolgt bin. Nein, es war keine Mutprobe … aber ich habe trotzdem bestanden. Weil ich ihm vertraut habe.

Plötzlich weiß ich, dass dies hier echt ist. Er und ich. Ich und er.

Auf keinen Fall will ich ihn wieder verlieren.

Auf dem Rückweg steuert er den Skidoo selbst. In wenigen Minuten sind wir zurück, und wir gehen in sein und Nikolais Wetterlabor, damit ich meinen Schmuck holen kann. Nikolai ist gerade nicht da, und Arvid sieht mir zu, während ich mir die Armreifen wieder überstreife, die Kette und die Medaille wieder um den Hals hänge. Doch dann stutzt er plötzlich. »Was ist dir denn da passiert?«

Verlegen streife ich den Ärmel wieder herunter, aber es ist schon zu spät. »Doppelter Armbruch, ich hatte eine Weile ziemlich viele Schrauben im Körper.«

»Und da an deinem Unterarm?«

»Aufgeschlitzt von ’ner kaputten Autotür, als sie mich rausgeschnitten haben aus einem BMW.« Mein Herz schlägt holperig wie ein kaputter Motor.

Ganz sanft streift er meinen anderen Pulloverärmel hoch, zieht scharf die Luft ein, als er ein paar der anderen Unfallnarben sieht. Sie sind einer der Gründe, warum ich so früh aufstehe … Ich mag es nicht, wenn die anderen Mädchen mich in der Dusche sehen.

Arvids schmale, kräftige Finger scheinen auf meiner Haut zu brennen. Erschüttert blickt er hoch, mir direkt ins Gesicht. »Crash, du …«, beginnt er, dann scheint er zu begreifen. Nur zwei Worte sagt er noch: »Aber warum?«

Von so vielen Leuten habe ich das schon gehört. Ärzten, Betreuern, Psychologen, Polizisten, meiner Mutter, meinem Bruder. Der Einzige, der es nie gefragt hat, war mein Vater.

Irgendwie habe ich Lust, Arvid eine bessere Antwort zu geben als all den anderen.

»Weil ich mich dann lebendig fühle«, sage ich und höre selbst, dass meine Stimme schwankt. »Ich habe alles unter Kontrolle. Bis ich mich dazu entscheide, es drauf ankommen zu lassen.«

Er lässt mich nicht aus den Augen. Seine Finger haben sich zu meinen getastet, lassen mich nicht los. »Wann hast du damit angefangen?«

»So richtig? Mit zwölf.« Mein Atem geht schnell, aber ich bin ganz ruhig. Plötzlich weiß ich, dass ich es jemandem erzählen kann. Das, was nicht in meiner Akte steht. »Aber eigentlich war ich acht, als ...«

Schritte nähern sich, ich erkenne Nikolais schweren, breitbeinigen Gang. Wir ahnen beide, dass er gleich hereinkommen wird – schließlich ist das hier auch sein Arbeitszimmer –, und rasch stehe ich auf, ziehe meine Hand aus Arvids. Schon steht Nikolai im Türrahmen, verdutzt versucht er, festzustellen, was hier geschieht. Auch Arvid ist aufgestanden, er sagt ein paar schnelle Sätze auf Russisch zu seinem Professor ... und Nikolai, der Sibirier mit dem Kanonenschädel, sagt einfach nur *»Da«* – Ja –, geht und schließt die Tür hinter sich.

»Was hast du zu ihm gesagt?«, frage ich und lache nervös.

»Dass es ein Notfall ist und wir das Labor noch einen Moment lang brauchen.«

»Du wirst Ärger bekommen wegen mir.«

»Ist mir egal«, sagt er.

Ich muss mir auf die Lippe beißen, weil mir gerade die Tränen kommen. Alles verschwimmt vor meinen Augen.

Schwach lehne ich mich mit dem Rücken gegen die geschlossene Tür.

»Du musst nicht darüber reden, wenn es zu schwer für dich ist«, sagt Arvid und lehnt sich neben mich.

»Als ich acht war …«, fange ich an und schließe die Augen. »Mein Vater ist Bioingenieur, er hat ein Unternehmen, das DNA-Barcoder herstellt. Einmal hat er einen nach Hause mitgebracht, zum Spaß, wir haben damit Pflanzen und Insekten bestimmt – lustige Sache, man gibt einen Schnipsel ins Gerät und dann wird einem der Name angezeigt.«

Arvid nickt schweigend. Natürlich weiß er, was ein verdammter DNA-Barcoder ist, was erzähle ich da. »Also, zum Spaß habe ich eins meiner Haare ins Gerät getan, da kam natürlich *Homo sapiens* raus, klar, aber noch eine ganze Menge andere Zahlen und Daten. Mein Vater hat ganz komisch geschaut und den Barcoder mit ins Haus genommen. Später habe ich erfahren, dass er mein Erbgut in seiner Firma noch mal gründlich analysiert hat … und dabei hat er herausgefunden, dass er leider nicht mein biologischer Vater ist.«

»Shit«, sagt Arvid.

»Genau. Ich habe nichts geahnt, ich habe nur gemerkt, dass es zwischen meinen Eltern einen Riesenstreit gab und mein Vater kühl mir gegenüber geworden ist. Er hat völlig das Interesse an mir verloren. Hat sich stattdessen meinem älteren Bruder zugewandt, der eindeutig von ihm abstammte.« Ich hole tief Luft. »Eigentlich total lächerlich, ich meine, es gibt unendlich viele Patchworkfamilien und allein in meiner Schulklasse waren zwei Kinder, die Leihmütter hatten! Wen zum Teufel interessiert es, ob man genetisch verwandt ist oder nicht?«

Arvids Hand tastet wieder nach meiner. »Und deine Mutter?«

»Hat mir unbewusst die Schuld an der Ehekrise gegeben, glaube ich.« Ich lache auf, es klingt viel zu schrill. »Dabei war sie es doch, die sich während einer Burnout-Kur mit diesem Typen eingelassen hat … Maximilian hieß er, das hat sie mir vor drei Jahren mal erzählt …«

»Haben sie sich scheiden lassen? Deine Eltern?«

»Ja, später. Vorher hat mein Vater noch mehr gearbeitet, und mein Bruder war ständig bei Freunden, er hat es daheim nicht mehr ausgehalten. Und ich … ich wusste ja nicht mal, was los war. Als ich merkte, ich komme nicht mehr an meine Eltern ran, bin ich immer rebellischer geworden … tja …«

Er atmet tief durch, seine Finger schließen sich fest um meine. Ich spüre, dass er wütend ist – aber nicht auf mich. Auf meine Eltern. »Verstehe«, sagt er gepresst.

Und ja, ich glaube es ihm. Dass er versteht. Vielleicht gerade deshalb, weil er jetzt nicht mit den ganzen Psychologensprüchen kommt, die ich schon auswendig kann.

Arvid schüttelt den Kopf, seine Lippen sind zusammengekniffen. »So was schimpft sich Eltern! Dein Vater hat sie ja wirklich nicht alle, dich so hängenzulassen. Der hat es nicht verdient, Kinder zu haben.«

Es gefällt mir, wie er reagiert hat. »Ja, vielleicht«, sage ich und zucke die Schultern.

»Wie heißt du wirklich?« Arvid fragt es sehr leise.

Diesmal zögere ich. Das Mädchen, das ich damals war, gibt es nicht mehr.

Ich muss nichts sagen, er spürt auch so, dass es noch zu früh ist. Er nimmt mich einfach in die Arme, seine Wärme umhüllt mich, und einen Moment lang brauche ich mich nicht aufrecht zu halten, er hält mich.

WHITEOUT

»Ich weiß nicht, ob ich dich noch mal rüberlassen soll«, sagt Martin und blickt mich besorgt an. »Als du heute zurückgekommen bist, warst du völlig fertig … Willst du darüber reden, was drüben passiert ist?«

»Nein, aber keine Sorge, alles bestens.« Ich bemühe mich um ein Lächeln.

Es stimmt, ich habe mich in mein Zimmer eingeschlossen. Ich wollte mit niemandem reden, mir liefen den ganzen Nachmittag die Tränen runter, ein Weinkrampf nach dem anderen. Jahre der Trauer, im Zeitraffer nachgeholt. Diese Trauer hatte ich im Keller meiner Seele verstaut, ein bisschen wie Einmachgläser mit einer ekligen schwarzen Brühe drin, und dann kommt einer wie Arvid, nimmt all die Gläser, trägt sie nach oben und macht sie auf.

Das kann nicht gesund sein!

Warum bin ich dann so glücklich?

»Na gut, du darfst zu den Russen, aber diesmal kommen Seven und Benny mit, falls Jegor das erlaubt«, beschließt Martin.

O je, das wird Dattels Laune noch weiter verschlechtern. Aber er ist selbst schuld – wieso ist er in der Gruppensitzung dermaßen ausgetickt?

Weil das Wetter nicht besonders ist, mussten die Russen ihren Flug zu der Eiskern-Bohrung verschieben, und wir können noch einmal rüber. Diesmal lässt mich Sara ans Steuer, und ich muss den ganzen Weg über gegen die Versuchung ankämpfen, Vollgas zu geben. Weniger, weil mich das gerade reizt, sondern weil ich es eilig habe, zu Arvid zu kommen. Außerdem fährt Seven auf einer eigenen Maschine neben uns, mit Benny auf dem Sitz hinter sich. Ab und zu legt er einen übermütigen Spurt ein und fordert mich zu einem Rennen heraus. Ich beiße die Zähne zusammen und starre geradeaus. Sara hockt hinter mir wie ein schlecht gelaunter Grizzly.

»Los, komm, oder hast du keinen Biss mehr?«, ruft Seven mir gut gelaunt zu.

»Mehr als du, sonst wärst du vielleicht in die Endrunde gekommen bei *Top Dog*«, stichele ich zurück und den Rest der Strecke fährt Seven schweigend.

Heute kein blauer Himmel und das Wetter scheint sich zu verschlechtern. Immer mehr Schnee fegt um die Kufen des Skidoos. Die Fahrt ist anstrengend, und wir sind froh, als wir uns in der warmen Station die Schuhe und Jacken ausziehen können.

Niemand ist zu sehen, obwohl wir angeklopft haben, bevor wir reingekommen sind.

»Vielleicht sollten wir noch mal mit der Faust an die Tür hämmern«, meint Benny.

Seven grinst. »Wenn man kräftig zuschlägt, ist in dieser Wand ein Loch.«

Unsicher rufe ich: »Hallo?« Hätten wir besser draußen warten sollen?

Aus Alexejs Labor schaut Irina hervor. »Hier drin«, sagt sie und ist auch schon wieder verschwunden.

Im Labor ist es voll, alle – auch Arvid und Nikolai – stehen um einen Computermonitor herum und mustern interessiert die kreisförmigen Linien darauf. Alexej, der heute erstaunlich gut riecht und – kann das sein? – frische Klamotten trägt, hat auf seinem Bildschirm ein Kamerafenster offen und redet in grauenhaftem Englisch mit einem Kollegen, der wahrscheinlich auf der anderen Seite der Welt sitzt. Als Arvid mich hört, wendet er mir kurz den Kopf zu, seine Augen begrüßen mich.

»Was ist hier los?«, flüstere ich ihm zu.

»Unsere Infraschall-Anlage hat einen Atombombentest aufgezeichnet«, wispert er zurück. »Anscheinend in Indien, wir sind noch dabei, die genaue Position zu orten.«

»Atombombentest?«, fragt Seven verwirrt. »Was habt ihr hier mit ...«

Irina legt einen Finger auf die Lippen.

Wieder vergisst Arvid mich völlig. Er ist an einem anderen Ort, wenn er so intensiv beobachtet und nachdenkt. An einem Ort, an dem ich ihn nicht erreichen kann. Das mag ich nicht besonders an ihm, aber ich kann es verstehen.

Erst eine Viertelstunde später erfahren wir mehr. »Wenn jemand eine Atombombe zündet, dann erzeugt das Infraschall ... sehr, sehr tiefe Töne«, erklärt Arvid. »Sie breiten sich über die ganze Welt aus. Wir haben in der Antarktis besonders gute Lauschbedingungen, weil kein Flugverkehr stört, und können so dabei helfen, festzustellen, wer's war.«

Das scheint Seven zu interessieren, und er beschließt, den Rest unseres Aufenthalts mit Alexej zu verbringen. Etwas überrumpelt blickt der Geophysiker zu ihm hoch. »Muss aber jetzt seismische Aufzeichnungen durchgehen ...«

»Kein Problem, ich darf bestimmt zuschauen, oder?« Seven lächelt gewinnend.

Arvid wirkt, als wäre ihm ein wenig unwohl zumute. »Wenn er sagt, er hat keine Zeit, dann ist das vermutlich so«, meint er zu Seven. »Vielleicht fragst du mal bei Irina, ob es bei der gerade geht.«

Der Blick, mit dem Seven ihn mustert, ist nicht sehr freundlich. »Aber Atombomben sind interessanter als Wale.«

»Wale haben den Vorteil, dass sie nicht so leicht explodieren«, meint Benny. »Ich jedenfalls gehe Irina helfen.«

»Ach, ist schon okay, Junge kann zusehen, wenn ich Daten durchgehe«, brummt Alexej mit einem Blick auf Seven und der setzt einen *Geht doch*-Blick auf.

Arvid und ich ziehen uns ins Wetterlabor zurück, und dann sind er und ich endlich allein, weil Nikolai gerade draußen die Sonde startet. Verlegen gehe ich im Raum umher, wühle in einem Kasten mit Ersatzteilen, fummle mit dem Handfunkgerät herum, betrachte die vielen mit Notizen bekritzelten Wetterkarten an den Wänden. Arvid weiß jetzt so viel von mir, mehr als die meisten anderen Menschen … das ist mir ein bisschen unheimlich.

Er beobachtet mich einen Moment lang, dann seufzt er, stützt die Ellenbogen auf den alten Sperrholztisch und fährt sich mit den gespreizten Fingern durch die glatten, rotblonden Haare. »Wie fühlst du dich?«, fragt er.

»Durcheinander«, gestehe ich.

»Ich auch«, sagt er.

Überrascht blicke ich ihn an.

»Es ist mir nachgegangen, was du erzählt hast … und was du über *meinen* Vater gesagt hast«, gesteht Arvid. »Wir haben's nie leicht gehabt miteinander. Was mich interessiert hat, fand er unwichtig, und was er toll fand, hat mich gelangweilt. Bei meiner Mutter war das anders. Sie hat mich zwar überallhin mitgeschleift, aber mich sein lassen, wie ich bin.«

»Mach deinem Vater klar, dass deine Zukunft nicht ihm gehört.« Noch während ich es sage, frage ich mich, ob ich verrückt bin. Ich habe mein Leben geschrottet, ich kann doch niemandem Ratschläge geben!

»Er würde mir die Studiengebühren in Harvard bezahlen, die sind astronomisch.«

»Echt jetzt«, sage ich.

Arvid atmet tief durch und stützt den Kopf in die Hände. »Du würdest es nicht machen, wenn du ich wärst, oder?«

»Ich bin nicht du.« Besser keine Ratschläge mehr.

»Okay, ich denke mal drüber nach.« Er lächelt schief. »Weißt du was? Manchmal komme ich mir langweilig vor im Vergleich zu dir. Mit der Polizei hatte ich nur einmal zu tun, als wir an meinem letzten Geburtstag die Musik zu laut aufgedreht und besoffen vom Balkon gepinkelt haben. Und das einzig halbwegs Interessante an meiner Familiengeschichte sind meine hyperaktive russische Mutter und ein Großvater, der schon seit fünfzig Jahren versucht, als Erfinder reich zu werden.«

Ich starre ihn an. »Das ist nicht langweilig, das ist *normal.* Sei froh.«

Wie lustig. Während ich mir Gedanken gemacht habe, ob ich zu dumm für ihn bin, hat er darüber gegrübelt, ob er zu unkompliziert für mich ist.

»Immerhin gehe ich ziemlich oft bei Rot über die Straße«, meint Arvid und ich muss lachen.

»Aber nicht hier, oder?«

Sein Gesicht ist todernst. »Ach, wir haben mal überlegt, ob wir eine Ampel zwischen der Station und der Atka-Bucht aufstellen sollen. Sähe bestimmt hübsch aus.«

Die Verlegenheit zwischen uns ist wieder weg. Und ausgerechnet jetzt müssen wir aufhören, über uns zu reden. Ich muss etwas vorweisen können, damit Martin mir weiterhin erlaubt, zur *Polarnaja Swesda* zu fahren. »Klimawandel«, sage ich.

»Äh, was?«

»Ich meine das ernst mit dem Referat.«

Arvid verzieht das Gesicht. »Okay, dann los. Ist ein

schlimmes Thema. Ein Freund von mir hat auf den Malediven gelebt. Er schlägt sich jetzt in Australien durch, wo sie ihm Klimaasyl gegeben haben. Aber dort ist es auch hart, eine Dürre nach der anderen.«

Ja, das habe ich mitbekommen. Dafür sind Teile von Bangladesh, Nigeria und den USA überflutet. »Und hier?«, frage ich.

Arvid schüttelt den Kopf und schaut zum Fenster raus. »Es ist Hochsommer, draußen sind gerade minus 3 Grad, 20 Knoten Wind und starke Schneedrift. Und im Winter … ob es jetzt 43 Grad minus sind oder nur 40 Grad, das ändert nicht viel.«

»Aber am Nordpol taut gerade alles, die Eisbären ersaufen, Grönland ist wieder grün und so weiter«, wende ich ein. »Warum dort und nicht hier?«

»Hier ist es viel kälter als in der Arktis.«

»Äh, warum das?«

Arvid wendet sich zu einer alten Landkarte um, die eine der Wände bedeckt. »Der Südpol zum Beispiel liegt in fast 3000 Metern Höhe über dem Meeresspiegel, so wie ein großer Teil des Kontinents. Das bedeutet dünne, kalte Luft.« Er deutet auf die Antarktische Halbinsel, die wie ein Zahn aus der Nordküste heraussticht. »Hier an der Küste hat's ein bisschen getaut, aber mit etwas Glück bleibt es dabei. Es gibt nämlich noch etwas, was die Antarktis beschützt.«

»Wieso, was denn?« Ich merke, dass ich die Antwort wirklich hören will.

Sein Finger umkreist den Kontinent. »Unter anderem der hier, der Zirkumpolarstrom. Eine eiskalte Strömung, die um die ganze Antarktis herumfließt … eine Art Kühlkreislauf. Warme Strömungen und Luftmassen haben keine Chance, an den Kontinent heranzukommen. Aber es kann immer sein, dass sich diese Strömungen verändern, weil wir zu viel Mist gebaut haben. Warten wir es ab.«

Einen Moment lang sieht er furchtbar niedergeschlagen aus. Mit einem tiefen Seufzer wendet er sich von der Karte ab. »Was mir viel mehr Sorgen macht, ist, dass die Antarktis nicht mehr geschützt ist. Sonst hätten die nie diese verdammten Eisfüchse herbringen können. Ein paar von denen sind aus den Farmen abgehauen.«

»Ich weiß«, berichte ich. »Sara hat einen geschossen.«

»Gut so. Die ernähren sich nämlich von Pinguineiern. Weißt du, was passiert, wenn man eine fremde Tierart in ein Land bringt?«

Ich habe eine kurze Erleuchtung. »Meinst du, so wie mit den Kaninchen und Aga-Kröten in Australien?«

»Genau. Solche Neuankömmlinge vermehren sich oft wie blöde und werden zur Plage. Diese Füchse müssen alle …«

Nikolai stürmt herein, eine unangezündete Zigarette im Mundwinkel. »Hier, neuste Wetterkarte, wirf mal einen Blick darauf.« Er schiebt Arvid ein Tablet zu. »Wenn deine Gäste heute noch heimwollen, dann müssen sie jetzt aufbrechen!«

Erschrocken stehe ich auf. Jetzt schon? Wir sind doch erst vor einer Stunde angekommen!

Arvid sieht sich die Wetterkarte an und diskutiert kurz in Russisch mit Nikolai. Dann wendet er sich mir zu. »Ich fürchte, er hat recht. Der Luftdruck sinkt schnell, sieht nicht gut aus.«

»Und du hast noch nicht deine Arbeiten erledigt im Spuso«, beklagt sich Nikolai.

Arvid nimmt sein Handfunkgerät und steckt es ein. »Ich gehe gleich los, bevor es draußen noch schlimmer wird.«

»Okay«, sage ich betreten. Er wird sowieso keine Zeit

mehr für uns haben, wenn er jetzt ins Observatorium muss. »Ich sage Sara Bescheid.«

Nikolai hebt zum Abschied nur kurz die Hand, dann konzentriert er sich wieder auf sein Terminal, während Arvid mich in den Flur begleitet.

»Wahrscheinlich werden wir uns nicht mehr sehen, bevor ihr gleich abfahrt«, sagt Arvid, in diesem dämmrigen Licht sind seine Augen dunkel wie Schiefer. »So ein Sturm kann dauern. Und wenn das Wetter wieder gut ist, fliegen wir ab zur Eiskern-Bohrung.«

»Ja.« Durch meine Kehle kommt kaum genug Luft.

Er hebt die Hand und streicht ganz leicht über meine Wange. »Wenn es zu heftig stürmt, kehrt besser um. Wir haben ein paar Schlafsäcke in Reserve. Ich schnarche zwar furchtbar, aber Wachliegen ist besser als Erfrieren.«

»Okay«, sage ich. Habe ich jemals etwas so stark gespürt wie diese Berührung? Ich würde ihm so gerne etwas Schönes sagen, aber mir fällt nicht rechtzeitig etwas ein, schon murmelt er »Bis dann«, dreht sich um und geht in den Vorraum, um sich seinen Polaroverall anzuziehen.

Zwei Minuten später reißt Arvid die äußere Tür auf, er duckt sich gegen den Wind und stapft los. Einen Augenblick lang sehe ich ihn noch durchs Fenster des Vorraums, dann verschluckt ihn das Weiß.

Kurz darauf schlendern Benny und Seven herbei. Wir stehen herum, bis Sara neben uns auftaucht – ich erkenne sie kaum, weil sie vermummt ist bis zu den Augenbrauen. »Los, Klamotten an«, sagt sie. »Irina bringt uns rüber mit *Bully*, ist schon zu gefährlich mit Skidoos.«

Der Schnee ist so fein, dass der Wind ihn sogar in die Ritzen meiner Skibrille drückt. Ungeschickt helfen wir dabei, unsere Schneemobile auf einen Anhänger zu verladen, und klettern in die warme Kabine des Sechssitzer-*PistenBullys*, die dekoriert ist mit einer kleinen Madonna aus Plastik, die auf dem Armaturenbrett klebt, und mit ein paar leeren Schokoriegel-Hüllen, die zwischen den Sitzen vor sich hin gammeln. Irina programmiert den Kurs ein und der *PistenBully* düst los, seine Ketten fräsen sich in den weißen Boden.

Seven hat sich neben mich gesetzt, er wirkt ruhig wie ein Tennisspieler nach dem Match, zufrieden und ausgeglichen. Er und Benny albern herum.

»Was ist ein Eis am Stiel?«, fragt Benny grinsend.

»Hm, keine Ahnung.« Seven zuckt die Schultern.

»Ein Blowjob im Schneesturm!«

Sehr witzig. Ich starre durch das große Frontfenster, auch Seven schaut raus. »Ich hasse diese weiße Scheiße«, sagt er plötzlich. »Fünfzig verschiedene Namen für Schnee haben die in Grönland? Bullshit! Wenn mir langweilig ist, fallen mir auch fünfzig Namen für meinen Schwanz ein.«

»Ist ja toll«, sage ich. »Hat der auch ’nen eigenen PR-Blog?« Mir fällt ein, dass ich sowieso mit ihm reden wollte. »Sag mal, denkst du eigentlich, dass du zu cool bist für Fee?«

»Was ist das denn für ein Blödsinn? Hat sie das gesagt?« Er schüttelt ungläubig den Kopf und sein Ton verändert sich. »Fee ist ein wunderbares Mädchen, warmherzig und wahnsinnig süß. Aber sie hat viel Schlimmes erlebt in ihrer Kindheit. Wahrscheinlich fantasiert sie deshalb manchmal.«

»Hm«, meine ich und grabe zwischen den Sitzpolstern herum, ob ich dort einen Schokoriegel oder so was finde. »Aber jetzt mal ernsthaft … cool ist Fee nicht«, sagt Seven lässig und wirft mir einen abschätzenden Blick von der Seite zu. »Du schon eher. Ich mag deine Stiefel.«

»Echt jetzt.« Ich höre ihm schon nicht mehr zu, meine Gedanken fliegen zu Arvid. Eineinhalb Kilometer hin, eineinhalb Kilometer zurück. Drei Kilometer muss er zu Fuß gehen, gegen diesen brutalen Wind, und in einem Whiteout sieht man die eigene Hand nicht mehr, auch wenn man sie direkt vors Gesicht hält. Gruselig. Und ich habe mich nicht mal richtig von ihm verabschiedet.

Plötzlich habe ich ein ganz schlechtes Gefühl. *Bad Vibes*, wie Arvid sagen würde. Ich krieche nach vorne, zu den Sitzen von Irina und Sara. »Ihr habt doch Funkverbindung, oder? Auch zu Arvid?«

»Der Empfang ist mies bei dem Wetter und die Ortung auch, aber ich könnt's probieren«, meint Irina gutmütig. Während sie versucht, eine Verbindung zu bekommen, überlege ich, was ich Arvid gerne sagen möchte. *Du bist das Beste, was mir jemals passiert ist,* so was vielleicht. Nein, nein, das ist grauenhaft kitschig! Und wenn Seven mithört, hat die Meute die nächsten zwei Wochen was zu lachen. Am besten, ich sage Arvid einfach nur Hallo und dass er vorsichtig sein soll.

Aber anscheinend geht auch das nicht, Irina seufzt. »Tja, ich kriege tatsächlich keine Verbindung.«

»Was ist, wenn er in Schwierigkeiten steckt?«, frage ich beunruhigt.

»Arvid?« Irina schüttelt den Kopf. »Der ist ein zäher Hund. Im Winter ist er bei noch viel üblerem Wetter jeden Tag zum Spuso gelaufen. Nur nicht bei über 90 Knoten Wind, da kann man sich nicht mehr auf den Füßen halten.«

»Aber was ist, wenn er sich auf dem Weg verirrt hat?« Mir ist noch nicht viel wohler zumute.

»Er hat Handleine, damit ist nix Problem«, beruhigt mich nun auch Sara. »Schlecht ist nur loslassen.«

Seven grinst. »An dem hast du ja wirklich einen Narren gefressen, Crash. Ist er so gut im Bett?«

»Ist er was?« Am liebsten würde ich Seven eine knallen, aber dann lasse ich es doch sein. Es würde nur meine Erlaubnis, weiterhin zu den Russen zu fahren, in Gefahr bringen.

»Bitte dreh rum, wir müssen zurückfahren«, bitte ich Irina, doch sie seufzt nur. »Mädchen, ich habe auch noch meine Arbeit. Kann nicht ständig Leute durch die Gegend fahren. Je früher ich euch abgeliefert habe und zurück bin, desto besser.«

Wie von selbst ballen sich meine Hände zu Fäusten. Am liebsten würde ich um mich schlagen, so wie Kaya, nur noch härter. Würde Beulen ins Blech des *PistenBullys* dreschen, würde diese Plastik-Madonna in Stücke treten, würde Seven mit dem Kopf in den Schnee drücken, bis er um Gnade bettelt.

Aber ich bin nicht Kaya. »Bitte, Irina. Ich hab's im Gefühl, dass etwas nicht stimmt.«

Irina stoppt den *PistenBully* und dreht sich zu mir um. Ihre durchdringenden blauen Augen sondieren mich. Nachdenklich berührt sie die Madonna mit den Fingerspitzen, anscheinend war sie es, die das Ding dorthin geklebt hat. »Bist du sicher?«

»Ich bin sicher«, sage ich und schließe die Augen. Früher habe ich beim Zubettgehen brav ein Gebet gesprochen, das war bei uns so üblich. Aber das ist schon lange vorbei, es gibt keinen Gott mehr, zu dem ich beten könnte.

»Vielleicht sollten wir wirklich, äh ...« Benny kommt nicht dazu, fertigzusprechen.

Der Kettenantrieb des *PistenBullys* rasselt, als Irina wendet. Eine Viertelstunde später sind wir zurück bei *Polarnaja Swesda.*

Seven hängt mürrisch auf seinem Sitz. »Aber wir dürfen sitzen bleiben, oder?«

Es ist mir scheißegal, ob er sitzen bleibt oder nicht. Ich springe aus dem *PistenBully,* knalle die Beifahrertür hinter mir zu, balanciere über die Ketten und springe auf den Boden. Es sind nur zwei oder drei Meter bis zum Eingang der Station, aber selbst auf diesen paar Metern verirre ich mich fast. Der Wind beißt mir ins Gesicht, rauscht laut um mich herum. Wenn ich einatme, fühlt es sich an, als frören meine Lungenflügel zusammen.

Nikolai sitzt im Meteorologie-Labor und betrachtet friedlich Satellitenbilder, erstaunt schaut er auf, als ich schneebedeckt hineinpoltere. »Was ist?«

»Wir haben keinen Kontakt zu Arvid bekommen«, platze ich heraus.

»Na ja, ist normal«, meint Nikolai. »Keine Sorge, er hat Handleine, weißt du?«

Der Knoten in mir löst sich nicht. Ich marschiere wieder nach draußen. Der Wind schiebt mich voran, lässt meine Augenbrauen vereisen. Mein Handschuh berührt den grauen Klotz des Hauptgebäudes, so gehe ich um die Station herum, suche die Stelle, wo die Leine anfängt. Wozu? Um ihm zu folgen? Um nach ihm Ausschau zu halten? Aber man sieht doch sowieso nichts, Himmel, Luft und Boden sind weiß, ich schwebe mitten in einer Wolke. Blind setze ich meine Füße auf und muss darauf vertrauen, dass dort der Boden ist. Leider nicht immer, ich stolpere über irgendetwas, stürze, raffe mich wieder auf. Trete in eine Kuhle, stürze wieder. Dann bin ich einmal um die Station herum.

Hier ist keine Leine, nirgendwo!

»Ich habe den Anfang der Handleine nicht gefunden«, berichte ich Nikolai aufgeregt. Er seufzt, klickt die Satellitenbilder weg und zwängt sich im Vorraum in seine dicke Polarkluft.

Fünf Minuten später herrscht in der Station Generalalarm.

»*Gawno!* Wahrscheinlich hat der Sturm die Leine abgerissen, es muss passiert sein, nachdem er losgegangen ist.« Jegor, Nikolai und Irina machen sich bereit für die Suche, während Sara, Seven und ich herumstehen und zuschauen – dass ich mitgehe, haben alle Beteiligten entschieden abgelehnt. Aber immerhin passiert etwas, endlich!

»Hat er keinen Sender-Chip im Overall, so wie wir?«, fragt Benny den Kommandanten, er wirkt verunsichert.

»Kann man nicht orten bei diesem Wetter«, gibt Jegor ungeduldig zurück und winkt den anderen, mitzukommen. »Das Schlimmste wäre, wenn er auf halbem Weg zum Observatorium umgekehrt wäre. Dann irrt er jetzt irgendwo da draußen herum.«

Sara verschwindet im Geophysik-Labor. Ich kann kaum stillhalten, gehe im Flur hin und her und trommele mit den Fingern gegen die Wand, bis jemand etwas schreit. Vermutlich die russische Version von »Ruhe da!«.

»Wird schon alles gut gehen.« Seven lächelt mich beruhigend an. »Die finden ihn. Es ist schließlich Sommer. Da erfriert man nicht so schnell.«

»Schau doch mal aus dem Fenster, verdammte Scheiße, natürlich kann man da erfrieren!«, brülle ich ihn an und Yuna steckt irritiert den Kopf aus ihrem Büro. Doch Seven scheint es nichts auszumachen. Also rede ich einfach weiter, ich kann nicht aufhören. »Stell dir mal vor … wenn wir einfach weitergefahren wären, dann hätten wir alle daheim ganz in Ruhe zu Abend gegessen, uns vielleicht noch einen Film reingezogen, dann wären wir schlafen gegangen … und währenddessen hätte Arvid um sein Leben gekämpft! Und am nächsten Morgen, während wir ahnungslos gefrühstückt hätten, wäre er schon tot gewesen!«

»Vermutlich«, sagt Seven, legt den Arm um meine Schultern und drückt mich aufmunternd. Nett von ihm, aber es hilft rein gar nichts.

Der Wind klingt wie ein Rudel wütender Hunde und er scheint mit jeder Minute lauter zu werden. Sein Lärm füllt Arvids Ohren und der Sturm drückt gegen ihn wie eine riesige Hand. Es ist schwer, auf den Beinen zu bleiben. *Bestimmt mehr als 150 Stundenkilometer*, geht es ihm durch den Kopf. Schneekristalle kratzen über sein Gesicht, versuchen, seine Augen in Eismurmeln zu verwandeln.

Aber er hat die Handleine. Solange er ihr folgt, kann nichts passieren. Sie wird ihn zur Station zurückführen, fürs Spuso ist das Wetter zu heftig geworden. Schade um die Messung, aber er hat nicht vor, dafür sein Leben zu riskieren.

Seine Finger spüren zuerst, dass etwas nicht stimmt. Warum fühlt sich die Leine so schlaff an? Das darf so nicht sein! Er lässt sie durch die Handschuhe gleiten … und fühlt ein loses Ende. *Ach du Scheiße! Wieso endet die hier? In welcher Richtung liegt die Station?*

Ganz langsam kriecht die Angst in ihn hinein. Weiß ist der Himmel, weiß der Boden, man kann keine Entfernungen mehr schätzen. Ist der schwarze Fleck dort ein *PistenBully* oder nur irgendetwas, das ihm aus der Hand gefallen ist? *Whiteout*. Man kann nichts mehr sehen als Weiß.

Der Wind fädelt ihm das Leinenende aus der Hand, vergeblich schnappt er danach, versucht, es einzufangen. Gerät einen Moment lang aus dem Gleichgewicht. Er schwebt im weißen Nichts wie ein Astronaut. Er hat keine Ahnung mehr, wo oben und unten ist. Mit aller Kraft konzentriert sich Arvid auf das Gefühl, das seine Füße ihm senden. Er hat sich fangen können, noch steht er fest auf dem Boden.

Mit diesen Füßen kann er irgendwie zurückgehen zur Station. Das GPS hat der Kälte wegen längst aufgegeben, aber er hat für den Notfall immer einen Kompass dabei. Er fummelt ihn aus seiner Polarkombi, hebt den Kompass vor die Augen. Doch so nah er ihn auch an die Schneebrille heranbringt, er sieht nichts. Mit einem leisen *Tock!* berührt der Kompass die Gläser vor seinen Augen und trotzdem ist er nur ein dunkler Fleck im Weiß! Fast unmöglich, das Ding abzulesen. Er rät mehr, als er sieht, wo Süden ist, und stapft los, hoffentlich in Richtung der Station.

Ungebeten fällt ihm etwas ein, was Alexej mal gesagt hat. »Ein Schneesturm kann einen Menschen so leicht töten wie ein Schnellzug, er braucht nur etwas länger dafür.«

Langsam beginnt die Kälte in seinen Anzug zu kriechen.

Ich gehe wieder im Flur auf und ab, zwanzig Schritte hin, zwanzig Schritte zurück. Sevens Augen folgen mir, seine Gelassenheit treibt mich erst recht in den Wahnsinn. Schließlich marschiere ich ins Geophysik-Labor, wo Sara und Alexej gerade ziemlich nah nebeneinander sitzen. Sie zucken beide zusammen, als ich hereinkomme, Moment mal, was ist denn hier los? Aber eigentlich ist mir das egal. »Wo ist Arvids Zimmer, Alexej?«

»Im Flur das zweite von links«, sagt Alexej reflexartig und schon bin ich wieder draußen.

»Was genau hast du vor?«, fragt Seven, als ich die Tür des Zimmers aufreiße, aber er ist zu langsam, ich schaffe es noch, sie vor seiner Nase zu schließen und den Schlüssel herumzudrehen.

Allein. Das fühlt sich etwas besser an. Ganz schön eng hier drinnen, mit vier Schritten könnte man den Raum von rechts nach links durchqueren. Leicht stelle ich fest, welche der beiden Kojen seine ist, ein zusammengeknüllter Pullover, den ich schon mal an ihm gesehen habe, liegt quer darüber. Am Fußende stehen Lederstiefel, die ziemlich nach Käse riechen. Uäh. Am Kopfende hängen ein paar ausgedruckte Schnappschüsse: ein Mädchen, das ihm ziemlich ähnlich sieht, beim Laufen, sie strahlt in die Kamera, ein Border Collie hüpft neben ihr entlang. Seine Eltern, freundlich blickende Leute auf einer Seepromenade. Jungs und Mädchen beim Feiern, beim Schneeschuhwandern, in der 3D-Gamehall in diesen Klamotten mit aufgedruckten Schaltkreisen, manchmal ist auch Arvid mit drauf. Zum Glück kein Foto von dem Mädchen, um das er auf dem Internetbild den Arm gelegt hatte. Auf seinem Nachttisch liegt ein dicker, abgewetzter russischer Schmöker. Daneben ein paar Datacubes. Ich klinke einen in meinen Communicator ein und schaue mir ein paar Sekunden lang an, wie zwei Frauen und ein Mann eine Menge miteinander anstellen. Pornos! So, so.

In der Schublade und dem Regal finde ich ein Outdoor-Tablet mit rotem Rand. Im Regal liegen ein Schach-Set, ein paar Tafeln schwarze Schokolade, die mir wahrscheinlich den Magen herumdrehen würden, ein dreieckiges Stück Glas – wie nennt man das noch mal? Prisma, glaube ich – und ein Player mit Black Grunge und Toxic-Metal-Songs darauf.

Ich nähere meine Nase seinem Kopfkissen, schnuppere daran. Es riecht ein bisschen nach Honig, nach irgendeiner Art von Holz … Zeder? … und nach Mann. Hier hat sein Kopf gelegen, schon so oft.

Vorsichtig nehme ich meine alte Medaille ab und schiebe sie unter sein Kissen.

Nach einer Ewigkeit höre ich einen Aufruhr im Gang, ein Poltern, und stürze aus dem Zimmer heraus. Haben sie ihn gefunden?

Sie haben. Da steht er, fegt sich den letzten Schnee von den Stiefeln und sieht aus, als sei gar nicht viel passiert. Am liebsten würde ich auf ihn zurennen, ihn umarmen, doch die anderen umringen ihn, der Stationskoch drückt ihm eine Tasse heißen Tee in die Hand und Arvid streift sich die Mütze ab, die wie ein Eisklumpen aussieht. Alle reden in Russisch durcheinander, ich verstehe kein Wort.

Ich lehne mich an die Tür seines Zimmers, meine Füße fühlen sich an wie am Boden festgeschraubt und mein Körper scheint jemand anders zu gehören. Jemandem, der gerade die hundert Meter in neun Sekunden gelaufen ist.

Seine Augen schweifen umher, suchen sie nach mir?

Jetzt hat er mich entdeckt. Als seine Kollegen wieder an ihre Arbeit zurückgehen, schlendert er in meine Richtung, und wieder einmal lehnen wir uns nebeneinander gegen die Wand.

»Wo haben sie dich gefunden?«, frage ich.

»Keine Ahnung – irgendwo dort draußen. Ich wusste selber nicht mehr, wo ich war. Und ehrlich gesagt wurde mir gerade ein bisschen kalt.« Er lächelt schief und seine Augen verlassen mein Gesicht nicht. »Hab gehört, wer die Kavallerie losgeschickt hat. Danke.«

Er nimmt mich in die Arme und drückt mich, ich kann seinen Atem auf meiner Haut spüren. Ich lege mein Gesicht in seine Halsbeuge, meine Nase schmerzt, aber sonst fühle ich mich herrlich geborgen … und ganz ruhig. Meine ganze Anspannung ist weg – wenn ich bei ihm bin, löst sich diese Sprungfeder aus Stahl in mir.

Ich hebe den Kopf, stelle mich auf die Zehenspitzen, lege die Hände um sein Gesicht und ziehe ihn zu mir. Und dann küsse ich ihn einfach. Lege meine Lippen auf seine … und spüre, wie überrascht er ist, wie er zögert. Aber dann zieht er mich näher, küsst mich zurück, und ich weiß, dass ich mich nicht getäuscht habe.

Jemand räuspert sich. Jegor. »Ihr müsst zurück«, sagt er nur.

Wir lassen uns los und ich nicke. Wahrscheinlich warten Sara, Benny und Seven schon ungeduldig im *PistenBully*. Der Einsiedler fällt mir wieder ein und meine gute Stimmung verweht. »Können wir bis zu unserem nächsten Besuch die äh …« Wie heißt das verdammte Ding noch mal? »… Infro-Kamera ausleihen?«

»Die was?«

»Infrarot«, sagt Arvid schnell, und wahrscheinlich laufe ich gerade im gleichen Farbton an, wie auch immer Infrarot aussieht.

Jegor sieht nicht begeistert aus, er zieht die Augenbrauen hoch. »Wozu?«

»Geht um ein Experiment«, sagt Arvid zu ihm, dann wendet er sich an mich: »Reicht es noch, wenn ich nach unserem Trip zur Eiskern-Bohrung damit vorbeikomme?«

»Äh … ja, bestimmt«, sage ich.

Großer Fehler. Ganz großer.

TIEFE

»Aber das heißt doch, dass du Arvid das Leben gerettet hast, Süße!« Fee ist ganz außer sich. »*Oh my God*, das ist sooooo cool! Ich habe manchmal auch so Vorahnungen, das ist wie ein Geschenk, oder?«

Verlegen lasse ich mich von ihr umarmen und abschmatzen. Auch die anderen sind begeistert, vielleicht rechnen sie sich dadurch bessere Chancen aus, wieder auf die russische Station zu dürfen. Lässig klatscht mich Dattel ab. »Gut gemacht, Kleine.«

»Kleine?« Ich trete ihm kräftig gegen das Schienbein, doch Dattel verzieht nur kurz das Gesicht, dann grinst er wieder.

Am späten Nachmittag nimmt Martin das Ganze zum Anlass für eine Gruppensitzung zum Thema *Gegenseitige Hilfe* und allmählich wird mir der ganze Rummel zu viel. Am liebsten wäre ich alleine, um in Ruhe an diesen Kuss denken zu können.

Als die Sitzung beendet ist, will Martin uns für alle möglichen Arbeiten an der Station einteilen, doch ganz plötzlich beginnt Fee zu schluchzen. Seven nimmt sie in die Arme, murmelt ihr beruhigende Worte zu, streicht ihr übers Haar … aber das scheint nicht zu helfen.

Verstört schaue ich zu Fee hinüber. Heute Morgen ging es ihr doch gut, was ist los mit ihr? »Ach, verpisst euch, ich mag nicht drüber reden«, schluchzt Fee, doch Martin setzt sich trotzdem neben sie. »Marlene, du kannst jederzeit mit mir …«

»Lass sie in Ruhe, hast du nicht gehört, was sie gesagt hat?«, fährt Benny ihn an, und jetzt bin ich erst recht verblüfft. Benny ist doch so ein Sonnenschein, wenn ihn gerade mal niemand mobbt. Was genau habe ich verpasst?

Der Wind rauscht um die Metallhülle der Station, wir sind gefangen hier drin. Noch hat der Einsiedler sich nicht gerührt, aber ich ahne, dass es nur eine Frage der Zeit ist, bis er wieder versucht, uns zu vertreiben. Oder uns umzubringen. Ich versuche, nicht daran zu denken – wir alle versuchen das –, aber manchmal fällt es mir wieder ein und dann schnürt die Angst mir die Kehle zu.

Bis der verdammte Sturm aufhört, ist es unmöglich, zu Arvid zu fahren, das nagt an mir und erinnert mich daran, dass ich mit vierzehn diesen Freund in Wien hatte und ihn unbedingt besuchen wollte, weil er nicht genug Kohle für das Zugticket zu mir hatte. Das erste Auto, das ich dafür klaute, hatte unterwegs einen Defekt an der automatischen Steuerung und überschwemmte mich mit Fehlermeldungen, bis die Karre gar nicht mehr weiterwollte. Ich musste nachts an der Autobahn entlanglaufen, was ziemlich gruselig war – niemand hielt an, wahrscheinlich schlief die Hälfte der Leute sowieso und ließ die Automatik machen. Im nächstbesten Ort wollte ich mir eine andere Karre holen, doch das ging schief, jemand beobachtete mich und rief die Bullen.

In Wien war ich bis heute nicht.

Ich nutze meine kostbare Stunde Netzzeit dafür, mich mit Arvid per *Skype* zu unterhalten, ich sehe, wie er in seiner Koje liegt, die Arme unter dem Kopf verschränkt. »Wenn ich die Augen zumache, dann sehe ich uns auf einer Wiese im Gras liegen und zu den Wolken hochschauen«, sagt er gerade. »Langweilig, was?«

»Total«, sage ich und muss grinsen. »Hast du vorher gecheckt, ob Hundehaufen herumliegen, die die Parkroboter übersehen haben? Was ist, wenn irgendwelche Green-Giant-Junkies ihren Schleim ins Gras gespuckt haben? Außerdem bin ich allergisch gegen das meiste, was auf so einer Wiese wächst.«

Arvid seufzt. »Du bist nicht romantisch, was?«

»Doch, doch, manchmal schon.«

»Dann sag mal, wie siehst du uns? Wir fahren mit einem alten *Tesla* zu einer Klippe und lassen die Beine über die Kante hängen?«

»Sei nicht albern. Ich bin nicht immer so drauf.« Ich lächle in die Luft. »Hm … wir sitzen in einer Düne, ganz allein, das Strandgras weht um uns herum, wir schauen aufs Meer hinaus und hören den Möwen zu.«

»Ist gekauft«, sagt er, und ich wünsche mir mit aller Kraft, dass es Wirklichkeit wird. Aber es ist nicht ganz leicht, daran zu glauben.

»Was ist das eigentlich für ein Ding, das du mir unters Kopfkissen gelegt hast?«, fragt er. »Ist doch von dir, oder?«

»Das ist ein starker Glücksbringer«, erzähle ich ihm. »Pass gut darauf auf.«

Er sieht ein bisschen gerührt aus. »Mach ich. Aber brauchst du den nicht selber?«

»Ach, mich bringt so schnell nichts um«, sage ich verlegen.

»Du bist das schrägste Mädchen, das ich jemals kennengelernt habe, weißt du das?«

»Hab ich mir fast gedacht.« Immerhin, er hat nicht *kaputt* gesagt.

»Und es ist nicht so, als hätte ich nie schräge Leute kennengelernt – meine Mutter hat eine Eventagentur, ich habe schon sehr viel Zeit backstage verbracht. Vor allem bei Konzerten.«

»Wie lustig – hast du dir alle angehört?«

»Nur die, die mich interessiert haben. Und als Kind hab ich meistens völlig unbeeindruckt auf dem Boden meine Puzzles gemacht, während um mich herum die Bandmitglieder herumlungerten, sich warmspielten …«

Ich sehe ihn vor mir, den rotblonden Jungen, der mitten im Backstage-Chaos völlig versunken und mit unendlicher Geduld ein Teil ans andere fügt. »… und kifften, koksten und soffen?«

»Klar. Greg Thalvin, der Sänger von *Sharkwave*, hat mir mal was davon angeboten. Da war ich acht. Ich hab ihn gefragt, ob er auch Bonbons hat.«

Ich muss lachen. »Hast du auch BluBlood kennengelernt, den Rapper? Der war mal auf einer Party von Fee.«

»Ja, den hab ich erlebt. Echtes Arschloch. Und für Geld macht der alles.«

Ist vielleicht besser, ich erzähle das Fee nicht.

»Ich wünschte, du wärst jetzt hier«, sage ich zu Arvid und habe Angst davor, dass er jetzt irgendeinen Witz reißt. Mein Herz fühlt sich nackt und bloß an.

Doch Arvid schaut mich nur an, über die Kilometer hinweg.

»Verdammter Sturm«, sagt er.

Benny ist mies drauf und legt sich mal wieder mit jedem an. Ich sehe ihn sogar mit Seven streiten, auch wenn ich nicht hören kann, was die beiden sagen. Martin schickt ihn schließlich in sein Zimmer, weil er so unausstehlich ist.

Ein paar Tage später lässt der Wind nach. Ich habe gedacht, dass ich Arvid noch mal besuchen könnte, aber er und seine Kollegen machen sich nun auf den Weg zu der Eiskern-Bohrung. Verdammt, ich hoffe, er kommt bald zurück.

Nachdem wir die Station freigeschaufelt haben, klopft sich Martin den Schnee von den Handschuhen. »Ab zur Atka-Bucht, das wird uns guttun.«

Diesmal hat keiner von uns eine Vorahnung. Auch Fee nicht.

Sara bricht wieder zur Jagd auf, was Martin mit schmalen Augen zur Kenntnis nimmt. Wir selbst nehmen die anderen vier Skidoos, Martin fährt wie immer auf seiner Maschine voran. Sein GPS-Gerät hat er wie üblich in die Halterung des Armaturenbretts gesteckt, damit wir uns nicht verfahren in der weißen Ebene, die in allen Richtungen gleich aussieht. Hinter ihm reihen sich Seven und Fee ein, dann Kaya und Benny, Dattel und ich machen das Schlusslicht.

Ja, es tut gut, wieder hier draußen zu sein, das Eis ist ein einziges Glitzern, die kalte, klare Luft dringt in meine Lungen. Ich weiß, dass ich diese Weite und diese Luft vermissen werde, wenn wir heimfahren müssen. Aber vielleicht finde ich sie woanders wieder? Ich merke, dass ich mich auf die Kaiserpinguine freue. Ob die Jungtiere schon fertig sind mit der Mauser? Es ist so schön, dass die Tiere hier keine Angst vor uns haben.

Das Fahren ist mühsam diesmal, weil wir schräg über die Eisverwehungen holpern. Immer wieder wollen die Kufen des Skidoos den länglichen Formen folgen, rasten ein, als wären es Schienen, und ich muss ordentlich Gas geben, um das Schneemobil in die richtige Richtung zu zwingen.

»Du fährst wie ein Kameltreiber«, beschwert sich Dattel.

»Was kann ich denn für die blöden Sastrugi?«, pampe ich zurück. »Anscheinend haben die sich verändert durch den Sturm, das letzte Mal konnten wir die längs entlangfahren.«

»Kann sein.« Dattel klingt nicht sehr interessiert. »Fahr einfach langsamer.«

»Wenn ich noch langsamer fahre, dann denkt Kaya, wir wollen hier parken.«

Es leuchtet mir selbst nicht ein, was ich eben gesagt habe. Wie sollen sich diese flachen Eisdünen verändert haben durch einen einzigen Sturm? Arvid hat mir erzählt, dass sie vor allem durch die Fallwinde entstehen, die vom kilometerdicken Eisschild des Kontinents zur Küste hinunterfegen.

Ich spähe hoch zur Sonne, versuche festzustellen, ob wir überhaupt nach Osten fahren. Aber ich werde nicht schlau daraus, wann die Sonne hier wo steht – auf der Südhalbkugel ist alles anders als bei uns. »Ich glaube, wir fahren falsch«, sage ich trotzdem zu Dattel.

»Du spinnst doch, wie soll das denn gehen, Martin hat ein Navi.«

Mit einem hässlichen Knirschen verkanten sich unsere Kufen im Eis. Weil ich weiß, dass die nächste Schneemobil-Werkstatt ein paar Tausend Kilometer weit weg ist, steige ich ab, um einen Blick darauf zu werfen. Mein Fuß berührt den Boden … und sinkt einfach durch den Schnee. Ich bin in irgendein Loch getreten, und als der Schnee wegbröckelt, sehe ich, dass es kein Loch ist, sondern ein Riss im Eis, etwa so breit wie mein Stiefel. Hastig ziehe ich meinen Fuß wieder heraus. Ein kaltes Kribbeln durchläuft mich.

»Los, komm, wir verlieren den Anschluss«, meint Dattel. »Die anderen könnten sich ruhig mal umschauen, sonst hängen die uns glatt ab und merken es nicht mal!«

»Ruf sie doch her oder hast du dein Handfunkgerät vergessen?«

Das mit der Kufe sieht nicht so schlimm aus. Ich knalle den Rückwärtsgang des Skidoos rein, wozu man richtig Kraft braucht, dann lenke ich zur Seite und weiter geht's. Doch ein schlechtes Gefühl bleibt. Dieser Riss vorhin … der war sehr klein, aber ich habe ihn nicht gesehen, weil Schnee darüber lag. Gibt es hier von dieser Sorte noch mehr?

Jetzt ist den anderen aufgefallen, dass sie besser auf uns warten sollten. Martin winkt mit einer weit ausholenden Handbewegung. *Los, kommt.*

»Machen wir ja schon!«, rufe ich. Unter unseren Kufen knackt es und instinktiv gebe ich Gas, das Skidoo schießt voran.

»Und was war das jetzt?«, fragt Dattel vom Rücksitz.

»Vielleicht wieder so ein Riss im Eis«, meine ich und Dattel japst auf. »Riss im Eis? Meinst du eine Gletscherspalte?«

»Aber hier ist doch kein Gletscher«, wende ich ein und fahre etwas schneller, um die anderen einzuholen, sie sind gute 50 Meter voraus.

»Die Antarktis ist so ’ne Art riesiger Gletscher«, sagt er, seine Stimme ist ganz flach geworden. »Halt an, Crash, ich kriege das verdammte Funkgerät nicht aus der Tasche, während du fährst.« Er bewegt sich hinter mir und fummelt an seinem Overall herum, doch mit den dicken Handschuhen irgendetwas aus einer Jackentasche zu holen, ist ungefähr so leicht, wie ein Steak zu essen, wenn jemand einem die Hände auf den Rücken gebunden hat.

Ich brülle schon mal vorsorglich »Martin!«, aber das nützt nichts, aus der Entfernung und während der Fahrt hört er mich nicht. Also halte ich das Skidoo an und stehe auf, das kann er im Rückspiegel sehen. Unser Betreuer bremst seine Maschine und dreht sich halb im Sitz um. »Was ist?«, ruft er zurück.

»Wir müssen weg aus dieser beschissenen Gegend!«, schreit Dattel, er hat seine Handschuhe ausgezogen, einer davon ist ihm auf den Boden gefallen. Er schwingt ein Bein über den Sitz, um das Ding aufzuheben.

»Was?« Martin wendet sein Schneemobil wie ein Cowboy sein Pferd, jetzt kommt er auf uns zu. »Was meint ihr mit …«

»Nicht bewegen!«, brüllt Dattel.

»Was meinst du mit …«

Ich höre ein Knacken – und dann verschwindet Martin einfach. Der Boden sackt unter ihm weg, ich sehe noch, wie sich sein Mund zu einem Schrei öffnet, dann ist er weg. Mitsamt Schneemobil. Vor uns sehe ich einen gezackten Riss im Boden, der eben noch nicht da war, eine dunkle Linie im Weiß, etwa so breit wie ein Tisch.

Scheiße, denke ich.

»Scheiße«, sagt Benny.

Geschockt bleibe ich einfach sitzen und starre auf die Stelle, an der Martin verschwunden ist. Hoch und schrill schneidet Fees Kreischen in meine Ohren. Tonlos murmelt Dattel irgendwas, vielleicht ist es ein türkisches Gebet.

Jetzt steigen die anderen und ich ab, ganz vorsichtig. Das Kribbeln in mir wird stärker, als ich näher an die Gletscherspalte herangehe, den letzten Meter krieche ich auf dem Bauch wie ein Reptil. »Sei vorsichtig, verdammt noch mal!« Dattels Stimme. Ich spüre, wie mich jemand am Fuß packt und festhält.

Seven hat sich ebenfalls herangetastet, wir spähen nach unten. Im schwachen Licht sehe ich bläulich schimmerndes Eis und das Skidoo, das sich mit der Schnauze voran in der Gletscherspalte verkeilt hat. »Verdammt tief«, sage ich und kriege kaum noch Luft, weil mein Atem so schnell geht. »Siehst du Martin?«

»Nee, aber ich höre ihn«, meint Seven. »So wie der brüllt, lebt er noch.«

Ja, ich höre ihn auch, gerade dringt noch ein rauer Schrei aus der Tiefe und jagt mir einen Schauer über den Rücken.

Eins ist klar, Martin ist verletzt, wahrscheinlich schwer. Was ist, wenn er stirbt? Zum ersten Mal dämmert eine Ahnung in mir hoch, wie es für andere Leute gewesen sein muss, meine Unfälle mitzuerleben. Auch wenn ich nie so geschrien habe. Praktischerweise werde ich leicht bewusstlos.

»Martin?«, rufe ich hinunter.

»Ich bin hier!«, tönt es verzweifelt zurück.

Seven kriecht noch etwas weiter nach vorne. Ich mag vieles an ihm nicht, aber mutig ist er, keine Frage. »Ah, jetzt kann ich ihn sehen«, meint er. »Er ist ungefähr fünf Meter weiter unten als das Skidoo, auf einem Vorsprung. Einem ziemlich kleinen Vorsprung, von dem könnte er abrutschen, wenn er Pech hat. Puh, ist die Spalte tief. Ich kann keinen Boden sehen.«

»Martin?«, rufe ich hilflos hinunter. »Halt durch!«

»Ich versuch's«, dringt es schwach aus der Tiefe.

»Wir wissen, wo du bist. Wir holen dich da raus!«

»Nein! Macht das nicht! Ruft Hilfe!«

Etwa gleichzeitig bemerken Seven und ich, dass wir auf einer Art Schneebrett liegen, das über die Gletscherspalte hinwegragt, und krabbeln hastig wieder zurück. Jemand von Saras Umfang wäre wahrscheinlich durchgebrochen, wir haben Glück gehabt. Ich glaube nicht, dass Dattel es wirklich geschafft hätte, mich festzuhalten, wahrscheinlich wäre er mit mir in die Tiefe gestürzt.

Blass und verstört stehen die anderen und ich beisammen und blicken uns an. Nur Kaya wirkt entschlossen, fast grimmig, aus ihren eigenartig grünlichen Augen flammt die Wut. »Das war Absicht«, sagt sie.

»Was genau?« Dattel funkelt sie an. »Die Gletscherspalte war von Schnee bedeckt, wir hatten keine Chance, sie zu sehen.«

Mir ist elend zumute. Stimmt, hatten wir nicht. Aber wir hätten die anderen warnen können, wenn wir nur schneller gewesen wären. Lauter geschrien hätten. Das Funkgerät so in den Overall gesteckt hätten, dass wir drankommen.

»Glück im Unglück, dass nur einer auf dem Skidoo gesessen hat«, sagt Seven.

»Aber dieser eine ist zufällig unser Chefbetreuer«, gebe ich bitter zurück. »Und wahrscheinlich neben Sara der Einzige, der weiß, wie man Leute aus Gletscherspalten rausholt.« In unserem Vorbereitungsseminar war das kein Thema, und langsam geht mir auf, dass ein Tag dafür viel zu kurz war. Das passt dazu, dass wir nur zwei Betreuer haben und auf einer halb wracken Station leben müssen. Wir haben das Sparpaket bekommen und jetzt rächt sich das.

»Was jetzt?«, fragt Benny, das Kindergesicht blass wie Milch.

Arvid! Arvid weiß unter Garantie, was jetzt zu tun ist. Erleichterung durchflutet mich, wenn ich nur an ihn denke. Außerdem haben die Russen einen Hubschrauber, mit dem sie Martin ausfliegen können. Ich klicke einen Kanal nach dem anderen auf dem Handfunkgerät durch, versuche, Arvid zu rufen. »*Polarnaja Swesda,* bitte kommen, Arvid, kannst du uns hören? Verdammt, wir brauchen euch!«

»Vergiss es«, sagt Seven nüchtern. »Diese kleinen Dinger haben nicht genug Reichweite.«

Mir fällt ein, dass die Russen sowieso nicht da sind. Arvid und die anderen sind abgeflogen zur Bohrung. Als ich das den anderen sage, ist das Schweigen schwer wie Blei.

»O nein«, sagt Benny, auch er hat wie wir alle darauf gehofft, dass die Leute der russischen Station uns aus der Patsche helfen würden. »Ich glaube, das sagen wir Martin besser nicht, sonst gibt er auf.«

»Wir müssen ihm helfen, wir müssen ihm helfen«, wiederholt Fee immer wieder. Sie presst die Hände auf die Ohren, damit sie Martins Rufe nicht mehr hören muss, und atmet keuchend, immer flacher. »O Gott, er stirbt. Er *stirbt!* Vielleicht verblutet er gerade und wir …«

Kaya knallt ihr eine. Benommen blickt Fee sie an, sagt aber nichts, und ihr Atem geht wieder ruhiger.

»Vielleicht können wir Klamotten aneinanderknoten, bis ein Seil draus wird«, schlägt Benny vor. »Dann kann er sich daran festhalten und wir ziehen ihn …«

»Schlechte Idee, Benny.« Jetzt übernimmt Seven das Kommando. »Okay, hört zu. Zwei von uns fahren zurück und holen Seile, Schmerzmittel und was wir sonst noch an Ausrüstung finden. Ein Team bleibt hier.« Wie selbstsicher er wirkt. Ich bin dankbar dafür. Bisher habe ich gedacht, dass Dattel das Alphatier der Gruppe ist, aber ich habe mich getäuscht.

»Wird nicht ganz leicht, ihn und das Skidoo da rauszuwuchten«, fährt Seven fort. »Am besten, wir fahren den *PistenBully* her. Der hat einen Kran am Heck. Damit geht es bestimmt.« Halleluja, jemand hat eine Idee! Doch Dattel wendet sofort ein: »Was ist, wenn der auch in eine Gletscherspalte fällt? Wenn die hier überall sind?«

»Wir müssen halt verdammt vorsichtig sein«, meint Seven nur. »Ganz langsam fahren. Genau Ausschau halten.«

Allein der Gedanke, auch in einer dieser Spalten zu landen, jagt mir einen kalten Schauer über den Rücken. Ich weiß nicht genau, weshalb ich mich trotzdem freiwillig melde, um zurückzufahren. Verblüfft sehe ich, dass auch Benny die Hand hebt – das hätte ich ihm gar nicht zugetraut. Wir rennen zu den Skidoos.

»Wartet!«, brüllt Dattel mir hinterher. »Habt ihr die Koordinaten abgespeichert?«

Guter Punkt. Ich drücke die Funktion auf dem GPS.

Zur Sicherheit nehmen wir jeder ein Skidoo. Mindestens einer von uns muss ankommen. Plötzlich bin ich wieder ganz ruhig, meine Hände umfassen den Gashebel, ziehen ihn durch. Das GPS weist mir den Weg zurück.

Eingekuschelt in den Schnee liegt unsere Station da, friedlich und still. Ich würge den Motor ab, rase die Metalltreppe hoch und stürze mich durch die Falltür der Ballonfüllhalle. Benny ist dicht hinter mir, als ich hinabpoltere auf Deck 2 und nach Sara brülle. Keine Reaktion. Sie ist nicht da. Stimmt, sie wollte ja zur Jagd.

Ich renne weiter zum großen Funkgerät in Martins Büro. Ich muss es versuchen, vielleicht haben wir ja unwahrscheinliches Glück und Arvid und seine Kollegen sind noch nicht abgeflogen. »*Polarnaja Swesda,* hier ist *Neumayer III*, wir haben einen Notfall!«

Eine russische Stimme antwortet, keine Ahnung, wer das ist, ich verstehe kein Wort. Das muss einer der Leute auf der Station sein, die kein Englisch können. Schließlich muss ich aufgeben.

Doch als wir schon weiterlaufen wollen zum Lazarett, höre ich Arvids ruhige Stimme aus dem Funk, sehr leise, sehr fern. Er ist weit weg, viel zu weit. »Jemand hat mir Bescheid gegeben, dass ihr uns gerufen habt. Crash, was ist los?«

»Wir haben einen Notfall«, keuche ich. »Martin ist mit dem Skidoo in eine Gletscherspalte gefallen. Ich weiß nicht, ob wir ihn rauskriegen. Er ist verletzt.«

»Wie schwer?«

»Wissen wir nicht!« Meine Augen prickeln, sind das Tränen? Scheint fast so.

»Gib mir mal die Koordinaten«, sagt Arvid und ich lese sie vom GPS ab.

»Was wolltet ihr denn in dieser Gegend?« Er klingt überrascht. »Es ist auf den Karten eingezeichnet, dass dort Gletscherspalten sind.«

»Ist doch jetzt egal!«, brülle ich ins Mikrofon. »Komm einfach!«

Ein langes Schweigen. Dann sagt er: »Wir sind gerade auf dem Slessor-Gletscher, das ist verdammt weit weg. Habt ihr gesehen, wie tief Martin liegt oder worauf?«

»Auf einem Vorsprung. Auf einem ziemlich kleinen Vorsprung.«

»Mist. Ich versuche gleich mal, *Neumayer IV* zu erreichen, die sind näher an euch dran.«

»Aber die haben keinen Hubschrauber, oder? Wenn er schwer verletzt ist …«

»Cool bleiben, Crash. Redet Martin gut zu, okay? Sagt ihm, wir holen ihn da heute noch raus.«

Heute noch? Das heißt, es kann Stunden dauern! Dann ist es vielleicht zu spät.

Als ich das Funkgerät wieder ausschalte, muss ich mich erst mal setzen und tief durchatmen. Zaghaft lächelt mir Benny zu, und ich schaffe es irgendwie, zurückzulächeln. Dann gehen wir im Laufschritt zum Lazarett.

»Was genau hat er damit gemeint?«, fragt Benny eingeschüchtert, während er neben mir herhetzt. »Was wir in der Gegend wollten? Wir sind einfach zur Atka-Bucht …«

»Das war nicht der Weg zur Atka-Bucht.« Inzwischen bin ich mir ganz sicher. »Jemand hat unser Gerät umprogrammiert, so dass wir falsch gefahren sind.«

Das war Absicht. Kaya hat es schneller kapiert als ich. Sie ist nicht so dumm, wie sie selbst denkt.

Benny starrt an die Wand. »Ja. Ich glaube, du hast recht. Das war kein Zufall.«

»Der Einsiedler. Er hat versucht, uns alle umzubringen.« Ich muss es einfach sagen. Aber es klingt so unecht. Als wäre das hier nicht unser Leben, sondern ein Film, in dem wir brav die Sätze sprechen, die sich ein Drehbuchschreiber ausgedacht hat.

Wir sind im Lazarett auf Deck 1 angekommen, vorsichtig beginnt Benny, Schubladen zu öffnen. »Ich hätte nicht gedacht, dass der Einsiedler so etwas kann. Bisher war es ja … anders. Das Blut, die Glasscherben …«

Zorn steigt in mir hoch, heißer, ätzender Zorn. Ich reiße Schranktüren auf, zerre den Inhalt heraus, wühle darin herum, wo sind die verdammten Schmerzmittel? »Wieso sollte er sich nicht mit Elektronik auskennen? Wahrscheinlich ist er ein ehemaliger Wissenschaftler. Und die GPS-Geräte stehen den ganzen Tag über in der Ladestation, er hätte sie in der Nacht in aller Ruhe umprogrammieren können!«

»Stimmt. Und garantiert weiß der, in welcher Gegend hier Gletscherspalten sind. Ist schließlich seine Heimat.« Benny dreht eine Packung in der Hand und liest das Schild darauf. Er trägt die Datenbrille, seine Lippen bewegen sich lautlos – er schaut wohl nach, was das für Medikamente sind. Das winzige Licht an seiner BrainConnect glüht.

Ich nicke. »Er hat gemerkt, dass es nichts bringt, uns zu erschrecken, deshalb jetzt die härtere Nummer.«

Es muss der Einsiedler gewesen sein! Wer denn sonst? Ungebeten kriecht der Gedanke in mein Hirn, dass wir in der Gruppe zwei Hacker haben, für die es eine Fingerübung wäre, ein Navi umzuprogrammieren. Aber zum Glück ergibt das keinen Sinn, wir waren alle dabei, niemand riskiert seinen eigenen Tod, um anderen eins auszuwischen. Oder?

»Du warst das nicht, oder?«, frage ich ganz spontan.

Benny glotzt mich an. Innerhalb von Momenten ist sein

Kopf rot wie eine Ampel. »Nein, ich … nein! Du spinnst wohl, wieso sollte ich so etwas …«

»Keine Ahnung.« Seine Reaktion kommt mir seltsam vor, aber es ist keine Zeit für ein richtiges Verhör. Wahrscheinlich hat Martin grauenhafte Schmerzen.

Benny wühlt sich wieder in die Schränke hinein. »Hier!«, schreit er erleichtert und wuchtet ein paar Gasflaschen mit der Aufschrift *N_2O* auf den stählernen OP-Tisch. »Lachgas! Das benutzt man gegen Schmerzen. Hab ich gerade nachgeschaut.«

Erleichtert nicke ich und drehe probeweise eine der Metallflaschen auf, um mal zu schnuppern. Nichts passiert. Moment mal, müsste es nicht zischen? Aber da zischt nichts, auch bei den anderen Flaschen nicht. Ich ahne, was passiert ist, und schleudere die Gasbehälter wütend quer durchs Lazarett. »Die sind alle leer! Das war Kaya, diese blöde Drogenschlampe!« Jetzt weiß ich also, wieso sie nachts durch die Station geschlichen ist.

»Alle?« Betroffen testet Benny die Gasflaschen, dann nickt er. Und greift mit beiden Händen in eine Schublade. »Und hier sind … äh, waren … auch die Schmerzmittel.«

Ich überzeuge mich selbst – die Packungen sind alle aufgerissen, zerfleddert. Nichts mehr drin.

»Die muss die Dinger gefressen haben wie Bonbons.« Ich bin so wütend, dass es mich fast zerreißt. »Und wahrscheinlich ist sie nicht mal high geworden davon! Martin und Sara hätten das verdammte Zeug wegschließen müssen!«

»Das haben sie nur mit den Beruhigungsmitteln gemacht.«

Es ist nicht zu ändern und wir müssen schnellstens mit dem *PistenBully* los. Benny kritzelt schnell eine Nachricht für Sara und legt sie in die Küche, dann rennen wir runter in die Schneegarage.

Die Fahrt ist furchtbar. Wird der Bully in so eine Gletscherspalte stürzen? Gleich? Jetzt? Meine Nerven vibrieren, ich rechne jeden Moment damit, dass der trügerische weiße Boden unter uns nachgibt. Aber er hält.

Als wir mit dem Bully eintreffen, stehen die anderen immer noch herum und ein paar Meter weiter marschieren zwei Adéliepinguine unbeeindruckt durchs Gelände.

Um die Pistenraupe gleich so einzuparken, dass wir den Kran benutzen können, stemme ich den Finger auf den Knopf, der den Rückwärtsgang aktiviert. Dann manövriere ich so nah ran, wie ich mich traue. Bloß nicht zu nah. Wenn die Gletscherspalte einstürzt, ist Martin tot.

Seven ist ganz cool. »Ich habe mal in der Datenbank meines Communicators nachgeschaut, da war ein Video drin, wie so eine Spaltenrettung funktioniert. Das kriegen wir hin.«

»Bist du sicher? Wollen wir nicht lieber …«

Ein Bündel Seile und anderer Bergsteigerkram inklusive einiger harter und schwerer Dinge fliegt an mir vorbei, Benny hat sie rausgeworfen. Schon fängt Seven an, einige der Seile an der Pistenraupe festzumachen.

»Sei bloß vorsichtig.« Fee zittert.

»Alles easy. Wir schaffen das.«

Je öfter er es wiederholt, desto mulmiger wird mir zumute.

»Hm, wozu sind die gut?« Dattel dreht eine riesige Schraube aus Metall in der Hand, die wir mitgenommen haben, weil sie bei der Ausrüstung dabei war. »Kann man damit Elefanten irgendwo befestigen?«

»Ah, eine Eisschraube, prima.« Seven beginnt, sie ins Eis zu drehen. Dann ist er mit seinen Vorbereitungen fertig. »Crash, du bedienst den Kran. Das geht mit dem Joystick im Führerhaus. Lass das Kabel ab, wenn ich es sage.«

»Mach ich.« Ich klettere auf den Fahrersitz und hänge

mich halb aus dem Fenster, um nichts zu verpassen. Benny hilft Seven, das Stahlseil an seinen Gürtel zu haken. Halb fasziniert, halb beunruhigt schauen wir zu, wie Seven die Füße gegen die Ränder der Gletscherspalte stemmt, er seilt sich in die Tiefe ab. Das sieht gruselig aus, wie hoch sind eigentlich die Chancen, dass er wieder zum Vorschein kommt? Angespannt warte ich auf sein Kommando und schließlich dringen irgendwelche dumpfen Laute aus der Gletscherspalte nach oben.

»Äh? Was soll das denn heißen?«, frage ich Fee. »Hast du das verstanden?«

»Ich verstehe jedes verdammte Wort, das Seven sagt!«, brüllt sie zurück. »Du sollst das Kabel runterlassen! *Mach schon!*«

Der Zustand von Fees Nerven ist nicht der beste. Kann ich verstehen.

Ein Adéliepinguin geht ein paar Meter neben ihr vorbei. Fee wirft ihm einen bösen Blick zu, als wäre er persönlich für die aktuelle Katastrophe verantwortlich. »Und jetzt hochziehen!«, übersetzt sie mir die Laute aus der Tiefe. »Aber ganz langsam, sagt Seven! So, als wenn du ein Baby schaukeln würdest!«

Ich tippe mir an die Stirn. Als würde irgendjemand ein Baby am Kabel eines Lastenkrans schaukeln. Aber egal. So feinfühlig wie möglich bediene ich den Kran und dann sehe ich zwei Menschen am Rand der Gletscherspalte auftauchen.

»Das sind sie, das sind sie!«, kreischt Benny.

Fast hätte es geklappt. Fast.

Als die beiden nur noch einen halben Meter unter der Oberfläche sind, frisst sich die Kabeltrommel des Krans knirschend fest. Nichts geht mehr. Nicht vor, nicht zurück.

Ich hechte aus dem Führerhaus und laufe hin, um zu helfen. Wir packen alle mit an und kurz darauf liegt Martin auf dem festen Schnee der Oberfläche. Er atmet flach, sein Gesicht ist grau vor Schmerzen.

»Alles wird gut, alles wird gut«, murmelt Fee und streicht hilflos über seine Stirn. Er blickt zu Fee hoch, versucht ein Lächeln, aber es klappt nicht so richtig. Ich muss wegschauen, weil ich sonst anfange zu heulen. Wirklich gemocht habe ich ihn nie, aber das hier würde ich niemandem wünschen.

»Hey, Leute, wir haben ihn rausgeholt«, stellt Dattel ungläubig fest.

Seven lächelt nur fein, statt ihn darauf hinzuweisen, dass *er* ihn rausgeholt hat. Aber das macht nichts, Fee umarmt ihn stürmisch, Benny schlägt ihm auf die Schulter, und auch ich kann nicht anders, ich lächele Seven zu. Eins steht fest, er ist saumäßig mutig. Wenn irgendwas schiefgegangen wäre, wären es zwei Leute gewesen, die da drinnen festgesessen hätten.

»Was tut dir weh?«, frage ich Martin.

»Besonders die Beine«, sagt er, seine Stimme klingt rau. »Ich glaube ... da ist was gebrochen.«

Als Dattel und ich ihn abtasten, stellen wir fest, dass sogar beide Beine gebrochen und so stark angeschwollen sind, dass sie eher wie Würste aussehen. Betroffen schauen wir uns an. Zwei gebrochene Beine, das ist eine glatte Zehn auf der Schmerz-Skala – und wir haben nichts, was wir Martin geben können.

»Besser, wir schaffen ihn direkt nach *Neumayer IV*«, meint Dattel. »Die haben unter Garantie ein richtiges Lazarett, wenn unsere Bude schon einen Operationssaal hat.« Wir wissen beide, dass wir auf den Hubschrauber nicht zu hoffen brauchen.

Als wir gerade überlegen, wie zum Teufel wir Martin heimbringen sollen, fangen meine Ohren ein Geräusch auf. »Da kommt ein *PistenBully*«, sage ich, schnappe mir ein Fernglas und schaue mich hoffnungsvoll um. »Ich glaube, es ist keiner von den russischen. Hat eine Kabine hinten drauf.«

Sehr langsam und vorsichtig tastet sich die Maschine durch das Gletscherspaltenfeld. »Vielleicht haben die Bodenradar oder so was«, vermutet Dattel.

Zehn Minuten später stehen wir vor zwei deutschen Forschern mit dem Logo von *Neumayer IV* auf der Brust. Genau den Leuten, denen wir niemals begegnen sollten. Ich bin so eingeschüchtert, dass ich nur mit »Ja« und »Nein« antworte, und überlasse es Seven, zu erklären, wie alles passiert ist.

Betroffen stehen wir herum und murmeln »Viel Glück«, »Gute Besserung« und ähnlichen Mist, während einer der Deutschen Martin eine Spritze verpasst. Unser Betreuer schafft es noch, die Hand zu heben zum Abschied, dann verfrachten die Leute ihn in die Pistenraupe und betten ihn in der Kabine auf den Boden, seine Beine sind in aufblasbaren Schienen ruhiggestellt.

»Fahrt einfach hinter uns her, wir bringen euch zurück«, sagt einer der Forscher.

Sie liefern uns in *Neumayer III* ab, dann fahren sie mit Martin weiter und wir sind allein.

SPASS

Am ersten Abend sind wir wie betäubt. Keiner mag reden. Sara, die die Nachricht von Martins Unfall mit hochgezogenen Augenbrauen zur Kenntnis genommen hat, spricht über Funk mit *Social Adventures Network* und serviert dann ein Risotto mit schleimigen Pilzen aus der Dose. Niemand hat Appetit und fast das gesamte Essen landet im Biomüll-Recycler, später können im Zwischendeck neue Champignons darauf wachsen. Sara beobachtet es mit finsterem Blick.

»Sorry, aber …«, sage ich hilflos. »Wir hatten eben keinen …«

Unsere mongolische Betreuerin und Köchin zuckt nur die Schultern und stapft davon. Sieht nicht so aus, als hätte sie große pädagogische Pläne für uns. Wahrscheinlich ist sie überfordert mit uns oder so was. Jedenfalls verzieht sie sich für den Rest des Abends an einen unbekannten Ort in der Station.

Natürlich gönnen wir uns alle unbegrenzte Netzzeit über die Satellitenverbindung, und prompt ist Dattel abgetaucht, er ist mit seinem VirtualReality-Helm online und nicht mehr ansprechbar. Seven ist dabei, seine Blogsoftware zur Vernunft zu bringen, weil die irgendeinen Bug hat, aber Fee hängt an ihm wie eine Ertrinkende und schleift ihn schließlich auf ihr Zimmer. Wortlos starrt Kaya auf den Bildschirm in unserem Aufenthaltsraum, sie schaut eine *Sue Steel*-Folge nach der anderen. Benny liegt einfach nur da und starrt an die Decke.

Das alles macht mich fertig, wieso können wir nicht wenigstens darüber reden, was passiert ist? Oder was wir dagegen tun können, dass der Einsiedler uns in diesem Sarg aus Stahl einen nach dem anderen ausschaltet?

Ich schließe mich in meinem Zimmer ein und werfe mich aufs Bett, ohne mich auszuziehen, und irgendwann fallen mir die Augen zu.

Ein Splittern, mein Körper wird hin und her geworfen, die Welt ist verkehrt herum … nein, nur das Auto ist auf dem Dach liegen geblieben. Mein Bein ist eingeklemmt, ich kann mich nicht bewegen. Es riecht komisch, war ich etwa so blöd, einen Wagen mit Brennstoffzelle zu klauen? Wird er gleich explodieren? Nein, es ist doch nur Benzin … aber auch das brennt, verdammt gut sogar … Und was ist das für eine Hand da draußen, die ein Streichholz anreißt?

Als der bescheuerte Traum mich aufweckt, ist es drei Uhr nachts. Verschlafen öffne ich ein Auge, hebe die Hand und schalte vorsorglich den Wecker aus. Um sechs Uhr aufstehen so wie sonst? *Forget it.*

Mein Tablet weckt mich schließlich kurz vor acht, eine Nachricht von Arvid. Gierig öffne ich sie.

> *Hi Crash,*
> *Wir haben Martin mit dem Heli zur Station Novolazarevskaya gebracht, von dort aus ist er gerade nach Kapstadt ausgeflogen worden. Es geht ihm den Umständen entsprechend gut, wie man so sagt. Wir bleiben noch zwei Tage hier, weil der Hubschrauber gewartet werden muss, und fliegen dann zurück zur Eiskern-Bohrung. Kommt ihr klar? Freue mich auf dich!*
> *Arvid*

Erleichtert lasse ich mich zurücksinken und schließe die Augen wieder. *Freue mich auf dich. Freue mich auf dich.* Kann ich das in meinem Hirn auf Endlosschleife schalten?

Irgendwann zwischen zehn und elf haben alle den Weg zum Frühstückstisch geschafft. »Hat irgendjemand Sara gesehen?«, fragt Dattel gähnend, er trägt noch sein Schlaf-T-Shirt mit den Tourdaten irgendeiner Hip-Hop-Band.

»Ich jedenfalls nicht, hab mir einfach selber ein paar Brötchen aufgebacken«, meldet Benny. Seven schnappt sich gleich eins und Dattel greift sogar mit beiden Händen zu.

»He, bist du ein Gebäckstaubsauger oder was, mach dir selber welche!«, protestiert Benny, worauf Fee ihn einen blöden Egoisten-Hobbit nennt. Dattel grölt vor Lachen, und ein paar Sekunden später ist eine Brötchenschlacht im Gange, Geschosse prallen von den Wänden ab, Krümel überall, und Benny hat Marmelade in den Haaren. Aber das beeindruckt ihn nicht, er isst einfach weiter, eine umgedrehte Brötchenhälfte wie eine Kappe auf dem Kopf. Fee kriegt sich gar nicht mehr ein vor Lachen.

»Mag noch jemand Butter auf den Scheitel?«, bietet Benny an. »Ist super gegen frühzeitigen Haarausfall.«

Wir schauen uns an, und auf allen Gesichtern sehe ich ein Grinsen, wie es breiter nicht mehr geht. Allmählich dämmert uns, dass es Vorteile bietet, keinen Martin im Haus zu haben. Sara wird sich um uns kümmern? Guter Witz.

Kaya geht in die Küche, um Nachschub zu holen. »Keine Brötchen mehr da, wir brauchen welche aus dem Vorratsraum«, meldet sie.

Dem Vorratsraum, der mit Retina-Scan gesichert ist, in den niemand hineindarf außer unseren Betreuern.

Dattel und ich tauschen einen Blick. »Und, was ist?«, fordere ich ihn heraus. »Machst du dich dran?«

»Gib mir ’ne Viertelstunde«, sagt er, streicht sich eine schwarze Haarsträhne aus der Stirn und setzt ein wölfisches Grinsen auf.

Er holt seinen Communicator und ein paar Werkzeuge, dann macht er sich vor der Tür kniend an die Arbeit, zwischendurch beißt er abwesend von seinem Brötchen ab. Neugierig schauen ich und die anderen immer wieder in den Mittelgang und beobachten, wie er programmiert, testet, sein Auge vor den Scanner hält, weiter auf seinem Communicator tippt. Ganz so leicht, wie Dattel sich das gedacht hat, ist es wohl nicht, denn hin und wieder dringen deutsche und türkische Flüche zu uns herüber.

»Sinan, wir sollten über deine Ausdrucksweise reden«, sagt Fee spitz und wir müssen lachen.

»Zum Glück ein veraltetes System«, sagt Dattel schließlich, lässt noch einmal sein Auge scannen und kickt gegen die Tür, die ohne Widerstand aufschwingt. Mit einer eleganten Verbeugung nimmt er Lob und Applaus entgegen, dann lassen wir die Krümelorgie hinter uns und gehen erkunden, was der Vorratsraum zu bieten hat. Die Regale sind knallvoll mit Dosen, Packungen, Tüten.

»Eingelegte Artischocken!«, seufzt Benny und beschlagnahmt ein Glas.

»Chips mit Lotusgeschmack!« Fee rafft einen ganzen Arm voll Tüten zusammen. »Meine Lieblingssorte, wieso hat Martin die nicht rausgerückt?«

Kaya schneidet eine Zitrone auf und macht sich daran, sie auszulutschen, was ich kaum mit ansehen kann. Dann greift sie sich einen Fünf-Liter-Eimer Essiggurken und sieht sehr happy aus. »Die Dinger haben die gleiche Farbe wie dein geliebtes Green Giant«, neckt Benny Kaya, reißt eine Großpackung Karamellbonbons auf und reicht sie herum.

Kaya lacht. Kann das sein? Ja, sie hat eindeutig gelacht, kein Zweifel möglich. Sie hat ein tiefes Lachen, das direkt aus dem Bauch kommt. Alle starren sie an.

»Stimmt«, sagt Kaya. »Aber ich glaube, die hier schmecken besser.«

Mir fällt die Sache mit dem Lachgas wieder ein. »Wenn du Wert auf den Geschmack legst, wieso hast du uns die ganzen verdammten Schmerzmittel weggefressen?«

»Sie hat was?«, fragt Dattel verblüfft.

»Das Lachgas, sämtliche Tabletten, alles weg«, berichte ich den anderen. »Und es gibt garantiert keinen einzigen Webshop, der hierherliefert.«

Benny verschränkt die Arme. »Kontaktspray haben wir in der Werkstatt auch keins mehr, habe ich festgestellt, anscheinend kann man das schnüffeln.«

»Musste das sein?« Fee wirft Kaya einen vorwurfsvollen Blick zu. »Du gewinnst hiermit die Wahl zur Miss Junkie! Du warst das doch, oder?«

Schuldbewusst betrachtet Kaya ihre Schuhspitzen und nickt.

»He, Leute, hier ist was richtig Gutes«, ruft Seven, der währenddessen weiter herumgewühlt hat. »Ich glaube, ich weiß, weshalb die den Raum abgeschlossen haben.«

Neugierig gehe ich näher. Aha, hier haben Martin und Sara den Alkohol gelagert, den wir nie zu sehen bekommen haben. Neben mehreren Fässchen Cola – ich wusste nicht, dass es das Zeug auch im Fass gibt – und Großpackungen mit Sprudel und Saft stehen hier auch einige Kästen und Fässer mit Bier. Außerdem sehe ich einen Karton mit Whisky, Cachaca und weißem Rum. Wow, davon müssen wir den Russen was mitbringen. Bier hält sich nicht lange, wahrscheinlich haben die nach dem langen Polarwinter keins mehr und Arvid freut sich bestimmt. Ich würde so gerne mal wieder sehen, wie er sich freut – ich bekomme jedes Mal weiche Knie, wenn seine grüngrauen Augen aufleuchten.

»Leute, das schreit nach einer Party«, verkündet Fee.

»Absolut«, sagt Seven und auch die anderen nicken. Lachend und plaudernd wühlen wir weiter, suchen Sachen zusammen, die wir für die Party brauchen können – geräucherte Würstchen, schon etwas eingetrocknete Limetten für Caipirinhas, noch mehr Chips.

»Vielleicht könnten wir uns Pizza back…« Plötzlich verstummt Dattel und richtet sich auf. »Schaut mal. Das war ganz tief drin in einem Karton mit Pizzateig-Backmischungen.«

In seiner Hand ist ein schwarzglänzendes Stück Metall. Es ist still geworden im Lager. Fasziniert starre ich die Waffe an und auch die anderen kommen neugierig näher. Dattel dreht die Pistole in der Hand, geht mit ausgestreckten Armen in Pose und zielt auf die Wand. »Stehen bleiben, ich warne Sie nicht noch mal!«, knurrt er, Film-Cop durch und durch.

»Ist die geladen?«, fragt Fee erschrocken.

»Keine Ahnung. Muss nachschauen.« Dattel verwandelt sich zurück in einen normalen Jungen. Planlos fummelt er an der Pistole herum.

»Gib mal her«, meint Seven und streckt die Hand aus, doch Dattel dreht sich halb um, wendet ihm den Rücken zu, während er die Waffe untersucht. Der hat nicht die Absicht, das Ding wieder herzugeben, so viel ist klar.

»Los, gib her«, sagt Seven in schärferem Ton.

»Wieso?«, fragt Dattel, ohne aufzusehen. »Bist du der bessere Sheriff oder was?«

»Vielleicht – und für wen hältst du dich?« In Sevens Augen glimmt ein gefährlicher Funke. »Gestern, bei Martins Unfall, hast du nur rumgestanden und Koranverse gemurmelt, oder?«

»Fick dich!« Dattel stößt ihn vor die Brust.

Sevens Lippen sind schmal geworden. Er erwidert nichts, aber sein Blick ist kalt. Einen Moment lang wünsche ich mir, Martin wäre da, Martin mit den Preisboxer-Muskeln und der sanften Stimme. Was soll ich machen, wenn die beiden jetzt gleich herumballern? Die Regale taugen nicht als Deckung, außer die Kugel bleibt in diesem geräucherten Schinken dort stecken. Besser, ich werfe mich auf den Boden und ziehe Benny mit nach unten, der Kleine steht ratlos neben mir.

»Denkt dran, keine Schmerzmittel, Jungs«, sagt Fee, sie versucht, lässig zu klingen. »Macht also keinen Scheiß, ja?«

Keine Antwort. Auch ihr Lover blickt sie nicht an, er behält Dattel im Auge.

Noch immer hat Dattel nicht raus, wie man die Pistole öffnet, und nun mischt sich plötzlich Kaya ein. »Ich weiß, wie das geht«, sagt sie nüchtern, und ohne Dattels Zustimmung abzuwarten, nimmt sie ihm die Waffe aus der Hand. Dattel guckt verblüfft. Zack, zack, schon hat sie das Magazin herausgeholt und herausgefunden, dass die Pistole nicht geladen ist, doch mittlerweile hat Benny zwischen den Pizzateig-Mischungen fünf Patronen gefunden. Auch ihn fragt Kaya nicht, ob sie sie nehmen darf, sie tut es einfach.

»Ich weiß nicht, ob das eine gute Idee ist«, sage ich schwach, während Kaya die Pistole lädt und entsichert. Alle anderen schauen in Schockstarre zu, dabei wissen sie nicht mal, was ich und Dattel über Kaya herausgefunden haben.

Kaya lächelt, es sieht fast unbeschwert aus. Dann sichert sie die Waffe wieder. »Wir sollten irgendeinen guten Platz dafür finden. Die ist nicht durch einen ID-Chip gesichert, das heißt, jeder kann sie abfeuern. Kein Spielzeug.«

Sie reicht mir die Pistole mit dem Griff voran. Wieso ausgerechnet mir? Ich hasse Waffen, ich will mit den Dingern nichts zu tun haben!

»Ja, sollten wir«, sage ich. Behutsam nehme ich die Pistole, und jetzt bin ich es, die im Schnittpunkt vieler Blicke steht. Fühlt sich nicht sonderlich gut an. Ich bin sicher, dass Dattel, Fee und Benny mich mögen, aber jetzt schauen sie mich an, als wäre ich eine Fremde, die sie einschätzen wollen. Die ihnen vielleicht gefährlich werden könnte. Nur Seven scheint es lieber zu sein, dass ich die Waffe habe, wahrscheinlich hält er mich für ungefährlich.

Sie müssen sich keine Sorgen machen, ich habe weder vor, die Pistole zu behalten, noch sie zu benutzen. Das Problem ist nur, wohin damit? Es gibt keinen Ort in der Station, an dem ich sie sicher und geheim aufbewahren könnte – meine Medaille ist ja auch schon am ersten Tag geklaut worden.

»Ich würd sagen, überlegen wir mal zusammen, wo wir das Teil hintun könnten«, meine ich und ärgere mich darüber, dass ich dabei ein klein bisschen wie Martin klinge.

»Den Pizzateigkarton fand ich eigentlich nicht schlecht«, sagt Benny mit dünner Stimme. »Das kann man sich gut merken – ihr wisst schon, Mafia und so.«

Schließlich einigen wir uns auf ein noch originelleres Versteck. Wir mampfen eine der Chipstüten leer, stecken die Pistole hinein und verschließen die Tüte mit Streifchen von durchsichtigem Klebeband, sodass der Unterschied kaum zu sehen ist. »So, die findet der Einsiedler nicht so schnell«, meint Fee zufrieden. »Vor dem müssen wir uns nie mehr fürchten, ist das nicht cool, Leute? Jetzt sind wir total schwer bewaffnet! Und er kann uns das Ding nicht abnehmen, weil er nicht ins Lager kommt – worauf ist die Tür jetzt eingestellt, Dattel?«

»Na, auf meinen Augenhintergrund halt«, brummt Dattel.

»Spinnst du?«, explodiert Fee. »Heißt das, dass wir nur noch ins Lager kommen, wenn wir dich fragen, oder was?«

Dattel hebt die Hände und weicht zurück. »Hey, reg dich ab, ich registriere uns alle, okay?«

»Und Sara«, meine ich.

»Wieso Sara?« Seven grinst auf eine Art, die mir nicht gefällt.

»Weil …« Ja, weil? Vielleicht, weil sie mich daran gehindert hat, das Weite zu suchen, als ich zum ersten Mal ohne die anderen vor der russischen Station stand. Aber das geht die anderen nichts an. »Weil es fair wäre. Wahrscheinlich hat sie keine Lust auf eine Zwangsdiät.«

»Also, ich würde ihren Fraß nicht vermissen«, meint Benny. »Das mit dem Kochen schaffen wir bestimmt auch selber. Ich kann Spaghetti Carbonara.«

»Können wir mal Currywurst mit Pommes machen?« Kaya sieht sehnsüchtig aus.

»Können wir bestimmt, und wir geben Sara etwas von dem ab, was wir kochen«, versichert Fee und tätschelt mir die Schulter. »Also, was ist jetzt mit der Party, machen wir die oder nicht?«

Wir machen die. Und zwar richtig. Vielleicht gerade deshalb, weil wir alle Angst haben vor dem, was noch geschehen könnte.

Die Feier steigt im freien Areal um die Containerstockwerke herum, in der Galerie. Fee hat die Außenfenster mit farbigem Krepp abgedeckt, den sie in irgendeiner Kiste entdeckt hat, so dass die Galerie in ein buntes Halbdunkel getaucht ist. Benny hat ein paar Spots installiert, die er im Untergeschoss gefunden hat, und ich und Kaya haben eine Art Buffet aufgebaut, mit Chicken Wings aus dem Tiefkühllager und gebratenem Tofu für die Veganer unter uns. Musik zu streamen, hat Dattel nicht hinbekommen, das Satellitentelefon hat nicht genug Bandbreite, doch zum Glück haben wir genug Songs auf unseren Geräten, die Station vibriert im Takt der Beats.

»Also, bei dem Krach traut sich der Einsiedler garantiert nicht aus seinem Versteck«, brülle ich Fee ins Ohr und sie zeigt mir gut gelaunt den erhobenen Daumen.

Seven läuft als Barmann zu großer Form auf und mixt Drinks, bis sich Fee um ihn windet wie eine Boa constrictor und ihn küsst, als versuche sie, in seine Mundhöhle zu kriechen. Noch weniger romantisch wirkt, dass sie dabei mit einer Hand ihren Communicator hält und Selfies für ihre Sammlung von Partyfotos schießt. Irgendwann landen die beiden auf dem Sofa, das wir für den Anlass aus der Lounge in Deck 1 hierhergeschleift haben.

Später, sehr viel später, schlägt Fee eine Gabel gegen ein Glas. »Hört mal her – Miss Junkie und ich haben draußen eine kleine Überraschung vorbereitet! Wer mag, kommt mit nach draußen, es lohnt sich.«

Wie sich herausstellt, haben sie und Kaya draußen eine Art Bar komplett mit Hockern aus dem Schneeboden herausgesägt. Als Fee Kerzen aufstellt, sieht es richtig hübsch aus, und Kaya serviert Schneekugeln mit buntem Sirup – selbst gemachtes Eis. Kalt und hell leuchtet die Mitternachtssonne über uns. Erst als wir alle komplett durchgefroren sind, gehen wir zurück nach drinnen.

Ich tanze im Licht der Spots und versuche, mich aufrecht zu halten, was nach vier Caipis und zwei Bier nicht mehr einfach ist. Normalerweise trinke ich nicht so viel, aber diesmal habe ich das gebraucht … Es ist nicht einfach, Martins Schreie aus dem Ohr zu kriegen.

Irgendwann spüre ich, dass mich eine Hand am Rücken berührt. Es ist Dattel, er hat eine Cola-Rum und einen weiteren Caipi in der Hand. »Die letzten Limetten – für dich.«

Er ist nicht mehr sicher auf den Füßen, aber sein Lächeln ist echt. Wir stoßen an und lassen uns auf das Sofa fallen, das wieder frei ist. Da Benny die Musik leiser gedreht hat, können wir uns sogar unterhalten. Ich lasse meinen Kopf auf dem Sofa nach hinten sinken. »Glaubst du, die schicken uns ein paar neue Betreuer?«

»Wer weiß. Die nächste Woche haben wir auf jeden Fall noch sturmfrei, es dauert 'ne Weile, bis die 'nen Neuen oder zwei aus Deutschland hierhergeflogen haben.«

»Erst mal müssen sie jemanden finden. Mag sich nicht jeder drei Monate lang hier mit uns herumplagen. Schließlich sind wir *böse.«*

»Da ist was dran.« Dattel nimmt einen tiefen Schluck und steckt sich seine E-Zigarette zwischen die Lippen. »Weißt du, dass in einer Woche Weihnachten ist?«

»Ist dir das nicht egal? Ich dachte, du bist Muslim.«

»Na und? Wir haben Weihnachten trotzdem gefeiert. Unsere Schulfreunde hatten fast alle bunte Lichterketten, Plätzchen, Geschenke ... wir wollten das auch. Meine Schwestern und ich haben so lange gebettelt, bis wir meine Eltern weich hatten. «

Ich muss lachen. »Ihr wolltet Weihnachten? O Mann. Ich hätte es am liebsten abgeschafft. In den letzten Jahren war es ein einziger Krampf, wir saßen zusammen und taten so, als ob wir uns alle lieb hätten.«

»So wie jetzt gerade?«

»Viel schlimmer. Wir haben ja das Recht, uns mies zu finden. In einer Familie darf man nicht aussprechen, wenn man sich hasst. Oder sich egal geworden ist.«

»Ich weiß«, sagt Dattel, legt ebenfalls den Kopf zurück und dampft seine E-Zigarette. Karamell heute.

Das Sofa ist nicht gerade groß und Dattels Arm berührt meinen. Dort fühlt sich seine Haut wellig an und ist glatt an Stellen, an denen man nicht damit rechnet.

»Das war nicht wirklich eine Mini-Rakete, oder?«, frage ich und gebe mir Mühe, deutlich zu sprechen. Gar nicht so einfach.

»Nö«, sagt Dattel und seufzt tief.

»Erzählst du's mir?«

»Irgendwann mal. Wenn ich grad eh schlecht drauf bin.« Er atmet Dampf aus wie ein Drache. »Ich mag dich, weißt du?«

»Weiß ich«, sage ich und bekomme einen Schluckauf. Ja, das habe ich gemerkt, an kleinen Dingen … zum Beispiel gestern, wie besorgt er war, als ich an die Gletscherspalte herangekrochen bin.

Ich mag ihn auch. Es ist so angenehm einfach mit Dattel. Vielleicht, weil wir uns ähnlich sind, aus einer ähnlichen Welt kommen. Bei ihm muss ich nicht versuchen, ein besserer Mensch zu sein, als ich in Wirklichkeit bin.

Plötzlich sehe ich Sara in der Galerie stehen, mit hochgezogenen Augenbrauen und gegen die Hüfte gestemmten Fäusten schaut sie uns zu. Wir achten nicht auf sie, doch ich bin nicht mehr ganz so entspannt wie zuvor und beobachte sie aus den Augenwinkeln.

Fee lächelt Sara an, wankt auf sie zu und versucht, ihr den Arm um die Hüfte zu legen. Doch unsere Betreuerin schüttelt sie ab wie ein lästiges Insekt. »Was habt ihr gemacht mit Tür von Lager?«

»Umprogrammiert.« Dattel lächelt selig und Seven will unserer Köchin einen Drink in die Hand schieben, sieht nach irgendwas mit *Aperol* aus. Sara drückt das Glas so grob zurück, dass es überschwappt und Sevens T-Shirt durchtränkt wird. Entsetzt blickt er an sich herab. »Du blöde Schlampe, die Flecken krieg ich nie mehr raus!«

»Holla«, sagt Fee. »Seid lieb zueinander, ja?«

Ich ziehe die Augenbrauen hoch. »Aber wir haben noch nicht Weihnachten.«

Sara zeigt Seven den Stinkefinger und stapft davon.

Endlich zurück in *Polarnaja Swesda*. Arvids Ohren dröhnen noch vom Lärm des Helis. Müde leisten Jegor und er den anderen Gesellschaft, die sich gerade zum Essen an den Tisch setzen. »Schaut mal, was wir in Novo abstauben konnten.« Arvid stellt den Beutel mit Obst auf den Tisch. Sofort greifen gierige Hände zu.

»Armer Kerl, dieser Martin«, meint Nikolai und lutscht andächtig eine südafrikanische Kirsche vom Stiel. »Aber jetzt mal ehrlich, wie konnte er so blöd sein und in diese Gegend fahren? Was für ein *tormas!*« Ein Holzkopf. Nikolai kann es nicht leiden, wenn sich jemand dumm anstellt, das weiß Arvid längst.

»Hat gebüßt. Wird lange dauern, bis er wieder laufen kann.« Jegor nimmt sich seine Portion aus dem großen Topf. »Er hat Glück gehabt, dass es nicht im Winter passiert ist. Und dass das Wetter gut genug war, um ihn auszufliegen.«

Arvid nickt. Seine Gedanken wandern zu Crash, wie so oft in den letzten Tagen. *Haben sie und die anderen den Schock schon überwunden? Wie kommen sie mit Sara klar?*

Schon sind sämtliche Kirschen und Mandarinen weg, nur noch ein einsamer Apfel ist übrig. Betrübt zerknüllt Nikolai den Beutel und wechselt das Thema. »Ach, übrigens, in den letzten Tagen hat's hier ein bisschen getaut«, sagt er zu Arvid.

»Wir haben sogar die alte Handleine wiedergefunden – die abgerissene, du weißt schon. Lag ganz in der Nähe der Station.«

Die Handleine. Wegen der er um ein Haar draufgegangen wäre. Nach dem Essen holt Arvid sie aus dem Ausrüstungsraum, er weiß selbst nicht genau, warum. Als eine Art perverses Souvenir, das er später seinen Kumpels zeigen kann? Er streicht mit den Fingerspitzen über das ausgefranste Ende. Hier ist das Ding während des Sturms gerissen. Hm. Sieht irgendwie komisch aus.

Er macht sich auf den Weg zum Labor der Meeresbiologen. »Yuna, kann ich mal an dein Mikroskop?«

Doch Yunas perfektes Porzellangesicht ist blass geworden. Ungläubig starrt sie auf die japanischen Schriftzeichen, die vor ihr in der Luft schweben – im Gegensatz zu ihm und seinen Kollegen hat sie ein modernes Display und eine AirType-Tastatur. »Ich glaub's nicht!«, haucht sie. »Wie's aussieht, habe ich den Nobu-Shirase-Forschungspreis gewonnen.«

»Hey, Glückwunsch!« Arvid ist beeindruckt – soweit er weiß, ist das eine verdammt wichtige Auszeichnung. Er legt die Leine auf dem Rand ihres Schreibtischs ab, schüttelt Yuna die Hand und sieht, dass nun eine Kugel aus goldenem Licht über ihrem Computer in der Luft schwebt. Mit einem Fanfarenton platzt die Kugel und gibt ein Spruchband mit Schriftzeichen frei, Feuerwerksfunken scheinen in alle Richtungen zu sausen.

»Was ist das denn jetzt?« Yuna runzelt die schön geschwungenen Augenbrauen, rasch überfliegt sie den Text. »Oh, wow. Satoshi Tamura, der Chef der *Internationalen Walfang-Kommission,* will herkommen und den Preis persönlich überreichen – und zwar live vor der Kamera!«

»Nee, oder? Der Vorsitzende der IWC persönlich?« Irina,

die inzwischen herangeschlendert ist, schaut nicht begeistert drein. Das Thema Walfang ist für sie der Aufreger des Jahrzehnts.

Arvid zuckt die Schultern, er will Yuna die Freude nicht verderben. »Shakehands deluxe. Wieso nicht.«

Blitzschnell bekommen die anderen Wind von den Neuigkeiten, eine Runde von lautstarken Glückwünschen beginnt und die vorletzte Dose Kaviar wird hervorgeholt. Noch immer strahlend trinkt Yuna sogar einen Wodka mit, den sie sonst höflich ablehnt. *»Nastrovje!«* Sie seufzt tief vor Glück. »Heißt das, dass ich ins Fernsehen komme?«

Jegor verzieht ganz leicht das Gesicht, und Arvid weiß, warum. Er war schon öfter im Fernsehen – in der Werbung für das Tiefkühlzeug. »Klar doch, und ich gönn's dir«, sagt er großmütig. »Wann will der Bursche kommen?«

»In zwei Tagen, wenn das Wetter passt. Es ist schon alles geplant.« Yuna muss sich erstmal wieder setzen. »Ich habe es noch gar nicht richtig kapiert. Das geht alles so schnell.«

Es wird immer voller im Labor. »Schön, dass jetzt wenigstens einer von uns berühmt ist!« Alexej lacht meckernd und drückt Yuna und Arvid noch einen Wodka in die Hand. Sieht so aus, als käme mal wieder eine von Alexejs berühmten Partys in Gang! Gut. Die kann er gebrauchen nach all dem, was in letzter Zeit passiert ist. Er würde gerne diesen Blick in Martins Augen vergessen, und diese scheußliche Hilflosigkeit neulich im Sturm, als er nicht wusste, ob er es lebend zurückschaffen würde.

Ja, es wird lustig. Irgendwann am Abend ergibt sich mal wieder ein Fern-Darts-Turnier mit den Leuten von *Sanae V* – dazu braucht man nur zwei Darts-Bretter, in jeder Station eins, und eine Bildverbindung. Die Südafrikaner haben sogar noch ein spezielles Gimmick, einen fernsteuerbaren Roboterarm. Wenn Alexej hier wirft, vollzieht der Arm in *Sanae V* seine Bewegungen nach und schleudert den Pfeil.

Erst spät in der Nacht fällt Arvid die Handleine wieder ein – wo ist das Ding eigentlich? Er muss es auf Yunas Schreibtisch vergessen haben.

Weil er Yuna nicht mehr fragen kann, ob er ihr Stereomikroskop benutzen darf – sie schlummert schon selig –, legt er einfach so los. Ihm ist schwindelig, zweimal rutscht ihm das Seil auf den Boden, und er braucht endlos, um die Schärfe des Mikroskops einzustellen. Arvid flucht leise – in Russisch, das geht ihm in letzter Zeit leichter von der Zunge als Deutsch. *Vielleicht besser, ich warte bis morgen. Halb besoffen erkenne ich eh nichts.*

Doch weil er sowieso schon da ist, riskiert er einen Blick – und stutzt. *Verdammt. Kann das sein?* Wie betäubt starrt er noch einmal durchs Okular.

Am Rand der Leine ist die glatte Schnittfläche deutlich zu sehen. An diesem Seil hat sich jemand mit einem Messer zu schaffen gemacht, kein Irrtum möglich.

Jemand hat versucht, ihn zu töten.

ROBBENKLATSCHEN

Arvid hat das Gefühl, nicht mehr genug Luft zu bekommen, so tief er auch einatmet.

Seine Kollegen waren es nicht, das ist klar. Es gibt auf dieser Station niemanden, der seine Visage so satthat, dass er zu Gewalt greifen würde. *Wenn wir uns im Winter nicht umgebracht haben, als wir hier zusammen eingesperrt waren, werden wir es jetzt auch nicht mehr tun!*

Aber es gibt noch andere Verdächtige. Als es passiert ist, hatten sie Besuch auf der Station. Crash. Benny. Seven. Sara. Einer von diesen vieren muss es gewesen sein.

Sein Gefühl kreuzt Crash augenblicklich von der Liste, doch sein Verstand setzt sie wieder darauf. *Was ist, wenn wir uns zu nah gekommen sind? Näher, als sie es selbst akzeptieren kann? Vielleicht spürt etwas in ihr, dass ich ihr gefährlich werden könnte. Sie hat schon ihr Leben gegen die Wand gefahren, vielleicht ist jetzt ihre Liebe dran. Vielleicht hat sie das mit der Handleine ziemlich schnell bereut, und deswegen war sie diejenige, die alle für die Suche zusammengetrommelt hat …*

Sanft, aber energisch wischt sein Herz alle Argumente weg. *Nicht Crash. Sie war es nicht.*

Also Benny? Ihm fällt kein Grund ein, warum der es auf ihn abgesehen haben sollte.

Seven. Kaum hat er diesen Namen gedacht, sagt sein Bauchgefühl, dass er auf der richtigen Spur ist. Der Typ war ihm von Anfang an nicht geheuer. Er kann gut reden, doch darunter –

eine Kälte, die einen das Fürchten lehren kann. Glatt, ja, auch das hat ihn gestört. Solche glatten Typen kannte seine Mutter eine Menge. Schöne, erfolgreiche, durch und durch egozentrische Leute. Kaum zu glauben, dass er mit einem davon mal befreundet war. Noch schlimmer, dass er David vermisst, seit er sich nicht mehr meldet.

Die Erschöpfung zieht sich durch Arvids ganzen Körper, er schaltet das Mikroskop aus und taumelt ins Bett. Nur, um dann doch nicht einschlafen zu können.

Ich muss ihn zur Rede stellen. Ihn ganz direkt fragen, ob er es war. Ja, ich fürchte, das muss sein.

Als wir uns zum Frühstück zusammenfinden, sind wir alle verkatert, aber die Stimmung ist trotzdem bestens. Entspannt blödeln wir herum, bis Benny sich zu Wort meldet. »Hat mal jemand auf die Uhr geschaut?«

»Nö, wieso?« Ich schmiere mir fingerdick Frischkäse und Mango-Chutney, meine Lieblingskombination, auf ein Brötchen.

»Es ist gerade drei Uhr morgens.«

»Cool«, sagt Seven und köpft das letzte der blauen Eier.

Weil es immer hell ist, hat unsere innere Uhr den Geist aufgegeben. Aber wen stört das? Wir räumen ein bisschen Schnee mit dem kleineren der beiden *PistenBully*s, lungern herum – Dattel fängt an, seine Polarkombi mit Buchstaben, Symbolen und kleinen Piktogrammen zu bemalen – und überlegen, wie wir den Einsiedler schnappen sollen.

»Wir müssen den schnappen, koste es, was es wolle«, sagt Dattel verbissen, während er malt. »Wir durchsuchen die Station noch mal … und diesmal nehmen wir die Pistole mit.«

Alle nicken. Ein Schauer überläuft mich, ich verschränke die Arme. Aber auch ich weiß, dass er recht hat.

Doch dann kommt Fee auf die Idee, einen Blick auf einen alten Tagesplan zu werfen, der noch immer auf dem Whiteboard steht und dort ein bisschen verloren aussieht.

»Oh! Zeit für die Gruppendiskussion.« Fee klatscht geziert in die Hände. »Auf, auf! Nur weil wir hier alleine sind, heißt das noch lange nicht, dass die Sitzung ausfällt.«

Ich schaue sie ungläubig an, und Dattel tippt sich an die Stirn, doch dann fängt Seven an, todernst den üblichen Stuhlkreis aufzubauen. »Absolut richtig«, sagt er. »So was darf man nicht einreißen lassen.«

Nach und nach schlurfen wir alle zu unseren Plätzen und Fee lächelt strahlend in die Runde. »Schön, dass ihr da seid. Wir wollen heute über Dinge sprechen, die uns bewegen, und ich hoffe, ich kann euch da abholen, wo ihr steht.«

Benny, der gerade dabei war, sein Glas leer zu trinken, prustet Saft durch die Nase.

»Wenn du bitte versuchen könntest, dich zu beherrschen, davon haben alle etwas«, sagt Fee streng, dann wird ihr Ton wieder samtig-verständnisvoll. »Also, kommen wir zum ersten Thema. Wann hattet ihr das letzte Mal Sex?«

»Cheez, das ist schon mindestens eine Million Jahre her.« Dattel grinst schief.

»Brauchst du nicht zu wissen, Süße«, antworte ich Fee, weil es bei mir bestimmt schon zwei Millionen Jahre sind.

»Gestern«, sagt Seven, bürstet sich mit den Fingern die Haare durch und bindet sich mit einem Gummiband den Pferdeschwanz neu. »Oder war es heute? Verdammt, ich hätte auf die Uhr schauen sollen.«

Jetzt ist Benny dran, der garantiert noch Jungfrau ist. »Ich möchte lieber darüber reden, wie belastend es für mich ist, dass ich noch keinen Pinguin streicheln durfte.«

»Warum willst du einen Pinguin streicheln, Benjamin?«

Mit überkreuzten Beinen sitzt Fee auf dem Barstuhl, die langen Haare hat sie hinten zusammengebunden – irgendwie schafft sie es, wirklich wie eine Sozialpädagogin auszusehen. Fehlt nur noch die Brille. Aber so was hat kaum noch jemand unter zwanzig, weil sich alle die Augen lasern lassen, sobald sie volljährig sind.

»Weil meine Eltern das nicht erlaubt haben«, erklärt Benny mit Welpenblick – den hat er richtig gut drauf. »Seither bin ich schwer traumatisiert.«

»Und ich hätte gerne einen Hund gehabt, durfte ich nie!«, jammert Dattel.

»Mir hat meine Mutter sogar den Goldfisch weggenommen!«, lege ich drauf, obwohl ich in Wirklichkeit nicht nur Katzen, sondern auch zwei Wellensittiche hatte, die den ganzen Tag Krach machten und alle halb in den Wahnsinn trieben. Auch die mussten wir abgeben wegen meiner Allergien.

Fee nickt ernst. »Es ist gut, dass ihr hier seid, um an diesen Traumas zu arbeiten.«

»Traumata«, wirft Dattel ein und alle verdrehen die Augen. Nur Fee bleibt eisern in ihrer Rolle. »Danke für deinen wertvollen Beitrag, Sinan«, sagt sie und wendet sich Kaya zu. »Was ist mit dir, Charlotte? Was für ein Haustier durftest du nie haben und hättest du gerne gehabt?«

»Blauwal«, sagt Kaya.

Ich muss grinsen. Dass sie Humor hat, wussten wir bisher nicht. »Du hast Glück, hier gibt's Blauwale, hat Irina gesagt. Jetzt müssen wir nur noch einen für dich fangen und eine Leine finden, die lang genug ist, um ihn Gassi schwimmen zu lassen.«

»Seile haben wir genügend«, mischt sich Dattel ein. »Aber vielleicht machen wir erst mal das mit dem Pinguinstreicheln. Das mit den fünf Meter Abstand gilt ja wohl nicht mehr.«

»Darauf kannst du wetten«, sage ich und wir klatschen uns ab. Hey, wir sind in der verdammten *Antarktis,* ich kann unmöglich zurückfahren, ohne einmal einen Pinguin angefasst zu haben!

Eine halbe Stunde später sind wir auf dem Weg zur Atka-Bucht, nachdem Dattel und ich unsere Navis gründlich überprüft haben. Diesmal passt alles, wir fahren geradewegs nach Osten, die Richtung, in der auch die Sastrugis verlaufen.

»Und hier sind wirklich keine Gletscherspalten?«, fragt Fee nervös.

Seven versucht schon wieder, mich zu einem Rennen herauszufordern, aber ich tippe mir nur an die Stirn und bleibe bei Tempo 30, so wie die anderen, die auffallend zahm fahren. Komischerweise ist mir das, was mit Martin passiert ist, viel mehr an die Nieren gegangen als meine eigenen Unfälle.

Wir stellen unsere Schneemobile 50 Meter von der Schelfeiskante entfernt ab und klettern hinunter zum Meereis.

»Vorsicht – Arvid hat gesagt, das Zeug bricht bald auf«, warne ich die anderen, aber auf mich wirkt der Boden unter meinen Füßen noch felsenfest, nur um ein paar bisher festgefrorene Eisberge herum schwappt es schon, die haben sich wohl während des Sturms freigewackelt. Die Pinguinkolonie ist seit unserem letzten Besuch etwas kleiner geworden, ein paar Jungtiere haben den Absprung geschafft, aber viele stehen noch herum, als würden sie auf einen Bus warten, der nie kommt. Als wir zwischen den in der Bucht festgefrorenen, blauweiß glänzenden Eisbergen hindurch auf sie zuschlendern, begegnen wir ein paar Robben, die sich auf dem Eis fläzen. Eine von ihnen biegt das Köpfchen, das im Vergleich zu ihrem Körper absurd winzig aussieht, in unsere Richtung, als sie uns kommen hört. Fragend schaut sie uns aus dunklen Augen an, doch ihre Kolleginnen pennen einfach weiter.

»Na, na, das geht doch nicht«, sagt Dattel gut gelaunt. »Es ist acht Uhr morgens, da heißt es auch im Robbenland *aufwachen!*«

Klatsch!, er hat einer der Robben mit der flachen Hand auf den Speck geklopft. Gespannt beobachten wir, was passiert, denn das Vieh ist locker doppelt so groß wie Dattel.

Verwirrt öffnet die Robbe die Augen und schaut sich um.

»Guter Anfang, weiter so«, lobt Dattel sie und tätschelt ihr noch mal die Flanke. Die Robbe brummt irritiert.

Zwei Minuten später wird ihr klar, dass das erst der Anfang war. Da kommen noch mehr Zweibeiner, noch mehr Hände. Unruhig biegt die Robbe die Schwanzflosse hoch, kann sich aber nicht entschließen, sie uns gegen die Schienbeine zu hauen, und fängt an, raupenartig wegzukriechen.

»Ciao, danke für alles!«, ruft Dattel ihr hinterher und Fee krümmt sich vor Lachen.

Soll ich Arvid davon erzählen? Ich habe den Verdacht, dass er das nicht so lustig finden wird wie wir.

»Bei einem Seeleoparden hätte ich das nicht gemacht«, meint Dattel und zwängt die Hände wieder in seine Handschuhe. »Der hätte mir die Hand abgebissen. Wisst ihr, was die mit Pinguinen anstellen, wenn sie einen erwischen?«

»Nee, was denn?« Seven schaut interessiert.

»Hab ich mal in 'ner Doku gesehen. Sie packen ihn und hauen ihn so lange aufs Wasser, bis der Pinguin sich sozusagen auf links dreht … dann kann der Seeleopard das Fleisch fressen, die leere Federhülle bleibt übrig.«

»Iiiih!«, kreischt Fee. »Wollte ich das wissen?«

Die Küken sind jetzt fast alle in der Mauser, zerzauste Federbüschel hängen an ihrem Gefieder. Aber ein paar von ihnen sehen noch kuschelig aus, und die wirken für ein paar Skua-Raubmöwen und zwei Riesensturmvögel anscheinend besonders appetitlich. Die beiden flattern auf eine Gruppe Küken herab, die scharfen Schnäbel nach vorne gereckt. Schon haben sie einen der kleinen Kaiser an den Nackenfedern gepackt.

Na toll, jetzt kriegen wir noch ein Live-Drama à la *Discovery Channel*. Ich kann die Stimme meines Vaters förmlich hören. *So ist das Leben – fressen und gefressen werden!* Ja klar, und alle Lebewesen wollen nur ihre Gene weitergeben. Wie schön es war, dass Arvid wütend geworden ist auf meinen Dad, als ich ihm meine Geschichte erzählt habe! Jahrelang dachte ich, ich sei schuld daran, dass meine Familie sich auflöst.

»Mach doch was!«, drängt Fee Seven. »Die bringen ihn um!«

Seven zuckt die Schultern, neugierig beobachtet er, was sich vor uns abspielt. »Und? Das ist Natur.«

»Wahrscheinlich schaffen die es gar nicht, den Kleinen zu töten«, beruhige ich Fee, und das stimmt. Die anderen Jungtiere kommen dem Küken zu Hilfe und befreien es. Panisch wackelt der Verletzte davon, was ihm nicht so furchtbar viel nutzt, denn einer der Riesensturmvögel – seine braunen Schwingen sind größer als meine ausgebreiteten Arme – bleibt ihm auf den Fersen. Drohend macht der vordere Jungpinguin der Gruppe sich groß, hackt wütend in Richtung des Angreifers und breitet die Stummelflügel aus, um die anderen zu schützen, die sich hinter ihn ducken.

»Sieh an, ein Mutiger und vier Feiglinge«, sagt Seven und wirft ein paar Stücke Eis nach dem Riesensturmvogel, der kreischend aufflattert. »Fast wie bei uns.«

Dattel mustert ihn mit Killerblick. »Was genau willst du damit sagen, Arschloch?«

»Ach, nichts.« Seven lächelt und blickt in die glitzernde

Ferne. »Ich hab doch *fast* gesagt, oder? Du kannst bestimmt auch mutig sein, wenn's drauf ankommt. Wenn es darum geht, sich für Schwächere einzusetzen.«

»Lass doch«, sagt Benny, er sieht aus, als wäre ihm unwohl zumute.

»Also, was ist, Hobbit?«, fragt Kaya, vielleicht will sie die Jungs ablenken. »Willst du jetzt einen Pinguin streicheln oder nicht?«

»Du könntest ihn sogar umarmen, manche sind fast so groß wie du.« Seven ist in einer seltsamen Stimmung, sonst ist er eigentlich nett zu Benny.

Doch es sieht aus, als würde Fee Benny zuvorkommen – während wir diskutiert haben, hat sie begonnen, sich ganz langsam an eins der Küken heranzupirschen. Jetzt streckt sie die Hand aus. Die Pinguine beobachten sie skeptisch, doch sie weichen nicht aus, jedenfalls nicht rechtzeitig. »Oh, ist der weich! Total süß!«, ruft Fee, während sie einem Küken die Rückenfedern streichelt. Dann springt sie zurück, weil das süße Küken nach ihr hackt und einer der erwachsenen Kaiserpinguine verärgert versucht, sie anzurempeln.

Da die Skuas und Riesensturmvögel ihren Blicken nach jetzt einzuschätzen versuchen, ob *wir* fressbar sind, schlendern wir wieder zurück zur Schelfeiskante.

Wir haben uns unbeliebt gemacht und eine Menge Spaß gehabt. *Anything goes.* Wann habe ich mich zuletzt so frei gefühlt? Aber ich habe ein komisches Gefühl, wenn ich an die Pistole denke. Was wird heute Nachmittag passieren, wenn wir die Station durchsuchen … bewaffnet diesmal? Werden wir den Einsiedler stellen, und was dann? Sollen wir ihn den Russen übergeben? Was ist, wenn bei der ganzen Aktion jemand verletzt wird? Ich spüre, wie die altbekannte Angst vor dem Einsiedler mein Rückgrat hochklettert. Wir hatten uns schon fast an den Gedanken gewöhnt, dass er eben da ist, uns einlullen lassen davon, dass er sich nie zeigt. Doch wir müssen wachsam bleiben. Immer!

Als wir zurück in *Neumayer III* sind, hören wir schon von Weitem das Rufsignal des Funks. Jemand will uns sprechen, und zwar dringend. Und wie sich herausstellt, hat Arvid schon ein paarmal versucht, uns zu erreichen, und uns eine Nachricht hinterlassen – wir sollen uns melden, sobald wir zurück sind.

»Hui, der hat dich wirklich vermisst!«, sagt Fee und seufzt gerührt.

Wärme steigt in mir hoch, nichts will ich lieber als jetzt mit Arvid reden, doch irgendwas ist komisch an diesen Nachrichten. Hat Arvid mitbekommen, was für einen Mist wir in der Atka-Bucht gebaut haben? Ist er sauer? Oder gibt es schlechte Neuigkeiten von Martin?

»Hi, Crash«, sagt er, als die Bildverbindung endlich steht. Ja, irgendwas stimmt nicht, das sehe ich – er ist blass, und von Wiedersehensfreude kaum eine Spur.

»Schön, dass ihr wieder zurück seid!«, sage ich zu ihm. »Wie geht es Martin?«

»Ganz gut, soweit ich weiß.« Arvid klingt ein bisschen gequält. »Ich würde furchtbar gerne gleich mit dir reden. Aber erst muss ich mit Seven sprechen. Gibst du mir den mal ans Satellitentelefon?«

Mit Seven? Wieso das? Ich bin so verblüfft, dass mir einen Moment lang gar nichts einfällt. Also gehe ich Seven suchen – er ist in der Küche, wo er eine Packung Chips leer futtert – und drücke ihm das Telefon in die Hand. »Hier, für dich. Arvid.«

»Na, das ist aber nett. Für mich, nicht für dich?« Seven grinst mich unverschämt an.

Ich zucke die Schultern und gehe zurück in den Aufenthaltsraum.

»Was ist eigentlich mit deinem Referat, das ist jetzt abgehakt, oder?«, fragt Fee.

Ich tippe mir an die Stirn und gehe auf eine Website zum Thema Wale. Gute Idee, das lenkt mich jetzt ab von den bescheuerten Gedanken, die gerade durch mein Hirn ätzen.

»Spinnst du?«, antworte ich. »Das Referat-Ding kriege ich fertig. Nur Loser werfen den Kram hin, wenn sie erst halb durch sind. Außerdem interessiert mich das.«

»Echt? Ich dachte, du machst du das nur wegen deinem Lieblingsforscher?«, zieht Benny mich auf. »Hast du Arvid schon gesagt, dass du gerne mit seinem Gehirn kuschelst?«

»Was ist das überhaupt mit euch beiden? Wird da was draus?« Fee lässt nicht locker.

»Macht es ihm nichts aus, dass du die totale Chaotin bist?«

»Klar wird da was draus«, gebe ich trotzig zurück. »Und er küsst verdammt gut, wenn du es genau wissen willst!«

»Mein persönlicher Romantik-Tipp – leih dir keine von seinen Sachen aus, ohne zu fragen«, stichelt Fee, und ich kippe sie mitsamt Stuhl um, sodass sie auf den Polstern am Boden landet. Toll, wie sie kreischen kann.

Sevens Stimme kann ich nur noch aus der Ferne hören, er ist mit dem Gerät hochgegangen zur Ballonfüllhalle, um dort ganz in Ruhe mit Arvid zu reden. Verbissen beuge ich mich über die Website, und ja, ich will Arvid beweisen, dass ich an etwas dranbleiben kann, was mir wichtig ist. Ihm und mir selbst.

Unglaublich, wie viele Wale in den letzten 200 Jahren getötet worden sind. Als Segelschiffe über die Ozeane schipperten, hatten die Wale noch eine Chance. Bald kannten viele Pottwale den Trick, gegen den Wind davonzuschwimmen, sodass Segler ihnen nicht folgen konnten. Aber dann wurden Dieselantriebe und die Harpunenkanone mit Explosivkopf erfunden. Aus und vorbei für die Wale. Man hat Hunderttausende von ihnen zu Lampenöl, Korsetts und Waschmittel verarbeitet.

Seven und Arvid telefonieren immer noch. Heilige Scheiße, was besprechen die da? Reden die etwa, Gott bewahre, über *mich?* Nein, nein, bestimmt nicht ... Arvid würde niemals weitererzählen, was ich ihm gesagt habe. Da bin ich ganz sicher!

Ich beiße die Zähne zusammen und beuge mich wieder über den Bildschirm. Im späten zwanzigsten Jahrhundert haben die meisten Länder gemeinsam beschlossen, mit dem Mist aufzuhören, aber Japan, Norwegen und Island haben trotzdem weitergemacht mit dem Walfang ... und seit vier Jahren ist das Südpolarmeer kein Schutzgebiet mehr. Es wird wieder gejagt, was das Zeug hält.

Angewidert lese ich, wie das so gekommen ist. Japan hat jahrelang die Stimmen kleinerer Länder, die sich für den Walfang eigentlich nicht interessierten, zusammengekauft, indem es ihnen Entwicklungshilfe und so was versprochen hat. Zum Schluss hatten die Pro-Walfang-Leute bei der Abstimmung eine satte Mehrheit und konnten beschließen, was sie wollten.

Jetzt höre ich Sevens Stimme nicht mehr. Aber das hat nichts zu bedeuten. Vielleicht ist er in einen Bereich der Station gegangen, der zu weit weg ist.

Die Internetverbindung bricht ab. Mist. Ich versuche, sie wieder hinzukriegen, ohne Erfolg. Während ich herumprobiere, kommt Seven endlich wieder in den Aufenthaltsraum geschlendert, ein entspanntes Lächeln auf dem Gesicht. Mein Blick sucht nach dem Satellitentelefon, findet es nicht. »Wo hast du das Ding hingetan? Arvid wollte noch mit mir sprechen, hat er gesagt!«

»Hab's gleich in die Werkstatt gelegt. Das Ding hatte ständig irgendwelche Störungen, ich konnte ihn kaum verstehen.« Seven zuckt die Schultern. »Dattel, vielleicht kannst du mal schauen, ob du es reparieren kannst? Wär ja schön blöd, wenn das kaputt wäre.«

»Oh, Mist«, sagt Benny und tippt irritiert auf seine BrainConnect. »Kein Wunder, dass ich schon wieder offline bin, darüber läuft doch auch unsere Internetverbindung!«

»Na, dann komm halt mal eine Weile ohne aus«, meint Fee ohne viel Interesse. »Wir haben ja noch den Funk.« Sie hat sich Walgesänge heruntergeladen und spielt sie jetzt ab, ein langsames Knarren und Quietschen aus den Weiten des Meeres. Ein tiefes, fremdartiges Geräusch, das irgendwie sehnsuchtsvoll klingt.

Mich macht das Geräusch gerade nervös – es ist eine einzige Qual, dass ich nicht mit Arvid reden kann. »Ja, aber über den Funk kann man keine Privatsachen besprechen, weil jeder mithören kann«, meine ich zu Fee, wende mich dann Seven zu, weil ich es einfach nicht mehr aushalte. »Was wollte er von dir? Was habt ihr besprochen? Können wir … kann ich … auf der Station vorbeischauen?«

»Komm, wir spülen ab«, sagt Seven.

»Was hat er gesagt?! Jetzt spuck's aus!«

»Lass uns abspülen«, wiederholt Seven und endlich kapiere ich. Er will nicht vor den anderen sagen, was Arvid ihm anvertraut hat.

In der kleinen, schäbigen Küche, die trotz des Putzroboters deutlich versiffter ist als zur Zeit von Saras Regiment, nehmen wir uns der Teller und Tassen an, die noch vom Frühstück mit Butter und Marmelade garniert sind. Fahrig reibe ich ein paar klebrige Messer im Seifenwasser sauber und warte darauf, dass Seven endlich loslegt.

»Also, er meint, dass wir Glück gehabt haben«, beginnt er. »Gerade ist das Eis in der Atka-Bucht aufgebrochen – ein paar Stunden früher, und wir wären wahrscheinlich im Wasser gelandet. 2 Grad minus, sage ich da nur. Das überlebt man nicht länger als 5 Minuten.«

»Oh shit. Das war knapp.« Mich überläuft ein Schauer. Wir waren solche Deppen – wenn wir so weitermachen, dann erwischt es noch ein paar von uns. »Aber … wieso ist das so früh passiert? Normalerweise ist die Bucht doch erst im Januar oder sogar erst im Februar dran, oder?«

»Anscheinend schaltet der Klimawandel eine Stufe hoch, meint Arvid.« Seven zuckt die Achseln. »Viele von den flauschigen Küken, die wir gestern gesehen haben, sind jetzt tot. Mit dem unfertigen Gefieder durften die noch nicht ins Wasser.«

Mir ist elend zumute. Es waren so viele. Hunderte mindestens. Es hat ihnen nichts genutzt, dass sie gegen die Riesensturmvögel gewonnen haben.

Über all diesen Neuigkeiten habe ich nicht vergessen, was ich eigentlich wissen wollte – warum nur wollte Arvid ausgerechnet mit Seven sprechen und nicht mit mir? Als ich Seven frage, setzt er ein selbstzufriedenes Lächeln auf. »Vielleicht traut er mir zu, dass ich hier die Verantwortung übernehme.«

Aber das kommt mir komisch vor, und so bohre ich weiter, während wir die Teller abtrocknen und stapeln. »Echt jetzt? Was hat er ganz konkret *gesagt*?«

Seven zögert, blickt mich von der Seite an. Da weiß ich, dass es mir nicht gefallen wird, was er gleich antworten wird. Und so ist es. »Er hat mich gebeten, ein bisschen auf dich zu achten. Du seist etwas … labil.«

»Labil?« Ich bin fassungslos. Kann er so etwas wirklich gesagt haben? Lügt Seven mich an? »Das heißt doch ›Schraube locker‹, oder?«

»Nein, nein, das meint er bestimmt nicht damit, schließlich mag er dich. Wenn jemand labil ist, hat er zum Beispiel plötzliche Stimmungsumschwünge und so was. Er ist seelisch nicht so belastbar.«

Am liebsten würde ich mich auf dem Boden zusammenrollen, die Augen zukneifen und die Hände über die Ohren pressen. Aber ich zwinge mich, weiterzufragen, obwohl es Seven peinlich zu sein scheint, noch mehr zu sagen. »Also, was hat er noch gesagt?«

»Er hat gefragt, ob du an deinem Referat weiterarbeitest, weil er dir zutraut, zumindest die Mittelschule abzuschließen. Für mehr würde es wahrscheinlich nicht reichen, aber er findet es toll, wie du dich bemühst.«

Jedes Wort ätzt sich wie Säure in mein Herz. *Hat sich bemüht.* Ist das nicht eine dieser Formulierungen, die in Arbeitszeugnissen bedeuten »War zu blöd, um seine Aufgaben zu bewältigen«? Ich fühle, wie ich schrumpfe, zu einem winzig kleinen Klumpen zusammenschnurre, den man mit dem Finger wegschnicken könnte.

Doch zum Glück kommt gleich darauf die Wut und wie von selbst reckt sich mein Kinn nach vorne. *Für mehr würde es wahrscheinlich nicht reichen. Toll, wie du dich bemühst.* Das ist dermaßen herablassend, dass mir die Galle in der Kehle hochsteigt. In irgendeiner Form kommt es immer heraus, was die Leute wirklich über dich denken. Warum wundere ich mich eigentlich? Zwischen Arvid und mir ist ein Abgrund. Er hat so viel Grips, dass er anderen was davon abgeben könnte, ein Leben, das diesen Namen auch verdient, eine Familie, die ihm wahrscheinlich warme Socken und Plätzchen schickt, und Freunde, die nicht wie Marisa bei erster Gelegenheit mit dem Gürtel von der Vorhangstange baumeln. Shit, es war nicht gut, jetzt an Marisa zu denken, Trauer und Demütigung und Sehnsucht vermischen sich zu einem teuflischen Gebräu. Ich wende mich von Seven ab und stapele lautstark die sauberen Teller aufeinander, damit er meine überfließenden Augen nicht bemerkt. Vor anderen weine ich nie, immer nur, wenn ich alleine bin.

»Hey, Crash, ich wollte nicht …«, beginnt Seven. Aber wenn ich eins nicht ausstehen kann, dann ist das Mitleid. Ich marschiere in mein Zimmer und donnere die Tür zu.

Schon nach ein paar Minuten klopft jemand. Gott, ist dieser Seven nervig, er klebt an einem wie Kaugummi an der Schuhsohle. Gereizt reiße ich die Tür wieder auf, doch draußen steht nicht Seven, sondern Dattel.

»Jetzt, wo die Bucht offen ist, können wir Wale gucken fahren – kommst du mit?«, fragt er und mustert betroffen mein Gesicht. »Oder willst du lieber hier ein bisschen abhängen, ich meine, du …«

»Komm rein«, sage ich und drehe mich um.

Er zögert, dann tritt er ein und schließt die Tür hinter sich. Mit zwei Schritten bin ich bei ihm, und dann pressen sich unsere Körper aneinander, mein Mund öffnet sich für seinen und seine Finger wühlen sich in meine Haare. Er schmeckt nach Apfeltabak und Buttertoast.

Toll, wie du dich bemühst.

Seine Hände auf meinen Brüsten. Wir fallen aufs Bett, Klamotten fliegen in alle Richtungen, ich kicke einen meiner Stiefel so heftig ab, dass er gegen die Wand donnert.

Für mehr würde es wahrscheinlich nicht reichen.

Wir haben vergessen, abzuschließen. Aber das ist nicht so wichtig, niemand stört uns.

NORDANLEGER

Natürlich leugnet Seven alles, klar. Es hat nicht geklappt, ihn zu überrumpeln. Arvid atmet tief durch. Das Problem ist, der Kerl klingt vollkommen ehrlich. Kein einziger falscher Ton. Falls er lügt, macht er es verdammt gut.

»Ich weiß wirklich nicht, wie du auf so was kommst«, sagt Seven leicht gekränkt. »Frag doch Alexej. Ich war die ganze Zeit bei ihm im Labor. Wann hätte ich da irgendeine Leine durchschneiden sollen?«

Nun, das lässt sich leicht nachprüfen. Mit dem Satellitentelefon in der Hand marschiert Arvid ins Nachbarlabor. »Ja, der war die ganze Zeit bei mir und hat genervt«, brummt sein Kollege.

Damit bleiben nur noch Benny und Crash übrig, denn Sara war anscheinend ebenfalls bei Alexej. Verdammt!

»Wann dürfen wir mal wieder bei euch vorbeikommen?«, fragt Seven.

Das klingt nach einer ganz schlechten Idee. »Morgen passt es nicht besonders gut, da haben wir einen Promi-Gast«, erzählt Arvid abwesend, während er zurückgeht in sein Zimmer, in dem ihn niemand reden hört. »Der Chef der *Internationalen Walfang-Kommission*, ein Japaner.« Keiner von ihnen freut sich darauf, aber sie wollen Yuna ihren Moment im Rampenlicht nicht verderben. »Gib mir bitte mal Crash.« Er hat sich schon darauf gefreut, mit ihr zu sprechen, und jetzt müssen sie über Sabotage reden. Ihm ist elend zumute.

Doch aus dem Gerät dringt kein Ton mehr, anscheinend ist

die Verbindung weg. Hat Seven aufgelegt? Arvid wählt noch einmal, doch die Leitung ist tot. Am besten, er probiert es später per Funk. Aber den kann jeder mithören …

»Alles in Ordnung?«, fragt Nikolai, als Arvid ins Labor zurückkehrt.

Schweigend schüttelt Arvid den Kopf. Nichts ist in Ordnung. Er vermisst Crash, ihren herausfordernden Blick, ihre Neugier, das Schimmern ihres zartbitterfarbenen Haares. Seit Tagen muss er an diesen Kuss denken, es fällt ihm immer schwerer, sich auf seine Messreihen zu konzentrieren und auf die Wetterbeobachtungen, die er am Nachmittag für Nikolai übernimmt.

Entweder – erste Möglichkeit – sie hat tatsächlich versucht, ihn zu töten. Dann ist er in ganz tiefen Schwierigkeiten, weil es schwer wird, sie aus seinem Herzen herauszureißen.

Oder – zweite Möglichkeit – *sie* ist in ganz tiefen Schwierigkeiten, weil in ihrer Gruppe jemand nicht richtig tickt und Spaß daran hat, anderen zu schaden.

Vielleicht gibt es gar keinen Einsiedler auf dieser verdammten Station.

Der Gedanke haut Arvid beinahe um.

Ihm fällt sein Versprechen ein, mit der Infrarotkamera vorbeizukommen. Hat er glatt vergessen über der ganzen Aktion mit den Eisbohrkernen und Martins Unfall. Ist es sinnlos, das jetzt nachzuholen? Was genau geht vor auf dieser Station?

Nikolai blickt demonstrativ auf die Uhr. »Was ist mit dem Spurenstoff-Observatorium?«

»Ja, ja, ich gehe schon.« Wahrscheinlich wird er heute nur Mist messen. Ihm geht zu viel anderes im Kopf herum.

Sara versucht, eine Gruppensitzung abzuhalten. Das Problem ist nur, dass keiner hingeht. Obwohl Sara schnaubt und uns tödliche Blicke zuwirft. Seven grinst ihr nur ins Gesicht, Dattel beachtet sie nicht und Benny hat sich in seinem Zimmer eingeschlossen. Fee sagt lächelnd: »Lieber nicht«, und Sara gibt auf.

Mittags stellt sie uns eine Art Quiche auf den Tisch und verschwindet dann wieder irgendwohin. Der Teig ist krümelig und die grünbraune Füllung undefinierbar.

Benny schiebt sein Stück von sich. »Ich wette, da hat sie die Reste von diesem Eisfuchs reingetan.«

»Kann nicht sein, die hat Martin in den Recycler gekippt«, sagt Fee, sie ist schon dabei, sich stattdessen ein Stück haltbares Vollkornbrot zu schmieren. »Aber vielleicht hatte sie ein paar Küchenabfälle übrig.«

»Noch viel zu gut für euch! Schaut, wie ihr klarkommt!« Wieder ist Sara lautlos aus dem Nirgendwo aufgetaucht! Als sie davongestapft ist, schauen wir uns an und grinsen.

»Die beschwert sich todsicher bei der Organisation über uns«, meint Kaya.

»Ja, und?«, sage ich. Nach all dem, was schon geschehen ist, kann ich das nicht mehr ernst nehmen. Alles ist neu, alles ist anders, seit Martin weg ist. Wir sind auf uns gestellt und außerhalb der Zeit. Dass die Antarktis unsere letzte Chance ist, wie Martin so schön gesagt hat, habe ich schon lange nicht mehr gedacht, es erscheint mir plötzlich so albern – hier draußen geht es ums Überleben.

»Wisst ihr schon, was mit den Pinguinen passiert ist?« Seven erzählt, dass das Eis der Bucht zu früh aufgebrochen ist und was das bedeutet, und verdirbt damit allen die Stimmung. Bedrückt hängen wir um den Esstisch herum.

»Ich hab vorhin ein paar Satellitenbilder der Atka-Bucht runtergeladen, aber äh, noch nicht angeschaut«, meint Dattel und zeigt uns die Bilder auf seinem Communicator.

Fee zoomt rein und nähert sich dem Bildschirm mit der Nase. »Ja, da sieht man das mit dem Eis. Was sind das denn für Punkte in der Bucht? Dort, wo *Nordanleger* steht?«

»Gib mal her«, fordert Benny, doch Dattel denkt gar nicht daran, das Gerät aus der Hand zu lassen. Rasch lässt er eine Bilderkennungssoftware laufen. »Aha. *Megaptera novaeangliae.*«

Fee verdreht die Augen. »Heißt auf Deutsch?«

»Buckelwale«, trumpft Benny auf.

»Wale?« Fee wird ganz aufgeregt. »Wie krass ist das denn! Da müssen wir hin – bevor die weg sind!«

Plötzlich liegt Aufregung in der Luft, wir haben wieder ein Ziel. Nur Seven scheint nicht von der allgemeinen Aufbruchsstimmung angesteckt zu sein, er steht gemächlich auf und schlendert zu einem der drei großen Fenster bei Deck 2. »Schaut mal«, sagt er plötzlich und wir stellen uns neben ihn. Meine Augen schweifen umher, erfassen Sara auf einem Skidoo, der einen kleinen Lastenanhänger zieht – darauf thront eine Reisetasche. Sie fährt in Richtung der russischen Station. »Haut die etwa ab?« Benny klingt halb fasziniert, halb eingeschüchtert.

»Scheint so«, meint Dattel und zieht eine Grimasse. »Das war eine Bemerkung zu viel, sie hat die Nase voll von uns.«

»Nicht nur das – ich glaube, sie hat sich in Alexej verliebt«, informiere ich die anderen. »Und er findet sie auch toll, da bin ich ziemlich sicher.«

Seven zieht die Augenbrauen hoch. »Jetzt müssen wir uns wirklich selber betreuen.«

Niemand wirkt besonders traurig, Fee und Benny klatschen sich sogar ab. Ich frage in die Runde: »Was ist, wenn *Social Adventures Network* sich meldet und Sara sprechen will?«

Seven winkt ab. »Überlass das nur mir. Ich erkläre denen, dass sie beschäftigt ist, und sage, dass wir hier prima klarkommen. Ein paar Tage lang werden die das schlucken. Bis irgendwelche Ersatzbetreuer kommen.«

»Du bist ein Schatz.« Fee küsst ihn flüchtig. »Und jetzt los, ihr wollt doch bestimmt auch zu den Walen, oder?«

Ein scheues Lächeln breitet sich auf Kayas Gesicht aus, sie nickt.

»Klarer Fall, wir auch.« Dattel wirft mir einen verstohlenen Blick zu, doch ich drehe schnell den Kopf in eine andere Richtung. Was haben wir getan? Wahrscheinlich ist es aus zwischen mir und Arvid, aber ich bin trotzdem nicht sicher, ob das eine gute Idee war vorhin mit Dattel in meinem Zimmer. Kann ja sein, dass das die schnellste Art ist, über jemanden hinwegzukommen, aber bei mir hat es nicht funktioniert. Ich sehe Arvid immer noch vor mir, wie er uns an unserem ersten Tag entgegengekommen ist, ich sehe seine warmen, grüngrauen Augen, die mich anschauen, fühle seine Hand, die behutsam über meine Narben streicht, sehe ihn unter mir nach oben klettern, damit er mich halten kann, wenn ich falle. Und verdammt, ja, ich falle, ich falle wie ein Meteor – und fühle mich, als würde ich dabei verglühen. Ich muss mit ihm sprechen, muss wissen, ob er das wirklich gesagt hat! Denn auf einmal kommt mir das seltsam vor, was Seven erzählt hat, denn seit ich Arvid kenne, war er nie einen einzigen Moment lang herablassend zu mir.

»Wartet ihr auf mich? Ich muss schnell noch was erledigen«, sage ich.

Aber Fee flattert herum wie ein Schmetterling auf Speed. »Ach, komm schon! Du kannst dein Chaos auch ein andermal verbreiten! Wer weiß, wie lange das Wetter noch hält!«

»Na gut«, sage ich zögernd. Selbst wenn er es nicht gesagt hat … wahrscheinlich ist es zu spät. Ich kann nicht mehr rückgängig machen, was zwischen Dattel und mir passiert ist. Verdammt, ich vermisse Arvid!

Wir werfen uns in unsere Polarkombi, das geht inzwischen deutlich schneller als zu Anfang. Seven trägt die schimmernde grüne Fotosynthesejacke, die mal Martin gehört hat, und streicht zufrieden über den glatten Stoff. »Cooles Teil.«

Wir trampeln hinunter zur Garage, in der die Schneemobile stehen. Einer nach dem anderen verstummen wir, weil wir wissen, dass irgendwo hier unten der Einsiedler haust. Plötzlich wünsche ich mir, wir hätten die Waffe aus dem Vorratsraum mitgenommen – was sollen wir tun, wenn der Kerl plötzlich vor uns steht? Meine Finger wandern zu meiner geprellten Nase, mir fällt wieder ein, wie ich mit dem Typen in der Dunkelheit zusammengestoßen bin. Dattel scheint meine Gedanken zu spüren, denn er hält sich dicht neben mir. Doch unsere Arme streifen sich nicht.

»Ob der Kerl überhaupt weiß, was mit Martin passiert ist?«, flüstert Benny, anscheinend hat auch er gerade an den Einsiedler gedacht. »Was er angerichtet hat?«

Seven hebt die Schultern. »Vielleicht hat er schon gemerkt, dass Martin und Sara nicht mehr da sind. Zum Glück haben wir die Knarre.«

»Aber nicht dabei«, wendet Benny ein.

»Doch.« Dattel zieht etwas aus der Tasche, schwarzes Metall, das noch vor Kurzem in einer Chipstüte ruhte. Erschrocken hole ich Atem – jedes Mal, wenn ich dieses Ding sehe, läuft mir ein Schauer über den Rücken.

Grinsend zielt Dattel auf Benny, der blass wird. »Hey, lass den Scheiß, du Depp! Bist du noch ganz dicht?«

»Reg dich ab, Hobbit, ist eh nicht entsichert.« Dattel schwenkt die Pistole von ihm weg, zielt auf eine der Schneewände, ist wahrscheinlich schwer in Versuchung, abzudrücken, aber dann denkt er sicher daran, dass wir nur fünf Patronen haben. Sorgfältig steckt er die Waffe in eine der vielen Taschen seines Outfits.

Plötzlich muss ich lachen, ich weiß auch nicht, wieso. Vielleicht, weil Benny eben wie eine Comicfigur ausgesehen hat – eine kleine, zapplige, rotgesichtige Gestalt, der im Comic wahrscheinlich Wölkchen aus den Ohren kommen würden. »Wollten wir das nicht … äh … gemeinsam besprechen, wann dieses Ding benutzt wird?«, frage ich Dattel.

»Wollten wir das?« Dattel tut unschuldig. Zum Kotzen.

Seven zuckt die Schultern. »Ach, das passt schon«, meint er, und damit ist das Thema offenbar für alle erledigt, denn Fee und Benny gehen weiter.

Mein Herz fühlt sich an, als hätte jemand es in einen Mixer gesteckt und den angeschaltet, doch es tut gut, draußen zu sein. Dattel wollte sich mit mir ein Schneemobil teilen, aber irgendwie habe ich es geschafft, das zu verhindern – jetzt sitzen ich und Benny hintereinander auf einem Skidoo. Eingeschnappt schwingt Dattel sich mit Kaya auf ein anderes, Seven und Fee fahren wie üblich zusammen.

»Gebt Gas, Leute, sonst sind die Wale weg!«, ruft Fee uns zu, der Fahrtwind weht ihre Stimme über die weiße Ebene.

Gas geben? Kann ich machen. Das Vibrieren des starken Motors zieht sich in meine Fingerspitzen, durch meinen ganzen Körper, und ich spüre, wie ich ruhiger werde. Irgendwann fällt mir auf, dass niemand in meiner Nähe zu sein scheint, und ich drehe mich um. »Ups«, sage ich und halte den Skidoo an. Die anderen sind winzige, schwarze Punkte hinter uns.

»Ähm, wir waren … relativ schnell«, sagt Benny und stößt den Atem aus.

»Angst gehabt?«, frage ich ihn.

»Nee«, sagt er sofort. Logisch. Wir sind alle nicht gut darin, so was zuzugeben.

Als die anderen uns eingeholt haben, reißen sie ein paar Witze, aber das macht nichts, Fee ist happy, dass wir schon so bald den Nordanleger erreicht haben.

»Wow, da hat sich wirklich was getan«, meint Dattel, denn die Atka-Bucht ist kein erstarrter Garten aus Eis mehr, vor uns liegt offenes Wasser, dunkelblau mit weißen Schollen garniert. Behäbig ragen die Eisberge dazwischen auf; wenn sie driften, dann so langsam, dass wir es nicht sehen.

»Hier legt zweimal im Jahr das Versorgungsschiff für *Neumayer IV* an«, berichtet Dattel. »Und bestimmt auch der russische Eisbrecher, der unseren Nachbarn frische Tiefkühlerbsen vorbeibringt.«

Wir stellen die Schneemobile ab und gehen vorsichtig zur Kante, an der das Schelfeis endet. Hier am Nordanleger sind die Wände noch viel schroffer und höher als dort, wo wir die Pinguine und Robben geneckt haben, es geht 30 Meter steil in die Tiefe und kein Weg führt nach unten.

»Sieht jemand die Buckelwale?«, fragt Fee aufgeregt. Seven zückt ein Fernglas und hält es ihr hin. Fee setzt es an die Augen und schwenkt es langsam über die Wasserfläche; dabei sieht sie nicht mehr aus wie ein Partygirl, sondern wie eine Entdeckerin, die nach einer neuen Route in unbekannte Regionen Ausschau hält. Mit Verspätung fällt mir auf, woran das liegt: Sie ist ungeschminkt. Zum ersten Mal, seit ich sie kenne.

Das Allererste, was wir sehen, ist kein Wal, sondern ein Schiff. Riesending. Hässlich sieht es aus, wie ein übereinandergestapelter, halb verrosteter Haufen Eisenschrott. Es holt in einiger Entfernung – aber so nah, dass man es noch erkennen kann – Netze ein, die eine hellrote Masse enthalten und sich dick ausbeulen.

»Aha, die fischen Krill«, sagt Dattel. »Diese Minikrabben, ihr wisst schon. Weil Wale die fressen, haben sie 'ne rosa Kacke.«

»Also echt«, sagt Benny. »Und ich mach grün, hab ich euch das schon mal gebeichtet?«

»Könnt ihr mal aufhören mit dem Ekelkram?«, beschwert sich Fee.

Dattel und Benny beginnen zu planen, wie sie selbst ein paar Krabben aus dem Wasser ziehen könnten, und diskutieren, ob man die schälen muss, bevor man sie in die Pfanne wirft.

Mir fällt ein, dass sich Irina und Yuna neulich wegen diesem Krill in die Haare geraten sind. Seit das hier kein Schutzgebiet mehr ist, können Industrieschiffe das Südpolarmeer genauso leer räumen wie den Rest des Ozeans. Andererseits – ich esse gerne Fisch. Sehr gerne sogar. Leider ist das Zeug sauteuer, öfter als zweimal im Jahr war bisher nicht drin. An Bord des Schiffs fällt eine Kaskade von rosa Gewimmel aus den Netzen, und ich beginne, von Garnelen in Cocktailsoße zu fantasieren, da schreit Benny plötzlich auf: »Da sind sie! Es sind zwei!«

Gespannt betrachten wir die beiden dunklen, nassglänzenden Rücken, die aus dem Wasser schräg vor uns aufgetaucht sind, nur leider 30 Meter tiefer, dort, wo das Meer gegen die Schelfeiskante schwappt. Prustend stößt einer der Wale den Atem aus und eine Säule aus Dampf steigt hoch. Jetzt tauchen die beiden; ihre Schwanzflossen wölben sich in die Luft und Wasser strömt davon herab.

»Wow.« Das Wort schlüpft durch meine Lippen, fast ohne dass ich es bemerke.

Schön sind sie nicht, nicht so wie die Kaiserpinguine, und trotzdem kann ich die Augen kaum von ihnen lösen. Wie gewaltig sie sind – allein diese Schwanzflosse muss so groß sein wie ein 10er BMW! Gelassen ziehen sie durchs Wasser, behäbig wie Dinosaurier, und wir sind dabei. Das lässt mich meinen Kummer wenigstens einen Moment lang vergessen, aufgeregt atme ich die schneidend kalte Luft ein und bin froh, dass ich hier bin, genau hier, und all dies sehe. Und den anderen scheint es genauso zu gehen.

»Der zweite Wal ist ein bisschen kleiner, vielleicht ist das eine Mutter mit ihrem Kalb«, sagt Fee und schießt mit ihrem Superzoom Fotos wie wild. Sie lächelt, als wolle sie nie wieder damit aufhören.

»Dort vorne sind noch mehr«, meldet Seven, das Fernglas an die Augen gepresst. »Drei oder vier, glaube ich. Das sind reichlich, da können wir ruhig einen als Haustier für dich fangen, Kaya.« Er trinkt einen Schluck Limo aus dem Speicher seiner neuen Jacke.

»Habt ihr eigentlich das andere Schiff gesehen?«, meint Kaya, sie klingt halb neugierig, halb verdutzt.

»Hä? Was für ein anderes Schiff?«, fragt Benny.

Er, die anderen und ich schauen in die Richtung, in die Kaya deutet, und ja, tatsächlich, dort ist noch ein Kahn, ein ziemlich großer sogar, unauffällig hat er sich von der Seite genähert. Er sieht seltsam bunt gefleckt aus, und nach einem Blick durchs Fernglas weiß ich auch, warum: Die Bordwand ist vollgepflastert mit Werbung. Ich erkenne eine lächelnde Gestalt, die irgendetwas in der Hand hält, knallige Schriftzüge, mehrere Logos. Krass!

»Vielleicht das Versorgungsschiff der Russen«, meine ich und winke den Leuten an Bord zu. Ob die mich von der Brücke aus sehen können? Wahrscheinlich, aber wieso sollten sie sich für sechs winzige, schwarze Gestalten hoch oben auf dem Schelfeis interessieren? »Was meint ihr, ist das ein Eisbrecher?«

»Ich glaub schon«, meint Benny. »Jedenfalls hat es keine dieser wulstigen, spritsparenden Nasen wie Containerschiffe, sondern einen schrägen Bug. Den kann er aufs Eis schieben und es damit knacken.«

»Ist ja alles schön und gut, aber es ist kein russischer Eisbrecher, ich sehe keine kyrillische Schrift«, wendet Dattel ein.

»Äh, stimmt.« Die Slogans auf der Bordwand wirken asiatisch, aber ich könnte nicht sagen, ob das chinesische, japanische oder koreanische Schriftzeichen sind. Praktischerweise hat mein Communicator eine Übersetzungs-App, für die keine Netzverbindung notwendig ist. Ich krame in meinen Taschen herum und hoffe, dass ich das Ding eingesteckt habe.

Dattel fährt fort: »Außerdem, hat nicht jemand auf der Station erwähnt, dass deren Schiff erst im März kommt?«

»Ja«, sage ich nur und ziehe meinen Communicator hervor. »Arvid hat das erwähnt.«

Wir sehen uns an und einen Moment lang weichen wir einander nicht aus. Dattels Blick ist offen, fast verletzlich, es kommt mir vor, als könnte ich auf den Grund seiner Seele schauen. Ich muss die Zähne zusammenbeißen. Was in aller Welt soll ich tun? Wieso habe ich schon wieder so viel Mist gebaut?

»Es kommt näher«, sagt Fee und runzelt die Stirn. »Wehe, das Ding stört unsere Wale!«

Ich starte die App und fotografiere die Slogans auf dem fremden Schiff. Die beiden Buckelwale unter uns tauchen ab, ein paar Minuten lang herrscht Stille. Meine Gletscherbrille liegt noch irgendwo in meinem Zimmer, das blendende Weiß der Eisberge lässt meine Augen schmerzen.

Laut atmet einer der Wale. Mutter und Kalb schwimmen noch einen Moment an der Eiskante entlang, dann drehen sie ab, nehmen Kurs aufs offene Südpolarmeer jenseits der Bucht.

Jetzt hat meine App die Sprache erkannt. Aha, Japanisch. Eine halbe Sekunde später blinkt auf dem Bildschirm die Übersetzung. »Oh shit«, sage ich.

»Was?«, fährt mich Fee an.

Das fremde Schiff dreht ab und folgt den Walen. Es nimmt Fahrt auf, wie um sie einzuholen.

»Was steht auf der Bordwand?«, brüllt Fee mich an.

Ich sage es leise, aber die anderen hören es trotzdem. *»Wal-Filet in Spitzen-Qualität – leicht bekömmlich und gesund.«*

Fees Gesicht ist blass, als sie die Kamera sinken lässt. »Nein«, sagt sie. »Nein.«

Fasziniert starrt Seven durch eins unserer Ferngläser, mit einem leisen Sirren stellt es sich scharf. »Holla!«, sagt er. »Habt ihr gesehen, dass das Ding 'ne Harpunenkanone am Bug hat?«

Gerade tauchen die Wale wieder auf, und wir hören einen Knall – sie haben die Harpune abgeschossen! Die Spitze gräbt sich in einen der Wale, den größeren, und es gibt einen zweiten Knall, dumpfer diesmal, er scheint aus dem Inneren des Tieres zu kommen. Gleich darauf färbt sich das Meer zu einem dunklen, schaumigen Rot. Mir wird klar, dass es eine Harpune mit Explosivkopf gewesen ist, sie ist im Körper des Wals hochgegangen. Ich mag mir nicht vorstellen, wie sich das angefühlt hat.

»Arschlöcher!«, brüllt Dattel aus voller Lunge, und wer weiß, vielleicht können ihn die Männer an Bord tatsächlich hören, das Schiff ist nur ein paar Hundert Meter entfernt und Stimmen tragen weit in dieser Gegend.

Tränen laufen Fee über das Gesicht. »Die müssen damit aufhören, sofort! Können wir nicht versuchen, sie über Funk zu erreichen?«

»Das würde nicht viel nützen.« Seven runzelt die Stirn, konzentriert beobachtet er, was geschieht. »So ein Tier ist eine Menge wert, ein paar Gramm Wal-Sushi kosten in Tokio fast hundert Euro, habe ich gehört.«

Mir dreht sich der Magen herum, ich weiß nicht, ob ich weiter zusehen will bei diesem Gemetzel. Doch ich schaffe es nicht, mich abzuwenden. Und so sehe ich auch, wie der Wal sich im Todeskampf windet, die Flossen aufs Wasser peitscht und schließlich reglos im Wasser liegt. Der zweite, kleinere Wal bleibt ganz in seiner Nähe, er wirkt ratlos und versucht, nicht zu fliehen. Das wird wohl das Kalb sein.

»Lasst wenigstens den anderen in Ruhe!«, schreit Benny, seine Stimme kippt über. »Haut ab! *Go home!*«

Doch die Walfänger haben nichts dergleichen im Sinn – vorne an der Harpunenkanone steht weiterhin ein Besatzungsmitglied, späht ins Meer und schwenkt die Waffe auf den zweiten Buckelwal zu.

Heiße, brennende Wut steigt in mir hoch, und ich schreie mit den anderen, brülle den Walfängern zu, was ich von ihnen halte. Und ja, sie hören es, ein paar Gesichter wenden sich uns kurz zu und dann ohne Interesse wieder ab. Vielleicht können die Mistkerle kein Englisch, und die japanischen Verwünschungen, die meine App mir liefert, spreche ich garantiert falsch aus.

Eine Klappe hat sich im Schiff geöffnet, der tote Wal wird an Bord gezogen. Weil das Heck uns zugewandt ist, sehe ich, wie Männer ihm mit langen Messern die Speckschicht und das Fleisch vom Leib schälen und es in Schächte an Bord schieben, wahrscheinlich wird beides an Ort und Stelle weiterverarbeitet. Das Summen von arbeitenden Maschinen dringt zu uns herauf.

»Na wartet«, schreit Dattel – und zieht die Pistole, richtet sie auf die Männer an Bord des Walfängers. Mir stockt der Atem vor Schreck. Ein Schuss peitscht auf, unglaublich laut in der Stille der Eiswüste. Die Pistole zuckt in Dattels Hand wie ein lebendes Wesen und er blickt selbst erschrocken drein. O Gott, hat er getroffen? Nein, und die Männer – die bei der Arbeit in eine andere Richtung schauen – haben anscheinend nicht mal bemerkt, dass auf sie geschossen wird. Vielleicht ist es zu laut an Bord.

»Ja, knall sie ab!«, feuert ihn Fee an, doch Seven legt Dattel die Hand auf den Arm. Er wirkt ganz ruhig. »Die machen nur ihren Job. Selbst wenn du einen von denen erwischst, das bringt nichts.«

Schwer atmend lässt Dattel die Waffe sinken und schweigend beobachten wir den jungen Wal. Ich fühle mich entsetzlich hilflos. Es gibt nichts, was wir tun können. Nichts.

»Los, schwimm weg, beeil dich«, schluchzt Fee.

Der junge Buckelwal flieht nicht, suchend umkreist er das Schiff und ein paar Minuten später gräbt sich die Harpune auch in seinen Körper. Ob er weiß, was jetzt mit ihm passieren wird? Hat er gesehen, was sie mit seiner Mutter gemacht haben?

Mir ist übel und reflexartig wende ich mich ab. Als ich die zweite Explosion höre, spüre ich, wie es ätzend in meiner Kehle hochsteigt, ich würge, bis mein Frühstück im Schnee gelandet ist. Keiner der anderen macht eine blöde Bemerkung. Schweigend filmt Dattel, was im Meer geschieht.

Ein paar andere Wale, die in der Nähe unterwegs waren, machen sich auf den Weg ins offene Meer – doch das Schiff wendet und fährt ihnen nach. Wie in Zeitlupe wirkt das, doch ich ahne, dass es die Tiere mit seinen starken Dieselmotoren einholen kann.

Die Luft um uns herum scheint zu knistern, als wir uns vom Meer abwenden und einander anschauen. Keinen von uns hat kaltgelassen, was wir gesehen haben, und selten habe ich mich den anderen so verbunden gefühlt. Dattels Gesicht ist gerötet vor Zorn, Benny dagegen ist so blass wie wahrscheinlich auch ich, über seine Wangen ziehen sich Tränenspuren.

»Können wir nicht eine Rakete bauen und den Kahn abschießen?« Fees Augen blitzen gefährlich. »Wer ist dafür?«

»Coole Idee«, entfährt es mir.

»Bin dabei«, sagt Kaya.

»Ich nicht«, sagt Benny und wischt sich über die Augen. »Zu kompliziert. Wir schaffen es nie, so was zu bauen. Es müsste schon eine ziemlich große Rakete sein, ihr habt ja gesehen, die Pistole haben sie nicht mal bemerkt.«

Seven legt Fee den Arm um die Schultern und drückt sie. »Vielleicht können wir irgendwas anderes tun, uns fällt bestimmt was ein.«

Aus Dattels dunklen Augen lodert die Wut. »Sobald wir das Satellitentelefon repariert haben, überweise ich irgendwelchen Walschützern ein paar Millionen Euro.«

»Gleich ein paar Millionen?« Ich bin beeindruckt. »Hat diese Bank, bei der du dich das letzte Mal bedient hast, das Schlupfloch nicht zugestopft?«

Niemand kann so fies grinsen wie Dattel. »Doch, aber ich kenne noch eins.«

»Aber was sollen die Walschützer sagen, wenn irgendjemand wissen will, wo das Geld herkommt?«, fragt Kaya.

»Keine Ahnung. Die sollen sich halt was ausdenken.« Dattel vergräbt die Hände in den Taschen seiner Kombi. »Wal-

Sushi, ich könnt kotzen! Habt ihr das gesehen, das war eine richtige schwimmende Fabrik, auf der einen Seite *Wal rein,* auf der anderen *Konservendosen raus*!«

»Ich hab keine Konservendosen gesehen«, wendet Benny ein.

»Vielleicht haben sie die Stücke auch tiefgekühlt. Was weiß ich! Ist doch scheißegal!«

»Die konnten sich nicht wehren«, sagt Kaya und kickt ein Stück Eis über den Rand des Schelfeises. Nach ein paar Sekunden hören wir, wie es tief unter uns in den Wellen aufschlägt. »Keine Chance.« Noch ein Stück Eis und noch eins. Wahrscheinlich weiß sie von früher, wie das ist, wenn man sich nicht wehren kann. Hoffentlich kriegt sie nicht wieder einen Flashback.

»Eines steht fest«, sagt Seven nachdenklich. »Es sind nicht die Leute auf dem Schiff, die schuld sind – sondern die Kerle, die das angeordnet haben.«

»Das ist doch oft so.« Noch immer ist in meinem Mund ein widerlicher Geschmack. Ich nehme die Wasserflasche, spüle mir den Mund aus und spucke das Wasser in den Schnee. »Wahrscheinlich sitzen die Verantwortlichen in ihren gemütlichen Büros in Tokio und planen, wie viele Wale sie im nächsten Jahr erledigen.«

»Einer macht das gerade nicht«, sagt Seven und plötzlich lächelt er auf eigenartige Weise. »Einer von ihnen, ein hohes Tier aus Japan, ist gerade in der Antarktis und wird morgen auf der russischen Station eintreffen. Hab ich heute erst gehört.«

Wir blicken uns an und plötzlich lächeln wir alle. Wie von selbst biegen sich meine Mundwinkel nach oben, obwohl mir noch in den Knochen steckt, was wir vorhin gesehen haben. Auf einmal ist mir zumute wie damals, als es mir gelungen ist, diesen schwarzen *Maserati GranTurismo* aufzukriegen und seinen Satellitensender zu deaktivieren. Ein Gefühl wie Gipfel-des-Mount-Everest, Goldmedaille-in-der-Olympiade, Platz-1-in-den-Charts. Nein, den *Maserati* habe ich übrigens nicht um einen Baum gewickelt.

»Mit dem Kerl können wir ein Wörtchen reden«, sagt Fee. »Ich glaube, das wird ihm nicht sonderlich gefallen.«

»Wenn wir es *schaffen*, mit dem zu reden«, wendet Kaya ein.

»Wir lassen ihm einfach keine Wahl.« Plötzlich fühle ich mich wagemutig, zu allem bereit. »Wird das Fernsehen dabei sein? Hast du darüber was gehört, Seven?«

»Das wäre so cool, wenn er im Fernsehen anfangen würde, herumzustammeln«, sagt Seven, sein Lächeln wird breiter. »Aber es wird wahrscheinlich nicht live sein.«

»Egal«, meint Benny. »Journalisten sind Journalisten. Wir können denen eine richtig gute Story bieten, wenn wir wollen – und dann schauen die Leute genau hin, was hier passiert.« Vielleicht sieht er sich schon als Öko-Held. Klein, aber Vollblutrebell.

Doch dann verändert sich sein Blick, und ich weiß, dass ihm jetzt sein Gegner eingefallen ist – derjenige, der ihm nur allzu gerne an den Kragen will wegen dieser Präsentation mit den eingebauten Schwulenbildern. Der weiß dann ganz genau, wo Benny zu finden ist. »Aber vielleicht brauchen wir die Medien auch gar nicht, und es reicht, wenn wir den Typen selbst überzeugen«, fügt er schnell hinzu.

»Wir drängen den in die Ecke.« Dattel atmet schwer. »Notfalls nehmen wir ihn mit, bis er anordnet, dass das hier aufhört.«

Benny tippt sich an die Stirn. »Bist du bescheuert? Du willst den *entführen?*«

»Falls er nicht mit uns reden will, haben wir vielleicht keine andere Wahl«, meint Seven, und er klingt so wunderbar vernünftig dabei. So nüchtern und logisch. Seine neue Fotosynthesejacke schimmert im Sonnenlicht.

»Jetzt mal langsam«, meine ich. In mir pocht das Gefühl, das ich habe, wenn ich mit 200 Sachen eine stille, dunkle Landstraße hinunterjage. »Ich bin auch dafür, dass wir mit ihm reden. Aber das mit der Entführung … nee, wirklich. Außerdem – hat so ein Typ nicht immer Bodyguards dabei?«

»Garantiert«, sagt Kaya. »Wahrscheinlich bewaffnet.«

»Bewaffnet? Geht nicht«, meint Fee kampflustig. »Die reisen garantiert nicht mit dem Schiff, sondern mit dem Flugzeug an, geht viel schneller, und mit Waffen kommen die nicht durch die Kontrollen.«

»Ist nicht gesagt«, widerspricht Dattel. »Vielleicht trauen sich die Security-Leute am Flughafen nicht, die Mitarbeiter eines total wichtigen Supertypen zu durchsuchen.«

Ich kann förmlich sehen, wie er anfängt, nachzudenken – und blöd ist er ja nicht gerade, kann sein, dass dabei so was wie ein Plan rauskommt.

»Wenn er Bodyguards hat«, fährt Dattel fort, »ist das natürlich bescheuert und es erschwert die Sache. Aber die rechnen nicht mit uns. Wir sind Außenseiter. Wild Cards.«

»Wild Cards, was soll das denn sein?« Fee stampft mit den Füßen auf, sieht aus, als hätte sie kalte Zehen. »Schade finde ich, dass wir es uns dann mit den Russen verderben, wenn wir ihren Gast blöd anmachen.«

Ja, das stimmt. Mein Magen fühlt sich an wie in einer Achterbahn. Arvid! Arvid wird uns für völlig durchgedreht halten. Das bedeutet, ich kann das nicht tun, ich …

»Die Russen finden es doch auch schlimm, dass hier Wale abgeschlachtet werden«, sagt Benny. »Ich habe neulich mit

Irina geredet und sie ist gar nicht gut auf Yuna und ihre Regierung zu sprechen.«

»Also ich wette, die Russen halten zu uns«, sagt Fee und wirft mir einen schnellen Blick zu, weil ihr klar ist, dass ich den besten Draht zur Nachbarstation habe.

Aber vielleicht nicht mehr lange. O Gott, ich muss mit Arvid sprechen, vielleicht denkt er noch, dass alles in Ordnung ist.

Einen Moment lang schweigen wir alle. Mein Blick schweift über das Plateau, auf dem wir stehen – auf der einen Seite das Meer, das bis zum Horizont reicht, eine Suppe aus Eisbergen, auf der anderen Seite eine endlose, verschneite Ebene. Niemand da, nur wir sechs. Wir sechs haben gesehen, was passiert ist. Und vielleicht wird denen das noch mal leidtun. Denn wir sind nicht mehr die, die wir waren, als wir vor ein paar Wochen hier angekommen sind. Das klingt dämlich, aber so ist es irgendwie.

Dattel blickt mich von der Seite an. »Weißt du, wie du dreinschaust?«

»Nee, wie denn?«

»Wie ’ne Killerbraut.«

Fee schlägt sich auf die Schenkel. »*Killerbraut?* Vor der haben doch nur Autos Angst!«

Bevor sie es sich versieht, liegt sie im Schnee und hat meinen Fuß auf dem Bauch. Großwildjägerin mit Trophäe. »Bist du da ganz sicher?«

»Don’t fuck with Crash«, empfiehlt ihr Dattel und schießt das passende Erinnerungsfoto dazu. Die anderen grinsen.

»Kommt, lasst uns wieder fahren«, sage ich, während Fee sich aufrappelt. »Wir können ja daheim darüber nachdenken, was genau wir machen wollen.«

COUNTDOWN

Kaum sind wir wieder in der Station, stürze ich zum Funkgerät. Es ist ein unscheinbarer schwarzer Kasten, den Martin und Sara in ein Labor neben unserem Aufenthaltsraum geschleppt haben, das bis vor Kurzem als Martins Büro gedient hat. Jetzt thront es auf dem hellen Holztisch neben einer Art durchsichtiger Apparatur, die mir bekannt vorkommt. Zum ersten Mal würdige ich sie eines Blickes. He, Moment mal, das sieht aus wie in Arvids Labor – war das hier früher die Luftchemie? Die Sehnsucht trifft mich wie eine Keule.

Auf einer großen Digitalanzeige kann man die Frequenz einstellen. Ich tippe die Zahlen ein, damit erreicht man die russische Station per Kurzwelle. Als ich Arvid endlich am Apparat habe, bekomme ich feuchte Augen. »Hey, Arvid«, sage ich so locker, wie ich es schaffe.

»Hey, Crash. Hab dich vermisst.« Er klingt herzlich, aber auch beunruhigt. »Was ist mit eurem Satellitentelefon los?«

»Das repariert Dattel gerade«, sage ich und möchte irgendetwas Nettes sagen, irgendwas Lustiges. Aber es ist so viel passiert. Sevens und sein Gespräch. Die Sache mit Dattel. Zwei aufgeschlitzte Wale. Meine Kehle fühlt sich an, als würde jemand sie zudrücken, ganz langsam. »Es ist … wir haben …«, beginne ich, und dann muss ich tief Luft holen. *Labil*. Ja, garantiert bin ich labil, jetzt gerade zum Beispiel.

»Ihr habt …?« Arvid klingt noch beunruhigter. »Alles okay? Hat euer … Einsiedler … wieder zugeschlagen?« Er betont das Wort *Einsiedler* ganz seltsam.

Ich atme noch ein paarmal tief durch. »Nein, nein, diesmal nicht. Es war nur … wir waren an der Atka-Bucht und wir … da war ein Schiff und …« O Mann, wahrscheinlich klinge ich wie geistig behindert!

»Hör zu, Crash, wir müssen dringend reden, und zwar so, dass nicht jeder zuhört. Wie lange braucht Dattel für euer Telefon?«

»Keine Ahnung«, sage ich und mein Herz legt einen Sprint ein. »Aber ich könnte einfach rüberkommen.«

»Wäre vielleicht das Beste. Viel Zeit haben wir allerdings nicht, unser Besucher kommt in zwei Stunden. Seven hat dir davon erzählt, oder?«

»Ja«, quetsche ich heraus. Er hat mir das erzählt und noch viel mehr. *Toll, wie sie sich bemüht. Für mehr als die Mittelschule wird es nicht reichen.* »Irgendein hohes Tier aus einem japanischen Ministerium.«

»Nee, er ist zwar Japaner, aber der Vorsitzende der *Internationalen Walfang-Kommission*. Aber ist eigentlich egal. Was ich sagen wollte, Sara ist bei uns eingetroffen. Sie meint, ihr seid jetzt völlig durchgedreht.«

Ich schaffe ein schwaches Grinsen. »Sie verträgt Kritik an ihrem Essen nicht.«

»Ach so. Na dann, bis nachher. Nimm am besten den *PistenBully*, das Wetter soll wieder schlechter werden.«

Der Vorsitzende der *Internationalen Walfang-Kommission*! Das ist noch viel besser. Durch mein Referat weiß ich, dass er derjenige ist, der darüber entscheidet, wo wann welche Wale gejagt werden dürfen.

Als ich das den anderen erzähle, jubelt Fee und Dattel grinst breit. »Volltreffer! Der ist genau der Richtige. Die ganze Welt wird aufhorchen, wenn wir uns mit dem anlegen.«

»Gibt jedenfalls ’nen tollen Eintrag in meinem Blog.« Seven klingt ausgesprochen fröhlich.

»Meint ihr, wir retten wirklich ein paar Walen das Leben, wenn wir den in die Mangel nehmen?«, fragt Kaya, und als sie ihre Sonnenbrille aufsetzt, sieht sie ihrer Heldin Sue Steel ein ganz kleines bisschen ähnlich. Jedenfalls wenn man die Augen zusammenkneift.

»Ja, klar, und nicht nur ein paar Walen, sondern Dutzenden!«, verkündet Benny.

»Ach was, Hunderten!« Seven grinst breit und zeigt das Victory-Zeichen, was Fee prompt für die Nachwelt festhält.

Ich muss lächeln. Vielleicht sind die anderen auch ein kleines bisschen dankbar, dass etwas Aufregendes passiert in dieser Arsch-der-Welt-Gegend. Etwas, das uns nicht einfach zustößt wie bisher. Über das wir die Kontrolle haben.

Noch bin ich nicht sicher, ob es wirklich eine gute Idee ist, was wir vorhaben. Doch zum ersten Mal, seit ich mich erinnern kann, macht eine meiner Aktionen Sinn. Das fühlt sich gut an, verdammt gut sogar. Klar, ich riskiere einen weiteren Eintrag in mein Strafregister, aber diesmal ist es fast eine Art Ehrenurkunde.

Letzte Chance, letzte Chance!, schreit eine Stimme ganz tief in mir, aber dann dreht Dattel unsere Stereoanlage auf, schaut mich an und sagt: »Na dann – let’s roll!«

Und die Stimme wird glatt übertönt.

Wir wollen mit der Nummer drei, dem großen *PistenBully*, fahren, doch der ist abgeschlossen und wir finden die Schlüssel nicht, wo zur Hölle hat Sara die versteckt?

»Ist egal«, sage ich entschlossen, und da sowieso alle mich anblicken, mache ich mich an die Arbeit. Selten ein so primitives Zündschloss gesehen, ich brauche keine fünf Minuten dafür. Kurz darauf röchelt der Dieselmotor los, die schweren Ketten graben sich in den Schnee, und meine Hände liegen locker auf dem Lenkrad, während Benny unser Ziel einprogrammiert: *Polarnaja Swesda.*

Während der Fahrt diskutieren wir weiter. »Was ist, wenn die Bodyguards *und* die Russen uns bekämpfen?«, meint Benny. »Dann müssen wir aufgeben, oder?«

»Scheiß ins Eis!«, sagt Dattel. »Was für ein Wort ist das, *aufgeben?* Kannst du das mal buchstabieren?«

»Wir haben Glück, dass diese zweite russische Station – *Novo* – so weit entfernt ist«, meint Seven. »Bis die von dort Verstärkung schicken können, das dauert.«

Fee ist noch immer total aufgedreht. »Eigentlich praktisch, dass unser Zuhause fast im Schnee vergraben ist – das ist 'ne Festung! Kann nicht so einfach gestürmt werden.«

»Stimmt«, sagt Kaya. »Nur zwei Eingänge, die wir bewachen müssen, den durch die Ballonfüllhalle und den Tunnel zur Fahrzeughalle.«

Sehr oft habe ich so einen *PistenBully* noch nicht gefahren, ich muss mich konzentrieren, aber bei der Sache mit dem Stürmen horche ich auf. »Moment mal«, sage ich, »ich dachte, wir wollten den Kerl nicht entführen?«

Dattel versucht, mich in den Nacken zu kneifen, das soll vermutlich eine liebevolle Geste sein. »Wir tun, was nötig ist, nicht mehr und nicht weniger«, sagt er. Ich schlage seine Hand weg und zeige ihm den Mittelfinger. Dieser Typ nervt.

»Nicht die Fahrerin belästigen!« Seven gräbt Dattel den Ellenbogen in die Seite. »Die soll auf den Weg schauen. Vielleicht gibt es Gletscherspalten, in die auch ein *Bully* reinpasst.«

»Alter, du klingst manchmal fast wie Martin«, beschwert sich Dattel.

»Was ist, wenn er uns nicht freiwillig zuhört?« Benny scheint der Plan keine Ruhe zu lassen. »Dann müssen wir ihn eine Weile irgendwo einschließen, ich sehe nicht, wie wir darum herumkommen. Natürlich nur vorübergehend.«

»Ich hab was, womit wir ihn fesseln könnten.« Fee hält ihren bunten Schal hoch und kichert.

»Ach, Süße, daraus könnte er sich in drei Komma fünf Sekunden rauswinden.« Seven gibt ihr einen Kuss auf die Wange. »Handschellen wären praktisch.«

»Hab was Besseres«, meldet sich Kaya zu Wort, kramt in der Tasche ihres Overalls und bringt eine Handvoll Kabelbinder zum Vorschein.

»Krass, hast du die vorhin aus der Werkstatt geholt?« Seven wirft ihr einen anerkennenden Blick zu und Kaya nickt.

»Vielleicht reicht es auch, wenn unsere schöne Hexe ihn betört, dann kommt er nicht mehr zum Nachdenken und stimmt allem zu, was wir ihm sagen«, schlägt Dattel vor, und Fee nimmt, so gut es im Führerhaus geht, ein paar Modelposen ein, verwuschelt ihr langes, honigblondes Haar und wölbt die Lippen zu einem Schmollmund.

»Soll das sexy wirken?«, fragt Benny und zieht die Augenbrauen hoch. »Okay, beim Dreh für einen Amateurporno würde es gerade noch durchgehen.«

Fee funkelt ihn an. »Ach, fick doch ’nen Pinguin!«

Benny grinst nur.

»Wer soll eigentlich mit dem Typ reden?« Seven klingt nachdenklich. »Wir alle können das nicht gleichzeitig, Kaya brauchen wir zum Beispiel, um während der Aktion Feinde fernzuhalten und unseren Rückzug zu sichern.«

»Vielleicht sollten wir beide mit ihm reden, Seven und ich«, schlägt Fee vor. »Wenn ihr einverstanden seid, natürlich.«

Ich höre nur mit halbem Ohr zu, weil ich durch die Frontscheibe nach draußen starren und mich konzentrieren muss. Dieses endlose Weiß macht mich fertig, bei bedecktem Himmel gibt es kaum Kontraste, ich sehe kaum, wohin ich fahre. Ich muss per Hand steuern, weil bei der Nummer drei die automatische Steuerung herumzickt. Als wir über eine Bodenwelle rattern, kippt der *Bully* nach vorne, und wir werden alle durchgeschüttelt.

»Das gibt mindestens fünf Punkte in Flensburg«, lästert Dattel.

»Wie soll man Punkte kriegen, wenn man keinen Führerschein hat?« Eigentlich müssten wir bald da sein, ich spähe konzentriert voraus, ob ich die Gebäude der Station schon sehe. »Ich will auch dabei sein, wenn wir mit dem Typ sprechen.«

Fee gibt sofort nach. »Okay, also ich, Seven und Crash. Mist, der wird wahrscheinlich gar kein Deutsch sprechen, oder? Wie quatschen wir den an?«

»Na, auf Englisch. Wer von uns kann am besten Englisch?«

»Crash, glaube ich«, meint Seven und schaut mich an. »Also, du bist jetzt unsere Übersetzerin, klar?«

»Habe ich da ein Mitspracherecht?«, brumme ich. Ich hasse es, wenn andere über mich bestimmen, und das war in den letzten Jahren furchtbar oft der Fall. Hat mir gerade noch gefehlt, dass es auch hier losgeht.

»Nö.« Benny grinst. »Das ist dein Pech, warum musstest du auch so viele Vokabeln pauken?«

»Meine Eltern haben mich gezwungen«, behaupte ich, obwohl es gar nicht stimmt. In Wirklichkeit habe ich eine Tante in Amerika, wir waren ziemlich oft drüben. Keine Ahnung, wieso ich nicht einfach die Wahrheit sage. Wahrscheinlich, um mich zu schützen – je mehr andere Leute über mich wissen, desto angreifbarer bin ich.

Nur mit Arvid war das anders. Wie es wohl sein wird, ihn gleich wiederzusehen? Werden wir uns umarmen? Küssen? Will ich das? Ich weiß es nicht, in meinem Kopf tobt ein Hurrikan. Hat er tatsächlich all das gesagt, was Seven behauptet hat? Was soll ich glauben? Und was ist so geheim und wichtig, dass Arvid es mir per Funk nicht sagen konnte? Hat es etwas mit dem Einsiedler zu tun? O Gott, ist es nicht kompletter Wahnsinn, was wir vorhaben?

Es ist fast unwirklich. Keine drei Stunden ist es her, dass wir beobachtet haben, wie die beiden Buckelwale von lebenden, atmenden Wesen zu glitschigen Fettstreifen verarbeitet wurden. Und jetzt sind wir kurz davor, deswegen auf den Putz zu hauen. Ob Martin das pädagogisch sinnvoll fände? Garantiert ist es auch für die anderen das erste Mal, dass sie sich für irgendwas einsetzen. Außer für sich selber natürlich.

»Habt ihr die Aufnahmen dabei?«, frage ich sicherheitshalber. »Die müssen wir dem Japaner natürlich zeigen, damit er uns überhaupt versteht.«

»Klar«, sagt Dattel. »In Farbe, 3D, und wenn ich's an irgendeine Wand projizieren kann, auch in Breitwand. Wenn sie das sehen, sind garantiert auch die Russen geschockt.«

Fee beugt sich über ihren Communicator, um ihre eigenen Aufnahmen zu checken, stöhnt aber nach ein paar Sekunden auf und legt den Unterarm vor die Stirn. »Sorry, ich halte das nicht aus. Könnt ihr ihm das bitte zeigen? Sonst muss ich heulen und dann nimmt der mich nicht mehr ernst.«

In diesem Moment erkennen wir vor der Frontscheibe die Gebäude der Station, graue Klötze vor dem Horizont, und wir verstummen alle. Jetzt wird es ernst.

»Uhrenvergleich«, knurrt Dattel und wir lachen. Ich schaue trotzdem auf die Uhr. Es ist 15:02, und gleich ziehen wir das verrückteste Ding ab, das die Antarktis je gesehen hat.

GESTERN AM EVEREST

Bei *Polarnaja Swesda* ist kein fremdes Flugzeug zu sehen, anscheinend ist der hohe Gast noch nicht eingetroffen. Insgeheim bin ich erleichtert.

Damit wir später leichter abhauen können, parke ich den *PistenBully* so nah am Eingang, dass mir das ein Stirnrunzeln von Nikolai einbringt – er stapft gerade auf dem Dach der Station herum und macht wahrscheinlich eine Wetterbeobachtung. Doch dann grinst er wieder, winkt zu uns herunter und ruft: »*Privet!*« Die alberne rot-graue Pudelmütze, die er trägt, kommt mir bekannt vor – Moment mal, die hat doch mal Martin gehört?

Bei Nikolais Anblick fühle ich mich, als hätte mich jemand in ein Dornengestrüpp geworfen. Er war neben Arvid immer am nettesten zu uns – und was wird er bald von uns denken?

»Hi, Arvid!«, ruft Fee und ich zucke zusammen.

Ja, da ist Arvid, er schafft gerade irgendwelche Ölfässer in einen Schuppen – wahrscheinlich, damit die rostigen Dinger nicht draußen herumstehen und das Auge von furchtbar wichtigen Gästen beleidigen. Als er uns sieht, kommt er auf uns zu. Freundlich begrüßt er die anderen, doch wieder einmal bin ich es, die er ansieht. Unsere Blicke treffen sich, und auf einmal finde ich es unmöglich, wegzuschauen. Mein Puls jagt hoch auf 130 – mindestens.

»Wollt ihr schon mal reingehen?«, sagt Arvid zu den anderen. »Irina ist gerade dabei, Tee aufzusetzen.« Er will mit mir alleine sprechen, das ist klar.

Fee, Benny und Kaya nicken und trampeln auf den Eingang zu, doch Seven versucht, mich am Ärmel zu ziehen. »Komm schon«, sagt er und wirft einen kurzen Blick auf Arvid.

Ich schüttle den Kopf. Seven zuckt die Schultern, wirft mir einen missmutigen Blick zu und geht mit den anderen nach drinnen. Nur Dattel ist bei mir draußen stehen geblieben. »Was ist?«, will ich ihn fragen, doch ich sehe es schon in seinem Blick, der mich herausfordert, der kurz zu Arvid hinübergleitet, dann zu mir zurückkehrt. *Bin ich dir nicht gut genug?*, fragt dieser Blick. *Ist dein Jungforscher toller als ich, schlauer, edler, mutiger? Sagst du ihm, was zwischen uns passiert ist, oder wirst du die Klappe halten?*

Ich bin wie gelähmt und meine Zunge fühlt sich an wie ein Klumpen in meinem Mund. Ja, ich mag Dattel, er ist fast so cool, wie er sich selbst findet. Aber Arvid … wenn ich bei ihm bin, dann fühle ich mich, als sei ich heimgekommen.

Auch Arvid hat Dattels Blick bemerkt, hat er kapiert, was er bedeutet?

Arvid macht zwei Schritte auf mich zu, bis wir einander gegenüberstehen. Dann beugt er sich zu mir herunter und küsst mich auf den Mund, einfach so, als sei es ganz selbstverständlich. Meine Lippen scheinen zu brennen, wo seine sie berührt haben. Ich küsse ihn zurück, mit aller Sehnsucht, die sich in mir angestaut hat.

Ich höre, wie Dattel sich herumdreht und wütend durch den Schnee zur Station stapft.

Mit einem Seufzer lasse ich mich gegen Arvid sinken, spüre, wie seine Arme mich umfassen, merke, wie ich ganz ruhig werde.

»Die Zeit ohne dich kam mir so lang vor«, sagt Arvid leise, und mir wird klar, dass er niemals gesagt hätte, was Seven behauptet hat. Und dass Arvid jetzt, nach Dattels Auftritt, ahnt, dass etwas schiefgelaufen ist zwischen uns.

»Mir kam sie auch furchtbar lang vor«, gestehe ich. Plötzlich weiß ich nicht mehr, wie ich es ohne ihn ausgehalten habe. Ohne seine ruhige Kraft, seine Sicherheit. Er ist es, den ich will. »Es tut mir so leid.«

»Was denn?«

»Ich … habe etwas richtig, richtig Blödes gemacht.«

Ganz langsam lösen wir uns voneinander. Arvid wirkt aufgewühlt, er ist furchtbar blass geworden. Er wirkt total geschockt. »Ging es dir zu schnell mit uns?«, fragt er gepresst. »Hast du dich dadurch … bedroht gefühlt? Wir können uns auch voneinander verabschieden, das wäre furchtbar schwer, aber …«

Mein Magen stürzt in die Tiefe. »Nein! Ich habe es nur getan, weil ich sauer auf dich war, ich dachte, dass du mich verraten hättest.«

»Dich verraten? Aber wann denn, womit denn?« Arvid atmet tief durch. »Sicher war dir erst nicht klar, was es bedeutet, was hätte passieren können, oder? Aber dann bist du zurückgekommen.«

Das klingt alles ein bisschen wirr, aber egal, ich weiß, was er meint. »Ich musste einfach zurückkommen«, sage ich, und es ist die Wahrheit. Notfalls hätte ich auch alleine einen *PistenBully* gestohlen, um wieder bei ihm zu sein. Bei ihm fühle ich mich so lebendig wie sonst nur, wenn ich durch die Nacht rase und nicht weiß, wie diese Fahrt enden wird.

Aber dann fällt mir wieder ein, weshalb wir eigentlich hier sind, die Wale, unser Plan, und scharf wie eine Klinge schneidet der Gedanke durch mich hindurch, dass wir das nicht tun dürfen, weil wir alles versauen, wenn wir das durchziehen.

»Gehen wir erst mal rein«, sagt Arvid, er klingt ein bisschen zittrig. »Ich glaube, ich brauche jetzt ’nen Tee. Oder ’nen Wodka.«

Hat er mir verziehen? Sieht fast so aus. Kaum zu fassen. Einfach so, ohne Beichte, nach ein paar Fragen. Wie kann es sein, dass ich ihm so wichtig geworden bin?

Aber das kann ich später herausfinden, jetzt muss ich erst mal den anderen sagen, dass unser Plan abgeblasen ist! Es war eine bescheuerte Idee, witzig zwar, aber komplett durchgeknallt, die anderen haben das vermutlich sowieso nicht ernst gemeint. Wenn wir den Russen unsere Aufnahmen zeigen, werden die schon selbst Krach schlagen bei den japanischen Behörden.

Im Vorraum bürste ich mir nur den Schnee ab, dann gehe ich im Overall durch den Flur, folge den Stimmen. Die anderen sind in Irinas Labor, und ich sehe sofort, dass Irina Dattels Communicator in der Hand hält und sich anschaut, was wir heute erst gefilmt haben. Empört und erwartungsvoll drängen sich die anderen um sie herum.

»Ah, *Megaptera novaeangliae«,* sagt Irina. »Von denen gibt es recht viele hier im Sommer.«

»Wissen wir«, sagt Dattel ungeduldig. »Schau dir an, was jetzt passiert!«

Schweigend betrachtet Irina die Szene, ich sehe zwar nichts davon, höre aber die Explosion der Harpunenspitze und spüre, wie Wut und Ekel wieder in mir hochsteigen. Irina kneift die Lippen zusammen, auch sie wirkt wütend, doch dann zuckt sie die Schultern. »Ja, ich weiß. Seit das Schutzgebiet abgeschafft worden ist, jagen sie wieder und tun nicht mal mehr so, als würden sie es zu ›wissenschaftlichen Zwecken‹ machen. Scheußlich.«

»Aber …« Fee versagt die Stimme vor Entsetzen. »Aber … das ist nicht nur scheußlich, das ist Mord!«

Irina hebt den Kopf, blickt Fee an und streicht sich das ingwergelbe Haar zurück. Es ist leicht, auf ihrem von langen Stunden im Freien gebräunten Gesicht zu lesen, sie wirkt nicht so, als hätte sie jemals versucht, ihre Gefühle zu verbergen. Jetzt gerade wirkt sie niedergeschlagen, aber gefasst. »Ich fürchte, da kann man nichts machen. Die Walfang-Lobby ist zu stark zurzeit und seit dieser Image-Kampagne ist Walfleisch leider total angesagt in Tokio.«

Fee, Dattel, Seven, Kaya und Benny blicken sich an, ich sehe, wie lautlose Botschaften zwischen ihnen hin- und hergehen. Sie sind noch immer genauso entschlossen, wie sie zuvor waren. Doch, die haben das ernst gemeint. Und ich? Ich stehe am Rand der Gruppe, meiner Gruppe, und kann kaum stillhalten, zapple herum.

Draußen dröhnt der Lärm eines Hubschraubers, Schnee wird gegen das Fenster von Irinas Labor geweht. »Ah, das ist der Ehrengast. Yuna wird sich freuen. Vielleicht.« Irinas sehniger Körper spannt sich an, sie steht auf und dreht sich erst an der Tür wieder herum. »Am besten, ihr bleibt dem Kamerateam aus dem Weg, ja? Würde ein bisschen komisch aussehen, wenn ein paar Jugendliche durchs Bild spazieren.«

»Ach echt?«, gibt Seven zurück, seine Stimme klingt verdächtig ruhig. »Das würde komisch aussehen?«

Fee kichert.

Irina runzelt die Stirn, aber sie kann nicht ahnen, was wir vorhaben. Ein paar Sekunden später ist sie weg und wir sind allein.

»Hört zu«, sage ich hastig. »Wir posten unsere Aufnahmen im Netz, okay? Wir rütteln die Leute auf. Aber das mit diesem Vorsitzenden ist keine gute Idee, wir würden damit nur …«

»Lass mich raten«, sagt Dattel bitter. »Du willst abspringen, weil dein Jungforscher vielleicht nicht gut findet, was wir vorhaben?«

Das ist die Wahrheit, und mir fällt nicht ein, was ich darauf antworten könnte. *Du musst uns nicht beweisen, dass du ein Held sein kannst*, würde ich ihm am liebsten sagen. *Es liegt nicht an dir, dass es nichts wird mit uns. Es liegt an mir.*

»Jetzt lass uns nicht hängen, Crash.« Fee klingt vorwurfsvoll, ihre blauen Kinderaugen blicken mich durchdringend an. »Wir haben eine Mission hier, siehst du das nicht?«

»Schön gesagt, Süße«, flüstert ihr Seven ins Ohr und küsst sie auf die Nase. »Also, wie fangen wir es an, Leute? Legen wir gleich los, oder erst nach dem Begrüßungsritual?«

Nun zögert Dattel. »Später, würde ich sagen.«

»Was ist, geht dir schon die Muffe?«, stichelt Seven. »Hast du's dir doch anders überlegt, so wie Crash?«

Dattel strafft wütend die Schultern. »Klappe! Wir gehen jetzt erst mal schauen, wie der Typ aussieht, damit wir nicht versehentlich einen seiner bescheuerten Bodyguards erwischen. Klar?« Ganz kurz legt er die Hand auf eine Tasche seines Polaroveralls, und ein eisiger Schauer durchrieselt mich, als mir einfällt, dass er dort noch die Pistole hat.

»Eins ist klar, die Knarre wird nicht benutzt«, sage ich und verschränke die Arme. »Sind wir uns da alle einig?«

Stirnrunzelnd blicken die anderen mich an, und es ist schwer zu sagen, was sie denken. Nur Benny scheint sich unwohl zu fühlen, sein Grinsen sieht aus wie ein Krampf der Wangenmuskeln. »Hey, Leute, wollen wir nicht doch lieber einen Pinguin als Geisel nehmen?« Er schaut zu Seven hinüber.

Seven knufft ihn. »Sei nicht albern – die kriegt man nicht stubenrein.« Er und Fee stehen da wie Bonnie und Clyde, sie lächeln scheinbar unbeschwert. Zu allem entschlossen.

Kaya hat die Arme verschränkt und wirkt düster, so als hätte sie erst jetzt realisiert, dass sie wieder einmal eine Leibwächterin ist und das nicht so ganz das ist, was sie wollte. Und ich? Ich habe das Gefühl, es ist gar nicht echt, was hier passiert. So wie ich früher als Kind manchmal dachte: *Hey, wir spielen nur, dass wir eine Familie sind, das hier ist nur eine Rolle, gleich ruft der Regisseur »Cut!« und wir können alle in unser richtiges Leben zurück.* Nur dass es ein richtiges Leben nicht mehr gab.

Und hier? Ist es echt, was wir hier erlebt haben? Haben wir uns die Herzlichkeit der Russen eingebildet? Vielleicht nerven wir sie in Wirklichkeit nur.

»Los jetzt!«, drängt Fee und geht zur Tür. »Ich will sehen, was das für ein Typ ist.«

Mechanisch folge ich den anderen, meine Beine bewegen sich wie die eines Roboters.

Das Empfangskomitee für den Vorsitzenden besteht fast aus der kompletten Besatzung der Station, alle scharen sich neugierig um den Hubschrauber, dessen Rotorblätter sich noch genauso schnell drehen wie zuvor, erst jetzt langsamer werden. Da ist auch Sara, sie wirft uns einen Blick unter zusammengezogenen Brauen zu. Was ist, wohnt sie jetzt hier? Vielleicht zusammen mit dem frisch gewaschenen Alexej? Jedenfalls hält er sich dicht neben ihr und sieht aus, als würde er gerne ihre Hand nehmen.

Wir von *Neumayer III* stehen hinter den Russen, halten Distanz, warten erst einmal ab. Unruhig sehe ich mich nach Arvid um, finde ihn. Fast unmerklich bewegen wir uns aufeinander zu, bis wir nebeneinanderstehen. Glück durchflutet mich, doch es wird von Zweifeln und Angst abgefangen und in kleine Fetzen gerissen, die auf den Grund meines Herzens sinken. Soll ich mitmachen? Oder besser nicht? Was ist richtig? Ist es feige, in letzter Sekunde auszusteigen? Die anderen im Stich zu lassen? Aber muss ich mitziehen, wenn ich sowieso schon ein mieses Gefühl habe?

Wenn ich mich nicht bewege, wenn ich einfach stehen bleibe, dann bin ich raus. Ohne Ruhm und ohne Schuld. Aber ich schaffe es sowieso nicht, stehen zu bleiben, meine Füße scharren schon jetzt im Schnee wie ferngelenkte Streifenhörnchen.

Arvid ist blass und wirkt abwesend. Ganz plötzlich fragt er: »Aber all das, was angeblich dieser Einsiedler gemacht hat … das warst nicht du, oder?«

Die sausenden Rädchen in meinem Kopf kommen knirschend zum Stillstand. »Was? Spinnst du? Nein, natürlich nicht! Und was meinst du mit *angeblich?«*

»Falls es ihn gibt, ist er ein bisschen zu praktisch als Sündenbock«, sagt Arvid, ohne mich anzusehen.

Verwirrt starre ich auf den Hubschrauber, ohne etwas zu sehen, tausend neue Gedanken poltern durch meinen Kopf. Was genau traut Arvid mir alles zu? Sehe ich aus wie eine Vollsadistin oder was? Wie jemand, der ganz dringend in den Knast muss, weil ein Betreuer mit zwei gebrochenen Beinen nur der Anfang war? Wie kommt er überhaupt auf mich, denn eins steht fest, es gibt diesen verdammten Einsiedler, ich habe mir nicht eingebildet, dass ich mit dem in der Dunkelheit zusammengestoßen bin! Meine Nasenprellung erinnert mich regelmäßig daran!

Der Rotor des Helis kommt zum Stillstand, stattdessen tut sich in der Kabine was. Ein schlanker junger Mann, der für einen Asiaten ungewöhnlich groß ist – etwa so wie Arvid –, lässt sich aus dem Hubschrauber gleiten und blickt sich mit strengem Blick um. Dann geht er nach vorne und stellt sich neben die vordere Tür der Maschine. Aha, der Bodyguard.

Oder ein ehrgeiziger Assistent, den man normalerweise nur in Anzug und Hemd sieht, mit stets auf Hochglanz polierten schwarzen Schuhen.

Nach ihm klettern noch zwei dick in Daunen gepackte Kameraleute aus dem Heli, die ihre Ausrüstung vorsichtig aus der Maschine heben und beginnen, sie aufzubauen.

Schließlich bewegt sich etwas auf dem Vordersitz, der Assistent öffnet ehrerbietig die Cockpittür, und ein mittelalter Japaner, in trendige Skiklamotten gekleidet, steigt aus und hebt die Hand wie ein Staatsoberhaupt, das über eine applaudierende Menge hinwegblickt. Hier applaudiert niemand. Der Mann hat ein breites Gesicht, sehr weiße Zähne, kurze, perfekt frisierte schwarze Haare, ein wohlwollendes Lächeln und harte Augen.

»Ist er das?«, frage ich Arvid gepresst, doch die Frage ist überflüssig, schon gehen der Stationskommandant und Yuna auf ihn zu. »Satoshi Tamura, nehme ich an?«, fragt Jegor mit einem Willkommenslächeln, es gibt gegenseitige Verbeugungen und ein allgemeines Händeschütteln.

Satoshi Tamura. Das ist also der Mann, auf den wir es abgesehen haben, den wir überreden oder zwingen wollen, mit dem Wale-zu-Frikadellen-Mist aufzuhören. Mir ist heiß geworden unter meiner Mütze, ich schwitze, was die Poren hergeben. Wir können das nicht tun. Oder? Soll ich, soll ich nicht? Könnten wir wirklich erreichen, dass das Massaker im Meer aufhört?

Dieser Tamura sieht so glatt aus wie ein Vollzeitpolitiker, gewohnt, im Rampenlicht zu stehen. Zur Rede stellen, den da? Der würde uns schneller abservieren, als man »Südpolarmeer« sagen kann – und dabei nicht mal aufhören zu lächeln. Auf einmal fühle ich mich wieder wie eine siebzehnjährige, mehrfach vorbestrafte Autoknackerin, die in der Welt absolut nichts zu melden hat. Winzig wie eine Spielzeugfigur. Zum Lachen, wie die sich abzappelt.

Auf meiner linken Seite steht Fee, sie wirkt keineswegs eingeschüchtert, ihr Blick verlässt den Vorsitzenden keine Sekunde lang. Wie sehr sie sich verändert hat … Was ist mit ihr geschehen in den letzten Wochen?

»Zum ersten Mal in der Antarktis?«, fragt Yuna ihren Landsmann, adrett sieht sie aus und aufgeregt. Sie spricht Englisch, wahrscheinlich, damit alle etwas von der Unterhaltung mitbekommen.

Tamura lächelt noch etwas breiter. »Ja, und ich freue mich schon darauf, nach dem Termin hier kurz am Südpol vorbeizuschauen … Auf dem Mount Everest war ich letztes Jahr, aber dort ist es wirklich zu voll geworden. Nächstes Jahr … mal sehen, die Tiefsee würde mich reizen.« Sein Englisch ist perfekt.

Yuna gibt höfliche Laute des Erstaunens von sich.

»Äh, das ist … wirklich beeindruckend, Tamura-san«, meint Jegor und bemüht sich tapfer, die Kameraleute zu ignorieren, die hinter ihm stehen und über seine Schulter hinweg filmen, als wäre er ein lästiges Möbelstück.

Der Ehrengast blickt sich um und zuckt kurz mit der Augenbraue. Mit einer knappen Bewegung winkt er seinen Assistenten-Bodyguard heran und wechselt ein paar Worte mit ihm. Mr. Assistent nimmt Jegor und Yuna beiseite. »Ist es möglich, dass wir die Szene noch einmal drehen? So und so, in diese Richtung?«

»Ja, natürlich, aber wieso?«, fragt Yuna erstaunt.

Wie sich herausstellt, will der Vorsitzende die Gebäude auf keinen Fall im Bild haben. Und irgendwelche Russen auch nicht. Besonders nicht die mit den Bärten. »Am besten auch keinen Schnee?«, flüstert Arvid mir ins Ohr.

Ich muss grinsen, obwohl ich so nervös bin, oder vielleicht gerade deshalb. »Doch, Schnee muss schon mit drauf, sonst sieht man ja nicht, dass er in der Antarktis ist.«

Noch gibt Jegor nicht auf. »Wir haben ein Willkommensessen vorbereitet«, sagt er, noch immer erstaunlich herzlich. Doch der Vorsitzende wirft seinem Assistenten einen Blick zu, und der schüttelt den Kopf und beginnt, irgendetwas von dem Hotel am Südpol zu erzählen und dass dort leider, leider schon ein Dinner gebucht sei. Zu dem Yuna mitkommen solle, aber sonst bitte niemand, denn es sei ja ein japanischer Forschungspreis, und es sei auch eher unangemessen, dass die Preisträgerin hier bei einer fremden Nation forsche, und man bitte tausendmal um Entschuldigung für alle Unannehmlichkeiten.

Yuna blickt zu Boden, ihre Wangen glühen vor Scham. Ich kann förmlich spüren, wie die Stimmung bei den Russen sinkt, wahrscheinlich haben sie sich schon auf die Sause gefreut und viel Arbeit in die Vorbereitungen gesteckt. Und Arvid? Arvid schüttelt angewidert den Kopf, ohne darauf zu achten, ob der große Vorsitzende es sieht oder nicht.

Mein Körper ist gespannt wie eine Bogensehne, ich stemme die Füße gegen den Boden. Hey, ich bin kein Niemand, ich bin *Crash*, und ich wette, dieser Depp weiß nicht, wie es sich anfühlt, in Lebensgefahr zu sein – aber verdammt noch mal, ich weiß das, und auf einmal bin ich wieder dafür, dass wir ihn in die Mangel nehmen, und mir ist scheißegal, was nach dieser Sache mit mir passiert. Vielleicht muss ich einmal im Leben etwas tun, worauf ich stolz sein kann. Und vielleicht, vielleicht ist auch Arvid dann ein kleines bisschen stolz auf mich.

Doch die Gelegenheit zu unserem Coup schmilzt gerade dahin wie Schnee in der Sauna. Vorsitzender, Bodyguard und

Kamerateam wenden sich um und wollen anscheinend zu ihrem Heli zurück. So war das nicht geplant und weder Dattel noch Seven noch Fee rühren sich, sie sind genauso verdutzt wie ich.

Doch dann tritt plötzlich Nikolai vor. »Ach, *dawai,* kommen Sie«, sagt er zu Tamura und haut ihm auf die Schulter wie einem alten Kumpel. »Ein Gläschen werden Sie doch wohl nicht ablehnen, Tamura-san? Genug Kühlung für Ihren Drink ist da, wir haben extra ein Stück von einem Eisberg abgehackt.«

Der Bodyguard Schrägstrich Assistent sieht aus, als würde er jeden Moment einen Herzinfarkt erleiden, aber Tamura scheint die ganze Sache lustig zu finden. »Von einem echten Eisberg?«

»Aber hallo«, mischt sich Alexej ein. »Echter geht nix!«

»Okay.« Tamura nickt und geht neben Nikolai her auf die Station zu.

Fee schaut zu mir herüber und plötzlich lächelt sie mich an. Es ist das kleine, warme Lächeln, das sie für mich reserviert hat. *Wir machen das, oder?*

Ja, antworten meine Augen. *Wir machen das.*

Wie ein hungriges Rudel Schlittenhunde folgen wir Tamura, und mein Herz schlägt hart und schnell, weil ich weiß, dass es gleich rund gehen wird.

AUSSER KONTROLLE

Crash behauptet also, dass sie die Handleine durchgeschnitten hat während des Schneesturms, aber Arvid hat noch nicht wirklich begriffen, wieso – und ob das überhaupt stimmt. Noch immer kann er sich nicht vorstellen, dass sie das getan hat, es passt überhaupt nicht zu ihr. Und aus diesem Vorwurf wird er ebenfalls nicht schlau. *Verrat? Ich soll sie verraten haben?* Am liebsten würde er mit den Fäusten auf eine Wand eindreschen, aber das geht nicht, er muss mit diesem unangenehmen Ehrengast ein Glas trinken, ein paar Gürkchen essen und die letzte Dose Kaviar mit ihm teilen, die sie eigentlich für Weihnachten aufgehoben hatten.

Crash geht vor ihm in die Station. Er blickt auf ihren zarten Nacken hinab, als sie am Eingang die Stiefel auszieht, und am liebsten würde er die Haut an dieser Stelle küssen, genau dort. *Wieso kann ich sie nicht hassen? Wegen der Art, wie sie mich angesehen hat, oder weil sie vorhin so unendlich einsam gewirkt hat? Vielleicht war sie es doch nicht, das mit der Handleine … Nimmt sie die Schuld auf sich für etwas, was jemand anders getan hat?*

Er muss mit ihr reden, allein! In einer Viertelstunde können sie sich verdrücken, keiner wird sie vermissen. Tamura hat die Jugendlichen bisher ohnehin ignoriert, vielleicht denkt er, sie gehören zur Station hier. Kaffeekoch-Sklaven. Schneeschipp-Knechte.

Der Kunststoffboden quietscht unter Arvids Füßen. In der Station riecht es muffig wie immer, nach zu lang getragenen Stiefeln und geschmolzenem Schnee, wie peinlich. Aber Tamura lässt sich nichts anmerken und folgt Jegor und Nikolai in die Messe, in der einem zum Glück andere Düfte in die Nase steigen – nach schwarzem Tee und Kerzen, Schmalz und Essiggurken. Über den alten Bildern hängt Weihnachtsdeko aus grünem und rotem Plastik und Yuna hat japanische und russische Flaggen aufgehängt. Es sieht total albern, aber gemütlich aus.

Inzwischen ist es mehr als voll in der Messe. Nikolai macht eine große Show daraus, das Stück Eisberg hereinzuholen und ein paar Stücke davon abzumeißeln für den Whisky, den Tamura haben will. Eine Wodkaflasche macht die Runde, die Leute von *Neumayer III* bekommen Tee. Sie sind schweigsam heute, vielleicht eingeschüchtert vom hohen Besuch. Wieso haben die eigentlich ihre Polarkombi angelassen? Darin werden sie sich allesamt totschwitzen, denn Alexej hat den Ofen mal wieder völlig übertrieben angeheizt.

Jegor und alle anderen stoßen mit dem Japaner an. »Auf die Völkerfreundschaft!«, sagt Jegor, ohne eine Miene zu verziehen.

»Auf die glorreiche japanische Nation!«, kontert Tamura.

Bei der nächsten Runde ist Yuna dran mit einem Trinkspruch. »Auf die Forschung!«, sagt sie lautstark.

Tamura gönnt ihr einen wohlwollenden Blick und bei der nächsten Runde bringt er ein versöhnliches »Auf das ewige Eis!«.

Dann gibt es einen Happen zu essen, ob der Gast will oder nicht – Alexej drückt ihm einfach einen Blini mit Kaviar in die Hand.

Allmählich fühlt sich Arvid angeschlagen, so viel Wodka in so kurzer Zeit ist selbst nach dem langen Winter mit den Russen ein bisschen heftig. Er kann kaum abwarten, mit

Crash zu sprechen, doch die wirkt verschlossen und hat diesen Rühr-mich-nicht-an-Blick aufgesetzt, den sie manchmal hat. Also unterhält sich Arvid kurz mit dem Assistenten, der Sota heißt, eine Business School absolviert hat, Kendo praktiziert und auf sehr höfliche Art keinen Zweifel daran lässt, dass Wissenschaftler ohne Geld und Einfluss für ihn Menschen zweiter Klasse sind. *Gott, hoffentlich fliegen diese Arschlöcher bald wieder ab!*

Nach kurzer Zeit leert sich die Messe, die meisten Kollegen gehen wieder an die Arbeit, weil die Vorspeisen aufgegessen sind und der Rest der Party ausfällt. Sämtliche japanischen Kameraleute sind nach draußen verschwunden, um ihre Ausrüstung wieder in den Hubschrauber zu laden. Jetzt ist der richtige Moment, sich mit Crash abzusetzen. Endlich. Arvid wendet sich ihr zu … doch dann tritt Fee plötzlich vor und blickt Tamura an. Was hat die vor – will sie auch einen Trinkspruch loswerden?

»Also, ich wollte nur sagen, für mich sind Sie ein Mörder.«

Zack. Das Schweigen ist so dick wie Erbsensuppe. Arvid fragt sich, ob er richtig gehört hat. Sieht fast so aus. Jegor und Nikolai sind in Schockstarre.

Fee ist noch längst nicht fertig. »Ihre ICW … äh, ich meine IWC … erlaubt das Schlachten von Walen, ist doch richtig so, oder?« Ihr Englisch ist ein bisschen holprig, aber alle verstehen nur zu gut, was sie sagt.

Tamura runzelt die Stirn, doch er kommt nicht zu einer Antwort, Fee spricht gleich weiter. »Wir fordern, dass das aufhört. Und zwar jetzt!«

Arvid kann sich das Grinsen nicht ganz verkneifen. Auf die *Neumayer-III*-Kids kann man sich verlassen, die verstehen sich darauf, Schwierigkeiten zu machen. Er hätte nie gedacht, dass sie sich für Wale einsetzen würden, aber es gefällt ihm. Er war immer dafür, alle Arten von Meerestieren in Ruhe zu lassen.

Nervös versucht Jegor, Fee am Arm zu nehmen und von Tamura wegzulotsen – ohne Erfolg. Sie reißt ihm den Arm weg, ohne ihren Blick von dem Japaner abzuwenden.

Tamura hat ein stahlhartes Lächeln aufgesetzt. Erstaunlicherweise antwortet er Fee. »Ihr schlachtet und esst jedes Jahr Millionen von netten, harmlosen Kühen. Was ist der Unterschied?«

»Also *ich* esse die jedenfalls nicht.« Fee schnaubt. »Außerdem sind Wale intelligenter als Kühe, sie leben in Familien und leiden, wenn Familienmitglieder getötet werden!« Wie durch Zauberhand erscheint im Raum eine 3D-Projektion, nicht sehr lichtstark allerdings, man sieht die alten Gruppenbilder noch, die dahinter an der Wand hängen. Geisterhaft durchscheinende Wale schwimmen über die lächelnden Gesichter, werden harpuniert, schlagen verzweifelt um sich. Kein schöner Anblick, und ihm fällt auf, dass Crash den Blick abwendet. Sie hat ein weiches Herz, auch wenn sie es nicht gerne zugibt.

»Ja, und? Schweine sind auch sehr intelligent«, wendet Nikolai ein, über dessen Gesicht gerade eine durchscheinende Harpune fliegt. In dieser Größe sieht sie wie ein Zahnstocher aus. »Außerdem haben ja nicht nur intelligente Tiere ein Recht auf Leben.«

»Bitte entschuldigen Sie mich, es ist Zeit, weiterzufliegen.« Noch immer wirkt Tamura sehr höflich. Er gibt seinem Bodyguard, der sich neben ihn manövriert hat, ein Zeichen. Arvid ist schwindelig von all diesem Wodka, doch er setzt sich in Bewegung. Besser, er bringt Fee raus, bevor ein Unglück passiert, denn Sota geht auf sie zu und sieht nicht aus, als hätte er vor, ihr den Kopf zu tätscheln.

Dafür muss er an Dattel vorbei, der bisher still und wortlos dabeigestanden hat.

Ganz plötzlich wird der Junge lebendig, er springt Sota an. Packt ihn von hinten am Nacken. Und tunkt ihn mit dem Gesicht in die Schüssel mit der sauren Sahne.

Oh shit.

Ich bin stolz auf Fee – ganz schön mutig von ihr, diesem Kerl das, was uns allen durch den Kopf gegangen ist, ins Gesicht zu sagen. Und das mit der Sahne war eine coole Idee von Dattel, einfach herrlich, wie der Kerl mit einem Clownsgesicht wieder aufgetaucht ist.

Doch danach ist Schluss mit lustig. Ohne dass wir uns abgesprochen hätten, packen ich und Fee Tamura, der zum Glück völlig verdutzt ist, an den Armen und schieben und zerren ihn in Richtung der Labore. Dort wollen wir ihn einschließen, um in Ruhe mit ihm zu reden. Nach einer Weile fängt er an, sich zu wehren, aber anscheinend hat er Hemmungen, uns einfach niederzuschlagen, weil wir zwei Mädchen sind – stattdessen ruft er seinem Leibwächter etwas auf Japanisch zu. Der versucht, zu ihm zu laufen, und wischt sich ständig wütend übers Gesicht, weil saure Sahne in den Augen nicht unbedingt die Sehschärfe verbessert. Dadurch kann ihm Seven unauffällig ein Bein stellen, der Leibwächter geht zu Boden und rutscht auf einem Blini aus.

Doch leider stürzen sich jetzt die beiden Russen, die noch in der Messe waren, ins Getümmel: Nikolai und Jegor. Sie schaffen es, Fee von Tamura wegzuziehen, und versuchen, sie auf den Boden zu drücken. Jemand muss ihr helfen, wo ist eigentlich Seven abgeblieben? Dattel hat gerade andere Probleme, denn behände wie eine Katze ist der Bodyguard wieder auf die Füße gekommen. Er hat sich einen Besen geschnappt, den jemand in einer Ecke vergessen hatte, und das Bürstenteil abgebrochen, den Stiel benutzt er wie eine Art Schwert. Dattel hat sich einen Hocker geschnappt, als wäre er ein Löwenbändiger, kassiert aber einen Schlag gegen die Rippen, der ihn aufstöhnen lässt, und wirft den Hocker auf den Bodyguard. Der weicht leider mühelos aus.

Kaya kommt Dattel zu Hilfe und jetzt wird es auch für den Leibwächter schwierig. Sein Gesicht wirkt noch immer ausdruckslos, doch plötzlich blitzt etwas in seiner Hand – der hat ein Messer gezogen! Kaya versucht, es ihm aus der Hand zu treten, aber es klappt nicht und sie verliert das Gleichgewicht.

»Pass auf!«, brülle ich Dattel zu, der in seiner Polarkombi viel zu unbeweglich ist, um sich gegen den geschmeidigen Leibwächter zur Wehr zu setzen.

Dattel fummelt an seiner Kombi herum, versucht wahrscheinlich, die Pistole herauszuholen, doch er hat sie zu gut verstaut. Ich sehe, wie das Messer ihn an der Brust trifft, durch die vielen Schichten Stoff gleitet, und mir wird ganz anders. Dattel ist zusammengezuckt, zurückgewichen, gekrümmt steht er einen Moment da. Wie schwer ist er verletzt?

Kaya ist wieder auf die Füße gekommen und versucht noch einmal, dem Bodyguard das Messer abzunehmen. »Ihr müsst raus!«, schreit sie mich an. »Los, bringt ihn raus!«

Wen genau meint sie, Dattel oder den Japaner? Vielleicht beide. Benny und ich versuchen, den um sich schlagenden Tamura weiterzudrängen, und Dattel stolpert auf uns zu, vielleicht um uns zu helfen. Sein Gesicht ist blass und verschwitzt, das schwarze Haar hängt ihm wirr in die Augen, und auf seiner über und über bemalten Kombination sind Blutflecken.

Was ist mit Fee? Sie versucht beißend, spuckend und kratzend, freizukommen, schafft es aber nicht. Wir können sie doch nicht hier zurücklassen!

Meine Augen suchen nach Arvid. Er wirkt völlig geschockt von dem, was hier vorgeht, und das sticht mir ins Herz wie ein Giftpfeil. Auch diesmal wirkt er wie erstarrt, so wie bei Kayas Flashback damals, aber dann sehe ich, wie er sich zusammenreißt. Jetzt versucht er, Kaya den Weg zu verstellen und sie daran zu hindern, sich weiterhin mit dem Leibwächter ein Kickbox-Duell zu liefern. Entsetzt halte ich den Atem an. Er hat so ein Talent dafür, im richtigen Moment das Falsche zu tun!

Wie in Zeitlupe sehe ich, wie er einen Tritt abbekommt und gegen ein Regal geschleudert wird – nein, nein, nein, Arvid darf nichts geschehen! Er blutet am Kopf, der Anblick ist so furchtbar, dass ich Tamura beinahe losgelassen hätte, um zu ihm hinüberzulaufen.

Sofort nutzt es Tamura, dass ich nur noch halbherzig versuche, ihn festzuhalten. Sein Arm, feste Muskeln in glattem Stoff, gleitet aus meinem Griff. Benny hängt sich mit seinem ganzen Gewicht an den anderen Arm – nur leider ist ein Hobbit nicht sonderlich schwer, selbst ein ziemlich gut genährter wie Benny.

In dem Moment, als Tamura sich freistrampelt, erreicht uns Dattel. Er blickt mich nicht an, auch Benny nicht. In einer einzigen Bewegung zieht er die Pistole und setzt sie dem japanischen Vorsitzenden an den Kopf.

»Stopp!«, brüllt er in den Raum.

Der Leibwächter sieht es als Erstes, sein verschmiertes Gesicht wird ganz still, seine Hände fallen herab. Auch die Russen erstarren. Fee kommt frei und kriecht zu uns herüber. Mein Blick klebt an der Waffe, in der sich alle negativen Gefühle in diesem Raum zusammenzuballen scheinen, schwer und schwarz und ölig glänzend. Erst, als ich Arvids Stimme höre, schaue ich wieder zu ihm hinüber.

Sein Gesicht ist verzerrt vor Schmerz und Sorge. »Seid ihr noch bei Verstand?«, schreit er uns an. »Lasst ihn los, sofort!«

Wie in Trance schüttelt Dattel den Kopf. Auch er weiß, dass es kein Zurück mehr gibt.

»Crash, das willst du doch nicht wirklich, oder?«

Ihn jetzt anzublicken, ist mehr, als ich ertragen kann. Nein, er ist nicht stolz auf mich, wie naiv war ich, so etwas zu glauben? Wahrscheinlich runzelt sogar Marisa die Stirn, wenn sie gerade von irgendeiner Wolke auf mich herabschaut. Und die Wale? Wissen sowieso von nichts.

»Stoppt den Walfang, dann bekommt ihr ihn gesund zurück!« Fee steht da wie Jeanne d'Arc. Nur leider weiß ihr Publikum das nicht zu würdigen, Jegor schüttelt den Kopf, der Leibwächter schnaubt verächtlich und Nikolai murmelt irgendetwas auf Russisch, was nicht nach guten Wünschen für die Zukunft klingt.

»Versucht nicht, uns zu folgen, sonst muss der hier das ausbaden.« Fee deutet auf unseren Gefangenen, den wir nun in Richtung Ausgang befördern. »Also dann: Ciao!«

Was jetzt? Nehmen wir ihn doch mit nach *Neumayer III*? Sieht ganz so aus.

»Na also, da seid ihr ja endlich!«, motzt Seven. Wie sich herausstellt, ist er im Flur gewesen und hat die Türen der Labore blockiert, damit die anderen Forscher nicht in den Kampf eingreifen konnten. Gar nicht so blöd.

»Ging leider nicht schneller – hilf mir mal, meine verdammten Stiefel anzuziehen«, brummt Dattel, der die Pistole noch immer gegen Tamuras Kopf hält und damit die Hände nicht freihat.

»Keine Zeit, muss den Motor der Pistenraupe vorwärmen.

Du willst doch auch hier weg, oder?« Seven sprintet nach draußen, und stattdessen ist es Benny, der Dattel die Stiefel zum Reinschlüpfen hinhält.

Wir schleifen Tamura, der uns wütend anfunkelt, aus der Station heraus und in den *Bully*, dann jagt Seven den Motor hoch und reißt das Steuer herum.

Eine Dreiviertelstunde später sind wir zurück auf *Neumayer III*. Diesmal inklusive Gast. Name: Satoshi Tamura. Laune: extrem schlecht.

AUSNAHMEZUSTAND

Noch zwei Tage bis Weihnachten. Total unwirklich. Nachdem wir unseren Gefangenen durchsucht und zusammen mit einem Chemo-Klo in einer der Zwei-Betten-Kammern eingesperrt haben, lassen wir uns erschöpft auf die Polster des Aufenthaltsraums fallen.

»Sind wir jetzt Helden oder haben wir im ganz großen Stil Mist gebaut?«, fragt Benny.

»Beides, glaube ich«, sage ich und spüre, dass meine Augen gleich überlaufen. »Wie kommen wir da nur wieder raus?«

»Wieso wieder raus?«, fragt Fee und kichert, es klingt ein bisschen hysterisch. Auch sie ist wohl mit den Nerven am Ende. »Wir haben ein Ziel, weißt du? Erst wenn sie die Wale in Ruhe lassen …«

Kaya und ich achten nicht mehr auf sie, wir helfen Dattel, seine Kombination auszuziehen und sich auf die Polster zu legen. Mühsam schält er sich aus den Klamotten, und ich sauge erschrocken die Luft ein, als ich den großen Blutfleck darunter sehe. »Und, ist das cool oder was?«, fragt Dattel schwach. »Ich fühl mich wie Bruce Willis in *Stirb langsam*.«

»Zum Glück hast du mehr Haare.« Der Messerstich scheint nicht tief zu sein, sonst hätte Dattel ein Loch in der Lunge und wäre vermutlich schon tot. Vorsichtig schneide ich das T-Shirt weg, das Dattel trägt. Ich habe zwar schon ziemlich viel Blut gesehen, aber hauptsächlich mein eigenes, und mir wird ein kleines bisschen schlecht.

»Bringt mir mal jemand 'ne Schmerztablette?«, murmelt

Dattel, doch dann fällt ihm gleichzeitig mit uns ein, dass wir so was nicht mehr vorrätig haben.

»Bruce Willis hatte so was auch nicht«, versucht ihn Kaya zu trösten.

»Scheiß auf Bruce Willis! Das tut verdammt weh, schaut noch mal, ob ihr im Lazarett irgendwelche Spritzen findet!« Dattel heult beinahe.

Nein, wir finden keine. Aber dafür jede Menge Desinfektionsmittel, Verbände, sogar Wundkleber. Als Kaya und ich mit Dattel fertig sind, liegen rund um ihn leere Verpackungen, Klebebandstücke, Verbandsreste, leere Wundkleber-Tuben und blutige T-Shirt-Fetzen. Keiner von uns hat noch die Energie, aufzuräumen.

Seven – der die Pistole an sich genommen hat, sobald Tamura eingeschlossen war – tippt irgendwas, Fee rumort in der Küche herum und macht ein paar Dosen auf, weil wir alle rasenden Hunger haben, und ich drehe fasziniert den Communicator des Japaners in der Hand. »Wow, ich glaube, das ist das neue X5B. Mit dem kann man sich sogar selber mit Ultraschall untersuchen, hab ich gehört. Soll ich mal bei Dattel?«

»Nee, tu das Ding am besten in den Kühlschrank«, empfiehlt mir Benny. »Sonst schalten sie das auf Fernkontrolle und spionieren uns damit aus.«

Im selben Moment, in dem er es sagt, fängt der Communicator mit dem Ton einer wütenden Hornisse an zu summen, und ich erschrecke mich so, dass mir das Teil beinahe aus der Hand fällt. Auch unser Funk nebenan in Martins Büro dreht schier durch und das reparierte Satellitentelefon beginnt zu klingeln. Klar, alle wollen uns ganz dringend erreichen.

»Hey, Leute, wir sind *wichtig*.« Dattel lächelt mit schmerzverzerrtem Gesicht.

»Wichtig ist der Kerl da im Zweierzimmer«, meint Benny. »Wir sind nur die Verrückten, die den Wichtigen entführt haben.«

»Ich fürchte, wir müssen in Schichten schlafen«, sagt Seven, er wirkt jetzt leicht genervt. »Mindestens einer muss immer Wache halten, damit sie uns nicht einfach die Bude stürmen. Zum Glück gibt es keine Deckung im ganzen Umkreis; wenn sich jemand nähert, sehen wir das lange vorher.«

»Und wer verhandelt mit all denen da?« Mit dem Kinn deute ich auf die durchdrehenden Geräte.

»Na, du natürlich, wer sonst?« Seven grinst mich unverschämt an.

»Ich? Vergesst es.« Der Gedanke, mit Arvid zu sprechen, verwandelt mich endgültig in ein nervöses Wrack. »Ich bin schon Übersetzerin. Am besten, Fee übernimmt die Verhandlungen.«

»Ja, aber nicht gerade jetzt, ich hab Hunger.« Fee schleppt einen Kochtopf nach nebenan in unser Ehemaliges-Labor-jetzt-Esszimmer.

Es gibt Gemüsebrühe mit Nudeln, wir fallen darüber her wie Raubtiere. Im letzten Moment fällt Fee ein: »He, lasst was für Tami übrig! Den müssen wir auch versorgen.« Besorgt späht sie in den Topf, doch ein bisschen was schwappt noch darin.

»Stimmt«, meint Dattel, der sich mühsam aufgesetzt hat, um seine Suppe zu schlürfen. »Gefangenschaft heißt ja nicht Zwangs-Diät. Er ist immer noch gefesselt, oder? Trotzdem sollte jeder, der zu ihm reingeht, Feuerschutz bekommen.«

Feuerschutz, das klingt wie aus einem amerikanischen Thriller. Irgendwie gefällt mir das – was ich bisher gemacht habe, fühlt sich an wie Kinderkram im Vergleich zu dem, was jetzt auf *Neumayer III* abgeht.

»Ich und Kaya, wir erledigen das mit der Essenslieferung«, biete ich an. Dass Kaya kein Problem mit der Pistole hat, wissen wir längst.

Aber erst bringen wir Dattel in sein Zimmer, er ist völlig erledigt, Fee stützt ihn von der einen Seite und ich lege mir von der anderen Seite seinen Arm über die Schulter. Vorsichtig helfen wir ihm dabei, sich auf dem Bett auszustrecken. Fee düst wieder ab, aber ich bleibe noch einen Moment lang auf der Bettkante sitzen – es kommt mir falsch vor, ihn jetzt alleine zu lassen.

»Schöne Scheiße, was?«, sagt Dattel, ohne die Augen zu öffnen.

»Ja. Echt schlechtes Karma.« Jedes Mal, wenn ich an Arvids Blick denke, fühlt es sich an, als würde ich ganz langsam in einem Teersumpf versinken. Wie schwer ist Arvid verletzt, schwerer als Dattel? Geht es ihm sehr schlecht?

»Es tut mir leid. Dass wir das kaputtgemacht haben. Das mit Arvid und dir, meine ich.«

»Schon okay«, lüge ich, atme einmal tief durch und will aufstehen. Doch Dattels Hand kriecht zu meiner, hält sie fest. Wie warm seine Finger sind.

»Ich glaube, jetzt kann ich es dir erzählen«, flüstert er und ich setze mich wieder. »Wo ich die beschissenen Brandnarben herhab, du weißt schon.«

Schweigend nicke ich, obwohl ich weiß, dass er es nicht sehen kann. Aber er kann fühlen, dass ich seine Hand nicht loslasse.

»Eigentlich hatte ich kein schlechtes Leben … meine zwei Schwestern sind voll cool, und meine Eltern nicht besonders streng, auch was Religion angeht und so … aber mein Vater konnte einfach nicht treu sein, der hatte ständig was am Laufen …«

Seine Stimme ist schwach geworden, wahrscheinlich hat er ziemlich üble Schmerzen. Aber er redet weiter, es ist ihm wichtig, es mir zu erzählen.

»Meine Mutter hat das nicht verkraftet … sie hat immer mehr getrunken, aber wir haben das erst gar nicht gemerkt, weil sie die Flaschen immer gleich runter zum Müllcontainer gebracht hat. Sie roch immer nach Pfefferminz – hat Minzdrops gekaut, damit man den Alk nicht riecht –, aber auch das fanden wir nicht komisch, weißt du? Pfefferminz, was soll schon an Pfefferminz seltsam sein? Mein Vater trinkt andauernd Pfefferminztee, der fand das eher gut, dass sie so gerochen hat, weißt du?«

»Ja«, sage ich und denke daran, wie ich als Kind am Bachufer wilde Pfefferminze gepflückt habe, um Tee daraus zu machen. Nur leider hat meine Mutter die immer weggeworfen, weil möglicherweise ein Hund darauf gepinkelt haben könnte.

»Aber irgendwann ist es gekippt, ich glaube, es war an dem Tag, als er eine der Frauen zu seiner Geburtstagsfeier angeschleppt hat. Meine Mutter ist früher gegangen als alle anderen. Mir kam das komisch vor, ich habe mir Sorgen gemacht. Also bin ich ihr nach einer Weile hinterher – und habe gesehen, dass aus der Schreinerei von meinem Vater Rauch kam. Jede Menge Rauch.«

Noch immer hält er die Augen geschlossen. Seine Lippen zittern, aber er spricht weiter. »Ich hab versucht, sie rauszuholen. Aber es brannte schon zu heftig, ich konnte sie nicht sehr weit tragen – schließlich musste ich sie liegen lassen, sonst wäre ich auch nicht mehr rausgekommen. Später haben wir erfahren, dass sie in dieser Nacht so viel getrunken hat, bis sie fast bewusstlos war, dann hat sie sich mitten in die Schreinerei meiner Familie gelegt und eine brennende Zigarette in eine Kiste mit Holzspänen geworfen.«

Eine Träne kriecht unter seinen geschlossenen Augenlidern hervor, dann noch eine.

Mir wird eiskalt, wenn ich daran denke, wie er sich in dieser Nacht gefühlt haben muss. »Wie alt warst du?«

»Dreizehn, aber nicht mehr lange. Zwei Tage später hatte ich Geburtstag.«

Mein Mund ist trocken. Seine Geschichte ist so viel schlimmer als meine. Ich halte seine Hand noch fester und er erwidert den Druck. »Warst du wütend auf sie?«, frage ich ihn.

»So wütend wie noch nie. Auf meinen Vater auch. Er hat nie richtig verstanden, wieso, glaube ich. Er lebt jetzt mit der Tussi zusammen, die damals mit ihm auf der Feier war.«

Dazu gibt es nichts weiter zu sagen. Ich sitze einfach bei ihm, bis ich höre, dass seine Atemzüge regelmäßig und tief werden. Vorsichtig, um ihn nicht aufzuwecken, gebe ich ihm einen Kuss auf die Stirn, dann lasse ich seine Hand los, stehe auf und gehe wieder rüber.

Im Aufenthaltsraum wartet Kaya schon auf mich, einen Teller mit Suppe neben sich und die Pistole locker in der Hand. Sie hat das Magazin rausgeholt, vielleicht um nachzuzählen, wie viele Patronen drin sind, jetzt schiebt sie es wieder in den Griff und lässt es einrasten.

»Also dann«, sage ich, noch ganz erschüttert von dem, was mir Dattel erzählt hat. »Auf zur Fütterung.«

Kaya blickt mich an, sieht wahrscheinlich, wie durcheinander ich bin, und nickt einfach. Ich hole noch eine große Aluflasche Wasser aus der Küche, dann nehme ich beides mit zu der hellblauen Tür, hinter der unser Gefangener hockt. Komisches Gefühl, vor dieser Tür zu stehen, am liebsten würde ich diesen Raum niemals mehr betreten und den Typen darin einfach vergessen. Wahrscheinlich geht es den anderen ebenso. Aber das wäre ein bisschen ungesund für alle

Beteiligten. Also klopft Kaya an und schließt die Tür auf – der Schlüssel steckt.

Drinnen riecht es nach Angstschweiß, Herrenparfüm und Chemo-Klo. Echt eklige Kombination, und ein Fenster zum Lüften gibt es nicht. Unser kleiner Putzroboter versucht, sich ins Zimmer zu drängen, aber ich schiebe ihn mit dem Fuß wieder hinaus.

»Good Morning«, sage ich zu Tamura, der hier drinnen irgendwie kleiner wirkt, so als wären seine schicken Klamotten plötzlich ein bisschen groß für ihn. *»Are you feeling well?«* Es ist nicht mal ironisch gemeint, ich will nicht, dass es ihm bei uns schlecht geht.

Jemand anders hätte vermutlich ein deftiges »Fuck you!« zurückgeschleudert, doch Tamura richtet sich einfach auf, blickt mich durchdringend an und starrt dann in den Pistolenlauf, der ihn daran hindern soll, sich auf mich zu stürzen.

»Wann gedenken Sie, mich freizulassen?«, fragt er mit eiskalter Höflichkeit, ebenfalls auf Englisch. »Das hier geht nicht mehr als Streich durch, das ist Ihnen hoffentlich klar.«

»Es ist auch keiner«, gebe ich zurück. »Aber das haben Sie noch nicht kapiert, oder? Denken Sie mal darüber nach, was meine … äh … Kollegin gesagt hat. Das mit den Walen. Bis dahin – guten Appetit!«

Der Blick, den Tamura auf das Essen wirft, lässt keinen Zweifel daran, dass von Appetit nicht die Rede sein kann. »Sie können das da wieder mitnehmen«, sagt er, also lasse ich ihm nur das Wasser da und schneide ihm die Kabelbinder durch, mit denen wir ihn gestern auf der Fahrt gefesselt haben. Er bedankt sich. Höflicher Mensch, ich muss schon sagen.

Kaya und ich teilen uns seine Suppe, dann geht Kaya rauf aufs Dach, um die erste Schicht zu übernehmen; zum Glück sind es nur null Grad, bei der Temperatur hält sie es eine Weile aus, bis wir sie ablösen müssen.

Es ist so viel passiert, ich bin todmüde, aber ich kann trotzdem noch nicht schlafen und lungere im Aufenthaltsraum herum. Benny scheint es ähnlich zu gehen. Er hockt im Schneidersitz auf den Bodenpolstern und stützt den Kopf in die Hände, wodurch er zusammengekauert wirkt wie ein Kaninchen, das den Jäger gehört hat und jetzt lieber so tut, als sei es nur ein Klumpen Erde.

»Was machen wir mit dem, wenn es mit den Verhandlungen nicht vorangeht?«, fragt er ratlos. »Ohr abschneiden?«

»Blöde Idee«, teile ich ihm mit. »Paketpost wird hier nur zweimal im Jahr abgeholt. Bis dahin ist das Ohr vergammelt.«

»Nicht, wenn man es draußen lagert. Tief gekühlt hält es sich ewig.«

Das könnte sogar stimmen. Beim Herumsurfen für mein Referat habe ich gelesen, dass mal ein paar Forscher in eine Antarktis-Hütte gekommen sind, aus der die Bewohner ein paar Jahre zuvor überstürzt abreisen mussten. Das halb fertige Essen stand noch auf dem Herd, schön gekühlt durch die Minusgrade. Die Forscher haben es einfach warm gemacht … und gegessen. Angeblich hat's geschmeckt.

»Trotzdem«, sage ich. »Das Ohr auf einen Scanner zu legen, wäre einfacher.«

»Es darf aber keiner mit Einzug sein. Sonst passt es nicht durch.«

Wir müssen beide lachen, doch es klingt befangen. O mein Gott, wir haben einen Menschen entführt. Meine Eltern und das Jugendamt werden nicht begeistert sein. Höchstens die Medien werden es gut finden, weil sie mal wieder eine fette Story über mich haben – Janine O. nennen sie mich in den Berichten –, aber die Medien können mich mal.

»Ob der Einsiedler merkt, was hier oben bei uns abgeht?« Es klingt, als rede Benny mit sich selbst. »Ich wette, er wird toben, wenn ihm klar wird, dass jetzt noch mehr Leute hier wohnen.«

»Dafür ist aber Sara nicht mehr da. Bleibt sich von der Anzahl her gleich.« Vor meinem inneren Auge sehe ich den Einsiedler, wie er nachts durch den Flur schleicht, und die Härchen auf meinen Armen stellen sich hoch, als wäre ich ein Tier, dem sich das Fell sträubt. »Wir dürfen den Schlüssel nicht mehr stecken lassen! Wär nicht so klasse, wenn der Einsiedler Tamura befreit.«

Ich muss wieder daran denken, was Arvid gesagt hat. Ein seltsames Gespräch war das heute, als wir uns wiedergesehen haben. Soll ich Benny davon erzählen, dass Arvid glaubt, es gebe den Einsiedler gar nicht? Nein, lieber nicht. Erstens habe ich keine Beweise. Zweitens kann es sein, dass Benny selbst hinter den Vorfällen steckt.

Einen Moment lang lauschen wir auf Fee, die am Funk zu großer Form aufläuft. Von hier aus kann ich nicht verstehen, was genau sie sagt, aber ich glaube, wir können uns darauf verlassen, dass sie gut verhandelt. Was Wale angeht, ist sie eisenhart.

»Ich glaube, der Einsiedler ist gerade unser geringstes Problem«, sage ich.

Benny verzieht das Gesicht. »Stimmt.« Er schweigt lange, dann meint er: »Wie es wohl Martin geht? Ob er und *Social Adventures Network* schon wissen, was wir gemacht haben?«

»Verlass dich drauf«, sage ich. »Ich wette, Martin ist in nächster Zeit ein ziemlich gefragter Gast in True-Crime-Shows. Und ich geh jetzt ins Bett.«

»Schlaf gut«, sagt Benny und seufzt.

Es ist ein Uhr nachts, als Seven im Treppenhaus zur Ballonfüllhalle hochsteigt, um Kaya abzulösen. Stufe 15, Stufe 16 … wie immer, wenn er aufgeregt ist, zählt er – Stufen, Bäume, Autos. Zahlen sind Gewissheiten. Fest und sicher und immer gleich.

Er drückt den Knopf, um die Falltür zu öffnen und nach oben zu gelangen. Diese Kaya ist eine harte Nummer, sie ist tatsächlich noch draußen und hält Ausschau. Als sie ihn sieht, wirkt sie erleichtert, ihre Wimpern und Haarspitzen sind weiß vor Frost. »Wann sollen wir dich ablösen?«, fragt sie und dreht dem immerwährenden eisigen Ostwind den Rücken zu.

»Ach, in drei Stunden oder so, falls es geht«, meint Seven und streckt sich. Seine neue Fotosynthesejacke saugt das Sonnenlicht auf.

Als Kaya weg ist, schlendert Seven über die metallene Gangway auf dem Stationsdach, mit Verspätung merkt er, dass er besser vorher noch mal auf die Toilette gegangen wäre. Plötzlich muss er an das Klo-Häuschen im Garten denken, über das sich die Nachbarn so aufgeregt haben. Denn schließlich hatten er, seine Großmutter und seine Mutter eine ganz normale Toilette im Haus. Nur durfte er die nicht benutzen, nachdem seine Mutter zur Arbeit gegangen war, weil er sie *dreckig machte*.

Was seine Großmutter jetzt über ihn denken würde? Es ist ihm egal. Egal. Egal! Die Alte ist tot, nie wieder kann sie ihm sagen, wie jämmerlich seine Haltung ist oder ihn ankeifen, weil auf der makellos weißen Serviette ein Soßenfleck ist. Aber zumindest dafür hat er sich gerächt, sie hat nie begriffen, warum sie die Soße auf einmal nicht mehr vertragen hat. Muss wohl am pulverisierten Glas darin gelegen haben.

Nie hat sie einen Fehler gemacht, das fand sie zumindest.

Manchmal ist ihr eben *die Hand ausgerutscht,* wenn dem Jungen mal wieder nachts ein Malheur passiert und das ganze Bettzeug nass war. Wieso hat sich seine Mutter so schnell überzeugen lassen, dass die blauen Flecken vom Spielen mit den anderen Jungs kamen? Wieso hat sie immer nur ihr geglaubt und nicht ihm?

Manchmal könnte er heulen, wenn er sich daran erinnert. Aber heute nicht, heute ist er zufrieden, denn alles läuft nach seinen Regeln. Alles unter Kontrolle. Wie gut sich das anfühlt.

Er muss es schaffen, sich weiterhin rauszuhalten aus den derben Sachen. Sonst funktioniert sein Plan nicht. Dieser Plan, den er an der Atka-Bucht ganz spontan gefasst hat, weil er ein großer Spaß werden würde und sich bestens dafür eignete, die anderen zu bestrafen.

Sie haben ihm Unrecht getan, von Anfang an. Sie können ihn nicht leiden – und er sie auch nicht. Hobbit mochte er ganz gerne, es hat Spaß gemacht, ihn vor den anderen zu verteidigen. Doch dann hat der Kleine das nasse Bettzeug gesehen. Fee? Eine falsche Schlange. Hat sich ihm an den Hals geworfen und gleichzeitig mit Martin geflirtet. Es war einfach, sie auf Spur zu bringen. Tagelang, wochenlang hat er ihr klargemacht, wie wenig wert sie ist. Bis sie nach Anerkennung gehungert hat, seiner Anerkennung. Wahrscheinlich fände sie es toll, auch einen Fanclub und Blog zu haben wie er, doch den wird sie nie bekommen. Den hat er, weil er es sich verdient hat. Fast ein bisschen schade, dass seine Großmutter es nicht mehr mitbekommt. Aber das macht nichts. Seine Mutter hat schon lange erkannt, was sie an ihm hat, vom Geld, das er bei *Top Dog* gewonnen hat, hat er ihr eine Kette mit Aquamarinen gekauft.

Sie bewundert ihn, all ihren Freunden hat sie stolz von ihm

erzählt. Doch eine viel bessere Geschichte kommt erst noch. Denn er hat vor, eine wunderbare Rolle zu spielen in dieser Entführung. Alle glauben, sie selbst hätten sie inszeniert, dabei war er es. Und er allein weiß schon, wie sie ausgehen wird. Nämlich mit einem Helden und einem Todesfall. Einem furchtbaren, bedauerlichen Todesfall, für den Crash, Dattel, Benny, Fee und Kaya sehr, sehr lange ins Gefängnis kommen werden.

Der Held wird natürlich er sein. Justin Merck, genannt Seven.

Es ist sehr, sehr angenehm, den Helden zu geben, und es wird mal wieder Zeit dafür. Garantiert werden auch die ausländischen Fernsehsender auf die Story anspringen. Aus Japan und den USA werden sicher Teams anreisen, vielleicht auch aus China, Australien, Südamerika. Wahrscheinlich muss er eine Assistentin einstellen, um die ganzen Interviewanfragen zu bewältigen. Normale Blogger können es gleich vergessen, nur die wichtigsten werden eine Chance haben, zu ihm durchzukommen. Er muss unbedingt noch mal zum Friseur, bevor er sich den Kameras stellt. Schlechte Bilder gehen gar nicht, er muss gefasst, sympathisch, bescheiden *und* gut gestylt wirken.

Er kann es fühlen, das Lächeln, das um seine Mundwinkel schwebt.

SAMURAI

Fee sieht beim Frühstück hohläugig, aber triumphierend aus. Sie schmiegt sich an Seven, als sie sagt: »Die behaupten zwar, dass sie den Walfang nicht einfach stoppen können und dass es schwierig wäre, die Schiffe zurückzurufen. Aber das kann man nicht glauben, oder, Seven?«

»Genau«, meint Seven. »Wart mal ab, die knicken noch ein. Toll machst du das, Darling, du bist spitze. Oder, ist sie doch, Crash?«

Ich nicke schweigend. Ja, sie macht das gut, und trotzdem wünsche ich, wir hätten diese beiden Wale nie gesehen und Fee hätte Tamura nie zur Rede gestellt. Im gleichen Moment, als ich das denke, komme ich mir auch schon feige vor. Schließlich kämpfen wir hier für eine gute Sache, ich versuche, mich öfter mal daran zu erinnern. Am besten einmal die Stunde.

Niedergeschlagen bringe ich dem verletzten Dattel sein Frühstück – Kaffee und ein Aufbackbrötchen mit Himbeermarmelade, ich habe oft genug zugeschaut, wie er das rote Glibberzeug auf sein Brötchen geschaufelt hat. Es geht ihm schon etwas besser, aber er bleibt im Bett und isst mühsam, ich habe ihm viele Kissen hinter den Rücken gestopft.

»Sag mal, wie hast du es gestern eigentlich aus der Station raus und nach Hause geschafft?«, frage ich ihn auf der Bettkante sitzend. *Nach Hause.* Wie seltsam, von *Neumayer III* als unserem Zuhause zu denken. Aber so ist es.

»Cheez! Keine Ahnung«, meint Dattel und dampft seine

E-Zigarette. Tropenfrucht-Aroma. »Wahrscheinlich hat mich das Adrenalin aufrecht gehalten oder so. Wie geht's Tami?«

»Weiß ich nicht, wir haben noch nicht zu ihm reingeschaut«, sage ich.

Als ich Tamuras Frühstück holen will, ist Seven schon hochgegangen, um auf dem Dach Wache zu halten, und Fee räumt das Geschirr weg. Ich helfe ihr, obwohl ich mich schlaff fühle wie ein leerer Luftballon. »Ich wette, Dattel hätte auch gerne den Verwöhn-Service, den du nach deinem Glasscherben-Unfall bekommen hast«, meine ich und erinnere mich neidvoll daran, wie Seven sie im Arm gehalten und ihr vorgelesen hat.

»Verwöhn-Service?«, fragt Fee erstaunt. »Was meinst du damit?«

»Seven hat dir doch vorgelesen.«

»Ja, aber nur etwa zehn Minuten lang, und auch nur eine Reportage über sich selbst«, sagt Fee und verzieht das Gesicht. »So toll war das nicht. Warst du etwa *neidisch?«*

»Ein bisschen«, gestehe ich. Ein Artikel über ihn selbst! Wie krank ist das denn?

Schweigend fangen wir an, abzuwaschen. »Arvid ist der Typ Mann, der einem richtig vorlesen würde«, meint Fee und seufzt.

»Ja, ich weiß«, sage ich, und wir schweigen, bis ich mich daranmache, ein Frühstückstablett für Tamura zusammenzustellen. Ich streiche ihm das Brötchen, damit wir ihm kein Messer geben müssen. Weil das Glas noch offen ist, bekommt auch er Himbeermarmelade.

Fee kramt hektisch in den Teepackungen herum. »Was trinken Japaner so? Ich glaube, wir haben grünen Tee, das mögen die doch alle?«

»Keine Ahnung.« Ich zucke die Achseln. »Glaube schon.

Ehrlich gesagt habe ich vorher noch nie einen Japaner getroffen.«

Ich will Kaya fragen, ob sie mir wieder Feuerschutz geben könnte, aber mir fällt auf, dass sie ziemlich neben der Spur ist. Sie ist wieder einmal so angespannt, dass sie zu vibrieren scheint, und ich habe kein gutes Gefühl dabei, ihr eine Waffe in die Hand zu geben. Oder eher, dass Fee ihr das Ding in die Hand gibt, sie hat die Pistole von Seven bekommen.

»Alles klar mit dir?«, frage ich Kaya und sie blickt mich mit ihren seltsamen silbrig grünen Augen an wie eine Außerirdische. Ich habe nicht die geringste Ahnung, was in ihr vorgeht.

»Weiß nicht«, sagt sie leise. »Manchmal wünsche ich mir, Martin wäre hier.«

Ich muss die Zähne zusammenbeißen, um nicht loszubrüllen. Martin liegt mit zwei gebrochenen Beinen in Kapstadt im Krankenhaus, und ja, wenn er diesen Unfall nicht gehabt hätte, wäre alles anders gelaufen, aber das können wir auch nicht mehr ändern. Also sage ich nur: »Echt jetzt«, Fee gibt Kaya mit spitzen Fingern die Waffe, und dann marschieren wir durch den Gang bis zu den Zweierzimmern.

Kaya hebt die Hand, um anzuklopfen, und etwa gleichzeitig sehen wir uns an. Wahrscheinlich denkt sie das Gleiche wie ich – ist es albern, anzuklopfen, obwohl das hier kein Hotelgast ist, sondern unser Gefangener?

»Wenn wir anklopfen, weiß er, dass wir gleich reinkommen, und kann einen Hinterhalt vorbereiten oder so was«, meint Kaya.

Ach so. »Äh, stimmt. Daran habe ich gar nicht gedacht. Aber ich glaube, der ist nicht so gefährlich.«

»Jeder kann gefährlich sein«, sagt Kaya.

Ich bin erstaunt über ihre kluge Bemerkung. Wahrscheinlich hat sie sogar recht. »Aber manche Leute sind gefährlicher als andere«, sage ich. »Komm, gehen wir rein, der hat uns eh längst gehört.« Wir sind Anfänger im Bereich der Geiselverwahrung, das merkt man.

Unser Gefangener hat seine Jacke ausgezogen, jetzt trägt er nur noch ein schwarzes T-Shirt und eine Schneehose. Ich versuche, den eisigen Blick von Tamura von mir abgleiten zu lassen, aber leicht ist es nicht, vor allem, weil in mir ein so riesiger Klumpen Traurigkeit ist – dieser Klumpen saugt einen großen Teil meiner Kraft auf und lässt mir kaum genug übrig, um mit diesem Kerl zu reden, geschweige denn, mich gegen solche Blicke zu wehren.

»Was glotzen Sie so?«, fahre ich ihn an.

Er würdigt das Frühstückstablett keines Blickes. »Mich interessiert natürlich, wer die skrupellosen Leute sind, die mich gefangen halten.«

Skrupellos hat mich im Leben noch niemand genannt. Im ersten Moment bin ich schockiert, bis mir klar wird, dass er recht hat. Aber ich bin nicht in der Stimmung, das zuzugeben. »Unser Problem ist eher, dass wir zu viele Skrupel haben. Wir ertragen es nicht, zuzuschauen, wie Tausende von Walen ermordet werden. Deswegen tun wir was dagegen, ob es Ihnen passt oder nicht.«

Darauf geht er gar nicht erst ein, wahrscheinlich ist er der Meinung, bei der Diskussion mit Fee alles gesagt zu haben. »Wie ist Ihr Name?«, fragt er und mustert mich von oben bis unten. Unangenehmes Gefühl, mein ganzer Körper kribbelt.

»Geht Sie gar nichts an«, sage ich.

Ein ganz leichtes Nicken. »Entschuldigen Sie meine Neugier. Die Frage war nicht angebracht.«

Wieso entschuldigt er sich? Wenn sich jemand entschuldigen sollte, dann doch wohl ich. »Na gut«, sage ich. »Sie können mich Crash nennen.«

»Also gut. Crash.« Er fragt nicht nach, warum ich mich so nenne. Gerade will er den Mund öffnen, um weiterzusprechen, da unterbreche ich ihn – ich habe nicht die Absicht, ihm völlig die Kontrolle über das Gespräch zu überlassen.

»Jetzt essen Sie mal was«, sage ich und setze das dämliche Frühstückstablett härter ab als nötig. »Erstens wird Ihr grüner Tee kalt. Sie mögen doch grünen Tee, oder? Zweitens würde es Ihre Frau bestimmt nicht gut finden, wenn Sie hier in Hungerstreik gehen.«

Verblüfft blickt er mich an, und einen Moment lang sieht es aus, als würde er gleich grinsen. Aber dann reibt er sich nur die Hände; auf seinen Handgelenken sind noch rote Linien zu sehen von den Kabelbindern gestern. »Meine Frau und meine beiden Kinder finden es hauptsächlich nicht gut, dass Sie mich hier gefangen halten«, sagt er.

Er hat Kinder. Komisch, daran habe ich bisher nicht gedacht. Plötzlich ist mir ganz komisch zumute, weil ich den Verdacht habe, dass wir denen gerade die Kindheit versauen. So wie andere Leute früher mal unsere versaut haben.

Obwohl Kaya mir nervöse Zeichen macht, ich soll wieder rauskommen aus diesem Zimmer, setze ich mich auf die andere Seite des Bettes. Jetzt steht das Frühstückstablett zwischen uns, was ihn vermutlich nicht daran hindern wird, mich anzugreifen, wenn er das wirklich will. Aber da ist ja noch die Pistole, auch wenn er sie und Kaya bisher ignoriert hat.

Jetzt bin ich dran, ihn zu mustern. Gestern, in der russischen Station, fand ich ihn einfach nur arrogant, doch nun kommt mir sein breites Gesicht vor wie das eines Samurais, ernst, konzentriert, frei von jeder Oberflächlichkeit. Er hat eine sehr deutliche Lidfalte, die seine schwarzen Augen fremdartig wirken lassen.

»Erzählen Sie mir was über Ihre Kinder«, sage ich.

Einen Moment lang scheint er nicht sicher zu sein, ob er antworten soll. Doch dann nickt er langsam. »Mein Sohn ist siebzehn, er bereitet sich gerade auf die Abschlussprüfung an der Schule vor und lernt viel, bis spät in die Nacht. Wenn er es weiterhin so gut macht, wird er auf eine hervorragende Universität gehen können. Alles andere wäre inakzeptabel.«

Der arme Junge. Ich frage mich, was passieren würde, wenn dieser wohlgeratene Sohn plötzlich auf die Idee käme, all seine Lehrprogramme zu löschen und durch ein paar coole Games zu ersetzen. Oder, Gott bewahre, ein Auto zu klauen und gegen eine Mauer zu klatschen. »Aha«, sage ich. »Und das andere Kind?«

»Meine Tochter ist zwölf, sie spielt hervorragend Geige und ist schon auf Musikfestivals aufgetreten. Ich habe ihr immer die besten Lehrer bezahlt.«

Über seinen Sohn hat er gleichmütig gesprochen, doch diesmal höre ich einen Anflug von Wärme in seiner Stimme.

»Sind Sie stolz auf sie?« Ich kann nicht anders.

»O ja«, sagt er, und diesmal lächelt er, sein Blick ist nach innen gewandt – er sieht sie gerade vor sich, seine kleine Geigerin.

Einen Moment lang bekomme ich keine Luft mehr. Wut steigt in mir auf, Wut, die nicht diesem schlichten, ruhigen Mann gilt, der jetzt vor mir sitzt. »Und wenn sie versagen würde? Sich weigern würde zu üben? Nicht gut genug wäre? Sich bei einem Konzert blamieren würde?«

»Crash«, zischt Kaya. »Los, komm jetzt!«

Ich stehe auf und gehe, ohne Tamura noch einmal anzusehen. Doch kurz bevor ich durch die Tür verschwinden will, höre ich noch einmal seine Stimme.

»Bitte entschuldigen Sie meine zahlreichen Wünsche«, sagt er. »Aber ich trinke am liebsten Jasmintee.«

Später hören wir, wie ein Hubschrauber über der Station kreist, und das macht uns alle nervös. Seven kommt zu uns runter, um zu berichten, was er gesehen hat. »Es ist die Maschine der Russen«, meint er. »Das war klar. Irgendwelche Spezialkräfte vom Festland können jetzt noch nicht da sein.«

Mir läuft ein kalter Schauer über den Rücken. »Glaubt ihr, die versuchen, unsere Station zu stürmen?«

»Vermutlich«, sagt Dattel, der sich in den Aufenthaltsraum geschleppt hat, um nicht alle spannenden Entwicklungen zu verpassen. »Kann auch sein, dass sie uns dabei ganz versehentlich erschießen.«

»Meinst du?«, frage ich erschrocken.

»Nein, war nur Spaß«, sagt er, aber sein Gesicht sagt etwas anderes.

Wahrscheinlich hat er recht. Wenn sie versuchen, die Station zu stürmen, dann war's das mit uns.

Fee stürzt herein, sie strahlt. »Ich habe sie jetzt so weit, dass sie den Walfang vorerst aussetzen, jedenfalls bis zum Ende der Verhandlungen!«

»Ende der Verhandlungen?« Benny verzieht das Gesicht. »Das heißt im Klartext, bis sie es geschafft haben, die Geisel zu befreien.«

»Spaßverderber.« Fee schubst ihn mit dem Fuß, und Benny fällt um, als wäre er tödlich getroffen. Das entlockt mir ein schwaches Grinsen, aber Kaya nimmt es kaum wahr. Sie geht ständig im Raum umher, hin, zurück. Das macht mich kirre, aber da ich oft genauso hibbelig bin, kann ich wohl kaum etwas dagegen sagen. Also schreie ich sie nicht an, sondern sage nur genervt: »Kaya, vielleicht magst du dir einen Film holen? Oder Dattels VR-Helm? Oder, in Gottes Namen, ein *Brettspiel?«*

Dattel und Fee machen sich daran, einen Film für *YouTube*

zu drehen, in dem Fee erklärt, warum wir das gemacht haben. »Wetten, dafür kriegen wir über hunderttausend Likes?« Fees Stimme ist vor Aufregung noch höher als sonst.

»Kann sein«, sage ich bitter. »Aber wenn man ›I hate you‹ klicken könnte, hätten wir davon ein paar *Millionen.*«

Wie viele Millionen es sind, ist mir egal – es gibt nur eine Handvoll von Menschen, deren Meinung mich interessiert. Und einer davon liegt jetzt verletzt drüben in der *Polarnaja Swesda.* Ich halte den Gedanken kaum aus.

Da ich kein Interesse daran habe, beim Manifest mit im Bild zu sein, starre ich aus dem Fenster und trommele mit den Fingern darauf. Benny dagegen surft aufgeregt durch Blogs und Medien, stöhnt und keucht ab und zu oder erzählt uns, was über uns geschrieben wird.

Ich höre weg und schaue kurz meine Nachrichten durch, die meisten sind Interviewanfragen oder Appelle von irgendwelchen offiziellen Stellen, sofort aufzugeben, aber eine von meiner Mutter ist auch dabei. Hin und wieder habe ich ihr in den letzten Wochen ein paar nichtssagende Grüße geschrieben, und sie hat irgendetwas zurückgemailt über ihren Bürojob-und-Fitnessclub-Alltag in Deutschland, was mir jedes Mal exotischer vorkam als Schwalbennesteressen in China. Als ich sehe, dass sie mir geschrieben hat, wird mir trotz allem die Kehle eng. Mir wird klar, dass ich sie vermisse. Jedenfalls die Mutter, die sie früher mal war.

> *Bitte, bitte, bitte, ihr müsst diesen Mann freilassen, was hat er euch denn getan? Was ihr tut, ist schrecklich, und ihr …*

Klick!, weg. Natürlich hat sie recht, aber ich will das jetzt nicht hören.

Auch eine Nachricht meines Bruder ist da.

Hi,
sorry, dass ich mich so lange nicht gemeldet habe. War wohl in den letzten Jahren ein bisschen sauer auf dich, weil du all die Aufmerksamkeit in der Familie abbekommen hast mit deinen Stunts. Bin ich aber nicht mehr, und ich würde mich freuen, wenn du mal vorbeikommst. Danach, meine ich.
Ach ja, ich wohne jetzt in Köln.
Halt die Öhrchen steif,
Nico

Irgendwie süß, seine Mail. Gerade jetzt. Vielleicht mache ich das wirklich, bei ihm in Köln vorbeischauen. Danach. Falls es ein Danach gibt.

Ein paar Kurznachrichten überfliege ich noch, es sind auch ein paar von irgendwelchen Irren dabei, die unsere Aktion gut finden.

Bienchen99: *weiter so, kids, und wenn der typ herumzickt, dann macht ihn kalt! :-))*
LollipopX: *Ich drücke euch so sehr die Daumen, gebt nicht auf! Ich hoffe, ihr schafft es, dass die den Walfang stoppen!!!!*
MiGrou: *whales forever!* 👍♥♥♥

Eine Mail von Martin ist auch da, er schreibt, dass es ihm besser geht, es ihm leidtut, dass er uns im Stich gelassen hat, und dass wir uns fragen sollen, ob wir das alles wirklich wollen. Ich seufze. Ob er die Gute-Besserung-Karte schon bekommen hat, die Fee ihm designt hat? Wir haben alle virtuell unterschrieben.

Noch immer keine Nachricht von Arvid. Natürlich ist er sauer auf mich. Wie sehr? Hasst er mich jetzt?

»Mein Vater hat mir auch was geschickt«, meldet sich Fee plötzlich zu Wort.

»Und?« Ich horche auf.

»Er dreht gerade durch.« Fee sieht zufrieden aus. »All seine Geschäftspartner sprechen ihn auf mich an, massenweise Leute labern ihm die Mailbox voll und manche Kunden wollen nichts mehr von ihm wissen.«

»Findest du das gut?« Ich werde nicht ganz schlau aus ihrem Ausdruck. »Ich dachte, du liebst deinen Vater?«

»Ja, schon.« Fee kratzt an ihren Fingernägeln herum. »Aber eigentlich behandelt er mich beschissen. Das war mir früher nicht so klar, glaube ich.«

Wir stoßen mit einem Glas Cola-Rum auf die Rache im Allgemeinen und im Speziellen an.

Diesmal bin ich dran mit Kochen. Eigentlich will ich Currywurst machen, weil Kaya sich die gewünscht hat, aber wir haben kein Currypulver mehr. Also bereite ich Spaghetti mit Asia-Gemüse aus dem Glas zu, mehr kriege ich nicht hin in diesem Zustand. Eine Portion bringe ich mit einer Tasse Jasmintee rüber zu Tamura, nachdem ich mir den Schlüssel zu seinem Zimmer geholt habe – wir haben ihn jetzt mit Klebstreifen neben den Aushängen befestigt.

Unser Gefangener scheint sich über den Jasmintee zu freuen, betrachtet das Essen aber mit steinernem Blick. »Eure Kochmöglichkeiten sind sehr eingeschränkt?«

»Genau – seit unsere mongolische Betreuerin und Köchin getürmt ist«, gebe ich schroffer zurück, als ich eigentlich will.

Wenn ich unglücklich bin, bin ich oft schwer erträglich. »Sie sind wahrscheinlich Vier-Sterne-Küche gewohnt, was?«

»Was machen Minderjährige wie ihr eigentlich auf dieser Station?«, fragt Tamura zurück und beginnt zu essen – er hält sich den Teller dicht vor den Mund und schaufelt sich die Nudeln hinein. Ist vielleicht so üblich bei ihm daheim.

»Eigentlich sollten wir an unserem Sozialverhalten arbeiten. Hat aber nicht so richtig geklappt.« Bevor ich richtig darüber nachdenken kann, habe ich mich schon gesetzt. Kaya, die an der Tür steht, verdreht die Augen. Sie ist sowieso sauer auf mich, weil ich sie aus einem Mühle-Spiel Kaya gegen Kaya rausgerissen habe. Und natürlich wegen der Currywurst, die ich ihr blöderweise schon angekündigt hatte.

Unser Japaner zieht eine Augenbraue hoch, was mich irgendwie an Spock aus den alten *StarTrek*-Filmen erinnert.

»Waren Sie wirklich auf dem Mount Everest?«, frage ich.

Tamura nickt. »Kostet zurzeit nur 70 000 Dollar. Dort oben ist es übrigens wesentlich kälter als jetzt hier.«

»War es gefährlich?«

»In Maßen. Wir hatten zwei sehr erfahrene Bergführer und ein Dutzend Sherpas engagiert. Warum interessiert Sie das?«

Ich zucke die Schultern. Jemand wie ich wird niemals auf den Mount Everest kommen. Aber immerhin war ich schon mal in der Antarktis, das hätte ich vorher auch nicht gedacht. »Wie … fühlt sich das an? Wenn man dort ist, am Berg?«

Einen Moment lang blickt mich Tamura steinern an. Doch dann wird sein Blick fern und er antwortet tatsächlich. »Es kostet jedes Quäntchen Kraft, das du hast. Du hast das Gefühl, nur noch dein Wille hält dich davon ab, dich hinzusetzen und nie wieder aufzustehen. Aber es ist auch unglaublich da oben, eisig und unmenschlich schön. Und wenn du es nach oben geschafft hast …«

Einen Moment lang hat er vergessen, dass ich da bin. Aber dann bremst er sich, und ich merke, dass er nicht weitersprechen wird. Schade.

»Wollen Sie eine Nachricht an Ihre Frau schicken?«, schlage ich vor. »Ich könnte eine für Sie weiterleiten.«

»Nicht nötig«, sagt er und sein Gesicht ist wieder ausdruckslos. »Meine Frau ist sicher längst informiert worden über meine derzeitige Lage.«

Ach, so ist das. »Ihr Verhältnis ist wohl nicht das beste?«

Er wirkt schockiert über meine direkte Frage.

Ich stelle gleich noch eine. »War sie dagegen, dass Sie auf den Everest geklettert sind?«

»Meine Frau hat ihr eigenes Leben. Sie interessiert sich für Kalligrafie.« Eine winzige Spur von Traurigkeit in seiner Stimme.

»Es tut mir leid«, sage ich und weiß nicht mal, wofür ich mich entschuldige. Wahrscheinlich für alles. Ungelenk stehe ich auf, um zu gehen. »Guten Appetit weiterhin.«

»Sie haben eigentlich nur eine Chance, heil aus alldem rauskommen«, sagt Tamura hinter mir her. »Lassen Sie mich frei. So bald wie möglich. Dann werde ich sehen, was ich tun kann.«

»Für die Wale oder für mich?«

»Seien Sie nicht albern«, sagt er.

Wahrscheinlich hat er recht. Oder ist es schon zu spät? Auf der russischen Station war es gestern zu spät.

Aber vielleicht gibt es immer neue Wendepunkte. Nur glaube ich nicht, dass es Fee und Dattel recht wäre, wenn wir Tamura jetzt einfach aus der Tür der Ballonfüllhalle schubsen und ihm sagen, er soll verschwinden. Außerdem stürmen irgendwelche Leute *Neumayer III* dann auf der Stelle, sie müssen ja keine Rücksicht auf die Geisel mehr nehmen.

Kaya steckt die Waffe weg, sie ist schweigsam wie üblich, vielleicht denkt sie an ihre Partie Mühle. Sie scheint nichts Besonderes daran zu finden, dass wir einen Gefangenen haben, vielleicht ist das hier für sie eine Art Action-Film, in dem sie eine wichtige Rolle spielt.

»Ich geh kurz aufs Klo«, sagt sie.

Na ja, das immerhin ist anders als in Action-Filmen. In denen kommen üblicherweise keine Toiletten vor.

»Dann bis gleich.« Nachdenklich gehe ich zurück zu den anderen, die noch mit ihrem Bekennerfilm beschäftigt sind … und rümpfe die Nase. Irgendetwas riecht hier ein bisschen seltsam. Nach ungewaschenen Klamotten und Fisch.

Ich blicke auf. Es ist dämmrig im Flur, weil die Lampen an der Decke heute komisch flackern, aber aus den offenen Türen der ehemaligen Labors dringt Licht herein.

Dort, in der Nähe einer Tür, steht jemand und schaut in unseren Aufenthaltsraum. Ich sehe nur seine Silhouette, und im ersten Moment denke ich, es könnte vielleicht Dattel sein, aber dieser Jemand ist größer und seine Haltung ist anders. Gebeugt.

Dann wird mir klar, wer das ist, und wie schockgefrostet bleibe ich stehen.

Der Einsiedler.

DER EINSIEDLER

Arvid sitzt auf seiner Koje, den Kopf in die Hände gestützt. Er fühlt sich so elend wie noch nie zuvor in seinem Leben, und das nicht nur wegen der hämmernden Kopfschmerzen. Er hat Stunden gebraucht, um wirklich zu begreifen, was geschehen ist. Dass *sie* das getan hat. *Kein Zweifel möglich. Sie ist dabei gewesen, sie hat den anderen geholfen und selbst mit angepackt, um den japanischen Gast wegzuzerren. Warum? Warum?*

Damit hat sie nicht nur ihre Zukunft weggeworfen, sondern auch das, was zwischen ihm und ihr hätte sein können. Aber war da überhaupt etwas, was den Namen Liebe verdient hätte? Dattels Blick ist ihm nicht mehr aus dem Kopf gegangen. Hatten die beiden etwas miteinander?

Es ist eine einzige große Scheiße und er steckt mittendrin.

Jegor, der ruhige, beherrschte Jegor mit den perfekten Manieren, der ausgebildete Chirurg, der so gerne von seinen Jahren in den USA erzählt – ausgerechnet dieser Jegor hat ihn und Nikolai angebrüllt. Hat sie gefragt, wie sie so dumm sein konnten, diese gefährlichen jungen Leute in ihre Station zu bringen. Diese Leute, die nicht mehr ganz richtig im Kopf sind oder Terroristen oder beides.

Ja, wie konnte er so dumm sein? Genau. Das hat er sich seither auch ein paarmal gefragt. Jedenfalls hat er dafür gebüßt. An seinem Bettzeug ist das Blut inzwischen eingetrocknet, es war ganz schön viel davon, gestern mussten sie ihn in die Koje verfrachten, weil er einfach nicht mehr konnte.

Und morgen ist Weihnachten. Wie schön. In seinem Regal liegt noch das Geschenk, das er für sie vorbereitet hat. Ein durchsichtiger Kunststoffblock mit dem Hologramm einer Schneeflocke darin, er hat sich den Laser der Geophysiker dafür ausgeliehen. Hätte ihr bestimmt gefallen.

Was haben sie mit dem Japaner gemacht? Liegt er gefesselt in einem der Zimmer auf *Neumayer III?* Sind sie schon auf die grandiose Idee gekommen, ihn zu foltern, damit der Walfang noch schneller ein Ende hat?

Mit zwei Schritten ist er auf den Füßen und beim Regal, greift sich das Geschenk und schleudert es an die Wand. Es knallt wie ein Schuss und die Prefab-Konstruktion vibriert wie bei einem Erdbeben. Und das Schlimmste ist, danach ist der Kunststoffblock immer noch heil. *Echte deutsch-russische Wertarbeit, haha.* Noch ebenso wütend wie zuvor zieht Arvid die alte Medaille, die sie ihm gegeben hat, unter seinem Kopfkissen hervor. Seine Hände krampfen sich um das Band, es ist alt und brüchig, ein Handgriff würde genügen, um es zu zerfetzen …

Es klopft an der Tür seines Zimmers. Kraftlos, noch immer völlig erschöpft, geht Arvid zur Tür und öffnet. Nikolai steht davor, sein Schädel ist frisch rasiert. Ein paarmal hat er sich dabei geschnitten, auch ihm geht es nicht gut. Er pafft eine seiner stinkenden Selbstgedrehten, die in Europa längst verboten sind.

»Ah, du hast dich nicht erschossen, das ist schön«, sagt Nikolai, grinst schief und hält sich den zum Pistolenlauf geformten Zeigefinger an die Schläfe.

Arvid schüttelt nur den Kopf und wirft die Medaille auf sein Bett. Erschossen? Womit denn? »Irgendwas Neues?«

»Nein. Die Kavallerie ist noch nicht da. Der Leibwächter dreht fast durch. Beim Start der Sonde war alles in Ordnung.«

Natürlich. Selbst beim Ausbruch eines Dritten Weltkriegs würde Nikolai pünktlich die Sonde starten und seine Wetterbeobachtungen durchführen, damit die Messreihen nicht unterbrochen werden. Eigentlich müsste Arvid ebenso taff sein und zum Spurenstoff-Observatorium marschieren. Aber er weiß nicht, ob er das jetzt schafft.

»Weißt du, was sie in Sibirien für ein Sprichwort haben?«, fragt Nikolai und wartet gar nicht erst auf eine Antwort. »Gib erst auf, wenn dich der Tiger an der Kehle gepackt hat.«

»Ich glaube, Crash hat kein Interesse an meiner Kehle«, sagt Arvid und lächelt schief.

»Hey«, sagt Nikolai, wirft seine Kippe auf den Boden und tritt sie mit dem Stiefel aus. Dann kommt er noch einen Schritt näher, zieht ihn in seine Arme und tätschelt ihm tröstend den Rücken. Apathisch lässt Arvid es geschehen.

Wenn sein Professor ihn schon umarmt, dann sieht man ihm wohl an, wie schlimm es um ihn steht.

Stürz nicht ab. Das hat sie damals gesagt, als sie sich damals zum allerersten Mal begegnet sind, dort auf ihrer Station.

Vielleicht hätte er auf sie hören sollen.

Der Einsiedler. Er ist hier, hier bei uns.

Ganz langsam setze ich einen Fuß vor den anderen. Zwinge mich, regelmäßig zu atmen und möglichst nicht zu schreien. Oder zumindest nicht jetzt sofort.

So erstaunlich es ist, aber die anderen haben nicht bemerkt, dass knapp jenseits der Labortür jemand steht und sie beobachtet. Ich höre aufgeregt diskutierende Stimmen, Fee lacht, anscheinend sind sie und die anderen vollauf damit beschäftigt, dieses Bekennervideo anzufertigen.

Etwa fünf Meter bin ich von dem Fremden entfernt, dann nur noch zwei. Er hat mich längst bemerkt, ganz langsam dreht er sich mir zu. Ich sehe ein verwittertes Gesicht mit grauen Bartstoppeln, eine Wollmütze undefinierbarer Farbe auf schulterlangen, offenbar selbst gestutzten Haaren, einen nicht allzu sauberen Strickpullover und darunter ein T-Shirt. Zwei tief liegende, braune Augen blicken mich beunruhigt und ratlos an. Seine Hände sind so fleckig und knochig, dass sie aussehen wie Klauen.

Meine Angst ist verflogen, aber wir wissen beide nicht, was wir sagen sollen. Schließlich bringe ich heraus: »Warum sind Sie hochgekommen?«

»Defekt in der Stromversorgung«, sagt er mit einer brüchigen, dünnen Stimme, die so gar nicht zu seinen breiten Schultern passen will. »Das letzte Aggregat läuft nicht rund.«

»Mist.« Drei dieser Dieselaggregate sind schon kaputt, und wenn auch noch das vierte schlappmacht, müssen wir mit dem Wind- und Solarstrom auskommen.

»Sie stirbt«, sagt er.

Ich verkrampfe mich wieder. »Wer stirbt?«

»Die Station«, erwidert er, und auf einmal ist sein Gesicht entsetzlich traurig, eine Wüste aus bräunlich-faltiger Haut.

Jetzt haben die anderen gemerkt, dass irgendetwas vorgeht, und Fee stößt einen Schrei aus, bei dem anderswo sicher Gläser geplatzt wären. Hier stehen zum Glück keine herum. Sekunden später scharen sich alle um den Fremden, allerdings in einem gehörigen Sicherheitsabstand. Sogar Dattel hat sich auf die Füße gequält.

»Wieso haben Sie das gemacht?«, faucht Fee den Einsiedler an.

Der Alte wendet ihr den Kopf zu und blickt sie verständnislos an.

»Sie haben versucht, uns zu verjagen!« Benny klingt halb unsicher, halb wütend.

»Habe ich? Ja, vielleicht, kann sein«, murmelt der Einsiedler. »Mit der Botschaft. Wollte euch warnen.« Ohne Benny weiter zu beachten, geht er ins ehemalige Labor hinein – er schlurft nicht, wie ich erwartet hätte, sondern bewegt sich sanft und lautlos, wie ein großes Tier im Dschungel.

Er blickt sich um, dann marschiert er zu einer offenen Chipstüte, die auf einem Tisch liegt, und versenkt die Hand darin. Sekunden später ist die Tüte leer.

Wir blicken uns an; Dattel, Seven und die anderen schauen ebenso entgeistert drein wie ich. Schweigend beobachten wir, wie der Einsiedler in unserem Aufenthaltsraum herumwandert wie ein Forscher auf einem fremden Planeten. Alles genau anschaut, unseren Tagesplan liest, der noch immer an der gleichen Stelle hängt, mit dem Fuß ausprobiert, wie die Polster auf dem Boden federn. Dann entdeckt er Kayas angefangene Partie Mühle, setzt sich davor und betrachtet das Brett. Schließlich zieht er mit einem schwarzen Stein.

Wie in Trance setzt sich Kaya in Bewegung und lässt sich ihm gegenüber nieder. Sie bewegt einen der weißen Steine. Der Einsiedler kontert und kurz darauf sind beide in ihre Partie vertieft.

Wir anderen verziehen uns in den Flur. »Das ist ja ein Ding«, platzt Fee heraus. »Dass der sich hertraut nach allem, was passiert ist.«

»Was hat er gesagt? Was hast du mit ihm geredet, Crash?« Benny ist so aufgeregt, dass er kaum stillhalten kann.

»Er ist hochgekommen, weil an der Station irgendwas kaputt ist«, berichte ich. »Die Stromversorgung zickt herum.«

»Hast du auch gefragt, warum er überhaupt hier ist? Auf *Neumayer III*?«, drängt Dattel mich.

Ich hebe die Hände. »Hey, Leute, ich habe gerade mal ein paar Sekunden länger als ihr mit ihm geredet, bin ich jetzt auf einmal Einsiedler-Expertin oder was? Wir können ihm so viele Fragen stellen, wie wir wollen.«

»Schauen wir mal, ob wir auch Antworten bekommen.« Seven klingt skeptisch. »Auf mich wirkt der, als hätte er einen Sprung in der Schüssel.«

»Aber einen gefährlichen Eindruck macht er nicht«, meine ich und bin mir plötzlich sicher, dass Arvid recht hat. Der Alte war das vermutlich nicht mit dem Blut, den Glasscherben und dem manipulierten Navi. Es war jemand aus unserer Gruppe!

»Hobbit, du bist dran mit Wache«, sagt Dattel und widerstrebend verzieht sich unser Kleiner aufs Dach. Ich dagegen setze mich wieder in den Aufenthaltsraum, lehne mich mit dem Rücken gegen die Wand und beobachte den Einsiedler, während meine Gedanken wie ein Pulk Rennpferde durch meinen Kopf donnern und meine Finger rastlos an meinen Beinen herumkneten.

Ich versuche, mich an jedes Detail dieser ersten Zeit zu erinnern, durchzugehen, wer wann wo war. Leicht ist das nicht, aber ein bisschen was kriege ich noch zusammen. Das mit dem Blut ist nachts passiert, schwer festzustellen, wer das war, jeder hätte aus seinem Zimmer schleichen können. Seven und Fee haben zusammen übernachtet, das weiß ich noch. Aber es wäre möglich gewesen, so zu tun, als sei man kurz aufs Klo, und ein bisschen länger wegzubleiben. Also sind alle verdächtig. Außer mir natürlich – ich habe zwar viele Macken, aber ich schlafwandle nicht.

Bei den Glasscherben kommt ebenfalls jeder infrage, weil Fee während ihrer Wache eingeschlafen ist. War es Fee selbst, die das Glas ausgestreut hat? Nein, glaube ich nicht, sie scheint sich nicht zu ritzen und wirkte völlig fertig, als sie in das Zeug reingetreten ist. Wichtig ist die Frage, wer die Splitter hätte beschaffen können. Dattel, Kaya, Benny, Fee und ich waren den ganzen Tag über entweder mit Schneeschippen oder den Russen beschäftigt, und danach waren wir wieder alle zusammen. Nur zwei Leute hatten also Gelegenheit, die Scherben zu besorgen – der Einsiedler … und Seven. Er hat sich nicht für die russischen Besucher interessiert und war die meiste Zeit nicht im Aufenthaltsraum. In dieser Zeit hätte er im Deck U1 locker ein paar Gläser zerschmeißen können.

Und was ist mit dem manipulierten Navi und mit Martins Unfall? Ich weiß, wie man ein GPS-Gerät umprogrammiert, aber ich war es nicht. Dattel und Benny können das garantiert ebenfalls, aber obwohl Dattel sich manchmal schlecht im Griff hat, ist er nicht bösartig. Benny … hm, er lügt und klaut, aber das tun wir alle. Er verbirgt irgendetwas, aber ist er wirklich so hart drauf? Ich glaube nicht. Nur so ein Gefühl. Und Seven ist technisch besser, als er uns glauben macht, schließlich hat er neulich an der zickigen Software seines Blogs herumprogrammiert.

Erst jetzt fällt mir auf, wie viel Seven über die Rettung aus Gletscherspalten wusste. Er hatte sich offensichtlich darüber informiert. Wieso hat uns das nicht misstrauisch gemacht? Wahrscheinlich, weil wir froh waren, dass er das Kommando übernahm.

Seven? Ist es Seven, der versucht, uns allen zu schaden?

Auch ich dachte, dass dieser Anschlag aufs Konto des Einsiedlers ging, weil ich davon ausgegangen bin, dass niemand sich selbst freiwillig in Gefahr bringen würde. Wir alle sind ins Feld mit den Gletscherspalten hineingefahren, Martin natürlich voran, aber keiner ist zurückgeblieben, niemand hat gezögert. Was, wenn Seven das ganz bewusst riskiert hat? Er ist saumäßig mutig.

Ich blicke diesen schüchternen alten Mann an, der noch

immer mit Kaya Mühle spielt, und würde ihm am liebsten tausend Fragen stellen, so wie alle anderen auch. Aber Seven sitzt ebenfalls im Aufenthaltsraum, er behält alle im Auge, auch mich natürlich. Wenn er es war, dann darf ich ihn nicht noch misstrauischer machen.

Mir fällt das mit der verschwundenen Handleine auf der russischen Station ein. Diese Handleine, die Arvid beinahe das Leben gekostet hat. Ist die etwa nicht vom Sturm weggerissen worden? Hat jemand sie absichtlich entfernt? Außer mir waren an diesem Tag nur Benny und Seven bei den Russen! Wollte Arvid Seven deswegen sprechen? Ich wette ja. Bei ihm ist der Groschen schon viel früher gefallen als bei mir.

Scheinbar gelangweilt, in Wirklichkeit aber völlig verkrampft, lasse ich den Blick durch den Raum schweifen. Ich vermeide, Seven anzusehen, obwohl ich ihn am liebsten mit Röntgenblick anstarren würde. Mir ist klar, dass ich nichts von alldem beweisen kann.

Ich schließe die Augen, versuche, mich zurückzuversetzen. Blicke mich im Geiste um in den Erinnerungen, die vor meinem inneren Auge ablaufen, versuche, zu spüren, was ich damals gespürt habe, versuche, etwas zu bemerken, was mir damals entgangen ist. Und ja, mir fällt etwas auf. Als ich reingekommen bin in dieses Bad, in dem überall die Glassplitter lagen, roch es nach Parfüm. Damals dachte ich, dass Fee Deospray benutzt hatte, aber das würde sie ja wohl kaum vor dem Duschen tun … sie hatte noch nicht begonnen, sich schick zu machen! Später, fällt es mir ein, hat Fee erwähnt, dass eins ihrer Parfümfläschchen fehlt. Seven war oft genug in ihrem Zimmer – hat er es genommen und zusammen mit anderem Glaszeugs zerbrochen?

Ich kann nicht beweisen, dass er hinter den Anschlägen

steckt. Aber vielleicht kann ich beweisen, dass es der Einsiedler *nicht* war!

Plötzlich habe ich es eilig, aber ich lasse es mir nicht anmerken. Ganz locker stehe ich auf. Kann Seven merken, wie heftig mein Herz schlägt?

»Na, was geht ab?«, fragt Dattel, er dampft mit halb geschlossenen Augen seine E-Zigarette, wie zurzeit ständig. Vielleicht lindert es Schmerzen, wenn man wirklich daran glaubt. Die Dreharbeiten am Manifest ruhen gerade, Fee versucht heimlich, den Einsiedler zu fotografieren. Doch als er den Kopf hebt und sie anblickt, lässt sie es hastig sein.

»Brauche Bewegung«, sage ich und Dattel nickt mit halb geschlossenen Augen. Seven sagt nichts, als ich davonschlendere, aber er beobachtet mich.

Kaya und der Einsiedler spielen noch immer und Kaya wirkt so entspannt wie schon lange nicht mehr. Zur Ruhe gekommen.

Erst als ich im Treppenhaus bin, mache ich längere Schritte. Ich muss mich beeilen, denn Seven ist nicht blöd – wenn er es wirklich war, wird er jetzt, nach Auftauchen des Einsiedlers, versuchen, auch den kleinsten Beweis zu vernichten. Und dieser Beweis ist vielleicht noch hier auf der Station, denn wir können unseren Müll ja nicht einfach in die Landschaft kippen. Er wird sorgfältig gesammelt, bevor er vom Versorgungsschiff wieder mit nach Deutschland mitgenommen wird, nichts darf in dieser weißen Wildnis zurückbleiben.

Der große Müllraum ist im abgewrackten ersten Untergeschoss. Ich schaue in die Glastonne, Mist, fast bis oben hin voll mit irgendwelchen Weinflaschen, Senfgläsern, Hautcreme-Gläschen, und die Scherben sind vermutlich ganz unten. Ich kippe die Tonne vorsichtig auf die Seite und räume sie aus, es klirrt und poltert, verdammt, hoffentlich hört das niemand. Seltsam, hier drin sind gar keine Scherben. Hat Seven sie schon beseitigt? Aber doch nicht jede einzelne! Wo können die dann sein?

Eine kaputte Neonröhre flackert über mir, als ich mir den Restmüllbehälter vornehme. Sofort sehe ich den prallvollen Staubsaugerbeutel, den der Putzroboter hier deponiert hat. Halleluja! Es klirrt leise, als ich ihn herausziehe. Im letzten Moment denke ich daran, eine große Plastik-Mülltüte unterzulegen, bevor ich auf die Knie gehe und den Beutel aufschlitze.

Ein zarter Parfümgeruch strömt mir entgegen. Hastig, mit bloßen Händen durchwühle ich die Scherben und Splitter, versuche, irgendwie zu erkennen, welche zu einem Glasfläschchen gehört haben könnten … klein sind sie wahrscheinlich und geschwungen …

»Was machst du da?« Die helle Stimme von Fee.

Langsam richte ich mich auf und blicke sie an.

IN DER SCHLINGE

»Hi, Fee, was gibt's?«, frage ich so unbeschwert wie möglich.

»Stehst du auf Müll? Ist das dein Fetisch oder so?« Fee betrachtet den Dreckhaufen mit hochgezogenen Augenbrauen.

Ich atme tief durch und entscheide mich für Klartext. »Nein«, sage ich. »Ich suche nach einem Parfümfläschchen. Du hast doch eins vermisst, oder?«

»Stimmt. War zum Glück nicht mein Lieblingsduft. Hab ihn nur einmal benutzt oder so.« Noch immer beobachtet sie skeptisch, wie ich mich durch die Scherben wühle. »Aber warum soll das kaputt und im Glasmüll sein? Mir ist es jedenfalls nicht runtergefallen.«

Ich sage ihr, was ich vermute. Schon nach den ersten Worten wird ihr Gesicht zu einer Mauer, und ich merke, dass es ein Fehler war. Dattel hätte ich es sagen müssen, nicht Fee!

Schließlich unterbricht sie mich einfach. »Das meinst du nicht ernst, oder? Ohne Seven wären wir hier auf der Station aufgeschmissen, und du, du wirfst ihm so etwas Ekelhaftes vor?« Nein, ihre Brille ist nicht rosa. Sondern neonpink.

»Warum hat er dann so blöde Sachen über dich gesagt?«, rutscht es mir heraus.

»Was zum Beispiel?« Sie versucht, mich mit Blicken zu töten.

Cool ist Fee nicht. Nein, das gebe ich jetzt nicht weiter, das tue ich ihr nicht an. Ich habe den Verdacht, dass er ihr auch ein paar Dinge ins Gesicht gesagt hat, vielleicht hat sie deshalb eine Zeit lang so oft geweint. »Dies und das.«

»Ich glaube, du willst uns nur auseinanderbringen.« Etwas in ihrer Stimme erinnert mich an einen straff gespannten Draht. »Du bist neidisch, weil es zwischen Arvid und dir nicht geklappt hat und ich und Seven so glücklich sind! Er ist ein wahnsinnig toller Typ und ich lasse mir das von dir nicht vermiesen!«

Sie stürmt raus.

Fünf Minuten später ziehe ich zwei gebogene, rosa gefärbte Scherben aus dem Dreck. Einen Moment lang starre ich sie an, bevor ich sie vorsichtig in einer Plastiktüte unterbringe, ohne sie mit bloßen Händen zu berühren.

Als ich zurückkomme, habe ich weiche Knie, aber ich muss so tun, als sei nichts passiert. Ich muss mir noch überlegen, wie ich es den anderen beibringe, ohne dass die gleichen Reaktionen kommen wie von Fee. Womöglich behaupten sie, dass der Einsiedler das Fläschchen irgendwann aus Fees Zimmer geholt hat, obwohl das wirklich unwahrscheinlich wäre.

Oben dreht sich noch immer alles um unseren unerwarteten Gast.

»Wollen Sie lieber auf Deck 2 schlafen?«, fragt Dattel den Einsiedler. »Es sind einige Überwinterer-Zimmer frei.«

Mit unsicherem Blick schaut der alte Mann auf. »Ja?«

»Aber zuerst duschen, bitte«, sagt Fee entschieden. Sie blickt mich nicht an, tut so, als wäre ich gar nicht da. »Handtücher liegen im Bad, okay?«

Der Alte nickt, steht auf und geht davon, na klar, er weiß, wo die Waschräume sind. Er lebt schon deutlich länger hier als wir.

»Wenn du ihn verscheucht hast und er sich jetzt wieder in den Tiefen der Station verkriecht, erfahren wir nie, wieso er überhaupt auf *Neumayer III* lebt«, flüstert Benny anklagend. Kaya hat ihn bei der Wache abgelöst.

»Sorry, aber meine Nase hat auch Rechte!«, schießt Fee zurück, heftiger als nötig.

Seven ist dran mit Kochdienst, irgendwann erinnert er sich daran und holt einen Stapel Tiefkühl-Lasagne-Packungen aus dem Vorratsraum. Der Einsiedler ist inzwischen aus der Dusche zurück. Interessiert beobachtet er Seven, keine seiner Bewegungen entgeht ihm.

»Wovon haben Sie gelebt in all der Zeit?«, frage ich ihn vorsichtig. »Hatten Sie Hunger?«

Der alte Mann hebt den Kopf und blickt mich an, schaut sich dann zu den anderen um. Als er merkt, dass wir alle neugierig auf eine Antwort warten, räuspert er sich verlegen. »Nicht wirklich«, sagt er, seine Stimme ist nicht mehr ganz so brüchig. Vielleicht kommt er langsam wieder in Übung. »Die letzten Überwinterer haben mir alle abgelaufenen Vorräte dagelassen. Einmal habe ich einen Monat lang nur Dosenpfirsiche gegessen. Außerdem habe ich an der Atka-Bucht geangelt.«

Mir geht auf, weshalb es auf dem anderen Deck manchmal nach Fisch gerochen hat.

Nachdem wir die Lasagne verputzt haben, verzieht sich der Einsiedler in sein neues Quartier, und ich falle ebenfalls in meine Koje.

Seven. Er ist mir ein Rätsel und eigentlich war er das von Anfang an, er hat uns alle keinen Zentimeter an sich herangelassen, das war alles eine Illusion. Wer ist er überhaupt? Und wie gefährlich ist er?

Sie hat Verdacht geschöpft. Seven kann es förmlich spüren, auch wenn sie versucht, sich nichts anmerken zu lassen. Doch Crash kann ihre Mimik längst nicht so gut kontrollieren wie er, als Schauspielerin würde sie nur für billige B-Movies taugen. Obwohl sie eine viel stärkere Ausstrahlung hat als Fee.

Nur leider widerspricht ihm Crash zu oft, so wie seine Mutter zu Anfang. Später hat sie ihm oft und ohne viele Fragen geholfen, wenn er sich in Schwierigkeiten gebracht hatte. Zum Beispiel war es ungünstig, mit zwölf Jahren die Vereinskasse seines Schachclubs zu melken. Aber dieser Fehler war leicht durch einen Umzug und einen Schulwechsel zu beheben und jedes Mal wurde er besser.

Wie geht er jetzt am besten vor?

Soll er Crash ausschalten, bevor er seinen Plan durchführt? Oder besser erst später?

»Du bist dran.« Um drei Uhr nachts reißt mich Benny aus dem Schlaf, damit ich die nächste Wache übernehme. Er sieht Jahre älter aus als zu Beginn unserer Zeit in der Antarktis, sein Gesicht ist nicht mehr so kindlich. Der wird hier erwachsen, wenn er nicht aufpasst. »Ich sag's dir gleich, ich habe vorhin Lichter am Horizont gesehen.«

»Verdammt! Wieso hast du uns nicht alle geweckt?«, fahre ich ihn an.

»Weil sie schon wieder verschwunden sind. Ach ja, fröhliche Weihnachten.«

Stimmt. Es ist der 24. Dezember und wir haben ein sehr, sehr weißes Weihnachten diesmal.

Müde schleife ich mich aus meiner Koje und in frische Sachen. Bereiten die Russen und Japaner sich schon darauf vor, *Neumayer III* zu stürmen? Sobald ich auf dem Dach bin, streife ich die dicken Fäustlinge ab, sodass ich nur noch die dünnen Handschuhe darunter anhabe, und hebe das Fernglas an die Augen. Surrend stellt es sich scharf. Falls da irgendwas war, sehe ich es jetzt nicht mehr, weil der Wind heftiger geworden ist und Schnee vor sich herpeitscht, ich kann kaum etwas erkennen. Kriegen wir wieder einen Sturm? Arvid könnte mir das nach einem Blick auf Wetterkarten und Satellitenbilder genau sagen. *Arvid …* die Sehnsucht nach ihm fühlt sich an wie eine Rolle Stacheldraht um mein Herz.

Als ich durchgefroren wieder auf Deck 2 zurückkehre, steigt mir Plätzchenduft in die Nase. Was zum Teufel …?

Der Frühstückstisch ist sorgfältig gedeckt und mit Kerzen dekoriert, in der Mitte steht ein Teller mit drei verschiedenen Sorten Plätzchen. Müde wischt sich Fee mit dem Unterarm über die Stirn, an ihrer Wange klebt noch eine Spur von Mehl.

»*Merry Christmas*, Süße«, sagt sie und drückt mich. Da weiß ich, dass sie mir verziehen hat. Wir halten uns einen Moment lang, und ich merke, dass Fee den Tränen nahe ist. Sie zieht die Nase hoch und atmet einmal tief durch. »Und, gefällt es dir, Crash?«

»Ich bin platt«, sage ich ganz ehrlich und stecke mir ein Kipferl in den Mund. Buttrig zergeht es mir auf der Zunge, ich schmecke einen Hauch von Zimt. »Besser, wir wecken die anderen. Sonst kann ich nicht garantieren, dass nachher noch was übrig ist.«

Auch der Einsiedler ist aufgetaucht und streckt die Hand nach dem Plätzchenteller aus. Ich beeile mich mit dem Weckengehen.

»Wisst ihr was?«, meint Dattel, als alle wach sind. »Wir könnten die Bescherung doch einfach jetzt schon machen, oder? Wir müssen nicht warten.«

Ich weiß, warum er das sagt. Wer weiß, was bis zum Abend noch passiert. Und ob wir dann alle noch am Leben sind.

»Gute Idee«, sagt Seven etwas verschlafen, er hat gestern eine der längsten Wachen übernommen. »Aber, äh, ich glaube, es gibt nicht so richtig viele Geschenke, oder?«

»Ein paar schon«, sagt Dattel, versucht, sich zu bücken, und verzieht das Gesicht. »Crash, holst du mal den Pappkarton da unter dem Tisch raus?«

Wie sich herausstellt, hat er für jeden von uns etwas. Für Fee eine Transportbox mit Fächern für ihre Parfümfläschchen, die muss er in der Werkstatt gemacht haben. Für Benny ein paar Gläser mit eingelegten Artischocken, die er aus dem Vorratsraum beiseitegeschafft hat, für Kaya den Ausdruck eines *Sue-Steel*-Plakats für ihr Zimmer. Ich muss lachen, als ich ein fingerlanges Skidoo auspacke, perfekt bis ins kleinste Detail. Ein winziges Mädchen, das mir ähnlich sieht, sitzt darauf. Der 3D-Drucker lässt grüßen. »Cool, danke!«

Seven grinst und hebt sein Geschenk hoch. »Na, ist das nicht ein attraktiver Typ?« Es ist eine Büste seines eigenen Gesichts in Marmorimitat.

»Für den Fall, dass es dir nicht gefällt, hatte ich noch ein zweites Geschenk – kannst du auch haben.« Dattel wirft ihm ein längliches Päckchen zu, aus dem Seven einen Schraubenzieher mit rotem Griff zum Vorschein bringt. »Ah, ich soll an meinen handwerklichen Fähigkeiten arbeiten?«

Neugierig hat der Einsiedler zugeschaut. Dattel blickt zu ihm hinüber, dann zieht er ein letztes Paket aus seiner Tüte. Ungläubig nimmt der Alte es entgegen und fummelt am Rand des Geschenkpapiers herum. Nach und nach kommt ein Offline-»Mensch ärgere dich nicht« zum Vorschein, das Martin für uns aus Deutschland mitgeschleppt hat. Mit großen Augen starrt der Einsiedler darauf und murmelt »Danke«.

»Äh, ja, alleine kann man das natürlich nicht so gut spielen, aber wir machen ab und zu mit«, sagt Dattel verlegen. »Wenn wir nicht gerade die Welt retten.«

»Ihr rettet die Welt?«, fragt der Einsiedler und verschlingt ein Plätzchen.

»Nur wenn wir gerade nichts Besseres zu tun haben«, sagt Benny.

Wie peinlich, dass Dattel von uns gar nichts bekommen hat. »Ich glaube, ich muss gerade mal kurz wohin«, sage ich und springe auf, um meine Sachen und die Station zu durchstöbern. Auch die anderen werden plötzlich hektisch und verziehen sich, die haben vermutlich den gleichen Gedanken gehabt. Eine halbe Stunde später sind die Impro-Geschenke fertig, und wir lachen und albern herum, während wir sie auspacken: ein Müsli-Riegel, eine Antarktis-Karte, die bisher in Martins Zimmer hing, eine Packung Bonbons, eine an der Atka-Bucht gefundene Skua-Feder (mein Geschenk für Dattel), ein Kopfkissen (Sevens Geschenk für Dattel), eine Flasche Glühwein (unser Geschenk für den Einsiedler) und Gutscheine für alles Mögliche von einer Fußmassage bis hin zum Vorlesen (mein Geschenk an Fee).

Es ist mein schönstes Weihnachten seit Jahren, doch die Gedanken an Arvid, an das, was Seven wahrscheinlich getan hat, und an unseren Gefangenen versauen es mir schließlich doch.

»Japaner sind keine Christen, oder? Feiern die eigentlich Weihnachten?«, frage ich in die Runde und der Einsiedler nickt. »Das tun sie. Allerdings mehr so aus Spaß und nicht mit so vielen Geschenken wie wir.«

Kaya und Benny ziehen los, um unserer Geisel Plätzchen und ein Geschenk zu bringen, aber ich bleibe sitzen. Ich will hören, was der Einsiedler zu erzählen hat, falls er endlich etwas erzählt. Und ja, das tut er, obwohl wir die Informationen förmlich aus ihm auswringen müssen.

Wie sich herausstellt, heißt er Klaus. Er ist in den USA geboren, doch seine Eltern waren Deutsche und früher lebte er abwechselnd in Amerika und in Deutschland. Eigentlich war er von der Ausbildung her Klempner, doch die Kälte und die Wildnis zogen ihn an, und nachdem er das erste Mal in der Antarktis war, wollte er nie wieder weg. Eine Weile arbeitete er auf einem Eisbrecher und diente sich bis zum Maat hoch, später half er auf den amerikanischen Antarktisstationen *Palmer* und *McMurdo* aus. Auf *Neumayer III* war er kein Teil des regulären Teams, sondern nur Gast, doch seine technischen Fähigkeiten waren sehr gefragt und nach und nach gehörte er einfach dazu und fühlte sich sehr wohl.

»Aber warum sind Sie hiergeblieben, als alle anderen umgezogen sind?«, frage ich fasziniert.

»Tja, das ist ein bisschen schwer zu erklären.« Der Alte versenkt die Nase in seiner Teetasse. Aber nach und nach bekommen wir doch heraus, was passiert ist.

Anscheinend gab es auf *Neumayer III* während der letzten Phase vor dem Umzug Auseinandersetzungen um eine Frau namens Isa, dabei zog Klaus ein Messer und stach zu. Nach diesem Zwischenfall wollten sie ihn nicht mehr auf der Station haben, doch anzeigen wollten sie ihn auch nicht. Der andere Mitarbeiter behauptete, sich bei einem Unfall mit dem Skidoo verletzt zu haben, aber der Kommandant der Station legte Klaus nahe, so wie Isa möglichst bald heimzufliegen. Doch Klaus weigerte sich und blieb einfach auf der Station, wo er unerkannt und unentdeckt hauste. Angehörige hatte er keine und nach Isa auch keine Liebe mehr. Er hatte nichts einzuwenden gegen das einfache Leben.

»War es dir nicht kalt da unten in der Station? Geheizt wird ja nur hier oben.« Kaya ist die Einzige, die den Alten duzt. Schüchtern lächelt sie ihn an und er lächelt zurück. »Kälte macht mir nicht viel aus, weißt du, Mädchen. War immer schon so. Aber ich habe dort unten auch einen Heizlüfter, den ich anmachen kann, wenn ich will.«

Benny und Kaya kommen von ihrem Tamura-Besuch zurück.

»Und, was ist, Hobbit?«, fragt Dattel. »Hat er sich gefreut?«

Benny seufzt und schüttelt den Kopf. »Fürchte, der ist noch immer stinksauer. Klar, ich kann ihn verstehen.« Er wirkt niedergeschlagen und ist ungewohnt schweigsam, als er zuhört, was Klaus weiter erzählt.

»Sie sind also seit zwei Jahren hier?«, fragt Fee fasziniert. »Haben Sie in all dieser Zeit mit niemandem gesprochen?«

Der Einsiedler nickt.

»Wo leben Sie denn normalerweise? Auf welchem Deck?«, versuche ich ihn auszuhorchen.

»Ach, mal hier, mal da. Zum Beispiel im Heuboden.« Er lächelt verlegen.

»Heuboden? Wo soll das denn sein?« Dattel starrt ihn an.

»So haben wir das Zwischendeck früher genannt«, meint er. »Das zwischen Deck 1 und U1. Es gibt dort eine Klappe nach draußen, das war früher ein Notausgang.«

Das Zwischendeck! Wir haben es erst sehr spät entdeckt, weil dort keine Räume sind und es deswegen auf den normalen Plänen der Station nicht drauf ist. Es ist sehr niedrig, und ich kenne es nur als Ort, um Champignons zu züchten, wahrscheinlich haben wir deswegen nur kurz reingeschaut. Es befindet sich weit unter dem Schnee – er muss sich von dort aus einen Tunnel nach draußen gegraben haben! Können von dort auch Leute hineinkommen, Leute, die uns belagern? Nein, garantiert finden die den Tunneleingang nie.

Noch haben wir ihm keine richtig harten Fragen gestellt, doch nun macht Dattel den Anfang. »Wieso haben Sie die Glasscherben ausgestreut? War es Ihnen so wichtig, uns loszuwerden?«

Ich lausche grimmig. Jetzt wird sich gleich herausstellen, ob an meiner Theorie etwas dran ist.

»Glasscherben?« Verwirrt blinzelnd blickt der Einsiedler ihn an.

»Ja, und wieso haben Sie das Blut in den Flur geschüttet?«, platzt Fee heraus. »Das war echt eklig!«

»Blut.« Der Einsiedler scheint nachzudenken, sein Blick klebt auf seinem Teller. »Was für Blut? Fischblut?«

»Fuchsblut«, sagt Benny gepresst. »Und waren Sie das, der an unseren Navis etwas verstellt hat?«

Der Alte scheint sich unwohl zu fühlen. Ganz langsam steht er auf, der von Dattel geliehene Pullover schlabbert um seinen mageren Körper. Geschickt lässt er ein paar Plätzchen in der Hosentasche verschwinden. »Muss gehen. Muss versuchen, das Aggregat zu reparieren. Habe es schon mal versucht und nicht geschafft. Wenn die Station stirbt, können wir nicht bleiben.«

Schon ist er im Flur verschwunden, und keiner von uns versucht, ihn aufzuhalten. Denn jetzt haben auch die anderen kapiert, dass der Einsiedler nichts von dem getan hat, was wir ihm vorgeworfen haben. Er wusste nicht mal, wovon die Rede war.

Benny wirft beklommene Blicke in die Runde, Dattel sieht grimmig aus und Fee leicht panisch. Nur Seven ist die Ruhe selbst, und ich lasse mir nicht anmerken, wie aufgewühlt ich bin. Endspiel. Jetzt muss Seven gestehen, ob er will oder nicht. In meiner Tasche lagern die Stücke des Parfümfläschchens.

»Ich geh kurz für große Jungs«, sagt Benny plötzlich und springt auf, vielleicht hält er die Anspannung nicht aus.

Ich nehme meinen ganzen Mut zusammen. »Also, was ist, Seven? Was hast du dazu zu sagen?«

»Äh, Moment mal, wieso ich denn, bitte schön?« Seven wirkt beleidigt. »Seid ihr neidisch, weil ich berühmter bin als ihr? Es war *meine* Freundin, die verletzt worden ist bei diesem Anschlag! Der Alte war's, aber er gibt es nicht zu, das ist klar – wir müssen ihn noch mal ins Kreuzverhör nehmen, und diesmal richtig.«

Niemand reagiert und das lange Schweigen scheint Seven kribbelig zu machen.

»Also, Leute, ich habe ja schon viel mitgemacht, aber Mobbing hat bisher nicht dazugehört«, meint er verkniffen. »Nur zu, legt los, ich habe *Top Dog* überstanden, dann werde ich wohl auch noch überstehen, dass ihr einen Sündenbock braucht für alles, was falsch gelaufen ist in letzter Zeit.«

»Falsch gelaufen ist ein ziemlich milder Ausdruck dafür, dass sich unser Betreuer beide Beine gebrochen hat!« Ich bin kurz davor, ihm an die Kehle zu springen, und Seven merkt es. Er scheint es witzig zu finden. Der Kerl ist dermaßen locker drauf, dass es mich noch misstrauischer macht.

»Ja, und?«, gibt er zurück. »Was bitte kann ich dafür, dass Martin zu blöd war, um richtig zu navigieren?«

»Blöd war, dass er sich aufs Navi verlassen hat.« Dattels Ton ist scharf. »Also *ich* habe das Navi jedenfalls nicht manipuliert – warst du das, Justin?«

Ein winziger Ruck geht durch uns alle. Noch nie haben wir uns mit unseren echten Namen angeredet.

»Nein, Sinan, das habe ich nicht«, antwortet Seven sofort. Lügt er? Ich habe keine Ahnung. Nur eins merke ich – falls er es war, bereut er nichts. Gar nichts.

»Was ist mit dir, Marlene?«, fragt Dattel weiter, sein Blick ruht auf Fee.

Nervös streicht sich Fee die Haarmähne zurück. »Nein. Nein, natürlich war ich es nicht. Ich habe Martin nie etwas

Schlechtes gewünscht. Und das mit den Glassplittern hat verdammt wehgetan, das kann ich euch sagen!«

»Was ist mit dir?« Dattel blickt mich an und die Wärme in seinen Augen macht mich fertig. Weil er meine Akte kennt, ist er der einzige Mensch in der Antarktis, der meinen wahren Namen weiß. Aber er offenbart ihn nicht.

»Ich war es nicht«, sage ich und alle nicken. Anscheinend hat mich niemand verdächtigt.

»Charlotte?«

Jetzt ist Kaya dran. Sie schüttelt stumm den Kopf.

»Bei Gelegenheit sollten wir noch Benjamin fragen«, sagt Dattel.

Ich ziehe den Beutel mit den Scherben des Parfümfläschchens hervor. »Könnt ihr euch erklären, wie das hier ins Bad der Mädchen kommen konnte? Fee sagt, ihr ist es nicht runtergefallen.«

Der Beutel geht von Hand zu Hand.

»Hätte jeder aus Fees Zimmer klauen können«, meint Kaya und Fee nickt.

Seven sagt nichts und zuckt die Schultern.

Ich bin enttäuscht – war's das jetzt schon? Andere Beweise gibt es nicht.

Wir haben alle nicht die Kraft, weiterzudiskutieren. Mühsam steht Dattel auf. »Tja, was jetzt? Wie stehen die Verhandlungen?«

»Sie haben uns Lösegeld angeboten.« Fee schnaubt verächtlich. »Die haben *immer* noch nicht kapiert, dass es uns um etwas ganz anderes geht.«

»Wahrscheinlich können sie es nicht glauben«, meine ich.

»Vielleicht bringt die nächste Verhandlungsrunde was Neues. Bis dahin – wer hilft beim Abspülen?«, fragt Fee müde, allmählich merkt man ihr an, wie wenig Schlaf sie bekommen hat. Ich und Dattel heben die Hand. Eigentlich wäre Benny dran, aber der ist noch nicht wieder aufgetaucht. Was macht der so lange auf dem Klo, hat er vor Schreck Dünnpfiff bekommen?

Seven meint gut gelaunt: »Ich übernehme die nächste Wache. Es wäre ja blöd, wenn die Kerle sich uns unbemerkt nähern könnten.«

Als die Küche wieder halbwegs sauber ist, lasse ich mich auf die Polster des ehemaligen Labors fallen und drehe das winzige Skidoo in der Hand. »Wie hast du das hinbekommen?«, frage ich Dattel. »Hast du Originalpläne runtergeladen?«

»Nee, ich habe von einem Foto aus die Maße skaliert.« Vorsichtig blickt Dattel an sich herab und betastet sein T-Shirt dort, wo darunter der Verband sitzt. »Ich glaube, das fängt an zu verheilen. Tut jedenfalls nicht mehr ganz so beschissen weh wie gestern.«

»Wir wechseln heute mal den Verband«, kündige ich an und überlege, wie viel Verbandszeug wir noch haben und ob es reichen würde, wenn noch einer von uns verletzt wird.

Als Fee reinkommt, schaut sie sich mit gerunzelter Stirn um. »Sagt mal, wo ist Hobbit eigentlich? Ist der noch nicht zurück?«

»Ich geh mal schauen. Jemand von seiner Größe könnte sich versehentlich runterspülen.« Dattel will sich mühsam hochstemmen, doch ich schiebe ihn zurück.

»Lass nur, ich mach schon. Wenn es jemanden stört, dass ich ins Jungsklo gehe, soll er sich melden.«

Nachdenklich wandere ich den dämmrigen Flur entlang und schiebe die Tür zum Waschraum der Jungen auf. Feuchte, nach Seife riechende Dschungelluft schlägt mir entgegen, man merkt, dass der Einsiedler vor Kurzem hier geduscht hat. Aber jetzt ist hier alles leer und verlassen. Kein Benny. Merkwürdig.

Ich gehe zu seinem Zimmer, klopfe an. Als ich die Klinke drücke, merke ich, dass es offen ist. Niemand drin. Aber auf dem Bett liegt ein Zettel.

Es tut mir leid, ich kann so was nicht. Wir haben einen schrecklichen Fehler gemacht, jetzt kann ich nur versuchen, ihn rückgängig zu machen. Benny

Oh shit. Was hat er getan? Ich stürme hinaus, renne den Flur entlang bis zu dem Zimmer, in dem wir Tamura untergebracht haben. Untergebracht *hatten*. Der Schlüssel steckt und der Raum ist leer.

Am liebsten würde ich mich darüber freuen, aber ich schaffe es nicht ganz, weil ich weiß, dass es uns jetzt ernsthaft an den Kragen geht. Ich renne zurück zu den anderen und sage ihnen Bescheid.

»Kacke!«, sagt Dattel. »Der kleine Mistkerl!«

»Jetzt mal ehrlich, hättest du Tamura nicht auch am liebsten freigelassen?« Ich spüre, dass ich auch irgendwie erleichtert bin. So oder so, es wird bald vorbei sein.

»Seven, bitte kommen, Seven, melde dich, los jetzt!« Fee versucht mit dem Handfunkgerät hektisch, unsere Wache auf dem Dach zu erreichen. Ohne Erfolg. Was daran liegt, dass auch Seven nicht mehr da ist, wie wir fünf Minuten später feststellen.

Und ein *PistenBully* fehlt ebenfalls.

HELDEN

So hat Seven sich das nicht vorgestellt. Eigentlich wollte er derjenige sein, der Tamura aus seiner Zelle holt … und nun ist ihm Hobbit knapp zuvorgekommen. Dieser Idiot! Außerdem passt es nicht so gut in seinen Plan, dass sie jetzt zu dritt sind bei dieser Flucht. Aber egal. Erst mal weg hier.

Sein Plan sieht vor, dass er etwa auf der Hälfte der Strecke einen Notruf sendet, damit die anderen Deppen mit der Pistole kommen und es das große Shootout gibt. Das Duell am OK-Korral. Er hat schon immer gerne alte Western geschaut, sein Großvater hatte eine gute Sammlung, die er ihm vererbt hat. Wenn Tamura dann tot ist, wird er, Seven, sich von den Russen aus den Händen der gefährlichen Entführer retten lassen, die ihm als Verräter ebenfalls den Tod angedroht haben. Er wird reich werden mit dieser Story, wenn er zurück ist. Kostenlose Interviews können die Medien sich abschminken, er wird irgendeinen Exklusiv-Deal machen. Sein ehemaliger Agent wird darum betteln, ihn zurücknehmen zu dürfen, der Mistkerl soll sich erst mal tausendmal entschuldigen dafür, dass er ihn »hat gehen lassen«. Der soll das dann alles aushandeln. Am besten gleich auch einen Buch- und Filmvertrag. Das ist so eine geile Story, sie werden sich darum reißen, sie fürs Kino zu verfilmen. Oder gleich direkt für einen der Streamingdienste? Wäre auch okay. Ein warmes Kribbeln durchläuft ihn.

Nur blöd, dass das Wetter so schlecht ist – keine zehn Meter weit kann er durch die Frontscheiben des *PistenBullys* sehen – und es sind acht Grad minus. Egal. Er stellt jetzt erst mal die mit dem Navi verbundene automatische Steuerung an, damit er sich um den Japaner kümmern kann. Benny wirkt wie betäubt vor Angst, und das ist gut so, dann kann Seven seine eigene Rolle noch ein bisschen ausbauen.

»Geht es Ihnen gut?«, fragt er Tamura. »Ich musste die anderen ablenken, während Benny Sie holen kam – um ein Haar hätten sie mich erwischt und ebenfalls gefesselt, das kann ich Ihnen sagen.«

»Ah«, sagt Tamura grimmig und reibt sich die Handgelenke. »Wir fahren jetzt zu den Russen, richtig?«

»Genau«, sagt Seven. »Ich konnte die Entführung nicht verhindern, aber immerhin kann ich Sie hier herausholen.« Eigentlich hat er ein Danke erwartet oder so etwas, aber es kommt keins. Auch okay. Der Typ ist ihm sowieso egal.

Wie viele Likes er wohl bekommt, wenn er offenbart, dass er den Gefangenen befreit hat? Garantiert eine Menge aus Japan. Vielleicht wird er dort ein paar Auftritte haben, wenn alles vorbei ist.

»Ich gebe schon mal durch, dass wir kommen«, kündigt Benny an und greift nach dem Funkgerät. Das reißt Seven aus seinen Gedanken. »Lass das, das mache ich schon«, sagt er, nimmt ihm das Gerät aus der Hand und gibt durch: »Hi, Leute, hier ist Justin Merck, ich habe euren japanischen Gast befreit – war nicht einfach, aber wir haben es geschafft. In einer halben Stunde sind wir bei euch.«

Dann gibt er die Sendeeinheit an den Japaner weiter, der nüchtern erklärt, dass er unverletzt ist, und nein, er wolle keineswegs sofort zurückfliegen in die Heimat, sein Ziel sei nach wie vor, den Südpol zu sehen. Respekt!

Wegen der schlechten Sicht muss er das Tempo noch etwas drosseln, vielleicht dauert es doch länger als eine halbe

Stunde. Wann soll er den Notruf absetzen? Vielleicht muss er vorher den Motor des *PistenBullys* abwürgen, damit es wirklich so aussieht, als …

»Weswegen sind Sie hier in der Antarktis?«, fragt der Japaner plötzlich.

»Ich?« Seven lächelt. »Ach, das war nur eine Jugendsünde. Geschäfte im Internet, die bei manchen nicht so gut angekommen sind.«

Ja, er hat Glück gehabt. So vieles andere haben sie nicht herausbekommen. Auch seine Mutter weiß das meiste nicht. Über das, was sie weiß, sprechen sie nicht. Vielleicht hat sie es schon vergessen, das wäre ihr bestimmt lieber. Schließlich ist er alles, was sie hat, wann hat sie das gesagt? Letztes Jahr? Wie unglaublich gut sich das angefühlt hat.

»Ich bin kein Krimineller«, meldet sich Benny zu Wort. Hat den jemand gefragt? »Das mit der Entführung war mir von Anfang an nicht recht, ich habe das zwar erst so gesagt, aber verdammte Scheiße, das war ein *Scherz!*«

»Ah. Ein Scherz.« Noch klingt der ehemalige Gefangene reichlich kühl.

»Natürlich war das alles nicht lustig.« Seven wählt einen einfühlsamen Tonfall. »Ich kann mir vorstellen, was Sie durchgemacht haben. Es war sicher eine gute Entscheidung von mir, Sie zu befreien, und bald haben Sie es endgültig überstanden.«

Und das stimmt ja sogar. Wie viele Jährchen die anderen wohl für Mord absitzen müssen?

»Sie haben die Pistole nicht mitgenommen!« Dattel ist aufgeregter als je zuvor, trotz seiner Verletzung schafft er es, hektisch hin und her zu gehen. Er hält die Waffe schussbereit in der Hand, zum Glück zeigt die Mündung auf den Boden.

»Die brauchen sie ja auch nicht mehr«, meine ich. In meinem Körper scheint kein Blut mehr zu kreisen, sondern nur noch Batteriesäure.

Fee laufen Tränen über die Wangen. »Wieso hat er mich nicht mitgenommen? Ich hätte doch vielleicht ... ich wäre doch ...«

»Vielleicht solltest du aufhören, dir etwas vorzumachen!« Wann wird sie kapieren, dass sich Seven nicht in sie verliebt hat, dass er sie nur benutzt hat – wie ihr Vater, wie wahrscheinlich viele Jungs und Männer in ihrem Leben!

Ein Gedanke nagt an mir. »Wieso haben die beiden die Nummer drei genommen? Sie hat zwar mehr Sitzplätze, aber bei der spinnt die automatische Steuerung. Und ich weiß nicht, wie viel Sprit sie noch im Tank hat.«

Neumayer III kommt mir noch riesiger und düsterer vor, ich fröstele, obwohl die Heizung noch funktioniert. Ich schlinge die Arme um meinen Körper und fühle mich hilflos wie selten zuvor. Plötzlich muss ich wieder an Arvid denken – wird er froh sein, wenn Seven ihnen den Gast zurückbringt? Oder enttäuscht, dass nicht ich es war, der ihn befreit hat? Heilt seine Verletzung schon? Jedes Mal, wenn ich an ihn denke, fühlt es sich an, als würde mir ein Raubtier ganz langsam die Seele aus dem Körper kratzen.

»Ich schaue mal, wie weit sie schon gekommen sind«, meint Kaya und geht rüber in die Funkbude, wo auch ein Monitor mit Empfänger steht.

Es ist eine Weile still, die letzte noch brennende Weihnachtskerze flackert leicht in einem Luftzug aus dem Nirgendwo. Wie hypnotisiert beobachte ich, wie sich das flüssige Wachs einen Ausweg sucht und in einer Kaskade nach unten rinnt. Doch das meiste davon erstarrt auf dem Weg und kommt nie unten an.

»Was meint ihr, wie viele Jahre kriegen wir für diesen ganzen Walretter-Stunt?«, fragt Fee und lacht plötzlich, es klingt nicht sehr fröhlich.

»Kein Ahnung«, sage ich knapp. Ich weiß zwar nicht genau, wie dick die Akten der anderen sind, aber ich schätze, Kaya und ich werden am längsten hinter Gittern verschwinden. Mühsam versuche ich, daran irgendetwas Gutes zu erkennen. Im Knast ist es schwerer für sie, an Drogen heranzukommen, und ich könnte drinnen vielleicht meinen Abschluss machen. Eigentlich fände ich es cool, einen Schulabschluss zu haben, selbst wenn's nur Mittelschule ist. Wenn ich danach noch weitermachen will, kann ich ja aufs Abendgymnasium gehen. Aber nehmen die überhaupt Leute mit so vielen Vorstrafen? Vielleicht kriegen die da Angst um ihre Lernterminals oder ihre silbernen Kaffeelöffel, falls sie so was haben.

»Kommt ihr mal rüber? Ich kapiere das nicht ganz«, meldet sich Kaya von nebenan zu Wort und einen Moment später stehen wir alle vor dem Monitor. Alle unsere Fahrzeuge haben einen Sender, durch den man sie lokalisieren kann, doch jetzt ist auf dem Bildschirm gar nichts zu sehen.

»Die haben natürlich den Peilsender der Pistenraupe ausgeschaltet«, sage ich, zucke die Schultern und will mich wieder abwenden, als mich Kaya am Arm fasst. Verblüfft blicke ich sie an.

»Aber Hobbit hat noch den Sender seines Polaranzugs«, sagt Kaya. Sie wirkt beunruhigt. »Den hatten wir eben auf dem Schirm, glaube ich.«

»Echt? Wo?«, mischt sich Fee ein. »Sind solche Sender nicht viel zu schwach, um …«

»Hier«, sagt Kaya und ihr Finger deutet auf eine Position auf halbem Weg zur Atka-Bucht.

»Bist du sicher?«, frage ich verblüfft, doch in diesem Moment sehe ich es selbst, ganz kurz flackert das Signal auf. Langsam, aber stetig kriecht der Punkt auf die Schelfeiskante zu.

»Diese Wichser schaffen es ohne Hilfe nicht mal rüber zu den Nachbarn«, höhnt Dattel bitter.

»Seven hat einfach die automatische Steuerung eingeschaltet und gedacht, er muss sich um nichts mehr kümmern.« Ich klatsche mir die flache Hand vor die Stirn. »Nur leider ist die bei Nummer drei defekt.«

»Weiß er das?«

»Keine Ahnung.« Ich setze mich an den Funk, versuche wieder und wieder, den *PistenBully* zu rufen. Keine Antwort, sie haben den Funk ausgeschaltet. »Mit etwas Glück kommen die beiden auf die Idee, ihre Position zu prüfen. Rausschauen nützt leider nichts.« Draußen ist es nur noch weiß.

»Was ist, wenn sie es nicht merken?«, fragt Dattel in die schweigende Runde. »Wenn sie nicht rechtzeitig checken, dass sie in die falsche Richtung fahren?«

Ein Schauer überläuft mich. »Dann kommen sie irgendwann an der Schelfeiskante an und stürzen 30 Meter tief runter ins Polarmeer. Das bekanntlich nicht ganz so warm ist wie die Karibik.«

Wir blicken uns an und nicht mal Dattel fällt ein passender Kommentar ein.

Wenn wir Pech haben, gibt es in der nächsten Stunde Tote.

Ich mache mir furchtbare Sorgen um Benny. Er hat es nicht verdient, auf eine so beschissene Art zu sterben, nur weil er eine Geisel befreien wollte.

»Können wir sie noch einholen?«, fragt Fee mich hilflos.

»Wenn jemand das kann, dann Crash.« Dattel mustert mich.

»Was ist, fahren wir?«

»Ich, meinst du«, sage ich schweren Herzens und nehme den Schlüssel des Zweisitzers vom Haken – er hat zwar einen Räumschild vorne und einen Kran am Heck, ist aber trotzdem recht schnell. Schneller als die Nummer drei?

Zum Umziehen ist keine Zeit, es würde viel zu lange dauern, mich in diese ganzen Lagen wärmender Kleidung zu verpacken. Während Kaya weiterhin versucht, die Drei per Funk zu erreichen, und Fee mich schweigend und blass beobachtet, schnappe ich mir einfach meinen Parka, drücke mir eine Mütze über die Ohren und schlüpfe in meine gefütterten Stiefel, dann gehe ich im Laufschritt in Richtung der unterirdischen Garage. Dattel schleppt sich hinterher. »Wir sollten das zu zweit machen«, keucht er.

»Vergiss es«, sage ich. »Ich nehme keinen Halbinvaliden mit.«

»Du willst doch nicht ernsthaft alleine fahren? Was ist, wenn du mitten in diesem weißen Nichts eine Panne hast und liegen bleibst?«

»Dann gehst du ganz bestimmt raus und schaust unter die Motorhaube, haha.«

Er schafft es tatsächlich, mich einzuholen, an der Schulter zu packen und herumzureißen. »Crash, das ist keine …«

Etwa gleichzeitig spüren wir, dass jemand in der Nähe ist. Im Halbdunkel steht Klaus, der Einsiedler, und beobachtet uns beunruhigt. »Wo wollt ihr hin?«, fragt er, noch immer klingt seine Stimme ein wenig brüchig.

»Nach draußen«, blaffe ich zurück, was mir im gleichen Moment leidtut.

»Die Welt retten?«

»Nein, diesmal nur drei Leute.«

Ganz selbstverständlich schließt er sich uns an, und ich habe jetzt weder die Lust noch die Zeit noch die Nerven, mit ihm zu diskutieren. Wir werden uns schon irgendwie hineinknäulen in den Zweisitzer. Zwischen den beiden Sitzen ist eine breite Mittelkonsole, auf die kann man sich setzen.

Als ich Gas gebe und die Pistenraupe an die Oberfläche rattert, weiß ich, dass es jetzt um alles geht. Um alles, was wir noch zu verlieren haben.

ANGST UND WUT

Es ist gruselig, bei diesem Wetter draußen zu sein. Die Flocken sehen aus wie die wimmelnden Pünktchen eines uralten Fernsehbildschirms, auf dem nichts gesendet wird. Wir fahren ins Nichts hinein, denn das schwache Signal des Senders in Bennys Polaranzug ist längst wieder weg. Wenn wir dort ankommen, wo wir es geortet haben, sind Seven und Co. schon längst anderswo und dampfen unbekümmert weiter auf die Schelfeiskante zu.

Ich fahre so schnell, wie ich es dem *PistenBully* zumuten kann. Gerade so schnell, dass er sich nicht bei der erstbesten Bodenwelle mit dem Frontschild in den Schnee wühlt.

Meine Hände liegen locker auf dem kleinen, oben offenen Lenkrad, und die Erinnerung an viele Nächte, die ich mit irgendeinem gestohlenen Fahrzeug über Landstraßen gerast bin, steigt in mir hoch. Gut fühlt sie sich nicht mehr an, diese Erinnerung. Immer ging es dabei um mich – wenn es um andere ging, hatte ich es nie eilig genug. Marisa habe ich im Stich gelassen. Was habe ich mir eigentlich dabei gedacht, als ich ihr so viele Mails geschrieben habe, die sie niemals würde lesen können? Auch da ging es um mich. Ich brauchte sie noch, als sie längst tot war. Ich brauchte es, dass sie mir verzieh. Aber sie wird mir niemals verzeihen können. Damit werde ich leben müssen, auch wenn es schwer wird. In Zukunft werde ich Tagebuch schreiben, vielleicht tut mir das gut. Aber diesmal werden es Briefe an mich selbst sein, die ich schreibe. Vielleicht hilft das.

Dattel hat Schmerzen, ich merke es an der verkrampften Art, wie er dasitzt, an seinem vorsichtigen Atemholen und seinem Zusammenzucken, wenn er sich nach vorne beugt. Doch er sagt nur: »Wenn sie tatsächlich über die Kante fallen, werden wir nichts davon sehen. So ein *PistenBully* sinkt garantiert wie eine Ente aus Blei.«

»Stimmt«, sage ich und schiebe die Gedanken an Marisa beiseite.

Eulenäugig blinzelt der Einsiedler ins Licht der Innenbeleuchtung, und ich frage mich, ob er es meistens dunkel hatte dort unten im Bauch der Station, weit weg von der Mitternachtssonne. Er hat noch kein Wort gesagt, betrachtet nur nachdenklich die Instrumente des *PistenBully*s. Ein deutscher Klempner im ewigen Eis. O Mann. Das ist fast so schräg wie eine mongolische Köchin.

Dattel behält die Uhr im Auge. »Ich glaube, wir nähern uns ihnen. In zehn Minuten müssen wir dort sein, wo wir sie zuletzt …«

Krach! Ein Schlag trifft unseren *PistenBully* von der Seite und einen Moment lang kippt die Welt, werden wir mit brutaler Wucht durchgeschüttelt. Ich pralle heftig gegen die Seitentür, der Einsiedler liegt auf Dattels Schoß, Dattel flucht. Dann steht unsere Maschine wieder still, nur der Dieselmotor blubbert im Leerlauf vor sich hin.

Klaus hebelt sich von Dattels Knien und kriecht in eine freie Ecke. »Was um alles in der Welt war das?«, fragt er leicht verstört, was sehr niedlich klingt im Vergleich zu dem, was Dattel gerade von sich gibt.

Ohne meinen schmerzenden Arm zu beachten, krieche ich nach vorne, bis meine Nase fast die Frontscheibe berührt. Ich sehe einen großen Schatten vor uns – verdammt nah, was kein Wunder ist, weil das Ding uns gerade gerammt hat.

»Eine andere Pistenraupe«, sage ich nüchtern, und dann sage ich nichts mehr, denn die Tür unserer Fahrerkabine wird aufgerissen, ein Schwall Kälte flutet uns entgegen und ein dunkel gekleideter Mann springt mich an wie ein wütender Dobermann. Ich versuche, ihm auszuweichen, aber er packt mich mit eisernem Griff am Arm, verdreht ihn nach hinten und drückt mich nach vorne, bis meine ohnehin angeschlagene Nase fast das Lenkrad berührt. Verbissen versuche ich, loszukommen, während Dattel den Fremden anbrüllt und von der anderen Seite an mir zerrt. Doch dann verstummt er plötzlich, und ich höre auf zu zappeln, denn ein blankpoliertes, kaltes Ding berührt meine Kehle.

»Wenn du dich bewegst, stirbst du«, schreit mich Tamuras Leibwächter an, noch immer drückt er mir das Messer gegen den Hals. »Wo ist er? Wo habt ihr ihn hingebracht?«

»Er ist nicht hier!«, schreit Dattel zurück, seine Stimme ist rau vor Angst. »Er ist mit zwei von unseren Leuten in einer anderen Pistenraupe!«

»Gebt ihn heraus, jetzt, sofort!«

»Ich sage doch, er ist nicht hier!«

Mein Atem geht keuchend, ich bekomme kaum Luft vor Angst. Ganz langsam schließe ich die Augen, halte weiter still und bete, dass Dattel jetzt nicht die Knarre zieht.

Anscheinend hat auch der Leibwächter gerade daran gedacht. »Gib mir jetzt diese Pistole, aber schnell, sonst ist tot deine Freundin hier, kapiert?!«

»Ja, ja, schon gut – hier ist das Ding, nix Problem, klar?«, sagt Dattel, und als ich die Augen öffne, sehe ich gerade noch, wie das schwarze Stück Metall durch die offene Fahrertür fliegt und im tiefen Neuschnee verschwindet. Dattel hat sie nicht ausgehändigt, sondern rausgeworfen! Kluger Junge. Endlich, endlich ist das Ding weg.

»Wo ist er! Wo ist Tamura?« Der Typ ist ganz nahe am Durchdrehen. Ich spüre, wie kalt seine Hand ist und wie er schwitzt. Ich atme flach und bewege mich nicht, obwohl immer mehr Schneeflocken auf meiner Wange landen und darauf schmelzen.

Verdammt, wieso sagt Klaus nichts? Vielleicht hört der Typ auf ihn, auf einen Erwachsenen! Doch unser Einsiedler hat noch kein Wort von sich gegeben. Wahrscheinlich ist das alles zu viel für ihn. Und der Leibwächter beachtet ihn ebenso wenig wie ein Möbelstück.

Ich sehe, wie Dattel seine Muskeln anspannt, sehe die Verzweiflung in seinen Augen. *Nicht, nein, verdammt, tu das nicht!*, will ich ihn anschreien, doch kein Laut kommt aus meinem Mund.

Unsere Maschine schaukelt kurz, als der fremde *Pisten-Bully* sich im Rückwärtsgang von uns wegmanövriert. Shit! Das Messer schwankt durch die Bewegung, berührt meine Kehle, ich halte die Luft an. Aber jetzt habe ich wieder Hoffnung. Dieser Irre ist nicht allein hier. Meine Ohren fangen Rufe auf, Schritte, die im tiefen Neuschnee wie Flüstern klingen, den Klang des Windes, den Motor einer anderen Pistenraupe, der auf Vollgas gefahren wird. Dann herzhafte Flüche in etwas, was wahrscheinlich Russisch ist.

»Sota! Was tun Sie? Nehmen Sie dieses Messer weg!«, brüllt eine neue Stimme, eine wunderbar vertraute Stimme, die von Nikolai. Nikolai, dem Sibirier.

Und da ist auch eine zweite Stimme, eine, die mein Herz noch schneller schlagen lässt. Arvid. Er versucht, ruhig und vernünftig zu klingen. »Das ist nicht das Mädchen, das hinter der ganzen Sache steckt, Sota, lassen Sie sie los, das bringt doch nichts. Sie ist keine Gefahr für uns, lassen Sie uns das machen, Sie sehen doch, der Vorsitzende ist nicht hier …«

Immer weiter redet er, bis der Leibwächter irgendetwas vor sich hin brummt und sich aufrichtet, die Klinge entfernt sich von meiner Kehle.

Als wir mit Kabelbinder gefesselt im anderen, größeren *PistenBully* hocken, treffen sich Arvids und meine Blicke. Sofort sehe ich, dass er noch immer wütend auf mich ist. Entsetzlich wütend.

Wegen all der Sachen, die ich mit gestohlenen Autos gemacht habe, hatte ich nie auch nur einen Moment lang ein schlechtes Gewissen. Doch jetzt schäme ich mich. Scheißgefühl. Fast gleichzeitig schauen wir auf den Boden.

»Also jetzt mal Klartext«, sagt Nikolai hart, sein Blick streift kurz über den Einsiedler, dann wendet er sich enttäuscht uns zu. »Wo ist der Japaner?«

Endlich hört uns jemand zu, anstatt uns nur anzubrüllen. Dattel und ich erklären hastig, was es mit der Nummer drei auf sich hat und warum wir jetzt sofort weiterfahren müssen, um sie einzuholen, bevor es zu spät ist und sie die Schelfeiskante erreicht.

An den Blicken, die Arvid und Nikolai sich zuwerfen, weiß ich, dass sie verstanden haben. Sie tauschen ein paar schnelle Bemerkungen auf Russisch, dann steigt Nikolai aus und geht durch den wirbelnden Schnee zu unserer Pistenraupe.

»Wir suchen mit dieser Maschine weiter, Nikolai mit der anderen«, sagt Arvid kurz und übernimmt das Steuer, während der Leibwächter uns vom Beifahrersitz aus mit grimmigem Ausdruck im Auge behält. Ich glaube, Arvid und er haben vorher kaum registriert, dass noch ein Passagier an Bord ist. Sie haben nur geschaut, ob es Tamura ist. »Rutschen Sie mal weiter nach hinten? Dann passen alle auf die Rückbänke«, sagt Arvid, ohne sich umzublicken, und der Einsiedler nickt nur und macht uns Platz.

Sota hat uns die Hände hinter dem Rücken gefesselt, die Kabelbinder schneiden mir in die Haut, und ich weiß jetzt ziemlich genau, wie unser Gefangener sich gefühlt hat in diesen scheußlichen Stunden nach der Entführung. Niedergeschlagen starre ich auf Arvids Rücken, dann wieder nach draußen, wo es nicht viel zu sehen gibt.

»Wo war die letzte Peilung, die ihr von den anderen hattet?«, fragt Arvid, und ich antworte genauso nüchtern, gebe ihm die Koordinaten – solche Dinge kann ich mir gut merken, mit Zahlen konnte ich schon immer leichter umgehen als mit Worten.

Wir setzen die Suche fort. Doch Dattel und ich wissen, dass wir schon zu viel Zeit verloren haben, und in meiner Magengrube ist ein scheußliches Gefühl.

»Gute Idee von Seven, Tamura zu befreien«, sagt Arvid plötzlich, noch während er nach draußen starrt. »Mutig von ihm, sich gegen euch durchzusetzen.«

»Na, dafür hat er vorher eine Menge Scheiß angerichtet«, sagt Dattel bitter. »Der angeblich so gefährliche Einsiedler …«

»Das mit dem Scheiß, das wart ganz eindeutig ihr!«, sagt Arvid heftig, und ich weiß, dass er jetzt zu mir spricht, ganz allein zu mir. »Diese Entführung war genau der Mist, den alle von euch erwartet haben! Alle außer uns. Wir waren wohl zu blöd, um zu merken, wie ihr wirklich drauf seid.«

Es ist die kürzeste Strafpredigt, die wir je bekommen haben – aber vielleicht die schlimmste. Ja, es ist aus zwischen Arvid und mir, kein Zweifel.

Wir haben keine Peilung mehr, und ich spüre, dass Arvid immer angespannter ist. »Sehr viel näher können wir nicht an die Schelfeiskante ran«, sagt er. »Das ist viel zu gefährlich bei der schlechten Sicht.«

»Aber was ist, wenn sie hier irgendwo sind?«, frage ich hilflos und spüre, wie sich Tränen in meinen Augen sammeln. »Wenn sie noch leben und wir verhindern können, dass sie über die Kante stürzen?«

Arvid starrt nach draußen. Die Scheibenwischer arbeiten auf Hochtouren, um die Flocken von unserer Frontscheibe zu entfernen. »Wenn wir selber verunglücken, nützt ihnen das nicht viel. Wir müssen abdrehen.«

»Ich könnte vorangehen und Ihnen Zeichen geben«, meldet sich plötzlich jemand zu Wort – jemand, der bisher hinter uns gesessen und geschwiegen hat.

Arvid bremst und wendet sich um. Im schwachen Licht der Bordbeleuchtung blickt er unseren Einsiedler zum ersten Mal richtig an. »Ich weiß nicht, ob …«, beginnt er, doch dann stockt er – und würgt den Motor der Pistenraupe ab. *»Klaus Stalmann?«*

»Ähm, ja«, sagt unser Einsiedler verlegen.

Arvid starrt ihn an wie eine Erscheinung. »Als ich noch in der Schule war, habe ich ein Interview mit Ihnen im Fernsehen gesehen … Ihre Solo-Überquerung, die war einfach unglaublich, die …«

»Hey, bist du berühmt oder was, Einsiedler?« Dattel grinst schwach.

»Der *Einsiedler?«* Jetzt ist Arvid völlig am Ende. »Moment mal, Sie waren der …«

Ich kann mir das nicht mehr anhören. »Wir haben keine Zeit für diesen Mist!«, schreie ich ihn an. »Willst du, dass die anderen sterben?«

»Die Kinder haben recht«, sagt Klaus. »Wir müssen die anderen bald finden, sonst könnte es zu spät sein.«

Kinder. So hat uns schon lange niemand mehr genannt.

»Also, Ihr Plan ist, Sie gehen zu Fuß raus, und ich fahre

Ihnen hinterher, damit wir näher an die Eiskante herankönnen?« Arvid klingt noch immer etwas verwirrt, und auch Sota scheint nur die Hälfte von dem zu verstehen, was vorgeht. Misstrauisch schaut er von einem zum anderen, meldet sich aber nicht zu Wort.

»Ja, falls Sie eine Handleine haben«, sagt Klaus.

»Klar.« Arvid steht vom Fahrersitz auf, zieht eine Kiste hervor und beginnt, darin herumzuwühlen. Doch hin und wieder wirft er verdutzte Seitenblicke auf unseren Einsiedler, er hat sich noch nicht ganz von der Überraschung erholt. »Sie haben also tatsächlich die ganze Zeit über auf *Neumayer III* gelebt? Ohne, dass jemand davon wusste?«

»Auf der Station ist so viel Platz«, sagt Klaus verlegen. »Ich dachte, es stört keinen.«

Arvid blickt ihn seltsam an, dann mich und Dattel. Jetzt scheint auch ihm klar zu werden, dass seine Theorie richtig war und nicht dieser Mann uns die ganze Zeit über terrorisiert hat. Doch darüber zu diskutieren, ist keine Zeit, schon hören wir Nikolais Stimme im Funk, rau und kehlig klingt es, wenn er Russisch spricht.

»Also los«, sagt Arvid grimmig, und ein paar Minuten später geht die hochgewachsene, leicht gebeugte Gestalt des Einsiedlers uns voran. Arvid starrt mit voller Konzentration nach draußen, er versucht, sie durch die Schneeschleier, die über den Boden gepeitscht werden, im Blick zu behalten. Meter für Meter kriecht die riesige Pistenraupe voran, folgt dem Wanderer wie ein Hündchen an der Leine.

»Der ist hier daheim, als Einziger von uns«, sagt Dattel, auch er lässt die Augen nicht von der einsamen Gestalt.

Arvid nickt wortlos.

Ich weiß nicht, wie lange wir so unterwegs sind, weil ich an Benny denken muss, der sich in Deutschland einen harmlosen Spaß gemacht hat und nicht geahnt hat, dass er vielleicht nie mehr nach Hause kommen wird. Wahrscheinlich denken seine Eltern gerade an ihn. Ist ja schließlich Weihnachten. Mir fallen Bennys Artischocken ein und die Art, wie er mich angesehen hat, als ich ihm gegen die anderen geholfen habe. Sein Heimweh und seine Sprüche. Ist es wirklich erst ein paar Stunden her, dass wir zusammen über das Ohr des Japaners gewitzelt haben?

Und Tamura. Ein netter Mensch ist er nicht, und doch … ich will nicht, dass er wegen unserer Blödheit sterben muss und seine kleine Geigenspielerin nie wiedersieht.

Was ist mit Seven? Gemocht habe ich ihn nie wirklich, und noch wissen wir nicht, was er sich bei all dem gedacht hat, das er auf der Station angerichtet hat. Würde es mir etwas ausmachen, wenn er stirbt?

Ja, ich glaube schon. Vielleicht nimmt jeder Mensch, dessen Tod wir miterleben, etwas von unserer Seele mit und lässt ein Stück Dunkelheit dafür zurück. So hat es sich jedenfalls angefühlt, nachdem Marisa weg war.

Wir zucken alle zusammen, als ein schriller Ton das Cockpit erfüllt, gleichzeitig blinkt ein roter Punkt auf einem Bildschirm in der Mittelkonsole auf. Irgendetwas läuft schief, und ich habe keine Ahnung, was.

Ganz still bleibe ich sitzen, als könnte ich dadurch verhindern, dass die Welt über uns zusammenbricht.

»Was bedeutet das?«, blafft Sota, der Leibwächter. »Sagen Sie mir das!«

Arvid tippt hektisch auf einem Touchscreen herum. »Das ist der Notsender der Pistenraupe, eurer Nummer drei. Jetzt wissen wir, wo die anderen sind, das Ding sendet automatisch seine Kennung und Position.«

»Ein Notsender!« Ich bin erleichtert. »Kann es sein, dass

die anderen den ausgelöst haben? Weil sie gemerkt haben, dass sie in Schwierigkeiten sind und Hilfe brauchen?«

»Nein«, sagt Arvid gepresst. »Diesen Notsender kann man nicht manuell auslösen. Er springt automatisch an, bei einer sehr starken Erschütterung oder wenn der Sender in Wasser eintaucht.«

Oh shit.

AUSGELIEFERT

Seven, Benny und die anderen sind zwei Kilometer von unserer Position entfernt. Nachdem wir Klaus wieder an Bord genommen haben, drehen Arvid und Nikolai die Motoren der Pistenraupen voll auf. Wir haben keine Ahnung, was wir vorfinden werden, und mir ist schlecht vor Angst. Der Blick, mit dem Sota uns beobachtet, ist mörderisch. Wenn seinem Chef etwas passiert ist, wird er uns dafür büßen lassen.

Arvid und Nikolai sprechen sich ständig per Funk ab, ich verstehe kein Wort und starre abwechselnd auf Arvids Hinterkopf – sein dichtes, verstrubbeltes, rotblondes Haar – und das wirbelnde Weiß vor den Frontscheiben.

Und dann sind wir da, und je näher wir kommen, desto deutlicher tritt ein dunkler Umriss aus dem Weiß hervor. Ein großer Schatten, der eine seltsame Form hat. Dreieckig. Es sieht nicht aus wie ein *PistenBully*, und als wir noch näher herankommen, sehen wir auch, woran das liegt: Mehr als die Hälfte der Maschine scheint verschwunden zu sein – sie hängt halb über der Kante, ein bisschen schräg, als hätte Seven noch versucht, das Steuer herumzureißen.

»Großer Gott«, flüstert Arvid und stoppt die Maschine. Sota beugt sich zur Frontscheibe vor und stützt sich mit beiden Händen auf der Instrumentenkonsole ab.

»Tun Sie was!«, kommandiert er. »Sofort!« Er steht auf und versucht, die Fahrertür der Pistenraupe aufzureißen, doch Arvid zieht ihn zurück. »Stopp! Wir müssen vorsichtig sein. Wenn Sie jetzt einfach da raustrampeln …«

»Sie haben mir nichts zu verbieten!«, schleudert Sota zurück, er will sich aus Arvids Griff reißen und gerät dabei aus dem Gleichgewicht, einen Moment lang taumelt er und prallt gegen Dattel, der auf der Mitte der Rückbank gesessen hat. Weil Dattel sich mit den gefesselten Händen nicht abstützen kann, gehen die beiden in einem Knäuel zu Boden. Ich drücke mich gegen die hintere Tür des *Bullys*.

Eiskalte Luft weht ins Innere, Arvid und der Einsiedler sind rausgegangen. Sota stolpert hinterher und lässt die Tür auf. Jetzt sind Dattel und ich allein.

»Schau mal, was ich Schönes habe«, sagt Dattel, grinst und pustet sich eine schwarze Haarsträhne aus der Stirn, während er sich von mir wegdreht. In den Fingern hält er das Messer, das eben noch in Sotas Jackentasche gesteckt hat. Dattel blutet, wo er sich an der Klinge geschnitten hat.

»Du Spinner« ist alles, was ich herausbekomme.

Rasch schneidet er mich los. Ich schnappe mir ein Seil, das im *Bully* herumliegt – es ist eins dieser bunten Dinger, die Bergsteiger benutzen, etwa daumendick. Können wir vielleicht noch gebrauchen. Dann klettere ich nach draußen.

Schneidend kalt brennt die Luft in meinen Lungen. Fast sofort dringt die Kälte durch meine Klamotten, ich bin viel zu dünn angezogen. Vorsichtig bewege ich mich in Richtung der anderen und sehe, dass Nikolai unseren Zweisitzer wendet und vorsichtig mit dem Heck in Richtung Kante manövriert. Wahrscheinlich will er unseren Kran dafür benutzen, die Nummer drei zu sichern. Meint er, unser *PistenBully* könnte den anderen halten, wenn sie beide am Stahlseil hängen?
»Die Seilwinde ist im Eimer!«, brülle ich über den Wind. Ja, das merken die Russen auch gerade, verzweifelt zerren sie an dem Haken, versuchen, das Kabel von der Trommel zu bekommen. Sie schütteln die Köpfe.

»… könnte ich zurückfahren und ein Stahlkabel holen!«, höre ich Arvid gegen den Wind anschreien.

»Dauert zu lange!«, brüllt Nikolai zurück.

Ruckartig, mit einem scharfen Knirschen, rutscht die Maschine noch ein paar Zentimeter tiefer, als unter ihr Eis abbröckelt. Gleich müssen wir mitansehen, wie der *Bully* in der Tiefe verschwindet. Ich habe schon verdammt viele Unfälle miterlebt, aber das hier ist etwas anderes. Wenn diese Leute sterben, ist nichts mehr übrig von meiner Seele. Dann habe ich auf dieser Welt nichts mehr zu suchen.

Nikolai hat ein Bergsteigerseil ähnlich wie meines aus dem *Bully* geholt und es geschafft, das Seil an der Nummer drei festzuknoten. Ein Zentimeter Nylon, kann der zehn Tonnen halten? Arvid rennt durch den Schnee zur zweiten Pistenraupe, um das andere Ende zu befestigen. Ich bin erleichtert, als er damit fertig ist. Jetzt bringt wenigstens nicht mehr jede kleine Erschütterung die Nummer drei zum Absturz.

Mit einem zweiten Seil in der Hand rennt er zurück, wirft es in Richtung Führerhaus. Daran könnten sich Tamura und die anderen hinaushangeln.

Das Problem ist nur, dort hangelt niemand. Im Führerhaus bewegt sich wenig. Was ist dort drinnen los? Zwar geht die Beifahrertür auf, eine Hand tastet sich hinaus, aber das war's. *Los, raus da, schnell,* wiederhole ich lautlos immer wieder, mein ganzer Körper ist verkrampft vor Angst. *Nehmt das blöde Seil, ihr Deppen!*

Es nützt nichts. Noch immer ist keiner aus dem Führerhaus gekommen, keine Ahnung, warum. Und selbst mit dem Seil … sie müssen noch über die schräg stehenden Metallketten klettern, um auf festes Eis zu gelangen. Schaffen die das alleine? Sieht im Moment nicht so aus.

Wie hypnotisiert starre ich auf diese Hand, die hektisch

winkt. Bevor ich richtig begriffen habe, was ich tue, habe ich das Seil schon um meinen Bauch geschlungen, sodass es wie ein primitiver Gürtel um meine Mitte liegt, und mich in Bewegung gesetzt, Richtung der Schelfeiskante, Richtung Nummer drei. Irgendwann beginnt jemand zu brüllen. Nikolai. Ich blende ihn aus, blende alles aus. Wenn ich mich konzentriere, dann richtig.

Es fällt mir schwerer, als ich gedacht habe, mich die glatten, aus Metall mit dicken Kerben bestehenden Ketten des *PistenBully*s hochzustemmen – ich habe keine Handschuhe an und das Metall ist eisig kalt unter meinen bloßen Fingern. Eine Schicht aus dünnem Schnee macht es rutschig, immer wieder gleiten meine Hände ab. Diese verdammte Kälte, ich kann meine Finger kaum noch spüren. Der *Bully* hängt so schräg, dass ich jeden Moment damit rechne, von den Ketten abzurutschen und in die Tiefe zu gleiten. Auf allen vieren krabbele ich über die Ketten nach vorne, zur verglasten Fahrerkabine, und seltsamerweise bin ich dabei ganz ruhig. Solange ich nicht nach unten schaue, zum dunklen Meer hin, ist es ein Wrack wie jedes andere, nur dass ich mich diesmal nicht daraus hervorwinde, sondern hineinkrieche.

Der *PistenBully* wippt nur leicht, als 55 Kilo Crash über ihn hinwegklettern. Aber ein weiteres Stück der Eiswand bricht mit Donnergrollen ab und stürzt in die Tiefe. Es klingt, als würde einer der alten Götter mich davor warnen, dass ich ihm die Beute wegschnappe. Wird das Seil halten, das die beiden Pistenraupen verbindet? Oder reißt das gleich, wenn der Zug darauf zu stark wird? Mein Körper zittert, ob ich es will oder nicht, aber er funktioniert. Ich lasse mich durch die offene Tür ins Innere der Pistenraupe gleiten. Gelenkig war ich schon immer, das war praktisch, wenn ich mal wieder dringend aus einem Heim rauswollte.

Im Inneren des *PistenBullys* sieht es wild aus, ein Knäuel aus Menschen. Der japanische Vorsitzende stützt sich von der schräg stehenden Rückwand der Kabine ab und feuert, als er mich sieht, eine Salve von Sätzen auf mich ab – er ist der offenen Beifahrertür am nächsten, wahrscheinlich war es seine Hand, die ich gesehen habe. Benny kauert in der Mitte und blickt mich mit glasigen Augen an. Komplett im Schock. Seven hängt auf dem Fahrersitz, den Kopf auf dem blutverschmierten Lenkrad – er hat sich beim Unfall wohl den Schädel irgendwo angehauen. Geschieht ihm recht, wieso hat er die automatische Steuerung nicht kontrolliert?

Tamura hätte rausklettern und die anderen beiden zurücklassen können. Aber er hat es nicht getan. Wow.

»Besser, wir machen die Flatter«, sage ich zu niemand bestimmtem, rutsche beinahe auf einem schweren Schraubenschlüssel aus, der auf dem Boden herumliegt, und wickle das Seil von meinem Bauch ab. Das dauert, weil meine Finger etwa so beweglich sind wie Fischstäbchen. Und zwar tiefgeforene.

Ungeduldig hilft mir Tamura – und ruck, zuck hat er aus dem Seil eine Art Geschirr geknüpft. Kein Wunder, ganz ohne Bergerfahrung kommt niemand auf den Everest. Er zieht Benny hoch und hilft ihm, ins Seilgeschirr hineinzusteigen. Beide bewegen sich in Zeitlupe, unendlich vorsichtig. Hin und wieder wirft Benny aus wilden Augen einen Blick in die Tiefe und in seinem Gesicht zuckt es, aber er heult nicht los und seine Lippen sind zusammengekniffen. Er ist entschlossen, nicht in Panik zu geraten. Gut so.

Als Benny fertig angeseilt ist, blickt Tamura auf. Einen Moment lang treffen sich unsere Blicke und etwas geschieht zwischen uns. Keine Ahnung, was. Doch danach sind wir eine Seilschaft, und ich weiß, was er meint, als er mir wortlos das zweite Ende des Seils reicht. Ich bin näher an der Tür als er. Vorsichtig werfe ich das Seilende den Russen zu, die in der Nähe warten. So gesichert hangelt sich Benny über die glitschigen Ketten in Richtung der festen Eisfläche. Erleichtert sehe ich, wie Arvid und Klaus ihn packen und in Sicherheit ziehen.

Ich erhasche einen kurzen Blick auf Arvids Gesicht, nie habe ich ihn so blass gesehen. Kapiert er, warum ich das hier tue? Dass das vielleicht meine einzige Chance ist, wiedergutzumachen, was passiert ist?

Das Seil fliegt durch die offene Tür zu uns in die Kabine zurück.

»Jetzt Sie«, sage ich zu Tamura, und einen Moment lang sieht er unschlüssig aus, doch dann nickt er. Er sichert sich und runzelt die Stirn über das Seil, ja, es ist keine tolle Qualität und an manchen Stellen schon ein bisschen zerfranst. Als die Russen das andere Ende halten, steigt Tamura an mir vorbei zur Tür, ich staune darüber, wie leichtfüßig er sich bewegt. Dann beobachte ich angespannt, wie er über die Ketten kriecht. Noch drei Meter, dann hat er es geschafft. Noch zwei Meter.

Donnernd bricht ein weiteres Stück Eiskante unter dem *Bully* ab, mit einem Ruck rutscht die Maschine tiefer, sie steht jetzt noch schräger. Tamuras Hände gleiten vom glitschigen Metall ab. Verbissen versucht er, sich irgendwo festzuklammern, und die Russen ziehen das Seil straff, das ihn hält. Zu straff.

Ich sehe, wie sich das Seil über ein scharfes Metallteil am Rumpf der Pistenraupe spannt. Sehe, wie es die Fasern zerschneidet. Öffne den Mund, um einen Schrei auszustoßen, eine Warnung.

Es ist zu spät. Die Fasern geben nach, Tamura rutscht ab

und stürzt in die Tiefe. Ich brülle los, immer wieder dieses eine Wort, wieder und wieder. Aber niemand dreht die Zeit zurück. Immer kleiner wird Tamuras Gestalt, dann sehe ich die Gischt spritzen, als er im eisigen Meer auftrifft.

Können die Russen ihn irgendwie aus dem Meer ziehen, bevor er absäuft oder erfriert? Wenn sie es schaffen, den Kran unserer Pistenraupe klarzumachen, dann schaffen sie es vielleicht! Er darf nicht sterben! Das darf nicht sein!

Inzwischen hat Seven begonnen, sich zu regen, benommen flucht er herum und brabbelt irgendwas. Seine Hand tastet herum … fummelt am Zündschlüssel. Vielleicht hat er schon vergessen, was passiert ist, und will jetzt den Motor starten, der vorhin wahrscheinlich ausgegangen ist!

Einen Moment lang bin ich wie gelähmt vor Schreck. Wenn er jetzt Gas gibt, auch nur ein bisschen, sind wir beide tot, dieser Depp und ich. Und plötzlich merke ich, dass es mir nicht mehr egal ist, ob ich draufgehe.

»Nicht!«, schreie ich Seven an, doch es ist zu spät, der Diesel läuft schon.

Seven dreht den Kopf und blickt sich verdutzt um, dann fokussieren seine Augen sich auf mich – und werden schmal. »Du«, sagt er.

»Ja, ich.« Mir laufen die Tränen übers Gesicht, weil ich an Tamura denken muss und es mir gerade scheißegal ist, dass ich sonst nie vor anderen Leuten weine. Ich will Seven unter den Achselhöhlen packen, um ihn vom Fahrersitz herunterzuziehen, doch er schlägt ärgerlich nach mir. Na toll. Wenn Sevens Zeh auf dem Gaspedal zuckt, ist es aus. »Komm schon, dieses Ding ist nicht zu retten«, rede ich auf Seven ein und versuche, ruhig und vernünftig zu klingen, obwohl ich mich wie ein Zombie fühle. »Wir müssen jetzt hier raus, los jetzt.«

»Wo ist der verdammte Japaner?«

»Im Meer«, sage ich und muss die Zähne zusammenbeißen, um nicht loszubrüllen vor Verzweiflung.

»Wieso im Meer?« Endlich lässt sich Seven vom Fahrersitz herunterhelfen, das Gesicht verkniffen vor Ärger. Nur leider denkt er nicht daran, sich vorsichtig zu bewegen, anscheinend hat er noch nicht wirklich kapiert, was geschehen ist. »Wieso hängt dieses Scheißding so schräg?«, fragt er und beugt sich übers Instrumentenbrett, um vorne aus der Windschutzscheibe spähen zu können.

»Lass das! Nach hinten!«, brülle ich, doch ich spüre schon, wie der Schwerpunkt des *PistenBully*s sich um eine Winzigkeit nach vorne verlagert, wie die Maschine unter meinen Füßen zu kippen beginnt. Shit – das Seil, das sie hält, ist zu dünn! Vielleicht ist es auch schon gerissen.

Instinktiv reagiere ich. Ich hechte nach vorne, auf den Fahrersitz. Drücke mit halb gefühllosen Fingern den Knopf für den Rückwärtsgang und trete das Gaspedal voll durch. Der Dieselmotor röhrt auf, die große Maschine schüttelt sich, und ich spüre, wie sich die Ketten in den Schnee fräsen. Noch ein paar Brocken brechen mit Getöse weg und verschwinden ins weißgefleckte Meer unter uns. Mit einem Ruck kippt der *Bully* noch ein Stück nach vorne. Shit! Können die Ketten das ausgleichen? Aus dem Augenwinkel sehe ich, wie Seven sich erschrocken festklammert, er ruft irgendwas.

Mit einem Ruck löst sich der *PistenBully* von der Kante und schießt förmlich nach hinten, ich kann nur hoffen, dass niemand dort stand. Noch ein paar Meter, dann gehe ich vom Gas und atme aus, ich habe nicht mal gemerkt, dass ich die Luft angehalten hatte.

Wow. Das ist das erste Mal, dass ich eine Karre nicht zu Schrott gefahren, sondern das Gegenteil getan habe. Ich sitze durchgeschwitzt auf dem Fahrersitz, atme ganz tief und staune. Über mich. Über Talente und PS der Nummer drei. Wenn jetzt auch noch Tamura gerettet …

Etwas kracht von hinten auf mich herab. Ein gleißender Schmerz durchfährt mich.

Und dann bin ich einfach weg.

Dieses verdammte Seil! Tamura! Ist er schon tot? Lebt er noch? Arvid rennt los, zur zweiten Pistenraupe, der mit dem Kran. Als er den Motor der anderen Maschine hört, fährt er herum und kann kaum fassen, als die schwere Maschine nach hinten ausbricht, sich auf festes Eis zurückarbeitet. *Heilige Scheiße! War das Crash am Steuer? Garantiert!*

Er ist unendlich erleichtert, dass wenigstens sie und der andere Junge in Sicherheit sind. Wenn sie jetzt schnell handeln, gelingt es vielleicht auch, den Japaner zu bergen.

Aber wertvolle Minuten vergehen, bis sie es geschafft haben, den Kran des zweiten *PistenBullys* wieder hinzukriegen und in Betrieb zu setzen. Instinktiv weiß Arvid, dass es zu spät ist, als Nikolai sich nach unten zum Meer abseilt. Sota, der Bodyguard, brüllt verzweifelt in Japanisch herum, oder vielleicht soll das Englisch sein, Arvid versteht kein Wort. Er hat sowieso keine Zeit, mit dem Kerl zu reden, er muss den Kran bedienen. »Weiter runter! Weiter runter!«, schreit Nikolai durchs Handfunkgerät.

»Siehst du ihn?«

»Nein. Doch, da ist er! *Gawno!* Treibt mit dem Gesicht nach unten. Ich versuche, ihn hochzubringen.«

In diesem Moment brüllt der Motor der Nummer drei noch einmal auf, die schwere Maschine setzt sich in Bewegung. Mit elegantem Schwung dreht sie einen Kreis auf der Stelle, dann braust sie los.

Stalmann – der Einsiedler –, Sota, Dattel, Benny und Arvid blicken ihr verständnislos nach. Versucht Crash zu fliehen, irgendwohin? Aber in Reichweite ihres Tanks gibt es nur *Polarnaja Swesda*, *Neumayer III*, die neue Station der Deutschen und Tausende von Kilometern Eis und Felsen!

Erst nach zehn Minuten gibt Nikolai ihm das Signal, ihn hochzuziehen. Stalmann und Arvid helfen ihm zurück auf die Eiskante. »Ich komm nicht an ihn ran«, berichtet Nikolai grimmig. »Wir müssen mit einem Schlauchboot wiederkommen.«

Das bedeutet, dass es keine Hoffnung mehr gibt. Satoshi Tamura, der Ehrengast von *Polarnaja Swesda,* ist tot.

Eine entsetzliche Hoffnungslosigkeit durchflutet Arvid. Er wendet sich ab und stapft zur russischen Pistenraupe, vorbei an Sota, der mit gebeugtem Kopf und hängenden Schultern dasteht, vorbei an Stalmann, der mit einem Fernglas das Meer mustert, an Dattel, der mit eigenartigem Blick der Nummer drei nachblickt.

Wie betäubt sitzt Arvid auf dem Fahrersitz und starrt durch die Frontfenster. *Großer Gott. Und der Mann hatte eine Frau, Kinder. Gleich werden wir es durchgeben müssen, was passiert ist.*

Die Beifahrertür öffnet sich und Dattel klettert herein. Schweigend sitzen sie einen Moment nebeneinander.

»Es tut mir so entsetzlich leid«, sagt der Junge schließlich.

Arvid nickt nur kurz. Was sollen sie jetzt mit dem Kerl machen, mit Crash, Seven, Fee und Benny? Es gibt auf der *Polarnaja Swesda* nicht mal einen abschließbaren Raum! Und würde er es über sich bringen, Crash einzuschließen? Sie hat ihr Leben riskiert für diese drei Leute im *PistenBully.*

»Was glaubst du, wohin fahren Crash und Seven?«, fragt Arvid schließlich.

»Keine Ahnung«, sagt Dattel und seine Stimme klingt seltsam. »Und es macht mir eine Scheißangst, dass sie mit Seven da drinnen allein ist.«

»Warum?«

Dattel erklärt es ihm und mit jedem Satz wird Arvid mulmiger zumute.

»Nur können wir das alles leider nicht beweisen«, endet Dattel schließlich bitter. »Crash hat es versucht, aber sie konnte die anderen nicht wirklich überzeugen.«

»Er weiß also, dass sie nicht auf seiner Seite ist – eher im Gegenteil.« Nie hat Arvid so viel Angst gehabt wie in den letzten Wochen – seit er Crash kennengelernt hat. Dagegen scheinen alle anderen Krisen, die er erlebt hat, kindisch. Diese bescheuerte Zündelei mit Andy, als sie beinahe eine Lagerhalle abgefackelt hätten. Sein Blackout vor der Matheprüfung im Abi. Der Nachmittag, als seine Schwester beim Spielen rückwärts in den Propeller dieser Lieferdrohne gelaufen ist.

»Aber noch besteht die Möglichkeit, dass ihr euch irrt«, sagt er und erkennt seine Stimme kaum wieder. Er hält es nicht mehr aus in der warmen Kabine, er muss nach draußen. Vergeblich schaut er sich nach der Nummer drei um, sie ist längst am Horizont verschwunden.

Benny wirkt sehr allein und verloren in seinem roten Anzug. Wie jemand, der niemals hätte herkommen dürfen auf diesen harten Kontinent. »Hast du es ihm gesagt?«, fragt er, und als Dattel nickt, meint er: »Ich fürchte, Dattel hat recht. Mit Seven stimmt was nicht.«

Unter Arvids Blick scheint Benny noch kleiner zu werden. Aber er spricht weiter. »Während dieser Schneesturm aufzog, als wir bei euch auf der Station waren … äh, da hat mir Seven gesagt, ich soll diese Leine abschneiden. Hab schon vergessen, welche Begründung er dafür hatte, es klang alles sehr logisch. Es tut mir schrecklich leid, Arvid, wirklich! Ich wusste ja nicht, wozu dieses Ding gut war!«

Es kostet Arvid alle Kraft, die Lippen zu bewegen. »Schon gut, Benny.«

Aber der Kleine ist noch nicht fertig, obwohl er jetzt so heftig heult, dass er kaum noch sprechen kann. »Und dieses Navi … mit dem Martin … in die Gletscherspalte gefahren ist …«

»Was, *du* warst das, der …?«, brüllt Dattel los, aber Arvid legt ihm eine Hand auf den Arm – er ist selbst nah daran, loszuschreien, aber das geht jetzt nicht.

Schließlich spricht Benny weiter. »Es war ein Gerät, das ich gleich zu Anfang mal gehackt hatte, zum Spaß, weil mir langweilig war – und davon hatte ich Seven erzählt. Ich Depp habe ihm mehr oder weniger erklärt, wie man auf so einem Ding falsche Daten einspielt. Damals dachte ich noch, er ist ein cooler Typ … ein Freund …« Ganz langsam lässt Benny sich in den Schnee nieder und bleibt sitzen, das Gesicht auf die Knie gelegt, die Arme über dem Kopf verschränkt.

Zum ersten Mal in seinem Leben hat Arvid Lust, jemandem den Fuß in die Rippen zu knallen, ihn zu treten, bis er um Gnade bettelt. Nie hätte er gedacht, dass er so etwas auch nur denken könnte, dass er überhaupt solche Gefühle in sich hat. Mit Mühe wendet er sich ab, atmet tief durch. Der Kleine ist nicht schuld. Sondern Seven.

Und jetzt hat er Crash.

Arvid presst die Fingerspitzen gegen die Schläfen, versucht, einen klaren Gedanken zu fassen. Nur leider hat jemand sein Gehirn auf Endlosschleife geschaltet.

Jetzt hat er Crash.

Jetzt hat er Crash.

Jetzt hat er …

BLUTRACHE

Ganz langsam, mit geschlossenen Augen, komme ich zurück in die Welt. Scheußliche Schmerzen sind das Erste, was ich spüre. Ah ja, Unfall gehabt. Was sonst? Gleich bringen sie mich ins Krankenhaus. Müsste jeden Moment die Sirene hören. Höre noch nichts. Kommt bestimmt gleich. Oder wenigstens der blaue Wagen der Organspende-Truppe. Aber auch diesmal kriegen sie meine Organe nicht, haha. Meine Mutter wird an meinem Bett sitzen und betroffen auf mich herabschauen. Macht sie immer, es ist das Einzige, worauf ich mich verlassen kann. Vorlesen. Ja, ganz sicher wird sie mir vorlesen.

Meine Lippen biegen sich zu einem Lächeln beim Gedanken daran ... doch als ich die Augen aufmache und mein Blick auf meine linke Hand fällt, friert das Lächeln mir im Gesicht fest.

In meiner linken Hand steckt ein Schraubenzieher.

Meine Wange liegt in einer Pfütze eiskalten Wassers auf einem Boden, der nach Gummi riecht und vibriert. Als ich es schaffe, meine Augen scharf zu stellen, sehe ich den Schraubenzieher ganz genau, kein Irrtum möglich. Edelstahl. Roter Plastikgriff. Es ist das Ding, das wir Seven in *Neumayer III* zu Weihnachten geschenkt haben.

Eine große Pfütze Blut umgibt das Ding und meine Hand. Muss wohl alles von mir sein. Was hat der Drecksack getan? Hat er mich von hinten niedergeschlagen? Ja, so muss es gewesen sein. Wahrscheinlich hat er dafür den schweren

Schraubenschlüssel genommen, der vorhin hier herumlag. Mir ist furchtbar schwindelig, mein Kopf dröhnt, und mein Magen fühlt sich an, als würde er sich gleich auf links drehen. Gehirnerschütterung wahrscheinlich. Kenn ich.

Langsam hebe ich den Kopf vom Boden und versuche, die Finger zu bewegen, aber die Schmerzen sind so fies, dass mir wie von selbst Tränen aus den Augen sickern. Außerdem ist mir wieder eingefallen, was mit Tamura passiert ist. Er ist tot, irgendwie weiß ich das. Und wir waren das, es ist unsere Schuld.

Mein ganzer Körper zittert vor Angst und Schmerzen und Kälte und Trauer.

»Ah, du bist wach, das ist prima.« Sevens Stimme. Er sitzt lässig am Steuer – wenn es ein bisschen wärmer wäre, hätte er wahrscheinlich den Ellenbogen aus dem Fenster gehängt. »Du bist da auf dem Boden ziemlich herumgerutscht, besonders in den Kurven, deshalb die Befestigung.« Er grinst. »Moment, ich mache dich los.«

Befestigung? Hat er das eben wirklich gesagt?

Seven stoppt die Pistenraupe, kommt zu mir nach hinten und zieht mit einem Ruck den Schraubenzieher aus der Mitte meines Handrückens und aus dem Bodenbelag des *PistenBullys*. Als sich das Metall aus meinem Fleisch löst, muss ich schreien, ob ich will oder nicht. Seven runzelt die Stirn. »Kannst du bitte versuchen, nicht so viel Krach zu machen? Das nervt.«

Das nervt?!

»Schon klar«, presse ich hervor. Schnell setze ich mich auf, krieche zur Wand und halte die verletzte Hand, in der der Schmerz pocht, eng an den Körper. Leider kein Krankenwagen weit und breit.

Seven blickt mich an und lächelt, ein gut aussehender junger Mann mit hellblauen Augen und einem breiten Lächeln, das sich bestimmt hervorragend in jeder 3D-Sendung gemacht hat. Ich kann den Blick nicht von ihm abwenden, weil er so normal aussieht und doch nichts von dem, was jetzt und hier geschieht, normal ist. Hey, das ist Seven, mit dem ich schon so oft beim Frühstück oder Abendessen herumgealbert habe! Wir haben zusammen Filme geschaut, gefeiert, abgewaschen. Jetzt wirkt er nicht viel anders – und genau das macht mir Sorgen. Schläger kenn ich, von der Sorte habe ich schon einige getroffen. Und Leute wie Kaya, die als Erste zuschlagen, um sich zu schützen. Aber Seven … macht es ihm nichts aus, dass Tamura tot ist? Dass wir ihn praktisch umgebracht haben? Nein, ich fürchte nicht. Und ich wette, das mit meiner Hand hat er aus Spaß gemacht!

Es ist kein normaler Schraubenzieher mehr, was er da in der Hand hält, er hat ihn spitz geschliffen. Das muss er direkt nach unserer Impro-Weihnachtsfeier in den Werkstätten der *Neumayer III* gemacht haben – so viel zu unserem Wir-haben-uns-lieb-Programm. Muss Weihnachten dringend aus meinem Kalender streichen.

Mein Atem kommt in Stößen, ich bekomme fast keine Luft mehr und vor meinen Augen flimmern schwarze Punkte.

»Hab ich gut hingekriegt, was?«, sagt Seven und hält den Schraubenzieher hoch. Soll ich den jetzt bewundern, oder was? Obwohl noch mein Blut daran klebt? »Vielen Dank nachträglich für das tolle Geschenk. Ansonsten bin ich ein bisschen sauer auf dich. Das mit dem Parfümfläschchen war *sehr* uncool. Außerdem war es so gedacht, dass *ich* den Japaner rette, nicht du. Natürlich ist alles schiefgegangen, weil du dich eingemischt hast.«

»Ach so, ich wusste nicht, dass es anders gedacht war«, murmele ich. »Und die Schelfeiskante war zufällig im Weg?«

Es fällt mir schwer, zu sprechen, aber ich muss mit ihm reden, herausfinden, was er vorhat.

»Wir haben irgendwas gerammt, irgendeinen Eisklotz, dann war die blöde Kante plötzlich da, was kann ich dafür?« Seven schnaubt, er wirkt noch immer enttäuscht. Anscheinend hat er nicht mal kapiert, was schiefgelaufen ist, dass er Kurs und Position hätte überprüfen müssen.

»Wo … fahren wir jetzt hin?« Jedes Wort muss ich mir abquälen.

»Ich suche nach dem richtigen Platz«, erklärt er.

»Dem richtigen Platz?«, frage ich zurück. »Wofür?« Um die Pistenraupe abzustellen und zu Fuß weiterzugehen? Die Götter der Kälte anzurufen? Mich endgültig zu erledigen?

Wie ruhig er ist. Das macht mir am meisten Angst.

»Musst du nicht kapieren«, sagt Seven. Immer wieder nimmt er die Hände vom Steuer und tippt etwas auf seinem Communicator, eine Nachricht? Verlangt er Lösegeld für mich? Aber von wem bitte schön? Die meisten Leute würden ihm Geld geben, damit er mich behält.

»Alles klar«, sage ich und schaue mich unauffällig nach dem Notsender um, den wir nach dem Unfall orten konnten. Wenn das Ding noch hier irgendwo ist, dann habe ich eine Chance, dann können die anderen die Nummer drei finden, bevor es zu spät ist.

Ich mag nicht darüber nachdenken, was dieses *zu spät* sein könnte. Würde Seven mich töten? Kann er so was?

Wenn er wirklich für Martins Unfall verantwortlich ist, dann lautet die Antwort Ja.

Raus hier! Ich muss raus! Weg von diesem Typen!

Ganz langsam, Millimeter für Millimeter, schiebe ich mich in Richtung der Beifahrertür. Wenn ich die aufkriege, könnte ich vielleicht rausspringen …

»Bist du sicher, dass du das willst?«, fragt Seven. »Bei diesem Tempo verarbeiten dich die Ketten zu einem hübschen roten Matsch, wenn du ihnen nahe kommst.«

Leider hat er recht. Außerdem erfriere ich, wenn ich hier im eisigen Nirgendwo durch die Gegend taumele. Ich habe keine Ahnung, wie lange ich ohnmächtig war und wo wir jetzt sind. Wütend ziehe ich mich in meine Ecke des Führerhauses zurück.

Arvid. Kann er mir noch einmal helfen, ein letztes Mal? Würde er mich suchen? Oder hat er mich aufgegeben nach all dem, was passiert ist?

Ich weiß es nicht. Er war so wütend auf mich.

Was ist mit Dattel, Fee, Kaya, Benny? Ja, die werden versuchen, mich zu finden. Kaum zu glauben, dass ich sie erst seit ein paar Wochen kenne, es fühlt sich an, als seien sie meine Familie. Eine vollkommen durchgeknallte Familie, aber nicht so kalt und fern wie meine richtige.

In einer Nische des Rumpfes ist eine leere Stelle. Ich meine mich zu erinnern, dass dort ein rotes Kästchen installiert war. Der Notsender? Meine Hoffnung bröckelt weg. Wahrscheinlich hat Seven gemerkt, dass das Ding ihn verraten hat, und es rausgeworfen. Meine Polarkombi mit dem eingebauten Senderchip liegt sinnlos in der Umkleide von *Neumayer III* und funkt vor sich hin. Was ist mit Satellitenbildern? Schaffen Arvid und die anderen, uns darauf zu finden?

Seven kramt unter dem Fahrersitz herum und zieht einen Verbandskasten aus Metall hervor, auf dem Deckel ist ein kleiner Monitor, auf dem man Erste-Hilfe-Videos abrufen kann.

»Gib mir das Ding … los … schnell«, presse ich hervor, denn meine Hand fühlt sich entsetzlich an.

Seven wirft mir den Kasten zu, ohne sich umzusehen, und

das Ding trifft mich hart an der Schulter. »Sag mal, spinnst du?«, rutscht es mir heraus und Seven dreht sich stirnrunzelnd um. »Dankbar bist du gar nicht, was?«

Als ich die Kälte in seinen Augen sehe, verkneife ich mir eine Antwort. *Raus hier, raus!*, hämmert es in mir, aber das geht nicht, noch bin ich ihm ausgeliefert.

Mit einer Hand ist es furchtbar schwer, die Verbandspäckchen aufzukriegen und etwas damit anzufangen, aber ich schaffe es, meine Hand zu umwickeln. Die anderen Mullbinden kullern zusammen mit dem übrigen Verbandskram zwischen den Sitzreihen herum, ich habe nicht die Kraft, sie einzusammeln. Ein paar seltsame Sachen sind auch im Kasten, die ich noch nie gesehen habe – Spritzen mit einem Schneekristall-Symbol darauf, und anderes.

Seven hat seinen Rucksack vor den Monitor gestellt, der die Position der Maschine anzeigt. Er will wohl nicht, dass ich sehe, wo wir sind. Aber das Schneetreiben draußen hat nachgelassen, und ungläubig erkenne ich, dass wir an der Grenze zwischen Eis und Meer entlangfahren, keine 50 Meter von der Bruchkante entfernt. Was will er hier?

Als ich ihm die Frage stelle, schaltet er die automatische Steuerung ein, damit er sich zu mir umwenden kann. Natürlich denkt er gar nicht daran, mir zu antworten. »Du hast so schöne Haare«, sagt er stattdessen und mustert mich auf eigenartige Weise, fast anerkennend. Dieser Blick lässt mir einen Schauer über den Rücken laufen. Es war mir lieber, als er mich kaum beachtet hat.

»Komm mal her«, fordert Seven mich auf.

»Danke, nein«, gebe ich zurück und halte meine verletzte Hand eng an den Körper.

»Komm her!«, wiederholt Seven, diesmal mit mehr Nachdruck. *»Jetzt.«*

»Vergiss es!« Wahrscheinlich sollte ich freundlich zu ihm sein, versuchen, mich bei ihm einzuschleimen. Aber ich bringe es nicht fertig.

Bevor ich reagieren kann, hat er sich schon halb über den Sitz gebeugt, seine Hand schießt vor – und packt mich an den Haaren. Reißt mich daran nach vorne, bis meine Wange gegen die Kunstlederrückenlehne gepresst wird. Wickelt sich meine schulterlangen Haarsträhnen so fest um die Faust, dass ich aufstöhne.

Ich reagiere instinktiv: komme hoch, drehe mich ein Stück zur Seite, obwohl es sich anfühlt, als würden mir dabei ein paar Hundert Haare an den Wurzeln ausgerissen, und knalle ihm den Ellenbogen ins Gesicht. Mit einem ärgerlichen Grunzen lässt er mich los.

Hastig krieche ich zurück und weiß nicht, was ich tun soll, falls er mir folgt. *Don't fuck with Crash*. Mit aller Kraft klammere ich mich an diese Worte, an meine Wut, denn sie sind es, die mich jetzt schützen. Ich bin nicht wie Fee, ich rolle mich nicht auf den Rücken und halte die Kehle hin, nur damit mich jemand lieb hat.

Schwer atmend blicken Seven und ich einander an.

»Was sollte das? Ich wollte doch nur deine Haare berühren!« Seven klingt vorwurfsvoll, so als sei ich es, die ihm ein Unrecht angetan hat. »Wäre das so schlimm gewesen?«

»Kannst deine eigenen Haare streicheln, Wichser«, bringe ich heraus, nur macht es die Wirkung ein bisschen kaputt, dass mir dabei Tränen über die Wangen laufen. »Was sollten eigentlich diese Aktionen in *Neumayer III*? Du warst das doch alles, was angeblich der Einsiedler gemacht hat, stimmt's?«

»Bis auf die Nachricht am Schwarzen Brett, die hat mich auf die Idee gebracht. Mir war nämlich langweilig.« Er grinst. »Es war witzig, zuzuschauen, wie euch allen die Muffe ging.

Dabei war es nur ein Spiel, ich wollte euch erschrecken, mehr nicht. Ist doch auch nichts passiert, oder?«

Nichts passiert? Martin ist sicher immer noch im Krankenhaus! Aber vielleicht ist das zu schwierig für Seven – sich in andere hineinzuversetzen, sich vorzustellen, wie sie leiden.

Ich wische mir mit einem dreckigen Parkaärmel übers Gesicht, das dadurch bestimmt nicht sauberer wird. Ganz langsam wird mein Atem gleichmäßiger, aber ich habe so weiche Knie, dass ich keine zehn Schritte laufen könnte. »Gab's irgendwelche Regeln in diesem Spiel?«

Seven zuckt die Schultern und starrt in die weiße Wüste jenseits der Frontscheiben hinaus. Er hat die automatische Steuerung wieder ausgeschaltet und fährt selbst. »Ja, und du hast sie gebrochen«, sagt er, ohne mich anzusehen.

Mehr sagt er nicht, doch ich komme selbst darauf, was er meint. Wahrscheinlich lautete die wichtigste Regel: *Was auch passiert, Seven muss immer gut dastehen*. Als zärtlicher Tröster, als wagemutiger Retter, als cooler Typ, der sich weitaus besser für die Position des Rudelchefs eignen würde als Dattel. Vielleicht hat er Martins Unfall vor allem deswegen arrangiert, damit er Gelegenheit hatte, souverän das Kommando zu übernehmen. Seven, der Held. Endlich wieder berühmt, wie nach dieser Casting-Show. Wie er dieses Ziel erreicht, ist ihm wahrscheinlich egal.

Nur bei der Sache mit Arvid und der Handleine war es anders. Hätte er noch versucht, ihn zu retten? Bin ich ihm dabei zuvorgekommen, so wie vorhin an der Schelfeiskante? Nein, irgendwie glaube ich es nicht. »Du kannst Arvid nicht ausstehen, oder?«

»Ich habe keine Ahnung, was du an diesem Typen findest, der sich als Oberguru aufspielt«, sagt er in gehässigem Ton, und mir fällt ein, wie Arvid ihn zurechtgewiesen hat. Eine einzige Bemerkung war es nur, und eine ziemlich höfliche noch dazu!

Als von mir keine Antwort kommt, seufzt Seven genervt. Er beugt sich vor und schaut nach draußen, dann kommandiert er: »Bind dir was um die Augen.«

»Was?«, frage ich verdutzt.

»Irgendeine Mullbinde. Möglichst dick. Es liegen noch ein paar herum, oder? Und beeil dich, klar?«

Innerlich wird mir noch kälter. Kommt gar nicht infrage. Wenn ich nichts mehr sehe, bin ich hilflos, dann kann er mit mir machen, was er will.

Der Schweiß bricht mir aus und Panik kriecht in mir hoch. Mühsam stopfe ich sie dorthin zurück, wo sie hergekommen ist. »Mir die Augen zu verbinden, schaffe ich nicht mit einer Hand«, behaupte ich.

Ganz kurz habe ich die Vision, wie ich Seven von hinten würge und zu Boden ringe. Schwachsinnige Idee. Seven ist zwanzig Zentimeter größer und mindestens 15 Kilo schwerer als ich. Außerdem hat er eine Waffe.

Ich muss ihm diesen Schraubenzieher abnehmen. Am besten gleich, weil er jetzt nicht damit rechnet. Er dreht das Ding immer wieder in den Fingern, testet die Spitze – vielleicht macht er das, damit ich die Nerven verliere. So, wie manche Arschlöcher sich dir in der U-Bahn gegenübersetzen und beiläufig mit ihrem Butterfly-Messer oder XenoMax-Laser hantieren, um dich einzuschüchtern. Nie rechnen sie damit, dass man sie in diesem Moment angreifen könnte.

Wenn ich nur nicht so verdammt schwach wäre, immer wieder verschwimmt alles vor meinen Augen. Wahrscheinlich habe ich gerade die Reaktionsgeschwindigkeit einer frisch aufgetauten Nordseescholle.

Egal.

Scheißegal!

Ich muss es tun.

Als er einen Moment lang nach vorne schaut, schnelle ich hoch, meine gesunde Hand schießt vor … und greift ins Leere. *Verdammt!*

Sofort stößt Seven mit dem spitzgefeilten Schraubenzieher nach mir.

»Scheiße, hör auf, was soll das?«, schreie ich ihn verzweifelt an. »Justin! Soll ich das in deinem Blog posten? Willst du das?«

Ärgerlich lässt er die Waffe sinken und wirft einen kurzen Blick auf den Beifahrersitz – wo, wie ich feststelle, sein Communicator liegt. Weil Seven bei unserem Kampf mit dem Ellenbogen gegen das Steuer gekommen ist und der *PistenBully* ungeplant in die Kurve geht, kann ich mir das Gerät unauffällig unter den Nagel reißen und einen Blick darauf werfen.

Nein, es war keine Lösegeldforderung, die er vorhin getippt hat.

Sondern ein neuer Blogeintrag, den er später hochladen kann.

Mit letzter Kraft habe ich es geschafft, den PistenBully von der Kante zurückzufahren. Puh, das war knapp! Und auch danach war ich nicht in Sicherheit: Crash, eine der Entführerinnen, ist voll durchgedreht und vor Wut darüber, dass ich die Geisel befreit habe, mit mir abgedüst. Ein paar Kilometer weiter habe ich es, obwohl verletzt, mit ihr aufgenommen. Durch das Handgemenge sind wir nach draußen gefallen – und Crash ist ins Meer gestürzt …

Na großartig. Seven sucht eine passende Stelle für seine Inszenierung. Zum Glück ist er ein anspruchsvoller Regisseur.

Ich muss an Arvid denken und frage mich, ob ich ihn jemals wiedersehen werde.

Und ganz plötzlich läuft mir eine Idee zu wie ein ausgesetzter Köter. Hübsch ist sie nicht und vielleicht taugt sie nichts, aber ich muss es mit ihr versuchen.

ABGRÜNDE

Arvid lässt den Blick über die Atka-Bucht schweifen, die sich neben ihnen erstreckt – schwarzes Wasser, in dem Eisberge aufragen wie Reißzähne. Dann holt er tief Luft und versucht, seinem Professor zu erklären, warum sie die andere Pistenraupe suchen müssen. Doch schon nach ein paar Worten unterbricht ihn Nikolai.

»Das soll das Sondereinsatzkommando regeln.« Nikolai winkt ab. »Ärger können sie keinen mehr machen, das ist alles, was zählt. Was euch angeht …« Er wirft Dattel und Benny, die noch immer neben Arvid stehen, einen finsteren Blick zu. »Am besten, du bringst sie nach *Neumayer III*, Arvid, und setzt sie da fest, bis sie verhaftet werden können.«

»Okay.« Er sagt es reflexartig. »Aber wir müssen die anderen mit dem Hubschrauber suchen – glaub mir, Nikolai, es ist verdammt wichtig!«

»Ist es das?« Nikolai, der sonst alles versteht, ist noch immer wütend, und seine Wut ist ein Naturereignis, an schlechten Tagen ein Mix aus Erdbeben und Hurrikan.

»Denk an Amundsen«, sagt Arvid hilflos. Mehr muss er nicht sagen, sie kennen die Geschichte alle. Scott hatte den Wettlauf zum Südpol verloren, hauptsächlich durch schlechte Planung; er und seine Gefährten starben auf dem Rückweg. Vielleicht auch, weil die arrogante Art des Siegers Roald Amundsen sie den letzten Lebensmut gekostet hatte. Amundsen wurde den stillen Vorwurf nie wieder los, eine Mitschuld zu tragen an Scotts Tod.

Sein Professor zieht eine Grimasse. Der Wind hat nachgelassen und über ihnen ist schon blauer Himmel sichtbar, das Hochdruckgebiet ist eingetroffen. Doch Arvid weiß selbst, wie Nikolais Antwort lauten wird.

»Keine Suche aus der Luft«, erwidert Nikolai, genau wie Arvid befürchtet hat. »Zu viel Wind, zu schlechte Sicht. Tut mir leid.« Er stapft davon, um sich mit den anderen Bergungshelfern abzusprechen.

Arvid schafft es kaum, Dattel, Benny und Stalmann anzublicken.

»Er hat nicht gesagt, dass du uns *sofort* zur Station bringen sollst«, sagt Dattel mit wilden Augen, als sie zur Pistenraupe gehen. »Wir können losfahren und sie suchen, ihren Spuren folgen und …«

»Das wird nicht viel bringen«, sagt Klaus Stalmann. »Spuren werden bei dieser Schneedrift fast so schnell zugeweht, wie sie entstehen.«

»Was ist mit Satellitenbildern?«, fragt Benny verzweifelt.

»Wir selbst haben leider nur Zugriff auf Wettersatelliten«, erklärt ihm Arvid grimmig. »Und selbst wenn wir jetzt die 500 Dollar für ein *Google Earth Plus*-Abo blechen, dauert es mindestens einen Tag, bis es freigeschaltet wird.«

»Außerdem ist es nicht live, obwohl die das behaupten – für so was hat *Google* nicht genügend Satelliten geleast.« Dattel donnert die Faust gegen die Seitentür.

Die ganze Rückfahrt über schmieden sie verzweifelte, sinnlose Pläne. Arvid fragt sich, warum er nicht völlig erschöpft ist, er hat seit einer Ewigkeit nicht mehr geschlafen und das Datum – Weihnachten? – völlig ignoriert. Er hat keine Ahnung, ob es Tag oder Nacht ist, er hat keine Zeit, auf die Uhr zu schauen. Doch eine nervöse Energie, die seinen ganzen Körper erfüllt, hält ihn wach.

Als er und die anderen sich den Schnee abklopfen und durch die Ballonhalle in die Station stapfen, stürzen ihnen Fee und Kaya entgegen. »Was ist passiert? Wo sind die anderen?«

Dattel übernimmt den Bericht: Japaner tot. Halb über die Kante hängende Pistenraupe weggefahren. Crash und Seven verschwunden mit unbekanntem Ziel.

Erschüttertes Schweigen, dann bricht Fee in Tränen aus. Niemand versucht, sie zu trösten, keiner von ihnen hat jetzt die Kraft. »Wie kann denn so was passieren? Das war ein Unfall, oder? Bitte, Arvid, sag, dass es ein Unfall war!«

»Ohne euch hätte es diesen Unfall nicht gegeben«, sagt Arvid kurz, er ist nicht bereit, es ihr so leicht zu machen.

»Ja«, sagt Dattel ruhig. »Das stimmt. Es war unsere Schuld.«

Kaya nickt, sie wirkt völlig fassungslos. Ganz langsam kehrt sie um und setzt sich in den Aufenthaltsraum, wo sie vor sich hin starrt.

Wie seltsam es sich anfühlt, wieder hier zu sein. Die Station wirkt anders, groß und still wie ein Flugzeughangar, ihre Lampen glimmen wie erschöpfte Leuchtkäfer. Arvid kommen seine eigenen Schritte in den Korridoren sehr laut vor. Es riecht nicht mehr nach Kakao und Erbsensuppe, sondern nach ungewaschenen Klamotten und Niedergeschlagenheit.

»Wohin kann Seven denn gefahren sein?«, fragt Fee, sie wirkt völlig neben der Spur. »Oder hat Crash gesteuert? Konntet ihr das nicht erkennen?«

Bedrückt schüttelt Arvid den Kopf. »Dem Fahrstil nach war es Crash, die das Ding von der Eiskante geholt hat. Danach – schwer zu sagen.«

Sie lassen sich auf die Kissen des Aufenthaltsraums fallen; auch Klaus Stalmann ist dabeigeblieben, statt sich in die Tiefen der unteren Decks zurückzuziehen. Er sitzt neben Kaya, hält mit beiden Händen eine Tasse Hagebuttentee, den ihm Fee in die Hand gedrückt hat, und nippt fast andächtig daran. Durch seinen grauen Stoppelbart und die scheuen, aber freundlichen braunen Augen wirkt er wie ein Dachs, den jemand aus dem Winterschlaf gerissen hat. Er reicht Kaya die Tasse, sie nippt ebenfalls, so geht es zwischen den beiden hin und her.

Arvid lässt den Blick durch den Aufenthaltsraum schweifen, fast erwartet er, dass ein paar Kissen weiter Crash sitzt – Minirock, Armeestiefel, herausfordernder Blick.

Aber sie ist nicht da. Das fühlt sich an wie ein Schlag in den Magen, obwohl es nicht gerade lang her ist, dass er sie nie wieder sehen wollte.

»Hast du nicht gemerkt, was Seven für ein Arsch ist? Du warst doch mit ihm zusammen!«, stellt Dattel Fee zur Rede.

»Hey, jetzt mal langsam«, faucht Fee. »Wer behauptet, dass er ein Arsch ist?«

»Sag bloß, du bist immer noch verknallt«, sagt Benny. »War er eigentlich nett zu dir?«

»Geht dich einen Scheiß an!« Fee hat sich vorgebeugt, sodass ihr langes Haar ihr verheultes Gesicht verbirgt. »Ich glaube, du willst einfach nicht wahrhaben, dass er Lichtjahre cooler ist als du.«

»Sag mal, bist du noch ganz sauber?«, raunzt Arvid sie an. »Hast du nicht kapiert, was geschehen ist? Weißt du nicht, was das heißt?«

So kennt Fee ihn nicht, verblüfft glotzt sie ihn an.

Arvid steht nur auf, geht aus dem Raum und atmet einen Moment lang tief durch.

Plötzlich muss er an die alte Medaille denken, die ihm Crash unters Kopfkissen geschoben hat. Sie braucht sie jetzt dringend selbst und er kann sie ihr nicht zurückgeben. Irgendwie ist das schlimmer als alles andere.

Seven kämpft mit der Pistenraupe, die sich wie ein nervöses Rennpferd benimmt, weil er anscheinend jedes Mal übersteuert. Zum Glück scheint er nicht bemerkt zu haben, dass ihm sein Communicator fehlt. Empfang habe ich damit keinen, aber es ist sowieso das eingebaute Navi, auf das ich es abgesehen habe. Seven würde es merken, wenn ich uns zu einer der Stationen lotse, aber es gibt noch eine andere Möglichkeit. So rasch ich kann, programmiere ich ein neues Ziel ein – Zahlen, die sich mir eingeprägt haben, das einzige wirkliche Versteck, das ich hier kenne. Ein Versteck tief im Eis der Antarktis, eines, von dem nur die russischen Forscher wissen.

Mir fällt auf, dass Seven schwitzt, was wohl kaum am beheizten Fahrersitz liegt. Vielleicht ist auch ihm nicht ganz geheuer, bei so schlechter Sicht in der Nähe der Kante entlangzufahren. Er übersieht, dass sein Communicator und das Navigationssystem der Nummer drei gerade miteinander sprechen, und damit sich das nicht ändert, muss ich ihn ablenken. Nur womit? Ihn zutexten mit irgendetwas? Das kann er viel besser als ich. Doch zwischen meinen Füßen liegt noch der Inhalt des Verbandskastens herum. Momente später lasse ich kleine weiße Geschosse von seinem Nacken, seiner Schläfe, seinen Haaren abprallen. Es sieht kindisch aus und ist mit das Gefährlichste, was ich heute getan habe.

»Hör sofort auf mit dem Scheiß!« Wie ich gehofft habe, knallt Seven die automatische Steuerung rein, um sich mir zuwenden zu können.

Er weiß, dass er mich verletzen kann, so schwer und so oft er will, weil mein Körper sowieso im Meer verschwinden soll. Blut kann man aufwischen. Wegen einem Mädchen wie mir würden die Behörden wohl kaum Leute von der Kripo und der Spurensicherung ans Ende der Welt fliegen.

Den geschliffenen Schraubenzieher hält Seven locker in der Hand, und als er sich im Sitz aufrichtet, kommt er auch an mich heran. Weil es mir so mies geht, weiche ich nicht schnell genug aus – er trifft mich am Oberarm, die Stahlspitze bohrt sich durch meine Klamotten. Ein fieser brennender Schmerz. Aber zu seinem Pech braucht Seven zu lange, um den Arm wieder zurückzuziehen, ich packe ihn mit der anderen Hand und entwinde ihm die Waffe.

Im ersten Moment ist er wütend und verblüfft, doch dann verziehen sich seine Mundwinkel nach oben. Ich weiß, was das zu bedeuten hat. Dass ich mich wehre, passt in die Inszenierung – von ihm selbst muss auch ein bisschen Blut ins Führerhaus gelangen, das von seiner Stirnwunde reicht nicht. Aber das ist kein Problem für jemanden, der sich den verdammten Wetterbericht auf die Hand lasern lässt, nur um uns zu beeindrucken.

Ich halte den Schraubenzieher vor mich, drücke mich gegen die hintere Tür der Beifahrerseite und spüre den Innengriff hart gegen meinen Rücken. Noch immer ist mir furchtbar schwindelig, mein Kreislauf läuft irgendwo hin, aber nicht im Kreis. Verdammt, ich darf jetzt nicht zusammenklappen! Ich lasse Seven nicht aus den Augen und hoffe, dass ich auch seinen nächsten Angriff irgendwie überstehe.

»Sag mal«, meine ich beiläufig. »Das, was Arvid dir angeblich gesagt hat, als ihr telefoniert habt … das hast du dir ausgedacht, stimmt's? Hat dir Fee erzählt, welche Zweifel ich hatte und so was?«

»Von denen musste sie mir nicht erzählen, es war klar, dass du die haben würdest.« Er amüsiert sich blendend. »Stimmt ja auch. Für deinen Jungforscher warst du nur ein Maskottchen. Ein Experiment. Er wollte dich wieder hinbiegen und das ist schiefgegangen. Der will nichts mehr von dir.«

»Bullshit«, sage ich reflexartig. Nicht, weil Arvid und ich uns geküsst haben – das kann man auch, wenn man sich nichts bedeutet. Aber ich muss an die Art denken, wie Arvid und ich schon geredet haben, über Dinge, die uns tief im Innersten berühren. Daran, wie nah wir uns waren. Selbst wenn wir das nie wieder schaffen, es hat eine kleine leuchtende Spur in mir hinterlassen.

Ich hasse Seven dafür, dass ich trotzdem nachdenken muss über das, was er gesagt hat. Wie schafft er es nur, jedes Mal hinunterzubohren bis zu einer Wahrheit, die wehtut? Ja, es hätte Arvid bestimmt viel bedeutet, wenn er es geschafft hätte, mich wieder hinzukriegen. Mich zu retten. Aber vielleicht war das von Anfang an unmöglich.

»Und was für ein Experiment bist du?«, schieße ich zurück. »Wahrscheinlich haben dich deine Eltern von einem Psychologen zum anderen geschleppt, oder?«

Einen Moment lang ist sein Gesicht hart. »Klar.«

»Haben meine bei mir auch gemacht«, sage ich und verziehe das Gesicht bei der Erinnerung. »Aber das waren echt widerliche Typen. Die meisten hat jemand mit zu viel Weichspüler gewaschen.«

»Stimmt. Du hast nicht mit denen geredet, was?«

»Nee.«

»Ich schon. Hab ihnen eine Ladung Dreck erzählt und sie haben alles geschluckt. Das war ziemlich cool.«

Einen Moment lang verstehen wir uns.

Aber das ändert leider nichts daran, dass er vorhat, mich umzubringen.

Seven schaut sich den Schraubenzieher an, als denke er darüber nach, ihn sich zurückzuholen. *Mach das nicht, Arsch-*

gesicht, vermittele ich ihm mit einem scharfen Blick, doch das beeindruckt ihn kaum.

Wir reden über Tamura und die Atka-Bucht. Ich brauche unbedingt mehr Zeit. Wenn er merkt, dass wir auf einem neuen Kurs fahren, ist es aus. Und wenn die automatische Steuerung der Nummer drei auch diesmal Mist baut? Ebenfalls *finito*.

Als die Software ein leises *Pling!* von sich gibt und die Pistenraupe zum Stehen kommt, spannt sich mein Körper an. Wir sind da. Falls alles geklappt hat.

Seven schaut verdutzt drein, weil er sich nicht erklären kann, wieso die Maschine angehalten hat. Noch ratloser wirkt er, als er einen Blick nach draußen wirft und feststellt, dass die Schelfeiskante nicht mehr in Sicht ist. »Wo zum Geier sind wir hier?«, murrt er und beugt sich hinunter, um seinen Rucksack vom Navigationsbildschirm wegzuziehen.

Ich wusste, dass er das tun würde. Sofort greife ich nach dem Türgriff. *Klack!*, offen. Als ich mich nach draußen werfe, trifft mich der Wind ins Gesicht wie ein Messer. Ich falle auf die Stahlketten und rolle mich davon ab, bis ich im Schnee lande. Komme wieder auf die Füße. Höre Seven irgendetwas hinter mir herschreien. Schaue mich verzweifelt um, sehe die Fahne mit dem orangefarbenen Wimpel keine fünf Meter schräg hinter uns im Schnee aufragen. Darunter ist wegen des Schneetreibens, das zurzeit bis auf Kniehöhe reicht, nichts zu sehen, aber hier muss der Eingang zum unterirdischen Labor sein! Dem Labor, in dem man feststellen kann, wohin der magnetische Südpol gewandert ist.

Ich reiße die Fahne aus dem Boden und schiebe sie in den Neuschnee, bis man sie nicht mehr sehen kann. Handschuhe habe ich keine, also scharre ich mit bloßen Händen den Schnee auf, obwohl das Loch in meiner Hand grauenhaft wehtut und meine Finger in der Kälte zu brennen scheinen. Da, das fühlt sich anders an – die Abdeckung! Hässlich und grau, aber mir kommt sie so schön vor, dass ich schluchzen muss. Momente später habe ich den Deckel hochgehebelt und mich nach unten gewunden. Mit einem leisen Knirschen schließt sich die Abdeckung hinter mir.

»Als ob es hier um Coolness ginge. Arvid hat recht, du hast sie nicht mehr alle.« Benny starrt Fee an und schüttelt den Kopf.

»Wenn wir einfach abwarten, kommen er und Crash unter Garantie hierher zurück – wo sollen sie denn sonst hin?« Fee schaut in die Runde.

Doch niemand blickt sie an, alle sehen zu Dattel hinüber. Er ist es, der jetzt die Rolle des Leitwolfs übernommen hat, und der große, dunkelhaarige Junge nickt.

Hat Fee recht? Müssen wir einfach nur abwarten? Ich weiß es nicht. Doch Arvids Bauchgefühl sagt, dass sie hier gerade Zeit verlieren, dass er längst dort draußen sein und Crash suchen sollte. Er hält es kaum aus, hier herumzusitzen, während dort draußen wer weiß was geschieht. »Wir müssen davon ausgehen, dass Seven mit Crash abgehauen ist. Und ich traue Seven inzwischen alles zu.«

»Wir müssen sie suchen«, sagt Kaya und selbst Fee nickt jetzt.

In der bedrückten Stille, die folgt, entfaltet sich ein Gedanke in Arvid wie eine schwarze Blüte, die sich öffnet. Ein Gedanke, der ihm Angst macht, weil er weiß, dass es jetzt auch um seine eigene Zukunft geht. *Dieser Plan könnte mir den Hals brechen. Und nicht nur im übertragenen Sinne.*

Als er aufschaut, merkt er, dass Klaus Stalmann, der Antarktis-Veteran, ihn beobachtet. Ahnt er etwas? Kann der Alte in die Abgründe blicken, die Arvid in sich entdeckt hat? Zumindest kennt er sich aus mit Abgründen, falls es stimmt, dass er damals im Streit ein Messer gezogen hat.

Einmal noch horcht Arvid in sich hinein, dann steht er auf. »Versprecht ihr mir, dass ihr hierbleibt, euch nicht verschanzt und euch verhaften lasst, ohne Ärger zu machen?«

Dattel schaut nicht begeistert drein, aber er nickt und nach kurzem Zögern folgen die anderen seinem Beispiel. »Okay«, sagt er. »Gehst du? Was hast du vor?«

»Einen Hubschrauber im Wert von einer halben Million Euro zu stehlen«, sagt Arvid.

Wie er erwartet hat, gefällt ihnen das.

Das Heulen des Windes habe ich ausgesperrt, es ist so still, dass ich meinen keuchenden Atem höre. Es ist stockfinster, aber irgendwo hier gibt es einen Lichtschalter. Ungeschickt taste ich danach, bis ich ihn gefunden habe.

Unter mir geht es dreizehn Meter in die Tiefe, die grob behauenen Eiswände des Schachts werfen matt das Licht zurück. Krampfhaft klammere ich mich an den obersten Sprossen der Leiter fest und versuche, flacher zu atmen, damit mich mein lautes Hecheln nicht verrät. Haben die Schneefahnen den Schacht schon wieder verborgen? Was ist mit meinen Fußspuren, sind die noch so deutlich, dass er ihnen folgen kann?

Er darf mich nicht finden!

Jeden Moment erwarte ich, dass jemand an der Abdeckung zerrt, dass ich Schritte höre, die sich nähern. Bisher fangen meine Ohren nur wütende Rufe auf, so leise, dass ich nicht mal meinen eigenen Namen heraushören kann. Der Wind reißt einem hier die Worte vom Mund, kaum dass man sie ausgesprochen hat.

Wie kalt es hier drinnen ist, kälter als draußen. Immer minus 12 Grad, hat Arvid gesagt, was einem im antarktischen Winter schön warm vorkommt. Jetzt ist es Sommer, und nein, mir ist nicht warm, weil ich nämlich rausgerannt bin mit nichts am Leib als einem Pullover direkt auf der Haut, Jeans – ohne Leggins drunter – und einem Parka. Keine Handschuhe. Meine Finger sind taub geworden, aber ich kann sie nicht in die Taschen stecken, weil ich an der Leiter hänge wie ein verdammter Wetterfrosch, der langsam gefrierend Sonnenschein vorhersagt. Immer wieder wird die Welt vor meinen Augen unscharf, rutscht aus dem Fokus, als würde jemand an einer Kamera herumpfuschen.

Ist er weg? Bin ich in Sicherheit? Wie lange warte ich eigentlich schon? Mir kommt es vor wie eine Viertelstunde, aber wahrscheinlich waren es nur zwei oder drei Minuten. Eine Armbanduhr habe ich nie getragen.

Irgendwann beginnt der Boden zu vibrieren, ein Dröhnen dringt zu mir herein, anscheinend hat er den *PistenBully* wieder angelassen. Fährt er jetzt weg? Los, fahr weg, Seven!

Ein Knirschen und Dröhnen von draußen, es wird lauter und immer lauter. Was hat er vor? Weiß er, dass ich hier bin? Will er versuchen, den Schacht zum Einsturz zu bringen? Nein, er kann nicht wissen, dass hier ein unterirdisches Labor ist, niemand hat es ihm gezeigt, da bin ich ganz sicher!

Etwas rattert mit Donnergrollen über meinen Kopf hinweg, die Abdeckung gibt ein Stück nach, und ich ziehe verzweifelt den Kopf ein. Eisstücke bröckeln auf mich herab, eins davon rutscht in den Kragen meines Parkas und zieht eine kalte Spur über meinen Hals. Dann wird das Motorengeräusch leiser.

Ganz, ganz langsam wage ich, mich zu entspannen. Wahrscheinlich ist Seven über das Labor gefahren, ohne es überhaupt zu merken. Ich habe ein saumäßiges Glück, dass hier nicht alles eingestürzt ist. Jetzt muss ich versuchen, zur *Polarnaja Swesda* zu kommen. Wird mit Gehirnerschütterung kein Spaß, ist aber zu schaffen. Halbe Stunde zu Fuß, höchstens. Bald bin ich in Sicherheit!

Ich verkeile meinen Ellenbogen in die Holzleiter und drücke mit der anderen Hand die Abdeckung nach oben – oder versuche es wenigstens. Das verformte Ding bewegt sich einen oder zwei Zentimeter nach oben, dann bleibt es stecken.

Diesmal gerate ich wirklich in Panik, wie besessen rüttele ich an der Abdeckung herum, bearbeite sie mit der Faust, brülle all die Hilfeschreie heraus, die sich während dieser furchtbaren Fahrt mit Seven in mir angestaut haben.

Bringt natürlich alles nichts. Ich weiß, dass das Labor kilometerweit von der Station entfernt ist. Hier hört mich niemand!

Aber bestimmt ist unten, bei den Instrumenten, ein Funkgerät oder so was, mit dem ich einen Hilferuf abschicken kann. Großer Gott, ich habe mich ja schon daran gewöhnt, dass man hier in der Antarktis nicht ständig im Netz sein kann, aber dass es auch möglich ist, dass man jemanden *gar nicht* erreichen kann, ist unglaublich.

Ich blicke die Leiter entlang nach unten. Dreizehn Meter. Könnte genauso gut die Eiger-Nordwand sein, wenn man nur eine gesunde Hand hat. Und diesmal ist Arvid nicht da, um mich aufzufangen, wenn ich falle. Nach all dem, was ich getan habe, brauche ich nicht mehr auf ihn zu hoffen.

Ein paar Tränen beginnen auf meinen Wangen zu gefrieren.

Als ich schließlich unten bin, kann ich mich kaum daran erinnern, wie ich das geschafft habe. Ich liege auf dem Boden zwischen einem Messinstrument, das aussieht wie eine abstrakte Skulptur, und einer Art Container mit kyrillischer Beschriftung, dessen Holztür schief in den Angeln hängt und offen steht. Darin erkenne ich einen Holztisch und einen Holzstuhl, hey, meine ganz persönliche Datscha. Ich versuche, auf die Beine zu kommen, die Welt dreht sich um mich. Mühsam halte ich mich irgendwo fest, aber ich kann meine Finger nicht mehr spüren, sie fühlen sich an, als wären sie ebenfalls aus Holz geschnitzt. Als ich es doch noch geschafft habe, mich auf diesen Stuhl zu verfrachten, schiebe ich meinen Pullover hoch und lege die kalten Hände auf meinen warmen Bauch. An meiner Hand und dem Arm versuchen kleine Dämonen, sich Steaks abzusäbeln. So fühlt es sich jedenfalls an.

Währenddessen schaue ich mich um, versuche, die Skalen und Schalter und Displays vor mir zu verstehen und mich verzweifelt daran zu erinnern, was Arvid über all dies hier erzählt hat. Leider sind die einzigen Dinge auf dem Tisch, deren Sinn ich verstehe, eine leere Kaffeetasse und … Halleluja, da in der Ecke liegt eine Sturmhaube aus schwarzer Wolle! Anscheinend hat die jemand hier vergessen. Ich hebe sie hoch und erkenne sie im gleichen Moment. Am unteren Rand ist ein pinker Streifen aufgenäht. Die gehört Sara, ich habe gesehen, wie sie die getragen hat! Aber wie kommt das Ding hier herein, in das Reich von Geophysiker Alexej? O Mann, die beiden haben sich hier getroffen! Die haben eine Affäre! Und das ist nun ein Segen für mich. Dankbar ziehe ich mir die Sturmhaube über, die nur meine Augen freilässt. Dieses Ding wird verhindern, dass ich mir Wangen und Nase abfriere.

Nach zehn Minuten wird mir klar: Kein Funkgerät. Keine Internetverbindung und auch sonst nichts, mit dem ich um Hilfe rufen könnte.

Von Arvid weiß ich, dass in diesem Labor für Geomagnetismus nur alle paar Tage Messungen durchgeführt werden. Es kann also locker zwei oder drei Tage dauern, bis mich jemand hier findet.

Nur bin ich dann leider erfroren.

Ich habe mir meinen eigenen, eisigen Sarg ausgesucht.

AM LIMIT

Seinen ersten Alleinflug hat er sich anders vorgestellt. Mit klopfendem Herzen sitzt Arvid auf dem rechten Sitz der *Squirrel* und fühlt sich sehr, sehr sichtbar in diesem Cockpit, das zu allen Seiten verglast ist. Wenn jemand einen Blick aus dem Fenster der Station wirft, sieht er, was hier passiert. *Ob Nikolai und die anderen mir das jemals verzeihen werden? Und werde ich es überhaupt schaffen, die Kiste in der Luft zu halten? Nur zwölf Flugstunden. Das ist viel zu wenig!*

Zittern seine Hände, als er sich das Headset aufsetzt? Nein, sie zittern nicht. Sonst wäre er wieder ausgestiegen.

Klaus Stalmann, der ihm einfach gefolgt ist, liest mit brüchiger Stimme die Checkliste vor, und Arvid überprüft, ob die Skalen im Cockpit alle auf null stehen, drückt dann die richtigen Knöpfe, um den Motor zu starten.

»Engine Anti-Freeze«, sagt Klaus Stalmann.

Arvid klickt einen Schalter über sich. »Ein.«

Einen Punkt nach dem anderen haken sie ab. Ganz langsam setzt sich der Rotor in Bewegung, sein Schatten zeichnet vor ihnen ein Windmühlenmuster auf den Schnee.

Arvid verkrampft sich noch mehr. *Jetzt ist unübersehbar, dass jemand versucht, den Hubschrauber zu kapern. Wenn nun jemand aus der Station rennt, ist es aus.* Noch kann er nicht starten, drei Minuten dauert es, bis der Hubschrauber bereit ist. Nervös behält Arvid Öldruck und -temperatur im Auge.

Wie er befürchtet hat, öffnet sich die Tür der Station, jemand späht hinaus. Irina! Als sie Arvid im Cockpit sieht, öffnet sich ihr Mund vor Verblüffung, sodass der Rotorwind ihr Schnee hineinbläst. Es ist längst zu laut, er hört nicht, was sie schreit.

Dann ist die Öltemperatur endlich im grünen Bereich und der Rotor braust mit 560 Umdrehungen.

Jegor rennt aus der Station auf ihn zu und schwenkt die Arme.

»Also dann«, sagt Arvid grimmig.

Ein leichter Zug am Steuerknüppel und die Kufen der *Squirrel* lösen sich vom Boden. Sofort trifft sie der Seitenwind, er muss mit Pedalen, Knüppel und Pitch ausgleichen, damit die Maschine wie eine Libelle auf der Stelle schwebt. Schon jetzt spürt er Schweißperlen auf der Stirn. Leicht fand er es nie, den Heli zu fliegen, er reagiert auf winzigste Bewegungen.

Arvid konzentriert sich wie nie zuvor, als er die Nase der *Squirrel* ein wenig senkt, sie nach vorne in Bewegung setzt – an Jegor vorbei. Es geht! Hölle und Teufel, er schafft das!

Es wird etwas leichter, als sie auf hundert Metern Höhe sind. Nur leider hat er den Funk angelassen, und gleich mehrere Stimmen sind dabei, ihn auf Russisch anzubrüllen. Besser, er denkt jetzt nicht darüber nach, dass er, der deutsche Gaststudent, auf übelste Weise das Vertrauen der anderen enttäuscht hat.

»Komm runter! Sofort! *Dawai!* Wir werden …«

Arvid schnickt den Schalter auf *Aus*. Gnädige Stille. »Ich schaue nach rechts, hältst du Ausschau auf der linken Seite?«, bittet er Stalmann und lässt den Blick schweifen. Aus hundert Metern Höhe sieht man eine Menge. Mit etwas Glück haben sie Crash und Seven bald gefunden.

Plötzlich ist Arvid sehr froh, nicht alleine zu sein. Während sie zurückgefahren sind zur *Polarnaja Swesda*, hat er den ehemaligen Einsiedler ausgequetscht und herausbekommen, dass Stalmann schon Gegenden erforscht hat, die wahrscheinlich vor ihm noch kein menschlicher Fuß betreten hat. Mit Skiern und Schlitten hat der Kerl die Antarktis einmal von Ost nach West durchquert und einmal von Norden nach Süden, immer allein. Nicht der schlechteste Kumpan.

Der Hubschrauber taumelt ein wenig, Arvid muss korrigieren. So unsicher hat er sich selten gefühlt. Nikolai ist nicht da, um ihm zu helfen, wenn er etwas falsch macht oder den Heli nicht in den Griff bekommt. Hoffentlich wird er jetzt nicht luftkrank, doch bisher geht es.

»Da ist was«, sagt Stalmann und deutet auf einen Punkt in der weißen Weite. »Sieht nach einer Pistenraupe aus.«

Arvids Puls legt einen Sprint ein. Sind das Seven und Crash? Voller Hoffnung steuert er die *Squirrel* näher heran. Doch je näher sie kommen, desto deutlicher wird, dass das Ding eine Kabine auf der Ladefläche hat und zwei Anhänger zieht. Außerdem trägt es das Logo eines Konzerns auf dem Dach. »Verdammt. Nur Prospektoren.«

»Mieses Pack«, sagt Stalmann und Arvid nickt.

Seit die Antarktis kein Schutzgebiet mehr ist, durchkämmen Konzerne und Glücksritter sie nach Rohstoffen, seien es Meteoriten aus wertvollen Metallen oder Lagerstätten von Kohle oder Öl. Vor der Küste wird schon gebohrt, jedes Mal, wenn er daran denkt, wird er wütend. Die erste Ölpest an diesen empfindlichen Küsten ist nur eine Frage der Zeit. Crash und die anderen haben recht gehabt, sie haben nur die falschen Mittel gewählt. Wieso hat er selbst eigentlich nie protestiert, sich engagiert?

Erfolglos suchen sie die Schelfeiskante an der Atka-Bucht ab, dann fliegt Arvid zurück, nimmt Kurs auf *Neumayer III*.

Als Arvid den dahinkriechenden *PistenBully* sieht, weiß er irgendwie sofort, dass das die gesuchte Nummer drei ist. Das Ding muss ewig ziellos umhergefahren sein, aber jetzt hat es Kurs auf die alte Station genommen. Arvid stöhnt. Anscheinend hat Fee recht gehabt, die beiden wären sowieso zurückgekehrt. *Wieso habe ich nicht abgewartet? Für nichts und wieder nichts habe ich den Hubschrauber gestohlen, wahrscheinlich werde ich dafür in Ungnade nach Deutschland zurückgeschickt!*

Er geht tiefer, umkreist den *PistenBully*. Bevor er ganz begriffen hat, was er tut, hat er schon den Funk angeschaltet und begonnen, die Maschine zu rufen. Und das Wunder geschieht, er bekommt eine Antwort. Sevens Stimme, sie klingt unbeschwert. »Hi Arvid, schöner Tag, was? Over.«

Diese Fröhlichkeit macht Arvid stutzig. »Lässt du mich mal mit Crash sprechen, bitte? Over.«

»Sorry, geht leider nicht. Sie ist rausgesprungen.«

»Sie ist *was?*« Arvid fühlt den Herzschlag in seiner Brust donnern.

»Rausgesprungen. Einfach so. Keine Ahnung, was sie vorhatte. Ich konnte sie nicht mehr finden, sie war einfach weg. Ist halt ein bisschen labil, das Mädchen.«

Er und Stalmann blicken sich an.

Die *Squirrel* taumelt wieder, und Arvid kämpft darum, sie unter Kontrolle zu bekommen, seine Füße fühlen sich an wie Blei auf den Pedalen. Ist das eine Lüge, wieder einmal? Crash ist alles andere als dämlich, ohne Grund hätte sie so etwas nicht getan! Oder war sie schon tot, hat Seven ihre Leiche aus dem Führerhaus geworfen, in der Hoffnung, dass sie nie gefunden wird?

Stalmann ahnt wohl, dass er jetzt nicht sprechen kann, und übernimmt den Funk. »Wann war das? Und wo?«

»Keine Ahnung. Vor ein paar Stunden. Ich bin danach noch ein bisschen durch die Gegend gefahren. Aber jetzt ist mein Sprit bald alle.«

Während Stalmann *Neumayer III* kontaktiert und durchgibt, was sie herausgefunden haben, wendet Arvid wortlos den Hubschrauber. Er hält die Maschine tief, denn jetzt suchen sie nach einem einzelnen Menschen. Einem Menschen, der vielleicht schon von Schnee bedeckt am Boden liegt.

Wie schön das war, mit Arvid hier zu sein. Geborgen. Mit ihm war das ein bedrohlicher, aber auch faszinierender Ort. Jetzt ist er nur noch bedrohlich. Enge Orte habe ich nie gemocht, ich muss draußen sein, frei sein, weggehen können, wenn ich will. Die Eiswände scheinen immer näher zusammenzurücken, irgendwann zerquetschen sie mich.

Um warm zu bleiben, gehe ich im Kreis, hüpfe auf und ab, mache Kniebeugen, bewege mich irgendwie. Tanze zu Songs, die in meinem Kopf ablaufen. Eine Ewigkeit lang mache ich all das, aber irgendwann kann ich nicht mehr – mir ist so furchtbar schwindelig und übel.

Die Kälte schleicht sich an wie ein jagender Wolf. Sie beißt durch meine Jeans, kriecht in meine Stiefel, belauert meinen Parka, bis auch der kapituliert. Noch nie im Leben war mir so kalt. Wenn ich nicht herumgehe, rolle ich mich auf dem Stuhl zusammen, um kein Quäntchen Wärme preiszugeben.

Mir fällt die Warnung ein, die Klaus Stalmann für uns aufgeschrieben hat. *You have to leave. It will hurt you.*

Jetzt weiß ich, wie er das gemeint hat. Und wie recht er damit hatte. Menschen sind fremd in diesem weißen Land und werden es immer sein.

Ich denke an meine Eltern – was für ein Begräbnis sie wohl organisieren werden, wenn ich hier in der Antarktis sterbe?

Vielleicht spielen sie meine Lieblingsmusik, wenn sie sich noch daran erinnern, was ich gerne höre. Zumindest mein Bruder weiß, dass ich was für Indie-HipHop und House übrig habe, und im Netz findet er vielleicht auch ein paar meiner Playlists. Meine Mutter weint sich vermutlich die Augen aus, und möglicherweise hält mein Vater eine Rede, die nicht so anrührend klingt, wie er es gerne hätte. Vor meinem inneren Auge sehe ich eine schwarz gekleidete Menschenmenge, aber wenn ich aufzulisten versuche, wer alles da sein würde, verschwinden sie einer nach dem anderen wie Cartoon-Figuren, die sich mit einem *Plopp!* auflösen. Immer dünner wird die Menge, bis nur noch ein Dutzend Menschen übrig sind. Verdammt.

Ganz in Weiß gekleidet, ein wenig durchsichtig-nebelig, steht Marisa unter ihnen und lächelt, weil ich ihr jetzt endlich, endlich Gesellschaft leisten werde, so oft und so lange sie sich das wünscht. Wie schön es war, mit ihr befreundet zu sein. Sie hat mich einfach sein lassen, wie ich bin, und mochte mich trotzdem. Ständig haben wir uns geneckt und aufgezogen, doch die anderen durften nichts gegen mich sagen, wenn sie dabei war. Wenn wir zusammen waren, habe ich mich wohl gefühlt, egal was wir gemacht haben. Eine Zeit lang war es, als hätte ich eine Schwester. Aber Marisa hat auch viel von mir verlangt, sie wollte, dass wir immer zusammen sind – das wurde mir manchmal zu viel. Dann bin ich meine eigenen Wege gegangen, die nicht die ihren waren.

Es ist unheimlich, zu spüren, wie die Wärme meinen Körper verlässt. Meine Zähne schlagen aufeinander und ich kann sie nicht daran hindern. Angeblich ist Erfrieren ein angenehmer Tod, man schläft einfach ein. Keine Schmerzen. Tausendmal lieber würde ich mit einem *Porsche* gegen einen Baum rasen. *Maserati* wäre noch lässiger, aber es muss natürlich ein Benziner sein. *BMW* geht auch. *Mercedes* nur, falls nichts anderes da ist.

Eine kleine Hoffnung wärmt mich von innen. Vielleicht hat Alexej ganz zufällig in den letzten Tagen keine Zeit und keinen Nerv gehabt, Magnetstürme vorherzusagen, und möchte das jetzt dringend nachholen. Vielleicht stapft er in diesem Moment rüber zu seinem Labor, vielleicht sogar mit einer Thermoskanne heißem Kaffee.

Leider kann ich nicht daran glauben.

Wenn ich noch mal leben könnte, würde ich so vieles anders machen. Ich würde meinem Vater ins Gesicht sagen, was ich von ihm halte, und dann das Jugendamt anrufen, damit es mir einen Platz im Heim besorgt. Dort würde ich dann ganz ehrlich nicht abhauen, wenigstens wenn ich es halbwegs dort aushalte. Ich würde netter zu anderen Menschen sein, nicht fast jeden abblitzen lassen, der mit mir befreundet sein will. Das mit der Beerdigung macht mir echt zu schaffen.

Ich würde sogar versuchen, in der Schule mitzuarbeiten.

Na ja, vielleicht.

Die Parka-Taschen wärmen meine Hände kaum, ich kann meine Fingerspitzen immer noch nicht spüren. Ich traue mich nicht, sie anzuschauen. Stattdessen stecke ich sie in den Mund, versuche sie auf diese Art wieder aufzutauen. Kein Prickeln, ich glaube, das ist ein schlechtes Zeichen.

Das Licht ist mein einziger Trost. Können die Russen irgendwie merken, dass hier ungewöhnlich viel Strom verbraucht wird? Oder dass ein Gegenstand aus Metall hier drin ist, mein Anhänger nämlich? Warum haben die Deppen eine Stromleitung gelegt, aber keine Netzverbindung installiert? Oder ist sie kaputt, wie so vieles auf der russischen Station?

Wenn diese verdammte Entführung nicht gewesen wäre, könnte ich mir wenigstens Arvid herwünschen. Aber Tamuras Tod hat alles verändert. In einem anderen Leben würde ich auch gerne Wale schützen, aber ich würde dafür keine so irre Aktion mehr durchziehen.

Egal. Es ist passiert und ich wünsche mir Arvid trotzdem her. Als er in Schwierigkeiten war, habe ich das irgendwie gespürt ... Geht ihm das auch so?

Je länger ich warte, desto kleiner wird die Hoffnung. Wenn ich sie mir vorstelle, ist sie ungefähr erbsengroß. Kann das wirklich sein, dass er mich aufgegeben hat?

Mir ist so kalt. So furchtbar kalt.

»Wir müssen zurück«, sagt Klaus Stalmann nach langer Zeit, so endlos langer Zeit.

»Nein«, sagt Arvid. »Nein. Noch nicht. Wir können nicht zurück!« Wo kann sie nur sein? Was hat Seven mit ihr gemacht?

»Wenn sie hier irgendwo wäre, hätten wir sie wahrscheinlich gesehen.« Stalmann klingt beunruhigt. »Jetzt nicht umzukehren, wäre dumm. Und du kommst mir nicht dumm vor, Junge.«

Arvid schweigt. Er will das nicht hören!

»Der Sprit geht uns aus, das siehst du selber.« Stalmann lässt nicht locker. »Lass uns zurückfliegen. Wenn wir auch draufgehen, ist niemandem gedient.«

Stimmt schon. Es hat keinen Sinn mehr. Außerdem ist Arvid erschöpft, weil sie schon seit Stunden unterwegs sind und es ihn unglaublich viel Kraft kostet, den Hubschrauber unter Kontrolle zu behalten. Übel ist ihm auch, wegen der Böen und vor Angst um Crash.

Apathisch wendet er die *Squirrel*, steuert sie zurück in Richtung *Polarnaja Swesda*.

Seine Gedanken wenden sich dem Problem zu, die Kiste

auf den Boden zu bringen, und dem, was die anderen mit ihm anstellen werden.

Doch dann stutzt er. Gerade müsste er eigentlich das Geomagnetismus-Labor überflogen haben, auf der elektronischen Karte ist es deutlich eingezeichnet. Aber die Markierungsfahne ist weg. Kann die der Wind weggerissen haben? Ein Antarktis-Sturm kann Fahnen aus Stoff zerfetzen wie Seidenpapier. Aber so heftig war der Wind doch gar nicht in letzter Zeit.

Instinktiv legt er den Helikopter in die Kurve.

»Junge …«, beginnt Stalmann, doch Arvid hört ihn kaum. Ihm ist etwas eingefallen.

»Crash wusste, dass hier das Labor ist! Ich habe es ihr gezeigt!« Er brüllt es fast und der Ex-Einsiedler blickt ihn ratlos an.

Doch Arvid hat schon mit den Vorbereitungen zur Landung begonnen. Vorsichtig reduziert er die Umdrehungen des Rotors, richtet die Schnauze der *Squirrel* in den Wind und reguliert mit der linken Hand den Pitch, damit die Maschine sinkt. *O Gott, hoffentlich schaffe ich das, der Wind ist so verdammt stark.*

Der Rotor wirbelt eine gigantische weiße Wolke aus Neuschnee auf, er kann kaum noch etwas sehen. Wie hoch sind sie überhaupt? Fünf Meter? Zwei? Einen Moment lang sieht er den Boden. Gleich unten – gut!

Gerade als Arvid beginnt, sich zu entspannen, packt eine Bö die Maschine und lässt sie schwanken. Stalmann gibt einen Warnruf von sich, aber Arvid hört es kaum. Verzweifelt steuert er gegen. Wenn die drei Rotorblätter den Boden berühren, dann ist alles aus, dann fliegen die Fetzen! Und die stählernen Bruchstücke werden den Heli zerreißen wie Geschosse – und ihn und Stalmann gleich mit.

Hart kommt der Hubschrauber auf dem Boden auf, so hart, dass er nach links sackt. Einen Moment lang bleibt die Maschine zitternd und bebend stehen. Wird sie auf die Seite fallen? Am liebsten würde Arvid die Augen schließen, aber dann tut er es doch nicht. Ganz langsam kommt der Rotor zum Stillstand. Die Maschine steht noch aufrecht, schief allerdings. Arvid zieht sich das Headset vom Kopf und hängt es an die Befestigung, dann steigt er mit wackeligen Beinen aus und schaut sich die Bescherung an.

»Scheiße«, sagt er.

Die linke Kufe ist hinüber, das dicke Metallrohr ist unter der Belastung zerknickt. Können sie das in der Werkstatt der *Polarnaja Swesda* flicken? Was wird das alles kosten? Besser nicht dran denken.

Das GPS verrät ihnen, wo das Geomagnetismus-Labor eigentlich sein müsste. Stalmann und er kriechen auf Händen und Knien herum und suchen nach der Abdeckung des Schachts. »Hier!«, ruft Stalmann schließlich. Der Deckel wirkt beschädigt, sie müssen mit vereinten Kräften an den Hebeln zerren, bis sie das Ding offen haben.

Sofort sieht Arvid, dass im Schacht Licht brennt. Jemand ist hier, und Alexej kann es nicht sein, die Messung ist erst wieder in zwei Tagen fällig! Er blickt hinunter, doch ob in der Messkabine jemand sitzt, ist von hier aus nicht zu sehen.

Sein Herz schlägt einen Salto nach dem anderen. Er rennt zurück zum Hubschrauber, stopft ein Handfunkgerät und die Erste-Hilfe-Ausrüstung in seinen Rucksack, läuft zurück. »Ich geh runter«, sagt er zu Stalmann, schiebt sich in den Schacht und tastet nach der ersten Leitersprosse. »Sie warten am besten im Hubschrauber. Sagen Sie den anderen Bescheid, sie sollen Verstärkung schicken und einen heizbaren Anzug mitbringen!« In der Eile hat er das vergessen.

Ein bisschen Schnee weht in den Schacht, bleibt auf seinen Haaren liegen. Über ihm klappt der Deckel zu, dann beginnt er den Abstieg, so schnell er kann.

Als er die halb offen stehende Tür der Messkabine aufreißt, sieht er eine Gestalt – ja, dort ist Crash! Sie ist es! Vor Erleichterung werden ihm die Knie noch weicher.

Sie scheint zu schlafen, klar, wahrscheinlich war sie total fertig nach allem, was passiert ist.

Noch zwei Schritte, dann hat er sie erreicht. Endlich.

Immer öfter ertappt sich Sinan dabei, wie er von Daheim träumt. Im Laden eine Cola einstecken, deren Funketikett er neutralisiert hat; am Stachus herumhängen, bis die Überwachungskameras ihn mit ihrer dämlichen Synthiestimme verwarnen; mit seinen Freunden in irgendeinen Fast-Food-Laden gehen und *Quizduell* gegeneinander spielen, während sie ihre Soja-Burger niedermachen. Aber das kann er wahrscheinlich alles knicken. Außer, sie geben ihm noch mal Bewährung.

»Hey, Leute, es gibt Neuigkeiten!«, ruft Hobbit, der sich nebenan vors Funkgerät gehockt hat. Er klingt nervös.

»Was ist?« Beunruhigt geht Sinan rüber zur Funkbude. Gerade noch rechtzeitig, um mitzuhören: »… und übrigens, ich bin bald wieder bei euch. Könnt ihr schon mal 'nen heißen Kakao aufsetzen?«

Seven. Er kommt zurück. Die Fröhlichkeit in seiner Stimme ist Sinan unheimlich. Die Knöchel seiner Hand werden weiß, als er das Handteil des Funkgeräts packt. »Was hast du mit Crash gemacht, du Kanalratte?«

»Vielleicht doch lieber ein Bier«, sagt Seven, als hätte er ihn nicht gehört.

Sinan spürt, wie er wütend wird; prompt schmerzt die

Wunde an seiner Brust stärker. »Dein Bier kannst du woanders trinken! Bleib meinetwegen, wo du bist, oder fahr zu den Russen, ist mir scheißegal – wir wollen dich hier nicht mehr! Und wenn du Crash auch nur an den Haaren gezogen hast, kannst du dein Testament machen.«

»Du redest Mist, Dattel. Ich bin in einer Dreiviertelstunde bei euch. Oder so.«

Grimmig beendet Dattel die Verbindung. Was ist, sollen sie ihn überhaupt wieder reinlassen in *Neumayer III*? Am besten, sie stimmen ab. Aber was ist, wenn Benny und Fee dafür sind, sich mit Seven zu versöhnen?

Es ist seltsam. Irgendwann hat er begonnen, sich für all diese Deppen in dieser abgewrackten Station verantwortlich zu fühlen. Dass er Hobbits Gepäck in den Schnee geworfen und sich mit Kaya geprügelt hat, ist eine ferne Erinnerung, sie fühlt sich an wie ein Bild, das er in einem fernen Winkel der Cloud abgelegt hat.

Nur der Schmerz, wenn er an Crash denkt, der ist klar und scharf und echt.

Als ich aufwache, ist es noch immer hell um mich herum. Jemand schüttelt mich, ruft meinen Namen. Zieht mich hoch, streift mir die Sturmmaske über den Kopf.

»Crash, Gott sei Dank, bist du in Ordnung?«

Ganz nah schwebt Arvids Gesicht vor meinem. Ich kann jede Pore seiner Haut erkennen, seine rötlich blonden Brauen, die Stelle, an der von seinem Vorderzahn eine Ecke abgesplittert ist. Seine Augen, die mich anblicken, sind dunkel vor Sorge, Sorge um mich?

»Ja, klar bin ich in Ordnung, alles okay«, murmele ich und staune darüber, dass ich noch lebe.

Arvid ist hier. Seine Arme umfangen mich. Er versucht,

mir seine Wärme abzugeben, aber es hilft nicht viel. »Wie lange bist du schon hier drin?«, fragt er.

»Weiß nicht.« Noch immer fühle ich mich benommen. Als ich die Hände aus den Taschen des Parkas ziehe, sehe ich, wie Arvid erschrickt. Er zieht seine Handschuhe aus, nimmt meine kalten Finger in seine warmen, schaut sie sich genauer an. Auch ich sehe jetzt, dass die Fingerspitzen weiß sind und die Haut Blasen gebildet hat, besonders bei der linken, die sowieso schon verletzt ist. Mir wird ganz anders. Meine Hände! Ich brauche die noch, verdammt!

»Kriegt man die wieder hin?«, frage ich, und Tränen laufen mir über die Wangen.

»Bestimmt – wir fangen besser gleich damit an«, sagt Arvid beunruhigt. Er holt eine Spritze hervor, die mir bekannt vorkommt, ein Schneekristall ist darauf eingraviert.

»Was ist das?«, frage ich benommen.

»Anti-Frost-Proteine, die hat man im Blut von Antarktisfischen entdeckt. Gut gegen Erfrierungen.« Er streift mir den Parka über die Schulter, die Nadel schiebt sich in meinen Oberarm. Den winzigen Schmerz fühle ich kaum. Fischblut? Plötzlich muss ich kichern, ich kann gar nicht mehr aufhören. Ich lebe noch, wie krass ist das denn? Arvid gibt mir eine zweite Spritze, die meinen Kreislauf in Schwung bringen soll. Ich spüre den Effekt sofort, wow, das ist starkes Zeug. Dann kramt er ein paar Wärmepacks mit einem blauen Schneekristall und einem roten Kreuz darauf aus seinen Taschen, reißt sie hastig auf, steckt meine Hände mit ihnen zusammen in seine Handschuhe. Dabei fällt ihm der blutige Verband auf. »Du bist ja verletzt! Was ist passiert?«

Mein Kicheranfall verebbt. »Durchbohrt mit einem Schraubenzieher. Ich glaube, das fand er witzig.«

Die gequälte Art, wie er mich ansieht, geht mir durch und

durch. Als wäre er es, den Seven verletzt hat. »Oh nein! Ich habe mir schon gedacht, dass du nicht einfach so aus dem *PistenBully* springen würdest.«

Er nimmt meine behandschuhten Hände in seine, zieht mich noch mal an sich und die Zeit steht still. Es gibt nur noch ihn und mich.

»Wie hast du mich gefunden?«, murmele ich in seine Jacke. »Ich war mir sicher, dass mich hier niemand entdeckt, bis es zu spät ist.«

Kurz erzählt er mir, was er getan hat, und ich hebe den Kopf, um ihn anzustarren. »Aber … du … das …«

Als Arvid meinen Blick sieht, muss er ein klein wenig grinsen. »Jaja, ich weiß. Besser, ich überlasse solche Sachen dir. Den Heli hab ich demoliert, damit können wir dich nicht zurückbringen, der würde beim Start zur Seite kippen. Aber ich wette, oben steht schon ein Schneemobil, um dich zur Station zu fahren. Jegor verarztet dich richtig, und …«

»Welcher Station?«, frage ich benommen.

Er hat mir die Stiefel ausgezogen und nimmt meine Zehen in Augenschein. »Zu unserer natürlich. Unterkühlung ist gefährlich, wir müssen dich ganz langsam wieder …«

»Aber Seven – was ist mit dem?«, unterbreche ich ihn, kann plötzlich kaum noch still stehen.

»Ich habe mit ihm gesprochen, vorhin war er auf dem Weg nach *Neumayer III*.«

»Er darf nicht dorthin«, flüstere ich und spüre, wie meine Freude zu Schrecken gerinnt. »Arvid, weißt du, was er für ein Mensch ist?«

»So ungefähr, ja«, gibt er zurück, aber sein Blick ist noch immer besorgt auf mich gerichtet. Er kann sich nicht vorstellen, was in *Neumayer III* los sein wird, falls Seven sich an den anderen rächen möchte. An Fee. Benny. Dattel. Kaya.

»Ich muss dorthin, ich …«

»Jetzt bringe ich dich erst mal hoch«, sagt Arvid entschlossen. »Kannst du dich an mir festhalten?«

Schaffe ich das? Keine Ahnung. Aber ich nicke.

Doch dann zögert er, und ich spüre, wie seine Stimmung umschlägt. »Soweit ich gehört habe, ist das Sondereinsatzkommando inzwischen eingetroffen.« Seine Stimme klingt gepresst. »Das heißt, wahrscheinlich ist das hier das letzte Mal, dass wir allein miteinander sprechen können.«

Wir blicken uns an, und plötzlich sehe ich ihn wie durch einen Tunnel, alle anderen Gedanken in mir verblassen. Ich weiß, was ihm jetzt durch den Kopf geht, und ich weiß auch, was ich sagen muss, auch wenn es entsetzlich wehtun wird. »Das heißt, wir verabschieden uns besser jetzt schon«, sage ich leise.

Und ich sehe, wie er nickt.

Es war von Anfang an nur ein schöner Traum. Unsere Welten sind so unterschiedlich wie die eines Bussards und eines Katzenhais – dass wir uns überhaupt begegnet sind, war eine verrückte Laune des Schicksals.

Ich sehe, dass seine Augen feucht sind, und spüre, dass auch meine eigenen überfließen. Ganz sanft berührt seine warme Hand meine Wange, und unsere Atemwolken vermischen sich in der Kälte, die mir nun nichts mehr anhaben kann.

»Ach, verdammt«, sagt er. »Das ist so schwer.«

»Aber es muss sein, das weißt du.« Ich kann kaum sprechen. »Noch hast du ein Leben. Ich will nicht noch mehr kaputtmachen. Du brauchst jemanden, der gut für dich ist.«

»Crash …«

»Es tut mir furchtbar leid«, presse ich hervor. »Wir haben so viel angerichtet.«

»Immerhin, du warst es nicht, die meine Handleine durchgeschnitten hat«, sagt er leise. »Das wäre schwer zu ertragen gewesen. Schwerer noch als das andere.«

»Aber das hast du nie gedacht, oder? Dass ich es war?«

»Nie wirklich. Es hätte dir nicht ähnlich gesehen. Aber das andere – die Entführung – sah dir auch nicht ähnlich.«

»Das stimmt«, sage ich und ein schwarzer Sumpf der Traurigkeit erstreckt sich in meinem Inneren. Nur seine Finger, die noch immer behutsam über meine Wange streichen, halten mich an der Oberfläche.

Vergiss sie. Du kannst ihr eh nicht mehr vertrauen. Was für einen blöden Ratschlag habe ich Martin gegeben. Es wäre furchtbar, wenn Arvid mich vergessen würde.

»Du warst gut für mich, ob du es glaubst oder nicht«, flüstert Arvid.

Einen Moment lang glaube ich, dass wir uns ein letztes Mal küssen können, aber wahrscheinlich geht das nicht, weil wir dann beide einfach zusammenklappen würden wie Pappfiguren, die jemand ins Wasser gestellt hat. Also sage ich einfach: »Danke für alles«, er dreht sich um, und dann lege ich ein letztes Mal die Arme um ihn, damit er mich die Leiter hochtragen kann.

NACH HAUSE

Draußen. Ich bin draußen! Der Himmel ist milchig weiß und die Sonne hat sich mit einem Halo aus Eisnadeln umgeben, was sehr unwirklich aussieht. Ich bin draußen. Wie ein neugeborenes Kind japse ich nach Luft. Ja, es gibt mich noch, das verraten mir schon meine Hände, die in der ungewohnten Wärme der Packs schmerzen, als würde mir gerade jemand die Haut abziehen. Noch immer zittere ich, mir ist kalt durch und durch.

Ein paar Meter entfernt steht ein Hubschrauber, der schief hängt, als hätte er Sprit mit zu viel Oktan gesoffen. Daneben der Einsiedler und Sara, unsere ehemalige Köchin. Sie steigt gerade von einem Skidoo ab, marschiert durch den Schnee und packt mich von vorne an den Schultern, bevor ich einen klaren Gedanken fassen kann. Dann zieht sie mich plötzlich an sich. Vor Überraschung bin ich steif wie ein Zaunpfosten. »Hat das getan der blonde Junge? Krank im Kopf!«

»Warum bist du weggegangen?«, frage ich sie.

»Weiß ich nicht mehr«, sagt sie. »War falsch. Ganz falsch. Verzeihen, ja?«

Wäre es auch so schlimm gekommen, wenn sie bei uns geblieben und nicht zu den Russen desertiert wäre? Wahrscheinlich schon. Wir waren außer Kontrolle – und Seven nicht gewachsen. Niemand war ihm gewachsen, auch Martin nicht.

»Ja«, sage ich und schaue an ihr vorbei auf ihr Schneemobil, an dem der Zündschlüssel steckt. Dann krame ich die

Sturmmaske mit der pinken Borte aus meiner Tasche und gebe sie ihr. »Die hat geholfen. Ist von dir, oder?«

»Oh.« Zum ersten und wahrscheinlich zum letzten Mal sehe ich Sara verlegen. »Hab ich wohl vergessen.« Sie drückt mir einen dicken Anzug in die Hand, dessen Außenseite blauschwarz schimmert – aha, Solarfolie. »Hier, zieh das an. Taut dich auf.«

Im geheizten Cockpit des Hubschraubers ziehe ich meinen Parka aus und schlüpfe in den neuen Anzug. Sofort streckt die Wärme goldene Fühler nach mir aus. Gierig saugt mein Körper sie auf und fordert mehr davon.

Während Arvid, Klaus und Sara auf der einen Seite des Hubschraubers diskutieren, steige ich auf der anderen Seite aus, schleiche zum Schneemobil und setze mich drauf. Ein letztes Mal werde ich heute ein Fahrzeug stehlen und dann nie wieder. Ich will jetzt nicht zur *Polarnaja Swesda,* ich will nach Hause. Nein, nicht nach Deutschland. Zu Dattel, Benny, Kaya und Fee.

Ich gebe Gas, so gut das mit meinen halb aufgetauten Fingern geht.

Es fühlt sich an wie Heimkommen, wieder in *Neumayer III* zu sein. Die anderen drücken mich fast zu Tode, reden durcheinander, lachen. Aber nicht lange. Als ich erzähle, was passiert ist und was Seven getan hat, macht sich erschrockenes Schweigen breit. Fee ist furchtbar blass. Sie nimmt meine Hand, in der vor Kurzem noch ein Schraubenzieher gesteckt hat, und legt sie an ihre Wange. Immer hat sie Seven verteidigt, nie wollte sie etwas Schlechtes über ihn hören. Und jetzt sagt sie … nichts. Kein Wort.

Das Herz ist mir schwer. Wieso hat sie sich an diesen Mistkerl geklammert, von Anfang an? Ich verstehe es einfach nicht. Geschlagene Frauen kriechen immer wieder zurück zu dem Mann, der ihnen das angetan hat, sie schaffen es nur ganz selten, einfach zu gehen. Ist das mit Fee so etwas Ähnliches?

»Ach übrigens, Seven wird gleich da sein«, teilt mir Dattel mit, und seine schwarzen Augen wirken hart. »Er ist auf dem Weg hierher.«

Mir bleibt fast das Herz stehen.

Wir brauchen uns nicht abzusprechen, wir steigen hoch zur Ballonfüllhalle und klettern hinunter auf die weiße Ebene. Am Horizont ist ein dunkler Fleck zu sehen. Ein Fleck, der immer größer wird.

Der grüne *PistenBully* mit der Zahl »3« auf der Tür gleitet auf die Station zu wie ein riesiges Tier aus Metall. Seine Dieselabgase verpesten die Luft, die hier Millionen Mal reiner ist als daheim. Durch die Frontscheiben kann ich Sevens grinsendes Gesicht sehen. Er ist bester Laune. Nun ist er fast an der Station angekommen und steuert einen Platz an, wo er den *Bully* abstellen kann. Doch Fees schmale Gestalt tritt der Nummer drei in den Weg, ganz ruhig, ganz selbstverständlich.

Der *PistenBully* bremst vor ihr ab. Einen Moment lang grollt der Motor im Leerlauf. Dann sehe ich, wie Seven die schwere Maschine auf der Stelle wendet und nach rechts an Fee vorbeiwill.

Doch sie macht einen Schritt nach rechts. Lässt die Pistenraupe nicht vorbei. Steht jetzt wieder reglos da. Aus der Entfernung sieht es aus wie ein Tanz. Einer, der in einem anderen Land erfunden wurde, fern von hier.

Meine Kehle ist eng vor Angst. Was wird er tun? Wird er sie einfach über den Haufen fahren? Oder aussteigen und sie umarmen, bis sie schwach wird und ihn zurücknimmt? Wenn sie auch nur einmal lächelt, wird er genau das tun.

Doch Fee lächelt nicht. Nicht mehr. Wirr hängen ihr die verschwitzten Haare übers Gesicht, der Wind wirbelt die Strähnen nach hinten.

»Hau ab!«, ruft Fee ihm entgegen und hebt die Faust. »Wir wollen dich hier nicht mehr!«

Undeutlich kann ich Sevens Gesicht im Führerhaus erkennen. Sieht so aus, als wäre er überrascht.

Ich schließe die Augen, um nicht sehen zu müssen, wie er sie überfährt.

Was soll das? Seven ist irritiert. Die ganze Zeit lief alles so schön nach Plan – nach seinem Plan –, aber das hier passt nicht hinein. Wochen seiner kostbaren Zeit hat er investiert, um diese blöde Tussi Marlene – dieser Nickname Fee ist ein Witz, sie kann ebenso wenig zaubern wie ein Tampon! – auf Spur zu bringen. Und nun das. Undankbar. Anders kann man das nicht nennen. Aber er braucht sie sowieso nicht mehr. Sobald diese ganze Sache ihn berühmt gemacht hat, werden sich die Mädchen um ihn reißen. Wahrscheinlich werden Rudel von Groupies vor seiner Hoteltür kampieren.

Das Lenkrad fühlt sich glatt und fest an unter seinen Händen, sein Zeh ruht auf dem Gaspedal. 400 Pferdestärken warten auf ihren Einsatz. Wie wäre es, sie auf die Station loszulassen? So ein *PistenBully* kann über raues Gelände klettern, er kann in einem unglaublichen Winkel nach oben oder unten fahren. Es wäre ein Klacks, diese halb wracke Scheißstation plattzumachen. Das Blech des Daches unter seinen Ketten zu zerquetschen und den einen oder anderen Deppen gleich mit. Bedauerlicher Unfall halt. So was passiert.

Er spürt, wie Wut in ihm hochkocht. Diese Deppen haben Strafe verdient. Und diese Strafe heißt erst mal – frieren!

Mit einem schnellen Ruck am Lenkrad lässt er den *Pis-*

tenBully drehen und gibt Gas. Diesmal schafft er es an der blöden Tussi vorbei. Der wird er später noch zeigen, was passiert, wenn man sich mit ihm anlegt!

Als ich das metallische Knirschen höre, reiße ich die Augen wieder auf. Hölle und Teufel, Seven lässt den *PistenBully* die Treppe hochklettern, die zur Ballonhalle hochführt! Die Stahlstangen zerknicken unter seinem Gewicht, als wären sie Zahnstocher. Dann ist er oben auf dem Dach, die Metallgeländer biegen sich unter seinen Ketten, als würden sie schmelzen. Ich sehe, wie sich Risse in der Hülle von *Neumayer III* bilden, und spüre, wie mein Atem sich in meiner Kehle verfängt.

Unser Zuhause. Unsere Zuflucht.

Ein sicherer Ort war das doch sowieso nie, versuche ich mich zu trösten. Schweigend schauen wir zu, wie Seven die Station demoliert. Benny tritt von einem Fuß auf den anderen, Dattel hat die Fäuste geballt und starrt auf das, was Seven anrichtet, Fee laufen die Tränen über das Gesicht. Kaya hat die Arme verschränkt und eine grimmige Miene aufgesetzt.

Wir können nichts tun, gar nichts. Und jetzt kommt der *PistenBully* wieder auf uns zu, geballte Kraft. Ich sehe Seven, diesen Mistkerl, hinter der Windschutzscheibe größer und größer werden. Jetzt fährt er noch mal auf Fee zu, stoppt und öffnet das Seitenfenster.

»Warum hast du das gemacht, du Drecksau? Hau einfach ab und lass uns in Ruhe!«, schleudert ihm Fee entgegen.

»Na, na, das ist aber nicht nett. Wie fändest du es, wenn ich dich einfach plattmachen würde?« Seven grinst, aber es ist kein Witz. Noch nie habe ich jemanden mit so kalten Augen gesehen, wieso ist mir das früher nicht aufgefallen?

Dattel will wütend voranstürmen, wahrscheinlich versuchen, ihn vom Führersitz runterzuzerren, aber ich packe ihn hart am Arm, zische ihm ein »Nein!« zu. Er macht genau das, was Seven will! Wenn Dattel jetzt versucht, ihn zu schlagen oder ihn mit Gewalt aus der Pistenraupe rauszuholen, dann kann Seven nachher sagen, dass er sich verteidigen musste. Notwehr und so. Dann ist es aus.

Die Einzige, die Seven jetzt noch stoppen kann, bin ich. Weil ich als einziger Mensch hier, nein, als einziger Mensch auf diesem ganzen beschissenen *Kontinent* ahne, wie dieser Typ tickt!

Ich schubse Dattel nach hinten und renne durch den Schnee auf den *PistenBully* zu, nein, in Wirklichkeit torkele ich eher, meine blöden Beine sind immer noch nicht richtig aufgetaut.

»Seven!«, rufe ich währenddessen. »Hör mal zu, Seven, denk doch mal an die Zeit, wenn du zurück bist ... Die werden dich alle in ihren Sendungen haben wollen ... Stell dir vor, du sitzt gerade in einer Talkshow ... dann kannst du blöde Fragen nicht gebrauchen, oder? Es muss jetzt alles glatt laufen!«

Schweigen. Durch die große Frontscheibe des *PistenBullys* starrt Seven mich an. Wenn er jetzt Gas gibt, zermatscht er mich in Sekunden unter diesen breiten Metallketten.

Aber noch hört er mir zu. »Was macht ein Held?« Ich rede einfach weiter, so laut ich kann, ohne zu schreien. »Er fährt nach all den schrecklichen Dingen, die passiert sind, zur Nachbarstation *Neumayer IV* und ruft die deutschen Forscher, die gerade dort arbeiten, zu Hilfe. Selbstlos und mutig setzt er sich für die anderen ein. *Das* macht ein Held, Seven! Also, was ist?«

Der Atem rasselt durch meine Brust. Ich kann sehen, dass Seven nachdenkt. Abwägt. Dabei spielt er mit dem Gaspedal, immer wieder fährt der Motor brausend hoch, grummelt dann wieder ganz leise, wird wieder lauter.

Doch ich höre trotzdem das andere Geräusch, das aus der Ferne kommt und sich nähert. Ein Flugzeug. Vielleicht von einer der anderen Stationen. Ich sehe, wie Seven sich den Hals verrenkt, um einen Blick darauf zu werfen.

Und das Wunder geschieht. Seven wendet die Pistenraupe und fährt davon. Vielleicht ist ihm klar geworden, dass sich Fee nicht mehr von ihm beherrschen lassen wird – ebenso wenig wie wir. Er kann uns nicht mehr manipulieren. Wenn man nämlich weiß, dass jemand das versucht, dann wird man immun dagegen. Und das fühlt sich gut an.

Obwohl sich meine Finger noch immer seltsam anfühlen, durchzieht Wärme meinen ganzen Körper, wahrscheinlich wirkt jetzt das Serum. Plötzlich wünsche ich mir, Martin wäre hier. Weil er auch irgendwie dazugehört hat.

Eine halbe Stunde später sitzen wir auf dem, was vom Dach der *Neumayer III* noch übrig ist, und warten auf das Sondereinsatzkommando. Benny baumelt mit den Beinen, Kaya isst ein paar Schneekristalle und Fee blinzelt ins gleißende Sonnenlicht. Ich kämme Dattels Haare mit den Fingern durch, weil sein Kopf auf meinem Schoß liegt. Das fühlt sich ziemlich gut an. Gemütlich.

»Es war eine so schöne Zeit hier«, sagt Kaya.

»Schöne Zeit?« Benny starrt sie von der Seite an. »Was genau meinst du damit? Das mit dem Leute-aus-Gletscherspalten-Ziehen? Das Robbenklatschen? Die Entführung?«

Kaya schüttelt verlegen den Kopf. »Nee – einfach mit euch hier zu sein«, sagt sie leise, und mir wird klar, dass sie vorher wirklich viel Scheiße erlebt haben muss, wenn ihr das hier gefallen hat. Und dass wir glatt verpasst haben, dass Kaya glücklich war.

»Die Pinguine mochte ich auch«, schiebt sie noch hinterher, in ihren Mundwinkeln nistet ein zaghaftes Lächeln. »Außerdem sieht es hier fast aus wie auf einem fremden Planeten. Ich wollte früher unbedingt bei diesem ersten großen Flug zum Mars dabei sein, bei dem die Leute hinfliegen und als Siedler dortbleiben.«

»Wie, du auch?«, fragt Dattel. »Ich hab mich sogar beworben. Aber ich war natürlich zu jung. Oder sie wollten keinen türkischen Klugscheißer an Bord.«

»Wahrscheinlich.« Ihr Lächeln wird breiter.

»Ach übrigens, Leute – die Frage, ob Spucke wirklich in der Luft gefrieren kann, ist immer noch nicht geklärt«, sagt Benny.

»Empirisch.« Dattels Stimme klingt träumerisch. »Das müssen wir empirisch angehen.«

»Empi-was?«, fragt Fee.

Kaya spuckt in die Luft. »Ausprobieren«, sagt sie. »Aber ich glaube, es ist noch nicht kalt genug.«

»Minus fünf«, sagt Benny. »Babykram. Noch ’ne Null dahinter, dann können wir darüber reden.«

»Gute Idee«, sage ich und lächele ins Nirgendwo hinein. Einfach so. Vielleicht, weil ich mich gerade lebendig fühle.

Ganz unfassbar lebendig.

EPILOG

Als die Internationale Walfangkommission ihren Beschluss verkündet, das Südpolarmeer wieder unter Schutz zu stellen, erhebt sich Arvid froh und erleichtert mit allen anderen Zuhörern, Presseleuten und Umweltschützern auf der Empore. Der Applaus rauscht durch den Saal wie Starkregen, doch es ist eher ein solides Hoch, das hier herrscht. Lachende Gesichter überall. Er, Pieter und Jenny umarmen sich und seine Uni-Freunde führen einen spontanen Tanz auf. Jemand, den er noch nie gesehen hat, drückt ihm einen Becher Sekt in die Hand. Noch ist völlig offen, ob es gelingen wird, den Walfang zu stoppen, doch dies ist ein erster Schritt dazu – zwei Jahre nach der verrückten Aktion in der Antarktis. Jedes Mal, wenn er daran denkt, steigt eine seltsame Mischung von Gefühlen in ihm hoch – Beklemmung ist dabei, ein Echo des Schocks, aber auch ein klein wenig Sehnsucht.

Arvid stößt mit jedem an, der ihm einen Becher hinhält, lacht mit den anderen … und plötzlich erfassen seine Augen eine Gestalt, die auf der Empore schräg hinter ihm gesessen haben muss. Es durchzuckt ihn wie ein Stromstoß. *Kann das sein …? Ja, es kann. Das ist sie!*

Ihre zartbitterfarbenen Haare sind länger, sie trägt zwar einen Minirock, aber keine Stiefel mehr dazu, sondern bunte Turnschuhe und ein orangefarbenes Top. Sein Blick wandert zu ihrer vernarbten rechten Hand, zu den beiden Fingergliedern, die dort fehlen. Sie war zu lange unten in der Kälte.

Es ist nicht leicht, sich durch die Menge zu ihr vorzuarbeiten, aber irgendwann hat er es geschafft. Sie stehen sich gegenüber und ihre großen, dunklen Augen sehen ihn an. Ganz langsam schleicht sich ein Lächeln in ihre Mundwinkel.

»Lang her, was?«, sagt sie.

»Verdammt lang her«, sagt Arvid und spürt, wie schnell sein Herz klopft. »Wann bist du rausgekommen, Crash?«

»Anja«, korrigiert sie ihn lächelnd.

Anja. Ein gewöhnlicher Name und doch schön. Er mag den Klang.

»Vor drei Monaten, auf Bewährung«, erzählt sie. »Ich mache gerade ein Praktikum bei einem Sender, für den berichte ich von der Konferenz. Macht total Spaß, und sie haben angedeutet, dass sie mir ein Volontariat anbieten werden, wenn ich keinen Mist baue.«

Mist bauen. Noch vor ein paar Jahren ihr Spezialgebiet. Aber diese junge Frau ist anders, sie wirkt ausgeglichener, mit sich selbst im Reinen. Zwei Jahre lang hat er nichts von ihr gehört, und er hat sich oft gefragt, ob sie sich noch etwas zu sagen hätten, wenn sie sich wiedertreffen würden. Doch jetzt spürt er, dass sie sich wirklich freut, ihn zu sehen.

»Wie cool«, sagt Arvid. »Es ist sicher nicht leicht, im Medienbetrieb zu bestehen, aber ich glaube, du schaffst das. Du hast so viel Energie.«

Sie grinst und verzieht das Gesicht. »Manchmal zu viel. Und ich bin immer noch schnell gefrustet, wenn etwas nicht klappt.«

Arvid grinst zurück und spürt, dass sein Herz schneller schlägt. Weil die neue Lebensfreude in ihren Augen ihm so gut gefällt und die Verbindung zwischen ihnen wieder da ist, wie er zu spüren glaubt. »Ach, was macht es schon, wenn hin und wieder ein Aufnahmegerät durchs Fenster fliegt.«

»Genau. Das sollen sie mir einfach vom Gehalt abziehen.«

»Hier kann man solche Sachen ja wenigstens nachkaufen, nicht wie in der Antarktis. Weißt du noch, wie ihr uns die Ersatzstühle vorbeigebracht habt? Wir haben zwei Monate lang auf Barhockern gesessen und von hoch oben auf den Esstisch runtergeschaut.«

»Hast du dann an uns gedacht?«, fragt diese neue Crash, die jetzt Anja heißt, mit einem Lächeln, das ein bisschen scheu wirkt. Ihre Blicke treffen sich, halten sich einen Moment lang fest. Vielleicht war ihre wahre Frage *Hast du dann an MICH gedacht?* Einen Moment lang vergisst Arvid zu atmen. Kann das sein? Ist noch etwas zwischen ihnen, das wieder aufblühen könnte?

Als er endlich den Mund öffnet, um ihr zu antworten – ihr auf diese Frage zu antworten, die sie nicht gestellt hat –, da lacht Anja schon verlegen auf. »Übrigens, ich wohne jetzt in Köln, in einer WG mit meinem Bruder … Wir verstehen uns besser als früher, er lässt mich einfach sein, wie ich bin«, erzählt sie drauflos und schon ist der Moment vorbei. »Ab und zu unternehmen wir sogar was zusammen, zum Beispiel gehen wir nächstes Wochenende zusammen in die Berge.« Durch den Trubel um sie herum muss sie fast schreien. Damit sie besser reden können, ziehen sie sich in eine ruhige Ecke zurück.

»In die Berge?«, fragt Arvid neugierig.

Sie nickt, ein wenig verlegen sieht sie dabei aus. »Ich würde gerne Bergsteigen lernen. Das hat sich in meinem Kopf festgesetzt seit … ach, seit mir jemand davon erzählt hat.«

Kritisch blickt er sie einen Moment lang an. *Ja, ich kann sie mir als Bergsteigerin vorstellen*, geht es ihm durch den Kopf. *Sie ist nicht groß, hat aber eine zähe Kraft und ihr Mut reicht für zwei. Die jammert nicht, weil ihr der Weg zum Gipfel zu hart ist. Niemals.*

»Was ist aus den anderen geworden?«, fragt Arvid. »Hast du irgendwas gehört?« Das ist neutrales Terrain und es interessiert ihn wirklich.

»Dattel ist noch im Knast, hat dort aber angefangen, Bio-Informatik zu studieren«, erzählt Anja. »Er hat schon einen Studienplatz in Prag, dort zieht er hin, sobald er rauskommt. Hin und wieder bekomme ich mal eine Nachricht von ihm.«

Unwillkürlich atmet Arvid auf, halb hat er damit gerechnet, dass die beiden zusammen sind. »Fee ist auch noch drin, oder?«

»Ja.« Anja verzieht das Gesicht. »Während Seven sich an seinem Buch dumm und dämlich verdient. Immerhin, ich habe ihn lange nicht mehr in irgendeiner Talkshow gesehen. Ich kann's immer noch nicht fassen, dass er Bewährung bekommen hat.«

Arvid zuckt die Schultern. »Er ist eine Ratte, aber wir haben die Begegnung mit ihm beide überlebt – das ist es, was zählt.«

»Stimmt«, sagt sie leise und lehnt sich gegen die Wand. Wie damals stehen sie jetzt da. So deutlich, dass es beinahe schmerzt, steht Arvid das Bild vor Augen, wie sie in *Polarnaja Swesda* auf ihn wartet mit diesem Blick, der gleichzeitig so herausfordernd und so verletzlich ist.

Aus dem Augenwinkel sieht Arvid, dass Pieter und Jenny nach ihm suchen, und macht ihnen Zeichen, schon mal ohne ihn feiern zu gehen, er werde sie später anrufen. Neugierig schauen die beiden, mit wem er sich unterhält, und machen große Augen, als sie begreifen, wer diese junge Frau ist. Aber das ist ihm egal. Er hat sich gefreut, dass die anderen mit ihm zur Konferenz nach Paris gekommen sind, aber auf keinen Fall wird er jetzt gehen. »Und Benny?«, fragt er.

»Der ist in einem Internat irgendwo in England, ich habe

gehört, er verdient gar nicht so schlecht durch Nebenjobs in der Computersicherheit.«

»Klingt gut«, sagt Arvid. *Ich glaube, diese verrückte Truppe hat sich dort tatsächlich selbst resozialisiert. Irgendwie.*

Anjas Ausdruck ist nachdenklich geworden. »Kaya wird noch ganz lange im Gefängnis sein, und ich fürchte, dieser ganze Rummel war zu viel für sie. Weder ihr Anwalt noch ihre beschissenen Pflegeeltern haben sie davor abgeschirmt. Soweit ich gehört habe, hat sie wieder Drogenprobleme.« Arvid kann ihre Traurigkeit spüren. Anja schweigt einen Moment, atmet tief durch, bevor sie weiterspricht. »Aber es gibt jemanden, der um sie kämpft. Du erinnerst dich doch an Klaus, unseren Einsiedler?«

»Machst du Witze? Natürlich erinnere ich mich an den.«

»Er ist mit Kaya zurück nach Deutschland geflogen und besucht sie, so oft er darf. Ich glaube, er ist für sie so eine Art Mentor geworden.«

Arvid ist erleichtert. »So was habe ich mir fast gedacht. Oder eher … ich habe es gehofft, als ich gesehen habe, wie sie an diesem letzten Tag den Tee miteinander geteilt haben.«

»Haben sie?«

»Ja. Hast du mitbekommen, dass Sara in *Polarnaja Swesda* geblieben ist? Als Technikerin. Alle dort sind total dankbar, dass sie Alexej dazu bringt, sich jeden Tag zu waschen.«

»Kann ich mir vorstellen.« Anja grinst breit.

»Weißt du, was aus Martin geworden ist?« Hoffentlich gibt's von dem ebenfalls gute Nachrichten.

Anja seufzt. »Der ist zwar wieder ganz gesund geworden, aber *Social Adventures Network* hat ihn gefeuert – und das, obwohl diese Sache nun wirklich nicht seine Schuld war.«

»Mist.« Eigentlich fand Arvid ihn ganz nett. »Hat er schon einen neuen Job?«

Sie schüttelt den Kopf und verstummt, dann blickt sie zu ihm hoch. Ja, das ist Neugier in ihren Augen. »Was ist mit dir? Erzähl. Bist du aus Russland hergekommen, um dir die Konferenz anzuschauen? Oder … aus Harvard?«

»Nein«, erwidert Arvid und atmet tief durch. »Ich habe meinem Vater gesagt, dass ich nicht an irgendeine amerikanische Elite-Uni will. Wir hatten einen Riesenkrach, und der war wohl überfällig.«

Ganz ruhig nickt sie und beobachtet ihn, deshalb fährt er fort. »Momentan wohne ich in Bremen. Bald bin ich mit dem Master fertig, dann promoviere ich noch. Tja, was habe ich sonst gemacht? Ein paar Schneeschuhtouren, meine Pilotenlizenz, solche Sachen.«

Plötzlich lacht sie und auch in ihrem Lachen erkennt er sie wieder, es ist so unbekümmert und kühn. »Hast du das mal jemandem erzählt? Dass du eure *Squirrel* zu Schrott geflogen hast?«

»Nee, nee.« Er verzieht das Gesicht. »Nikolai hat später behauptet, er sei das gewesen. Eine plötzliche Bö von der Seite. Ich hoffe, du kannst schweigen.«

»Kann ich.« Dieses freche Grinsen hat er vermisst. »Ach übrigens – das Referat habe ich fertig geschrieben.«

»*Das* Referat?« Arvid muss lächeln. »Wow, ich bin beeindruckt.«

»Es musste irgendwie sein. Was lange währt und so. Soll ich dir's mal mailen?«

»Ja, bitte!«

Er sieht, wie Anja tief Atem holt. »Ich bin froh, dass sie mich dorthin geschickt haben. In die Antarktis. Sie ist so wunderschön und gefährlich.« Ihre Augen begegnen seinen. »Und du warst … ich weiß nicht … wie ein Zauberer, der mir dort eine Tür nach der anderen aufgemacht hat.«

Es ist das Schönste, das jemals jemand zu ihm gesagt hat. Arvid spürt, wie seine Kehle eng wird. »Komisch, dabei lernt man Zaubern gar nicht an der Uni«, frotzelt er und ärgert sich gleichzeitig, dass er ihr nicht ernsthaft geantwortet hat. Was sollte das jetzt, hätte er ihr nicht einfach sagen können, was er fühlt?

Doch sie geht sowieso nicht auf seinen flapsigen Ton ein.

»Das war so krass. Weißt du noch, der Schneesturm? Als deine Handleine weg war. Ich dachte, das war's jetzt, ich hatte solche Angst um dich.«

»Ich hatte auch wahnsinnige Angst um dich. Später. Du weißt schon.« So gerne würde er jetzt ihre Wange berühren.

»Die alte Medaille hast du wahrscheinlich längst weggeschmissen, oder?«, fragt sie, und ihre Augen verraten, dass das keine beiläufige Frage war.

Arvid kann das zerfranste Stoffband, das kühle Metall auf seiner Haut spüren. Vorsichtig greift er unter sein T-Shirt, zieht die Medaille hervor und streift sie sich über den Kopf. »Hab sie sozusagen für dich warm gehalten«, sagt er, als er sie ihr reicht. »Heute auf der Konferenz hat sie sich schon bewährt. Ich glaube, ein bisschen Glück fürs Bergsteigen gibt sie noch her.«

Behutsam schließt sich Anjas Hand um das alte Metall. »Ich glaub auch.«

Noch immer lächelnd sehen sie sich an, und Arvid fragt sich, ob ihr Herz jetzt ebenso schnell klopft wie seines. Vielleicht. Wenn er Glück hat.

»Und, was ist?«, fragt er betont locker. »Gehen wir noch einen Kaffee trinken, Anja?«

»Gerne«, sagt sie, und er hält ihr die Tür auf, als sie hinausgehen in die milde Luft des Frühlings.

NACHWORT & DANK

Vielleicht gibt es immer neue Wendepunkte im Leben, sagt Crash. Stimmt. Für mich war einer davon gekommen, als ein Prof. Dr. Eric Brücklmeier für seine Kollegen an der Fakultät für Elektrotechnik der Hochschule München einen Vortrag über seine Überwinterung auf der Antarktisstation *Neumayer II* hielt (deshalb geht mein allererster Dank an ihn). Ich hatte mich ins Publikum geschmuggelt – und war sofort fasziniert von dem Leben auf einer solchen Station und von der weißen Wildnis, die zugleich unglaublich schön und unglaublich lebensfeindlich ist. Fast sofort hatte ich eine Romanidee dazu. Wie wäre es, wenn sechs straffällige Jugendliche sich auf einer solchen Station bewähren müssten?

Im Februar und März 2014 kam dann meine eigene Bewährungsprobe, denn ich hatte mich trotz aller Schwierigkeiten für eine Vor-Ort-Recherche entschieden. Nach einer heftigen Anreise mit von der *Lufthansa* verschlampter Ausrüstung und Sechs-Meter-Wellen in der Drake-Straße war ich endlich in der Antarktis. Schon am ersten Morgen tummelten sich Orcas und Buckelwale um unser 89 Meter langes Schiff, und in Rekordzeit warf ich mich in die unzähligen Schichten Kleidung, um diese eindrucksvollen Tiere von der Reling aus zu beobachten. Später konnten wir viele dieser Buckelwale auch vom Zodiac-Schlauchboot aus bewundern – und wer gesehen hat, wie eines dieser gewaltigen Geschöpfe direkt neben dem Boot auftaucht, vergisst das nie. Auch deshalb, weil sie so sorgfältig darauf achten, das Schlauchboot nicht zu berühren, das sie innerhalb von Sekunden umkippen könnten, wenn ihnen danach wäre. Ihre Rücksicht ist ebenso anrührend wie die Gelassenheit, mit der sie in kleinen Familiengruppen durchs Meer ziehen.

An die Fünf-Meter-Abstand-Regel haben wir Menschen uns natürlich gehalten – aber manche Tiere, denen ich begegnet bin, haben sie souverän ignoriert. Von den einigen Tausend Eselspinguinen, denen ich auf der Antarktischen Halbinsel begegnet bin, sind manche direkt vor meinen Füßen entlangmarschiert. Die Weddellrobben blickten uns mit sanfter Neugier an, wenn sie überhaupt geruhten, ihren Schlaf wegen uns zu unterbrechen. Bei der Schneeschuhtour zu den Pelzrobben instruierte uns unser Guide Ally, wie wir uns bei einem Scheinangriff verhalten sollten. Doch die Pelzrobben widmeten sich unbekümmert ihrem Familienleben, als wir an ihrem Wohnort vorbeistapften, und nahmen uns den Besuch nicht übel. Dass wir beim Kajakfahren zwischen den Eisbergen einen Seeleoparden abnervten, war uns selbst ziemlich peinlich (und prompt war in diesem Moment der Akku der Kamera leer).

All diese Begegnungen werde ich ebenso wenig vergessen wie die Schönheit der Gletscher und Eisberge. Mit einem Donnern brach hin und wieder ein Stück der Eiswand herunter, die neben dem Schiff aufragte.

Das waren beste Bedingungen, um am Roman zu arbeiten – in meiner kleinen Eckkabine am Heck hackte ich auf meinen Laptop ein und hatte aus dem Fenster einen guten Blick auf Eisberge und Zwergwale. Meine Kabinennachbarin Sara Ralston fand es sehr witzig, mit einer Autorin zusammenzuwohnen, deswegen habe ich gleich mal eine Figur nach ihr benannt. Die »echte« Sara kommt allerdings aus den USA, kann kochen und ist blond, das klarzustellen ist wichtig, nur für den Fall, dass dieses Buch mal ins Englische übersetzt wird!

Sehr spannend fand ich es, auf der Brücke der *Plancius* unserem russischen Kapitän Alexej über die Schulter schauen zu dürfen. Und für meine Recherche war es sehr praktisch, dass an Bord der *Plancius* neben unserem schottischen Expeditionsleiter Kelvin Murray viele andere Antarktis-Profis waren, die ich ausfragen konnte, einige davon ziemlich schräge Gestalten, aber alle ausgesprochen nett. Deswegen bedanke ich mich sehr herzlich bei Gérard Bodineau, Alison Liddle und dem Pinguinforscher Brent Houston, der mir viel über seine Lieblingstiere und den Alltag auf der Station *Palmer* erzählt hat.

Spannend war auch, dass wir auf zwei Antarktisstationen vorbeischauen konnten, der argentischen *Almirante Brown*, die mich mit ihrem Container-Charme zu der fiktiven russischen *Polarnaja Swesda* inspiriert hat, und der historischen britischen Station *Port Lockroy*, wo es sogar einen Briefkasten gab (die Post inklusive meiner Postkarte wurde allerdings erst ein halbes Jahr später abgeholt). Ich hatte die Ehre, mit der Besatzung der argentinischen Stationsbesatzung an einem Tisch zu sitzen, als wir sie auf unserem Schiff zum Abendessen einluden, und ich glaube, das Essen bei uns war eine Ecke besser als die Verpflegung, die sie sonst so hatten.

Es hätte mich natürlich sehr gereizt, auf der *Neumayer III* vorbeizuschauen, die zurzeit noch sehr neu und schön und funktionstüchtig ist. Leider befindet sie sich viel weiter östlich, und als im März die Herbststürme begannen, musste sich unsere *Plancius* verziehen und zurückfahren nach Ushuaia an der äußersten Spitze Südamerikas. Wir hatten keine Lust, so wie ein anderes Forschungsschiff mit Touristen darauf ein paar Wochen lang im Eis stecken zu bleiben.

Ein Glücksfall war für mich, dass sich der Physiker und Fotograf Stefan Christmann (Antarktis-Überwinterer 2011–2013 auf der *Neumayer III*) zu einem Interview bereit erklärte. »Inmitten einer riesigen Kaiserpinguinkolonie zu fotografieren oder dem Tanzen der Polarlichter vor einem unglaublichen Sternenhimmel zuzusehen, sind Träume, die sich hier bereits für mich erfüllt haben«, sagt er. »Niemals hätte ich gedacht, dass man aus dem vermeintlichen ›Nichts‹ so viel schöpfen kann.« Ich durfte ihm Löcher in den Bauch fragen, seine Sammlung von Fotos der Station und der Umgebung nutzen, ihn immer wieder per Mail nach Details ausquetschen und ihn sogar als Testleser einspannen. Danke, Stefan, ohne dich wäre es mir nicht gelungen, *Neumayer III* im Roman zum Leben zu erwecken!

Auch der Meteorologe und Antarktis-Überwinterer Dr. Gert König-Langlo vom *Alfred-Wegener-Institut für Polar- und Meeresforschung* (AWI) hat mir sehr dabei geholfen. Die Arbeit, die er und seine Kollegen von der Luftchemie in der Antarktis geleistet haben, müssen im Roman Arvid und Nikolai bewältigen. Auch sonst habe ich mich bei der Forschung, die auf der russischen Station betrieben wird, daran angelehnt, was auf der 2009 in Betrieb genommenen *Neumayer III* geschieht. Die deutschen Forscher mögen mir verzeihen, dass sie im Roman nur einen kurzen Auftritt haben – ich wollte ihnen nicht zumuten, sich mit der Chaos-Truppe rund um Crash, Dattel und Co. herumschlagen zu müssen. Ich danke dem *Alfred-Wegener-Institut* für die freundliche Unterstützung!

Mein Roman spielt im Jahr 2030 und man könnte ihn als Warnung verstehen. Im Moment ist die Antarktis noch streng geschützt, und sie gehört niemandem – oder eher, der ganzen Welt. Wie streng geschützt sie ist, das konnte ich an Bord der *Plancius* selbst erleben: Wir mussten unsere Kleidung und unsere Rucksäcke mit starken Staubsaugern bearbeiten, bevor wir an Land gehen durften, weil kein verirrtes Samenkorn aus einem anderen Land versteckt in einem Reißverschluss oder den Tiefen einer Tasche in die Antarktis gelangen sollte. Unsere Stiefel mussten wir desinfizieren, bevor wir an Land gingen, damit wir auch keine fremden Bakterien einschleppten. Expeditionsleiter Kelvin verbot uns, Dinge wie Müsliriegel oder Taschentücher mitzunehmen an Land – so bestand gar nicht erst das Risiko, dass solche Dinge versehentlich auf den Boden fallen und den Kontinent verschandeln könnten (mit dem Erfolg, dass ich während der ganzen Reise kein Fitzelchen Müll gesehen habe). Außer Fußspuren haben wir an Land nichts zurückgelassen –, und so muss es auch sein. Dazu haben sich viele Nationen im sogenannten »Antarktisvertrag« verpflichtet.

Aber die Versuchung ist da, die Schätze der Antarktis auszubeuten – den Reichtum an Fischen, Tieren, Bodenschätzen. Was dieses raue Land retten könnte, ist sein extremes Klima. »Die Antarktis schützt sich selbst, die Natur lässt die Ausbeutung nicht besonders gut zu – deshalb funktioniert der Antarktisvertrag«, meint Dr. Gert König-Langlo vom AWI. »Sie schützt sich durch schwere Stürme, hohe Wellen und die extreme Kälte. Aber im Meeresbereich könnte gebohrt werden. Und wenn die Nutzung erst mal losgeht, dann ist der Antarktisvertrag Schall und Rauch.«

Es wäre fatal, so wie im Roman fremde Tierarten wie den Polarfuchs auf den Kontinent einzuschleppen. Oder den Schutz des Südpolarmeeres aufzuheben und dort wieder Wale zu jagen. Von der antarktischen Nahrungskette, die mit Algen und Krill beginnt, hängt das Leben in allen Weltmeeren ab. Sorgen macht mir auch das Tauziehen zwischen den verschiedenen Nationen, die Teile der Antarktis für sich beanspruchen. Wir alle sind dafür verantwortlich, dass die Antarktis eine geschützte Wildnis bleibt! Dass bei diesem Schutz Gewalt keine Rolle spielen darf, versteht sich von selbst.

Jugendliche in der Antarktis – ist das nicht absolut unrealistisch? Im Moment ist der Kontinent kaum zugänglich, dort leben fast nur Forscher. Doch der Tourismus hat zugenommen (zurzeit kommen etwa 18 000 Menschen im Jahr dorthin, hauptsächlich zur Antarktischen Halbinsel), und durch neue, robuste Schiffe und Flugzeuge wird es in den nächsten Jahrzehnten sicher leichter werden, die Antarktis zu besuchen. »Intensivpädagogische Auslandshilfen« sind heute schon Standard und werden von vielen Jugendämtern eingesetzt, es gibt zahlreiche Träger (die in Wirklichkeit natürlich sorgfältiger arbeiten als das fiktive *Social Adventures Network*). Unter den vielen Projekten sind auch welche in Island, Namibia, Kirgisien, Sibirien … warum nicht auch in der Antarktis? Oft sind diese Projekte – so wie im Roman – eine letzte Chance für Jugendliche, mit denen kaum noch jemand zurechtkommt. Für die Gastländer sind diese Jugendlichen oftmals anstrengend (so wie für die russischen Forscher im Roman), und Kanada und Portugal versuchen bereits, darauf hinzuwirken, dass dort keine erzieherischen Auslandshilfen mehr stattfinden. Doch für die Jugendlichen kann eine solche völlig fremde, herausfordernde Umgebung eine wichtige Chance bedeuten, neu anzufangen. Eine Studie des Diplompädagogen Holger Wendelin hat ergeben, dass 81 Prozent der Jugendlichen diese Auslandserfahrung weiterempfehlen würden. Ob Crash und die anderen das ebenfalls tun würden, lasse ich jetzt einfach mal offen.

Ich danke meinem Mann Christian für das lustige Brainstorming zu Plot und Figuren, meinen Eltern für die begeisterte Unterstützung, dem Richter Lorenz Leitmeier für interessantes Feedback zu den Jugendstraf-Karrieren meiner Hauptfiguren, der Hubschrauberpilotin Birgit Hänfling-Olm von *blue up*, mit deren Heli ich auf dem Flugplatz Jesenwang »in die Luft gehen« durfte, und dem Diplom-Pädagogen des geschlossenen Heims, der hier nicht namentlich genannt werden möchte. Danke auch an Dimitri Dering für interessante Infos und Einblicke in die russische Seele!

Ein großes Dankeschön auch an meine TestleserInnen Christian Münker, Sonja Englert, Stefan Christmann, Jesse Zacharo, Beatrix Mannel – wunderbar, die vielen Kommentare –, Ulla Scheler, Lina Oppermann – das ausführlichste Feedback, das ich je bekommen habe! –, Daniel Flossbach, Nina Kunze, Wiebke Assenmacher, Christin Zingelmann, Alexandra Kolb und Klaus Wiedemann.

Wichtige Anregungen zu Plot und Figuren gaben mir meine wie immer sehr, sehr hilfreichen Lektoren Frank Griesheimer und Christian Walther!

GLOSSAR

Antarktisstationen

Die bislang circa 40 ganzjährig bewohnten Antarktisstationen ähneln Raumstationen – sie werden nur selten von außen versorgt (meist alle paar Monate, manche nur einmal im Jahr). In der Zwischenzeit müssen ihre Besatzungen – Forscher, Techniker, Funker, Köche – in einer extremen Umwelt ihre Aufgaben erfüllen. Nur hier leben Menschen in der Antarktis, ansonsten ist der Kontinent unbesiedelt.

Das *Alfred-Wegener-Institut* (www.awi.de) möge mir verzeihen, was ich im Roman mit seiner 2009 in Betrieb genommenen, sehr bequemen Station *Neumayer III* angestellt habe. Im Moment ist sie wirklich schön, besonders im Vergleich zu den zum Teil etwas abgewrackten Stationen anderer Länder. Gegen die Bedingungen, unter denen beispielsweise die Besatzung von *Wostok* noch vor wenigen Jahren hausen musste, hat meine fiktive Station *Polarnaja Swesda* glatte fünf Sterne. Das kann auch zu extremen Reaktionen führen – als der Arzt der argentinischen Station *Almirante Brown* 1984 nach drei Überwinterungen erfuhr, dass auch diesmal keine Ablösung für ihn vorgesehen war und er noch ein Jahr würde bleiben müssen, zündete er in seiner Verzweiflung die ganze Station an. Das hatte den gewünschten Effekt – ein amerikanisches Schiff barg die Besatzung und brachte sie in die deutlich wärmere Heimat. Inzwischen ist die Station wieder aufgebaut, wie ich selbst feststellen konnte, als ich im Frühjahr 2014 dort vorbeigeschaut habe.

Damit es auf *Neumayer III* gar nicht erst zu so schlimmem Hüttenkoller kommt, wechselt die Besatzung häufig. Viele Forscher kommen nur für ein paar Monate im antarktischen Sommer. Am längsten bleiben die Überwinterer – so wie mein Interviewpartner Stefan Christmann –, sie sind jeweils etwa 14 Monate vor Ort. Wer mehr darüber wissen will, kann mal auf dem Stationsblog *Atka-Express* vorbeischauen (www.awi.de/en/infrastructure/stations/neumayer_station/station_news/atkaxpress/).

Doch auch *Neumayer III* wirkt wie eine bescheidene Hütte gegen Riesenstationen wie *McMurdo* oder *Amundsen-Scott* am Südpol (beide USA). Sie sind praktisch ein modernes, kleines Stück Amerika – inklusive großer Kantine und Fitnessstudio. Davon können Arvid und seine Kollegen natürlich nur träumen.

Nein, kein Forscher musste bisher Werbung für Tiefkühlkost machen. Und ein Hotel am Südpol gibt es noch nicht (aber vielleicht bald, wer weiß). Unvergessen ist dagegen das legendäre Konzert der Band Metallica 2013 in der Antarktis.

Antarktisvertrag

1961 in Kraft getretener Vertrag, der mittlerweile von 40 Nationen unterzeichnet worden ist. Er besagt, dass die Antarktis ausschließlich friedlich genutzt werden soll und kein Land Gebietsansprüche darauf anmelden sollte (was allerdings trotzdem geschehen ist, aber die Entscheidung darüber ist auf 2041 vertagt). 1991 ist dieser Vertrag durch ein Umweltschutzprotokoll ergänzt worden, das die antarktischen Ökosysteme unter Schutz stellt und für 50 Jahre den Abbau von Rohstoffen in der Antarktis verbietet. Wäre also unmöglich, was im Roman geschildert wird? Nein, denn der Antarktisvertrag kann mit einfacher Mehrheit der stimmberechtigten

Mitgliedsstaaten geändert werden – und stimmberechtigt sind alle Mitgliedsstaaten, die in der Antarktis ganzjährig Forschung betreiben. Wird die Gier nach Rohstoffen zu stark, kann der Antarktisvertrag kippen. Hoffen wir, dass es nie dazu kommt.

DNA-Barcoder

Diese Geräte werden auf dem Prinzip basieren, dass die DNA (also Erbgut)-Sequenzen vieler Organismen schon bekannt sind oder zurzeit untersucht werden. Wenn die »Identifikationsnummer« einer Tier- oder Pflanzenart in einem Computer gespeichert wird, kann man über ein angeschlossenes Lesegerät relativ einfach die DNA-Sequenz eines neu gefundenen Organismus untersuchen und mit den schon bekannten Sequenzen vergleichen. Bingo, schon wird angezeigt, um welche Art es sich handelt. Noch gibt es solche Barcoder nicht, aber vermutlich bald, im Moment sind verschiedene Forschungsgruppen dabei, Datenbanken verschiedener Tierarten aufzubauen.

Eiskern-Bohrungen

Bei den Bohrungen, die Arvid und seine Kollegen besuchen, werden von den Forschern lange, säulenartige Proben aus dem Eis gefräst. Sie werden gut gekühlt per Schiff in Labore und Institute gebracht, wo sie untersucht werden können. Je tiefer die Forscher bohren (zum Beispiel 3270 Meter im Jahr 2004), desto weiter können sie in die Erdgeschichte zurückblicken. Denn das kilometerdicke Eis der Antarktis ist viele Hunderttausend Jahre alt. In seinem Inneren sind – schön chronologisch geschichtet – kleine Bläschen mit Luft aus der Vergangenheit erhalten, Asche von Vulkanausbrüchen, Staub und viele andere Spurenstoffe, die eine Menge über das Klima und Ereignisse der Vergangenheit verraten. Zum ersten Mal konnte man so feststellen, welche Temperaturen und Treibhausgaskonzentrationen in den letzten 800 000 Jahren herrschten.

Exoskelett

Schon jetzt gibt es schicke Exoskelette hauptsächlich japanischer Bauart, die man außen am Bein befestigen kann und die zum Beispiel Gehbehinderte unterstützen. Das Exoskelett in meinem Roman ist, wie Crash schon beobachtet hat, ein militärisches Modell, das in Zukunft Soldaten übermenschliche Kräfte verleihen soll. Im Moment helfen diese Roboteranzüge zumindest schon, größere Lasten zu tragen und mit durchschlagender Kraft zu agieren. Wer wissen will, wie so ein Exoskelett aussieht, kann sich mal die Vorführungen eines *Raytheon XOS 2* auf *YouTube* ansehen. Nachteil bisher: das Stromkabel am Rücken …

Halo

Sieht man in der Antarktis einen eigenartigen hellen Ring um Sonne oder Mond, ist man nicht betrunken, sondern beobachtet ein Halo. Es entsteht, wenn sich das Licht an Eiskristallen in der Luft bricht.

Hirnschnittstelle/BrainConnect

Mithilfe einer Tastatur und eines Monitors kommunizieren wir im Moment sehr langsam und indirekt mit unseren Geräten. Könnten wir sie direkt mit dem Gehirn steuern, ginge das Ganze blitzschnell … und Experimente in diese Richtung gibt es schon. Bennys Schnittstelle funktioniert mit Gehirnwellen, die er zu steuern gelernt hat, um damit bestimmte Dinge auszulösen, und mit Augenbewegungen, die von speziellen Kontaktlinsen bzw. in seinem Fall einer Datenbrille interpretiert werden (die er jedoch nicht gerade oft nutzen kann, weil er und die anderen nur selten ins Netz dürfen). Die anderen Jugendlichen auf der Station haben keine solche Schnittstelle.

Infraschall

Insgesamt 60 Infraschall-Stationen gibt es auf der Welt, mit ihnen können Forscher – so Arvid und seine Kollegen im Roman – verbotene Atomtests orten. Die Messanlage von *Neumayer III* ist eine von nur zwei Infraschall-Stationen, die Deutschland betreibt (die andere steht im Bayerischen Wald). In der Antarktis würde man über der Erde wenig von dieser Messanlage sehen – sie besteht aus sternförmig verlegten Röhren unter dem Schnee. Tiefe Schallwellen, die sich über weite Entfernungen fortpflanzen, verursachen darin winzigste Unterschiede im Luftdruck und verraten den Forschern Stärke und Richtung einer nuklearen Explosion.

Klimawandel

Überall auf der Welt schmelzen die Gletscher, doch wie im Roman beschrieben ist die Antarktis vom Klimawandel bisher kaum betroffen, weil es dort durchschnittlich 30 Grad kälter ist als in der Arktis. Doch an der Küste der Westantarktis und auf der Antarktischen Halbinsel sind es bereits zwei bis drei Grad mehr geworden in den letzten 50 Jahren, und das ist den Adéliepinguinen nicht besonders gut bekommen, weil sie im Packeis auf dem Meer leben. Dafür gibt es jetzt sehr viel mehr Eselspinguine, mit denen ich in der Antarktis das Vergnügen hatte. Sie brauchen steinige Strände zum Brüten und die werden durch die Erwärmung freigelegt.

Wirklich kritisch wird es, sollten sich die Meeresströmungen durch den Klimawandel stark verändern. Dann kann es auch dem bislang geschützten Eispanzer an den Kragen gehen.

Krill

Im kalten, nährstoffreichen Wasser wachsen im Südsommer Algen, diese werden von vier bis sechs Zentimeter großen Leuchtkrebsen namens *Euphasia superba* gefressen – dem Krill. Die riesigen Krillschwärme sind ein gefundenes Fressen für Fische (die wiederum von anderen Tieren gefressen werden), Wale, Pinguine, Robben und Seevögel. Zum Glück für all diese Tiere ist Krill als menschliches Nahrungsmittel nicht sonderlich gut geeignet, aber er wird in Medizin und Kosmetikindustrie verwertet. Hoffen wir, dass nie jemand auf die Idee kommt, große Mengen an Krill abzufischen. Und dass die Klimaerwärmung ihm und den Algen, die er frisst, nicht schadet.

Meteoriten

Auf unsere Erde geht – meist ohne dass wir es merken – ein ständiger Regen von Meteoriten nieder. Es sind kleine Steine oder Metallklumpen aus dem Weltall. Da sie eine dunkle Farbe haben, sind diese uralten, seltenen und wertvollen Objekte auf dem weißen Eispanzer der Antarktis besonders leicht zu entdecken und verschwinden nicht spurlos zwischen anderen Steinen oder im Pflanzendickicht. Und an bestimmten Stellen sammeln sich durch die Bewegungen des Eises besonders viele Meteoriten an, manchmal Hunderte auf sehr kleinem Raum. Meist sind sie hier im ewigen Eis auch viel besser erhalten als anderswo, weil sie langsamer verwittern. Zurzeit ist es nur Forschern erlaubt, diese wertvollen Objekte in der Antarktis zu sammeln, verkauft werden dürfen sie nicht. Doch wie lange noch?

Ozonloch

In unserer Atemluft ist nur sehr wenig Ozon (eine Verbindung mit drei Sauerstoffatomen), und das ist auch gut so, weil es nicht gerade gesund ist, dieses Gas einzuatmen. Doch in 12 bis 15 Kilometern Höhe, also in der Stratosphäre, erfüllt es eine wichtige Funktion, weil das Ozon einen Teil der gefährlichen ultravioletten Strahlung der Sonne herausfiltert, bevor sie uns Sonnenbrand und Hautkrebs bescheren kann. 1985 fiel Forschern auf, dass sich die Menge des Ozons über der Antarktis fast halbiert hatte, und schnell war klar, dass wir Menschen die Chemie der Atmosphäre durcheinandergebracht hatten. Schädlich fürs Ozon sind nicht Kohlendioxid und Methan (das sind die Klimakiller), sondern Fluorchlorkohlenwasserstoffe (FCKWs), die zum Beispiel in Spraydosen oder Kühlschränken verwendet wurden. Im August und September – also im antarktischen Winter – ist das Ozonloch am größten, und je mehr UV-Strahlung durchkommt, desto schlechter für die Natur und für uns – die Hautkrebsrate steigt weltweit. Doch weil FCKWs inzwischen weitgehend verboten sind, wird das Ozonloch nach neusten Forschungsergebnissen tatsächlich kleiner.

Pinguine

Als Crash und Co. den Kaiserpinguinen begegnen – der größten Pinguinart –, haben diese die härteste Zeit des Jahres schon hinter sich. Sie brüten ausgerechnet während des antarktischen Winters, bei bis zu minus 50 Grad und heftigen Stürmen. Die Männchen kuscheln sich mit anderen Pinguinen zusammen und balancieren das einzige Ei auf den Füßen, damit es nicht den eisigen Boden berührt und abstirbt.

Um die Küken zu füttern, müssen die Elterntiere immer wieder zum Meer wandern und ihnen Fisch mitbringen, den sie im Magen aufbewahrt haben. Diese Reise können sie nur hin und wieder machen. Deshalb ist es praktisch, dass sie Nahrung über drei Monate hinweg und bei Körpertemperatur speichern können! Soweit wir wissen, geht das, weil ihr Magen antibiotische Substanzen absondert.

Frühe Expeditionen mussten Pinguine und Robben jagen, um sich zu ernähren. Der Koch der William-Bruce-Expedition von 1902 bis 1904 beispielsweise stapelte als Fleischvorrat Hunderte von toten Pinguinen hinter der Hütte wie unsereins Brennholz, besonders gut schmeckte angeblich Eselspinguin. Eine nicht allzu große Zahl im Vergleich zu den 400 000 Pinguinen, die Schiffsbesatzungen allein im Jahr 1850 auf den Falklandinseln erschlugen, in große Kessel warfen und zu Öl verkochten.

Robben

Weddellrobben jagen nachts und verbringen bis zu 16 Stunden täglich im minus 2 Grad kalten Meerwasser. Das ist zwar im Vergleich zu Wintertemperaturen von minus 40 Grad oder mehr geradezu kuschelig warm, doch verliert man darin schnell Körperwärme. Deshalb macht das Fettpolster dieser Robben, die im Roman eine unerfreuliche Begegnung mit Dattel haben, ein Drittel ihres Körpergewichts aus. Ihre Jungen säugen sie mit einer Milch, die so viel Fett enthält, dass sie dickflüssig ist wie Mayonnaise. Ausgewachsene Weddellrobben können bis zu 700 Meter tief tauchen, wobei sie sich vier- bis sechsmal weniger anstrengen als ein Hund an Land, der einfach nur herumliegt. Für Dattel ist praktisch, dass Weddellrobben friedliche Zeitgenossen sind. Ihre Zähne benutzen sie hauptsächlich, um sich ein Atemloch ins Eis zu nagen, wenn das Meer zugefroren ist.

Weddellrobben waren nie vom Aussterben bedroht. Pelzrobben allerdings wurden in der Antarktis und Umgebung lange so stark gejagt, dass nur noch wenige Tausend Tiere übrig waren. Heute sind es wieder einige Millionen.

Sastrugi

Geriffelte Strukturen im Eis, herausgefräst vom starken Wind (und im Gegensatz zu Sanddünen steinhart). Die scharfkantigen, länglichen Rillen sind für Menschen, die per Langlaufski unterwegs sind, anstrengend zu überqueren, wie schon viele Entdecker und Abenteurer feststellen mussten. Das Wort »sastrugi« ist von der russischen Bezeichnung für diese Rillen übernommen worden.

Schelfeis

So hat sich das 200 Meter dicke Schelfeis, auf dem *Neumayer III* steht, gebildet: Die Antarktis besteht aus Gestein, das von einem zwei bis fünf Kilometer dicken Eispanzer bedeckt ist. Wenn es in der Antarktis schneit, taut der Schnee nicht wie bei uns, dazu ist es zu kalt. Er bleibt liegen – und der Panzer wird immer dicker. Dadurch setzt sich das Eis in Bewegung und fließt ganz langsam nach außen wie ein riesiger Gletscher. Wenn die äußeren Eisränder die Kante des Kontinents überquert haben und über das Meer fließen, bilden sie mehrere Hundert Meter dicke Schichten – eben jenes Schelfeis. Was davon abbricht, driftet als Eisberg übers Meer.

Meereis dagegen ist nur ein paar Meter dick und bildet sich jedes Jahr im Winter über dem offenen Wasser rund um die Antarktis. Hin und wieder laufen Crash, Dattel und Co. auf dem Meereis der Atka-Bucht herum – es hat sich im antarktischen Winter gebildet und umgibt den Kontinent in dieser Zeit wie eine tausend Kilometer breite, weiße Pufferzone. Durch sie ist die Antarktis in dieser Zeit selbst mit modernen

Eisbrechern nicht zu erreichen, denn von Packeis umgebene Schiffe frieren fest oder werden sogar vom Eis zerquetscht. Das Meereis bricht im Sommer auf und schmilzt größtenteils, bevor es sich im Winter neu bildet. Für viele Tiere ist das Meereis ein wichtiger Ort, um dort auszuruhen oder zu brüten – wahrscheinlich wird es durch den Klimawandel zurückgehen.

Stürme

Antarktische Stürme können nicht nur Markierungsfähnchen in Fetzen reißen, sondern sehr viel mehr anrichten. Es sind schon Windgeschwindigkeiten von 300 Stundenkilometern gemessen worden. Und die Sicht? Null. Besser, man hat eine solide und warme Station, in die man sich zurückziehen kann.

Walfang

In antarktischen Gewässern tummeln sich hauptsächlich Finn-, Buckel- und Zwergwale – fast wurden sie ausgerottet, denn allein von 1930 bis 1961 wurden allein im Südpolarmeer *jedes Jahr* 30000 bis 40000 Wale wegen ihres Specks erlegt. Auch in Deutschland war ein Waschmittel in den Läden, das aus Walfett hergestellt worden war. Obwohl der kommerzielle Walfang 1986 verboten wurde, gibt es noch immer sehr viel weniger Wale als früher. »Gab es zu Beginn des 20. Jahrhunderts allein in der südlichen Hemisphäre schätzungsweise 250000 Blauwale, finden sich heute weltweit nach Angaben von Umweltschützern nur noch rund 1000. Von ehemals 500000 Finnwalen gibt es nur noch 12000«, berichtet der Autor und Filmemacher Hans-Peter Rodenberg.

Japan, Norwegen und Island bestehen weiterhin darauf, jedes Jahr Hunderte von Walen zu töten (und zu essen, das

Fleisch wird jeweils nach Japan exportiert). Und leider findet bereits statt, was im Roman beschrieben wird, dass Japan sich immer mehr Einfluss in der *Internationalen Walfangkommission* (IWC) verschafft, vermutlich mit dem Ziel, den kommerziellen Walfang wieder freizugeben. Dass die IWC im Roman den fiktiven Nobu-Shirase-Forschungspreis vergibt, ist ein kleiner Seitenhieb darauf, dass Japan die Jagd nach Walen angeblich zu wissenschaftlichen Zwecken betreibt. Nobu Shirase, ein japanischer Antarktis-Pionier, war übrigens ein ganz übler Schlächter.

Whiteout

Wenn den Himmel eine weiße Wolkenschicht bedeckt und man sich auf einer tief verschneiten antarktischen Ebene bewegt, scheinen Himmel und Erde miteinander zu verschmelzen und man scheint in einem weißen Raum zu schweben – das berüchtigte »Whiteout«. Kommt noch starke Schneedrift hinzu, könnte man sich die Hand vor die Augen heben und würde sie trotzdem nicht sehen. Man hört auch nicht mehr, wenn jemand nach einem ruft, das Heulen des Windes übertönt alle anderen Geräusche. In dieser Situation ist man ohne Handleine verloren, wie Arvid feststellen muss. Zukünftige Antarktisforscher üben diese furchterregende Situation mit Eimern über dem Kopf. Ziel der Übung ist, ein vermisstes Teammitglied im Sturm zu suchen. Alle vorübergehend blinden Gruppenmitglieder sind untereinander und mit der Station durch ein Seil verbunden. Was bei den ersten Whiteout-Übungen herauskommt, ist komplettes Chaos, wie man sich im Dokumentarfilm *Begegnungen am Ende der Welt* von Werner Herzog anschauen kann. Arvid hat also eine Menge Glück gehabt, dass seine (erfahrenen) Kollegen ihn überhaupt zurückbringen konnten.